십자가와
반지의
초상

ペテロの葬列

옮긴이 **김소연**

경북 안동에서 태어났다. 한국외국어대학교에서 프랑스어를 전공하고, 현재 출판 기획자 겸 번역자로 활동하고 있다. 옮긴 책으로는 『우부메의 여름』, 『망량의 상자』, 『웃는 이에몬』, 『엿보는 고헤이지』 등의 교고쿠 나쓰히코 작품들과 『음양사』, 『샤바케』, 미야베 미유키의 『마술은 속삭인다』, 『외딴집』, 『혼조 후카가와의 기이한 이야기』, 『괴이』, 『흔들리는 바위』, 『흑백』, 『안주』, 『그림자밟기』, 『미야베 미유키 에도 산책』, 『만물이야기』, 덴도 아라타의 『영원의 아이』, 마쓰모토 세이초의 『짐승의 길』, 『구형의 황야』 등이 있으며 독특한 색깔의 일본 문학을 꾸준히 소개, 번역할 계획이다.

PETERO NO SORETSU
by MIYABE Miyuki
Copyright © 2013 MIYABE Miyuki
All rights reserved.
Originally published in Japan by Shueisha Inc., Tokyo.
Korean translation rights arranged with RACCOON AGENCY, Japan
through THE SAKAI AGENCY and SHINWON AGENCY.

이 책의 한국어판 저작권은 신원에이전시를 통해
MIYABE Miyuki와의 독점 계약으로 **도서출판 북스피어**에 있습니다.
저작권법에 의해 한국 내에서 보호를 받는 저작물이므로 무단 전재와 복제를 금합니다.

이 도서의 국립중앙도서관 출판예정도서목록(CIP)은 서지정보유통지원시스템 홈페이지
(http://seoji.nl.go.kr)와 국가자료공동목록시스템(http://www.nl.go.kr/kolisnet)에서 이
용하실 수 있습니다. (CIP제어번호 : CIP2015015578)

십자가와
반지의
초상

미야베 미유키

ペテロの葬列

김소연 옮김

북스피어

＊이 작품은 픽션입니다. 작중에 등장하는 모든 인물과 사건은 작자의 머릿속에서만 존재합니다.
　다음과 같은 서적들에서 많은 지식을 얻었습니다. 깊이 감사드립니다. － 미야베 미유키

『豊田商事事件とは何だったか-破産管財人調査報告書記録』
豊田商事株式会社破産管財人　編 _ 朝日新聞社

『心をあやつる男たち』
福本博文　著 _ 文藝春秋

＊일러두기 : 본문의 모든 주는 옮긴이 주입니다.

프롤로그

나중이 되어서, 누가 누구였는지 다 떠올릴 수 없을 정도로 많은 사람으로부터 질문을 받았다. 그때 무슨 생각을 하고 있었느냐고. 아니면 뭔가 생각할 수가 있었느냐고.

나는 늘 이렇게 대답했다. "잘 기억나지 않습니다."

질문에 대답할 기회가 늘어남에 따라—내 대답을 듣고 고개를 끄덕이고 동정하고 격려해 주는 사람들의 얼굴을, 그들 자신도 알아채지 못할 정도로 재빨리 스쳐 지나가는 호기심과 의심의 빛을 보는 일이 늘어남에 따라, 나는 교활해져서 약간 뜸을 들이다가 이렇게 덧붙이게 되었다.

"말장난을 하는 게 아니라 머리가 새하얘져 버려서요. 뭔가 생각하고 있었을지도 모르지만 지금은 생각나질 않네요."

그러고는 나도 그들과 함께 고개를 끄덕여 보이게 되었다. 그렇게 함으로써 그들의 얼굴을 스쳐 지나간 호기심과 의심의 빛을 당장은 돌아오지 않게 할 수 있다는 것을 배웠기 때문이다. 함께 기분 좋은 안도를 나눌 수 있다는 것을 알았기 때문이다.

그때 무슨 생각을 하고 있었을까.

사태가 수습된 지 얼마 안 되었을 무렵 나는 나를 향해 그렇게 묻고 대답을 끌어낼 자격이 있는 인물은 한 명밖에 없다고 생각했다. 아내다. 일곱 살 난 딸은 연령 제한에 걸리고 애초에 자세한 사정도 모른다. 이런 경우에는 알리지 않는 것이 부모의 의무이기도 하다.

그때 무슨 생각을 하고 있었을까.

예상과는 달리 아내는 내게 그 물음을 던지지 않았다. 그녀가 고민하고 있었던 것은, 나로서는 생각지도 못한 의문이었다.

"당신만, 어째서 이런 일을 당하는 걸까."

나는 머릿속에 떠오른 대로 말했다.

"나는 월등히 운이 좋은 인간이니까, 신이 가끔은 균형을 조정하지 않으면 불공평하다고 생각하는 게 아닐까."

아내는 미소를 지었다. 별생각 없이 그냥 켜 둔 심야 TV에 나오던 오래된 B급 영화 속에서 재치 있는 대사를 들었다—는 정도의 미소였다.

"그렇게 말을 잘하다니, 당신답지 않은 느낌이 들어."

아내는 조금도 납득하지 않았고 동시에 이 일로는 아무리 끈질기게 내게 캐물어도 자신이 원하는 답은 돌아오지 않을 거라고 체념한 것 같기도 했다.

"이제 잊어버립시다" 하고 나는 말했다. "사건은 정리됐고, 모두 무사하니까."

그래, 하고 그녀는 고개를 끄덕였다. 눈동자는 조금도 끄덕이고 있지 않았다.

"자네는 그때 무슨 생각을 하고 있었지?"라고 내게 물을 자격을 가진 인물이, 실은 한 명 더 있다. 나는 그 인물을 제외하고 있었다기보다, 두려움과 조심스러움과 꺼림칙함에 쫓겨 그 인물로부터 도망치고 있었다.

아내의 아버지, 내 장인인 이마다 요시치카다. 이마다 콘체른이라는 대기업을 이끌고 있는 회장으로 재계의 요인이며 올해 여든두 살이 되었지만 '맹금'이라고 불렸던 젊은 시절의 날카로운 눈빛과 그 안력의 원천인 비상한 두뇌는 조금도 시들지 않았다. 내 아내 나호코는 그의 서출이다.

나호코는 어떤 형태로도 이마다 그룹의 경영에는 관여하고 있지 않고, 장래에도 관여할 가능성은 없다. 회장의 딸이라는 권위를 몸에 걸치고 있어도 권력은 없는 입장이다. 한편 나호코의 남편인 나는 회장의 사위라는 권위조차 몸에 익지 않았다. 그저 결혼 조건으로 그 무렵 일하고 있던 작은 출판사를 그만두고, 이마다 콘체른의 일원이 되어 회장실 직속의 그룹 홍보실에서 사내보 기자 겸 편집자로 일하라는 제시를 받아 그 조건을 받아들였다. 그 결과 장인은 나에게 구름 위의 사람 같은 상사가 되었고, 나는 이마다 콘체른의 말단 사원이 되었다. 따라서 이마다 요시치카에게는 가족으로나 상사로나 내게 질문할 자격이 있었다.

"그럴 때, 인간은 뭔가 생각할 수 있는 것일까?"

정확하게 말하면 장인은 그렇게 물었다.

"죄송합니다" 하고 나는 대답했다.

장인은 약간 턱을 당겼다.

"누가 자네한테 사과하라고 하던가?"

"아니요, 하지만······."

"그렇게 허둥지둥 사과하는 걸 보면, 자네는 그 버스 안에서 나호코와 모모코가 아닌 다른 여자의 얼굴이라도 떠올리고 있었나 보군."

모모코는 나와 아내의 외동딸 이름이다.

내가 B급 영화 대사 같은 말을 하려고 허둥거리고 있는 사이에 장인은 웃었다.

"농담일세."

그때 우리는 장인의 사저 서재에서 책상을 사이에 두고 마주 보고 있었다. 이 대화를 듣고 있는 것은 서가를 가득 메운 대량의 책과, 서가 틈에 장식되어 있는 몇 점의 미술품뿐이었다.

"실제로 뭔가 생각할 수 있었나? 자네한테는 실례가 될지도 모르겠지만, 나는 순수하게 호기심을 느껴 묻는 걸세."

장인의 눈에는 분명히 지적 호기심의 발로를 나타내는 빛이 깃들어 있었다.

"회장님은 어떠십니까" 하고 나는 되물었다. "지금까지의 인생에서 목숨의 위험을 겪으신 적이 있으시겠지요. 그럴 때 뭔가 생각하셨습니까?"

장인의 눈이 빛을 담은 채 깜박였다.

"그야 뭐, 있었지. 우리는 전쟁 세대니까."

제2차 세계대전 종반, 장인은 징병되어 종군했다. 하지만 지금까지 어떤 기회에 어떤 자리에서 그때 일에 대해 질문을 받아도 자세히 이야기한 적이 없다. 자신에게는 이야기할 정도의 경험이 없다는 것이 본인의 변辯이다.

"하지만 자네가 휘말린 사건과 전쟁은 비교 대상이 되지 않네. 그렇기 때문에 호기심이 꿈틀거리는 걸세."

나는 장인의 얼굴에서 시선을 돌려 장인의 등 뒤에 있는, 훌륭한 가죽 장정의 세계문학전집 책등에 시선을 던졌다.

"회장님은 이전에 제게 이렇게 말씀하신 적이 있습니다. 살인 행위는 사람이 할 수 있는, 타인에 대한 극상의 권력 행사라고."

이 년쯤 전 우리 그룹 홍보실의 멤버가 피해를 당했던 어느 사건 때, 장인은 분노를 숨기지 않으며 그렇게 술회했던 것이다.

"아아, 그랬지."

"그자가 그런 짓을 하는 까닭은 굶주려 있기 때문이라고. 그 굶주림이 본인의 혼을 먹어 치워 버리지 않도록 먹이를 주어야 한다. 그래서 타인을 먹이로 삼는 거라고요."

장인은 책상에 팔꿈치를 괴고 손가락 끝을 모았다. 여기에 있을 때면 자주 이 포즈를 취한다. 그러면 나는 신부를 마주하는 신자와 같은 기분이 든다.

"일전의 사건에서도, 저는 그런 권력 행사의 대상이 되었던 셈인데요."

권총이 들이대어지고, 시키는 대로 하지 않으면 쏘아 죽이겠다는 협박을 받았으니까.

"왠지 그 범인에게서는 회장님이 말씀하신 '굶주림' 같은 것이 느껴지지 않았습니다."

장인은 나를 바라보고 있다.

"그래서 무섭지 않았다는 건 아닙니다. 저도, 함께 인질이 된 사람들도 두려워하고 있었습니다. 범인이 진심이 아니었다고는 생각하지 않아요."

"실제로 쏘았으니까." 장인은 말했다.

"네."

"자네는 그 결말을 예견할 수 있었나?"

나는 꽤 오랫동안 세계문학전집을 응시하며 생각하고 나서 천천히 고개를 저었다. 그런 뒤 겨우 장인의 얼굴을 보았다.

"사태가 어떻게 굴러갈지 전혀 예상할 수 없었습니다. 하지만 그런 결과가 되었을 때에는 그게 당연한 것처럼 여겨지더군요."

자리 잡을 곳에 자리 잡았다고.

"눈앞에서 일어난 일이지만 너무 어이가 없었어요. 눈 깜박할 사이에 끝나 있었던 것 같은 기분이 듭니다."

발생에서 수습까지 세 시간 남짓밖에 걸리지 않은 사건이었다. 국내에서 발생한 버스 납치 사건 중에서는 최단 시간에 해결된 사례라고 한다.

"아이의 자전거를…… 보고 있었습니다."

의아한 얼굴을 하는 장인에게 나는 미소를 지었다.

"버스가 서 있던 공터 구석에 버려져 있었거든요. 손잡이와 안장이 빨간색인, 작은 자전거였습니다. 버스 문의 유리 너머로, 제게는 잘 보였습니다."

당장이라도 자전거의 주인인 소년이나 소녀가 불쑥 나타나 빨간 손잡이에 손을 대고 스탠드를 걷어찬 뒤 안장에 올라탈 것 같은 기분이 들어서 견딜 수가 없었다.

"장인어른" 하고 나는 말했다. "물어보셔서 이제야 알았습니다."

장인은 침묵한 채 약간 몸을 내밀었다. 고해를 재촉하는 신부처럼.

"저는 그때 아무것도 생각할 수가 없었습니다. 그러니 이제 와서 생각하지 않을 수가 없네요."

그 자리에 있어야 했던 '굶주림'이 어딘가에 남아 있는 것은 아닐까 하고.

1

9월도 삼 주째에 접어들어 남아 있던 더위도 간신히 사그라지기 시작한 무렵이었다. 나와 편집장이 가려고 한 곳은 해변에 있는 집으로, 인터뷰가 늘어져서 해 질 녘이 지난 뒤 귀가하게 되면 등을 떠미는 바닷바람에 생각 외로 몸이 차가워진다는 것을 이미 학습한 후였다. 이로써 통산 다섯 번째의, 그리고 예정상 마지막 방문이었으니까.

커다란 토트백 속에 얇은 카디건을 뭉쳐서 쑤셔 넣고, 소노다 에이코 편집장은 내게 말했다.

"있지, 예비용 IC 레코더 가져왔어? 요전번처럼 도중에 꽉 차버리면 곤란해."

우리 그룹 홍보지 《아오조라》 편집부는 사원 세 명에 계약사원 한 명, 아르바이트 한 명으로 이루어진 아담한 규모다. 고층 인텔리전트 빌딩인 본사 뒤쪽에 조용히 서 있는, 삼 층짜리 별관의 삼층에 있다.

이곳은 별천지이자 동시에 외딴 섬이다. 그것도 유배인의 외딴 섬이다.

나호코와 결혼한 지 십 년, 즉 이마다 콘체른의 말단 사원 중 한 명이 된 지 십 년 이상이 지난 나지만, 아직도 이 방대한 그룹의 전모를 파악하지 못했다. 장인은 자신의 아버지에게서 팰릿 수송을 주로 하던 작은 운송회사를 물려받아, 자신의 대에서 이렇게까지 거대하고 복잡한 기업체로 키워 냈다. 지금도 '본가'는 물류회사지만 말하자면 그것은 큰 나무의 줄기 부분이고, 가지와 잎에는 다양한 산하 회사가 붙어 있다.

장인은 예전부터 이런 복합 기업체에서 일하는 수많은 직원의 동상이몽—커뮤니케이션 부족이 신경 쓰였던 모양이다. 그래서 어느 날, 벌써 십여 년 전 일인데, 그룹 전체에 널리 퍼뜨릴 횡단적인 사내보를 발행하자는 생각을 했다. 그것이 《아오조라》의 창간 계기다. 따라서 발행인은 이마다 요시치카 본인이다.

소노다 에이코는 창간 당시부터 편집장이었다. 회장이 직접 발탁했다. 대학을 나와 신규 졸업으로 이마다 콘체른에 취직해 사무직으로서 여러 부서를 오갔고 산하 회사에 파견되었던 경험 풍부한 베테랑 여직원—소위 말하는 오쓰보네 님_{본래는 궁중에서 자신의 방(쓰보네)을 가진 궁녀에 대한 경칭으로, 근무 기간이 길고 직장에서 은연한 영향력을 가진 여성을 빗대어 말할 때도 쓰인다}인 그녀가 경력의 어느 시점에서 회장의 눈에 들었는지 나도 정확히는 모른다.

"나는 본사 사내보 편집부에 있었던 적이 있으니까. 그때 쓴 기사가 마음에 드신 게 아닐까?"

이것이 본인의 변이고, 실제로 그 이상의 이유는 없을지도 모른다. 다만 그녀의 처우에 수수께끼 같은 이유가 있다고 느끼는 사람이 많아서, 소노다 에이코 편집장이 회장의 애인(또는 전 애인)이라는 소문이 뿌리 깊다. 이 진위를 소노다 여사 왈 '회장님 사위님'인 내게 물을 만한 용자는 없고, 설령 묻는다 하더라도 나 역시 모른다. 다만 나호코는 이 소문을 웃어넘기고 있다.

"소노다 씨는 이마다 사모님과도, 우리 어머니와도 너무 타입이 다른걸."

다름 아닌 자신의 어머니가 이마다 요시치카의 애인이었던 적이 있는 딸의 말이다. 나는 무조건적으로 신용한다. 그리고 나호코가 자기 아버지의 부인이자 나이 차가 많이 나는 두 오빠의 어머니이기도 한 죽은 여성을 가리켜 '이마다 사모님'이라고 부를 때의 눈빛이,

"나는 회장님의 애인 같은 게 아니야."

라고 소노다 에이코 편집장이 쓴웃음을 지으며 말할 때의 눈빛과 놀랄 만큼 닮은 것도, 내 신용을 뒷받침해 준다.

어쨌든 그룹 홍보실은 그런 곳이다. 따라서 이곳에 배속되는 사원들은 어떤 의미로든 전선前線에서 벗어난 자들뿐이다. 다시 말해서 유배인이다. 그 또는 그녀가 신입이냐 늙은이냐에 따라 섬에 유배를 온 기간과 이유가 다를 뿐이다.

소노다 에이코 편집장은 그 섬의 장長이다. 필연적으로 이동이 잦은 이 홍보실 내에 떡 하니 자리를 잡고 많은 유배인을 받아들이고 전송해 왔다. 받아들인 유배인 중에서도 제일 취급하기 어려

운 사람이 바로 나일 거라고 생각하지만, 그녀는 그런 나를 교묘하게 부려 먹으면서 종종 '회장님 사위님', '이마다 가의 심부름꾼'이라고 놀리고 나와 주위 사람들 사이에 고여 있는 가스를 빼는 일까지 빈틈없이 해 낸다. 똑똑한 사람이다. 내가 얼굴을 맞대고, 사실 저는 당신을 꽤 존경하고 있습니다, 라고 말하면 그녀는 어떤 얼굴을 할까.

다시 말해서 나는 편집장으로서의 소노다 에이코의 일처리에 전혀 불만이 없다. 다만 기계치인 면만은 조금 감당하기 힘들 때가 있다.

"요전에 IC 레코더가 멈춘 건 꽉 찼기 때문이 아닙니다. 전지가 다된 거죠."

게다가 예비 녹음기라면, 시키지 않아도 나는 항상 휴대하고 있다. 또 다른 IC 레코더와, 구식 카세트테이프를 사용하는 녹음기다. 후자는 내가 순수한 취미로 버리지 못하고 있는 것이었다.

"편집장님의 녹음기라면 아까 제가 전지를 갈고 작동 테스트를 했으니까 괜찮을 거예요."

컴퓨터 화면으로 레이아웃을 체크하고 있던 노모토가 우리를 돌아보며 말했다. 반년쯤 전에 채용한 아르바이트 대학생으로, 국제경제학을 공부하는 스무 살의 청년이다. 만사에 꼼꼼하고 눈치가 빠르고 깔끔하고 세련된 남자로, 이곳에서 일하기 시작하고 나서 사흘 후에는 '호스트 군'이라는 별명이 붙었다. 본인은 그 별명을 전혀 싫어하지 않는다. 정말로 아르바이트 삼아 호스트 일을 하려고 면접을 보았다가 떨어진 적이 있다고 한다.

"내 녹음기를 건드렸단 말이야? 세상에, 데이터를 지우거나 하진 않았어?"

"지우지는 않았지만 백업은 했습니다."

그러니까 편집장님이 폴더를 잘못 선택해서 덮어씌워 버려도 괜찮아요—라는 말을 입에 담지는 않고, 눈빛으로 내게 신호를 보냈다. 나는 얼굴의 절반, 그를 향하고 있는 쪽으로만 웃어 보였다.

소노다 편집장은 토트백을 뒤져 IC 레코더를 꺼내더니, 정말로 노모토가 말한 대로인지 확인하듯이 만지작거리기 시작했다.

"그 할아버지는 말이 많단 말이야."

"오늘로 끝이에요." 내가 말했다.

"지금까지 녹음한 거 전부 백업해 뒀어? 그럼 지난번 테이프의 음성 좀 따 줄래?"

"제가 해도 됩니까? 이데 씨한테 혼나는 거 아닐까요?"

이데 마사오는 이곳 동료 중 한 명이다. 《아오조라》 역사상, 소노다 에이코 편집장 이외에는 처음으로 이마다 콘체른 본사에서 온 사원이다.

"절 싫어하시니까요."

노모토는 머리를 긁적인다. 염색하지 않은 검은 머리카락으로, 요즘 유행을 흉내 낸 듯이 커트했다. 소노다 편집장은 첫 면접 후, "저 아이돌 나부랭이 같은 머리 모양 좀 어떻게 하고 싶네"라고 말했지만 머리를 정리하라고 한 것 같지는 않다. 실은 마음에 든 건

16

지도 모른다고 나는 생각한다.

"안심해. 이데 씨가 싫어하는 건 너만이 아니니까."

"그런 말을 하셔도 됩니까?"

"본인이 없으니까 괜찮지 않아? 여기에서만 하는 얘기야. 회장님 사위님이 비서실에 일러바칠지도 모르지만."

나는 실실 웃으며 말했다. "편집장님, 발이 아프다고 분풀이를 하시면 안 되죠."

소노다 에이코는 《아오조라》의 편집장으로 취임함과 동시에 제복은 물론이고 커리어우먼인 척하는 정장이나 펌프스와도 인연을 끊었다. 계절에 상관없이 언제나 에스닉풍의 컬러풀하고 팔랑팔랑한 바지 차림으로 다닌다.

하지만 편집장이 '그 할아버지'라고 부르는 취재 상대—작년 봄까지 이마다 콘체른의 사장 중 하나였던 모리 노부히로가 첫 방문 때 그녀의 옷차림에 몹시 화를 냈기 때문에, 어쩔 수 없이 이 롱인터뷰를 하는 동안만은 옷장 깊은 곳에서 끄집어낸 정장을 껴입고, '장례식용이야'라고 본인이 자진 신고했던 검은 펌프스를 신고 있다. 자유로운 패션에 완전히 익숙해진 그녀의 발에 6센티미터 힐의 펌프스는 마녀 사냥의 고문도구나 마찬가지인 모양이다. 그래서 기분이 나빠지는 것이다.

"정말 오늘로 마지막이겠지."

입을 삐죽거리고 나를 노려보며 편집장은 말했다.

"그 할아버지가 아직 얘기를 다 못 했다는 둥 그런 말을 한다면

난 비명을 질러 버릴 거야."

"인터뷰는 다섯 번 하기로 약속되어 있습니다. 오늘로 끝이에 요."

"기사는 마노 씨가 쓰는 거지요?"

노모토가 물었다. 의자를 돌려 이쪽을 보고 있다.

"내가 편집장님의 고스트라이터가 되는 거라면서, 의욕이 넘치 던데요."

마노 교코는 네 번째 편집부원이다.

"글 잘 쓰죠. 가게에 있었을 때도, 손님들한테 나눠 주는 페이퍼 나 홈페이지 기사는 전부 마노 씨가 쓰곤 했다고 들었어요."

느긋한 그룹 홍보지에도 작금의 경제 위기에 따른 파도가 밀어 닥치고 있다. 사원과 계약사원을 합한 네 명에 아르바이트생 한 명이라는 편성은 지금까지 거쳐 온 편성들 중에서 가장 작다. 게 다가 그중 한 명인 이데는 거의 도움이 되지 못하고 있다.

한편 본인이 자부하는 대로 글을 잘 쓰는 마노는 일을 잘해 주 고 있고, 아르바이트생이라고 해도 귀중한 전력인 노모토와도 사 이가 좋다. 그녀는 이제 막 서른 살이 되었을 뿐이라, 편집부 내에 서는 노모토와 가장 나이가 가깝다는 이유도 있을 것이다.

"몇 번이나 똑같은 말 하게 하지 마."

소노다 편집장이 험악한 표정으로 눈을 가늘게 뜨며 노모토를 꾸짖었다. 정장에 맞춰 약간 진하게 화장을 해서 이런 표정을 하 면 눈꺼풀 위의 섀도가 빛난다.

"'가게'라고 하지 말라고. 적어도 '전 직장'이라고 해야지. 또 이데 씨의 신경을 거스를 테니까."

"하지만 없으니까 괜찮다고."

"없을 때 해도 괜찮은 건 악담이야. 이런 건 없을 때야말로 확실하게 습관을 들여 두어야 한다고."

마노 교코가 전에 근무한 곳은 장인이 사들여 산하에 넣은 고급 에스테틱 살롱이다. 장인이 하는 일에 무의미한 일은 없다. 이 살롱은 고명한 무대 여배우의 단골 가게로, 선전이나 광고는 일체 하지 않으며 소개가 없는 손님은 받지 않는 데다 터무니없는 대금을 취하지만 현저한 효과를 보여 준다고 한다. 이는 나호코가 보증했다.

마노는 실력 좋은 에스테티션으로, 이 점에도 나호코의 보증이 붙어 있었다. 그런 그녀가 가정 사정 때문에, 고객의 요구에 따라서는 불규칙적인 근무가 강요되기도 하는 이 일을 계속할 수 없게 되었다. 보통은 그냥 그만두겠지만, 그 실력과 밝은 성격에 반한 나호코가 다시 원래의 일로 돌아갈 수 있게 될 때까지 그녀를 정시 근무인 데다 확실하게 주 이틀을 쉴 수 있는 《아오조라》 편집부에 추천한 것이다. "아버지, 부탁이 있어요"라며.

내 아내, 스기무라 나호코는 어떤 형태로든 이마다 콘체른에는 관여하지 않는다. 하물며 인사에 참견한 적은 지금까지 한 번도 없었다. 마노는 예외 중의 예외다. 그리고 장인은 사랑하는 딸의 이례적인 행동에 놀라고 기뻐했다. 생각건대 장인은 한 번쯤 나호코가 이런 응석을 부려 주지는 않을까 하고 남몰래 기다리고 있었는지도 모른다.

아무리 여성에게 물러도 이마다 요시치카는 이마다 요시치카였다. 장인은 나호코에게는 알리지 않고 마노 교코의 평판이나 능력을 조사하게 했다. 이럴 때 활동(암약)하는 것은 진정한 의미에서 회장 직속인 비서실 사람들로, 그들의 보고를 받고 만족한 장인은 망설이지 않고 마노를 《아오조라》로 끌고 왔다─는 것이다.

이런 소위 낙하산 인사에 소노다 편집장은 동요하지 않았다. 어쨌거나 나, 스기무라 사부로라는 성가신 짐을 짊어지고 있다. 이제 와선 무슨 일이 있어도 놀라지 않는다. 회장님 지시대로 하겠습니다, 하며 목례할 뿐이다.

마노는 밝고 거드름을 피우지 않는 성품을 가진 사람이었다. 일에 열심이었고, 뜻밖의 문장력이 있다는 사실도 장인은 조사해서 알고 있었을 것이고 곧 우리도 알게 되었다. 어디에도 문제는 없다.

다만 이데가 얽히면 조금쯤 이런 불협화음이 생긴다. 그리고 엉성한 듯하면서 의외로 섬세한 편집장이 뒤에서 신경을 쓰는 것이다.

"나는 이데 씨가 어른스럽지 못한 것 같은데."

노모토는 불만스러운 듯이 중얼거리며 오른쪽 귓불을 만지작거렸다. 피어스 구멍이 세 개 나 있다. 물론 여기에서 근무하는 동안에는 구멍만 있다.

"그 사람 몇 살이에요?"

"마흔일곱 살이야."

"우리 아버지랑 한 살밖에 차이가 안 나네요. 이제 슬슬, 초등학교 우등생 같은 허세는 그만둬야 할 텐데."

편집장은 곁눈질을 했다. "호스트 군, 마흔일곱 살이 되는 날을 기대해 봐. 내가 타임머신을 타고 나타날 테니까. 그리고 체크해 주겠어. 네가 부하에게 허세를 부리는 직장인이 돼 있는지 아닌지."

오전 열한시, 소노다 편집장과 나는 도쿄 역에서 특급 열차를 탔다.

"내가 어렸을 때였다면 일박으로 해수욕을 갔을 법한 곳이야."

이 말을 듣는 것도 다섯 번째다.

"여전히 납득이 안 되네. 모리 씨는 절대로 해변 별장지에서 유유자적할 타입이 아니란 말이지. 현역 느낌이 넘치는데."

"그래서 말도 많으신 겁니다."

"그렇지? 그렇다면 도심에서 살면서, 어느 계열사에서 감사 역이나 뭔가 하면 될 텐데."

엉성한 것 같으면서 섬세한 소노다 에이코 편집장은 섬세한 것 같으면서 의외의 사각지대를 갖고 있는 인물이기도 하다. 큰 시중은행에서 스카우트되어 이마다 콘체른의 재무 담당으로 외길을 걸어온 모리 사장은, 일흔 살이 되었다고 해서 은퇴할 만한 인물은 아니다. 그가 모든 직책에서 물러나 보소 반도의 해변에 있는 별장 '시 스타 보소'에 틀어박힌 것은 그 자신을 위해서가 아니라 치매를 앓고 있는 부인을 위해서다. 편집장이 이를 알아채지 못하는 까닭은 당사자인 부인이 전혀 우리 앞에 나타나지 않기 때문일 테고, 게다가 편집장은 그 위에 오해까지 쌓고 있다. 분명히 오만한 '사모님'이라, 대단히 중요한 일을 하는 것도 아닌 그룹 홍보지의 편집부원 따위에겐 인사할 필요도 없다고 경멸하고 있을 거라고. 달리 아무 근거도 없는데 그렇게 굳게 믿어 버린 이유는, 이 유배인의 섬의 수장長에게도 나름대로의 울분과 콤플렉스가 있기 때문이리라. 그 점이 사각지대를 만드는 것이다.

나는 모리 부인의 병을 사전에 알고 있었다. 장인에게서 들었다. 장인은 본인이 말을 꺼내지 않는 한 화제로 삼아서는 안 된다고 못을 박았다.

하지만 인터뷰는 오늘로 끝이다. 편집장이 언젠가 전혀 엉뚱한 곳에서 모리 부인의 투병에 대해 듣고 깊은 자기혐오에 빠지는 것을 막기 위해, 나는 털어놓아도 좋을 타이밍이라고 생각해서 그렇게 했다.

그녀는 녹차 페트병을 손에 든 채 잠시 침묵하고 나서 물었다. "그 근처에 좋은 병원이 있나?"

"전문 간호 시설이 있습니다. 여차하면 부인을 거기에 입원시킬 예정이라고 합니다."

"그래……."

다시 잠시 침묵하고 나서, 기가 센 초등학생 같은 얼굴을 하고 편집장은 말했다.

"하지만 역시 모리 씨는 말이 많아."

목적지의 역 플랫폼에 내리자, 우리는 바닷바람을 맞으며 역사 바로 옆에 있는 패밀리 레스토랑으로 향했다. 여기에서 점심을 먹고, 오후 한시 정각에 모리 저택의 인터폰을 울리는 것이 매번 인터뷰를 올 때의 절차다. 입주 가정부가 우리를 맞이해서 소토보小房지바 현 남부, 보소 반도 남단에서 태평양에 면한 일대의 바다를 내려다볼 수 있는 거실로 안내해 주면 인터뷰가 시작된다.

누시가 뇌번 휴식을 취히고, 가정부가 다과를 가져다준다. 삼십 분 정도 쉬고 다시 시작해, 끝나는 것은 매번 여섯시가 넘어서다. 사내보에 실을 기사를 쓰는 것치고는 지나치게 긴 인터뷰가 된 까닭은, 그룹 홍보실에서 이 인터뷰 내용을 편집하여 모리 사장의 회고록을 내자는 기획이 존재하기 때문이다. 하기야 이쪽은 실현될지 어떨지 아직 확정되지 않았다. 출판 여부는, 모리가 인터뷰를 옮긴 원고를 읽고 자신의 직업 인생에 비추어 보아 부끄럽지 않다는 것을 확인한 뒤 결정할 거라고 한다.

다부지고 몸집이 작은 장인과는 대조적으로 모리 노부히로는 위장부다. 젊은 시절에는 미장부라고 불렸을 것이다. 게르만계의 DNA가 섞여 있을 것 같은 뚜렷한 이목구비에, 피부는 희고 눈 색깔은 옅다. 이 인터뷰에서는 꺼낼 수 없는 화제지만, 옛날에는 재계인 중에서도 손꼽히는 인기남이었다고 한다.

인사를 마치자 모리는 평소처럼 시원시원하게 인터뷰를 시작했다. 마 셔츠 위에 재킷을 걸치고 있다. 햇볕에 그을린 까닭은 골프 때문이다. 마음만 먹으면 지금도 충분히 여자들에게 인기가 있을 것이다.

마지막 날인 오늘은 모리가 이마다 콘체른의 재무 톱의 자리에 앉고 난 후의 이야기를 했다. 가끔 깜짝 놀랄 정도로 날카로운 이마다 요시치카 비판이 튀어나왔고, 그때마다 편집장이 곁눈질로 나를 보는 것이 웃기다. 실패는 실패, 선정善政은 선정, 그리고 아직 어떤지 판단할 수 있는 단계가 아닌 사항인 경우에는 분명하게 그러하다고 말한다. 나는 오히려 후련했다. 분명히 장인도 그렇게 말할 것이다.

휴식이 끝난 다음의 후반은 인터뷰 전체를 개관하는 정리 시간이 되었다. 모리의 인생론도 섞이기 시작했기 때문에 가족의 이야기, 부인의 이야기가 화제가 되어도 이상하지 않아서 조금 긴장했지만, 이는 우리 '금고지기'의 명석한 두뇌와 매끄러운 혀를 무시한 쓸데없는 걱정이었다.

"뭐, 대충 이런 정도일까."

모리는 팔걸이의자에 앉은 자세를 고치며 다리를 꼬고 말했다. 거실의 프랑스식 창 바깥에는, 수평선에 오렌지색을 한 줄기 남기며 저물어 가는 바다의 절경이 펼쳐져 있다.

"써 준 원고를 보고 손질이 필요한 부분에는 추가로 적어 넣겠네. 내 기억이 애매한 부분도 있을 테지."

"감사합니다."

모리는 나란히 머리를 숙이는 우리에게 웃음을 지었다. "피곤하지? 나는 녹초가 되었어."

"매번 길게 시간을 내 주셔서 감사합니다."

"아니, 한가한 몸이니 그런 건 괜찮네. 다만 이 나이가 되면 떠올린다는 것 자체가 힘든 일이야. 뚜껑을 덮어 두고 싶은 것까지 함께 나와 버리는 걸 일일이 도로 눌러야 하니까."

그러고는 가정부를 불러 커피를 한 잔 더 달라고 했다. "자네들도 뜨거운 걸 마시고 가게. 늘 제대로 대접도 못해서 미안했네."

"당치도 않으십니다."

자세는 그대로지만 모리의 모드가 바뀐 것을 나는 느꼈다.

"스기무라 군."

"네."

"나호코 씨는 잘 지냅니까?"

눈빛이 부드러워져 있었다.

"덕분에 무탈하게 지내고 있습니다."

"그거 다행이군요. 나는 나호코 씨가 독신이었을 때, 내 아내가 하던 일 때문에 뵌 적이 있습니다."

말투가 정중해진 점은 옛 부하가 아니라 이마다 가의 친족인 내게 말하고 있다, 는 어필일 것이다. 현명한 편집장은 차분하게 녹음 기기나 메모를 정리하고 있다.

"아내는 여러 분야에서 폭넓게 자원봉사 같은 걸 했거든요."

나호코가 그 자원봉사를 도운 적이 몇 번인가 있었다고 한다.

"시각장애인용 녹음 도서를 더 많이 구비하자는 그룹 활동이었던가?"

"나호코는 도서관에서 아동서를 읽어 주는 자원봉사를 하고 있습니다. 독신이었을 때부터 계속해 온 모양입니다."

"아아, 그럼 그 스킬을 높이 사서 아내가 부탁했겠지요."

가정부가 와서 커피 잔을 늘어놓자 편집장이 거들었다.

"어쨌거나 아내는 발이 넓고 사람을 거칠게 부렸기 때문에 나호코 씨에게도 폐를 끼쳤을지 모릅니다. 하지만 훌륭한 아가씨라서 감탄했지요. 그때만은 회장님이 부러웠습니다."

"고맙습니다."

"우리한테 아들이 있다면 나호코 씨를 며느리로 달라고 조를 텐데, 하고 아내도 말하곤 했어요. 그 후 얼마 안 되어서였습니다, 스기무라 군이 데려가 버린 건."

내가 무슨 말을 하기도 전에 "거참, 복병이었어요" 하며 웃더니 말을 이었다. "하지만 어설프게 그룹 내 누군가의 집안과 인척 관계가 되는 것보다도, 스기무라 군 같은 자유로운 남자와 결혼해서 나호코 씨는 행복할 겁니다. 나도…… 그래요, 이 나이가 되어서 조금은 욕심이 가시게 되었으니 그런 생각을 하는 거겠지만."

편집장이 온화하게 미소 지어 주고 있어서 나도 같은 표정을 짓기로 했다.

"스기무라 군도 여러 가지로 마음고생이 많겠지만."

모리가 내 눈을 보며 말한다.

"나호코 씨의 행복을 지켜 주십시오. 다른 어떤 것보다도 평생의 반려로 정한 여성을 행복하게 해 주는 것이 남자의 최대 의무입니다."

나는 또 머리를 숙였다. "말씀, 명심하겠습니다."

과거 네 번의 인터뷰 때는 없었던 일이지만 모리는 물러나는 우리를 현관까지 배웅해 주었다. 가정부가 앞장서서 차 돌리는 곳 끝에 있는 문을 열러 간다.

"마지막이 되어서 변명하는 것 같지만 아내가 한 번도 인사를 드리지 못해서 실례했습니다."

이 타이밍에 말하려고 준비하고 있었는지, 막힘없는 말투였다.

"스기무라 군은 들었겠지요. 아내는 상태가 많이 좋지 않아서요."

나는 애매하게 고개를 끄덕였고 편집장은 그런 나에게 무슨 일이냐고 묻는 듯한 얼굴을 했다. 오는 길에 특급 열차 안에서 털어놓기를 잘했다.

"치매라네" 하고 모리는 편집장에게 말했다. "이 집에서 일 년 정도는 함께 살 수 있을까 싶었는데. 아무래도 무리일 것 같아. 나도 괴롭고, 아내에게는 더 잔인하겠지. 아니, 본인은 이제 아무것도 모른다고 의사는 말하지만, 나는 지금의 아내 안에 갇혀 버린 옛날의 아내가 자신의 이런 모습을 보지 말아 달라고, 울면서 화내고 있는 걸 알 수 있다네."

가정부가 문 옆에서 기다리고 있다. 강한 바닷바람에 앞치마 자락이 펄럭인다.

"내가 이런 말을 하는 것도 뭣하지만, 재색을 겸비한 아주 멋진 여자였지. 할머니가 되고 나서도 멋진 여자였어. 나호코 씨한테도 지지 않을 정도로."

그렇게 말하며 모리는 내 어깨를 툭 쳤다.

"쓸데없는 말씀을 드렸군요. 그런데 늘 택시를 부르지 않는 겁니까?"

편집장이 제정신으로 돌아온 듯이 자세를 바르게 했다. "네. 버스 정류장이 바로 가까이에 있으니까요."

"'바닷바람 라인'이라는 그 노란 버스 말이지?"

역에서 이 '시 스타 보소'를 지나 순회하는 노선버스다. 한 시간에 한 대 정도 운행되기 때문에 여기로 올 때는 타이밍이 맞지 않아 택시를 이용하지만, 시각표를 체크해 보니 돌아갈 때는 마침 딱 알맞게 버스가 온다는 것을 알고 편하게 이용하고 있다. 《아오조라》도 예외 없이 긴축재정이기 때문에 절약할 수 있는 부분은 절약하는 것이 좋다. 이 버스는 차체가 깨끗하며 승차감이 좋고 늘 텅텅 비어 있는 데다 도쿄로 돌아가는 특급으로 갈아타기에도 딱 시간이 맞았다.

"그 버스 회사는 이곳의 개발업자가 사들여서 자회사로 만든 걸세. 은퇴하고 나서 별장지에 정착하려는 노인 부부면 자가용 운전을 할 수 없는 경우도 있으니까."

"그건 몰랐습니다."

비어 있는 것치고는 차체가 좋은 점도, 그 말을 들으니 납득이 간다.

"그 외에도 세 노선 정도 더 운행하고 있을 걸세. 적자밖에 나지 않는 작은 버스 회사지만, 망해 버리면 지역 사람들의 다리가 없어지지. 환경을 마구 파괴하고 돈밖에 생각하지 않는다는 말을 듣는 개발업자도 가끔은 선행을 한단 말이야."

나는 말했다. "책에서 그것에 대한 내용을 다루면 어떨까요. 후기에서라도 괜찮을 것 같은데요."

모리는 가볍게 눈을 깜박였다. "그렇군. 좋은 생각일지도 모르겠어. 지금의 내가 어떤 곳에 있으면서 옛날을 돌아보며 잘난 척 말하고 있는 건지, 독자들에게 알려 두는 게 좋을지도 모르고……. 뭐, 몇 명이나 있을지 의심스러운 독자지만."

헤어질 때가 되자 모리는 소탈하고 따뜻한 됨됨이의 편린을 보여 주었다. 현역 시절, 외부의 금융 관계자나 직속 부하들이 꿈에서 볼 만큼 두려움의 대상이었던 무서운 '금고지기'는, 실은 비서실 여성들 사이에서는 가장 인기 있는 사장이었을 거라고 나는 생각했다.

"회장님께 안부 전해 주십시오."

모리는 목례를 하며 말했다.

"배려해 주셔서 정말 감사하다고."

우리도 정중하게 인사를 하고, 문을 지나 별장 부지 내의 도로로 나갔다. 잔디나 화단에 둘러싸여 어슬렁어슬렁 걸으니 기분이 좋았다. 차로 다니기 편리한 포장도로는 '시 스타 보소'의 건물 배치와 똑같이 인체공학적으로 깊이 연구한 설계 방식으로 깔려 있는 게 틀림없다.

우리가 늘 타는 버스는 열아홉시 정각에 '시 스타 보소 선셋 가구街區'라는 버스 정류장에 오는 버스다. 삼 분만 걸으면 도착하는 그 버스 정류장이 오늘의 나에게는 멀게 느껴졌다. 편집장도 6센티 힐 때문만이 아니라 똑같이 느끼고 있는 모양이다.

"나, 아직 멀었구나."

뚱뚱한 토트백을 어깨에 멘 채 말했다.

"아까 같은 말을, 적어도 두 번째 인터뷰에서 끌어내지 못한다면 프로가 아니지."

좀 더 이야기를 듣고 싶었어, 하고 중얼거렸다.

"기회는 아직 있습니다. 아까의 느낌으로는 단행본 기획에도 쉽게 Go 사인이 나올 것 같지 않습니까."

터덜터덜 걸어가다 보니 '선셋 가구'의 버스 정류장이 보이기 시작했다. 투명한 수지樹脂로 만들어진, 근미래풍 형태의 지붕 밑에 있는 노란색 벤치가 저녁 어스름 속에서 흐릿하게 빛나고 있다. 버스 정류장임을 나타내는 기둥 또한, 지붕이나 벤치에 맞추어 디자인 및 색조가 통일되어 있다. 모리의 이야기를 듣고 새삼스럽게 깨달았는데, 이들 설비도 개발업자가 사들인 후에 정비했을 것이다.

편집장과 나는 벤치에 걸터앉아 제각기 컴퓨터와 휴대전화의 착신이나 메일을 체크했다. 평소의 습관이다. 월간 《아오조라》의 발행 업무는 최종 마감날을 제외하고는 그렇게 빡빡하지는 않지만, 콘체른 내의 모든 업무와 기획을 빈틈없이 살피는 사내보인 이상 꼼꼼한 수정과 미묘한 배려를 요할 때가 많아서 그만큼 취재 대상과 자주 대화하게 된다. 그래서 매번 모리의 인터뷰에 오후 시간을 쓰고 여기에 앉으면, 편집장도 나도 답신을 기다리는 상당량의 메일이나 부재중 메시지와 대면하는 것이다.

"진짜 싫다."

휴대전화 화면을 보며 소노다 편집장이 혀를 찼다.

"'웰니스'가 또 사진을 교체해 달래."

그룹 내의 건강식품·건강 보조식품의 통신판매를 전문으로 하는 회사다.

"7일 체험 세트의 패키지를 바꿀 거라는군. 그런 건 전부터 정해져 있었을 테니까 미리 좀 말해 주지."

내 휴대전화 메일에는 나호코의 전언이 들어와 있었다. 손위 처남댁이 갑자기 연락해 와서 모모코를 데리고 저녁을 먹으러 가게 되었으니 그렇게 알라는 내용이다. 오후 세시 이후에 들어온 전언이다.

나는 '알겠어, 답장이 늦어서 미안' 하고 메일을 보냈다. 그러고는 문득 생각이 나서 말했다.

"편집장님, 어때요, 오늘 밤에 한잔하시지 않을래요?"

소노다 편집장은 "지금부터 동물원에 가시지 않을래요?"라는 말을 들은 것 같은 얼굴을 했다.

"왜?"

"왜라니요……. 인터뷰도 일단 끝났고."

매번 이 인터뷰 후에 기재를 반납하러 편집부에 돌아가도 누군가가 잔업을 하고 있던 적은 없다. 그런 시기가 아니기 때문이다.

"편집장이랑 부편집장의 회식은 안 됩니까?"

나는 일단 부편집장이다.

"내가 회장님 사위님이랑 둘이서 술을 마신다고?"

"가끔은 좋잖아요" 하며 나는 웃었다. "신바시에 맛있는 꼬치구이 집이 있습니다. 전에 다니가키 선배가 데려가 주었어요."

다니가키 선배는 그룹 홍보실의 전 멤버다. 정년퇴직을 하고, 지금은 부인과 한가롭게 살고 있을 것이다.

소노다 편집장이 자주 쓰는 '회장님 사위님'이라는 문구는 내 별명으로는 지극히 온당한 편이다. 뒤에서 스파이라느니 게슈타포라느니, 딸랑이라느니 하는 말을 하고 있다는 것을 알고 있다. 이마다 가문의 기생충이라느니, 회장 딸의 기둥서방이라는 험담도.

자주 얼굴이 바뀌는 그룹 홍보실의 멤버와, 나는 지금까지 사이좋게 일해 왔다. 하지만 겉으로는 터놓고 사이좋게 지냈다고 해도, 누군가가 내게 '한잔하실래요'라고 권하는 일은 없었다. 안 그래도 임시적인 직장에 있으면서, 대체 어떤 기특한 사원이 회장의 스파이이자 회장 딸의 기둥서방과 친해지고 싶어 하겠는가. 친해져서 이득이 있다면 괜찮지만, 아무것도 없는데.

다니가키 선배는 그런 나에게 "한잔하지" 하고 권해 주었다. 지금도 가끔 그 사람이 몹시 그리워진다. 오늘 밤처럼 아내가 갑작스러운 외식으로 딸을 데리고 집을 비울 때, 혼자서 훌쩍 그 꼬치구이 집에 가 본 적도 있을 정도다.

"맛있어?"

"꼬치구이는 물론이고, 조림도 최고예요."

"흐음, 좋은데."

편집장이 휴대전화를 집어넣었을 때, 버스가 보이기 시작했다.

'바닷바람 라인'의 버스 차체는 전혀 근미래적이지 않다. 구식 계단이 달린 승합 버스로, 앞문으로 타고 중앙에 있는 문으로 내린다. 운임은 전 구간 균일하게 180엔이다.

폭 넓은 노란색 라인이 버스 좌우의 창을 사이에 두고 하얀 차체에 그려져 있다. 노란색이 매우 또렷해서, '그 노란 버스'라는 인상으로 남게 되는 것이다. 앞 유리창 부근은 시원한 푸른색 라인으로 에워싸여 있지만 이쪽은 별로 눈에 띄지 않는다.

작금의 노선버스가 대개 그렇지만 창은 붙박이라 여닫을 수가 없고, 그만큼 창이 크기 때문에 멀리서도 차 안이 훤히 보인다.

편집장이 벤치에서 일어서며 말했다.

"별일도 다 있네. 오늘은 손님이 많아."

실은 많다고 할 정도는 아니었다. 승객 예닐곱이 시트에 앉아 있는 모습이 보일 뿐이다. 다만 그래도 '많다'고 표현하고 싶어질 만큼 버스가 텅텅 비어 있는 것에 우리는 익숙해져 있었다.

흰색과 노란색의 차체가 천천히 버스 정류장으로 다가와 정차했다. 중앙의 하차용 문은 닫힌 채, 앞의 승차용 문만이 피슈우 하고 압축 공기 빠지는 소리를 내며 열렸다.

"오래 기다리셨습니다. '시 스타 보소 선셋 가구'입니다."

편집장이 먼저 계단을 올라가 운임을 지불했다. 한가운데의 통로를 걸어 뒷좌석으로 나아간다. 나도 뒤따랐다.

"이용해 주셔서 고맙습니다."

하늘색 제복을 입고 제모를 쓴 여성 기사다. 나이는 삼십대 중반 정도일까. 지난번에 탔을 때도 이 사람이 운전하고 있었기 때문에 얼굴을 기억한다. 피부가 하얗고 아랫볼이 불룩하고, 약간 눈썹이 짙은 모습이 우리 누나를 닮았기 때문이기도 하다. 다만 이 여성 기사의 달콤한 안내 음성은 누나의 목소리와는 전혀 다르다. 누나는 무엇이든 분명하게 말하는 사람이고, 목소리도 그런 성미에 잘 맞았다.

편집장은 난간을 붙잡으면서 안쪽으로 나아가 마지막 줄의 좌석에 앉았다.

"출발합니다. 손잡이를 잡아 주십시오."

나는 편집장과 한 자리 떨어져서 나란히 앉았다. 버스는 천천히 출발했다.

중앙의 하차용 문 앞쪽의 좌우로 1인석 의자들이 늘어서 있다. 하차용 문 뒤쪽의 두 계단 올라간 곳에는 2인석 좌석들이 통로를 사이에 두고 앞쪽과 똑같이 좌우 대칭으로 세 줄씩 늘어서 있다. 그리고 맨 뒤에는 차체의 폭에 꽉 차게 다섯 개의 좌석이 늘어서 있다.

승객은 나와 편집장을 제외하고 여섯 명이었다. 앞쪽의 1인석에 네 명, 뒤쪽의 2인석에 두 명. 이 두 사람은 따로따로 앉아 있으니 일행은 아닌 것 같다.

오른쪽 창가 좌석에서 편집장이 어라 하는 표정을 했다.

"있지, 스기무라 씨. 저거."

손가락으로 정면을 슬쩍슬쩍 가리킨다. 앞문 위쪽에 설치되어 있는 액정 게시판이다. 두 줄로 되어 있는데, 윗줄에는 이 버스의 노선명과 번호가 표시되고 아랫줄에는 다음 버스 정류장이 표시된다. 평소에는 그렇게만 나오는데, 지금은 아랫줄의 표시 문자가 오른쪽에서 왼쪽으로 움직이고 있었다.

"바닷바람 라인 02노선은 지금 운행이 보류되고 있습니다. 불편을 끼쳐 드려 죄송합니다. 바닷바람 라인 02노선은,"

이 노선은 03노선이다. 역에서 곧장 남하하여 시가지를 통과해 '시 스타 보소'의 광대한 부지에 다다르면, 그 바깥쪽을 시계 방향으로 돌며 달린다.

"02노선이면 어디를 달리는 거더라?"

무슨 일이 있었던 걸까 하는 편집장의 중얼거림에, 내 앞쪽에 위치한 2인석의 통로 쪽에 앉아 있던 승객이 이쪽을 돌아보았다.

"'쿠라스테 해풍'으로 가는 버스인데요. 교통사고로 도로가 통행금지됐어요."

육십대로 보이는 부인이다. 백발을 연한 보라색으로 물들인 쇼트 헤어, 목깃에 자수가 놓여 있는 검은 앙상블, 경쾌하고 세련된 옷차림이지만 옆자리에는 커다란 보스턴백이 놓여 있다.

"사고를 일으킨 트럭에 실려 있던 짐 때문에 뭔가 큰 소동이 일어난 모양이에요."

'쿠라스테 해풍'이란 곧 모리 부인이 들어가게 될 요양 시설의 명칭이다. '시 스타 보소'의 동쪽에 인접해 있다. 사고가 일어났다는 도로는 그곳으로 통해 있을 것이다.

"트럭이 사고가 나서 짐이 도로에 흩어진 건가요?"

편집장이 앞좌석 등받이에 손을 올리고 몸을 내밀었다.

"그런가 봐요. 냄새가 심하대요. 뭐라고 하죠, 그 왜, 증발하는 것 같은."

"휘발성이요?"

"맞아요, 맞아요, 그런 걸 싣고 있어서 도로 가에 사는 사람들이 피난했다나요."

세상에, 하고 눈을 휘둥그렇게 뜨며 편집장은 다시 휴대전화를 꺼냈다. 뉴스를 체크하려는 것이리라.

"사고는 몇 시쯤에 일어났습니까?" 나는 부인에게 물었다.

"글쎄요, 버스가 멈춘 건 한 시간쯤 전이었나."

"'쿠라스테 해풍' 분들도 피난하셨나요?"

인체에 유해한 휘발성 액체가 도로에 뿌려졌다면, 이것은 큰일이다. 이웃해 있는 '시 스타 보소'에도 뭔가 정보가 들어와야 마땅할 것이다.

"그쪽은 바람이 불어오는 쪽이라 괜찮았던 모양이에요" 하고 부인은 말했다. "걱정할 것 없다고 안내 방송이 나왔으니까요."

나는 잠시 생각하고는 이해했다. 아무래도 이 부인은 사고 소식이 들어왔을 때 '쿠라스테 해풍'에 있었던 모양이다. 누군가를 문병하러 갔거나, 아니면 직원이거나. 그래서 현장에서, 당 시설에 사고 영향은 없다는 정보를 얻은 것이다.

"뉴스에는 안 나왔네."

소노다 편집장이 휴대전화를 닫으며 말했다.

"인터넷 뉴스도 의외로 느릴 때가 있단 말이야."

아니면 부인의 말에서 우리가 멋대로 추측한 만큼의 큰 사고는 아닐지도 모른다. 휘발성 액체라고 해도 종류는 여러 가지다. 예를 들어 페인트인 경우에도 냄새가 심할 테고 도로는 일시 통행정지가 되겠지만 그렇다고 사상자가 나오는 일은 없을 것이다.

"다음은 '시 스타 보소 메인게이트 앞'입니다."

여성 기사의 달콤한 안내 방송이 울렸다. 버스가 속도를 늦추기 시작한다.

'선셋 가구'의 버스 정류장에서 종점인 역전 터미널까지, 버스 정류장은 모두 일곱 개다. 거리는 약 4킬로미터 정도다. '메인게이트 앞'을 뒤로 하면 버스의 경로는 '시 스타 보소'를 떠나고 바닷가에서도 멀어져, 밭이나 잡목림 속을 지나 시가지를 향해 간다.

승차용 앞문은 열리지 않았다. 앞쪽의 1인석에 앉아 있던 직장인인 듯한 남성이 하차용 뒷문으로 내렸다. 검은 가방을 들고, 메인게이트 앞에 있는 '시 스타 보소'의 종합관리사무소를 향한다.

"출발합니다. 손잡이를 잡아 주십시오."

편집장은 안내 방송이 끝나기를 기다려 다시 부인에게 말을 걸었다. "이 근처에 사시나요?"

"나는 니시후나에서 드나들고 있어요. 어머니가 '해풍'에 계시거든요."

"저런, 그거 힘드시겠네요."

연보라색 백발의 부인은 생글생글 웃으며 가볍게 한 손을 내저었다.

"아뇨, 아뇨, 거기에서 어머니한테 잘해 주셔서 안심이에요. 하지만 오늘은 정말 깜짝 놀랐어요. 갑자기 버스가 서 버려서."

부인은 02노선이 다니지 않아 '쿠라스테 해풍' 부지를 걸었다고 한다.

"별장 지대 안의 '이스트 가구街區'라는 버스 정류장이 제일 가깝다고 가르쳐 주셔서, 거기에서 이 버스를 탔지요."

편집장도 부인 옆자리의 무거워 보이는 보스턴백을 알아차린 모양이다. 약간 격노한 말투가 되었다.

"'쿠라스테 해풍'에서 탈것을 준비해 주지 않던가요? 쩨쩨하네."

"갑작스러운 일이었으니까 어쩔 수 없지요."

부인 쪽은 점잖다.

"두 분은 별장 분들인가요?"

'시 스타 보소'의 주민이냐는 뜻일 것이다. 이번에는 우리가 웃으며 손을 내저었다.

"당치도 않아요. 일 때문에 갔습니다."

"그래요? 훌륭한 별장지지요."

"'쿠라스테 해풍'도, 저는 밖에서밖에 본 적이 없지만 훌륭하던데요."

"사실은 비싸답니다. 입원비가요."

부인은 주위를 꺼리는 표정을 띠었다.

"우리 어머니는 운이 좋아서 현에서 보조금을 내주는 병실에 당첨됐거든요. 옛날부터 제비뽑기 운만은 강한 분이었지요. 덕분에 나는 정말 편해졌어요."

다음 버스 정류장인 '다키자와 다리'가 가까워졌다. 안내 방송이 나오지만 버튼을 누르는 승객은 없다.

이차선 도로의 양쪽 옆에 덤불과 공터와, 빈약한 밭이 펼쳐져 있다. 이 부근은 주택지도 아니고 공장 지대도 아니다. 시가지와 '시 스타 보소' 사이에 끼어 있어, 모든 개발에서 소외된 듯한 쓸쓸한 풍경이다. 버스 정류장의 명칭이 된 다키자와 다리도, 좁은 용수로 위에 걸려 있는 작고 녹슨 철교다. 이곳에는 공간이 없었는지 버스 정류장 또한 재개발에서 튕겨나 있어서 옛날식의 받침대가 달린 둥근 간판만 오도카니 서 있다.

"'다키자와 다리'를 통과합니다."

여성 기사의 안내 방송에 편집장과 부인의 수다도 끝났다. 편집장은 다시 휴대전화를 꺼냈고, 연한 보라색 백발의 부인은 다시 앞을 향했다.

하늘은 벌써 얕은 밤으로 바뀌어 있다. 가로등 불빛이 닿지 않는 부분은 캄캄하다. 도심에서 고작해야 한두 시간 정도 걸리는 곳이라도, 개발에 어울리지 않으면 이런 풍경이 되고 만다.

주행중인 버스의 오른편에 위치한 1인석에 앉아 있던 남자가 일어섰다. 위아래 다 연한 회색 양복 차림이었는데, 사이즈가 맞지 않는지 묘하게 벙벙하다. 난간을 붙잡으면서 위태롭게 걸음을 옮기더니 운전석으로 다가간다.

야위고 몸집이 작으며, 듬성듬성한 머리카락은 새하얗고 등이 약간 굽어 있다. 상당한 연배의 사람이다. 오른쪽 어깨에 비스듬히 걸쳐 멘 가방에 오른손을 집어넣고 뭔가 꺼내려고 한다.

기사와 승객의 거리가 가까운 승합 버스에서는 가끔 이런 광경을 보게 된다. 누구나 경험이 있을 것이다. 뭔가 용건이 있어서 승객이 운전석으로 다가가는 것이다. 이 버스는 OO라는 버스 정류장에 섭니까? 죄송하지만 OX까지 가고 싶은데 어디에서 갈아타야 되나요? 1일 승차권 있어요? 회수권 주세요. 정기권을 사고 싶은데, 영업소는 어딥니까? 잔돈 바꿔 주실 수 있어요?

승합 버스 문 쪽에는 승객을 향한 '부탁'이 게시되어 있다. 주행 중에 일어서지 말아 주십시오, 함부로 기사에게 말을 걸지 말아 주십시오, 라고.

비틀비틀 운전석으로 다가가는 그 백발의 노인은 아랫볼이 불룩하고 목소리가 달콤한 기사에게 뭔가 말하려는 것이리라. 신경이 쓰일 정도는 아니었지만 나는 멍하니 바라보고 있었다.

백발의 노인은 운전석과 통로를 막고 있는 금속제 가로봉을 왼손으로 단단히 붙잡더니, 승차용 앞문의 계단을 등진 채 버티고 서서 여성 기사 쪽으로 몸을 굽혔다. 그와 거의 동시에 비스듬하게 멘 가방에서 오른손을 꺼냈다.

버스는 마침 빨간 신호에 걸려서 정차했다. 여성 기사가 노인 쪽으로 시선을 향했다. 운전석의 불빛에 비쳐, 모자 챙 아래의 생글거리는 옆얼굴이 맨 뒷줄에 있는 내 자리에서도 잘 보였다.

백발의 노인이 가방에서 꺼내 그녀의 얼굴 한가운데에—눈과 눈 사이에, 미간에 닿을 듯이 가깝게 바싹 들이댄 물건도 잘 보였다.

권총이었다.

우리의 생활 속에는 수많은 도구가 존재한다. 지극히 일상적인 것으로 누구나 명칭과 용도를 알고 있는 도구가 있는가 하면, 일상적으로 지나치기 때문에 용도도 알고 있고 사용한 적도 있지만 정식 명칭을 모르는 것도 있다.

그것과는 대조적으로 자주 보지만 사용한 적은 없는 도구도 있다. 명칭도 용도도 알고 있지만 보통 사람에게는 쓸데가 없는 도구다. 아니, 보통 사람이 손에 들거나 사용하는 것이 금지되어 있는 도구다. 주행중인 버스 안에서 함부로 기사에게 말을 걸어서는 안 된다는 제약보다 더 강한 금기에 묶여 있는 도구다.

권총은 그 대표 선수일 것이다.

백발 머리의 노인은 그것을 들고, 여성 기사에게 총구를 향하고 있다.

나는 그것을 보았다. 그 광경을 보았다. 그런데도 느긋하게 앉아 있었다.

아마 겨우 몇 초 사이의 일이었을 것이다. 하지만 그때의 내 기분은 분명히 '느긋'했다. 눈앞의 일이 너무나도 엉뚱했기 때문만은 아니다. 누군가가 누군가에게 권총을 들이댄다. 우리 현대인들은 그런 장면을 자주 보아서 익숙하다. 드라마나 영화 등의 영상 속에서 매일같이 본다. 약간 식상할 만큼, 셀 수 없을 정도의 '손들어' 장면을 목격한다.

그래서 나는 '느긋'했다. 이 장면이 영상 속의 일이 아니라 눈앞의 현실의 한 단편임을 이해하기까지, 뇌가 시간을 들이고 말았기 때문이다.

그랬던 것은 나 혼자만이 아닌 모양이었다. 여성 기사의 표정도 금방은 바뀌지 않았다. 총구가 지나치게 눈 가까이에 있어서 순간적으로 눈의 초점이 맞지 않았는지도 모른다.

백발 머리의 노인은 권총을 들이대면서 뭔가 속삭이고 있다.

나는 제정신으로 돌아왔다. 여성 기사도 사태를 확인했다. 그녀는 놀라서 몸을 움찔거렸고, 하얀 장갑을 낀 손이 핸들 위에서 미끄러졌다.

"뭐야" 하고 누군가의 목소리가 났다.

기사는 아니다. 오른쪽의 1인석 좌석들 중 선두에 앉은 젊은 여성의 목소리였다.

"장난이죠? 이게 뭐야."

거의 웃음을 터뜨릴 것 같은 목소리였다. 좌석에서 일어나 엉거주춤하게 서 있다.

백발 머리의 노인은 그 비틀거리는 발걸음과는 정반대의 재빠른 움직임으로, 뱀이 머리를 쳐들듯이 재빨리 총구를 그녀 쪽으로 향했다.

"죄송하지만, 아가씨. 조용히 앉아 있어 주십시오."

이 버스는 공회전 방지 버스였다. 신호 대기나 버스 정류장에서 멈추면 엔진도 멈추는 것이다. 그래서 차 안은 조용했고, 권총을 든 노인의 쉰 듯한 속삭임을 방해하는 소음은 없었다.

젊은 여성은 엉거주춤한 자세 그대로 얼어붙었다. 나는 좌석 시트에서 엉덩이를 들었다. 앞자리의 나이 든 부인의 표정은 보이지 않지만, 지금 옆자리의 보스턴백을 끌어당긴 모습을 보면 사태를 확인하기는 한 모양이다.

편집장은? 곁눈질로 보니 창유리에 머리를 기대고 졸고 있다.

아까 한 명이 내렸기 때문에, 노인을 포함해서 승객은 일곱 명이다.

"어이, 영감님. 무슨 속셈이야."

굵은 목소리로 부른 사람은 왼쪽 1인석에 앉아 있는 감색 바탕의 폴로셔츠를 입은 남성이었다. 내 자리에서는 견갑골 위밖에 보이지 않지만 그래도 충분히 덩치가 크다는 것을 알 수 있는 체구다. 폴로셔츠를 입은 등은 우락부락했고 옷 주름이 가로로 나 있다.

"기사가 여자라고 놀리면 안 되지. 그런 장난감은 얼른 집어넣으시죠."

큰 것은 목소리와 몸만이 아니라 담도 마찬가지인 모양이다. 폴로셔츠를 입은 남자는 자리에서 일어서더니 앞으로 나가려고 했다.

백발 머리의 노인은 그에게 권총을 향했다. 또다시 재빠른 움직임이었고, 총구는 전혀 흔들리지 않는다.

"잠깐! 그만두는 게 좋을 거예요."

편집장에게서 두 자리 떨어진 2인석의 창가 쪽에서 목소리가 날아왔다. 이쪽은 젊은 남성이다. 스포츠맨 같은 짧은 머리에, 반소매의 노란색 티셔츠. 저도 모르게 그런 듯이 한 손을 들어 폴로셔츠를 입은 남성을 제지한 뒤 그 손을 천천히 움츠렸다.

"장난감이 아니에요. 이 사람, 진심이에요."

엉거주춤 서 있던 젊은 여성이 천천히 몸을 틀어 그들 쪽을 돌아보았다.

"거짓말이죠." 젊은 여성은 다시 말했다. 귀여운 목소리지만 새된 음성으로 변해 있었다. 하얀 블라우스에 체크무늬 치마바지를 입었고 하얀 즈크화의 뒤축을 꺾어 신고 있다.

"거짓말이죠? 저거 진짜 아니죠? 모델건이죠?"

백발 머리의 노인은 싱긋 웃지도 않고 경련하는 웃음을 띤 그녀의 얼굴을 마주 보았다. 그러고는 손에 든 권총에 힐끗 시선을 떨어뜨렸다.

"아뇨, 진짜일 겁니다."

그는 아무렇게나 오른손을 들더니 총구를 버스 천장으로 향했다. 우리 중 누구도, 아무 말도 하지 못하고 무엇을 할 새도 없는 찰나의 일이었다.

탕, 하고 총성이 울렸다.

나는 한순간 눈을 감았다.

버스 천장의 요철이 있는 패널에 구멍이 뚫렸다. 총성과 함께 패널이 깨지는 소리가 났다. 이 소리가 훨씬 더 컸다.

편집장이 벌떡 일어났다. 눈을 동그랗게 뜨고 있다.

모두 말이 없었다. 아무도 그 자리에서 움직이지 않는다. 호흡마저 멈추고 있었다.

"뭐야? 무슨 일이야? 사고?"

엉뚱한 질문을 하며 소노다 편집장이 내 쪽으로 몸을 기울였다. 그러다가 그제야 운전석 옆에 우뚝 서 있는 자그마한 노인의 손 안에 있는 것을 알아차렸다.

"저거, 피스톨이잖아."

아무도 움직이지 않고, 웃지도 못한다.

"뭘 하고 있는 거야?"

부하 홍보부원이 낸 전표에 의심을 내보일 때 같은 말투였다. 잠깐, 이건 뭐야? 납득이 가도록 설명해 봐. 그게 너무나도 소노다 에이코다웠기 때문에 나는 웃음을 터뜨릴 뻔했다. 정말이지 자기 페이스대로 사는 사람이다. 이런 감정이 내게 정신을 차리게 해 주었다.

"편집장님, 조용히. 가만히 계세요."

"그렇습니다. 여러분, 조용히 해 주시기 바랍니다."

그렇게 말하며 백발 머리의 노인은 싱긋 웃었다. 이제 총구는 천장이 아니라 우리를 향해 있다. 여성 기사 이외의 여섯 명이라면 언제든지, 아무나 쏠 수도 있는 위치와 높이에.

"이제 아시겠습니까, 아가씨. 이건 모델건이 아닙니다. 진짜 권총이에요."

하얀 블라우스를 입은 젊은 아가씨는 고개를 부들부들 떨면서 가늘게 끄덕여 보였다.

"아, 알겠어요."

치마바지의 옷자락도 떨리고 있다. 그녀의 무릎이 후들거리고 있는 것이다.

"당신도 아시겠습니까."

노인은 폴로셔츠를 입은 남성에게도 물었다. 어느샌가 그는 완전히 일어서 있었다.

"알았어요."

대답한 뒤 천천히 양손을 들더니 그 김에 머리 뒤로 가져가 양손가락을 깍지 꼈다.

"이제 된 거요?"

"고맙습니다."

노인은 정중하게 말하고 다시 미소를 지었다.

"여러분도 이분과 똑같이 해 주시겠습니까. 아아, 일어서지 않아도 됩니다. 앉아 주십시오."

우리는 지시에 따라 좌석에 앉으면서 느릿느릿 '손들어' 자세를 취했다.

운전식을 곁눈질로 보며 노인은 말했다. "기사님도 부탁드립니다."

여성 기사의 손은 덜덜 떨리고 있었다. 하얀 장갑 때문에 똑똑히 알 수 있다.

이런 자세를 하면 눈이 심하게 움직이고 마는 법이다. 이른바 '유영하는' 것이다. 그때 유영중인 내 눈이 앞줄에 앉은, 나이 지긋한 부인을 보았다. 그녀는 손을 머리로 가져가다가 우아한 연보라색으로 염색한 머리카락에 붙어 있는 이물을 알아차렸다. 아까 튀긴 천장 패널의 파편이다. 어떻게 하나 싶었는데, 당연하다는 듯이 얼른 쳐서 떨어뜨렸다. 그러고 나서 머리 뒤에서 손가락들을 깍지 꼈다. 나는 또 웃음을 터뜨릴 뻔해서 굳게 입술을 깨물었다.

"저기, 질문이 있는데,"

편집장이 아직도 전표 숫자에 해명을 요구하는 듯한 말투로 약간 목소리를 높였다.

"이건 강도인가요? 당신, 돈을 원하는 거예요?"

이 또한 소노다 에이코답게 단순하고 분명한 질문이었다. 손을 들고 있지 않았다면 나는 그 손으로 눈을 덮었을 것이다.

같은 기분의 승객이 적어도 한 명은 더 있는 것 같다. 노란색 티셔츠를 입은 청년이 믿을 수 없다는 듯이 눈을 부릅뜨고 편집장을 돌아본 것이다.

"강도가 아닙니다, 부인." 노인은 여전히 정중한 말투로 대답했다. 게다가 외모와는 전혀 어울리지 않는, 탄력 있고 젊은 목소리다. 마치 시들고 쪼그라든 노인의 몸속에 한창 일할 나이의 비즈니스맨이 숨어 있는 것 같다.

"나는 부인이 아닌데요."

"편집장님, 그만 좀 하십시오."

나도 모르게 참견하자 노인은 권총을 겨눈 채 또 싱긋 웃었다.

"당신들 두 분은 부부가 아니라 상사와 부하로군요. 출판사에서 일하십니까?"

편집장은 입을 삐죽거리며 대답하지 않는다. 노인도 굳이 대답을 요구하지 않았다.

"그럼 다음 단계로 나아가지요. 여러분, 휴대전화를 갖고 계시지요? 정말 죄송하지만 잠깐 제게 맡겨 주십시오."

노인은 반보 오른쪽으로 움직여, 하얀 블라우스를 입은 아가씨에게 시선을 향했다. "우선 당신부터. 휴대전화를 꺼내 주십시오.

천천히. 꺼내서 제게 보여 주세요."

"손을, 움직여도 되나요?"

"됩니다. 하지만 아가씨."

노인이 정중하게 말했다.

"당신이 뭔가 쓸데없는 짓을 하면 뒷자리의 노란색 티셔츠를 입은 청년이 죽게 됩니다."

그 젊은이가 흠칫했다. 하얀 블라우스를 입은 아가씨는 고개를 돌려 그를 보았다.

"아가씨만이 아닙니다. 다른 분들께도 말씀드리겠습니다. 어느 분인가가 제 빈틈을 뚫고 뭔가 시도한다면 저 노란 티셔츠에 다른 색깔이 섞이게 될 겁니다."

"아, 알겠어요."

당사자인 젊은이가 노인이 아니라 우리에게 말했다. 머리도 목도 움직이지 않고 그저 턱만 끄덕끄덕한다.

"여러분도 움직이지 마세요."

"알았어. 안 움직일 테니까."

폴로셔츠를 입은 남성의 굵은 목소리는 약간 불온한 노기를 띠고 있었다.

"거기 당신, 빨리 해."

하얀 블라우스를 입은 아가씨는 남자의 재촉을 받으면서 무릎 위에 놓인 가방을 뒤지기 시작했다. 허둥거리느라 좀처럼 찾지 못한다.

"이, 이거. 제 휴대전화예요."

펄 핑크색의 작은 휴대전화를 움켜쥐고 노인 쪽으로 내밀려고 한다.

"바닥에 두십시오."

그녀는 몸을 굽혀 휴대전화를 바닥에 놓았다. 노인의 손 안에 있는 권총은 그 움직임을 따라가지 않고, 노란색 티셔츠를 입은 청년을 정확하게 겨누고 있다.

"그럼 제 발치로 미끄러뜨려 주십시오. 천천히."

그녀는 지시에 따랐다. 펄 핑크색 휴대전화는 겨우 50센티 정도 바닥을 미끄러져 노인의 구두 앞에서 멈추었다. 광택이 없는 검은 가죽구두였다.

"고마워요."

노인은 그녀에게 웃음을 짓고, 총구는 그대로 겨눈 채 재빨리 발을 움직였다. 그 휴대전화를 옆쪽으로 찼다. 휴대전화는 요란한 소리를 내며 앞문 쪽 계단으로 떨어졌다.

"다음은 당신입니다. 휴대전화를 꺼내서 보여 주십시오."

노인은 폴로셔츠를 입은 남성에게 말했다. 총구가 움직여 블라우스를 입은 아가씨를 겨누었다.

"다른 분들이 쓸데없는 짓을 하면 이번에는 이 아가씨에게 슬픈 일이 일어날 겁니다."

폴로셔츠를 입은 남성은 바지 뒷주머니에서 휴대전화를 꺼내더니 얼굴 높이로 들어 보였다.

"그럼 자리에서 일어나서, 몸을 숙여 바닥에 놓아 주십시오."

지시에 따르는 폴로셔츠 남성의 호흡이 거칠다. 내가 있는 곳에서도 알 수 있다. 덩치가 커서 숨이 쉽게 가빠지는 것일까. 아니면 분노와 긴장으로 당장이라도 폭발할 듯한 상태인 것일까.

"제 발치로 미끄러뜨려 주십시오."

폴로셔츠를 입은 남성은 그 지시에 따르지 않았다. 휴대전화를 미끄러뜨려 앞쪽 계단 아래로 직접 떨어뜨린 것이다. 큰 소리가 났다.

"이제 됐겠지."

바닥에 쪼그린 채, 폴로셔츠를 입은 남성은 눈을 치뜨고 이를 드러내며 말했다.

"네, 수고를 덜었군요. 자리로 돌아가십시오."

노인의 온화한 말투는 변하지 않는다. 하얀 블라우스를 입은 아가씨가 후우 하고 숨을 내쉬었다. 노인과 거리가 가까운 탓도 있어서, 이 아가씨가 가장 겁먹고 있다.

"다음은 당신입니다."

노인은 노란색 티셔츠를 입은 청년에게 시선을 향했다. 총구는 하얀 블라우스를 입은 아가씨를 향한 채 움직이지 않는다.

청년은 고개를 끄덕이고 휴대전화를 찾기 시작했다. 티셔츠 자락을 올리며 입고 있는 청바지의 주머니를 두드린다. 없다.

"어라? 어라?"

하얀 블라우스를 입은 아가씨의 양 팔꿈치가 흔들리고 있다.

"죄, 죄송합니다. 휴대전화가 없어요."

몸에 불이 붙어서 두들겨 끄려는 것 같기도 하다.

노인은 침착했다. "시트 위에 떨어뜨린 건 아닙니까?"

청년은 시트를 더듬었다. 티셔츠 목깃의 색깔이 변해 있다. 식은땀의 색깔이다.

"있다!"

기세가 지나쳐 움켜쥔 휴대전화를 던지고 말았다. 그것은 왼쪽의 빈 좌석 위까지 날아갔다.

"그대로 움직이지 마십시오."

노인은 청년을 제지하고는 내 앞에 있는 부인에게 말을 걸었다.

"죄송하지만 부인—당신은 '부인'이라고 불러도 되겠습니까."

연보라색 백발이 세련된 부인은 약간 턱을 당겼을 뿐 반응이 없다.

"예쁜 머리군요" 하며 노인은 그녀에게 웃음을 지었다.

"아아, 저요?"

부인은 요령 있는 사람이 아니었다. 하지만 노인은 초조해하지 않는다. 웃는 얼굴은 상냥하고 말투에는 참을성이 있다.

"그 휴대전화를 주워서 손에 들고, 계단을 내려와 주시겠습니까."

총구와 마주한 채 앉아 상반신을 내밀고 이쪽을 보고 있는 하얀 블라우스 차림의 아가씨의 뺨이 젖어 있다. 울고 있는 것이다.

"울지 마십시오, 아가씨."

권총을 든 노인은 타이르는 듯한 말투로 젊은 여성에게 말했다.

"여러분이 제 말대로 해 주시면 그렇게 울어야 할 정도로 슬픈 일도, 무서운 일도, 전혀 일어나지 않을 겁니다. 약속드립니다."

"죄, 죄송해요."

하얀 블라우스 차림의 젊은 여성은 콧소리로 사과했다. 아래를 보고 떨면서 머리만 끄덕끄덕 움직인다. 호흡이 흐트러져 있다.

"저, 저는 겁이 많아서 그래요. 죄송해요, 죄송해요."

백발을 염색한 부인은 노란색 티셔츠를 입은 젊은이의 휴대전화를 든 채 중앙 계단 가장자리에 우뚝 서 있다.

"이거, 그쪽으로 가져가면 되는 거지요."

이쪽은 침착하다. 이상할 정도의 냉정함에, 나는 한순간 이 부인은 사태를 이해하지 못하고 있는 게 아닌가 하고 의심했다. 지나치게 갑작스러운 일이라 이 사람은 무슨 일이 일어나고 있는지 모르는 것이 아닐까.

"우선 계단을 내려와 주십시오. 부인, 발밑을 조심하세요."

백발을 물들인 부인은 망설이는 기색도 없이 움직이기 시작했다. 앉아 있을 때는 몰랐는데, 다리가 불편한 모양이다. 오른손으로 휴대전화를 움켜쥐고 왼손으로 좌석 등받이를 꽉 붙잡으며, 몸을 옆으로 돌려서 겨우 두 단밖에 없는 계단을 천천히 내려간다.

"그럼 그 휴대전화를 제 발밑으로 미끄러뜨려 주십시오."

부인은 쪼그리는 동작도 신중했다. 무릎을 구부리기가 힘든 모양이다.

"……네."

대답과 함께 부인은 휴대전화를 던졌다. 의외로 기세 좋게 던졌기 때문에 작은 휴대전화는 미끄러진다기보다는 바닥 위를 낮게 날아서, 한 번 떨어졌다가 튀어 올라 데굴데굴 굴러갔다.

"고맙습니다."

또 그 휴대전화를 차서 승차용 문 아래로 떨어뜨리고, 노인은 미소를 지었다.

"그럼 다음은 죄송하지만 부인의 휴대전화입니다. 똑같이 해 주시겠습니까."

부인은 또 말없이 자신의 가방을 뒤진다.

이런 경우가 아니라면 짜증이 날 것 같은 둔중한 움직임으로, 부인은 노인의 지시에 따랐다. 다음은 나나 편집장일 거라고 생각했는데 노인은 백발을 염색한 부인에게 계속해서 지시했다.

"부인, 다음은 그쪽 회사원분의 휴대전화를 받아서 똑같이 해 주십시오."

나는 휴대전화를 내밀었다. 내 휴대전화를 차서 떨어뜨리고 나니 편집장 차례였다.

단조로운 반복이었다. 젊은 여성은 눈물을 멈추었고 흐트러진 호흡도 진정되었다. 아무도 자제력을 잃지 않았다.

하지만 승객들은 모두 머리 위에 손을 대고 털썩 앉아, 휴대전화가 바닥 위를 미끄러지거나 굴러가는 것을 멍하니 지켜보고 있었다. 내 머릿속에서도 용감하고 과감한 결단은 떠오르지 않았다.

아직도 어딘가 거짓 같은 기분이 들었다. 진짜 권총을 갖고 있기는 해도, 고작 힘없는 노인 한 명이다. 무리를 하지 않아도 자연스럽게 어떻게든 될 것 같은 기분이 들었다. 자연스럽게? 뭐가 자연스럽단 말인가. 이런 부자연스러운 상황에서.

겨우 승객 전원의 휴대전화가 앞문 아래로 사라졌다.

노인은 백발을 염색한 부인을 치하했다. "고맙습니다, 부인. 무릎이 아픈 건 괴로운 일이지요."

"관절염이에요." 부인이 말했다. 여기는 병원 대합실이고 우연히 옆자리에 앉게 된 노인이 "부인은 어디가 안 좋으십니까?"라고 말을 걸어서 대답했다—는 정도의 말투였다. 역시 핀트가 어긋나 있다.

"그럼 기사님."

여성 기사를 돌아본 노인은 역시 총구를 정확하게 그녀에게 겨눈 채 말했다. "죄송하지만 앞문을 열어 주십시오."

한순간 망설인 듯한 침묵이 흘렀다. 그러고 나서 문이 열렸다.

"여러분, 움직이지 마십시오."

노인은 뒷걸음질 쳐서 앞문으로 다가가더니, 한 계단 내려가 휴대전화들을 차서 밖으로 떨어뜨리기 시작했다.

"아." 작은 목소리가 났다. 노란색 티셔츠를 입은 젊은이다. 발에 차여 떨어지는 자신의 휴대전화를 보고 저도 모르게 반응해 버린 것이리라.

노인이 미소를 지었다. "죄송하지만 만약을 위해서. 나중에 회

55

수할 수 있으니까 잠깐 동안만 참아 주십시오."

젊은이에게 말을 걸고 미소를 지으면서도 노인의 눈과 총구는 여성 기사에게서 움직이지 않는다.

내 뇌리에, 통로를 달려 노인에게 달려들어서 노인과 그의 손에 들린 권총을 통째로 버스 밖으로 굴러 떨어지게 하는 자신의 모습이 떠올랐다. 하면 할 수 있을 것 같다는 생각이 들었다. 별것도 아닌 일처럼 여겨졌다.

"자, 이제 됐어요. 문을 닫아 주십시오."

노인이 아까의 위치로 돌아오고, 문이 닫혔다. 내 공상도 끝났다.

"기사님의 성함은 시바노 씨로군요."

차 안에는 기사의 이름이 표시되어 있다.

"시바노 씨, 버스를 출발시켜 주십시오. 말씀드리지 않아도 아시겠지만, 조용히 출발해 주세요."

급출발해―하고 마음 속의 내가 말했다. 버스를 흔들리게 해서 저 할아버지를 굴러 떨어지게 해.

"그 사람의 휴대전화는 괜찮나?"

누군가 했더니 굵은 목소리의 주인, 폴로셔츠를 입은 남자였다.

"기사도 휴대전화를 갖고 있다고. 괜찮은 건가?"

"상관없습니다. 신경 써 주셔서 고마워요."

노인이 웃으며 대답했고, 버스의 시동이 걸렸다. 차체가 흔들렸다.

그때가 되어서야 나는 깨달았다. 역까지 이어지는 외길은, 다키자와 다리를 지난 이 부근에서부터 산을 깎아 낸 도로로 바뀐다. 물론 길은 포장되어 있고, 산을 깎아 냈다고 해도 험준한 곳은 아니다. 보통 때 같으면 신경도 쓰지 않고 지나갈 것이다.

하지만 지금은 달랐다. 이 장소에는 큰 의미가 있다는 것을 나는 깨달았다. 노인이 권총을 꺼내 아까 그 지점에서 버스를 세운 데에는 확실한 이유가 있었던 것이다.

이 앞에서 길은 L자형을 띠며 오른쪽으로 굽어져 있다. 급출발하면 버스는 산을 깎아서 만든 콘크리트 벽에 정면으로 충돌하고 만다.

천천히, 버스가 움직이기 시작했다. 내 머리도 움직이기 시작했다. 액션 영화의 주인공 같은 자기 자신을 몽상하기 위해서가 아니라 이 상황을 제대로 파악하기 위해서.

이 노인은 자신이 하고 있는 일을 잘 안다. 힘없는 외모나 동작을 우습게 봐서는 안 된다.

급출발할 수 없는 장소에서 정차시킨 것. 승객 전원의 휴대전화를 처리하기 위해 누군가를 움직여야 하는 국면에서, 재빠르게 움직일 수 없는 저 부인을 고른 것.

그리고 지금 버스를 몰기 시작한 기사의 관자놀이에 총구를 들이대고 있는 것.

"모쪼록 쓸데없는 짓은 하지 말아 주시기 바랍니다."

버스가 L자형의 모퉁이를 완전히 돌았다.

"시바노 씨, 산코 화학으로 가 주십시오."

노인의 목소리는 온화하다.

"어딘지는 아시지요? 산코 화학의 공장 말입니다. 폐쇄된 지 이 년쯤 됐을까요. 계속 그대로던데 살 사람이 나서지 않는 걸까요?"

행선지도 결정되어 있다. 노인은 다음 계획을 세워 둔 것이다. 즉흥적으로 하고 있는 일이 아니다.

"산코 화학이라면 알지만 버스는 그 앞쪽 길로 들어가지 못해요. 그 전방에 있는 삼거리의 고가 밑을 지나갈 수가 없거든요."

시바노 기사의 달콤한 목소리는 약간 쉬어 있었다.

"옆길이 있잖아요. 빙 돌아서 통용문까지 가 주십시오. 이전에는 종업원용 주차장이었던 곳이 공터가 되어 있지요."

알겠습니다, 하고 시바노 기사는 대답했다.

마치 택시 기사와 승객의 대화 같다. 양쪽 다 이 근방에 대해서 잘 안다. 산코 화학이 있는 곳도, 그 공장이 폐쇄되고 현재까지 아무도 없는 상태인 점도, 그곳으로 통하는 옆길이 있다는 점도, 여성 기사와 노인에게는 주지의 사실인 것이다.

"여러분, 조용히 해 주십시오."

노인은 시바노 기사에게 시선과 총구를 향한 채 흔들리는 차 안에서 단단히 버티고 서 있다.

"잠시만 그대로 참아 주시기 바랍니다."

"이봐요, 영감님."

폴로셔츠를 입은 남성이 초조한 듯이 말을 걸었다. 그 김에 손도 내리려고 한다.

"당신, 목적이 뭐야."

"죄송하지만 손을 들어 주십시오."

폴로셔츠를 입은 남성은 일부러 그러는 것처럼 한숨을 쉬고 나서 머리 뒤로 다시 양손을 깍지 꼈다.

"알았어요. 하지만."

"제 목적에 대해서는 차차 얘기하겠습니다. 지금은 여러분이 쓸데없는 짓을 하시면 시바노 씨에게 슬픈 일이 일어난다는 것만을 생각해 주십시오."

"—기사님을 쏘면 버스도 사고가 나고 말아요."

티셔츠를 입은 젊은이가 항의하듯이 말했다. 이쪽은 특히 기특하게도 머리 꼭대기에서 단단히 깍지를 끼고 있다.

"그건 곤란하지요" 하고 노인은 진지하게 말했다. "그러니 쏘게 하지 마십시오."

사고를 일으켜도 큰일은 나지 않을 것 같은 속도로 버스는 정규 루트에서 벗어난다. 평소에는 곁눈질로 지나갈 뿐인, 밭 사이를 통과하는 1차선 길로 들어갔다.

"할아버지, 진심이세요?"

노인은 대답하지 않는다. 티셔츠를 입은 젊은이도 그 이상은 묻지 않고 입을 다물었다.

길을 따라 달리다가 이윽고 전방에 한 덩어리의 빛바랜 건축물이 보이기 시작했다. '합성화학비료 산코 화학 주식회사'라는 낡은

59

간판. 슬레이트 지붕의 건물과 복잡하게 교차하는 파이프들. 녹슨 굴뚝과 흐려진 창유리.

맞은편에서 오는 차는 없다. 주위에 흩어져 있는 민가에서 불빛이 빛나고 있지만, 사람 그림자는 보이지 않는다. 자전거 한 대 지나가지 않는다.

노인이 한순간 시바노 기사에게서 눈을 뗐다. 왼쪽 손목에 찬 손목시계를 본 것이다.

"속도를 좀 올려 주십시오. 이 버스가 종점에 도착하는 시간까지, 산코 화학에 가고 싶어요."

시바노 기사는 대답하지 않았지만 버스는 속도를 높였다. 나는 곁눈질로 편집장의 표정을 살폈다. 아까 '나는 부인이 아니다'라고 대꾸했을 때 그대로 부루퉁한 얼굴을 하고 있다. 겁먹고 울기보다는 불쾌해하는 표정을 짓는 것이 이 사람답다.

산코 화학의 폐쇄된 공장에는 아직 불이 군데군데 켜져 있었다. 부지 전체를 에워싼 회색 콘크리트 담장 위로 일정한 간격을 두고 가느다란 쇠기둥들이 튀어나와 있고, 그 윗부분에 조명이 달려 있는 것이다. 쇠기둥들 사이에 감긴 철조망이 침입자를 막고 있다. 장내에도 몇 개의 야간조명이 켜져 있다. 또렷한 초록색 비상등도 보였다.

"뭐야, 여기는." 폴로셔츠를 입은 남성이 화난 듯한 목소리로 말했다. "도산한 건가? 어수선하군."

시바노 기사는 분명히 이 장소를 잘 알고 있는지 망설이지 않고 버스를 몰아 옛날에 종업원용 주차장이었던 곳으로 향했다. 나도 그렇다는 것을 알 수 있었던 까닭은, 기울어진 표시판이 보였기 때문이다.

산코 화학 사원 전용 주차장, 무단 주차는 경찰에 신고하겠습니다.

빨간 페인트로 하얀 바탕에 문구를 써 놓은 간판은 비바람을 맞아 빛깔이 바래 있었다.

"─사원 기숙사야."

편집장이 부루퉁하게 다물고 있던 입을 열고 중얼거렸다. 원래 주차장이었지만 지금은 그냥 공터가 된 곳의 오른쪽에 사 층짜리 빌딩이 서 있다. 이쪽에는 불빛이 전혀 없다. 콘크리트 담장의 조명에 흐릿하게 외곽이 떠올라, 창문들이 줄지어 있는 모습이 보일 뿐이다.

"어떻게 아세요?" 나는 작은 목소리로 물었다.

"간판이 있었어. 지금은 아무도 살지 않는 것 같네."

회사도 공장도 폐쇄되고 사원은 모두 떠났다. 지금은 쥐의 소굴이 되어 있을 것이다.

나는 머리를 조금 움직여 창문으로 보이는 풍경을 확인했다. 민가에서 나오는 듯한 창문 불빛들이 버스 뒤쪽 길 건너편에서, 꽤 멀찍이 떨어진 채 늘어서 있다. 느낌으로 보아 아파트일지도 모른다. 이런 시각에 '바닷바람 라인'의 노란 버스가 어째서 폐공장의 주차장 같은 곳에 있을까 하고 수상하게 여기는, 눈치 빠른 주민이 있으면 좋겠는데.

그 이외의 어둠은 그저 밤이거나, 논이나 밭이다. 어쨌든 이쪽을 수상하게 여겨 줄 만한 존재는 전혀 아닌 것 같다.

버스 타이어가 자갈을 밟는 소리가 난다. 바운드하듯이 흔들린다.

"가능한 한 담장에 붙여서 세워 주십시오."

시바노 기사가 노인의 지시에 핸들을 쥐면서 되물었다.

"어느 쪽을 보고 설까요?"

"버스 문이 달려 있는 면이, 담장과 평행을 이루도록 붙여 주십시오."

노인은 그렇게 말하고 싱긋 웃었다.

"당신의 실력이라면 할 수 있겠지요."

"바싹 붙여도 되나요?"

"아슬아슬하게 닿을 만큼 붙여 주십시오."

노인의 의도는 명확했다. 산코 화학의 콘크리트 담장으로 버스 출입구를 막아 버릴 생각인 것이다.

평행 주차의 요령이다. 핸들을 꺾고 약간 앞으로 나갔다가 다시 핸들을 꺾었더니, 콘크리트 벽이 버스 옆면으로 가까이 다가온다.

"스톱."

문이 난 차체 면의 창문으로 칙칙한 회색 콘크리트 벽이 다가오고, 버스는 멈추었다.

"시동을 꺼 주십시오. 고마워요."

잔돈이라도 바꿔 주었을 때처럼 가볍게, 하지만 정말로 감사하는 것처럼 들렸다.

"뒤쪽 자리에 계신 분들."

노인은 시바노 기사에게 권총을 들이대며 우리 네 사람을 불렀다. 백발을 염색한 부인, 티셔츠 차림의 젊은이, 편집장과 나다.

"앞으로 나와서 빈자리에 앉아 주십시오. 저는 서 있어도 괜찮으니까 신경 쓰지 마시고요."

진지한 건지 농담인 건지.

티셔츠 차림의 젊은이가 제일 먼저 움직여 하얀 블라우스 차림의 여성 바로 뒷자리로 옮겼다. 나는 편집장을 재촉했다. 편집장은 백발을 염색한 부인에게 "같이 옮기시죠" 하고 말을 걸었다.

백발을 염색한 부인은 또 고생해 가며 계단을 내려갔다. 폴로셔츠 차림 남성의 앞쪽에 앉는다. 편집장은 티셔츠 차림의 젊은이 뒤에 앉았다.

왼쪽 선두, 노인과 가장 가까운 자리가 비었다. 처음부터 내가 옮길 생각이었던 자리다. 내가 그곳으로 다가가는 동안 노인은 나를 보고 있었다. 시바노 기사에게 향하고 있는 총구가 언제 이쪽을 향할까 하고, 나는 긴장했다. 총구는 움직이지 않았다.

"좁아서 죄송합니다." 노인은 말했다.

버스 앞쪽 절반은 좌석과 좌석의 간격이 상당히 다르다. 왼쪽 맨 앞좌석 전방에 기계를 격납한 곳이 튀어나와 있기 때문에 왼쪽이 더 좁은 것이다. 그리고 오른쪽 좌석들은 휠체어나 유모차 승객이 탔을 때 접혀서 공간을 만들 수 있도록 서로 넉넉하게 떨어져 있었다.

"꼭 차장 같은 말투네요."

특별히 용기를 낸 것이 아니라 무심코, 나는 노인에게 말을 걸었다.

노인도 허세 부리지 않고 대꾸했다. "그렇군요. 저를 좀 특이한 차장이라고 생각해 주시면 고맙겠습니다."

"웃기는 소리."

내뱉듯이, 폴로셔츠를 입은 남성이 말했다. 이번에는 손은 움직이지 않았지만 분명히 표정이 바뀌어 있었다. 화를 냄과 동시에 노인을 깔보고 있다.

"뭔지 모르겠지만 이런 별난 짓에 어울리게 된 사람 입장도 좀 생각해 줘요. 영감님, 당신 머리가 이상한 건 아니겠지? 이제 슬슬 이런 뻔한 연극은 그만 좀 해요."

"그럼 끝낼까요?"

그 말과 동시에 총구가 움직여 폴로셔츠를 입은 남자를 겨누었다. 나는 목덜미의 털이 곤두서는 것을 느꼈다. 처음에 천장 판을 쏘아 보였을 때와 똑같다. 아무렇게나, 눈도 깜박이지 않고 노인은 방아쇠를 당긴다. 그 손가락에 힘이 들어가는 것을 나는 보았다.

폴로셔츠를 입은 남자도 보았다. 느꼈다. 안색이 바뀌었다. 핏기가 가시는 소리가 들렸다.

순간, 나는 눈을 감았다.

몇 번을 돌이켜 생각해도 한심하다. 내가 할 수 있었던 일은 또 그저 눈을 감는 것뿐이었다.

총성이 났다. 이번에도 탕! 하고 건조한 소리였다. 가벼운 소리였다. 아무런 해도 없을 것 같은 소리였다.

무엇가가 팟 하고 튀어 올랐다. 좌석 등받이에 채워져 있던 것이다. 총알은 버스 뒤쪽의 2인석 자리 중 하나, 지금은 아무도 앉아 있지 않은 등받이를 맞춘 것이다.

내가 눈을 떴을 때 폴로셔츠를 입은 남자도 눈을 뜨는 참이었다.

모두 얼어붙어 있었다. 움직이지 않는다. 백발을 염색한 부인만이 천천히 눈을 깜박였다.

"당신." 부인은 노인에게 말했다. 갑자기 눈빛이 험악해졌다. "그런 걸 휘두르다니, 위험하잖아요."

아무래도 인식이 느리다. 그러나 지금 이때 소리 내어 화내는 부인은 나보다도 훨씬 용감하다.

"부인." 나는 가능한 한 온화하게 말을 걸었다. "이 어르신도 장난으로 이런 짓을 하고 있는 건 아닌 듯하니까요—."

부인은 나 따위에게는 눈길도 주지 않는다. 똑바로 노인을 응시하고 있다.

"나는 클리닉에서 몇 번인가 당신을 본 적이 있어요. 얼굴을 기억한다고요. 내가 사람 얼굴은 잘 외우거든요."

노인은 뼈가 불거진 손가락으로 권총을 단단히 움켜쥐고는 부인의 설명을 듣고 있다. 총구는 여전히 폴로셔츠를 입은 남성을 향하고 있다.

"당신, 어딘가 안 좋은 거죠? 무거운 병인 거죠? 그렇다고 해서 자포자기해서는 안 돼요. 요즘은 약도, 수술 방법 같은 것도 정말로 발전했답니다. 겨우 이삼 년 전에는 낫지 않던 병도 멋지게 낫거든요. 우리 어머니도 지금까지 몇 번이나 목숨을 잃을 뻔했지만 그때마다 선생님이 살려 주셨어요. 당신, 자포자기하면 안 돼요."

부인과 마주 보는 노인의 푹 팬 볼의 선이 느슨해졌다. 눈빛도 온화해졌다.

"충고 감사합니다, 부인."

당신은 좋은 분이군요, 라고 말했다.

"시바노 씨."

이름을 불린 여성 기사가 흠칫했다.

"네."

"운전석을 떠나십시오. 당신은 버스에서 내려 주세요."

얼어붙어서 고개를 움츠리고 있던 폴로셔츠 차림의 남자가 눈알만 움직여 시바노 기사를 보았다.

노인은 기사를 내려 줄 생각이다. 버스를 납치한 것은 어딘가로 이동하기 위해서가 아니다. 이 버스의 종점은 여기다.

"뒤로 가서 비상 출구를 여십시오."

문이 달린 차체 면의 반대편, 방금까지 편집장이 앉아 있던 쪽에 난 창문은 긴급용 비상문이기도 하다. 여차할 때는 시트를 들어 올리고 발치의 레버를 조작하는 것이다.

나는 지금까지 여러 장소에서 공영 버스를 타 보았지만, 다행히도 비상 레버를 조작해야 하는 국면과 조우한 적은 없다. 다만 레버가 거기에 있는 것은 알고 있었다. 대부분의 버스에서 같은 위치에 있고, 비슷한 조작 설명이 붙어 있다.

시바노 기사는 운전석에서 움직이려고 하지 않는다. 노인의 옆얼굴을 향해서 말한다.

"죄송하지만 저는 이 버스에서 내릴 수 없어요."

떨리고 있지만, 예의 달콤한 목소리다.

"이 상황에서 승객들을 두고 저만 버스에서 내릴 수는 없어요."

노인은 곁눈질로 그녀의 표정을 살폈다. 마음만 먹으면 언제든지 그녀를, 또는 폴로셔츠를 입은 남자를 쏠 수 있는 위치에 서 있다. 구부정하게 등을 굽히고, 헐렁한 정장을 입고.

"회사의 규칙입니까? 위반하면 해고당하나요?"

"그런 문제가 아니에요. 기사로서의 책임이 있기 때문이에요."

기사는 한순간 입술을 굳게 다물더니 뜻을 굳힌 듯이 말을 이었다. "비상문은 열게요. 거기로 손님을 내리게 해 주세요. 인질은 저 하나면 충분하잖아요."

"그, 그래."

폴로셔츠를 입은 남자가 뛰어들듯이 찬성했다. 식은땀을 흘리며 눈만 두리번거리고 있다.

"그거 명안이야. 그렇게 합시다. 영감님, 당신도 인질이 많으면 감당할 수 없잖아요."

노인이 움직였다. 나와 백발을 염색한 부인 앞을 재빨리 가로질러, 폴로셔츠를 입은 남자에게 다가갔다. 왼손으로 그의 상박을 움켜쥐고는 오른손에 든 권총 총구를 그의 턱 밑으로 가져갔다. 늘어진 살에 파고들듯이 바싹 들이댔다.

"시바노 씨, 비상문을 열어 주십시오."

폴로셔츠를 입은 남자는 움츠러들었다. 눈알이 흔들리고, 총구에서 도망치려고 목을 늘인다.

"얼른 열어 주시길 바랍니다."

"기사님."

노란색 티셔츠를 입은 젊은이가 말했다.

"지금은 시키는 대로 하는 게 좋겠어요. 비상문을 열어 주세요."

그의 앞에서 젊은 여성도 고개를 끄덕이고 있다.

"좋은 판단입니다."

노인은 폴로셔츠를 입은 남자에게 바싹 다가선 채 싱긋 웃지도 않고 말했다.

"저 청년은 현명해요. 시바노 씨, 당신은 틀렸어요. 뭐가 충분하고 뭐가 충분하지 않은지를 결정하는 건 당신이 아니라 접니다."

여성 기사의 입가가 덜덜 떨리고 있다.

"자, 일어서요. 아아, 그 전에 시바노 씨의 휴대전화는 어디에 있습니까?"

"좌석 아래 물건 넣는 곳에요."

"꺼내 주십시오. 천천히."

시바노 기사는 몸을 앞으로 숙여 물건 넣는 곳을 열고 은색 휴대전화를 꺼냈다.

"요금함 위에 올려놔 주십시오. 그럼, 일어서서 운전석에서 내려오세요."

그녀는 일어나서 운전석을 구분하는 봉을 들어 올린 뒤, 한 단 높은 운전석에서 내려왔다.

"여러분, 조용히. 움직이지 마십시오."

노인은 여성 기사를 바라보며, 폴로셔츠를 입은 남자의 목살에 총구를 파묻은 채 담담하게 말했다. "저는 이런 노인입니다. 여러분이 떼로 덤벼들면 도저히 당해 낼 수가 없지요. 하지만 권총이라는 건 편리한 물건이랍니다. 여러분에게 제압되기 전에, 1초의 10분의 1이라도 틈이 있으면 방아쇠를 당길 수 있거든요. 그럼 이분은 죽습니다. 즉사는 하지 않더라도 상당히 큰일이 나겠지요. 이분만 꽝을 뽑는 겁니다. 그건 가엾은 일이에요. 아주 가엾지요. 여러분도 그렇게 생각하시지요?"

"알고 있어요" 하고 티셔츠 차림의 젊은이가 말했다. "아무도 바보 같은 짓은 안 할 거예요."

그의 앞에서 하얀 블라우스 차림의 젊은 여성이 가느다란 목을 꿀꺽 울렸다.

"그렇지, 시바노 씨, 거기 있는 잔돈을 가져가세요. 필요할 수도 있을 테니까."

요금함 옆의, 회수권이나 1일 승차권을 끼워 두는 주머니에 천 엔짜리 지폐가 몇 장 들어 있다.

여성 기사는 말없이 지시에 따랐다. 천 엔짜리 지폐를 가슴 주머니에 넣고, 통로를 따라 뒤쪽으로 걸어간다.

레버를 조작하려면 쪼그려 앉아야 해서 그녀의 모습은 완전히 우리의 시야에서 사라지고 만다. 하지만 노인은 당황하는 기색이 없었다.

덜컹, 하는 소리가 나고 맨 뒤의 오른쪽 창틀이 움직였다. 시바노 기사가 등받이 맞은편에서 몸을 일으켰다.

"열었어요."

양손을 벌려 눈높이로 들었다. 내가 있는 곳에서는 정말로 비상문이 열렸는지 어떤지는 보이지 않는다. 희미하게 바깥 공기를 느낀 듯했지만 착각일지도 모른다.

권총을 손에 든 노인은 바로 앞에 있는, 백발을 염색한 부인에게 친근하게 웃음을 지었다.

"부인, 당신의 성함을 가르쳐 주세요."

부인은 눈썹을 찌푸리며 턱을 당겼다.

"당신은 좋은 사람입니다. 오늘의 기념으로 성함을 가르쳐 주십시오."

"가, 가르쳐 줘요."

목을 압박당하고 있어서 폴로셔츠를 입은 남자의 목소리가 목구멍에 걸린다.

"가르쳐 줘요, 부탁이니까."

"─사코타예요."

"그럼 사코타 씨, 당신은 버스에서 내려 주십시오. 소지품 잊지 마시고요. 뒷좌석에 보스턴백이 있군요."

"가져가도 되나요?"

"상관없습니다. 시바노 씨!"

여성 기사는 손을 든 채, "네" 하고 대답했다.

"사코타 씨가 버스에서 내릴 겁니다. 이쪽으로 와서 도와주십시오."

사코타는 무릎을 감싸면서 등받이를 붙잡고 일어섰다. 그 눈이 순서대로 우리를 보았다. 편집장, 티셔츠를 입은 젊은이, 울고 있는 젊은 여성. 그리고 나.

"저 혼자 내리는 건가요? 다른 분들은 어떻게 되는 거지요?"

"그건 당신이 걱정할 일이 아닙니다, 사코타 씨."

시바노 기사가 돌아와 중앙 계단의 가장자리에 섰다. 사코타에게 손을 내민다.

"우선 버스에서 내리시죠. 짐은 제가 위에서 넘겨 드릴게요."

좁은 통로에서 몸을 교차해, 사코타는 비상문으로 나아간다. 걸음은 보기에도 어색했고, 무릎이 아파 보였다. 시바노 기사가 뒤를 따라갔다. 사코타가 비상문의 위치까지 다다르자, 보라색으로 세련되게 염색한 앞머리가 바깥 공기에 가볍게 흔들리는 모습이 보였다.

"이렇게 높은 곳에서는 못 내려가요."

사코타는 비상문에서 뒤로 물러났다.

"뛰어내려야 하잖아요. 못 해요."

확실히 비상문은 타이어 옆쪽에 나 있고, 보통의 승하차용 문보다 꽤 높은 위치에 있다.

"죄송하지만 내려 주십시오. 시바노 씨, 어떻게든 좀 도와 드리세요."

노인이 기사고 시바노 기사가 차장인데, 예측하지 못한 사태가 일어나 비상문으로 승객을 내려가게 해야 돼서 무서워하는 노인을 달래고 어르고 있다. 마치 그런 상황 같다.

"도와 드리겠습니다" 하고 내가 말했다. 노인과의 거리가 가까워졌기 때문에 큰 소리를 낼 필요는 없었다.

"쓸데없는 짓은 하지 않겠습니다. 약속해요. 기사님은 여자분이니까 혼자서는 무리예요."

노인은 내 눈을 보았다. 나도 노인의 눈을 보았다.

"기사님은 평소에 이런 때를 위해 훈련을 받았을 겁니다. 시바노 씨는 괜찮을 거예요."

노인이 내 눈을 들여다보며 그렇게 대답했다. 이는 냉정한 대답으로, 그 이상의 것도 아니었다. 총구는 여전히 폴로셔츠를 입은 남자의 턱 밑을 파고들어 가 있고, 움직임은 없다.

나는 가볍게 고개를 끄덕이고 뒤쪽으로 시선을 보냈다. 티셔츠를 입은 젊은이도, 하얀 블라우스를 입은 여성도, 편집장도, 비상문 쪽을 보고 있다.

"사코타 씨, 일단 여기 앉으세요. 그래요, 그래요—앉아서, 천천히 아래로 미끄러져 떨어지는 느낌으로 내려가면 무섭지 않을 거예요."

시바노 기사는 사코타를 비상문 가장자리에 앉힌 모양이다.

"안 돼요. 높단 말이에요."

"괜찮아요. 해 보세요."

"높아서 무서운데."

"그럼 잠깐만 기다리세요. 그대로 앉아 계시고요."

시바노 기사는 통로를 되돌아와 사코타의 보스턴백을 안아 들었다. 사이즈는 크지만 그리 무거운 것 같지는 않았다.

"사코타 씨, 이 가방 속에 뭐가 들었나요? 깨지는 물건이 들어 있나요?"

"어머니 옷이에요. 빨아야 할 옷이요."

"그럼 이걸 좀 쓸게요. 발밑에 놓고 쿠션으로 쓰죠."

하얀 블라우스 차림의 여성이 이 말을 듣고 안도의 숨을 내쉬었다.

티셔츠 차림의 젊은이가 힐끗 그녀를 보았다. 둘의 눈이 마주치자 그가 먼저 고개를 끄덕였다. 젊은 여성도 마주 고개를 끄덕였다. 이런 상황인데도 둘 사이에 흐뭇한 무언가가 통했다.

"—나이를 먹으면 말이지요."

노인도 뒤쪽에 있는 두 사람의 눈짓을 바라보면서 중얼거리듯이 말했다.

"젊은 사람한테는 아무것도 아닌 일이 어려워진답니다."

"그럼 하차용 뒷문을 열고 그냥 내려 드리면 되잖아요."

우리 편집장의 발언이었다. 여전히 부루퉁한 얼굴을 한 채 미간에 주름을 짓고 있다. 그룹 홍보실에서 누군가의 실수를 지적할 때나, 누군가의 제안을 '실속 없는 아이디어군'이라며 물리칠 때 늘 보여 주는 익숙한 주름이다.

노인은 눈으로만 웃고는 나를 보았다. 이번에는 그 눈에서 희미하게나마 재미있어하는 듯한 빛이 보였다.

"당신네 편집장님은 까다로운 분이군요."

내가 뭐라고 대답하기 전에 버스 뒤쪽에서 털썩 하고 소리가 났다. 사코타가 땅바닥으로 내려간 것이다.

"괜찮으세요? 다친 데는 없으세요?"

시바노 기사가 큰 소리로 묻는다. 대답은 없었지만 여성 기사는 곧 이쪽을 돌아보았다.

"사코타 씨가 내리셨어요!"

이런 상황에서도 한 가지 일이 잘되면 사람은 기운을 차릴 수 있는 법이다. 시바노 기사의 표정이 밝았다.

"그것 봐요, 괜찮았지요?"

노인은 나를 향해 말하며 뒤쪽으로 고개를 뺐다.

"시바노 씨, 잘 들으십시오."

활짝 열려 있는 비상문 바로 옆에서 여성 기사는 다시 두 손을 귀 높이로 들었다.

"당신도 버스에서 내려요. 내리면 어디에선가 전화를 빌리십시오. 이 부근에는 파출소가 없고 순찰차가 순찰하지도 않습니다. 산코 화학 부지 내에는 들어갈 수 없으니까 괜히 멀리 돌아가지 말고 근처의 집을 찾아가는 게 무난할 겁니다."

"전화를…… 빌리라고요?"

"그래요. 경찰에 신고해야 하지 않습니까."

기분이 저조한 내 상사가 의심스럽다는 듯이 눈을 가늘게 떴고, 젊은 남녀가 눈을 휘둥그렇게 뜨는 가운데 노인은 시원스럽게 기사에게 지시를 내렸다.

"먼저 회사로 전화해도 좋지만 판단은 당신에게 맡기겠습니다. 뒷일을 생각하면 긴급 매뉴얼에 적혀 있는 대로 하는 게 좋겠지요."

"—경찰에 신고해도 되나요?"

"당신 입장에서 신고하지 않을 수는 없겠지요. 정신 바짝 차리십시오, 시바노 씨."

노인은 오히려 즐거워 보였다. 기분이 저조한 내 상사는 어이없다는 듯이 천장을 올려다보았다. 그 김에 머리 위에서 깍지 끼고 있던 양손도 내려, 아아 피곤하다 라는 듯이 흔들흔들하면서 풀더니 다시 원래 자세로 돌아갔다.

지금까지 나는 여러 상황에서 소노다 편집장의 이런저런 '개성'과 대면해 왔다. 어울리기 힘든 개성도 있는가 하면, 어울리는 보람이 있는 개성도 있었다. 그러나 이것은 어느 쪽으로 평가하면 좋을까. 대담한 것일까, 허세일까. 현실을 만만하게 보고 있는 것일까, 현실에 잘 휩쓸리지 않는 것일까.

"당신 휴대전화를 좀 빌리겠습니다."

노인은 여성 기사를 향해 말했다. "그러니까 지금부터 저와 연락을 하고 싶다는 사람한테는 당신의 휴대전화 번호를 가르쳐 주십시오. 배터리가 떨어지면 끝이겠지만."

여성 기사는 말없이 그 자리에 서 있었다. 그러고는 손을 움직여 제모를 벗었다.

"저는 차 안에 남겠습니다. 이 모자를 사코타 씨한테 드리고, 경찰에 신고해 달라고 할게요. 제 모자가 있으면 증거가 될 테니까 금방 믿어 주겠지요."

"당신이 직접 신고하고 직접 영업소의 높은 사람들과 이야기하는 편이 훨씬 더 확실할 겁니다. 권총을 든 남자가 버스를 납치했다. 승객 다섯 명이 인질로 잡혀 있다. 장소는 산코 화학 옆 공터라고요."

"하지만."

망설이는 여성 기사에게 목소리가 날아갔다. "가세요."

티셔츠를 입은 젊은이다. 역시 지쳤는지 그의 팔꿈치도 내려가 있었지만, 목소리에도 표정에도 늠름한 데가 있었다.

"기사님, 버스에서 내려서 신고해 주세요. 그게 좋겠어요."

나도 말했다. "그렇게 하세요. 지금은 그게 당신이 책임을 다하는 일이에요."

시바노 기사는 고개를 저었다. "그럴 수 없습니다. 승객을 두고 갈 수는 없어요."

"당신은 여자예요." 젊은이가 말했다. "이런 경우, 여자부터 먼저 풀려나는 게 도리죠."

"그렇다면 그쪽에 있는 여자 승객 두 분을 먼저 버스에서 내려주세요. 저는 직장을 떠나지 않겠어요."

시바노 기사는 고집스러운 아이처럼 주장하며 이쪽으로 돌아오려고 했다. 노인은 바로 폴로셔츠를 입은 남자를 더욱 가까이 끌어당기며 목덜미에 권총을 바싹 들이댔다. 폴로셔츠 차림의 남자는 부자연스럽게 목이 꺾여 낮게 신음했고, 기사는 무언가에 걸린 것처럼 발을 멈추었다.

"—저도, 당신의 얼굴을 본 적이 있어요."

기사는 떨리는 목소리로 노인에게 말했다.

"몇 번인가, 02노선에도 타셨죠. 우리는 교대로 세 개의 경로를 달리거든요."

노인은 대답하지 않는다.

"'쿠라스테 해풍' 부속 클리닉에 다니시지 않나요? 아까 사코타 씨도 말씀하셨지만, 어딘가 몸이 안 좋으신가요? 그렇다면 이런 일을 계속했다가는 몸에 지장이 생길 거예요."

다시 생각해 주세요, 하고 목소리를 쥐어짜냈다.

"지금이라면 아직 늦지 않았어요."

차 안에 침묵이 흘렀다. 정적 속에서 우리의 고동이 파동이 되어 공기를 흔든 것일까. 첫 번째 총탄으로 망가진 천장 패널의 파편이, 이제 와서 가볍게 떨어져 내렸다.

"시바노 씨, 버스에서 내리세요."

노인의 참을성 있는 말투에는 변함이 없었다. "당신이 늦게 돌아가면 요시미가 가엾지 않습니까."

일격이었다. 여성 기사는 보이지 않는 몽둥이에라도 얻어맞은 것처럼 비틀거렸다. 얼굴에서 핏기가 가셨다.

"어떻게 우리 딸의 이름을 알고."

"저는 용의주도한 사람입니다."

노인은 그렇게만 말하고 시바노 기사에게서 눈을 떼더니 폴로셔츠를 입은 남자에게 물었다.

"당신, 설 수 있습니까?"

남자는 시선이 흔들렸고, 간신히 고개를 끄덕였다.

"그럼 일어서세요. 이제부터 일을 좀 해 주셔야겠습니다."

"그럼 총 좀 어떻게 해 줘요."

"저는 한 발 물러나겠지만 언제든지 당신을 쏠 수 있습니다."

"알아요."

노인은 폴로셔츠를 입은 남자의 팔을 움켜쥔 채 고지식하게 한 발짝만 그에게서 떨어졌다. 남자는 신음하는 듯한 목소리를 내며 좌석에서 일어섰다.

"기사님이 버스에서 내리면 당신은 뒤로 가서 비상문을 닫으십시오. 원래대로 꽉 닫는 겁니다."

그때 나는 노인의 새로운 표정을 목격했다. 냉소다. 그 외에는 달리 표현할 말이 없다.

"당신은 마음만 먹으면 뛰어내려서 도망칠 수도 있습니다. 도망친 후에 이 차 안에서 무슨 일이 일어날지, 누가 어떻게 될지는 당신과 상관없는 일이니까. 하지만 여성을 두 명이나 두고 꽁지가 빠져라 혼자서만 도망치면 앞으로 당신의 인생은 별로 밝지 못하겠지요. 그래도 목숨이 중요하다고 생각한다면, 상관없으니까 도망치십시오. 비상문은 당신보다 용기 있는 사람한테 닫아 달라고 할 테니까."

노인은 화가 난 것이다. 아까 시바노 기사가 자신이 버스에 남을 테니 승객을 놓아 달라고 부탁했을 때, 달려들듯이 찬성한 이 남자에게 화가 난 것이다.

"—도망 안 가."

당사자인 본인에게도 그 분노가 전해진 모양이다. 아직도 시선이 흔들리기는 하지만 폴로셔츠를 입은 남자의 억센 얼굴에 생기가 돌아왔다.

"그런 걸로 사람을 위협하면서 잘난 척 설교나 하고. 말해 두겠는데, 나는 당신 같은 노친네가 무서운 게 아니야. 이런 곳에서 죽을 수 없을 뿐인 거라고."

"그렇게 나오셔야지요." 노인이 대꾸했다.

시바노 기사가 버스에서 내렸고, 폴로셔츠를 입은 남자는 비상문으로 다가가 한 손으로 시트를 붙잡고, 다른 팔을 뻗어 열린 문을 끌어당겨, 꽤 힘들게 닫았다. 그러고는 쪼그려 앉아 시트 아래로 모습을 숨기더니, 비상문의 조작 레버를 원래의 위치로 돌려놓고 다시 일어섰다—일련의 행동이 전부 끝날 때까지 나는 반신반의하고 있었다. 마음속으로 반쯤은, 남자가 열린 비상문을 통해 땅바닥으로 뛰어내린 다음 뒤도 돌아보지 않고 도망칠 것이 분명하다고 생각했다.

아니, 정확하게 반신반의라고 해도 좋을지 어떨지는 의문이다. 왜냐하면 마음의 나머지 절반은, 뒤통수에 닿아 있는 딱딱한 총구의 감촉을 맛보느라 정신이 없었기 때문이다. 노인은 아까 그 남자에게 한 것처럼 내게 바싹 기대어 팔을 움켜쥐려고는 하지 않았다. 슬쩍 내 등 뒤로 돌아와, 권총을 보이지 않은 채 그저 총구의 존재를 느끼게 할 뿐이었다.

내 쪽이 더 위험하다고 생각하고 역습하기 어려운 위치로 이동한 것일까. 아니면 내 쪽이 저 남자보다 훨씬 약하기 때문에 정면에서 총구를 보면 패닉에 빠질 거라고 생각한 것일까.

나와 총구, 양쪽을 동시에 바라보는 편집장의 얼굴에서 그제야 그 부루퉁함이 사라졌다.

"스기무라 씨" 하고 편집장은 말했다. 속삭이는 듯한 목소리였다.

"괜찮아요" 하고 나는 말했다. "얌전히 있으면 쏘지 않을 겁니다."

노인은 잠자코 있었다. 나도, 편집장도, 입을 다물었다. 꿈에도 생각지 못한 경험이었다. 웃지 않고, 화내지 않고, 입을 삐죽거리지도 않고, 살짝 눈초리를 경련시키며 침묵하는 소노다 편집장을 목격하게 되다니.

"이제 된 거요?"

버스 뒤쪽에서 작업을 마친 폴로셔츠 차림의 남자가 소리를 질렀다. 호흡이 거칠다.

노인도 큰 소리로 물었다. "시바노 씨와 사코타 씨는 아직 거기에 있습니까?"

남자는 창을 통해 바깥을 살폈다. "있어."

"빨리 가라고 말해 주십시오."

남자는 잠깐 망설이고 나서 손바닥으로 창문을 두드렸다. 그러고는 그 손으로 쫓아내는 듯한 손짓을 했다.

"가요! 빨리 도망쳐! 얼른 112에 신고하라고요!"

내 뒤통수에서 총구의 감촉이 사라졌다. 노인이 한 발 물러난 것이다.

"그럼 여러분, 바닥에 앉아 주십시오."

젊은 남녀는 얼굴을 마주 보았고, 이번에도 청년이 먼저 고개를 끄덕이고는 좌석에서 내려갔다. 하얀 블라우스를 입은 젊은 여성은 그에게 몸을 바싹 기대고 치마바지에서 삐져 나온 무릎을 끌어안은 채 앉아 있었다. 티셔츠를 입은 남성은 정좌를 하고 있다.

나는 천천히 좌석으로부터 떨어져 무릎을 세우고 바닥에 엉덩이를 댔다. 편집장은 아직 시트에 걸터앉아 있었다. 그 무릎이 떨리고 있다는 것을 나는 처음으로 알아차렸다.

"편집장님."

내가 말을 걸자 편집장은 부르르 몸을 떨더니 천천히 다리를 버둥거려 6센티 힐의 펌프스를 벗어던졌다. 그러고는 일어선 다음 내게 등을 돌리고, 두 손으로 몸을 껴안다시피 하며 주저앉았다.

"당신도 이쪽으로 돌아오십시오. 아까처럼 똑같이, 두 손은 머리 뒤에서 깍지 끼고."

노인이 부르자 아직 맨 뒷줄에 있던 폴로셔츠 차림의 남자는 미련이 남은 듯 비상문을 힐끗 쳐다보았다. 역시 도망칠 걸 그랬다고, 그 옆얼굴이 자백하고 있었다. 그 모습을 바라보는 나도, 그냥 도망치면 되었을 텐데 바보처럼 정직한 사람이다―라고 생각했다. 조금 전에는 마음속으로 줄행랑쳐 달아나는 이 남자의 모습을 그리며 일방적으로 경멸하고 있었는데.

덩치 큰 남자는 좁은 통로를 게걸음으로 걸어 버스 한가운데 계단까지 돌아오더니, 신음소리를 내며 거기에 걸터앉았다.

"영감님, 나는 디스크가 있거든. 그런 곳에 앉으면 십 분도 안 돼서 요통이 도질걸. 여기에 있어도 되겠지."

"그럼 아랫단에 앉아 주십시오."

남자는 순순히 계단을 한 단 내려왔다. 거의 동시에 차 안의 조명이 꺼졌다. 노인이 운전석의 스위치를 끈 것이다.

캄캄하지는 않다. 콘크리트 담장 위에 늘어서 있는 조명의 불빛이 창문으로 비쳐 들어온다. 다만 이 년 동안이나 방치되고 청소가 되지 않았을 조명의 불빛은 노랗게 탁해져 있었다.

무슨 모드이든, 그 모드가 바뀐 것을 나는 느꼈다.

2

"불쾌한 색깔의 불빛이군요."

내 뒤에서 노인이 중얼거렸다.

"모두 황달이라도 걸린 듯한 안색이에요."

그렇다면 차내등을 켜라고, 우리 편집장은 말하지 않았다. 돌아보지도 않은 채 무릎을 꽉 껴안고 있다. 그녀의 모드도 바뀐 것이다.

"이 산코 화학이라는 회사는 결코 실적이 나빴던 건 아닙니다. 친족 회사였는데, 경영권을 둘러싸고 친척들끼리 싸움이 일어났지요. 상해 사건으로까지 발전하고 말았어요. 결국 탈이 나서."

마치 자신의 회사였던 것처럼, 노인의 말투는 분해하는 듯한 어조였다.

"폐업한 후에도 이렇게 시설과 건물을 한데 내버려 두고 있는 걸 보면, 아직도 분쟁이 해결되지 않은 거겠지요. 하지만 보안을 위해서라도 더 밝은 조명으로 바꿔야 할 것 같군요."

저어—하고 작은 목소리가 났다. 하얀 블라우스를 입은 젊은 여성이다.

"손을 내려도 될까요? 저리기 시작해서요."

나는 몸을 비틀어 운전석 옆에 서 있는 노인을 올려다보았다. 깜짝 놀랄 정도로 가까이에 총구가 있었다.

"이제 됐잖습니까. 적어도 여성들만이라도 편한 자세를 하게."

그렇게 말하던 내 눈앞에서, 노인은 권총을 겨눈 채 빈손으로 어깨에 비스듬히 멘 가방 안에서 무언가를 꺼냈다.

하얀 비닐테이프. 절연 테이프일까. 쓰다 만 것이라 두께가 얇다.

"아가씨, 이름은?"

노랗게 탁해진 빛 속에서도, 그녀가 눈을 크게 뜨자 눈동자가 깨끗하고 맑다는 것을 알 수 있었다.

"마에노예요."

"그럼 마에노 씨. 이 테이프로 다른 분들의 손발을 둘둘 감아 주십시오."

노인은 그렇게 말하며 재미있다는 듯이 웃었다.

"참으로 유치한 표현이지만, 제가 하고 싶은 말이 뭔지는 아시겠지요?"

"—알아요."

마에노는 비닐테이프를 받아들었다.

"여러분, 양손과 양쪽 발목을 가지런히 모아서 제 눈에 보이게끔 앞으로 내밀어 주십시오. 당신, 이름은?"

정좌하고 있는 젊은이에게 묻는다. 노란색 티셔츠 아래로는 낡은 청바지를 입고 있었다.

"저? 저 말입니까?"

"이름을 가르쳐 주십시오."

"사카모토라고 해요."

"그럼 사카모토 군, 쪼그려 앉아 주세요. 마에노 씨, 사카모토 군부터 순서대로, 둘둘 감아 주십시오. 서두르지 않아도 돼요."

네, 하고 마에노는 고개를 끄덕였다. 비닐테이프를 다루느라 애를 먹고 있다. 그녀의 손톱은 짧게 잘려 있었다.

"디스크에 걸리신 분, 이름을 가르쳐 주시겠습니까."

버스 중앙의 계단에서 폴로셔츠를 입은 덩치 큰 남자는 노인을 노려보고 있다.

"─싫은데."

뚝심이 있는가 하면 한심스럽고, 소위 말하는 '겁쟁이'인가 하면 이렇게 심통을 부리는 면도 있다.

"곤란하군요. 계속 '디스크 씨'라고 불러야겠는데요."

"사람한테 이름을 물으려면 우선 자신부터 이름을 말하는 게 예의지."

"아아, 그렇군요." 노인은 온화하게 고개를 끄덕였다. "실례했습니다. 저는 사토 이치로입니다."

아무도 믿지 않았다. 폴로셔츠를 입은 남자가 흥 하고 콧김을 뿜었다.

"그럼 난 다나카 이치로요."

"알겠습니다. 다음은 당신입니다. 이름을 가르쳐 주세요."

노인은 편집장에게 묻고 있다. 대답이 없다. 나는 편집장의 대각선 뒤쪽에 있는 데다 편집장이 고개를 숙이고 있어서 그녀의 뺨도 눈가도 보이지 않았다.

"─소노다예요."

편집장의 평소 목소리가 100와트의 전구라면, 지금 그녀의 대답은 버스 밖에서 비쳐 드는 흐릿한 노란색 불빛 정도의 밝기밖에 되지 않았다.

"평소에는 어떻게 불리십니까?"

또 대답이 없다. 나는 대신 대답했다. "대부분의 경우, '편집장'입니다."

"그럼 저도 그렇게 부르지요."

괜찮으시지요…… 하며 노인은 미소를 지었다.

"'편집장.' 좋은 울림이에요. 나도 젊었을 때 출판사에서 일하고 싶었던 적이 있습니다. 부럽네요."

노인은 가볍게 몸을 굽히고 한층 더 목소리를 누그러뜨리며 소노다 편집장에게 말을 걸었다.

"지금도 출판인을 동경하고 있습니다. 이렇게 '편집장님'이라고 말하면 왠지 나도 편집자가 된 것 같은 기분이 들어요."

고개를 숙인 채, 소노다 편집장이 작게 내뱉었다. "출판사 같은 게 아니에요."

노인이 말뜻을 묻듯이 내 얼굴을 보았다.

"편집장님도 저도, 출판사에서 일하는 게 아닙니다. 물류회사에서 사내보를 편집하고 있습니다."

"하아, 사내보요?"

노인이 눈을 깜박인다. 편집장이 그제야 턱을 들고 곁눈질로 그를 보았다.

"회장님이 도락으로 발행하고 있는, 독이 될 것도 없고 약이 될 것도 없는 사내보예요. 내 직함도 거의 농담 같은 거고요. 뒤에서는 웃음거리가 되고 있죠. 사실 중요한 일이라고는 아무것도 안 하는걸요."

노인은 나를 보았다. "당신도 같은 의견입니까?"

"100퍼센트 일치하는 건 아닙니다. 게다가 소노다 씨는 우수한 편집장이에요."

노인이 음음, 하고 고개를 끄덕이자 총구도 함께 위아래로 움직였다.

"순서가 좀 그렇지만, 당신 이름은요?"

"스기무라입니다."

"편집장님의 직속 부하입니까?"

"직함은 부편집장입니다."

"'부편'이군요." 노인은 싱긋 웃으며 말했다. "그 직함도 멋지게 들립니다."

"사토 씨" 하고 나는 말했다. "제 풀네임은 스기무라 사부로三郎라고 합니다. 형과 누나가 한 명씩 있고, 형의 이름은 가즈오一男입니다. 아직 제 세대에도, 아이에게 그런 고풍스러운 이름을 붙이는 부모가 있지요."

"정치가 중에는 오자와 이치로—朗라는 사람이 있지요. 아아, 그 사람은 당신보다 꽤 윗세대인가요? 나보다는 젊지만."

노인은 즐거워 보였다.

"잊으면 안 되지요, 스즈키 이치로 씨도 있습니다. 세계적인 이치로 선수 말이에요. 그는 대단하지요."

마에노가 폴로셔츠를 입은 다나카 이치로의 손목과 발목을 둘둘 감고, 다음은 편집장의 처치에 들어갔다. 치마바지 밖으로 나와 있는 무릎이 지저분해졌다. 쪼그린 채 무릎을 꿇고 움직이기 때문이다.

"그러니까 당신이 정말로 사토 이치로라는 이름이라고 해도 별로 놀랍지 않습니다. 하지만 사토 씨라고 불러도 괜찮나요? 아니면 '사토 님' 쪽이 좋을까요."

나로서는 권총을 휘둘러 우리를 마음대로 하고 있는 노인에게 한껏 비아냥거릴 생각이었다. 심장의 고동이 빨라진다. 한심한 기분이 들었다. 입 밖으로 내어 보니 조금도 세련된 빈정거림이 아니었다.

"존칭을 안 붙여도 상관없습니다. '할아버지'라고만 해도 좋을 정도입니다. 아아, 그렇지. 저는 '할아버지'로 불러 주십시오."

노인은 조금도 동요하지 않고 말했다. 눈빛은 오히려 온화해졌다.

"여러분을 이런 일에 끌어들여서 정말 죄송합니다. 다만 저는 제 울분이나 욕구불만을 해소하기 위해서 이런 사태를 일으킨 건 아닙니다. 자포자기한 것도 아니고요. 사코타 씨한테는 야단을 맞고 말았지만……."

마에노가 내 손목과 발목에 비닐테이프를 감기 시작했다. 느슨하게 감겼지만 테이프는 두껍고 접착력이 강해서 의외로 자유롭지가 못하다. 이런 데에서도 노인의 계획성이 엿보였다.

"자기소개도 끝났고, 주위가 시끄러워지기 전에 말씀드려 두겠습니다. 저는 여러분을 인질로—여러분을 방패로 삼고 있지만, 여기에는 확실한 목적이 있습니다."

"돈인가?" 폴로셔츠의 다나카 이치로가 내뱉었다. "빚이라도 있는 건가? 영감님, 얼마나 원해요?"

노인은 재빨리 대꾸했다. "다나카 씨, 당신은 얼마나 원합니까?"

다나카는 눈을 깜박거렸다. "뭐?"

"돈 말입니다. 아무런 조건도 붙어 있지 않은 돈을 받을 수 있다면 당신은 얼마를 받고 싶습니까?"

"대체 무슨 소리야."

"진지하게 묻는 겁니다. 머리에 딱 떠오르는 금액은 얼마 정도입니까?"

역시나 기가 꺾였는지, 다나카는 대답하지 않는다. 그러자 '할아버지'는 사카모토에게로 시선을 돌렸다.

"당신은 학생인가요?"

사카모토는 깜짝 놀란 모양이었다. 작업을 마친 마에노가 그의 옆으로 돌아왔다.

"저기, 마에노 씨는 어떻게 하실 거예요?" 하고 그는 물었다. "우리처럼 둘둘 감아야 하잖아요."

마에노도 고지식하게 긴장하고 있다.

"당신은 그대로 계십시오. 비닐테이프는 좌석 밑에라도 두세요. 이제 쓸 일은 없으니까."

"하지만……."

마에노는 오히려 불안해진 것 같았다.

"저만요?"

"좀 더 도와주실 일이 있으니까요. 어려운 일은 아니니까 그런 얼굴을 하지 않아도 괜찮습니다."

마에노는 사카모토의 얼굴을 보고는 한층 더 몸을 움츠리더니 무릎을 껴안고 그에게 바싹 기댔다.

머리 모양은 스포츠맨 타입으로 산뜻하게 짧고, 키도 그럭저럭 크지만, 사카모토는 전체적으로 약간 말라 보이며 결코 체격이 좋다고는 할 수 없다. 하지만 젊은 여성이 의지해 오는데 용기를 내지 못할 정도로 겁쟁이는 아닌 것 같다. 눈매에 힘이 들어갔다.

"저는 학생이었습니다."

"대학생이군요."

"지난달까지요. 중퇴했어요."

"호오……"

노인은 정말 놀란 것 같았다.

"공부해서 모처럼 합격했는데 그만둬 버린 겁니까. 어느 대학?"

"……대단한 데는 아니에요. 할아버지는 분명 모르실 거예요. 삼류 이하의 사립대니까."

"그래요? 뭘 공부하고 있었나요?"

"공학부에 있었지만, 수업에는 거의 안 나갔어요."

노인은 잠깐 생각하고 나서 물었다. "마작 하우스에 눌어붙어 있었던 건가?"

"설마요." 무심코인 듯, 사카모토는 짧게 웃었다. "그건 옛날에나 있었던 일이에요."

노인은 또 놀라워했다. "요즘 대학생은 마작 같은 건 안 합니까?"

"안 하는 건 아니지만……. 노상 마작 하우스에 있는 놈들도 있긴 하죠. 이제는 할아버지가 말씀하신 것처럼, 수업에 안 나오는 대학생이 모이는 곳은 마작집, 이라는 시대는 아닌 것 같은데요."

"그렇다면 당신은 수업에 안 나가고 뭘 하고 있었습니까?"

사카모토의 입가에서 아까의 짧은 웃음의 잔재가 사라졌다. 갑자기 현실로 돌아온 것처럼 보였다. 다만 이 경우의 현실은 우리가 버스 납치 사건의 인질이 되어 있다는 현실이 아니었다. 그는 이런 말을 중얼거렸다.

"진지한 질문이네요."

"실례라면 미안합니다."

"아뇨, 괜찮아요. 다만 저는 부모님이나 선생님한테서도 이렇게 솔직하게 질문을 받은 적이 없어서요."

"당신이 대학을 중퇴하고 싶다고 말했을 때 부모님은 그 이유를 묻지 않았나요?"

"그렇지 않아요. 이것저것 물었고, 물론 저도 설명했지만……. 하지만 수업에 나가지 않고 뭘 하고 있었냐? 라는 건 한 번도 묻지 않았어요."

또 노인은 입을 동그랗게 하고 호오, 하는 소리를 냈다.

"……아무것도 하지 않았어요." 사카모토는 중얼거렸다.

편집장이 얼굴을 들고 고개를 틀어 그를 보고 있다.

"내리 자거나, 편의점에서 잡지를 보거나, 휴대전화로 메일을 보내거나 컴퓨터를 하거나. 그러니까,"

그는 왠지 몹시 거북한 듯이 옆에 있는 마에노를 훔쳐보고 나서 빠른 말투로 말했다.

"달리 하고 싶은 일이 있어서 수업에 나가지 않았던 건 아니에요."

"그런 건 꼬마야, 땡땡이라고 하는 거야."

청중 역할을 하고 있는 동안에 기운을 되찾은 모양이다. 다나카가 꾸짖듯이 말했다.

"그냥 땡땡이치고 빈둥거리고 있었을 뿐이야. 일일이 생각해서 대답할 만한 게 아니라고."

"그렇군요. 죄송해요."

편집장이 재미있다는 듯이 문득 웃었다. "미안해요, 웃어서. 하지만 왜 이런 얘기를 하고 있는 걸까요."

"아, 그러게요."

사카모토는 순간 현실로 돌아왔는지, 반사적으로 다시 손을 뒤통수에 대고 깍지 끼려고 하다가 손목이 고정되어 있다는 사실을 떠올렸다.

"이제부터는 뭘 하고 싶습니까? 거창하게 말하자면 당신 인생의 목적 말입니다."

노인은 이야기를 끝낼 생각이 없는 모양이다. 담담하고 온화한 어조로 질문을 계속했다.

"말이 난 김에 말인데, 땡땡이치고 빈둥빈둥 살고 싶다는 것도 어엿한 목적입니다. 저는 그렇게 생각해요."

"하지만 그러면……."

"생활이 곤란하지 않을 정도의 돈이 있다면 마음껏 빈둥거릴 수 있습니다. 당신에게는 얼마나 필요할까요."

노인은 그렇게 말하고 편집장에게 웃음을 지었다.

"이야기의 방향을 잡아 주셔서 고맙습니다."

사카모토는 다시 마에노를 훔쳐보았지만 그녀는 눈을 동그랗게 뜨고 노인의 얼굴을 바라보고 있었다. 마에노가 말했다. "그런 건 짐작도 안 가요. 놀면서 산다고 해도, 어떻게 노느냐에 따라서 필요한 돈은 전혀 달라질 테고요."

"그럼 마에노 씨는," 노인은 되받아쳤다. "조건 없이 마음대로 쓸 수 있는 돈을 받을 수 있다면 얼마나 받고 싶습니까?"

세금도 들지 않고—라고 농담처럼 덧붙이며 노인은 눈을 가늘게 떴다.

사카모토가 끼어들었다. "이상한 말이지만 저는 돈 때문에 그렇게 곤란하지는 않아요. 외아들이고, 부모님은 두 분 다 건강하게 일하고 계시고."

"그건 당신의 부모님이 일하고 있어서 고정수입이 있는 것뿐이지 당신 돈이 아니잖아요."

"그렇긴 하지만."

"나는 갖고 싶어. 얼마든지 갖고 싶어. 일억이든 이억이든 삼억이든."

다나카가 화난 듯이 코웃음을 치고 일그러진 웃음을 띠며 내뱉었다.

"회사 운용자금이 되니까. 일억이 있으면 새 기계도 살 수 있어. 종업원에게 보너스도 줄 수 있고, 체납된 원천세도 낼 수 있지."

"아아, 당신은 회사를 경영하고 계십니까."

"계실 만한 회사는 아니오. 불면 날아갈 것 같은 영세 기업이니까."

"어떤 일을 하십니까?"

"금속가공업이오. 볼트나 너트 같은 거."

"종업원은 몇 명입니까?"

"마누라는 빼고, 다섯 명."

"소중한 다섯 명의 인생을 맡고 계시는 거군요. 대단하십니다."

편집장이 또 웃었다. 이번에는 분명히 실소였다. "이게 대체 뭐예요. 뭘 하는 거죠?"

"저는 그저 여러분에게 질문하고 있을 뿐입니다. 편집장님, 당신에게 같은 것을 물어도 될까요?"

"난 돈 같은 건 필요 없어요."

"아니, 그렇게 뻗대시지 말고."

노인은 여유 있게 웃으면서 완전히 편안한 자세를 취하고 있다. 나는 엉뚱한 상상을 했고, 머릿속에 떠오른 그 이미지로 인해 혼자 멋대로 혼란스러워졌다. 밤길을 가던 버스가 갑자기 고장이 나 멈추고 말았다. 기사는 구조를 청하기 위해 여기를 떠나고, 남은 우리는 사태가 해결되기를 기다릴 뿐 할 일도 없이 초조해하고 있다. 그러자 나이 든 승객이 연륜을 발휘해, 모두의 마음을 진정시키기 위해 잡담을 시작했다. 우리는 바닥에 둘러앉아 그 잡담에 어울렸다. 점점 흥이 났다. 그런 쓸데없는 이야기는 시시하다는 비뚤어진 심사를 지닌 사람도, 노인의 화술에 끌려들어가기 시작했다—.

"그럼 설정을 바꾸지요. 저는 이렇게 여러분에게 폐를 끼치고 있어요. 여러분을 위협하고 있는 것도 사실입니다. 그러니까 나중에 배상금을 지불하겠습니다. 위자료라고 해도 좋을까요. 여러분의 현실적인 손해를 메우고, 또 제 사죄의 마음을 돈으로 바꿔서 지불하는 겁니다. 그럼 여러분은 각각 어느 정도의 액수를 원하십니까?"

우선 다나카 씨는 일억 엔으로 결정이라고, 노인은 다나카에게 말했다. "제 재정 상황 때문에 상한은 일억 엔으로 하겠습니다. 사실은 좀 더 내지 못할 것도 없지만, 일억이 딱 자르기 좋은 금액일 테고요."

마에노와 사카모토는 어안이 벙벙해 있다.

"할아버지—."

"부자시네요."

~~손주~~ 같은 두 ~~젊은이~~의 소박한 ~~목소리~~에 노인은 기쁜 듯이 활짝 웃었다.

"네. 저는 부자랍니다."

"그렇다면 어째서."

노인은 기세 좋게 몸을 내민 마에노의 눈앞으로 권총을 내밀었다. 마에노는 찬물 세례를 받은 강아지처럼 부르르 떨었다.

"죄송하지만 움직이지 마십시오."

아직 뇌리에 남아 있던 내 엉뚱한 상상도, 그것으로 깨졌다. 우리는 인질이고, 언제 사살당해도 이상하지 않은 상황이고, 이것은 버스 납치다.

"미안해요. 저도 여러분이 가능한 한 편안하게 함께해 주시기를 바라지만, 갑자기 움직이시면 역시 경계하게 된답니다."

마에노는 엉덩이로 물러나면서 죄송해요, 하고 중얼거렸다. 등을 사카모토의 어깨에 딱 붙이고 있다.

"알았어. 알았어요. 이건 게임이군요. 그렇게 생각하면 돼."

사카모토는 고개를 끄덕이고 묘하게 힘이 담긴 목소리를 냈다. 테이프로 구속된 양손을 크게 위아래로 흔든다.

"우리는 시간 때우기로 게임을 하고 있어요. 인생 게임이요. 할아버지, 아세요?"

"옛날에 그런 보드게임이 있었지요."

"역시 구식이시네요. 지금은 컴퓨터 게임이 됐어요. 철도회사를 경영하고, 여러 곳에 노선을 깔아서 수익을 올리고, 땅을 사들여서 역이나 쇼핑몰을 짓는 거예요. 제일 부자가 된 플레이어가 이기는 거지요."

"재미있는 게임이군요."

적당히 치는 맞장구가 아니라 노인이 정말로 그 게임을 알고 있는 것 같다고 나는 느꼈다.

"그럼 사카모토 군은 이 게임에서 무엇을 목표로 하겠습니까?"

"저는, 으음, 우선,"

세계 여행을 하고 싶어요, 라고 말했다.

"배낭여행이 아니라 제대로 된 여행 말이에요. 왜냐면 나름대로 준비가 없으면 안 되니까요. 세상에는 위험한 곳도 있어서."

"네, 네."

"그러려면 얼마나 들까요. 어떻게 생각해?"

사카모토는 마에노에게 물었다. 아직도 아까의 공포에서 벗어나지 못한 마에노는 고개를 가로저을 뿐이다.

"퀸 엘리자베스 2세호를 타고 싶은 게 아니라면, 천만 엔만 있으면 충분하지 않아?"

우리 편집장의 조언이었다. 눈가에 냉소가 남아 있지만, 조금은 이야기에 참가할 마음이 든 모양이다.

"터무니없이 궁벽한 곳에 있는 세계유산이 보고 싶다거나 하는 옵션은 별도로 치고."

"천만 엔이요?"

"항상 퍼스트클래스를 타지는 못할지도 모르지만."

"괜찮아요. 그 정도로 할게요."

사카모토는 명랑하게 말하며 웃더니, 갑자기 따끔하니 찔린 것 같은 얼굴을 했다.

"하지만 왠지 그거, 안 될 것 같은데."

"왜지요?" 노인이 상냥하게 물었다.

"불로소득 천만 엔이잖아요. 그런 걸 저 혼자 쓸 수는 없어요."

"호오."

"천만 엔이 있으면 그만큼 부모님의 주택 담보 대출금을 당겨서 갚을 수 있으니까……."

편집장이 웃음을 터뜨렸다. "재미없게 왜 그래. 그냥 게임인데."

"그건 그렇지만요."

사카모토는 구속된 손을 들어올려 머리를 긁적이려고 했다. 물론 하지는 못했지만 그의 기분은 잘 알 수 있었다.

"우리 아버지, 삼십오 년짜리 주택 담보 대출을 받았어요. 아직 반도 갚지 못했지요. 도중에 금리가 올랐는데, 잔업 제한으로 회사 연봉은 줄어들었고, 집의 자산 가치는 있으나마나 하고."

"당신은 효자군요."

노인의 말에 사카모토는 수줍어했다. 노랗게 탁한 불빛 속에서도 젊은이가 솔직하게 부끄럼을 타는 모습은 빛나 보였다.

"제 입학금도 학비도 전부 다 낭비로 끝나서 굉장히 야단맞을 거라고 각오했는데, 두 분 다 왠지 다정하세요."

"당신을 소중히 여기고 계시기 때문입니다."

"이런 형편없는 아들인데요?"

그렇게 중얼거리고, 사카모토는 묶여 있는 손등으로 코 밑을 닦았다.

"인생의 목표를 찾을 때까지 천천히 생각하라고 말씀해 주셨어요. 사실은 그런 여유도 없을 텐데."

"맞아. 돈 때문에 곤란하지 않다는 건 네 착각이지."

편집장은 엄격하게 단정 짓고선 몸까지 통째로 돌려 노인을 향했다. "주택 담보 대출이라면 나도 지고 있어요. 손바닥만 한 방 두 개짜리 맨션이지만요. 그 대출을 전액, 아귀 딱 맞춰서 은행 담당자한테 들이밀어 줄 수 있다면 분명히 기분 좋겠죠."

노인은 재미있다는 듯이 눈썹을 움직였다. 가까이에서 보니 눈썹에 섞인 백발이 빛나고 있다.

"대출 계약 때 뭔가 불쾌한 일을 당하셨습니까?"

"독신 여성이니까요. 가게 앞으로 날아온 편의점 비닐봉지 같은 취급을 당했어요."

"은행 놈들은 다 그런 법이야." 다나카도 거들었다. "그 녀석들, 자기 돈도 아니면서 거드름을 피운다니까."

"그럼 이렇게 합시다."

노인은 우리를 둘러보았다.

"사카모토 군과 편집장님께, 각각 주택 담보 대출 잔액에 천만 엔을 얹은 금액을 지불하겠습니다. 대출에 상당하는 돈이 배상금이고, 얹은 천만 엔이 제 위자료입니다."

"나는 일억 엔으로 끝이오?"

다나카가 입을 삐죽였기 때문에 나는 저도 모르게 웃고 말았다. 마에노도 웃음을 터뜨렸다.

"합계 얼마입니까?"

편집장이 즉시 대답했다. "삼천오백만 엔."

사카모토는 고개를 갸웃거린다. "아버지의 대출, 자세한 액수까지는 잘,"

"대충이라도 괜찮아요. 대충."

"천만 엔을 합하면, 역시 삼천오백만 정도가 아닐까요……."

"마에노 씨는 어떻습니까?"

노인이 시선을 향하자 그녀는 또 약간 반사적으로 어깨를 움츠렸지만, 웃음은 남아 있었다.

"저…… 저는, 학비가 있으면 좋겠어요."

"학비?" 노인의 눈빛이 더욱 친밀감을 띠었다. "그래요, 당신도 학생이군요."

"아직은 아니고, 이제부터 시작이에요. 지금은 그걸 위해서 아르바이트를 하고 있어요."

"뭘 공부하고 싶나요?"

그녀는 부끄러운 듯이 눈을 내리깔았다. 작은 목소리로 뭔가 말했지만 알아들을 수가 없다.

"응? 죄송하지만 다시 한 번."

"─파티시에가 되고 싶어요."

노인이 의아한 듯이 편집장을 보았다. 그녀는 곧장 대답했다. "케이크 만드는 사람이에요. 지금은 그렇게 세련된 이름으로 부른답니다."

그리고 오랜만에 '오쓰보네 · 소노다 에이코'의 눈빛이 되었다. "요즘, 당신 같은 아가씨가 되고 싶어 하는 직업 넘버원이지요."

'오쓰보네 · 소노다 에이코'의 안목은 오랫동안 이마다 콘체른이라는 조직 속에서 단련된 것이다. 무구한 마에노는 도저히 상대가 안 된다.

"저, 저는, 정말로 제대로."

"실은 힘든 일인 것 같던데. 그런 세계에는 도제 제도 같은 상하관계가 남아 있어서 한 사람 몫을 해내기 전까지는 사람 취급을 받지 못하거든. 드라마에 나오는 것 같은 예쁜 직업이 아니에요."

마에노는 작게 움츠러들고 말았다. 사카모토가 즉시 구출하기 위해 출동한다.

"하지만 대단하네. 자신의 목표가 분명히 있고, 그걸 위해서 일하고 있는 거잖아. 나 같은 건."

편집장이 가로막았다. "요리사는 학교만 나와서는 안 돼. 수업修業을 해야지."

"엄청 심술궂네요. 이 사람, 젊은 여자한테는 늘 이래요?"

사카모토는 나를 공격해 왔다. 내가 대답하기 전에 편집장이 내뱉었다. "나는 현실적이야. 다시 말해서 어른이라는 뜻이지."

미소를 띠고 이 응수를 듣고 있던 노인은 문득 시선을 들어 버스 뒤쪽을 보았다. 그 순간, 나도 깨달았다.

"즐거운 이야기 중에 죄송하지만, 우리 현 시점에서 볼 때 초미의 현실이 도착한 모양입니다."

노인은 작은 목소리로 말했다. 모두 버스 뒤쪽을 돌아보았다. 순찰차의 불빛이 차 안으로 비쳐 들어온 것이다.

긴급 차량의 회전 점멸등은 현실을 부정적인 방향으로 변질시켜 버리는 압도적인 힘을 가지고 있다. 그것이 거기에서 빛나고 있는 것만으로 대부분의 경우 사람은 불안을 느끼는 법이기 때문이다. 예를 들어 밤에 귀가할 때 집 근처에서 회전 점멸등 불빛을 발견하면 누구나 생각할 것이다. 어디에서 무슨 일이 일어난 걸까, 우리 집은 괜찮을까 하고.

하지만 드물게는, 같은 회전 점멸등에 사람이 안도감을 품을 때도 있다. 주위의 현실이 더 부정적으로 변환되어 있을 때다.

그 드문 체험을 나는 이전에도 겪었다. 겨우 이 년 전의 일이다. 그때의 사태와 현재의 상황은 꽤 다르지만, 회전 점멸등을 보고 안도한 것은 마찬가지였다.

"이제야 납셨나."

느려 터져서—하고 다나카가 욕을 퍼부었다. 동의하는 목소리는 없었다.

"경찰차군요."

사카모토가 중얼거리고 노인에게로 얼굴을 돌렸다.

"할아버지, 경찰이 왔어요." 버스 밖에 새로운 광원光源이 나타난 탓에 산코 화학이 무성의하게 달아 둔 담장 위 전구의 빛은, '불빛'이라고 표현되는 것에서 울적해지는 노란색 어둠으로 격하된 듯했다. 그 빛 안에서 사카모토의 표정은 무리하게 밝았다.

"지금이라면 아직 아슬아슬하게 세이프예요. 이런 짓 그만두죠. 농담이었다고 하자고요."

노인은 대답하지 않고 버스의 뒤쪽 유리창을 보며 말했다.

"순찰차가 섰네요."

회전 점멸등의 접근이 멈춘 것이다. 버스의 대각선 뒤쪽—얼마나 떨어져 있는지, 바닥에 앉은 상태로는 짐작이 가지 않았다.

"마에노 씨, 죄송하지만 뒤쪽 창문으로 얼굴을 내밀어 주세요."

"하지만." 그녀는 작은 목소리로 말하며 상의하듯이 사카모토를 보았다.

"괜찮습니다. 그렇게 하세요. 그렇지, 창문으로 경찰 아저씨한테 손을 흔들고, 그 손으로 가위표를 만들면 될 겁니다."

농담으로는 보이지 않도록요—하고 노인은 다정하게 덧붙였다.

마에노는 느릿느릿 일어서더니 뒤쪽으로 이동했다. 우리는 그녀가 좌석 위에 무릎으로 서서 바깥을 향해 양손을 흔든 뒤, 그 손으로 가위표를 만드는 모습을 바라보았다.

마에노는 크게 손짓을 한 뒤 곧 소리 내어 외치기 시작했다.

"그러니까, 버스 납치예요. 우리, 인질로, 잡혀 있어요!"

오른손으로 권총 모양을 만들어 관자놀이에 대어 보기도 한다.

"아무래도 전해지지 않는 모양이군요."

노인이 느긋하게 말하고는 왠지 나를 향해 웃음을 지었다. "어떻게 하면 될 것 같습니까, 스기무라 씨."

"굼뜨다니까. 시골 경찰이라." 다나카가 더욱 분한 듯이 내뱉었다. "창문을 열어. 내가 큰 소리로 고함쳐 줄 테니까."

"창문은 열리지 않아요."

"운전석 오른쪽 창문은 열릴 거요. 내가 본 적이 있어."

"창문은 열 수 없습니다."

말투에도 표정에도 변함이 없었지만, 한순간 싸늘하고 잔혹한 빛이 노인의 눈 속을 스쳤다. 노란 전구 때문도, 회전 점멸등의 불빛 때문도 아니다.

나는 노인에게 말했다. "이쪽에서 전화를 걸어 보면 어떨까요?"

"112에 전화하라고요?"

노인은 의외라는 듯이 눈을 깜박였다.

"어디든 좋습니다. 이 사태를 뒷받침해 줄 만한 말을 외부 사람에게 들려주는 겁니다."

"이제 와서 참 답답한 일이로군요."

차 안으로 새하얀 빛이 강하게 비쳐 들어 왔다. 아무래도 뒤쪽에 선 순찰차가 상향등을 켠 모양이다. 차 안의 상황을 살피려는 것이리라.

"아, 진짜!"

마에노가 눈부신 듯이 손을 들어 얼굴을 덮으며, 화난 듯이 외쳤다. 그러고는 이쪽을 돌아보았다.

"기사님이 같이 타고 계세요. 열심히 설명해 주고 계신 것 같은데, 경찰 아저씨들이 진지하게 여기지 않나 봐요."

시바노 기사가 와 있는 것일까. 그렇다면—하고 생각했을 때, 계산한 듯이 그녀의 휴대전화가 울리기 시작했다.

"귀여운 벨소리네요."

노인이 미소를 지었다. 시바노 기사의 휴대전화 착신음은 나도 어디에선가 들어 본 기억이 있었다. 분명 '요시미'라는 딸이 좋아하는 멜로디일 것이다. 나이도 우리 모모코와 비슷할지도 모른다.

노인은 왼손으로 휴대전화를 집어들었다. 착신을 알리는 작은 불빛의 색깔이 점멸할 때마다 컬러풀하게 변화한다. 그는 한동안 바라보고 나서 휴대전화를 내 오른쪽 귀에 가까이 댔다.

"스기무라 씨, 받아 주십시오."

그렇게 말하고 통화 버튼을 눌렀다. 착신음이 멈추고 "여보세요?" 하고 부르는 남자의 목소리가 들려왔다.

또 내 눈과 코앞에 총구가 있다.

"여보세요? 여보세요?"

모두의 시선이 내게 집중해 있다.

"—네."

내가 목소리를 내자, 편집장이 하아 하고 숨을 내쉬며 눈을 감았다. 몸을 틀어 이쪽을 향하고 있던 마에노가 창문에 달라붙다시피 하면서 바깥을 내다보았다.

"죄송하지만 당신은 누구십니까?" 전화 맞은편에서 남자의 목소리가 물었다. 얄궂게도 마침 그 말투는 우리가 길을 잃고 파출소를 찾아갈 때 듣는 말투였다. 소매치기나 절도를 당해서 파출소로 달려갈 때 듣는 말투가 아니었다. 즉, 한가로운 것이다.

"이 버스의 승객입니다." 나는 대답했다. 노인이 내게 고개를 끄덕였다.

"그래요? 지금 이쪽에 말이지요, 이 버스의 기사라는 여성분이 와 있습니다. 그래서 말이지요."

"그 사람이 하는 말은 사실입니다. 우리는 권총을 든 승객 한 명에게 인질로 잡혀 있습니다."

잠시 침묵이 흘렀다. 놀란 것이다. 정신 좀 차리라고, 나도 욕을 퍼붓고 싶어졌다.

노인이 내게 속삭였다. "이런 사태에 대처할 수 있는 사람을 불러 달라고 말해 주십시오."

나는 충실하게 전했다. "범인은 이런 사태에 대처할 수 있는 사람을 불러 달라고 요구하고 있습니다. 버스 안에서는 이미 권총이 발포되기도 했어요. 다행히 아직 다친 사람은 없지만요."

내가 이야기하고 있는 도중에 노인이 휴대전화를 떼더니 통화를 끊었다.

"고맙습니다."

말과는 반대로 그의 눈가에 있던 미소의 흔적은 사라지고 없었다.

"당신은 냉정한 사람이군요. 저는 당신에게 기댈 수 있겠어요. 당신의 동료도, 인질 여러분도, 당신에게 기댈 수 있겠고."

"무슨 뜻입니까?"

노인은 휴대전화를 요금함 위에 놓았다. 그러고는 중얼거렸다. "납치범이 버스의 승객이고 수는 한 명이라는 걸 교묘하게 전달했어요. 순간적으로 머리가 돌아간 겁니까?"

나는 그런 것까지 생각하지 않았다.

"의도적으로 전한 게 아니―."

"발포가 있었던 걸 말한 건 쓸데없는 짓이었지만, 다친 사람은 나오지 않았다고 말해 주었으니 더하고 빼서 제로가 되었습니다. 일본 경찰은 이런 사건에 대한 대처가 지나칠 정도로 신중해서 매스컴한테서 겁쟁이라는 비판을 들을 때도 종종 있지만, 다친 사람이 있다고 하면 머리에 피가 올라서 순간 강경 조치를 취하지요.

저는 그들이 천천히 생각하고 행동하기를 바라니까 그렇게 되면 곤란합니다."

"순찰차가 가 버렸어요."

마에노가 버스 뒤쪽 유리창에 달라붙은 채 소리쳤다.

"후진하고 있어요. 아, 또 섰다."

"신경 쓰지 않아도 됩니다. 마에노 씨, 이쪽으로 돌아오세요."

"감시하지 않아도 되나요?"

어느 쪽 편인지 알 수 없는 말을, 어느 쪽 편인지 확실하지 않은 말투로 얘기했다. 본인은 그 발언이 이상하다는 것을 눈치채지 못한 듯하다.

노인은 웃었다. "당신은 인질이에요."

"후진했다고? 정말이지, 뭘 하고 있는 거야, 세금 도둑 같으니!"

다나카는 격노했다. 마에노는 앞쪽으로 돌아오는 도중에 그의 옆을 지날 때, 그 웅크린 커다란 몸에 닿지 않도록 흠칫거리며 발을 옮겼다.

"그렇게 초조해하지 마십시오."

노인이 달랬다. 다나카는 분노를 드러내고 얼굴을 일그러뜨리며, 기세 좋게 계단에서 미끄러져 내려왔다.

"영감님, 당신 뭘 그렇게 느긋한 거요. 진심이요?"

고함 소리와 동시에 그의 엉덩이가 쿵! 하고 버스 바닥에 부딪히는 소리가 났다. 마에노가 눈을 크게 뜬다.

"진심입니다. 스기무라 씨 덕분에 경찰도 진심이 되었을 테니까, 뭐, 조금 상황을 보도록 하지요. 마침 잘됐어요, 다나카 씨. 이쪽으로 오세요. 제가 그 계단에 앉겠습니다."

노인은 어깨에 비스듬히 멘 가방에 휴대전화를 넣은 뒤, 엉덩이로 기어서 이동하는 다나카를 잠깐 돕고 나서 아까까지 다나카가 진을 치고 있던 곳에 걸터앉았다. 그 잠깐 동안 총구가 우리에게서 벗어났지만 유감스럽게도 거리가 있고 테이프로 손발이 둘둘 감겨 있었기에 나도 사카모토도 재빠르게 행동할 수 없었다. 다나카라면 노인에게 몸을 부딪칠 기회가 있었지만, 지금의 그에게는 기대해 봐야 허무할 것 같다.

"진심이라면 아까 그 얘기도 거짓말은 아니겠지?"

돈으로 머리가 꽉 차 있다.

"뭔지 모르겠지만 당신이 이 소동으로 목적을 이루게 되면 나한테 일억 엔, 분명히 주는 거겠지?"

"드리겠습니다." 노인은 대답했다.

"그만둬요."

소노다 편집장이다. 테이프로 묶인 양팔 사이의 동그란 원 속에 무릎을 넣고 오도카니 앉아 있다. 여성치고 몸집이 작은 사람은 아니지만 그런 자세 때문인지 작아 보였다.

"돈 얘기는 그만해요."

목소리도 조금 작아졌다. 놀랍게도 울상을 짓고 있었다.

햇수로 십 년 동안 나는 이 사람 밑에서 일해 왔다. 심한 말이나 심술궂은 말을 아무렇지도 않게 하고, 남을 칭찬하는 일은 적고,

그러면서도 사람에 대한 평가가 거의 틀리지도 않는 소노다 에이코를, 내 나름대로 이해하고 있다고 생각했다. 하지만 이제 와서 자신감이 엷어지기 시작했다. 아까부터 권총 앞에서 아무렇지도 않게 신랄한 말을 하는가 하면 갑자기 움츠러들거나, 부루퉁하니 반응하지 않는 등 정신이 없다. 편집장이 이 자리에서 울음을 터뜨린다면 내 쪽이 흐트러지고 말 것 같다.

"잠깐만요." 사카모토가 얼굴을 들었다. "안 들리세요? 시끄러워졌어요."

손목시계를 보고 있지 않아서 정확하게 얼마나 시간이 걸렸는지 알 수 없다. 체감으로는 고작해야 삼십 분 정도였을 것이다. 정신이 들어 보니 우리의 버스는 경찰 장갑차에 포위되어 있었다.

문들이 달린 면은 애초에 콘크리트 담에 바싹 닿아 있기 때문에 삼면이 포위된 형태다. 정면의 장갑차는 주저앉아 있는 우리의 눈높이에서도 보였지만, 옆과 뒤쪽은 보이지 않는다. 그쪽 상황은 다시 마에노가 노인의 지시로 내다본 다음 가르쳐 주었다.

그 김에 그녀는 종잡을 수 없는 말을 해서 노인을 웃겼다.

"이렇게 호송차가 많이 와서 어쩌려는 걸까요? 우리를 태우려는 걸까요?"

즐거운 듯이 쿡쿡 웃는 노인 대신, 사카모토가 가르쳐 주었다. "호송차가 아니야. 장갑차지."

"하지만 저거, 죄인을 태우는 차잖아? 창문에 엄청난 철조망 같은 게 달려 있어."

"장갑차도 그렇게 돼 있어. 안에 타고 있는 경관을 지키기 위해서 투박하게 만들어져 있지."

순찰차도 셀 수 없을 만큼 많이 달려왔다. 회전 점멸등의 빛이 시끄럽다. 빛도 '소음'이 될 수 있다는 것을 처음으로 알았다.

주위의 집들에도 변화가 있었다. 지금까지는 어두웠던 창문에 밝게 불이 켜지고 사람들의 목소리가 소란스럽게 들려 왔다. 멀리에서 확성기를 통해 뭐라 말하고 있는 소리도 들린다. 경찰의 홍보차가 내는 소리일 것이다.

그 삼십 분 정도 되는 시간 동안에 시바노 기사의 휴대전화가 몇 번이나 울렸다. 노인은 내버려 두고 있었다. 주위가 조용해지기를 기다리고 있는 것 같았다.

장갑차의 이동이 끝나고 순찰차의 움직임도 진정되었을 무렵 또 휴대전화가 울리기 시작했다. 노인은 마에노에게 말했다.

"마에노 씨, 스기무라 씨에게 운전석에 앉아 달라고 하십시오. 일어서는 걸 도와주세요."

마에노는 눈을 깜박거리며 텅 빈 운전석을 보았다. "스기무라 씨한테 버스를 운전하게 하실 건가요?"

"당신은 마음씨가 착한 아가씨지만 촐랑대서 못쓰겠군요."

노인이 다정하게 꾸짖자 마에노는 목을 움츠렸다. "죄송해요."

일어서는 것은 그리 어렵지 않았지만 운전석으로 올라가는 좁은 계단은 힘들었다. 양발 모아 뛰기는, 운동회의 학부모 대항 경기 종목에도 없다. 비틀거리다가 운전석 뒤의 칸막이에 호되게 이마를 부딪쳐, 눈에서 불이 났다.

"고생하셨습니다. 스기무라 씨."

노인은 중앙의 계단에 있기 때문에 약간 목소리를 크게 내고 있었다.

"운전석 대시보드에 조명 스위치가 있지요? 헤드라이트를 켜 주십시오. 그러고 나서 클랙슨을 두 번 울린 다음, 헤드라이트를 꺼 주세요."

"영감님, 이건 무슨 신호요? 밖에 동료가 있나?"

오로지 일억 엔의 공상에 빠져 있는 듯했던 다나카가 오랜만에 현실로 돌아왔다. 나도 순간적으로 똑같은 생각을 했기 때문에, 노인의 지시에 따르지 않도록 하려면—적어도 미루려면 어떻게 하면 좋을지, 바삐 생각하고 있었다.

하지만 노인은 이렇게 말했다. "동료는 없어요. 이건, 그렇지, 교섭 개시의 신호라고나 할까요."

"교섭 개시?"

"그래요. 경찰이 해 주었으면 하는 일이 있어서 말이지요."

또 휴대전화가 울리기 시작했다.

"스기무라 씨, 제 말대로 해 주십시오."

나는 노인에게서 가장 먼 위치에 있고 여차하면 운전석의 칸막이에 몸을 숨길 수도 있다. 하지만 다른 인질들에게는 아무것도 없다.

경찰이 차 안으로 진입하려고 한다면 저 비상문을 이용할 수밖에 없다. 노인도 당연히 그렇게 생각하고 있을 것이다. 하지만 태연한 얼굴로 계단에 앉아 그 비상문에는 등을 보이고 있다.

자기는 늙은이라고, 노인은 말했다. 여러분이 진심으로 덤비면 제압하기 쉬울 거라고. 그러나 누군가 한 사람, 운이 나쁜 사람은 총에 맞을—지도 모른다. 상대가 경찰이라도 마찬가지다. 진압 사태가 일어나면 노인은 누군가를 쏠 것이다. 적어도 그럴 작정이라는 것을 보여 주고 있다.

가능성이 그리 높지 않은 '총에 맞을지도 모른다'는 불안과 위자료라는 돈 이야기와 어딜 보아도 이런 사건에는 어울리지 않는 힘없는 외모와 온화하고 상냥한 대화에 의해 우리는 얼렁뚱땅 노인에게 구슬려졌다. 이런 경험은 처음이라 다른 것과 비교하지는 못하지만, 픽션 속의 사건과 비교해 보아도 보통 인질은 좀 더 공포와 긴장에 지배되는 법이 아닐까. 납치범도 좀 더 흥분하거나 위협하는 법이 아닐까. '구스른다'는 표현은 지금의 우리에게 결코 부적절한 표현이 아니다. 지난 한 시간 정도의 전개에는 이상한 데가 있다고 생각하지 않을 수 없다.

지금의 사태를 움직이려면—.

나는 대형 면허를 갖고 있지 않지만 버스를 움직이는 방법 정도는 알고 있다. 전방을 막고 있는 장갑차라면, 급출발해서 충돌해도 괜찮을 것이다.

"스기무라 씨."

노인이 나를 불렀다. 운전석에서 몸을 내밀어 버스 내부를 돌아보자 노인의 얼굴에는 늘 그랬듯이 미소가 떠올라 있었다. 그의 발치에는, 탁한 노란색 빛에 감싸인 사카모토와 마에노와 다나카와 편집장의 하얀 얼굴.

"빨리, 저 사람 말대로 해."

편집장이 작은 목소리로 말하고 고개를 숙였다.

나는 버스의 헤드라이트를 켜고 테이프가 감겨 있는 손목으로 핸들 한가운데를 두 번 두드렸다. 갑작스러운 클랙슨 소리에는 극적인 효과가 있어서 버스 주위가 술렁대며 들끓었다. 그 술렁임이 잔물결처럼 퍼져 홍보차가 돌아다니고 있는 먼 집들 쪽까지 닿는 것이 눈에 보이는 듯했다.

나는 헤드라이트를 껐다.

"고마워요. 당신은 역시 냉정한 분이군요. 항상 옳은 판단을 내릴 수 있는."

내 생각을 노인은 꿰뚫어 보고 있었다.

휴대전화 착신음이 끊겼다가 곧 다시 울리기 시작했다.

"스기무라 씨, 운전석에서 내려올 수 있습니까?"

노인의 말에 마에노가 일어서서 내게 다가왔다. 나는 그녀를 눈으로 제지하고는 말했다.

"여기에 있으면 안 됩니까? 바깥 상황이 어떤지 당신에게 가르쳐 줄 수 있어요."

장갑차와 순찰차 뒤에서 제복으로 몸을 감싼 경찰관들이 움직이고 있다. 우리가 일상적으로 흔히 보는 경찰의 제복이 아니라,

그야말로 영화나 드라마 속에서만 보던 특수부대 대원용의 검은 색이나 짙은 감색 일색의 제복이다. 두꺼운 부츠의 밑창이 공터 전체에 드문드문 깔려 있는 자갈을 밟으며 왔다 갔다 하는 소리가 들린다면, 내가 환청을 들은 것일까.

"저건 기동대인가? 아니면 이런 경우에 나서는 건 SAT_{Special Assult} Team. 일본 경시청 소속 특수 부대인가 하는 부대일까요. 많이들 나와 있습니다."

운전석에서 밖을 내다보며 모두에게 들리도록 말했다. 그러자 노인 역시, 다른 인질들에게도 보이도록 더욱 즐거운 듯이 크게 웃음을 지었다.

"직접 물어볼까요."

그러고는 그제야 휴대전화를 받았다.

"여보세요."

한 마디 대답하고 상대의 목소리를 듣는다. 가끔 "네" 하고 대답을 한다. 그 사이에도 총을 들고, 시선도 들어 인질들을 보고 있다.

전화를 할 때 사람은 자연히 시선도, 몸의 방향도, 전화 쪽으로 딸려가는 법이다. 그쪽에 정신이 팔려 버리기 때문이다. 그래서 역 플랫폼에서 휴대전화로 통화를 하다가 전철에 치인다는 믿기 힘든 사고도 일어나곤 하는데, 노인은 전혀 그런 것 같지 않았다.

자신을 주목하고 있는 여러 사람들 앞에서 전화를 걸거나 받거나 하면서도 전혀 주저하지 않는다. 집중력도 끊어지지 않는다.

나는 그런 인간을, 이 노인 말고는 딱 한 명밖에 모른다. 내 장인, 이마다 콘체른을 이끄는 이마다 요시치카다.

"알겠습니다. 그럼 일단 전화를 끊겠습니다. 다른 분들과 상의해 볼 테니까, 그렇지……, 십 분이 지나면 다시 걸어 주시겠습니까."

노인은 정중하게 말하고 통화를 끝내더니 휴대전화를 무릎 위에 놓았다.

"현경 특무과라는 곳에 소속되어 있는 야마후지 씨라는 분입니다. 경부_{한국의 경감에 해당}님이라나요."

더 이상 노인의 페이스에 빠져서는 안 된다고, 어떻게든 저항하려고 하는 나인데도 그 악의 없는 말투—우리를 진정시키고, 격려라도 하려는 듯한 다정하고 따뜻한 말에 또 주객이 전도된 착각에 휩싸였다.

우리 전원, 노인도 포함한 여섯 명은 우리 중 누구의 탓도 아닌데 귀찮은 사건에 휘말렸다. 그러니 모두 서로를 격려해 가며 여기서 빠져나가자. 겨우 밖에서 구조의 손길도 뻗어 왔다. 다들, 이제 조금만 더 참으면 된다. 열심히 하자. 노인은 리더로서 우리를 격려하고 있다—.

"야마후지 경부 같은 직무에 있는 사람을 교섭인이라고 하던가요. 아아, 공증사무소의 공증인이 아니라_{교섭과 공증은 일본어로 모두 '고쇼'라고 발음한다.}"

"네고시에이터라는 뜻의 '교섭' 말이군요." 사카모토가 말했다.

"그 정도는 저도 알아요."

"호오, 압니까."

"영화에서 봤으니까. 전 할아버지가 지금 말한 '공증사무소'가 뭔지 모르겠어요."

"그래요, 당신하고는 아직 인연이 없겠지요."

"시끄러워서 정신이 없군." 다나카가 거친 목소리로 말했다. "꼬마야, 쓸데없는 말 하지 마. 영감님, 경찰은 뭐래요?"

"납치범이 나냐고 묻기에, 예, 그렇다, 고 대답했는데요."

초조한 나머지 다나카의 체온과 혈압이 올라가는 기미를 운전석에서도 느낄 수 있을 듯했다.

"영감님, 장난치지 말아요. 당신, 역시 머리가 이상하군."

노인은 싱글벙글 웃고 있다. "제가 제정신이냐는 질문이라면, 제정신이랍니다."

"당신, 목적이 있는 거지? 얼른 경찰한테 말하고, 어떻게든 해봐요. 나는 더 이상 어울려 줄 수 없어."

"끝까지 함께해 주시지 않으면 일억 엔은 지불할 수 없는데요."

위자료니까요, 하고 태연하게 말했다.

"위자료를 받을 만한 일을, 그에 상응하는 시간 동안 견뎌 주셔야지요."

스기무라 씨, 하고 편집장이 나를 불렀다. 참다못한 듯한 큰 목소리였다.

"그런 곳에 앉아 있으면 당신이 범인이라고 생각될 거야. 저격

118

당하면 어쩌려고 그래? 빨리 내려와!"

나는 놀랐다. 사카모토도 마에노도 놀랐는지 편집장 쪽으로 몸을 기울이며 그런 걱정은 안 해도 된다고 말했다.

"일본 경찰은 그런 난폭한 짓은 하지 않아요."

"할아버지가 교섭인과 이야기하고 있으니까, 스기무라 씨가 오해를 사는 일은,"

"시끄러워!"

편집장은 고함치면서 한층 더 딱딱하게 몸을 웅크렸다.

"당신들, 다들 정상이 아니야! 우리는 인질이라고! 알고 있는 거야?"

비명 같은 목소리의 잔향이 사라질 때까지 아무도 아무 말도 하지 않았다.

"—저는 목이 말라서 음료를 좀 넣어 달라고 할 생각인데요."

노인이 천천히 말을 꺼냈다.

"이런 경우에는 수면제 같은 것을 섞을 위험이 있어서요, 마개가 되어 있는 병이나 페트병에 든 음료밖에 요구할 수 없는데, 여러분, 좋아하시는 음료수가 있는지요?"

두 젊은이는 저도 모르게 "콜라"라고 말했다간 또 야단맞을지도 모른다는 얼굴로 편집장의 눈치를 살피고 있다. 지금 이 순간에 두 사람이 무서워하는 것은 권총을 든 노인이 아니라 히스테릭하게 격앙한 편집장 쪽이었다.

내 목구멍까지 웃음이 치밀어 올랐다. 훨씬 전에 버스에서 내려 지금은 안전한 장소에 있을 사코타가, 사태의 중대함을 인식하지 못한 채 머리카락에 붙은 천장 패널 파편을 아무렇게나 쳐내던 것을 보았을 때와 똑같이, 갑작스럽고 강렬하고, 부조리한 웃음이었다. 그것이 얼굴에 나타나지 않도록 전력을 다해 억눌러야만 했다.

억누른 게 정답이었다는 사실은 나중에야 알았다. 운전석에 앉아, 버스 안에서 유일하게 얼굴을 보인 내 모습은 가능한 한 모든 방향에서 촬영되고 있었기 때문이다. 이때 웃거나 했으면 상상 이상으로 귀찮은 일이 벌어졌을 것이다.

우리는 우습다. 나는 생각했다. 노인도 똑같이 우습다. 우습지 않은 것은 오직 그의 손 안에 있는 권총뿐이다.

"물을 마시면 화장실에 가고 싶어질지도……."

모기가 우는 듯한 목소리로 마에노가 중얼거렸다.

"그렇군요. 그쪽 문제도 있네요. 화장실에 가고 싶은 분은 안 계십니까?"

"지금은 괜찮아?"

사카모토가 마에노에게 얼굴을 가까이하며 작게 물었다. 그녀가 부끄러운 듯이 고개를 끄덕이자, 그는 이어서 편집장에게도 말을 걸었다.

"저기, 기분은 어떠세요? 몸이 안 좋은 건 아니세요?"

"나는 상관하지 마." 편집장은 날카롭게 내뱉고 옆을 향했다. "내버려 둬."

"할아버지는 괜찮으세요?"

사카모토의 질문에 나도 놀랐고 다나카는 노골적으로 지긋지긋하다는 얼굴을 했지만 당사자인 노인은 예측하고 있었던 모양이다.

"고마워요. 당신은 다정하군요."

"제가 할아버지라면, 이런 짓을 하는 것만으로도 심장이 벌렁거려서 견딜 수 없을 것 같으니까요."

"저는 늙은이지만 몸이 약하지는 않아요. 그러니 괜찮답니다."

휴대전화가 울리기 시작했다.

"이 버스에는 일회용 화장실의 종이팩이 상비되어 있을 테니까 급하면 일단 그걸 사용해 주시면 될 겁니다."

"일회용 화장실이라는 게 있어요?"

"운전석 밑의 비상 비품 자루 속에 있을 거예요. 마에노 씨, 찾아봐 주시겠습니까."

마에노가 운전석으로 다가와, 내 발밑에서 쪼그리고 찾기 시작했다. 노인은 그 모습을 곁눈질하면서 권총을 추슬러 들고 전화를 받았다.

비상 비품 자루는 금속처럼 은색을 띤 커다란 염낭이었다. 마에노는 부스럭거리며 안을 열고, 아, 정말이다, 하고 말했다.

"네, 다들 지금은 괜찮다고 합니다. 단지 음료수가 필요한데요……."

노인은 야마후지 경부와 이야기하고 있다. 그때 운전석에 있는 내 시야 끄트머리에 뭔가 새로운 것이 비쳤다.

소위 말하는 '큐 카드'^{방송 촬영중에 출연자에게만 보여 줄 지시 등을 쓴 카드}다. 제복 차림의 경관 한 명이 버스의 대각선 앞쪽에 웅크린 채 B4 사이즈 정도의 종이—아마 스케치북일 것이다—를 내 쪽으로 들고 있다.

YES면 오른쪽, NO면 왼쪽을 보시오.

나는 슬쩍 오른쪽을 향하며, 그쪽 방향을 바라보는 척했다.

납치범은 한 명인가?

나는 곁눈질로 큐 카드를 훔쳐보며 그대로 오른쪽을 향하고 있었다.

권총은 한 자루인가?

"새 순찰차가 더 오네요."

중얼거리면서 오른쪽을 보고 있었다. 노인은 휴대전화로 대화를 계속하고 있다.

인질은 몇 명인가?

곧 큐 카드의 다음 장이 넘겨졌다.

기사의 정보에 따르면 다섯 명. 다섯 명이 맞나?

나는 오른쪽을 향한 채 슬쩍 머리를 긁적여 보였다.

인질은 버스 뒤쪽에 있나?

나는 왼쪽을 향한 뒤 그 김에 아래를 내려다보면서, 아직도 염낭 속을 뒤지고 있는 마에노에게 말했다.

"그거, 약이군요."

그녀가 조사하고 있는 것은 입구를 밀봉할 수 있도록 되어 있는 작은 비닐봉지였다.

"그러네요. 구급 반창고에, 파스에, 붕대에, 상처에 바르는 약에…… 이쪽은 지사제예요. 기사님 걸까요?"

"아니, 회사에서 지급된 비품이겠지요. 노선버스치고는 준비성이 좋네요."

시선을 드니 큐 카드도 경찰관도 사라지고 없었다. 노인의 전화도 끝났다.

"손님이 멀미가 났을 때 사용하는 종이봉투도 있어요. 꺼내 둘까요?"

"그렇군요. 고마워요. 요금함 위에 놔 두십시오."

노인은 휴대전화를 상의 주머니에 넣은 뒤 권총을 일단 왼손으로 바꿔 들었다.

"꽤 무겁군요."

오른손을 흔들고 나서, 다시 그 오른손으로 권총을 들었다.

"페트병에 든 물을 넣어 주기로 했습니다. 그런데 말이지요, 여러분."

문제가 발생했습니다, 라는 얼굴이다.

"경찰은 물을 넣어 주는 대신 누군가 한 명을 놓아주라고 요구하고 있습니다. 어떻게 할까요?"

누가 금방 대답할 수 있을까.

"뭐, 이런 경우의 표준적인 단계일 테니 저도 예상은 했지만."

노인은 그렇게 중얼거리고 우리를 둘러보았다.

"여러분이 저를 이상한 노인이라고 생각하는 건 당연합니다. 하지만 위자료 이야기도 했고 하니, 좀 더 깊은 이야기를 들려 드려도 되겠습니까."

누기 싫다고 말할 수 있을까.

"저도 원래는 이런 짓을 하고 싶지 않았어요. 제가 하고 있는 일은 어엿한 범죄라고 인식하고 있습니다. 다만 이렇게 하지 않으면 경찰이 움직이지 않으니까요."

할아버지, 하고 사카모토가 말했다. "대체 경찰을 움직여서 뭘 시키시고 싶은 거예요?"

노인은 진지한 얼굴로 젊은이를 똑바로 보았다.

"행방을 알 수 없는 사람을 찾아 주었으면 합니다."

맞춘 것처럼 똑같은 타이밍으로, 사카모토와 마에노가 입을 딱 벌렸다.

"그건, 그, 가, 가, 가,"

"가출한 사람?"

둘 다 눈이 빛나고 있다. 이해할 수 있어서 기쁜 것이다.

"가출한 사람을 찾아 달라는 건가요? 할아버지의 가족? 부인이나 자식이나."

"아뇨, 아뇨, 제 가족은 아닙니다. 가출이 아니에요."

"그럼 뭐요." 다나카는 못마땅한 얼굴이다. "도망친 마누라를 찾아서 데려오게 한 뒤 쏘아 죽이려는 게 아니라면, 대체 뭐요?"

"묘하게 구체적이군요." 노인은 눈을 휘둥그렇게 뜨고 그를 보았다. "설마 비슷한 경험이 있습니까."

"바보 같은 말 마요. 몇 년 전에 그런 이유로 인질을 잡고 농성했던 남자가 있어서 큰 소동이 일어난 적이 있잖아요?"

"나고야 쪽이었던가요? 저도 기억합니다. 언제였더라."

"그런 건 아무래도 상관없잖아."

마에노는 노인에게 바싹 다가갔다. 양손을 꼭 잡고 앞으로 몸을 내밀고 있다.

"누구든, 할아버지 혼자서는 찾아낼 수 없는 사람인 거죠? 하지만 중요한 사람?"

"중요……."

노인은 그렇게 중얼거리더니 갑자기 입매를 다잡았다.

"저한테 중요하다기보다는 세상에게 중요한 사람일지도 모릅니다."

순간 열이 식었다고 할까 '흥이 깨졌다'는 얼굴로 다나카가 내뱉었다.

"뭐요, 영감님, 종교 관련인가!"

"호오, 왜 그렇게 생각합니까?"

"그렇게 거드름 피우는 걸 보니까."

"세상에게 중요한 사람이라고 하면 다나카 씨는 금세 그쪽을 연상하는군요."

"뭔지 잘 모르겠지만 그런 이상한 종교의 신자들은 그런 말만 하잖아. 우리 교주님은 세상의 구세주입니다, 라는 둥."

깜짝 놀랄 정도로 명랑하게 노인은 웃음을 터뜨렸다. "그렇군요. 저도 그런 종류는 질색입니다."

"그럼 할아버지는 아니세요?"

마에노의 물음에 노인은 잠시 생각에 잠겼다. 앞으로 몸을 내민, 그의 말대로 촐랑대는 그녀에게 들려줄 말을 고르고 있는 것 같았다.

"정정하지요. 세상에게 중요한 게 아니라 '세상의 일부 사람들에게 중요'한 사람—아니, 사람들입니다."

"한 명이 아닌가요?"

"네, 세 명."

"그 사람들, 어떤 사람들이에요?"

노인은 또 잠시 뜸을 들였다. 이번에는 자신의 대답이 마에노에게 쇼크를 줄 것을 예견하고 잠깐 간격을 두었다는 인상을, 나는 받았다.

"악인입니다" 하고 노인은 말했다. "그렇기 때문에 중요한 사람들이지요."

이때 처음으로 나와 다나카의 눈이 마주쳤다.

누군가가 누군가를 가리켜 '악인'이라는 말을 입에 올릴 때는, 설령 그 누군가가 권총을 갖고 있지 않아도 조심해야 한다는 것이 어른의 분별이다. 물론 특별히 조심하고 경계해야 하는 상황에 빠져 있는 우리지만 나는 겨우 드러난 노인의 동기로부터 지금까지 없었던 일그러진 무언가를 느꼈다.

분명히 다나카도 그럴 것이다. 이건 뭐야, 하고 이리저리 움직이는 그의 눈이 말하고 있었다. 이 할아버지. 역시 상당히 위험한 거 아닐까.

"영감님."

부르는 말투도 지금까지보다 더 신중하다.

"그런 거라면 알았어요. 얼른 경찰에 부탁해요."

"잠깐만요." 마에노가 가로막았다. "할아버지의 이야기는 아직."

"아가씨, 가만히 있어."

마에노는 상처 입은 듯한 얼굴을 했다. 노인의 눈에도 낭담의 빛이 역력했다.

"다나카 씨, 저는 제정신이라고 말씀드렸는데 믿어 주시지 않는 모양이군요."

"그렇지 않아요. 당신은 정상이지. 나는 알아."

"모르십니다. 일억 엔을 드리겠다는 약속도 허풍이라고 생각하기 시작했나요?"

"그런 건 처음부터 안 믿었어요."

"아뇨, 당신은 믿고 있었습니다. 당신도 세상을 알겠지만 저도 알아요. 사람을 보는 눈은 있습니다. 당신은 저 같은 정체를 알 수 없는 노인이 하는 말도 아까는 진지하게 받아들였어요. 뒤집어 보면 그만큼 돈이 필요하다는 뜻이지요."

이런 경우가 아니라면 재미있는 광경이었다. 이번에는 다나카의 자존심이 상처를 입었다.

휴대전화가 울렸다. 노인은 곧 전화를 받더니 "네, 네" 하고 두 번 대답하고는 그냥 끊었다.

"음료가 준비되었다고 합니다. 운전석 오른쪽 창문을 열고 받겠습니다."

"한 명을 놓아준다는 이야기는? 그쪽이 먼저가 아니어도 됩니까?" 내가 물었다.

"그건 신의의 문제입니다만." 노인은 말했다. "어느 쪽인가가 먼저 도박을 해야지요."

나는 운전석에서 주위의 모습을 둘러보았다. 여기에서 보는 한, 눈에 띄는 움직임은 없었다.

"무거울 텐데 죄송하지만, 마에노 씨, 잘 부탁드립니다. 스기무라 씨, 당신은 운전석에서 내려와 주십시오."

마에노가 팔꿈치를 잡아 주어서 나는 신중하게 계단을 내려왔다. 만일 큐 카드가 보이면 당황하지 말고 대응하라고 전하고 싶었지만, 섣불리 속삭이기라도 했다간 지금의 그녀는 깜짝 놀라서 얼굴에 드러내고 말 것 같다.

"이 창문, 열리는군요."

마에노는 손잡이와 자물쇠가 달린 창문을 보고 새삼스럽게 놀라고 있다.

"늘 타고 다니는데, 전 몰랐어요. 다나카 씨도 용케 알고 계셨네요."

마에노가 창문을 열자 또 휴대전화가 울렸다. 노인은 통화 버튼을 누르고 귀에 대더니 마에노에게 고개를 끄덕였다.

"받으면 창문을 닫아 주십시오. 조용하고 신속하게 처리해 나갑시다. 제게는 여러분의 협조가 필요해요."

창문으로 약간 몸을 내민 마에노가 투명한 비닐봉지에 든 반 다스 정도의 페트병들을 끌어올린다. 버스 바닥에 앉아 있으면 보이는 것이라곤 그뿐이었다.

페트병을 가져온 경찰관이 그녀에게 뭔가 말을 건 듯하다. 다친 데는 없습니까, 라는 말의 단편을 들을 수 있었다. 마에노는 한 번 고개를 끄덕인 뒤 짐을 운전석에 내려놓고는 성실하게 곧 창문을 닫아 버렸다.

"받았습니다. 고마워요."

노인은 휴대전화에 대고 말했다.

"그건 다시 이분들과 상의해서 결정하겠습니다. 저는 약속을 지키는 사람이니 안심하십시오."

경찰이 먼저 도박을 해 준 이상 신의에 어긋나는 행동은 하지 않겠다는 뜻일까.

노인은 통화를 마치고 마에노에게 미소를 지었다. "뚜껑을 따서 여러분에게 나눠 주세요."

편집장은 페트병을 받지 않았기 때문에 마에노는 그녀의 몫을 바닥에 놓았다. 그러고는 사카모토 옆의 제자리로 돌아가더니 머뭇머뭇 병의 물을 한 모금 마셨다.

"차가워요" 하고 중얼거리더니 고개를 숙였다. "밖에, 엄청나게 난리가 났어요."

그녀의 손이 떨리고 있어서 페트병 속의 물이 흔들린다. 겁 많은 마에노가 돌아온 것 같았다.

"큰일 났어요……. 이건 엄청난 사건이에요. 저는 왠지 현실감이 없었는데, 그런데,"

"그렇습니다. 엄청난 일입니다." 노인은 고개를 끄덕이고 부드럽게 말했다. "하지만 당신은 잘 대처하고 있어요. 고마워요. 감사의 표시로 당신을 버스에서 내려 드릴까요?"

마에노가 뭐라 대답하기 전에 노인은 사카모토에게 물었다. "당신도 이의는 없지요?"

사카모토가 뭐라고 말하기 전에 마에노가 떨면서 고개를 저었다. "아뇨, 저는 안 내릴 거예요. 남겠어요."

순식간에 커다란 눈에서 눈물이 넘쳤다.

"저 혼자만 내릴 수, 없어요."

울면서 기대어 오는 그녀에게 사카모토가 어깨를 꼬옥 붙여 응했다.

"저만 내리면 분명히 후회할 테니까."

노인은 물었다. "하지만 당신은 다나카 씨만큼 돈이 필요한 건 아니잖아요?"

심술궂은 말투는 아니었다. 마에노도 순순히 대답했다. "돈 문제가 아니에요. 그, 돈 이야기를 진심으로 받아들이고 있는지 어떤지에 관한 문제도 아니라는 뜻이에요."

"압니다. 당신은 성실한 사람이군요."

마에노는 눈물을 뚝뚝 흘리며 페트병을 옆에 내려놓고 블라우스 소매로 얼굴을 닦았다.

"그럼 다나카 씨. 당신이 내리십시오."

이때 다나카의 얼굴은 그 후에도 오랫동안 내 기억에 남았다. 상식과 비상식이 서로 싸우고 현실과 환상이 다툰다. 이 할아버지가 일억 엔을 주다니, 그런 바보 같은 일이 있을 리 없다. 제정신이 아니다. 하지만 만일 사실이라면? 100분의 1, 100만 분의 1이라도 사실이라면?

"나도 남겠어." 그는 말했다. "그 사코타인가 하는 할머니가 있었을 때 실수해서 남자 망신을 시켰으니까."

그는 바쁘게 눈을 깜박이고 희미하게 콧등에 땀을 흘리며 쓴웃음을 지었다.

"영감님, 나는 당신을 믿는 건 아니야. 당신이 하는 일도, 하는 말도 다 이상해. 하지만 나는 그럭저럭 세상을 알지. 여기에서 나만 먼저 내리면 뒷일이 무섭단 말이야."

노인의 눈가와 뺨에 그 미소가 돌아왔다. "매스컴에게 두들겨 맞나요?"

"그런 건 몰라. 내 주변 사람들이 무섭다는 뜻이지. 말이 난 김에 말하자면 아들도 무섭다고. 인질 중에 여자가 두 명이나 있는데 아버지가 제일 먼저 도망쳐 왔느냐고 할걸."

"아드님이 계시는군요."

다나카는 노인에게서 눈을 돌렸다. 그러고는 깊이 한숨을 쉬었다. "나는 오천만 엔짜리 생명보험에 들어 있는데."

사고나 사건으로 죽으면 두 배로 보상받지, 라고 말했다.

"일억 엔이야. 재미있지."

"죽지 않고 일억 엔을 받는 편이 더 재미있을 겁니다."

노인의 말 뒤에 침묵이 흘렀다. 나는 고개를 숙이고 무릎을 껴안고 있는 편집장을 보았다.

"이 사람을 내려 줘요. 꽤 힘들어 보이니까."

다나카가 소노다 에이코 편집장에게 턱짓을 해 보이며, 내가 하려던 말을 먼저 해 주었다.

"이봐요, 당신. 사양하지 않아도 되니까 내려요."

편집장은 반응하지 않는다. 나도 노인에게 말했다. "그렇게 해 주십시오. 경찰에 연락을."

"그럼 그렇게 합시다."

노인이 전화를 건다. "이제부터 여성이 한 명 내릴 겁니다. 잘 부탁드립니다."

이번에도, 노인 또한 납치범이 아니라 인질 중 한 명이고 구조를 기다리는 몸인 것 같다.

전화 맞은편에서도 받아들인 모양이다. 그래도 편집장은 움직이지 않는다. 꼼짝도 않고 굳어 있다.

"먼저 내리세요." 사카모토도 말했다. "안색이 나빠요. 편집장님은 남아 있으면 안 돼요."

"마에노 씨, 편집장님의 테이프를 풀어 주십시오."

마에노가 나와서 손톱을 세워 테이프를 벗겼다. 죄송해요, 아프세요? 하고 말을 걸어도, 역시 편집장은 말이 없다.

"뒤쪽 비상문으로 나가십시오. 문 여는 방법은 표시를 보면 알겠지요."

노인의 재촉을 받고 소노다 에이코 편집장은 겨우 얼굴을 들었다. 그 눈에 깃든 적의에 나는 놀랐다.

"난 당신 같은 사람을 알고 있어요."

편집장은 노인을 응시하며 위협하는 듯한 낮은 목소리로 말했다. 내가 지금까지 들은 적이 없는, 그녀의 몸속 깊은 곳에 숨겨져 있던 목소리다.

"싫어하니까 금방 알 수 있지요. 당신 같은 인간을."

노인은 미소를 지을 뿐 대답하지 않는다.

"당신이야말로 교주 같은 사람이잖아요. 뭘 꾸미고 있는지 모르겠지만 적당히 해요!"

편집장은 날카롭게 노려보고 있고, 노인은 그 시선을 받아들인다. 아니, 빨아들여 무력화하고 만다.

소노다 에이코 편집장의 어깨에서 힘이 빠졌다. 머리를 숙이고 비틀거리면서 일어섰다. 다리를 질질 끌며 한 발짝씩 노인에게 다가간다. 그의 옆을 지나쳐 계단을 올라가지 않으면 비상문까지 갈 수 없다.

"저도 처음부터 눈치채고 있었습니다."

편집장이 스쳐 지나갈 때 노인은 앞을 향한 채로 말했다.

"정말 싫은 추억이 있나 보지요. 저는 그런 놈들과 동류는 아니지만 놈들의 방식은 잘 알고 있어요. 사과드리겠습니다."

수수께끼 같은 대화에, 젊은 커플과 다나카가 눈짓으로 내게 물었다. 나는 재빨리 고개를 저었다. 무슨 이야기인지 전혀 모르겠다.

편집장은 쪼그려 앉아서 여는 레버를 조작한 뒤 그것만으로도 힘이 다해 버렸다는 듯이 시트 등받이에 손을 짚었다. 그때 두고 간 가방의 존재를 떠올린 모양이다. 되돌아오더니 그것을 한 번 꽉 껴안고 나서 어깨에 멨다.

비상문을 열었다. 바람의 방향 때문일까. 운전석 창문이 열렸을 때와는 달리 단숨에 바깥 공기가 흘러들어 왔다. 그 바깥 공기에는 주위를 둘러싸고 있는 경찰들의 긴장과, 구경꾼이나 매스컴의 소란스러움이 포함되어 있었다. 눈에는 보이지 않지만 질량은 있다. 나는 그것을 느낄 수 있었다. 거의 맛볼 수 있을 정도였다.

회전 점멸등의 불빛이 편집장의 이마와 뺨에 비친다. 이쪽을 향해 당장이라도 울음을 터뜨릴 것처럼 얼굴을 일그러뜨리고 그녀는 버스에서 뛰어내렸다.

3

편집장이 떠나자 노인이 직접 비상문을 닫았다. 잠시 후 또 휴대전화가 울렸다. 노인은 그녀가 무사히 보호된 것을 확인하고는,

"이쪽에서 연락할 때까지 한동안 걸지 말아 주십시오"

라고 말한 뒤 휴대전화를 끊고, 조금씩 홀짝이듯이 페트병의 물을 마셨다. 그 몸짓에서 얼핏 피로한 기색이 보였다.

사카모토와 마에노는 불안한 듯이 노인을 지켜보고 있다. 내가 현대 사회의 젊은이를 오해하고 있기 때문에, 이 두 사람을 작금의 젊은이치고는 지나치게 순진하다고 느끼고 있는 것일까. 그 뺀질뺀질하고 대인관계가 좋은 우리 노모토도 이 자리에 있으면 역시 사카모토와 똑같이 노인에게 넘어가서 동정하고 걱정할까.

그러고 보니 우리 부에는 마노라는 여성 부원이 있다. '마노'와 '마에노'는 한 글자 차이의 성이다―라고, 멍하니 생각하면서 나도 물을 마셨다. 다른 곳에서는 본 적이 없는 라벨의 천연수였다.

"경찰은 편집장님한테서 여러 이야기를 듣겠지요."

노인은 페트병을 옆에 내려놓고 얼굴을 들었다. "무슨 말씀을 하셔도 저는 곤란하지 않지만 여러분한테는 곤란할 일이 있어요.

위자료 이야기입니다."

다나카의 눈 깜박임이 멈추었다.

"그러니까 여기서 우선 말을 맞춥시다. 전 여러분에게 그런 이야기를 하지 않았어요. 여러분도 제게서 그런 이야기를 듣지 못했고요. 그러지 않으면 최악의 경우에는 여러분도 공범이 되고 말테니까요."

두 젊은이가 얼굴을 마주 보았다. 사카모토가 말했다. "공범이라니, 할아버지."

"버스 납치의 공범이라는 뜻입니다."

"그런 뜻이 아니라, 역시 할아버지는 경찰에게 그 세 사람을 데려오게 해서 쏘아 죽일 생각이신 게 아닌가요?"

노인은 천천히 두 번 고개를 저었다. "쏘아 죽이거나 할 리가 있나요."

"하지만!"

"저는 다만, 그 세 사람을 다시 만나고 싶을 뿐입니다."

그러니 안심하고 협조해 주십시오, 라고 한다.

"위자료도 꼭 지불하겠습니다. 그리고 그 수령 방법 말인데요."

"어쩔 셈인 거요?"

다나카가 덤벼들 듯이 물었다. 침이 튀었다. 마에노가 얼굴을 찌푸렸다.

"증거가 남을 만한 짓은 절대로 할 수 없습니다. 게다가 이 자리에서 제가 여러분의 주소를 묻는다고 해도 무의미한 일이에요."

"그것 봐, 어떻게 할 수도 없잖아."

"다나카 씨, 당신은 좀 심술궂어요." 처음으로 사카모토가 목소리를 높이며 노기를 드러냈다. "저는 할아버지가 더 이상 죄를 짓지 않았으면 좋겠어요. 그런 걸 위한 협조는 할 수 없어요. 아저씨도 다 큰 어른이니까, 돈 얘기만 하지 말고 조금은,"

다나카가 마주 고함쳤다. "조금은 뭐? 돈에 집착하는 게 뭐가 나빠? 너 같은 애송이가, 다 큰 어른이 얼마나 돈 때문에 고생하는지 안단 말이냐!"

"왜 무의미합니까?"

나도 목소리를 높이며 끼어들었다. 모두가 나를 보았다. 나는 똑바로 노인을 보고 있었다.

"우리가 지금 여기에서 당신과 후일을 약속하는 게, 어째서 무의미합니까?"

노인은 여느 때와 같은 미소를 띠었다. "스기무라 씨, 시시한 걸 물어서 나를 실망시키지 마십시오. 알고 있을 텐데요."

할아버지—하고, 마에노가 아직도 눈물이 고여 있는 눈을 깜박이며 중얼거렸다.

"체포당하려고 하시는 거죠?"

"맞습니다. 이런 사건을 일으키고 체포당하지 않을 리가 없지요."

"하지만."

"저는 그만한 대가를 치르더라도 목적을 이루고 싶습니다."

그러니 협조해 주십시오, 하고 다시 되풀이하며 우리에게 머리를 숙였다. 깊이 머리를 숙이는 노인의 손도 함께 내려가 있다. 총구는 완전히 아래를 향하고 있었다.

아무도 아무 짓도 하지 않았다. 나도 움직일 수 없었다.

"저는 여러분과의 약속을 지킬 겁니다." 노인은 머리를 들고 말했다. "여러분에게, 나쁘게는 하지 않겠습니다."

아무도 아무 말도 하지 않았다.

"지금은 편리한 세상이라서요."

노인은 갑자기 밝은 말투로 말하며 우리를 둘러보았다. 젊은 커플이 깜짝 놀란다.

"아니, 편리하다는 표현에는 어폐가 있지만 인터넷 정보망이라는 건 굉장하지요."

갑자기 무슨 말을 하는 걸까.

"그렇기 때문에 여러분께는 큰 폐를 끼치게 되겠지만, '남의 소문도 칠십오 일'소문은 일시적인 것이라는 뜻의 일본 속담. 옛날에는 칠십오 일 정도의 기간을 한 계절로 쳤기에, 계절이 지나가면 소문도 사라지는 세태로부터 나온 속담으로 추정된다이라고 하니 그 폐에 대한 몫도 위자료에 들어 있다고 생각하고 참아 주십시오."

내게는 아직 이야기의 흐름이 보이지 않는다. 다나카는 초조해하며 눈을 깜박이기 시작했고 사카모토도 당혹스러워하고 있다. 그러나 마에노는 눈치가 빨랐다. 자유로운 양손으로 입가를 누르고 두 눈을 한껏 크게 떴다.

"네? 그런 거예요?"

노인은 손녀딸의 총명함을 기뻐하는 것처럼 눈을 가늘게 떴다.
"그런 겁니다."

"뭐야." 다나카가 또 달려든다.

"할아버지는 우리가 풀려나고 사건이 끝나면, 우리가 인질이었던 게 인터넷에 널리 알려지게 될 거라는 말씀이시죠?"

거기까지 듣고 나도 겨우 이해했다. 그런가.

"일반 매스컴도—신문이나 TV나 주간지 기자들 또한 여러분에게 몰려들겠지요. 그들은 여러분의 이름까지는 내보내지 않을 겁니다. 하지만,"

하지만 인터넷상에서는 이야기가 다르다.

"이런 사건 보도에 흥미를 갖는 사람들이 모이는 장소, 사이트라고 하나요? 거기에서는 여러분의 개인 정보가 다 새어 나가겠지요. 딱히 여러분이 나쁜 짓을 했기 때문이 아니에요. 그저 인질로 잡혔을 뿐인데 말입니다. 하지만 인질이었던 사람이 어디의 누구인지 알고 싶다, 어떻게 해서라도 알고 싶다는 이들의 호기심을 채우기 위해서 조사하는 사람이 있지요. 또는 그에 관한 글을 올리는 사람이 있기 때문입니다."

"당신, 그걸."

다나카의 눈도 크게 벌어졌다.

"그렇습니다. 제게 동료는 없지만 뒤처리를 부탁해 둔 사람이 있어서요. 그 사람이 인터넷에서 여러분의 개인 정보를 알아 낼 겁니다."

그리고 여러분에게 확실하게 위자료를 전해 드릴 겁니다─라고
말했다.

"택배를 이용할 겁니다. 보낸 사람은 이 버스 회사로 하지요. 그
러면 제삼자가 송장을 보더라도 지장이 없을 테니까요."

"뒤처리를 부탁해 둔 사람?"

내 반문에 노인은 쓴웃음을 지었다. "스기무라 씨, 그런 얼굴 하
지 마세요. 나쁜 사람이 절대로 아닙니다. 제 부탁을 받고 간단한
일만 해 주는 사람입니다."

다나카는 보고 있는 쪽이 불안할 정도로 격렬하게 눈을 깜박거
리면서 끊임없이 고개를 끄덕이고 있다.

"그렇군. 단순하지만 좋은 방법일지도 모르겠어."

"단순한 수단일수록 확실한 법입니다."

"하지만 저는,"

마에노는 아직도 양손으로 입을 누른 채 허둥거리고 있다.

"인터넷에 저에 대한 글을 올릴 만한 지인은 없어요. 그런 쓸데
없는 짓을 할 사람은."

"있습니다."

단호하게, 타이르듯이 노인은 말했다.

"반드시 나타날 겁니다. 당신은 누가 했는지 전혀 모를지도 몰
라요. 본인도 모르는 척할 테니까요."

악의는 아니라고, 위로하는 듯한 말투로 말했다. "그냥 휩쓸려
서 떠들어대는 구경꾼일 뿐입니다. 인간이란 그런 존재입니다. 그

런 자리가 생기면 참견하는 사람이 나오는 법이지요."

"저한테도 짐작 가는 데는 없는데."

사카모토는 그렇게 중얼거리고 거북한 듯이 마에노의 얼굴을 보았다. "하지만 할아버지의 말이 맞을 것 같은 기분이 들어."

노인은 말했다. "만일 아무도 당신들의 개인 정보를 알려 주지 않는 게 아닐지 걱정된다면 풀려난 후에 조금 적극적으로 소란을 부려 보세요. 자신은 인질 중 한 명이었다, 무서웠다, 힘들었다, 터무니없는 체험이었다고요. 그런 이야기는 금세 퍼지니까 반드시 어디에서 누군가가 당신이 인질이었다고 글을 쓸 겁니다."

"기사님도?"

마에노의 눈은 또 새로운 눈물로 가득하다.

"인질의 개인 정보가 드러날 정도라면 기사님은 제일 먼저 드러나겠죠?"

"분명히 그렇겠지요." 노인은 고개를 끄덕였다. "시바노 씨는 냉혹한 사람들에게 비난을 받을지도 몰라요. 그러니까 그 사람한테도 위자료를 보내겠습니다."

경찰이 생각하는 '한동안'의 시간이 지났을 것이다. 휴대전화가 울렸다.

노인은 통화 버튼을 누르고 충고하듯이 강한 목소리로 말했다. "그렇게 허둥거리지 말아요. 지금 제 요구를 들어줄 경우 인질을 놓아줄 순서를 상의하고 있는 중입니다. 이야기가 정리되면 이쪽에서 알릴 테니까 조용히 해 주십시오."

노인은 전화를 끊더니 고개를 갸웃거리며 나를 보았다. "그러고 보니 아직 스기무라 씨가 희망하는 금액을 듣지 못했군요."

그렇게 말하고 마에노에게 시선을 향했다. "당신은 사카모토 군과 같은 금액으로 할게요. 당신에게 필요한 학비를, 저는 잘 모르겠으니까."

젊은 커플은 싱글벙글 웃는 얼굴에 이끌린 듯이 고개를 끄덕이고 말았다. 완전히 노인의 페이스에 빠져서 빠져나가지 못한다.

"당신은 어떻지?"

다나카가 험악한 눈빛으로 나를 노려보았다. "혼자만 깨끗한 척할 수는 없을 거요."

"좋은 정장을 입고 계시는군요." 노인은 내게 말했다. "취향도 좋아요. 그거 맞춤이지요?"

나도 우리 '금고지기' 모리 노부히로를 찾아갈 때는 복장에 신경을 썼다. 장인이 소개해 준—이라기보다, 내가 이용하는 것을 허락해 준 양복점 '킹스'에서 맞춘 정장을 반드시 입기로 했다.

"스기무라 씨는 유복한 분인 것 같아요. 회사에서 상당한 지위에 있지 않으십니까?"

나는 고개를 저었다. 자연스럽게, 입가가 한심하게 느슨해졌다. 미소 지으려고 한 건지 쓴웃음을 지으려고 한 건지 스스로도 알 수 없다.

"저는 사내보의 부편이고 평사원입니다. 다만, 아내가 자산가의 딸이지요."

"아아, 그런 건가. 이제 납득이 갑니다."

노인의 눈에도 아까 두 젊은이의 눈을 빛나게 했던 빛이 있었다. 이해의 빛이다.

"실례지만 당신은 부잣집 도련님처럼은 보이지 않아요. 하지만 몸에 걸치고 있는 것은 고급스러운 것들이고, 품위 있게 소화하고 계시지요. 이상하게 생각하고 있었습니다."

다나카의 위험한 표정에, 나에 대한 강한 모멸이 덧씌워진 듯한 기분이 드는 건 내 피해망상 때문이겠지.

"팔자 좋군." 그는 내뱉었다. "그럼 위자료 같은 건 필요 없겠지. 이 사람 몫은 나한테 줘, 영감님."

노인은 그를 무시했다. "이 소동으로 당신의 개인 정보가 드러나면 사모님께 폐가 될까요?"

"그건 다나카 씨도 마찬가지겠지요. 가족이 있으면—."

"아니, 저는 그런 뜻으로 물은 게 아닙니다. 아시지요?"

노인이 어디까지 눈치채고 묻고 있는 건지 나는 헤아릴 수가 없었다.

"아내는 자산가의 딸이지만 평범한 주부입니다. 소란이 일어났다고 해서 곤란해질 만한 입장은 아니에요."

대답해 버리고 나서 이건 부분적으로는 거짓말이라고 생각했다. 나호코는 귀찮아하지 않아도 이마다 콘체른에는 다소 폐를 끼치게 될 것이다. 이 년 전 일련의 소동 때와 똑같이, 이마다 회장의 비서장이며 '얼음여왕'이라는 별명을 가진 도야마 여사와 그녀의 심복이자 진짜 대외적 홍보를 담당하고 있는 하시모토가 또 불을 끄기 위해 분주히 움직이게 될 것이다.

나는 이마다 가의 애물단지다. 얌전히 있어 줄 수 있는 것만이 장점이어서 사위로 발탁된 남자인데, 어째서 이렇게 연달아 사건에 휘말리는 것일까.

"말 난 김에 하나 더, 제가 이상하게 생각하는 걸 여쭤 봐도 되겠습니까."

스기무라 씨는 어떻게 그렇게 침착할 수 있는 겁니까, 하고 노인은 물었다.

"당신은 줄곧 냉정하고 침착하군요."

"그렇지 않습니다. 보세요, 식은땀이 줄줄 흐르지요."

나는 양손을 들어 얼굴을 닦는 몸짓을 해 보였다. 노인은 상대해 주지 않는다.

"아무래도 평범한 월급쟁이처럼 보이지 않아서요."

"아뇨, 아뇨, 평범한 월급쟁이입니다."

"처음에는 혹시 경찰 관련 일을 하시는 게 아닌가 생각했습니다."

"당치도 않아요!"

"그런 것 같군요. 그렇다면 또 하나의 가능성은, 당신이 사건에 익숙하다는 겁니다. 이전에도 이런 트러블에 휘말린 경험을 갖고 계시는 게 아닙니까?"

젊은 커플과 다나카가, 내가 갑자기 알몸이라도 드러내기 시작했다는 듯한 얼굴을 한 채 제각기 눈을 크게 뜨고 있다.

"그렇게 불운한 인간도 아닙니다."

나는 거짓말을 했다. 이번에는 전면적인 거짓말이다.

"다른 분들과 똑같이 흠칫거리고 있고 당혹스러워하고 있습니다. 제가 냉정해 보이는 건 그런 성격이기 때문이겠죠. 그리고 사토 씨, 당신의 방식이 특이하기 때문입니다. 범인의 행동이 엉뚱하니까 인질의 대응도 비상식적이 돼 버리는 겁니다."

"제가 특이합니까?"

"아주 이상해요."

노인은 갑자기 활짝 웃었다. 대놓고 좋아하는 것 같았다. "그래요? 특이합니까? 다른 사람과 다른 일을 하는 건 아주 좋아합니다. 엉뚱한 일도 아주 좋아하고요."

겁쟁이에 울보인 마에노의 눈물이 겨우 잦아든 모양이다. 노인은 그것을 기다리고 있었을지도 모른다. 그녀를 돌아보더니 친근하게 말했다. "휴대전화 메일은 보낼 줄 알지요?"

"아, 네."

"그럼 이제부터 경찰에 메일을 보내 주십시오. 잠깐만 기다려 주세요."

노인은 교섭인 야마후지 경부에게 전화를 걸었다. 먼저 오래 기다리셨습니다―라고 말했다.

"지금부터 제 요구를 말씀드리겠습니다. 세 인물의 이름과 주소를 전달할 테니 그 사람들을 이곳으로 데려와 주십시오. 한 명을 데려오면 인질을 한 명 풀어 주겠습니다. 그렇습니다, 제가 지명하는 세 인물을 데려와서 이 버스에 태우는 겁니다. 그러지 않으면 인질은 놓아줄 수 없어요."

노인은 야마후지 경부가 뭔가 말하자 도중에 가로막았다. "구두로 말씀드리면 잘못 들을 위험이 있으니 메일을 보내겠습니다. 그쪽의 주소를 가르쳐 주십시오."

쓸 건 없나요? 하고 노인이 마에노에게 물었다. "경부님의 메일 주소를 적고 싶은데요."

"그거라면 괜찮아요. 말해 주면 제가 외울 수 있어요."

"정말?"

"네. 그런 게 특기거든요."

노인은 반신반의하면서 야마후지 경부가 불러 주는 메일 주소를 소리 내어 말했다. 마에노는 일일이 고개를 끄덕이면서 듣고 있다가, 노인이 일단 전화를 끊자 휴대전화를 받아들고 곧장 등록하기 시작했다.

"그쪽은 컴퓨터 메일이군요. 이게 맞을 거예요."

화면을 보여 주자 노인은 갑자기 얼굴을 멀리했다. "저한테는 글씨가 작아서 안 보여요. 한번 '테스트'라고 쳐 봐 줄래요?"

마에노가 시키는 대로 송신하자, 노인은 곧 전화를 다시 걸었다.

"테스트 메일이 도착했습니까? 도착했어요?"

도착했대요, 하고 기쁜 듯이 마에노에게 고개를 끄덕인다. 마치

할아버지가 손녀에게 휴대전화 메일 사용법을 배우고 있는 것 같은 광경이다.

"그럼 지금부터 보내겠습니다."

마에노가 휴대전화를 손에 들고 대기한다. 노인은 한 마디씩 끊듯이, 세 인물의 이름과 주소를 말해 나갔다. 완전히 암기하고 있는 모양이다. 한 명은 남자 이름, 두 명은 여자 이름. 처음에 말한 남자의 주소는 사이타마 현에 속해 있고, 나머지 여자 두 명의 주소는 도쿄로 되어 있다.

그럴 필요가 있는지는 알 수 없지만 나도 기억해 두려고 해 보았다. 하지만 노인이 세 사람의 개인 정보를 다 말하고 마에노가 입력을 마친 다음 송신 버튼을 누르자, 방금 들은 세 사람의 정보가 내 머릿속에서 뒤섞여 애매해지기 시작했다. 첫 번째 남자는 아마 '구즈하라 아키라'다. 다음 여자는 '소토'—아니, 그런 성은 없나? '고토'였을까. 세 번째는? '나카후지'? 아니, '후지나카'였나.

내 기억력이 나쁜 것일까. 보통은 이런 법일까. 다나카와 사카모토의 표정을 살펴보아도 답은 찾을 수 없었다. 둘 다 마에노의 손끝에 시선이 박혀 있다.

착신음이 나고 램프가 깜박거렸다. 마에노는 그 기세대로 전화를 받을 뻔하다가 흠칫 깨닫고 허둥지둥 노인에게 휴대전화를 내밀었다.

노인은 웃으며 받아든 뒤 "여보세요?" 하고 밝은 목소리로 말했다. "그렇습니다, 그 세 사람입니다. 꼭 데려와 주십시오. 제한 시간은 한 시간입니다. 한 시간 이내에 한 명이라도 데려오지 못하면."

말을 끊고, 노인은 상대의 이야기를 듣는다.

"괜찮습니다. 적어도 한 명은 금방 찾을 수 있을 겁니다. 경찰의 위신을 보여 주십시오."

이 말이 품고 있는 사소한 위화감은 나중에 가서 의미를 갖게 되는, 작은 씨앗이었다. 이런 요구를 하면서 왜 노인은 '경찰의 위신'이라는 표현을 쓰는 걸까. 경찰이 위신을 보여 가며 대치해야 하는 상대는 버스를 납치해 인질을 잡고 농성을 벌이고 있는 노인일 텐데.

"자, 이제는 기다리기만 하면 됩니다."

노인은 계단에 다시 걸터앉았다.

"엉덩이가 아프네요. 허리도 힘들지만 창문으로 얼굴을 보일 수는 없으니까요. 여러분, 참아 주십시오."

다나카는 부루퉁한 얼굴을 하더니 잠시 뒤 후우 하는 소리를 내며 숨을 내쉬었다. 마에노가 싫은 듯이 얼굴을 돌렸다.

"영감님, 그 세 사람은 무슨 짓을 한 거요?"

"무슨 짓을 했느냐니요."

"시치미 떼지 마요. 당신, 그놈들한테 원한이 있는 거잖아. 그래서 복수하고 싶은 거잖아?"

제대로 된 놈들이 아니겠지, 하고 말을 이었다.

"그렇다고 경찰로 하여금 끌고 오게 만들어서 어쩌자는 거요?

쏘아 죽일 생각이 없다면, 다른 수단들은 한정되어 있지. 매스컴이 모여 있을 때 당신에게 사과하게 한다거나."

본의는 아니지만 나는 다나카를 약간 다시 보았다. 타당한 추측이었기 때문이다.

"그 세 사람은 선량한 시민입니다."

노인은 전혀 동요하지 않는다. 목소리도 부드럽다.

"저는 다만, 다시 만나고 싶을 뿐입니다."

"그런 게 어딨어."

"주소를 알고 있다면, 어째서 찾는 건가요?" 사카모토가 물었다. "얼른 만나러 가면 될 일이잖아요."

"이봐요, 사카모토 군. 조금 손을 쓰거나 관청 창구 사람에게 작은 거짓말을 하면, 어떤 사람이 어디에 주민으로 등록되어 있는지 조사하는 건 쉬운 일입니다. 하지만 등록되어 있는 장소에 반드시 그 사람이 살고 있다는 보장은 없지요."

사카모토는 엉덩이를 질질 끌며 노인 쪽으로 이동했다. "다나카 씨가 한 말, 맞는 거죠? 할아버지는 그 세 사람에게 원한이 있는 거지요? 그래서 그 사람들도 할아버지한테서 도망치고 있는 거 아니에요?"

그때 마에노가 흠칫하며 몸을 굳혔다. 양쪽 손바닥을 바닥에 붙이고 있다.

"왜 그러십니까?" 노인이 물었다.

"지금 흔들리지 않았어요?"

마에노는 두려워하고 있다.

"지진인가? 저 지진 진짜 싫어해요."

"아가씨, 초등학생 같군."

다나카가 놀리고 나서, 자신도 엉덩이를 이동시켜 시트 팔걸이에 몸을 기대더니 신음하는 듯한 한숨을 쉬었다. "그나저나 피곤하네."

나는 노인을 보고 있었다. 약간 머리를 기울이고, 귀를 기울이는 듯한 얼굴을 하고 있다.

"사토 씨."

내가 부르자 노인은 눈을 깜박였다. 그러고는 새삼스럽게 내 얼굴에 총구를 겨누었다. 권총은 이제 대단한 위협이 아닌 것으로 바뀌어 가고 있다—는 생각은 내 착각이었고, 정면에서 마주하니 등줄기가 싸늘해졌다. 그저 총구에 불과한 것이 아니었다. 그 위로 떠올라 있는 노인의 두 눈과, 안력과 세트가 되니 말이다.

나는 이 사람은 대체 누구일까, 하고 생각했다. 이 이상야릇한 버스 납치 건에서는, 범인이 무엇을 하려는지보다 범인이 누구인지가 더 중요한 게 아닐까.

"여러분, 곤란한 호기심쟁이들이로군요."

노인은 자신이 우리의 상사나 교사이고, 우리가 그의 기분을 상하게 한 부하나 학생인 것처럼 탄식했다.

"인간은 한번 알아 버린 것을 잊을 수 없습니다. 그러니 여러분은 쓸데없는 건 모르는 게 좋아요."

"쓸데없는 게 아니야!"

다나카가 생각난 듯이 씩씩거렸다.

"이쪽은 목숨이 걸려 있다고."

"목숨이 아니라 돈이겠죠." 사카모토가 즉시 야유했다. "다나카 씨는 목숨보다 일억 엔이 더 중요하시잖아요."

농담으로 넘기는 것 같은 말투였지만, 그때 마에노가 가볍게 팔꿈치로 찌르자 그는 입을 시옷자로 구부렸다.

"왜."

마에노는 거북한 듯이, 사카모토가 아니라 다나카로부터 시선을 돌리며 중얼거렸다.

"정말로…… 돈이 필요하신 건지도 모르니까."

다나카는 눈을 치뜨고 마에노를 노려보고 있다.

"초등학교 때 동급생의 아버지가 자살한 적이 있었는데," 하고 마에노는 속삭이는 목소리로 말을 이었다.

"지금까지 잊고 있었는데 생각났어. 그 아저씨, 빚으로 고민하고 있었는데, 자신이 죽으면 생명 보험금으로 빚을 갚아 달라고 유서를 남겼더랬어요."

"그래요……. 아까 다나카 씨가 자신의 생명 보험금 이야기를 하는 바람에 그런 걸 떠올린 거군요."

노인은 온화하게 말했고 마에노는 그에게 고개를 끄덕였다.

"그 동급생에게는 정말 괴로운 일이었겠네요."

"전학을 가 버렸어요."

"잘 지내고 있다면 좋겠는데. 당신과 사이좋은 아이였습니까?"

마에노는 고개를 저었다. 뭔가 말할 줄 알았는데 그저 그뿐이었다.

다나카가 낮게 웃으면서 테이프로 묶여 있는 손을 들어 엄지와 손바닥이 이어지는 부분을 사용해 능숙하게 얼굴을 닦았다.

"정말이지, 이런 어린애한테 동정을 받다니."

"당신은 오늘 왜 '쿠라스테 해풍'에 있었던 겁니까?"

노인의 물음에 다나카는 눈을 깜박였다.

"아아, 나도 영감님이랑 비슷해요. 클리닉 쪽에."

"진찰을 받고 있었습니까?"

"검사요, 검사. 그런 곳은 왜 그렇게 시간이 걸리는지 원."

"어디가 좋지 않습니까?"

"어디라니……." 다나카는 흐흥 하고 웃었다. "여기저기. 간이 나쁘다, 요산이나 콜레스테롤 수치도 높다, 당뇨 기미도 있고."

"저런."

노인이 솔직하게 눈을 휘둥그렇게 떴고 그 표정에 마에노가 미소를 지었다.

"요산 수치가 높다니 그건 통풍이라는 뜻인가요?" 사카모토가 물었다.

"내 지병이야. 아프기도 하고."

"통풍이라면 기름진 음식을 먹으면 걸리는 병이지요?"

또 사카모토가 다나카의 기분을 상하게 할 만한 말을 했기 때문에 나는 부드럽게 타일렀다.

"그런 단순한 게 아니야. 대부분은 체질이고, 식생활을 조심한다고 해도 발병하는 경우가 있지."

그러고 보니 모리도 통풍을 앓고 있었다. 아버지에게 물려받은 지병이라고 했다. 그래도 아버지는 맥주를 너무 좋아해서 말일세. 의사가 마시지 말라고 해도, 약을 먹으면서 술은 맥주로만 주구장창 마셨다네. 나는 와인을 더 좋아하지만.

그런 이야기를 들은 것은 언제였을까. 아득히 먼 옛날의 일인 것 같은 기분이 든다. 지금 갇혀 있는 이 공간이 이상하기 때문이 아니라, 부자연스러운 노란색 어둠 때문일 것이다.

침묵이 흘렀다. 노인이 기한으로 정한 한 시간 동안 온화한 분위기를 유지하기 위해 계속 이야기를 해야만 할 이유는 없다. 침묵에 나는 조금 안도했다.

"영감님." 다나카가 불렀다. 좀 더 조용히 있어 주면 좋을 텐데.

"한 시간이 지나도 경찰이, 당신이 지명한 놈을 데려오지 않으면 누군가를 쏠 거요?"

노인은 약간 고개를 갸웃거리며 총구를 다나카 쪽으로 향했을 뿐 침묵하고 있다.

다나카는 약간 얼굴이 부어 있었다.

"쏠 리 없겠지. 섣부른 짓을 했다가 경찰이 진입하면 죽도 밥도 안 되니까. 그럼 뭔가, 좀 더 교묘하게 경찰을 조종해서 얼른 일을 진행할 방책은 없을까?"

그런 말을 자발적으로 꺼내는 당신이 제일 조종당하고 있다.

"뭔가 좋은 생각이 있습니까?"

노인이 되묻자 다나카는 또 엄지와 손바닥이 이어지는 부분을 이용해, 이번에는 머리를 긁적였다.

"나한테 묻는 거요?"

"죄송합니다."

왜 토라졌는지, 줄곧 입을 시옷자로 구부리고 있던 사카모토가 말했다. "할아버지가 지명한 세 사람이 정말로 선량한 시민이라면 경찰은 절대로 데려오지 않을 거예요."

"안 될까요?"

"우리랑 교환하지는 않을 거예요. 똑같은 선량한 시민이니까."

"하지만 찾아는 주겠지요."

사카모토는 눈을 크게 뜨고 입술을 살짝 깨물었다. "역시."

찾게 하는 게 목적이군요─하고 한 마디, 한 마디에 힘을 주어 말했다.

"사카모토 군, 호기심쟁이는 좋지 않다고 말했을 텐데요."

슬쩍 그에게 총구를 향하면서 노인은 말한다. 그 눈가의 주름이 깊다.

"그 사람들도 인질인 우리와 똑같이 인터넷에 신상이 노출될 거예요. 할아버지는 그걸 노리고 있는 거지요?"

의외로 노인은 선선히 고개를 끄덕였다. 이 말에는 나뿐만 아니라 다나카와 마에노도 놀랐다.

"뭐야, 그것뿐이야?"

"그것뿐이라고 말씀하시지만, 혼자서 하려고 하면 어려운 일입니다."

"영감님이 직접 그놈들의 신상을 노출시키면 될 일이잖아."

"그럼 아무도 주목해 주지 않습니다."

"그럼 그 세 사람을 만나고 싶다는 건 거짓말이군요."

마에노에게, 노인은 고개를 저어 보였다.

"만나고 싶습니다. 만나서 직접 그들에게 말하고 싶어요. 이제부터 당신들은 큰일 날 거라고요."

마에노가 맥 빠진 듯이 한숨을 쉬며 양손으로 몸을 끌어안았다. "—무서워요."

"그렇습니다. 저는 무서운 일을 하려는 거예요."

"하지만 남의 소문도 칠십오 일이라고."

"그건 당신들의 경우나 그렇지요, 사카모토 군. 그들은 달라요."

그들에게는 죄가 있으니까요—라고 노인은 말했다.

나는 그때 약간 집중이 흐트러져 있었다. 아까 마에노는 결코 겁쟁이라서 착각을 한 게 아니다. 지금 차체가 흔들렸다. 희미하지만 분명히 흔들린 것을, 나는 느꼈다.

손잡이가 흔들릴 정도의 진동은 아니다. 주위를 살펴보아도 진동을 확인할 수는 없었다. 새삼 차내를 둘러보다가 그 대신 어떤 사실을 깨달았다.

버스 바닥에 네모나게 구분되어 있는 부분이 있다. 노인이 걸터앉아 있는 중앙 계단과 우리 인질들이 앉아 있는 버스 앞부분의 딱 한가운데 부근이다. 약간 노인 쪽에 가까울까.

점검구일 것이다. 뚜껑을 들어 올려서 여는 식이었고, 여기를 통해 차체 하부의 기계 장치를 들여다볼 수 있게 되어 있으리라.

바닥에 이런 게 있다는 사실을 보통은 알아차리지 못한다. 알아도 신경 쓰지 않는다. 이제까지 나 자신도 눈으로 보고 있었을 텐데 이에 대해 아무것도 생각하지 않았다.

하지만 지금은 다르다.

이게 점검구라면 어떻게 열까?

네모난 틀에서는 나사 구멍이 보이지 않는다. 나는 노란 어둠 속에서 눈을 가늘게 뜬다. 보이지 않는 것이 아니다. 나사 구멍은 분명 없다.

어떻게 여는 걸까 하는 의문은 틀렸다. 어느 쪽에서 여는 걸까 하는 의문이 옳다.

또 차체가 흔들린 듯한 기분이 들었다.

"스기무라 씨."

노인이 불렀다. 나는 바로 시선을 들지 않았다. 내가 무엇을 보고 있는지 노인이 알아차리고 말 것이다. 피곤해서 고개를 숙이고 있는 척해야 한다.

"스기무라 씨, 주무십니까?"

나는 나른한 듯이 머리를 들었다. "정말 힘들군요. 아무래도 화장실도 가고 싶어졌고요."

"일회용 화장실을 쓰시겠습니까?"

"아니, 그건 좀. 도저히 참지 못할 때까지 아껴 두겠습니다. 경찰에 연락한 지, 얼마나 됐습니까?"

노인은 즉시 대답했다. "삼십오 분입니다."

"겨우 절반인가요. 이런, 이런."

마에노가 안절부절못했다. "저어, 괜찮으시면 제가 뒤쪽으로 갈게요."

화장실 이야기를 하는 것이리라. 부끄러운 것 같았다.

"괜찮아요, 괜찮아요, 아직 참을 수 있으니까."

"몸에 좋지 않아요."

다나카가 웃음을 터뜨렸다. "이 아가씨는 유쾌하군. 이런 걸 '백치미'라고 하는 거겠지."

사카모토가 발끈했다. "마에노 씨를 놀리지 마세요!"

"너도 재미있군. 우리 아들도, 내가 모르는 곳에서는 이렇게 재미있을까?"

후반부의 말에는 쓸쓸함이 배어 있었다.

"아들놈은 집에서 나하고는 말도 하지 않아. 영감님, 당신 아이는?"

말하고 나서 다나카는 흡 하고 입을 오므렸다. "설마 뒤처리를 부탁했다는 사람이 당신의 자식은 아니겠지."

"당치도 않아요." 노인은 웃었다. "다나카 씨도 만일 저와 같은 입장에서 저와 같은 일을 하려고 한다면, 가족은 끌어들이지 않겠지요?"

"그야…… 뭐. 하지만 어쨌든 당신이 붙잡히면 가족도 끌어들이게 될 거요."

"그럴 걱정은 없습니다."

다나카의 눈에 그늘이 졌다. 노란색 어둠 속에서도 그늘이 보였다.

"당신, 천애고아요?"

"그렇습니다. 네."

고개를 끄덕인 노인의 눈이 밝은 빛을 띠고 있었다.

"천애고아라는 표현을 오랜만에 듣는군요. 다나카 씨의 연배까지일까요. 그런 말을 일상적으로 쓰는 건."

"외톨이라는 뜻이죠?" 마에노가 말했다. "저도 알아요."

"네네, 알았어."

"저 백치 아니에요. 지금까지 그런 말을 들은 적도 없고."

"네네, 네네."

"유쾌하다는 말을 들은 적도 없어요."

저는 재미없는 사람인걸요, 하고 마에노는 말했다. 이번에는 그녀의 입이 시옷자다.

"마에노 씨는, 오늘 무슨 일로 '쿠라스테 해풍'에 있었어요?"

처음으로 나는 적극적으로 마에노에게 말을 걸었다. 이 미묘한 차체의 흔들림에 대해 더 이상 그녀가 소란을 떨지 않기를 바랐다. 가능한 한 대화를 계속해서 주의를 흐트러뜨리고 싶었다.

마에노의 대답은 심플했다. "저, 거기에서 아르바이트를 하고 있어요."

"일하고 있었습니까?" 노인이 말했다. "직원이군요?"

"아니, 그냥 아르바이트예요. 주방에서 설거지를 하거나, 배식을 해요."

"매일?"

"주 5일이에요."

"그 급료도 학비를 위해 모으고 있나요?"

"아주 조금씩이지만요. 용돈으로 써 버리니까."

노인은 흐뭇한 듯이 눈가에 웃음을 띠고, 다음으로 내가 하려고 생각하던 일을 해 주었다.

"사카모토 군에게도 왜 이 버스에 타고 있었는지 물어봐도 될까요?"

"저는 거기에 면접을 보러 갔다가 돌아오는 길이었는데요."

역시 아르바이트라고, 마에노를 향해 말했다. 어머나, 하고 그녀는 놀랐다. 겨우 둘 다 시옷자 입매를 풀었다.

"주방은 아니지? 요양 보조?"

"아니, 청소부."

"와아, 힘든 일인데."

"요양 쪽이 더 힘든 것 같던데."

"그럴지도 모르지만……."

"클리닉에서는 늘 간호사와 간병인을 모집중이야." 다나카가 끼어들었다. "힘든 일인 데다 급료가 적으니까 사람이 오래 붙어 있질 않는 거지. 그렇게 호사스러운 시설인데 말이야."

"시설에 들이는 돈이랑 인건비는 다르겠지요."

"환자한테 큰돈을 받고 있으면서."

"다나카 씨는 알고 있습니까?"

"내 주치의가 그러더군. 의사의 급료도 적다고. '쿠라스테 해풍'은 대개의 병원과 반대로 외래 환자의 진료는 오후에만 하지. 그래서 선생님은 다른 병원 일도 할 수 있다더군."

"그럼 아직 젊은 선생님이겠군요."

사카모토의 말에 마에노가 크게 고개를 끄덕였다. "젊은 선생님밖에 없어요. 선생님도 아르바이트를 하는 느낌. 본격적인 치료나 수술 같은 게 필요한 환자는 '쿠라스테 해풍'에 들어갈 수 없으니까요. 골절도 수술해야 할 수준이 되면 거기에서 진찰하지 않아요. 시내 병원과 제휴하고 있거든요."

"그럼 뭘 진찰하는 거지?"

"그야말로 고혈압이라든가, 나이 든 사람들이 많이 갖고 있는 지병의 약을 처방해 주고, 신장 투석 정도는 해요. 류머티즘이나 관절염인 사람도 많으니까 물리치료도 하고 있어요. 산소통을 끌고 다니는 환자도 자주 보이지만, 제일 많은 건 역시…… 치매 환자랑 누워만 있는 노인이죠."

"그렇기 때문에 비싼 돈을 뜯어내도 운영할 수 있는 거야." 다나카가 말했다. "지불할 수 있는 돈이라면 지불할 테니, 우리 집 노인네 좀 어떻게 해 달라는 가족이 있으니까."

나는 이야기가 활발해진 사이에 다시 한 번 차체가 흔들리는 것을 느꼈다.

"치매에 걸린 노인은 시간 감각이 없어져서 조금 전의 일도 금방 잊어버리죠. 그래서 정말로 자신이 밥을 먹은 것도 잊어버려요. 저는 거기에서 아르바이트를 하기 전까지는 그런 이야기를 뉴스 같은 데서 봐도 믿지 못했지만."

"주방에 있어도 그런 노인을 만나는군요."

"한 명 있어요. 늘 깨끗한 옷차림을 하고 있는 할머니인데, 자신의 담당 간병인이 밥을 훔쳐 먹어서 늘 배가 고파 굶어 죽을 것 같다고, 주방까지 쳐들어오거든요."

"뭐! 소리를 지르며 쳐들어오나?"

마에노는 풀이 죽어서 고개를 저었다. "화내지는 않아요. 늘 울고 있어요. 뭐든 좋으니 먹을 걸 달라면서요. 물론 주방에서는 절대로 그렇게 할 수 없고, 또 그 할머니는 당뇨병이라서 원래 식사가 제한되어 있고……."

이야기에 열중한 척하던 나는, 노인이 나를 보고 있다는 사실을 깨달았다. 내 표정을 관찰하고 있다.

몇 사람으로 이루어진 그룹이 담소하는 자리에서, 발언하는 사람이 아니라 잠자코 듣는 사람에게 주목하는 자는 어떤 입장에 있는 사람일까. 어떤 '직종'이라고 해도 좋다.

다시 생각한다. 이 노인은 누구일까.

"몇 분 지났습니까?" 하고 나는 노인에게 물었다.

노인은 미소를 지었다. "시간이 신경 쓰입니까?"

"실은 그…… 역시 화장실이."

촐랑대는 마에노의 반응은 예상 이상이었다. 당장 무릎을 꿇은 채 몸을 일으켰다.

"저, 저는 뒤로."

노인의 목소리가 날아왔다. "앉아요!"

마에노는 아직 완전히 일어서지도 않았다. 엉거주춤한 자세로, 어색하게 앉았다.

"고마워요. 정말로 당신은 경망스럽군요. 그 점이 귀엽지만."

치켜세워 주어도 그녀의 뺨에서는 긴장이 사라지지 않았다. 말이 난 김에 말하자면 사카모토 쪽이 더 굳어 있다. 웅크리고 무릎을 끌어안은 그녀에게 바싹 기대어, 비난하는 눈빛으로 노인을 보았다.

"그렇게 큰 소리로 말하지 않아도 될 텐데."

"이런, 목소리가 컸습니까? 그건 미안하군요. 저도 깜짝 놀라서."

사카모토가 노인에게 곧바로 분노를 표현하고, 그런 그를 노인이 달래는 장면은 이게 처음이다.

노인이 지정한 시간 제한이 효과를 발휘하고 있는 것이다. 한 시간이 지나면 무슨 일이 일어날지, 모두 머리 한구석에서 상상하고 있다. 다만 당장은 이 분위기가 온화하니까 그것을 흐트러뜨리고 싶지 않고—흐트러뜨리면 어떻게 될지 전혀 상상이 가지 않아서 모두 침묵하고 있다.

"마에노 씨, 거기 있어요. 제가 움직일게요."

나는 가능한 한 거북한 얼굴을 하고 일동에게 웃음을 지은 뒤 노인을 보았다.

"다시 운전석 계단을 올라가 칸막이 뒤에서 볼일을 보겠습니다. 그러면 되겠죠. 그 김에 잠깐 창문을 열게 해 주시면 그, 냄새도."

노인은 곧장 대답했다. "운전석에 올라가는 건 괜찮지만 창문은 안 됩니다."

"알겠습니다."

나는 순순히 승낙하고 몸을 일으켰다.

계단을 올라갈 때까지는 또 마에노가 도와주었다. 게다가 일회용 화장실의 종이팩도 염낭에서 꺼내 주었다.

"지금만이라도 손목의 테이프를 풀면 안 되나요?"

그녀가 조심스럽게 노인에게 물었다. 노인은 침묵하고 있다. 총구는 다나카를 향하고 있다.

"이대로도 괜찮아요, 마에노 씨."

일회용 화장실은 수분을 흡수하면 굳는 파란색 젤이 들어 있는 종이봉투다. 사용 후에는 봉투 입구의 끈을 잡아당겨 닫은 뒤 그대로 '일반 쓰레기'로 버릴 수 있다고 적혀 있다. 상품명은 '시원한 토일렛.'

모리 노부히로를 방문할 때는 취재자의 몸으로 중간에 자리를 뜨는 실례가 없도록, 사전에 수분을 삼가고 인터뷰중에는 다과를 먹지 않도록 조심했다. 덕분에 지금도 절박하게 화장실이 필요하지는 않았다. 정신이 긴장 상태에 놓여 있는 탓도 있을 것이다.

처음부터 연극을 할 생각이었지만 막상 닥치니 '양손을 묶인 상태로 애써 볼일을 보는' 척하는 것은 어려웠다. 정말로 볼일을 봐버리는 쪽이 훨씬 편했을 것이다. 나는 부스럭거리면서 몸을 틀고 쪼그려 앉아, 종이봉투를 움켜쥐고 바스락바스락 소리를 냈다. 칸막이 맞은편에서 다나카가 이야기하는 소리가 들려온다.

"—클리닉에서 갑자기 소변 검사를 하겠다고 해서 곤란했던 적이 있지. 이쪽도 먼저 들었으면 마음의 준비를 했을 텐데. 갑자기 그러니까 말이지. 안 나오는 건 안 나온다고 간호사한테 불평을 했더니 나올 때까지 애써 보라고 하더군. 뭘 어떻게 애쓰라는 건지."

다나카가 내 의도를 알아채고 지원 사격을 해 주고 있는 건지 어떤지는 알 수 없다. 젊은 여성 앞에서 당당하게 민망한 이야기를 할 수 있는 것을 즐기고 있는, 성희롱 아저씨의 이야기로밖에 들리지 않았다.

이번에는 운전석에 앉을 수 있는 게 아니어서 이쪽으로 올라올 때 주위의 상황을 재빨리 한 번 훔쳐보기만 했을 뿐이다. 그렇게 본 바로는, 버스를 둘러싼 상황에 변화는 없었다. 돌아갈 때, 쪼그리고 있다가 일어서서 운전석의 계단을 내려올 때는 어떨까.

입구를 묶은 종이봉투를 운전석 구석에 숨겼다.

"끙차."

나는 소리를 내며 일어섰다.

"와아, 허리가 아프군요. 몸이 굳었어요."

그런 목소리를 내면서 머리는 움직이지 않고 곁눈질로 창밖을 보았다.

변화는 없다. 장갑차에 에워싸여 있고, 여기저기 불이 켜져 있을 뿐.

"엇차."

나는 비틀거리는 척하며 핸들에 기댔다. 클랙슨을 울리고 싶었지만 거기에 제대로 팔꿈치를 부딪치지 못했다.

약간 시간을 버는 동안에도 움직임은 없었다. 나는 내가 운전석에 올라가기만 하면 또 큐 카드가 나타날 거라는 근거 없는 자신감을 갖고 있었기 때문에, 그 순간 몹시 배신당한 듯한 기분이 들었다.

잔꾀는 쓸데없는 짓이었나. 아니면 이제 큐 카드는 필요 없어진 걸까.

"스기무라 씨, 그쪽으로 가도 될까요?"

마에노의 목소리에 나는 미안한 듯이 말했다. "괜찮아요, 혼자서 할 수 있어요. 손을 안 씻어서 미안하니까."

다나카가 천박한 성희롱 아저씨의 웃음소리를 냈다. "청결하기도 해라."

혼자서 계단을 내려가려고 하다가 비틀거리며, 운전석 위에서 버렸다. 큐 카드는 나타나지 않는다. 사람의 움직임도 보이지 않는다. 슬슬 한 시간이 지나지 않았을까. 경찰에게서 전화가 걸려 올 때가 되지 않았을까.

큐 카드는 나타나지 않는다.

삼십대도 후반에 접어들면, 양쪽 발목이 묶인 상태로 폭이 좁은 계단에서 뛰어내리는 행위는 추천할 수 없다. 어지간히 단련한 사람이 아닌 한 균형을 잃게 된다. 나는 고꾸라져서 왼쪽 좌석 앞의 튀어나온 부분에 격돌했다. 가까스로 정면이 아니라 오른쪽 어깨로 쓰러졌지만, 탕 하는 큰 소리가 나고 어깨가 빠질 것 같을 정도의 충격이 스쳤다.

"위험해요!"

마에노가 달려와, 그대로 바닥에 쓰러져 버릴 듯한 나를 부축해 주었다. 체격이 작아서, 그녀도 하마터면 나와 함께 넘어질 뻔했다.

"괜찮으세요? 어디 다치지는 않으셨어요?"

다급하게 걱정해 주는 말에도 당장 대답할 수 없을 만큼 아팠다.

"괜찮아요, 괜찮아."

아플 뿐만 아니라 어깨에서 팔꿈치에 걸쳐 저릿저릿했다. 식은 땀이 났다.

"당신, 그 치료비만이라도 받는 게 좋겠군. 내가 받을 몫에서 나뉘 주지."

다나카가 돈 밝히는 중년 남자로 돌아와서 말했다. 그 목소리가 갑자기 엉뚱하게 튀어 올랐다.

"이봐요, 영감님!"

"왜 그러십니까."

노인의 목소리는 억양이 없고 낮게 들렸다. 다나카 쪽은 당장이라도 눈이 튀어나올 듯하다. 노인에게 덤벼들 것 같다.

"금액은 어떻게 할 거요? 우리가 여기에서 상의해도, 당신의 뒤처리를 해 줄 놈한테 전할 길이 없잖아?"

"또 그런 얘기만."

사카모토가 어이없다는 듯이 중얼거리자 다나카는 발끈해서 대꾸했다. "그런 거고 이런 거고가 어딨어! 큰일 날 뻔했군. 영감님한테 속을 뻔했어!"

"저는 여러분을 속이지 않습니다."

"뻔뻔스럽군! 당신은 체포될 거니까 여기서 우리의 주소나 연락처를 물어도 의미가 없다고 했잖아? 그럼 금액도 마찬가지잖아!"

"그 정도의 짧은 정보라면, 접견하러 온 변호사를 통해서 밖에 전할 수 있습니다."

"변호사아? 당신 변호사를 고용할 거요?"

"고용하지 않아도 국가에서 붙여줄 겁니다. 그러지 않으면 공판을 열 수 없으니까요."

나는 넘어진 장소에 그대로 쪼그려 앉았고 마에노는 내게 딱 붙어서 오른쪽 어깨를 문질러 주었다. 노인은 입으로는 다나카에게 응답하면서 그런 나를 응시하고 있다.

그 눈이 지금 가장 성가셨다. 내가 아까 운전석에서 하려고 했던 일, 큐 카드를 기대하고 있었던 것까지 완전히 꿰뚫어 보는 듯한 기분이 들었다.

"세 치 혀로 말은 잘하시네." 다나카가 내뱉었다. "영감님의 말은 하나도 믿을 수 없어."

"그렇다면 당신과는 거래할 수 없어요. 일억 엔은 드리지 않겠습니다."

눈 깜짝할 사이에 기세가 사라지면서 다나카는 곧바로 당황해했다.

"사토 씨." 나는 불렀다. 목소리에 힘이 들어가지 않는다. 정말로 다친 모양이다. "그런 심술궂은 말 마시고, 다나카 씨와 거래를 해 주세요. 제 몫은 다나카 씨의 일억 엔에 얹어 주셔도 됩니다. 왠지 어깨가 탈구된 느낌이 들지만, 그 치료비도 필요 없습니다."

마에노가 내 어깨를 문지르던 손을 멈추었다. "탈구라면, 섣불리 건드리지 않는 게 좋을지도."

"음. 고마워요."

내 오른쪽 어깨와 오른팔은 아직도 마비되어 있었다. 지금 테이프를 풀어 주어도, 오른팔은 들어 올릴 수 없을지도 모른다.

마에노는 쪼그려 앉은 채 천천히 사카모토 옆으로 돌아갔다. 그녀의 지정석이다.

"그 대신 사토 씨, 저한테 정보를 주시지 않겠습니까." 나는 말했다. "당신에게 해가 되는 정보는 아니에요. 당신이 체포되면 언젠가는 오픈될 정보입니다. 하지만 직장의 인간관계에 관한 것이기 때문에, 저는 빨리 알고 싶습니다."

"어떤 정보입니까?"

노인의 시선뿐만 아니라 총구도 내 얼굴 위에서 딱 멈추었다.

"당신의 정체, 구체적으로는 직업입니다. 나이로 보아 지금은 은퇴하셨을 테니, 예전의 직업이라고 해야 할까요. 당신은 무슨 일을 하면서 생계를 꾸리셨습니까?"

노인은 천천히 한 번 눈을 깜박였다. 다나카도 사카모토도 마에노도, 그 깜박임을 보고 있다.

"우리 편집장님이 버스에서 내릴 때 당신과 이상한 대화를 했죠. 편집장님은 '당신 같은 사람을 알고 있다'고 했습니다. '당신 같은 인간을 싫어한다'는 식의 말도 했지요."

두 젊은이는 바삐 고개를 끄덕였다. "응, 그랬죠."

"실은 저도 좀 신경이 쓰였어요."

"우리 편집장님은 원래 말이 험한 사람이지만, 그때는 정말로 싫어하는 것 같았어요."

하지만—하며 나는 쓴웃음을 지었다. 어깨가 아파서 자연스럽게 일그러진 웃음이 되었다.

"저는 편집장님이 그렇게 싫어하는 '당신 같은 사람'이라는 게 뭔지 전혀 짐작이 가지 않아요. 여러분도 눈치채셨겠지만 소노다 편집장님은 지기 싫어하는 성격이거든요. 싫어하는 사람이나 사물을 만나게 되더라도 그렇게 쉽게 표정이나 말로 드러내지 않습니다. 진 것 같은 기분이 들어서겠죠."

"그렇겠지요" 하고 노인이 대답했다. 시선도 표정도, 총구도 움직이지 않는다. "저는 소노다 편집장님 같은 분을 많이 보아 왔습니다. 하지만 그런 타입의 사람은 한 번 꺾이면 근원부터 꺾이고 말아요. 강하지만 무르죠. 그런 기질입니다."

눈만 데굴데굴 굴리고 있는 다나카가 노인에게 뭔가 말하려다가 그만두었다. 두 젊은이도 긴장해서 지켜보고 있다.

"그렇습니다. 잘 아시는군요." 나는 고개를 끄덕였다. "당신은 우리 편집장님의 성격을 잘 꿰뚫어 보았어요. 편집장님에게도 '처음부터 눈치채고 있었다', '정말 싫은 추억이 있나 보지요'라고 하셨지요. 그건 무슨 뜻입니까?"

"사과드리겠습니다, 라고도 했어요."

마에노가 속삭이는 목소리로, 노인의 기분을 살피듯이 아래쪽에서 가만히 물었다.

"뭘 사과하신 거예요, 할아버지?"

노인은 그녀에게 눈길을 주지 않았지만 눈가가 누그러졌다.

"모르는 사람에게는 설명하기 꽤 어렵습니다."

그때 휴대전화가 울렸다.

노인은 왼손으로 휴대전화를 집어 들었다. 착신 때문에 화면이 밝아진다. 그런 작은 빛도, 탁한 노란색 어둠 속에서는 신선했다.

그 빛이 노인의 얼굴을 비추고, 노인이 휴대전화를 귀에 대자 그의 야윈 턱선을 비추고, 귓가의 백발을 비추었다.

"네. 약속한 한 시간이 되었─."

그것이 우리 인질들이 들은, 노인의 마지막 육성이 되었다.

밑에서 밀어 올리는 듯한 힘에 차체가 크게 흔들렸다. 바운드하는 듯한 흔들림이었다. 다음 순간, 파열음이 울리고 버스 바닥의 그 네모난 뚜껑이 머리 위로 날아갔다. 거기에서 뭔가가 차 안으로 날아들어 왔다.

갑자기 시야가 새하얀 빛으로 넘쳤다. 고막이 찢어져 버릴 것 같은 커다란 음향이 울렸다.

나는 예전에는 프로 편집자였고, 지금도 그럭저럭 책을 읽는다. 문장 속에서 '눈앞이 캄캄해질 듯한 눈부심', '귀가 먹먹해질 듯한 굉음'이라는 표현을 만나도 신기하다고는 생각하지 않는다. 오히려 판에 박힌 말이고 표현으로서는 진부하다고까지 생각한다.

하지만 순간적으로 눈앞이 캄캄해질 정도의 강한 빛과, 충격으로 귀가 기능을 멈춰 버릴 정도의 큰 음향을 실제로 체험한 것은 이때가 처음이었다.

나중에, 교섭 역할을 맡았던 야마후지 경부가 가르쳐 주었다. 그때 바닥의 점검구를 통해 차 안으로 던진 것은 '스턴 그레네이드(음향섬광수류탄)'라는 것으로, 강렬한 섬광과 음향으로 순간적으로 그 자리에 있는 인간의 시각과 청각을 마비시킨다. 농성 사건 등에서 경찰이 건물이나 차량 내부로 진입할 때, 허용될 경우라면 자주 사용하는 것이라고 한다. 모양은 수류탄과 비슷하다.

눈앞이 캄캄해지고 귓속에서 웅웅 소리가 울리는 바람에 아무것도 들을 수 없게 되어 본능적으로 머리를 숙이고 웅크리고 있는 동안, 여기저기에서 사람의 팔과 다리가 부딪쳐 오고 이윽고 누군가가 내 머리를 눌렀다.

"가만히 있어요, 가만히 있어요!"

외부 풍압에 의해 머리 깊숙이 밀어 넣어진 듯한 고막이, 천천히 제자리로 돌아온다. 그런 느낌으로 청각이 돌아왔다.

"이제 괜찮습니다! 여러분 침착하세요!"

버스 뒤쪽에서, 확보, 확보라는 목소리도 들려왔다. 나는 확보가 무슨 뜻인지 깨닫고 머리를 들려고 했다. 그러자 또 누군가의 손이 부드럽게, 그러나 단호하게 머리를 눌렀다.

"아직 움직이지 마십시오. 가만히 있어요."

버스 바닥 가까이에 위치해 있는 내 눈에 진압부대의 제복 바지자락과 튼튼해 보이는 부츠가 보였다. 여성이 대놓고 와앙 하고 울음을 터뜨리는 목소리가 들렸다. 마에노다.

"여러분, 다친 데는 없으십니까. 천천히 일어나서 얼굴을 보여주십시오."

우리는 일어나서 서로의 얼굴을 확인했다. 다나카의 눈은 튀어나올 것 같을 뿐만 아니라 새빨갛게 충혈되어 있었다.

"이게 뭐야!"

다나카는 짧게 고함치듯이 말하고 얼굴을 일그러뜨리며 낮게 신음했다. 어딘가 다친 모양이다. 사카모토가 묶인 양팔로 흐느껴 우는 마에노를 둥글게 감쌌다. 그도 목소리를 삼키며 울고 있다.

방금까지 노인이 앉아 있던 계단에서, 지금 보이는 것은 그의 두 다리뿐이었다. 덧붙이자면 구두 바닥도 보였다.

노인은 위를 향해 길게 뻗어 있었다. 차 안에는 진압대원이 몇 명 있었지만 아무도 노인을 구속하지 않는다.

하지만 노인은 움직이지 않았다.

"죽었어요!"

마에노가 눈물로 얼굴을 흠뻑 적시고 흐느껴 울면서 소리쳤다.

"죽었어요! 할아버지가 죽었어요!"

희미하게 떠도는, 약 냄새 나는 연기 맞은편으로 버스의 뒤쪽 좌석이 보인다. 그 한쪽에 튄 피가 흩어져 있는 것을 나는 깨달았다.

노인의 권총은 눈에 띄지 않았다.

내 머리를 누르고 있었던 듯한 대원은 삼엄한 장비를 풀면 지극히 평범한 체격일 것이다. 음성은 차분했고 헬멧 바이저 틈으로 보이는 콧날이 곧았다. 예상외로 젊은 느낌이 들었다.

"여러분은 앞쪽 문으로 내려 주십시오. 버스를 움직일 테니, 죄송하지만 잠시만 더 이대로 기다려 주십시오."

다른 대원이 다나카의 팔다리를 묶은 테이프를 벗기고 있었다. 마에노는 울부짖던 것을 멈추고 사카모토에게 매달려 눈을 감고 있다.

뒤쪽 비상문이 열려 있었다. 대원들은 그리로 드나들고 있는 것이다. 멋지게 날아간 바닥 점검구의 뚜껑은 약간 오른쪽으로 어긋났을 뿐 원래의 장소에 착지해 있었다.

비상문으로 파란 시트가 반입되었고, 대원 두 명이 쓰러져 있는 노인의 몸을 감추었다. 우리에 대한 배려 때문에 취해진 조치인지, 현장 보존을 위한 것인지, 나는 모른다. 어느 쪽이든 그들은 노인의 시체를 재빨리 운반해 나가지도, 우리에게 노인의 시체를 타 넘어 비상구로 내려가라고 재촉하지도 않았다.

그 후의 내 기억은 단편적이고 일관성이 없다. 선명하게 눈에 남아 있는 것은 전부 사소한 것뿐이다. 예를 들자면 시트에 튄 피. 예를 들자면 점검구 가장자리가 깨져 있었던 점.

선명하게 귀에 남아 있는 것은, 예를 들자면 마에노가 울부짖는 목소리, 예를 들자면 다나카의 신음 소리.

버스에서 내리자 바깥 세계는 소란스러움으로 가득 차 있었다. 마치 축제 소동 같다고, 나는 느꼈다.

우리 네 인질은 기괴한 버스 납치범과 기묘한 몇 시간을 보냈다. 따라서 우리의 체험에서 생겨난 감정이 이런 종류의 모든 사건에서 보편적으로 발생하는 감정이라고는 생각하지 않는다.

나는 쓸쓸함을 느끼고 있었다. 바깥 세계의 모든 것이 나와는 인연이 없는 듯한 기분이 들었다. 우리의 무사함을 기뻐해 줄 사람들도 거기에 많이 있을 텐데, 잡초가 부슬부슬 자라난 주차장의 지면에 내려서서 제일 처음 느낀 것은 소외감이었다.

우뚝 선 채 움직이지 않는 내게 진압대원 중 한 명과 구급대원이 다가왔다.

"걸을 수 있으십니까? 현기증이 나지는 않으시고요?"

구급대원이 산소마스크를 내밀었다. 내가 손으로 그것을 밀어 내려고 하자,

"이걸 달고 심호흡을 해 주십시오. 폭발 때문에 순간적으로 산소가 엷어졌어요"

라고 진압대원이 말했다. 다른 구급대원이 들것을 밀고 와서, 나는 재촉을 받으며 거기에 걸터앉았다.

산소는 맛있었다. 온몸에 스며들었다. 구급대원이 내 왼팔로 혈압을 쟀다.

앞쪽 문과 가까운 곳에 있어서 제일 먼저 내렸기 때문에, 들것에 앉은 채 나머지 세 사람이 내리기를 기다렸다. 내 다음은 다나카였는데 보기에도 걸음걸이가 위태로웠다. 구급대원들로부터 몸양쪽을 부축받아 다른 들것에 애써 누웠다.

"허리, 허리요."

그는 변명하듯이 내게 말했다.

"쾅! 할 때 삐끗했어."

마에노가 울어서 부은 눈을 하고 내렸다. 진압대원을 붙들고 있는 데도 서 있지 못한다. 달려온 구급대원이 모포로 감싸고, 진압대원이 모포째 그녀를 안아 올렸다. 그녀는 모포 속에 파묻혀 내 옆을 지나쳐 갔다.

175

사카모토는 침착했다. 아직 눈이 빨갛지만 눈물은 멈춰 있었다. 나와 똑같이 산소마스크를 쓰고, 선 채로 몇 번 심호흡을 하더니 스스로 그 마스크를 떼어 구급대원에게 돌려주었다. 이마가 땀으로 젖어 있었다.

"마에노 씨가 걱정되는데요……."

"여성 인질분 말이군요. 본부로 모셨습니다."

"그럼 저도 당장 가고 싶어요."

그는 빠른 걸음으로 버스를 떠나려다가 돌아보았다. "스기무라 씨, 어깨를 진찰받는 게 좋을 거예요."

나는 잊고 있었다. 사카모토는 재빨리 구급대원에게도 설명했다. "운전석에서 내려올 때 차 안의 튀어나온 부분에 부딪쳤어요. 기계가 격납되어 있는 네모난 곳이 있죠? 탈구된 게 아닐까 싶은데."

구급대원이 놀라는 기색도 없이 내 어깨를 봐 주었다. 그가 만지자 격통이 스쳤다.

차 안에서 만난, 콧날이 곧은 진압대원이 버스에서 내려 내게 다가왔다.

"운전석에 앉아 있던 분이군요."

"네. 스기무라 사부로입니다."

"협조해 주셔서 감사합니다."

큐 카드 건이다. 구급대원이 어깨를 움직여서, 나는 크게 얼굴을 찌푸리고 말았다.

"대담한 일을 하는구나 싶어서 놀랐습니다."

"시바노 기사의 증언으로 범인이 자그마한 노인이라는 건 알고 있었고, 범인과 여러분이 차 안의 어디쯤에 위치하고 있는지, 그 시점에서 파악하고 있었습니다."

나는 아파서 찌푸린 얼굴을 하고 있는데도 그는 내 눈에 떠오른 의문을 알아차리고 대답해 주었다.

"서모그라피를 사용했습니다."

영화에서 본 적이 있다. 열원을 감지해서 그것의 위치나 크기나 움직임을 나타내 주는 기기다. 시동을 끈 버스 안의 인간이라든가.

"한 가지 가르쳐 주시겠습니까."

이 바깥 세계에서, 바이저 맞은편에 있는 그의 눈빛은 유일하게 인간답다. 그런 기분이 들어서, 나는 물었다. 지금 여기에서 그의 입으로 가르쳐 주기를 바랐으니까.

"당신들이 그 노인을 쏜 겁니까?"

대원의 입매가 한순간 꽉 다물어졌다.

"아뇨. 자살이었습니다."

4

인질이었던 우리 네 사람은 우선 대책 본부에 모였다가 그 후 구급차로 시내 병원으로 옮겨졌다. 사카모토는 마에노가 탄 차에 동승하고 싶어 했지만 그럴 수 없었다. 네 사람은 제각기 이동하고, 제각기 건강 상태를 체크받았다.

내 오른쪽 어깨는 골절된 것도 탈구된 것도 아니라 타박상을 입은 상태였다. 가장 위중한 환자는 다나카일 것이다. 디스크라는 그의 말은 거짓이 아니어서 치료를 위해 며칠 동안은 입원해야 하는 모양이다.

병원에 있는 사이에 각자의 가족이 달려왔다. 각각의 병실에서 경찰 입회하에 면회할 수 있었다.

내 아내, 스기무라 나호코는 예상대로 홍보과의 하시모토와 함께 왔다. 다만 병실에 들어올 때는 혼자였다.

나호코는 심장 비대 기미가 있고 병약하다. 어릴 때는 스무 살까지도 살 수 없을지 모른다는 걱정을 샀다. 아내가 임신·출산이라는 어려운 일을 극복하고, 우리가 모모코라는 외동딸을 얻을 수 있었던 것은 선진 의술과 행운 덕분이었다.

둘도 없는 아내와 딸이다. 나는 그 두 사람에게, 벌써 몇 번이나 걱정을 끼친 것일까.

아내는 울고 있지 않았다. 창백해져서 아까의 마에노처럼 떨고 있었다. 진압 직전의 마에노가 사카모토에게 했던 것처럼 내게 단단히 매달려 왔다. 다행이야, 다행이야, 하고 되풀이하는 목소리에 울음이 섞였다. 무표정한 경찰은 잠시 동안 우리 부부의 대화에 거북함을 느끼는 듯했다.

"모모코는?"

"집에, 아버지랑 같이 있어. 뉴스는 보여 주지 않았지만, 아버지가 살 얘기해 주고 있으니까."

장인에게 맡겨 두면 안심이다. 훌륭한 가정부도 붙어 있다.

"지금은 시간을 많이 낼 수 없겠지?"

"지금부터 사정 청취가 있을 테니까."

"당신도, 같이 있었던 분들도 푹 쉬고 잘 먹어야 할 테고."

"밤새 인질로 잡혀 있었던 것도 아니니까 괜찮아."

"하지만 어깨를 다쳤다던데."

"버스 안에서 넘어지다니, 뜻밖이었어. 나도 늙었나."

아내는 나를 탓하지 않았다. 당신도 참, 어째서 이렇게 사건에만 휘말리는 거냐고 탓하지 않았다. 오히려 스스로를 탓하고 있는 것처럼 보였다. 나는 아내의 미세한 표정을 관찰하는 데 뛰어난 사람이다.

"그런 얼굴 하지 마."

내가 웃음을 짓자 아내도 미소를 지으려고 했다. 그러다가 눈물을 흘렸다.

"이번에는 나, 같이 있지 못했어."

이 년쯤 전, 홍보실에서 아르바이트하던 여성이 해고를 둘러싸고 우리와 트러블을 일으켰고, 그 트러블이 꼬인 끝에 우리 집으로 쳐들어와 모모코를 인질로 잡고 부엌에서 농성을 벌인 적이 있다. 그때는 아내가 먼저 그녀와 마주친 뒤 연락을 받은 내가 달려간 형태였지만, 모모코가 구출되고 사건이 해결되는 순간에는 둘이 함께 있었다.

"만일 당신도 같이 타고 있었으면 어땠을지, 상상만 해도 심장에 무리가 올 것 같아."

"기왕이면 아버지가 탄 쪽이 더 마음 든든했을까?"

아내가 이런 농담을 할 거라고는 생각하지 않았다.

"아니, 제일 마음 든든한 건—."

"도야마 씨지."

이마다 회장의 심복 '얼음여왕'이다. 나도 아내도, 동시에 웃음을 터뜨렸다. 나는 웃는 한편으로 현실적인 생각도 해 보았다. 그래, 그 노인의 화술에 대항할 수 있는 것은 도야마 여사 정도일지도 몰라, 하고. 마치, 장인의 개인적인 의향에 (그럴 필요가 있다는 아슬아슬한 판단 하에) 이의를 제기할 수 있는 사람이 그녀뿐인 것과 비슷하다.

나는 묘하게 그 노인과 장인을 겹쳐 생각하고 있다. 두 사람의 어디에 공통된 부분이 있다고 여긴 걸까.

"소노다 씨가 같이 있었지?"

"편집장님을 만났어?"

"나는 안 만났지만 하시모토 씨가 비서실 사람을 보냈어."

소노다 편집장의 본가는 아마 기타큐슈에 있을 것이다. 노모와 오빠 부부가 있다고 들었다. 비행기를 타고 가도 금방 도착하지 못한다.

"나, 일단 집에 가서 갈아입을 옷을 가져올게. 하룻밤 입원하게 될 테니까."

"그보다 집에서 기다려 주면 더 좋은데. 집에 갈 때 전화할 테니까."

그렇게 말하고 뒤늦게나마 깨달았다. "지금까지 어디에 있었어?"

"현경 회의실에서 기다리고 있었어. 다른 분들은 구출될 때까지 신원을 알 수 없었지만 당신에 대해서는 소노다 씨가 풀려나고 나서 곧 알았으니까 우리한테 연락이 온 거지."

내 심장이 멈출 뻔했다.

"그 연락, 당신이 받았어?"

아내는 나를 위로하듯이 붕대에 감긴 어깨를 어루만져 주었다. "처음 연락을 받은 쪽은 회사야. 소노다 씨가 그렇게 하라고 말해 줬대."

다정한 분이지, 라고 했다.

"아버지는 내가 경찰서에 가는 걸 반대했어. 늘 있는 일이지만."

"내가 그 입장이라도 반대했을 거야."

"하지만 도야마 씨가 하시모토 씨를 보내 주고, 집보다 현장 가까이에 있도록 하는 게 나를 위한 일이라고 설득해 줬어."

"다정한 분이니까."

아내의 웃는 얼굴이 한층 더 밝아져서 나는 안도했다. "당신이 기다리는 동안 경찰 쪽에서 뭔가 설명은 해 줬어?"

"꼭 무사히 구출하겠습니다, 라고."

그렇게 말하고 아내는 목소리를 낮추었다. "먼저 풀려난 기사님이, 자신이 범인을 설득할 테니까 버스로 돌려보내 달라고 난리를 치셨던 모양이야."

나는 마음이 아팠다. "여자 기사님인데, 책임감이 강한 분이었어. 훌륭한 태도였지. 어린 딸이 있는 모양이던데."

아내는 가볍게 눈을 부릅떴다. "그래도 버스로 돌아가려고 했구나."

병실 문을 노크하는 소리가 났다. 입회한 경찰이 문을 열자 하시모토의 얼굴이 보였다.

"실례합니다."

문 밖에서 한 번 목례를 하고 경찰에게도 목례한 후 그 자리에 선 채 말했다. "홍보부의 하시모토입니다. 스기무라 씨, 무사하셔서 다행입니다."

"또 이렇게 되어서 죄송합니다."

그는 내 사죄에는 딱히 대답하지 않았다. "나호코 씨, 이제 슬슬……."

아내는 고개를 끄덕이더니 "모쪼록 잘 부탁드립니다" 하고 경찰에게 머리를 숙였다. 하시모토가 공손히 물러나 길을 열었다.

항상 예의 바르고 냉정하면서 침착하지만 냉혹하게는 보이지 않고, 말솜씨가 유창하고 빈틈없지만 아니꼽지는 않다. 우리 이마다 그룹 홍보과의 정예인 하시모토를, 그 노인이라면 어떻게 평가하고 어떤 말솜씨로 맞섰을까. 이런 생각을 하는 나는 마음에 여유가 생겨난 걸까, 아니면 아직 사건에 흥분하고 있는 걸까.

"스기무라 씨, 모리 씨한테서 연락이 왔습니다."

어지간한 하시모토도 이마다 그룹을 떠난 모리 노부히로를 그냥 '모리 씨'라고 부르는 것에는 아직 익숙하지 않은 모양이다. 그 부분에서만 목소리가 딱딱해졌다.

"뉴스 속보로 사건을 알고 줄곧 걱정하고 계셨다고 합니다. 당장 만나러 오고 싶지만 이 시간에 집을 비울 수 없다며 사과하시더군요."

부인을 두고는 나올 수 없을 것이다.

"과분한 일이군요. 모리 씨가 사과할 필요는 없는 일입니다."

"그쪽으로서는 그렇게 생각할 수가 없겠지요."

'그쪽'이라고 하는 편이 그나마 발성이 매끄러웠다.

"아내를 잘 부탁합니다."

"알겠습니다. 제게 맡기십시오."

다시 목례를 하고 덧붙인다. "말씀드릴 것까지도 없겠지만 회장님도 기뻐하고 계십니다."

"꾸중 들을 각오를 하고 있습니다."

"내가 집을 나올 때 아버지는 모모코를 무릎 사이에 앉히고 계셨어. 그런 게 몇 년 만인지."

아내가 웃으며 내게 손을 흔들었다. 나도 마주 손을 흔들었다. 큰 안도감을 느낀 덕분에 부부가 함께 십대로 돌아간 것 같았다.

두 사람이 떠나자 나는 경찰에게 목례했다. "고맙습니다. 설마 이렇게 빨리 가족을 만날 수 있을 거라고는 생각하지 않았어요."

경찰은 중년으로, 방도防刀 조끼를 입은 배가 튀어나와 있었다. 마치 양날 단검 같았던 그 진압대원에 비하면 이쪽은 채소 써는 식칼 정도의 느낌이다. 그는 말없이 내게 마주 목례했다.

"실은 이전에도 사건에 휘말린 경험이 있어서 대충 짐작은 갑니다. 사정 청취는 여기에서 하는 겁니까? 우리의 기억이 생생할 때 해야 하잖아요."

경찰은 그런 질문에 대답할 자격은 자신에게 없다는 듯이 당혹스러운 얼굴을 했다.

"사정 청취가 끝날 때까지는 다른 사람을 만날 수 없는 거지요?"

당혹스러운 얼굴의 경찰은 방도 조끼를 입은 배를 살짝 문지르며 내 얼굴에서 시선을 피하더니, 낮게 대답했다.

"다른 분들은 의사의 진찰을 받고 있기 때문에 지금은 아직 만날 수 없습니다."

"먼저 버스에서 내린 회사 동료가 어떻게 되었는지 걱정되는데……. 소노다라는 여성입니다. 그녀와 만나는 것도 안 됩니까?"

경찰의 당혹스러운 표정이 깊어졌다. 내 요구가 아니라 묘하게 침착한 내 태도에 당혹스러워하는 것이리라.

"어쨌든 지금은 푹 쉬십시오. 곧 교섭을 맡았던 야마후지 경부님이 스기무라 씨에게 이야기를 들으러 올 겁니다."

알겠습니다, 하고 나는 얌전히 물러났다. 누울 정도로 피곤하지는 않았지만 지금은 그렇게 해 두는 편이, 나도 제복 경찰도 마음 편할 것 같다. 베개에 머리를 대고 눈을 감았다.

오 분도 지나지 않아 문을 노크하는 소리가 났다. 경찰이 문을 열고 경례했다.

"실례합니다."

양복 차림의 남성 두 명이 앞서거니 뒤서거니 병실로 들어왔다. 둘 다 사십대로, 한 명은 사십대 후반, 다른 사람은 갓 사십대에 접어든 것처럼 보였다. 교대하듯이 경찰이 나가고, 문이 닫혔다.

현경 특무과 소속이라는 야마후지 경부의 목소리를, 나는 한 번도 들은 적이 없다. 모습도 보지 못했다. 하지만 사십대 후반에 가까운 듯한, 연하의 파트너보다 몸집이 작은 남성의 얼굴을 보자마자 나는 이 사람이 그 교섭인임을 알았다.

그 얼굴에 지난 몇 시간 동안 눈에 익은 표정의 편린이 떠올라 있었기 때문이다. 어리둥절한, 여우에 홀린 듯한—사토 이치로라고 스스로를 소개한 노인과 함께 지낸 우리 인질들 전원이 얼굴에 떠올리고 있던 표정의 편린. 내 얼굴에도 떠올라 있었을 것이 틀림없는 표정의 편린. 이것이 어디까지나 편린에 그친 까닭은 야마후지 경부만은 그 노인의 눈을 보지 않았기 때문이다. 적어도 생명의 등불이 켜져 있었을 때의 그 눈을.

나는 침대에서 몸을 일으켜 앉았고 셋이서 인사를 나누었다. 가까이에서 제시된 현경의 경찰수첩은, 당연하겠지만 경시청의 경찰수첩과는 디자인이 조금 다른 듯했다. 성격상 이런 사소한 점이 머리에 걸리는 걸까.

야마후지 경부의 파트너는 역시 현경 특무과 소속인 이마우치 경부보_{한국의 경위에 해당}라는 사람이었다. 이 사람이 손에 든 수첩을 펼치면서 먼저 입을 열었다.

"기분은 어떠십니까."

"괜찮습니다."

"우선 번거로우시겠지만 다시 한 번 이름을 여쭙겠습니다. 스기무라 사부로 씨 맞으시죠."

"네."

"주소와 연락처를 가르쳐 주십시오."

경부보는 내가 하는 말을, 수첩을 참조하면서 확인했다.

"스기무라 씨의 가방은 저희가 보관하고 있습니다. 사원증과 운전면허증도 맡고 있습니다."

"알겠습니다. 고맙습니다."

"죄송하지만 여러분의 가방 속을 조사해 봤습니다. 납치범이 여러분의 짐에 뭔가 숨겼을 가능성도 생각할 수 있어서요."

그 노인에게 그런 기회가 없었던 점은 알고 있지만 나는 고개를 끄덕였다.

"휴대전화도 이미 회수했습니다. 같이 돌려 드리겠습니다."

오늘날의 휴대전화는 발로 차서 버스 문에서 떨어뜨린 정도로는 망가지지 않을 것이다.

"아까 아내를 만났습니다. 사건 동안 현경에서 기다리게 해 주셨다고 하더군요. 신세 많이 졌습니다."

두 형사는 힐끗 시선을 교환했다. 그 분위기로 인해, 어쩌면 스기무라 나호코는 경찰에서 그냥 '기다리게 해 준' 것이 아닐지도 모른다는 사실을 눈치챘다. 의외로 말썽을 부리거나 울었을지도 모른다. 현경에 재계의 거물인 아버지의 영향력을 은근히 어필했을지도 모른다. 어느 쪽도 그녀답지 않은 행동이지만, 절대로 그런 일이 없다고는 단언할 수 없다. 어쨌거나 비상사태였던 것이다.

이마다 콘체른은 지바 현에 물류센터를 두고 있으며, 큰 지사도 있다. 현경에 통하는 인맥이 있어도 이상할 것은 없다.

야마후지 경부는 파트너의 시선을 받자 내게 시선을 돌리며 말했다. "납치범과 전화로 교섭했던 건 접니다."

"네, 성함을 알고 있었습니다. 그 노인이 가르쳐 주어서요."

둘 다 동요하지 않았다. 인질 동료 중 누군가에게서 이미 들은 것일까.

"큐 카드도 제 지시로 내보냈습니다. 놀라시게 해서 죄송합니다."

나는 일부러 가볍게 웃었다. "영화나 드라마에서는 본 적이 없는 방식이어서 좀 당황했지요."

병실 벽 쪽에 포갤 수 있는 타입의 의자가 두 개 쌓여 있다. 나는 삼각건으로 고정된 오른팔을 들어 그 의자들을 가리켰다.

"앉지 않으시겠습니까. 앉아 주시는 편이 저도 이야기하기 편한데요."

보좌역답게 이마우치 경부보가 의자를 늘어놓았다. 야마후지 경부가 먼저 나서서 의자에 걸터앉았다. 그러자 분위기가 차분해졌다. 만일 경부가 앉으면서 "끙차"라든가 "아이고, 아이고"라고 중얼거렸어도 나는 불편한 기분이 들지 않았을 것이다.

"확실히 이 편이 편하네요."

야마후지 경부는 미소를 지으며 말했다. 엷은 웃음이 그의 얼굴에 떠올라 있던 그 표정의 편린을 지웠다.

"여러분에게는 힘든 경험이었을 테니 본래 같으면 무리한 부탁을 드릴 수가 없습니다. 정식 사정 청취는 의사의 허가를 얻은 후에, 내일 여러분이 현경으로 와 주신 다음에 할 예정입니다. 조금이라도 빨리 귀가하고 싶으실 텐데, 죄송합니다."

"괜찮습니다. 그보다 아내의 얼굴을 빨리 볼 수 있어서 안심했습니다. 배려에 감사드립니다."

다른 인질 동료들도 이미 가족과 대면했는지 어떤지, 조금 의심스러워지기 시작했다. 나는 스기무라 나호코를 수호하는 이마다 콘체른의 우산 가장자리 아래에 서서 우대를 받고 있을 가능성이 있―는 건지도 모른다.

"다만 시급하게 여쭙고 싶은 것이 몇 가지 있어서요. 괜찮으시겠습니까."

그러시죠, 하며 나는 자세를 바르게 했다.

"납치범 노인은 자신의 이름을 말했습니까?"

"사토 이치로라고 했어요."

나는 우리 인질들과 노인이 서로 이름을 말하게 된 경위를 간단하게 이야기했다.

"그럼 그 후 피의자와 여러분은 서로 이름을 부르면서 대화를 나누었던 거로군요."

내 눈을 들여다보는 야마후지 경부의 오른쪽 눈썹 끝에, 작지만 눈에 띄는 사마귀가 하나 있었다.

"그럼 여기에서는 저도 사토라고 부르도록 하지요. 스기무라 씨는 사토와 면식이 있었습니까?"

"전혀 없습니다."

"어디에선가 얼굴을 본 적이 있는 정도로도?"

"없습니다."

"함께 인질이 되었던 분들 중에 사토와 면식이 있는 듯한 사람

은 있었습니까? 스기무라 씨가 그렇게 느꼈다는 정도라도 괜찮은
데요."

"끝까지 같이 있었던 멤버 중에는 없습니다."

내 대답이 의미심장했는지, 두 형사의 눈동자가 움직였다. 나는
서둘러 말을 이었다.

"하지만 기사 시바노 씨는 그 노인의 얼굴을 본 적이 있다고, 본
인에게 말했습니다. 몇 번인가 버스에 태운 적이 있다고요. 그리
고 그 노인은 시바노 씨에게 어린 딸이 있으며 이름이 요시미라는
점까지 알고 있었습니다. 사전에 조사를 했다던가 라고 얘기해서
그 말을 들은 시바노 씨는 매우 동요했습니다."

야마후지 경부는 가볍게 고개를 끄덕였다. "그때 사토는 시바노
기사에게 협박 같은 말을 했나요?"

신중하게 대답해야 하는 질문이라고 생각했기 때문에 나는 잠
시 생각했다.

"시바노 씨가 먼저 버스에서 내리기를 거부했기 때문에 그 노
인이 빨리 돌아가지 않으면 요시미가 불쌍하다고 했습니다. 어린
아이가 있는 어머니가 그 자리에서 자기 아이의 이름이 나오는 걸
들으면 굉장히 무서웠을 거라고 생각하지만, 노인의 말투나 태도
가 특별히 협박하는 것이었다고는 생각하지 않습니다."

형사가 굳이 "사토라고 부르겠습니다"라고 말했는데도, 나는 오
히려 '그 노인'이라고 부르고 있다. 망설임이 있기 때문이다. 나는
큰맘 먹고 질문했다. "죄송하지만 그 노인의 이름은 정말로 사토

이치로였습니까?"

경부도 경부보도, 내 질문이 들리지 않은 것처럼 무시했다.

"사토는 차 안에서 시바노 기사의 휴대전화를 사용했다고 하더군요."

"그렇습니다. 시바노 씨에게 휴대전화를 두고 가게 한 다음 줄곧 그걸 사용했습니다."

"자신의 휴대전화를 갖고 있었나요?"

"모르겠습니다. 숄더백을 갖고 있었지만, 그가 거기에서 꺼낸 건 권총과 비닐 테이프뿐이었어요."

"사토가 우리 경찰 관계자 이외의 누군가와 연락을 취하지는 않았습니까?"

"아뇨."

"확신이 있습니까?"

"있습니다."

나도 모르게 약간 쓴웃음을 짓고 말았다. "우리는 줄곧 그와 얼굴을 맞대고 있었습니다. 그 노인이 하는 일은 전부 보고 있었어요."

"사토가 여러분에게, 외부에 협력자가 있다고 이야기한 적은 없습니까?"

내 귓속에서 다나카 이치로의 목소리가 울렸다. 얘기하지 마. 얘기하지 말아 줘. 얘기하지 말자고. 안 그러면 내 일억 엔이─.

"스기무라 씨?"

옅은 눈썹 끝에서, 마침표를 찍은 듯 눈에 띄는 사마귀. 나는 거기에 시선을 주며 대답했다. "사건의 뒤처리를 부탁해 둔 사람이 있다고 했습니다. 자신의 부탁을 들어주는 사람이지만 동료는 아니라고도."

"어떤 뒤처리일까요."

내 귓속에서 다나카의 목소리가 한층 더 높아져 비통하게 갈라지면서 사라져 갔다. 내 일억 엔.

"그 노인은 인질인 우리에게 폐를 끼쳐서 미안하니 나중에 위자료를 지불하겠다고 했습니다. 뒤처리란 그겁니다."

구체적인 금액과, 그것이 누구의 발언이었는지에 관한 내용들만 숨기면서 노인과 우리의 돈을 둘러싼 대화를 설명하기는 어려웠다. 나는 생각하고 또 생각하며 말했다. 그 점이 형사들의 눈에 의심스럽게 비쳤다고 해도 어쩔 수 없다.

"당신은 그 위자료 이야기를 믿었습니까?"

야마후지 경부의 목소리가 조금, 아주 조금이지만 부드러워진 듯한 기분이 들어서, 나는 그의 눈썹 끝의 마침표에서 그의 두 눈으로 시선을 옮겼다. 우리 일반 시민이 쉽게 그 안쪽을 꿰뚫어 볼 수 있을 리 없는 경부의 눈은, 이렇게 관찰하니 조금 충혈되어 있었다.

"진심으로 믿지는 않았어요. 지금도 그건 우리를 달래기 위해 지어 낸 이야기였을 거라고 생각합니다."

"왜지요?"

즉시 되물어 와서 나는 웃었다. 딸꾹질 같은 목소리가 났다.

"하도 종잡을 수 없는 이야기라서요. 게다가 앞뒤도 맞지 않습니다. 그 노인이 그렇게 돈이 많은 자산가였다면 그 돈을 사용해서 얼마든지 자신의 목적을 이룰 수 있었을 거라고 생각하거든요. 굳이 일부러 버스 납치 같은 걸 하지 않아도 다른 방법이 있었겠지요."

"사토의 목적이란 뭡니까?"

"경부님께 요구하지 않았나요? 특정 사람을 현장에 데려오는 겁니다. 세 명, 이름을 말했지요. 노인은 그 사람들에게 뭔가 원한을 품고 있고 제재를 가하고 싶어 하는 것 같았습니다."

"제재요? 단순히 원한을 푸는 게 아니라."

"저는 그렇게 느꼈습니다."

나는 노인이 인터넷의 사건 사이트에 대해서 이야기한 일을 설명했다.

"그 연배의 사람치고는 인터넷에 대해서 잘 아는 것 같다는 인상도 받았습니다. 하지만 휴대전화 메일을 보내는 데는 익숙하지 않았는지, 인질이 대신 보냈습니다."

거기까지 이야기하고 한숨 돌렸다. 두 형사는 내가 호흡하는 모습을 바라보고 있다. 마치 내 호흡에 색깔이 있고 그 스펙트럼을 분석함으로써 증언의 진위를 확인할 수 있는 것처럼.

"제 신원을 조회하시면 금방 아실 거라고 생각하지만,"

이 년쯤 전에도 사건에 휘말린 적이 있습니다, 하고 말했다.

"제가 일하고 있는 이마다 콘체른의 그룹 홍보실에서, 아르바이트 직원의 해고를 둘러싸고 트러블이 일어났습니다. 신문에 보도된 적도 있으니 어쩌면 알고 계시려나요."

"아르바이트 여성이 그룹 홍보실 분들에게 수면제를 먹였다는 상해 사건 말이군요."

야마후지 경부는 막힘없이 말했다.

"그 후 그 여성은 당신의 자택으로 쳐들어가 칼로 부인을 위협하고 따님을 인질로 잡아 농성했지요."

"역시 알고 계셨습니까."

"버스 납치 사건이 벌어지고 있었을 때 서에서 부인으로부터 얻은 정보입니다. 힘드셨겠네요."

나는 잠자코 고개를 끄덕였다.

"부인은, 그러니까 당신이 이런 사태에 침착하게 대응할 수 있을 거라고 말씀하셨습니다."

"아내가 그런 말을 했습니까?"

"아이가 인질로 잡힌다는, 부모에게는 최악의 사태를 경험한 적이 있는 사람이니 남편은 아마 지금 이 버스에 있는 게 자신이라서 다행이다, 딸이 아니어서 다행이다, 라고 생각하고 있을 거다, 그러니까 절대로 허둥거리지 않을 거라고 말씀하셨습니다."

야마후지 경부가 내게 웃음을 지었다. "실제로 스기무라 씨는 냉정하게 행동해 주셨고요."

"아내가 얘기드린 것처럼 생각했던 건 아닙니다. 저는 그렇게 담력이 있는 인간이 아니에요. 하지만 지금 이런 말을 들으니까, 그 자리의 제가 그랬던 것 같은 생각이 드니 이상한 일이네요."

이마우치 경부보도 미소를 지었다. 나는 그제야 이 2인조가 지키고 있는 빗장을 건드릴 수 있었던 모양이다. 건드리기만 했을 뿐, 움직이는 것은 도저히 무리겠지만.

"몇 번이나 어떤 경험을 해도, 저는 평범한 월급쟁이니까 사건에 익숙해지지 못합니다. 하지만 사건 후의 이런 사정 청취에는 조금 익숙해진 것 같습니다. 착각일지도 모르지만 익숙해졌다 쳐주십시오."

나는 또 한 번 심호흡을 했다.

"저는 과거의 경험에서 배웠거든요. 이럴 때는 설령 맥락이 없어도, 기억이 잘못되었어도, 자신이 경험한 것을 있는 그대로 이야기하는 게 제일이라고."

야마후지 경부가 천천히 고개를 끄덕였다.

"하지만 지금은 그 자신감이 흔들리고 있습니다. 우리 네 사람이 그 노인과 함께 버스 안에서 보낸 몇 시간은, 이상한 시간이었기 때문이지요."

아무리 솔직하게 이야기한들, 그 자리에 없었던 제삼자가 우리 사이에서 일어난 일을 믿어줄 수 있을까.

"그 노인은 분명히 두 번 발포했고 우리에게 총구를 겨누고 있었습니다. 하지만 저는 그가 진심으로 우리를 쏠 거라고는 생각하지 않았어요. 적어도 버스가 그 공터에 자리를 잡은 이후에는 그런 일이 일어나지 않을 거라고 여겼어요. 그만큼 노인이 우리를 완전히 장악했기 때문입니다. 그런데―그 장악 방법이 이상했어요."

"위자료라는 명목의 큰돈을 여러분 앞에 대고 흔들었기 때문입니까?"

이마우치 경부보가 내게 물었다. 상사인 파트너가 갑자기 곁눈질로 그를 보았다.

"그것도 큰 요소였지만 돈의 문제만은 아닙니다. 뭐랄까."

내가 말이 막혀 입술을 깨물자 두 형사는 돌처럼 조용해졌다.

"일종의 연대감 같은 것이 그 노인과 우리 사이에 생겨났습니다. 특히 노인이 지명해서 데려오게 하려고 한 세 사람에 대해 '그들에게는 죄가 있다'고 설명한 후에는, 그 분위기가 짙어진 듯한 기분이 들어요."

이마우치 경부보가 뭔가 말하려고 했기 때문에 나는 서둘러 말을 이었다. "지금 단계에서 다른 세 사람이 어떤 이야기를 했는지, 저는 모릅니다. 모르지만 아마 상당히 혼란스러워하고 있을 테고, 솔직하게 이야기하지 못하고 뭔가 숨기려 할 가능성도 있습니다. 하지만 그건 우리 중 누군가가 그 노인의 공범자이기 때문이 아니에요. 결코 아닙니다. 이 사건이 일어나기 전까지 우리는 생판 남남이었어요. 아무도 그 노인을 몰랐습니다."

나는 살짝 땀을 흘리고 있었다.

"누구도 공범자가 아닙니다. 아까 연대감이라는 말을 썼지만,

그것도 우리가 그 노인에게 협조했다는 뜻은 아니고요. 다만 거스를 수 없었어요—적극적으로 반격하거나 제지하지 않았어요. 상황의 흐름을 지켜보면서, 그 노인이 정말로 무엇을 하려는 건지 확인해 보자는 분위기가 있었다는 뜻입니다. 이해하시려나요."

두 형사는 알았다고도 모른다고도 하지 않았다.

"그런 분위기가 생겨난 건 여러분이 사토에게 권총으로 위협당했기 때문이 아니라고 생각하시는 거군요. 그래서 장악 방법이 이상했다고 하시는 거고요."

야마후지 경부의 말에 나는 기세 좋게 고개를 끄덕였다. "그렇습니다. 맞습니다."

"그럼 권총이 아니라 다른 무엇을 사용해서, 사토 씨는 여러분을 장악했던 걸까요. 생각하신 바가 있습니까?"

내게는 답이 준비되어 있었다. 하지만 당장은 입 밖에 낼 수 없다. 자신이 없었다.

"—말솜씨입니다."

믿어 주지 않을지도 모른다. 경찰에 통할 진술이 아닐지도 모르지만, 내게는 그렇게 생각되었다.

"그저 말솜씨뿐입니다. 그 노인은 말로 우리를 지배하고, 컨트롤하고 있었습니다. 저도 제가 그런 상태에 놓여 있음을 깨달았지만 그래도 저항할 수 없었어요. 그만큼 교묘한 장악이었습니다."

"다른 인질분들도 컨트롤당하고 있다는 걸 알아챘을까요?"

"뭔가 교묘하게 구슬려지고 있다는 느낌은 받았을 겁니다. 특히 다나카 씨는—그, 허리를 다친 남자분 말인데요."

"네, 압니다."

"몇 번인가, 노인의 말을 믿을 수 없다고 항의했습니다. 하지만 살짝 설득당하고 나면 더 이상은 추궁하지 못하는 겁니다."

이마우치 경부보가 꼼지락거리더니 양복 가슴 주머니에 손을 넣고 일어섰다.

"실례하겠습니다."

휴대전화로 연락이 온 모양이다. 얼른 병실을 나갔다.

단둘이 남게 되자 야마후지 경부는 가볍게 몸을 내밀었다.

"두 젊은이는 어땠습니까? 사카모토 씨와 마에노 씨 말입니다."

"마에노 씨는 노인의 명령에 따라 자잘한 작업을 했어요. 그건 물론 눈앞에 권총이 있었기 때문이니까요."

"알고 있습니다. 그녀를 의심해서 묻는 건 아니에요."

야마후지 경부는 달래듯이 가볍게 오른손을 들어 보였다.

"그 노인은 몸집이 작았고, 보기에도 약해 보였습니다. 기사 시바노 씨의 말이 옳다면, 어쩌면 '쿠라스테 해풍'의 클리닉 환자였을지도 몰라요. 마에노 씨는 그곳 주방에서 일한다고 하는데, 상대가 노인이고 환자일지도 모르니까 제일 먼저 노인의 페이스에 빠져서 교묘하게 이용당한 느낌이 들었습니다. 그렇다고 해서 탓할 생각은 없습니다. 아주 마음씨가 착한 아가씨라고 생각했어요. 그건 나쁜 게 아니잖아요?"

야마후지 경부의 오른쪽 눈썹 끝의 마침표가 위치를 바꾸었다.

그가 눈을 가늘게 뜨고 작게 웃었기 때문이다.

"아니, 죄송합니다. 웃을 일이 아닌데요. 마에노 씨는 지금도 사토에게 동정적입니다. 아까 저는 '피의자'라고 말하고 나서 '사토'라고 호칭을 바꾸지 않았습니까?"

"네……."

"그건 마에노 씨한테 혼났기 때문입니다. 제가 '피의자'라고 했더니, 할아버지를 그런 식으로 부르지 말아 달라, 그분에게도 이름이 있다며 울어 버렸어요."

나는 기막혀하지도 않고, 웃지도 않았다. 마에노의 심경을 생각하면 가슴이 아팠다.

"어쩌면 마에노 씨는 그, 저, 노인이 자기 자신을 쏘는 장면을 본 게 아닐까요."

줄곧 그것이 걱정이었다.

"그건 아직 모릅니다. 우선 마에노 씨를 안정시키는 게 상책일 것 같습니다."

안다고 해도 나한테는 말할 수 없으려나.

"스기무라 씨는 이 년 전의 사건이 있은 후, 범죄자의 심리에 흥미가 생겨서 뭔가 읽거나 조사하신 적이 있습니까?"

왜 이런 것을 물을까.

"그런 흥미는 생기지 않았지만 원래 아내가 미스터리를 좋아해서……. 아아, 하지만 아내도 그 사건 후에는 별로 미스터리를 읽지 않았지요."

"그렇습니까. 그럼 '스톡홀름 증후군'이라는 말을 아십니까?"

몰랐다.

"스톡홀름이라니, 스웨덴의 수도인?"

"네." 나의 소박한 반응이 재미있었는지 야마후지 경부는 또 미소를 지었다. "하지만 이건 유괴 사건이나 농성 사건 등에서 범인과 인질 사이에, 바로 방금 스기무라 씨가 말씀하신 것과 같은 일종의 연대감이 생겨나는 현상을 가리키는 말입니다."

"우리도 그런 상태에 있다고요?"

"글쎄요, 그런 진단은 제 전문이 아니니까요. 다만 스톡홀름 증후군이 생겨나려면 보통은 좀 더 시간이 걸리는 모양입니다. 고작해야 세 시간 정도로는 어려운가 봐요."

야마후지 경부는 또 눈을 가늘게 뜨고 한층 더 나에게 가까이 오더니 목소리를 낮추었다.

"다른 사람한테는 말하지 말아 주십시오. 제 개인적인 호기심으로 여쭙고 싶은 거니까요. 괜찮으시겠습니까?"

나는 약간 숨을 죽이고 고개를 끄덕였다.

"스기무라 씨는 사토라는 노인을 누구라고 생각하셨습니까?"

"누구냐니……."

"직업이나 입장 말입니다. 어떤 인간이라고 생각하셨습니까? 느낀 대로, 받은 인상대로 말해 주셔도 됩니다."

나는 뚫어져라 경부의 얼굴을 바라보았다. 개인적인 호기심이라고 양해를 구한 행동은 표면적인 방침에 불과할지도 모르지만,

확실히 그는 진심으로 알고 싶어 하는 것처럼 보였다.

"저도 신경이 쓰여서 본인에게 물어보았습니다."

"사토가 대답했습니까?"

"어물쩍 넘겨 버리더군요. 어떻게든 캐물으려고 할 때 대원들이 진입해서."

그런가, 하고 경부는 미간을 찌푸렸다.

"지금은 어떻게 생각하십니까? 그는 누구일까요."

"정말 인상만이라도 괜찮습니까? 아무렇게나 드리는 말씀입니다."

"상관없습니다. 말해 주십시오."

교사라고, 나는 대답했다. 그러자 야마후지 경부의 눈이 밝아졌다. 그는 갑자기 몸을 일으켰다.

"실은 저도 그렇습니다. 대화를 하다가, 이자는 교직원이겠구나, 하고 생각했어요."

"그렇다면 말로 사람의 마음을 장악하는 스킬을 갖고 있어도 이상하지는 않지요."

"무엇을 가르치는, 어떤 교직원이었느냐 하는 문제는 남지만요."

나는 중요한 점을 떠올렸다. "저희 회사의 소노다 에이코 씨와는 이미 이야기해 보셨습니까?"

"당신 상사인 편집장님 말이군요."

"편집장님은…… 이야기하던가요? 소노다 편집장님은 뭔가, 그 노인의 정체랄까, 생업이랄까, 거기에 대해서 짐작 가는 바가 있었던 모양입니다."

야마후지 경부의 얼굴의 마침표가 처음의 위치로 돌아왔다. "무슨 뜻입니까? 부디 말씀해 주십시오."

그럼 편집장은 경찰에 이야기하지 않은 것일까.

내 표정을 읽었는지 경부는 말했다. "소노다 씨도 이 병원에 있습니다. 꽤 불안해서 사정 청취는 미루고, 진정제로 쉬게 하고 있습니다."

그 소노다 에이코가 흐트러져 있다. 다루기 힘든 아르바이트 사원이 테이프커터를 집어던져서 다쳐도, 수면제를 먹여도 당황하지 않던 소노다 에이코가.

"그런 상황이었으니까, 솔직히 기억하고 있을지 어떨지는 의문스럽지만요."

나는 그 노인과 편집장의 대화를 설명했다. 당신 같은 인간을 알고 있다, 나도 처음부터 눈치채고 있었습니다, 정말 싫은 추억이 있나 보지요, 사과드리겠습니다—.

야마후지 경부는 품에서 꺼낸 수첩에 메모를 했다. 미간에 주름이 생긴다.

"그렇군요"라고 말하며 수첩을 덮자 주름도 사라졌다.

"이해해 주셨으면 하는데요, 오늘 밤 이렇게 사건에 휘말린 분들을 따로따로 격리한 듯한 형태를 취하고 있는 건 결코 우리가 여러분에게 의혹을 품고 있기 때문이 아닙니다. 초기 단계에서 여러분이 서로 얼굴을 마주하고 버스 안의 사건에 대해서 이야기를 나누면, 여러분의 기억이 얽혀들 위험이 있기 때문이지요."

기억이 얽혀든다는 것은 즉, 개개의 기억이 자립성을 잃고 한 덩어리의 '줄거리'가 되어 버린다는 뜻일 것이다.

"그렇게 되면 사건의 흐름은 확실해지는 반면 사소하지만 구체적인 사실이 사라져 버리는 경우가 있습니다."

경찰은 나와 다나카, 사카모토와 마에노의 세부 기억에 차이가 있어도—있는 게 당연할 거라고 생각하지만—그 기억들을 통일시키지 않고 가능한 한 있는 그대로를 원하는 것이다. 내가 보았고 사카모토가 알아차리지 못한 것, 다나카가 알아챘고 마에노가 몰랐던 것. 또는 모두가 보았지만 해석이 다른 것.

"내일 모두 서에 모여 주십시오. 기사 시바노 씨도, 먼저 내린 사코타 씨도 와 주실 겁니다."

"두 분 다 무사합니까? 사코타 씨는 비상구로 내릴 때 많이 고생하셨는데."

"다행히 다치신 데는 없습니다. 시바노 씨도 건강하시고요."

"아내에게 들었는데, 시바노 씨가 버스로 돌아가고 싶다고 하셨다더군요."

야마후지 경부는 고개를 끄덕였다. "책임감이 몹시 강한 사람인 모양입니다."

"우리를 남겨 두고 버스에서 내린 것 때문에 설마 회사에서 처분을 받는 일은 없겠지요?"

"그건—없을 것 같은데요."

"시바노 씨는 자신이 남을 테니 여성 승객들을 먼저 놓아 달라고 노인에게 호소했습니다. 그걸 억지로."

거기에서 나는 문득 생각이 미쳤다.

"왜 그러십니까?"

야마후지 경부는 민감하다. 어떤 작은 것이라도, 내 머리를 스치는 생각을 알고 싶어 한다.

"제 지나친 생각일지도 모릅니다."

"부디 말해 주십시오."

"시바노 씨는 말하자면 그 자리의 책임자지요. 거기에 어울리는 언동도 취하고 있었습니다. 그리고 사코타 씨는…… 좀 미안한 말이지만, 나이 때문일까요. 약간 현실 인식이 느슨하다고 할까, 노인이 우리를 위협하려고 발포한 후에도 어딘지 모르게 느긋하셨습니다. 일의 중대성을 모르신다는 느낌이 들었습니다."

그렇기 때문에 노인은 제일 먼저 그 둘을 버스에서 내리게 한 것이 아닐까.

"두 분 다, 노인의 컨트롤이 먹히기 힘든 사람이었습니다. 그래서 제일 먼저 배제되었지요. 그런 것이었을지도 몰라요."

야마후지 경부는 눈을 깜박였다. "그럼 페트병의 물과 교환하는 조건으로 해방된 소노다 씨는 어떻습니까?"

"소노다 편집장님은 오히려 우리가 권해서 버스에서 내리게 한 겁니다. 많이 지친 것 같았고, 제가 알고 있는 평소의 소노다 편집장님답지 않아서—."

나는 눈을 가늘게 뜨며 그 자리에서의 대화를 떠올려 보았다.

"그때 노인은 다나카 씨에게 내리라고 말했습니다. 아니, 그 전에 마에노 씨군요. 그녀가 노인의 지시에 따라 몇 가지 작업을 했기 때문에 답례로 버스에서 내려 주겠다고 했습니다."

"마에노 씨는 어떻게 했습니까?"

"거절했습니다. 자신만 내리면 후회할 거라고 하면서 울음을 터뜨리고."

"다음이 다나카 씨라고요."

"그도 거절했습니다. 이런 경우에 여자를 둘이나 넘겨 두고 남자인 자신이 먼저 내렸다간 나중에 세상의 눈이 무섭다고."

아니, 잠깐만.

"그는 그 이전에 노인에게 협박을 받았습니다. 처음에는, 시바노 씨가 자신이 인질로 남을 테니 승객을 내려 달라고 말하자 그가 그 제안에 달려들어서 노인이 화를 냈지요. 아니, 화난 것처럼 보였을 뿐인지도 모르지만 일부러 다나카 씨에게 권총을 들이대고."

나는 왼손으로 턱 밑을 만졌다.

"여기에 총구를 들이대고, 시바노 씨에게 뒤에 있는 비상문을 열라고 명령했습니다."

이야기하면서 눈앞에 있는 병실 비품이나 야마후지 경부의 모습이 아니라 자신의 기억을 보고 있었다. 그때 다나카의 두툼한 턱을 파고들었던 노인의 총구. 튀어나올 듯했던 다나카의 눈. 그리고 노인의 차가운 눈.

"그래서…… 시바노 씨와 사코타 씨를 내려 준 후, 열려 있던 비상문을 다나카 씨가 닫았습니다. 그 노인이 닫도록 시켰는데 그때도 위협했어요. 당신도 뛰어내려서 도망치려면 도망칠 수 있지만 그런 방식은 남자답지 못하다나 뭐라나."

그리고 다나카는 부루퉁해져서, 도망치지는 않는다고 대꾸했던 것이다.

"그 후 인질이 다섯 명이 되었을 때 위자료 얘기가 나왔고 다나카 씨는 그런 달콤한 이야기는 믿을 수 없다고 하면서도 끌려들어가 버려서, 그때는 이제 내리라는 말을 들어도 다나카 씨가 내릴 리가 없었습니다. 그런 분위기였어요."

"당근과 채찍이군요."

단호하고 짧은 야마후지 경부의 발언에, 나는 기억 속을 떠나 현실로 돌아왔다.

"컨트롤입니다." 그는 말을 이었다. "마에노 씨처럼 순수하지 않고 현실적이고 이래저래 까다로운 다나카 씨를 그렇게 보기 좋게 수중에 넣었어요. 돈 이야기는 달콤하게 들리는 법이고, 남자답다느니 체면이라느니 하는 말은 그 연배의 사회인에게는 효과적이지요."

나는 새삼 아연실색하면서 고개를 끄덕였다. "노인이 처음에 발포한 이유는 권총이 모델건이 아니라는 점을 보여 주기 위해서였습니다. 하지만 두 번째로 발포한 건 다나카 씨가 노인을 모욕하고, 바보 같은 짓 하지 말라느니 뭐라느니 라고 했을 때였어요."

"즉, 다나카 씨는 취급하기 어려웠군요. 하지만 컨트롤이 먹혔어요. 소노다 에이코 씨는 컨트롤이 먹히지 않았고 사토에 대해서 다른 인질분들은 모르는 사실을 눈치챈 듯한 구석이 있었어요. 그래서 그녀도 일찌감치 놓아주었고요."

노인이 배제한 것이다.

"—우리가 소노다 편집장님을 선택해서 버스에서 내리게 한 거라고만 생각하고 있었습니다."

"그것도 컨트롤입니다."

"사카모토 군은 어떨까요. 그는 젊고, 마음만 먹으면 노인을 때리고 권총을 빼앗는 일 정도는 가능할 것 같았습니다. 노인의 입장에서 보자면 제일 위험하지요. 어째서 그를 남겨 둔 걸까요."

"생각해 보십시오. 아실 겁니다."

나는 야마후지 경부의 얼굴을 보았다. "사카모토 군은 마에노 씨를 걱정하고 있었으니까……."

"실제로 걱정했을 테고, 그런 마음의 움직임이 강해지도록 그도 컨트롤당하고 있었다고 생각되지 않으십니까?"

이렇게 되면 모든 것이 그렇게 생각된다.

"그럼 저는 어떻습니까? 저도 컨트롤하기 쉬웠던 걸까요?"

나도 모르게 입을 뚫고 튀어나온 물음이었다.

"글쎄요." 야마후지 경부는 자연스럽게 팔짱을 끼고는 내게 미

소를 지었다. "만일 사토가 그렇게 생각했다면, 스기무라 씨에게
는 뜻밖인가요?"

"뜻밖이고 뭐고……. 줄곧, 교묘하게 구슬려지고 있구나, 하고
느꼈으니까요."

"이건 또 제 개인적인 감상이지만 스기무라 씨는 조정 역으로
남겨진 것 같습니다."

"조정 역?"

"납치범 한 명과 인질 네 명. 1대 4인 데다, 사토는 고령자입니
다. 체격도 작았고요. 폭력에 의한 지배에 익숙한 똘마니 같은 놈
들과는 다르니까 권총을 보여 주는 것만으로는 모든 사람을 누를
수 없을지도 모르고, 말에 의한 컨트롤에는 미묘한 역학 관계가
균형을 이루고 있는 상태가 필요합니다. 누군가가 약간 흥분하거
나 앞뒤를 잊거나 하면 어이없이 균형이 무너져서 뭐가 어떻게 될
지 알 수 없어요. 그런 위험을 최소한으로 하기 위해, 사토는 여차
할 때 나서서 자리를 수습해 줄 역을 인질 쪽에도 한 명 준비해 두
고 싶었던 거겠지요. 그게 스기무라 씨입니다."

나는 뭐라고도 대답할 수 없었다.

"애초에 사토는 처음부터 단기 결전을 벌일 생각이었을 겁니다.
여러분을 자신의 컨트롤 아래에 두고 장시간 마음대로 조종할 수
있을 거라고는 생각하지 않았을 거예요. 고작해야 다섯 시간에서
열 시간. 그 안에 목적을 이룰 계획이었을 거라고, 저는 짐작하고
있습니다."

"하지만 그 정도의 시간 내에 그가 지명한 세 사람을 그리로 데려올 수 있었을 거라고는 생각되지 않습니다. 경찰이 납치범의 요구에 응해서 관련 없는 시민을 끌어들일 리가 없고."

"그 말씀이 맞습니다."

야마후지 경부는 팔짱을 낀 채 턱을 끄덕였다. 그 눈에 빛이 깃들었다가 곧 사라졌다. 한순간 천장의 형광등 불빛이 눈동자에 비친 것처럼. 하지만 그 빛은 아주 가느다란 얼음 바늘과도 비슷해서, 내 마음에 날카롭고 차갑게 꽂혔다.

"새삼스럽지만 저와 이런 이야기를 하셔도 됩니까?"

"그러니까 개인적인 호기심입니다."

인질이었던 우리는 이번엔 전前 교섭자에게 컨트롤당하고 있는지도 모른다.

"스기무라 씨는 줄곧 '그 노인'이군요."

야마후지 경부는 그렇게 말하며 팔짱을 풀었다.

"다나카 씨는 '영감님', 사카모토 씨와 마에노 씨는 '할아버지'입니다. 아무도 그를 사토라고 부르지 않고, '범인'이라고도 부르려고 하지 않아요."

이상합니다, 라고 말했다.

"사토가 본명이라고는 생각할 수 없고, '범인'이라고 부르는 건 왠지 견딜 수 없는 기분이 드는 겁니다."

견딜 수 없다─고 말해 보고 나서 깨달았다. "그 사람이 죽어버렸기 때문인지도 모릅니다. 살아서 체포당했다면 전혀 신경 쓰지 않고 범인이라고 부를 수 있었을까요."

"사토가 자살한 건 누구에게서 들었습니까?"

"유체를 봤기 때문에……."

"진압대원이 사살했다고는 생각하지 않았습니까?"

"그래서 물어봤습니다. 당신들이 쏘았냐고. 그랬더니 자살이라고."

말하고 나서 당황했다. "혹시 대원분이 그런 질문에 대답하면 안 되는 거였습니까? 그렇다면 방금 한 이야기는 없었던 걸로 해 주십시오. 제가 동요하면서 물었기 때문에 가르쳐 준 겁니다. 저를 진정시키기 위해서 가르쳐 준 것 같으니까요."

마침표 같은 사마귀를 움직이며 야마후지 경부는 부드럽게 웃었다. "안심하십시오. 현장 사람을 배려해 주셔서 고맙습니다."

그러고는 실례했습니다―하고 일어서더니 능숙하게 의자들을 원래대로 돌려놓았다.

"많이 늦었지만 이제부터 식사가 나올 겁니다. 그 후에는 하룻밤 푹 주무십시오. 잠이 오지 않을 경우엔 간호사에게 말하면 약을 내 줄 겁니다."

이마우치 경부보는 결국 돌아오지 않았고 야마후지 경부는 혼자서 병실을 나갔다. 제복 경찰도 돌아오지 않아서 나는 완전히 혼자가 되었다.

갑자기 현실감이 멀어져 갔다.

피곤할 텐데 잠은 오지 않았다. 몸이 무거운 까닭은 마음의 무게가 반영되었기 때문이리라.

　—할아버지가 죽었어요!

　그렇다, 사토 이치로는 죽고 말았다. 이전의 그가 누구였든 지금은 죽은 사람이다.

　그리고 나는 그 죽은 사람을 애도하고 있었다. 그것 말고는 할 수 있는 일이 아무것도 없었으니까.

　이튿날 아침 아홉시 정각에 나와 다나카와 사카모토와 마에노는 경찰에서 보내 준 밴을 타고 지바 현경 해풍 경찰서로 이동했다. 우리가 하룻밤을 보낸 병원에서 차로 오 분 정도 걸리는 간선도로 가에 자리한 붉은 벽돌의 오래된 건물로, 버스 납치 사건의 수사본부도 이곳에 있다.

　사층 회의실로 안내받아 들어가자 이미 야마후지 경부를 포함해 형사 몇 명과, 여성 경관 한 명과 시바노 기사와 사코타가 기다리고 있었다. 제복 차림의 시바노 기사 옆에 양복을 차려입은, 상사인 듯한 중년 남성이 서 있다.

　회의실 중앙의 커다란 테이블 위에는 큼직한 모조지를 두 장 이어 붙인 종이가 펼쳐져 있었다. 거기에는 버스 차내의 평면도가 그려져 있고, 시바노 기사와 승객들의 이름을 적은 엽서 크기의 카드가 옆에 놓여 있었다.

　야마후지 경부가 우리에게 앉으라고 권했지만 그럴 새도 없이 제복을 입은 경찰관 두 명이 들어와서 딱딱한 얼굴로 인사했다.

턱 언저리도, 체격도 퉁퉁한 연장자 쪽이 서장이고, 그보다 열 살 정도 젊어 보이는 말쑥한 쪽이 관리관이었다.

"여러분, 안녕하십니까." 인사가 끝나자 야마후지 경부가 앞으로 나섰다.

"오늘 여러분은 어제 차 안에서 있었던 일을 재현해 주시게 될 겁니다. 피곤하실 텐데 죄송하지만 약 두 시간 정도 걸릴 예정이오니 모쪼록 협조를 부탁드립니다."

서장과 관리관은 입회인 역할인지 큰 테이블에서 떨어진 곳에 걸터앉았다. 그때 시바노 기사 옆에 붙어 있던 중년 남성이 안절부절못하며 야마후지 경부에게 눈짓을 했다.

"하지만 그 전에."

야마후지 경부는 그의 시선을 받고 이렇게 말하며 한 발짝 물러섰다. 양복 차림의 중년 남성이, 그 혼자만 아직도 인질로 잡혀 있는 듯한 굳은 얼굴을 하고 앞으로 나섰다.

"승객 여러분, '바닷바람 라인'을 운행하고 있는 주식회사 시 라인 익스프레스입니다."

차려 자세로, 단정하고 정중하게 경례를 한다. 시바노 기사도 따라서 경례했다.

"이번 일은 엄청난 재난이었습니다. 승객 여러분의 생명과 안전에 대해 중대한 책임을 지고 있는 우리 시 라인 익스프레스로서도, 이번 사태에 참으로 유감을 느끼며 깊이 사과드리는 바입니다. 본래 같으면 만사 제쳐놓고 후지와라 아쓰시 사장이 이 자리를 찾아와 여러분께 사과를 드려야 하겠지만, 현재 후지와라 사장은 신속한 사후 대응을 위해 회사를 떠날 수가 없습니다."

표정이 딱딱한 것치고 말투는 매끄러웠다.

"그래서 저, 운행국장 기시카와 마나부가 우선 이렇게 찾아뵙게 된 것입니다. 여러분, 이번 일은 정말로 죄송합니다."

또 시바노 기사와 함께 고개를 숙인다. 우리도 어색하게 마주 고개를 숙였다.

"이제부터 회사 전체가 경찰의 수사에 협조하고, 또 여러분께서 심신의 피해로부터 하루라도 빨리 회복하실 수 있도록 성의 있게 노력할 생각입니다."

여기에서 시바노 기사가 반보 앞으로 나왔다. 제모 밑의 얼굴은 창백하고 입술에 색깔이 없다.

"기사 시바노입니다. 다시 한 번 여러분께 깊이 사과드립니다."

이마가 무릎에 닿을 듯이 깊이 머리를 숙이고 그대로 움직이지 않는다. 그 옆에서 기시카와 운행국장이 말을 이었다. "오늘의 재현 실험에는 저도 입회하겠습니다."

"아니, 됐어요, 그런 건."

발언한 사람은 다나카다. 깔끔한 셔츠와 다림질된 바지로 갈아입었지만, 양말을 착용한 발에 샌들을 신고 있다. 함께 밴에 올라 탔을 때부터 움직임이 어색했는데, 지금은 노골적으로 불쾌해 보이는 얼굴을 하고 있다. 허리가 아픈 것이리라.

"시바노 씨가 잘못한 건 아니었고 여기에 상사인 댁이 있으면 정확한 재현을 하기 어렵겠지."

그렇지요? 라고 하면서 다나카는 야마후지 경부의 얼굴을 보았다. 자그마한 교섭인은, 저도 모르게 재미있다—는 눈의 움직임을 재빨리 지우고 진지한 얼굴로 고개를 끄덕였다.

"그렇군요. 이 재현 작업은 현장에 계셨던 분들끼리 했으면 합니다."

여성 경관이 앞장서고 기시카와 운행국장이 아쉬운 듯이 회의실에서 나가자, 다나카는 회전의자를 하나 끌어당겨 털썩 앉았다.

"죄송하지만 이제 한계요. 허리가 아파서."

그걸로 분위기가 풀어졌다. 야마후지 경부의 재촉에 우리는 커다란 테이블을 둘러싸고 앉았다. 나는 다나카의 옆이고, 두 젊은이는 우리와 마주 보는 위치에. 시바노 기사는 사코타의 어깨를 안다시피 하고 그들 옆에 앉았다.

돌아온 여성 경관이 발소리를 죽이고 사코타의 바로 뒤에 서더니, 몸을 굽혀 노부인의 귓가에 뭔가 부드럽게 속삭였다. 아무래도 간호 담당인가 보다. 사코타에게는 그런 서포트가 필요한 것이다. 내 착각이 아니었다.

"저는 집으로 돌아가고 싶은데요."

말투는 느긋하지만 사코타는 안절부절못하며 눈을 움직이고 있다. 오늘은 얇은 여름용 스웨터를 입었는데, 그 둥근 목깃을 끊임없이 손으로 잡아당겼다.

"곧 집에 가실 수 있어요. 잠깐만 함께 계셔 주세요."

시바노 기사도 말을 보탠다. 노부인은 불안한 듯이 그 얼굴을 바라본 뒤 몸을 틀어 여성 경관을 뚫어져라 올려다보더니, 스웨터 목깃을 잡아당기며 불만스러운 듯이 입을 다물었다.

"그럼 먼저, 다시 한 번 여러분의 이름을 확인하겠습니다."

야마후지 경부의 지시로, 형사가 우리에게 이름이 적힌 카드를 돌렸다.

'기사 시바노 가즈코'

'승객 사코타 도요코'

'승객 다나카 유이치로'

'승객 스기무라 사부로'

'승객 사카모토 케이'

'승객 마에노 메이'

사카모토와 마에노는 새것으로 보이는 체육복 상하의를 입고 있다. 색깔만 다른 것처럼 보였지만, 디자인과 로고가 미묘하게 달랐다. 둘 다 안색이 좋았고, 마에노는 완전히 침착함을 되찾았지만 사코타라는 새로운 '환자'를 발견했는지 아까부터 신경 쓰고 있는 것 같았다.

'승객 소노다 에이코'의 카드는 배부하던 형사가 그대로 손에 들고 테이블 옆에 섰다.

"실례지만 소노다 편집장님은─."

내 물음에 야마후지 경부는 '피의자 사토 이치로' 카드를 손에 들고 가볍게 고개를 끄덕였다.

"재현 작업에 참가하고 싶지 않다는 강한 요망이 있었습니다."

"아직 병원에 있나요?"

"담당 의사로부터 허가가 나와서 귀가하셨습니다. 자택으로 돌아가면 안정되실 겁니다."

"그래요? 폐를 끼쳐서 죄송합니다."

전혀 소노다 에이코 편집장답지 않다. 이 사건의, 그 노인의 무엇이 그녀를 그렇게 아프게 하고, 혼란스럽게 하는 것일까.

"다나카 씨, 정말로 다나카 씨였군요."

분위기에 어울리지 않을 정도로 명랑한 목소리로, 사카모토가 말했다. 마에노도 웃고 있다.

"저도 가명이라고 생각했어요."

"그럴 때 순간적으로 가명이 생각나겠어?" 다나카는 오른손을 허리에 대고 신음하듯이 대답했다.

"하지만 이치로가 아니라 유이치로네요."

"그야 뭐, 하다 보니까. 영감님이 이치로라는 이름을 써서."

'영감님'이라는 말에, 마에노의 얼굴에서 웃음이 사라졌고 눈가에 그늘이 졌다. 그늘이 졌을 뿐이다. 눈물은 없다. 이제 격정도 없다.

진부한 표현이지만 모두 씌었던 것이 떨어져 나간 듯했다. 내가 가장 걱정하고 있었던 것은, 실은 순수한 마에노가 아니라 일억 엔의 꿈에 부풀어 있던 다나카였지만, 이렇게 마주한 그는 어느 모로 보나 훌륭한 사회인이고 가정이 있는 사람이었다. 본인이 말한 대로 중소기업 사장님이다.

꿈은 사라졌다. 좋은 꿈도 악몽도, '영감님'의 목숨과 그의 말솜씨와 함께 사라졌다. 다만 그가 우리를 어떤 형태로든 묶은 것은 확실했고, 씌었던 것이 떨어져도 우리 사이의 희미한 친근감은 남아 있었다.

뭔가 느꼈는지 다나카가 내 얼굴을 보았다. 내가 마주 보자 그는 조금 부끄러운 듯이 눈을 내리깔고 입매를 시옷자로 휘었다.

분노는 없었다. 내게도, 다나카에게도.

사건의 재현 작업은 시바노 기사의 버스가 차고를 나온 데서부터 시작되었다. 우리는 각각 자신이 탄 버스 정류상과, 어디에 앉았는지를 설명했다.

'시 스타 보소 메인게이트 앞' 버스 정류장에서 내린 사람은 관리사무소에 출입하는 업자로, 이미 신원도 확인되었다고 한다. 거기까지 재현되었을 때 마에노가 조심스럽게 손을 들고 발언을 요청했다.

"네, 말씀하세요."

"저어, 어제 그 교통사고는 뭐였나요? 02노선의 버스가 멈췄잖아요. 도로가 통행금지되고."

나도 떠올렸다. 그래서 사코타가 03노선을 탔던 것이다.

"아아, 그건 말이지요." 야마후지 경부가 싱긋 웃었다. "트럭 전복 사고입니다. 다행히 사상자는 없었지만, 성가신 것을 싣고 있었지요."

'쿠라스테 해풍'에 납품할 예정이었던 업무용 세탁 세제라고 한다.

"청소와 복구 작업을 위해서 두 시간 정도 도로를 봉쇄했습니다. 바람을 타고 세제 냄새가 퍼졌고, 거품이 나서 엄청난 소동이었던 모양입니다."

이제 와서는 한가로운 사고로 생각된다.

"그래서 사코타 씨는 평소와 다른 버스를 타신 거지요?"

마에노의 물음에 사코타는 눈만 깜박거릴 뿐 대답하지 않았다. 관절염에 걸렸다는 무릎이 아픈지, 가끔 생각난 듯이 문지른다. 바지 위로 낡은 보호대를 차고 있었다.

"우리도 곧 사고가 발생해서 통행이 금지되었다는 연락을 받았지만, 방문객과 외래 환자를 위해서 '쿠라스테 해풍'에서 마이크로버스를 내 줄 거라고 했기 때문에 01과 03노선을 임시 증편하지 않았어요" 하고 시바노 기사가 말했다. 그녀에게는 아직 웃음도 없고 표정이 딱딱하다.

"사코타 씨도 그 마이크로버스를 타셨다면 좋았을 텐데요."

이번에는 약간 몸을 내밀고 목소리도 키우면서, 마에노가 사코타에게 말을 걸었다. 사코타는 여름용 스웨터의 목깃을 잡아당기면서 시선을 이리저리 돌려 우리를 둘러보았다.

"'이스트 가구'라는 버스 정류장으로 가라고, 담당자가 그랬어요."

어린애처럼 입을 삐죽거리며 호소한다. 음음, 하고 마에노와 시바노 기사가 고개를 끄덕였다.

야마후지 경부가 말을 이었다. "세탁 세제니까 들이마셔도 인체에 해가 되는 건 아니지만 어쨌거나 대량으로 쏟았기 때문에 상당히 냄새가 강했다고 합니다. 그래서 한때는 유독가스가 아닌가 하는 소문이 나는 바람에, '쿠라스테 해풍'에서도 대응하느라 바빴다고 하더군요."

혼란 속에서 사코타처럼 사고에 대응하지 못한 방문객은 마이크로버스에 관한 정보를 놓치고 말았는지도 모른다.

그러자 다나카가 말했다. "저도 평소에는 02노선을 이용합니다. 하지만 어제는 사고로 버스가 멈추었다고 듣고 '이스트 가구'까지 갔지요."

"마이크로버스 얘기는 듣지 못하셨습니까?"

"마침 막 운행이 시작되었을 때였고 왕복 수송이라 꽤 기다려야 한다고 해서. 로비의 시각표를 보고, 좀 걷더라도 03노선을 타는 게 더 빠르겠다고 생각했습니다."

"실은 저도 그래요." 사카모토가 조심스럽게 손을 들었다. "저는 '이스트 가구'가 아니라 그보다 한 정거장 앞에서 탔지만요. 제가 있던 건물에서는 02노선의 '쿠라스테 해풍 사무동 앞' 버스 정류장이 가까웠어요. 거기에 간 건 처음이라서 잘 모르지만."

그러고 보니 그는 아르바이트 면접을 보러 갔다.

"맞아요, 저도 늘 그 버스 정류장으로 가요. 총무부가 있는 사무동이나 제가 아르바이트를 하고 있는 레스토랑에서는 그쪽이 가깝거든요."

'쿠라스테 해풍'의 부지는 넓고 내부의 건물끼리도 떨어져 있기 때문에,

"직원들은 안에서 자전거를 이용해요. 저도 버스를 못 탈 것 같으면 주방장님의 자전거를 빌려서 집에 갈까 생각하고 있었어요."

"자전거로 통근 안 해?"

"1교대일 때는 자전거로 가. 하지만 2교대일 때는 위험해서 안 된대."

마에노에게 '안 돼'라고 말한 사람은 그녀의 가족일 것이다. 분명히 그 드넓은 일대는 밤이 되면 인기척이 없어진다. 시설을 채색하는 인공의 자연만 있는 게 아니라 진짜 덤불이나 잡목림도 남아 있다. 여자가 혼자 통행하는 것은 부주의한 일이리라.

"그럼 세탁 세제 때문에 평소와 다른 버스를 탄 건 다나카 씨와 사코타 씨와 마에노 씨, 세 분이라는 뜻이 되는군요."

야마후지 경부의 말에 나는 문득 생각했다. 그 사고는 '사토 이치로'에게도 계산 외의 사태였던 것이 아닐까.

그 시간대의 03노선 버스는 늘 비어 있었다. '선셋 가구'에서 종점인 역 앞까지, 나와 편집장이 전세를 낸 상태였던 적도 있다. 다시 말해서 버스 납치를 기획하는 사람의 눈으로 보면 장악해야 할 인질들은, 기사도 포함해서 고작해야 서너 명 정도라는 계산이 성립하는 것이다.

그런데 어제는, 처음에 여덟 명이었다. 한 명이 내려서 일곱 명

이 되었고, 시바노 기사와 사코타를 내리게 한 뒤 다섯 명이 되었다. 그래도 여전히 노인의 계획보다는 많았던 것이 아닐까.

—아니, 하지만.

02노선의 버스가 사고로 멈춘 사실도, 그래서 03노선의 차내가 평소보다 북적거릴 것도, 노인은 알고 있었다. 알면서도 결행했다.

그가 경찰에 요구한 사항은 특정 인물들을 현장으로 데려오라는 것이었다. 인질의 목숨과 교환하는 조건으로, 가령 어떤 이벤트를 중지하라거나 몇 시까지 어디 어디로 가라고 요구한 것이 아니다. 시간적인 제약이 없었으니 결행 타이밍은 언제든 상관없있을 것이다. 트럭 전복 사고가 일어난 단계에서 오늘은 관두자고 결정할 수도 있었을 것이다.

그래도 '사토 이치로'는 버스 납치를 결행했다. 그에게는 인질이 되는 승객의 수 따위는 사소한 변수에 지나지 않았다는 뜻이다. 상대가 몇 명이든, 장악하고 컨트롤할 수 있다는 절대적인 자신감이 있었다—.

하수下手의 장고長考는 쓸모없다. 야마후지 경부는 부하를 시켜 가져오게 한 '쿠라스테 해풍'과 '시 스타 보소'의 시설 평면도를 펼치고 있다. 나는 거기로 주의를 돌렸다.

"여기랑 여기랑 여기예요."

마에노가 빨간 펜으로 버스 정류장에 표시를 한다.

"사토는 '시 라인 익스프레스 조차장 앞'에서 탔지요."

야마후지 경부의 질문에 시바노 기사가 일어서서 평면도의 한 점을 손으로 가리켰다.

"그렇습니다. 02노선이나 03노선이나, '쿠라스테 해풍'에서 역 앞으로 향하는 경우에는 여기가 첫 번째 버스 정류장이 되지요."

"평소에 이 조차장 앞에서 타는 손님이 있습니까?"

"거의 없어요. 주위에 시설 같은 게 없고, 이 부근에 사시는 분은 농가분들뿐인데 모두 자가용을 이용하시니까요."

"그럼 이 버스 정류장은 별로 의미가 없군요."

"우리 회사가 이 라인의 영업권을 사들일 때, 원래 있던 버스 정류장은 그대로 남겨 둔다는 조건이 있었다고 들었어요."

그 부분은 운행국장이 더 자세히 알 것이다.

"영감님은 왜 조차장 앞까지 간 걸까."

다나카가 낮게 중얼거렸다가 주위의 시선을 받고 약간 당황했다.

"아니, '쿠라스테 해풍'까지 버스로 간 다음, 거기에서 한 정거장만 걸어가면 될 텐데 왜 일부러 그런 짓을 했나 싶어서."

"출발하는 버스를 타고, 나중에 탈 우리를 관찰하기 위해서가 아닐까요?"

"관찰이라니?"

"그러니까 만만치 않아 보이는 사람이 있는지 없는지."

다나카와 사카모토는 알아채지 못한 것 같지만, 둘의 대화를 지금 야마후지 경부와 형사들이 관찰하고 있다.

"그럼 우리는 그 영감님한테 만만할 것 같다고 판단된 거로군요."

다나카는 야마후지 경부에게 말하고 나서 조금 거북한 듯한 얼굴로 입을 다물었다. 어제의 버스 안에서는 '나'였던 그지만, 이 자리에서는 '저'가 되고 말투도 경우에 따라 거칠어졌다가 공손해졌다 한다. 이러니저러니 해도 경찰 조직이라는 '상부'를 가장 의식하고 있는 것은 다나카이고, 그런 부분에서도 그의 사회인다움이 엿보였다.

재현 작업은 순조롭게 진행되었다. 노인이 위자료 이야기를 꺼낸 데에서부터 분위기가 바뀌지 않을까 했는데, 그 생각은 기우였다. 모두 시원시원하게 이야기한다. 다만 노인의 말에 대해서는 모두가 기억을 더듬어서 구체적으로 이야기했지만, 자신들이 거기에 어떻게 반응했는가에 대해서는 발언이 약간 애매해졌다. 사카모토와 마에노에게는 아무런 거리낄 것도 없을 테고, 물론 나도 그렇지만, 다나카를 신경 쓰고 있는 것이다.

당사자인 본인은, 그런 영감님의 바보 같은 이야기는 천 분의 일 초도 진지하게 받아들인 적이 없었다는 얼굴과 태도로 일관하고 있다. 그건 그것대로 안심이 되었다.

"시바노 씨가 버스에서 내렸을 때 여러분은 불안해지지 않았습니까?"

야마후지 경부가 '사토 이치로'의 카드를 버스 도면의 중앙에 놓으며 우리를 둘러보았다.

"불안…… 이라고요?"

마에노에게는 의외의 질문이었는지 눈이 커다래졌다.

"사토의 목적을 알 수 없어서 불안해지지 않았느냐는 뜻입니다. 보통 이런 탈것을 점거하는 사건에서 기사가 제일 먼저 해방되는 일은 없습니다. 범인의 입장에서 보면 움직일 수가 없게 되니까요."

"아아, 하이재킹은 그렇지요." 사카모토가 고개를 끄덕이고 시바노 기사를 바라보았다. 여성 기사는 색깔 없는 입술을 한일자로 굳게 다물고 있다.

"탈것을 납치하는 건 보통 그걸 타고 어딘가로 가기 위해서지요."

"어딘가로 간다는 목적이 없더라도 사태에 따라서는 인질을 몽땅 데리고 어디론가 이동할 수 있다는 건 납치범에게 중요한 점일 테니까." 나는 말했다. "하지만 그―할아버지는."

노인이라고 말하려다가 일부러 '할아버지'라고 말을 바꾸었다.

"처음부터 그런 짓을 할 생각은 없는 듯 보였어요. 장갑차에 에워싸여도 전혀 당황하지 않았고."

다나카가 느닷없이 나에게 말을 걸었다. "당신, 한 번 버스를 움직이려고 했지?"

사코타와 경찰 관계자를 제외한 전원이 놀랐다. 나를 보는 다나카의 눈이 웃고 있다.

"운전석으로 이동했을 때 버스를 움직이려고 했지. 조마조마했어. 섣부른 짓 하지 말라고 생각했다고."

"……그랬습니까."

"그런 요란한 짓을 하지 않아도 그런 영감님 정도는 언제든지 제압할 수 있을 거라고 여겼으니까."

그러자 야마후지 경부가 "우리는 스기무라 씨가 운전석에 앉았기 때문에 조금이나마 대화할 수 있어서 도움이 되었습니다"라고 말했다.

"네? 어떻게?"

큐 카드 이야기를 듣고 이번에는 사코타와 경찰 관계자와 나를 제외한 전원이 놀랐다.

"그런 일이 있었구나!"

마에노는 솔직하게 눈을 휘둥그렇게 뜨고 저도 모르게 그러는 듯이 사카모토의 팔을 잡았다. 잡힌 쪽도 신경 쓰지 않는다.

"스기무라 씨, 무서웠죠."

"아니, 무섭지는 않았는데."

"무섭지는 않겠지. 바깥과 연락이 되고 있다는 뜻이니까." 다나카는 그렇게 말하더니 흥 하고 코웃음을 쳤다. "내가 운전석에 있었어도 별로 당황하지 않았을 거야."

결국 '나'가 돌아왔다. 나는 웃음을 참았지만 사카모토는 웃었다. 그렇게 웃으면서 말했다. "하지만 다나카 씨의 말이 맞아요. 저도 여차하면 어떻게든 그 할아버지를 말릴 수 있을 거라고 생각하고 있었습니다. 팔이 고목처럼 가느다란 사람이었으니까."

"권총이 있는데도 말입니까?"

야마후지 경부가 확인을 하자 사카모토의 웃음이 사라졌다. 하지만 권총의 공포를 떠올린 것은 아닌 듯했다. 그는 거북한 듯이 머리를 긁적였다.

"뭔가…… 언제부턴가 그 할아버지한테 총을 맞는 일은 없을 거라는 기분이 들었어요."

저도—하고, 마에노가 작은 목소리로 속삭였다.

"다 함께 이야기하는 동안 어떻게든 될 것 같은 느낌이 들었어요."

그래서, 하고 변명하듯이 눈을 치뜨며 야마후지 경부를 본다. "버스 밖을 보고 큰 소동이 일어나고 있다는 걸 알고 나니까 다리가 떨렸어요. 하지만 그것도 우리가 큰일을 당하고 있다는 기분이 아니라, 할아버지가 엄청난 일을 저지르고 있어, 사실은 이러려는 게 아니었을 텐데, 라는……. 잘 설명할 수 없지만요."

속삭임이 점점 가늘어져 마지막 말은 거의 알아들을 수 없을 정도였다.

"사토는 어쩌려는 거였을까요?"

"그건……."

"지금 돌이켜보면 어떻게 생각하십니까?"

마에노는 고개를 숙였다. 사카모토도 눈을 내리깔고 있다. 다나카는 딴 데를 보고 있고, 시바노 기사는 버스의 도면을, 자신이 지켜야 했던 장소, 운전석을 잡아먹을 듯이 바라보고 있었다.

"그 사람, 죽었나요?"

갑자기 사코타가 말했다. 여름용 스웨터의 목깃을 잡아당기는 손짓도, 무릎을 문지르는 손짓도 멈춰 있었다. 끔벅거리는 눈물 어린 눈, 초점이 흐린 것 같은 눈빛인데도 날카롭다.

"당신들이 그 사람을 죽게 했어요?"

여성 경관이 그녀의 어깨에 손을 올려놓고 귓가에 속삭였다. 지금은 그 얘기가 아니에요, 하고.

"저, 갈래요."

화난 듯이 내뱉고 사코타는 의자에서 억지로 일어서려고 했다.

야마후지 경부는 붙들지 않았다. 여성 경관에게 고개를 끄덕인 뒤, 부하 형사 한 명을 붙여 사코타를 내보냈다. 시바노 기사가 그 뒷모습을 눈으로 좇고 있다.

"약간 치매일까요."

다나카가 얼굴을 찌푸린다. 사건의 영향이겠지요, 하고 야마후지 경부는 가볍게 흘려 넘겼다.

"혼자 사신다고 해서 이웃분께 잘 부탁드려 두었습니다."

"어머님이 '쿠라스테 해풍'에 입원하셨다고 들었는데요……."

마에노의 작은 목소리에 경부는 대답하지 않았다. 나는 그 부드러운 묵살로부터 작은 위화감을 느꼈지만 이 자리에서 따져야 할 일은 아닐 것 같았다.

사코타가 빠져도 재현 작업에 지장은 없었다. 어차피 그녀의 몫은 시바노 기사가 대신 증언하고 있었다.

한바탕 작업이 끝나자 야마후지 경부가 진입할 때 경찰들이 어떻게 움직였는지 간단히 설명해 주었다. 진입하기 조금 전부터 버스가 흔들리고 있었던 까닭은, 역시 진입 준비를 위해 대원이 필요한 기재와 함께 차체 밑에 숨어 있었기 때문이다.

"그 바닥에 난 구멍은 점검구인가요? 차내에서는 열 수 없게 되어 있었죠."

내 물음에는 의외의 대답이 기다리고 있었다.

"실은 아무런 용도도 없는 구멍이었습니다."

주식회사 시 라인 익스프레스는 '바닷바람 라인'의 영업을 시작했을 때 운행에 사용하는 모든 버스를 휠체어 대응 사양으로 개조하려고 했다. 차체 하부에 자동식 휠체어용 승강기를 달고, 운전석에서 조작할 수 있도록 하려고.

"실제로 개조해서 테스트 주행을 해 보니 비용은 들지 차체는 무거워지지, 게다가 현실적으로는 휠체어를 쓰는 승객이 거의 없어서 전혀 의미가 없었다고 합니다."

마에노가 어이없다는 듯이 혀를 내밀었다. "그야 '쿠라스테 해풍'에는 휠체어를 실을 수 있는 밴이 몇 대나 있는걸요. 통원 치료를 받더라도, 휠체어를 이용하는 사람은 모두 전용차를 가지고 있어요."

"네, 그래서이지요. 그러니까 그 바닥의 구멍은 그 개조의 흔적입니다."

"그런데 그대로 몰고 있는 겁니까?"

"차체에는 이상이 없으니까요."

다나카는 불만스러운 모양이지만 그 구멍 덕분에 진입이 쉬워진 것이다.

"밑에서 고정해 둔 볼트를 풀어도 손으로 민 정도로는 꿈쩍도 하지 않을 만큼 단단히 닫혀 있어서, 압축공기로 날려 보내서 열었습니다. 사전에 같은 형태의 차량으로 실험을 해서 여러분에게 위험이 없는 건 확인해 두었으니까요."

분명히 바닥의 구멍을 막고 있던 네모난 뚜껑은 멋지게 천장으로 날아갔다가 원래의 장소에 착지했다. 경찰은 서모그라피를 사용해 우리의 위치를 확인하고 있었으니 위험은 최소한으로 그쳤을 것이다. 그래도 화를 내는 다나카는 성가신 사람이지만 성실한 시민이다.

재현 작업이 끝나자 서장과 관리관과 형사들은 퇴실했고, 야마후지 경부와 우리가 남은 곳에 다시 시 라인 익스프레스의 기시카와 운행국장이 입실했다. 그는 우리 네 사람에게 각각 명함을 나눠 주었다.

"이번 사건으로 인한 보상 등에 관한 상담은 제가 맡게 됩니다. 무슨 일 있으시면 언제든지 연락 주십시오. 물론 저희 회사에서 다시 사죄와 상담을 위해 여러분을 찾아뵙겠지만, 그 이전에 어떤 사소한 것이든 불만이나 의문이 있으면 제게 문의해 주십시오."

다시 직각으로 허리를 숙였다. 시바노 기사도 가엾을 정도로 충실하게 따라한다.

우리가 묵묵히 있는 가운데 야마후지 경부가 입을 열었다. "앞으로 여러분께 여러 취재가 들어올 텐데, 사건은 아직 수사중이어서요."

경부는 지금까지 중에서 가장 허물없는 느낌으로, 마치 어젯밤에 부하 이마우치 경부보가 방을 나가고 나와 단둘이 남게 되었을 때와 똑같이 가볍게 몸을 내밀며 말했다. "실은 피의자의 신원도 아직 특정하지 못하고 있습니다."

"영감님이 어디의 누구인지 아직 모르는 겁니까?" 다나카가 눈을 깜박거렸다.

"거의 단서가 없습니다."

"하지만 시바노 씨는 할아버지의 얼굴을 알고 있었지요?"

마에노가 묻자 시바노 기사는 흙빛 얼굴을 들었다. "네. 몇 번인가 버스를 탔던 것 같은데요."

보세요, 그렇잖아요—하고 마에노는 천진한 눈으로 야마후지 경부를 바라보았다. 경부는 쓴웃음을 지었다.

"그렇긴 한데요. 적어도 '쿠라스테 해풍'의 환자 중 사토로 보이는 인물은 눈에 띄지 않습니다. 의사도 간호사도, 아무도 기억하지 못하고요."

"이전에 입원한 적이 있었는지도."

마에노가 더 파고들었을 때 사카모토가 가볍게 그녀를 팔꿈치로 찔렀다. "그것도 다 조사했는데 해당되는 사람이 없다는 뜻일 거야, 분명히."

다나카가 의자 팔걸이에 한쪽 팔꿈치를 대고 생각난 듯이 물었다. "아가씨, 그러는 당신은 기억에 없나? 영감님이 요양 시설이나 클리닉에 있었다면 당신도 얼굴을 마주쳤을지 모르는데."

"네? 저요?"

마에노는 얼빠진 목소리를 내며 손가락으로 자신의 콧등을 가리켰다.

"하지만…… 저는…… 주방에 있으니까."

"마에노 씨의 기억에 틀림이 없다면—아마 틀림없을 것 같지만." 야마후지 경부의 말투가 신중해졌다. "사토가 '바닷바람 라인'에 승차한 건 범행을 준비하기 위해서겠죠."

아니, 이것도 여기에서만 하는 이야기라고, 가볍게 익살을 떨며 검지를 입술 앞에 세워 보인다.

"하지만 지바 현에만 해도 노선버스가 몇 개나 있는데 굳이 '바닷바람 라인'을 선택했다는 건 뭔가 이유가 있을 겁니다. 분명히 있을 거예요."

힘주어 단언하는 사카모토를 다나카가 비웃었다. "형사 드라마의 대사 같군."

쓴웃음이든 실소든, 웃지 않은 사람은 기시카와 운행국장과 시바노 기사뿐이었다. 시바노 기사를 바라보니 그녀는 눈물을 글썽거리고 있었다.

"제가 부족해서 여러분을 위험하게 한 데다 도움도 되지 못해서, 정말 죄송합니다."

다시 깊이 머리를 숙이더니 그대로 울며 엎드리고 말았다.

"시바노 씨 탓이 아니에요."

시바노 씨는 잘못한 거 없어요, 하고 마에노는 말을 이었다. 벌써 울음 섞인 목소리다.

"말씀 감사합니다."

기시카와 운행국장은 침통한 표정이었다.

"정말인가요? 국장님, 정말 그렇게 생각하세요?"

마에노는 기시카와에게 매달렸다.

"진심이라면 시바노 씨를 잘 좀 감싸 주세요."

"메이, 우리가 그런 말을 해도 소용없어."

"어쩔 수 없는 게 어디 있어."

시바노 기사가 천천히 몸을 일으켰다. 손수건을 꺼내 눈물을 누르고는, 실례했습니다, 하고 말했다. "걱정해 주셔서 고맙습니다."

"시바노 씨는 최선을 다해 주셨어요."

마에노는 실없는 소리를 늘어놓듯이 빠른 말투로 말을 이었다.

"시바노 씨가 아니라도, 체격이 큰 남자 기사님이었다고 해도 할아버지는 권총을 갖고 있었으니까 막을 수 없었을 거예요. 오히려 나쁜 결과가 나왔을지도 몰라요."

그러고는 혼자서 바쁘게 고개를 끄덕였다.

"응, 맞아요. 저, 말할 거예요. 그런 걸 다 말할래요. 취재하는 사람이 물으면, 꼭 얘기할게요. 그렇지, 블로그에도 쓰면 되겠다!"

메이, 메이—하고 사카모토가 달래기 시작했을 때 갑자기 다나카가 나를 불렀다.

"다친 사람들끼리 사이좋게 어깨 좀 빌려 주지 않겠습니까? 화장실에 가고 싶은데."

나는 의자에서 일어나 다나카를 도왔다. 둘이서 회의실을 나왔다.

복도에는 아까 그 여성 경관이 있었고, 화장실의 위치를 가르쳐 주었다. 막다른 곳에서 오른쪽으로 꺾으면 왼쪽에 있다. 부상자인 우리는 서로 부축해 가며 천천히 걸었다. 집무실인 듯한 근처 방에서 아까 회의실에 있던 형사 중 한 명이 나왔지만 우리에게 목례를 했을 뿐 아무 말도 하지 않았다.

다나카는 화장실에 들어가자 재빨리 시선을 움직여 다른 사람이 없는 것을 확인했다.

"잠깐 얘기 좀 하고 싶어서."

나를 지명한 의도를 눈치채고 있었기 때문에 고개를 끄덕였다.

"명함 좀 주지 않겠나?"

나는 상의 주머니에서 명함지갑을 꺼냈다. 아직 명함을 건네기도 전에, 그는 이어서 말했다. "당신, 이마다 콘체른 사람이라면서?"

"야마후지 경부님한테 들으셨습니까?"

"아니, 오늘 아침에 여기 오기 전에 먼저 엑스레이를 찍으러 갔거든. 그때 대합실에 있던 당신네 회사 사람이 인사를 하더군. 명함을 받았는데, 명함지갑째 병원에 두고 와 버렸지."

나는 딱 알아챘다. "하시모토라는 사람 아닙니까? 서른 살 정도 된."

"맞아, 맞아, 좀 괜찮은 남자던데."

나를 마중하러 왔는지도 모른다. 그렇다면 지금도 근처에서 기다리고 있을 것이다.

"그 사람은 회장님 직속 홍보 담당자입니다. 저는 그냥 평사원이지만, 덩치가 큰 회사니까 이런 요란한 사건에 직원이 휘말렸을 때는 일단 홍보부에서 나오지요."

내 아내가 회장의 딸이라는 점은 말하지 않았다. 하시모토도 거기까지는 말하지 않았는지, 다나카도 '그냥 평사원'이라는 말에 반응하지 않았다.

"지금 쓸 거 있나?"

"볼펜이라면."

"그럼 메모해 주게. 내 연락처를 가르쳐 주지."

(유)다나카 금속가공. 그는 그 주소와 자신의 휴대전화 번호도 술술 읊었다. 나는 아까 받은 기시카와 운행국장의 명함 뒤에 그 내용들을 적었다.

"앞으로 뭔가 상의해야 할 때는 당신이 제일 든든할 것 같아서 말이야."

뭘 상의할지는 제처 두고, 우리의 인연이 이걸로 끊겨 버리는 일은 없을 것 같다고 나도 느끼고 있다. 게다가 다나카에게 이런 말을 들으니 나쁜 기분이 들지는 않았다.

"다친 사람들끼리고요."

"유부남끼리고."

둘이서 슬쩍 웃었다. 차가운 타일 벽에 목소리가 울렸다.

"그 야마후지라는 형사."

다나카는 화장실 벽에 손을 짚어 몸을 지탱하면서 한층 더 목소리를 낮추었다. "당신한테는 어떤 느낌이었나?"

"정중했습니다."

"어떤 걸 묻던가?"

"사건의 경위입니다."

다나카는 덩치가 좋다기보다 몸이 굵다. 그 몸을 앞으로 숙이고 내게 탐색하는 듯한 눈빛을 보냈다.

"그것뿐이야?"

"그것 말고 어떤 질문이 있습니까?"

다나카는 내 얼굴에서 눈을 피해, 낡기는 했지만 청소가 잘 되어 있는 바닥으로 시선을 떨어뜨리며 말했다.

"나는 처음부터 추궁을 받았어. 버스 안에서 영감님이랑 뭔가 거래를 하지 않았냐고."

한순간 나는 할 말을 잃었다.

"저도, 이야기의 흐름상 자연스럽게 위자료 운운하는 이야기는 해 버렸지만."

"나한테는 그런 느낌이 아니었어. 영감님한테 협조한 게 아니냐고, 처음부터 의심하는 것 같은 느낌이 들었지."

바닥 타일의 갈라진 틈을 바라보는 다나카의 눈은 어두웠다. 그는 의외의 말을 중얼거렸다.

"경찰 놈들, 우리한테 이야기를 듣기 이전에 알고 있었어."

"우리가 그 노인과 돈 얘기를 했다는 걸?"

다나카는 깊이 고개를 끄덕이고 이번에는 이상한 질문을 했다. "위 카메라를 삼킨 적 있어?"

"네? 네, 있습니다."

"요즘은 카메라도 그렇게 작지. 튜브 끝에 달려 있고 말이야. 집음集音 마이크는 더 작을 거고. 어떤 것에든 설치할 수 있겠지."

그가 하려는 말을 깨닫고 나는 입을 반쯤 벌렸다.

"우리가 버스 안에서 했던 이야기를, 경찰 놈들은 소리를 주워서 듣고 있었을 거야. 상당 부분 꿰뚫어 보고 있었어."

다나카는 다리를 움직여 체중을 바꾸고는 코를 울리며 짧게 웃었다.

"그렇지 않은 한, 그렇게 자세하게 질문할 수 있을 리가 없지. 기분 나쁠 정도였으니까."

"—그렇군요."

"당신한테는 그런 느낌이 아니었다는 건가? 그럼 역시 내가 제일 의심받고 있었군. 뭐 어쩔 수 없지만."

부리부리한 눈에 자조의 빛이 스쳤다.

"그렇게 나오면 이쪽은 당해 낼 수가 없지. 정신을 차려 보니 거의 다 털어놓고 있었어. 영감님이 일억 엔을 준다고 해서 반쯤은 진심으로 그 말에 넘어갔다고 자백해 버렸지."

물이 파이프를 타고 흘러가는 소리가 난다. 위층에도 같은 위치에 화장실이 있는 것이리라.

솔직히 말해서 노인이 제시한 위자료 건을 나나 사카모토나 마에노가 이야기해도 다나카는 인정하지 않을 거라 여겼다. 하룻밤 지나고 나니 그에게 그런 집착이 남아 있지 않은 듯해서, 단순히 상황에서 해방되어 제정신으로 돌아왔기 때문일 거라고 생각했는데, 그 때문만은 아니었던 것이다.

"솔직하게 말해서 다행입니다" 하고 나는 말했다.

음—하고, 다나카도 고개를 끄덕였다.

"하지만 다나카 씨, 착각하시면 안 됩니다. 우리는 피해자예요. 권총으로 위협받고, 말로 농락당하고, 그 노인에게 희롱당한 인질입니다. 범행에 가담한 게 아니지요."

"그건 알고 있어."

벽에 기대어 있기도 힘들어진 것 같아서 나는 다시 그에게 어깨를 빌려 주었다.

"이런 이야기를 경찰이 매스컴에 흘릴까?"

내게도 확신은 없다. 모르겠습니다, 라고 정직하게 대답할 수밖에 없었다.

"그래도 과연 어떨까요. 아직 그 노인의 신원조차 모르고 결과적으로 그를 죽게 하고 말았으니 그 타이밍에 진입한 게 옳았는지 어떤지에 대해 지금부터 이의가 나올지도 모릅니다."

죽은 이가 범인이라도, 진입에 의해 사망자가 한 명 나온 점을 문제로 삼는 움직임도 있을 것이다.

"우리 외에 노인에게 지명당한 세 명도 있고요. 경찰도 사건 정보를 공개하는 데에는 신중해지지 않을까요."

그런 의미로 우리는 같은 배를 탔다고 말할 수도 있다. 미디어를 상대하는 데에서가 아니라, '세상 사람들'을 상대하는 데에서는.

그것이 '세상 사람들'의 무서운 점이라는 사실을 그 노인도 시사하지 않았던가. 인터넷에서 운운한다는 말뿐이라면 낯설게 들리지만, 노인이 그 세 사람에게 가하려고 했던 일종의 제재는—그것이 옳은지 틀린지는 제쳐 두고—'세상 사람들'이라는 것을 염두에 두지 않으면 나오지 않는 발상이다.

나는 문득 깨달았다. 그 노인은 누구인가 하는 수수께끼를 푸는 열쇠는, 그에게 지명당한 세 사람은 누구인가 하는 수수께끼 속에 있다.

"꼴사납군."

다나카는 비어 있는 손으로 백발이 섞인 짧은 머리카락을 헝클어뜨렸다.

"나잇살이나 먹어서 그런 영감님의 감언이설에 넘어가다니. 집에 들어가기가 힘들어."

"그렇게 생각하시면 안 됩니다."

다나카는 또 짧게 웃고는 발을 내딛었다. "모처럼 이렇게 됐으니 버스 회사의 돈으로 디스크 수술이나 해 버릴까 생각중이야."

"괜찮지 않을까요? 버스 안에서 그렇게 바닥에 앉아야 해서 악화되었으니까, 그럴 권리는 있습니다."

"쩨쩨하지만 말이지."

다나카의 웃음은 애처로웠다.

"당신 같은 대기업의 직원과 달리 나는 보잘것없는 개인사업자니까. 돈 문제는 절실하거든."

쉽게 '이해합니다'라고 대답해서는 안 된다고 생각했기 때문에 나는 말없이 있었다.

"왜 이런 일을 당하는 건지."

"서로 운이 나빴던 겁니다."

정말 그렇다며, 그는 신음했다. 우리는 또 다친 사람들끼리 서로 부축하면서 차가운 화장실에서 나왔다.

다나카는 병원으로 되돌아갔고 기시카와 운행국장과 시바노 기사에게는 아직 사정 청취가 남아 있다고 한다. 남은 우리는 귀가가 허가되어 야마후지 경부와 함께 로비로 내려갔다.

계단을 내려가 정면 로비로 나가니 예상했던 대로 하시모토가 방문자용 의자 중 하나에서 일어나 나를 맞이해 주었다.

이 사람의 풀네임을, 나는 종종 잊어버린다. 성밖에 부를 일이 없기 때문일 것이다. 가즈히코였던가 마사히코였던가.

붙임성 있게 인사하기 시작한 그의 명함을 훔쳐보고 '하시모토 마사히코'였음을 떠올렸다. 정식 직함은 '이마다 콘체른 본부 홍보과 외보계 회장 비서실부 담당 차장'이다. 이 직함이 내가 그를 처음 만났을 때의 직함이 아니라는 사실은 기억하고 있다. 처음에는 그냥 '홍보과 외보계'였다. 하시모토에게도 평사원 시절이 있었다.

사카모토와 마에노는 똑같이 놀라고 있었다. 이마다 콘체른이라는 회사 이름과 스마트한 하시모토의 태도와 그의 긴 직함과, 그런 포지션에 있는 인물이 공손하게 나를 마중하러 온 사실에.

야마후지 경부와는 어젯밤에 인사가 끝났는지 명함을 교환하는 수고는 없었다.

"차를 준비해 왔으니 괜찮으시면 제가 여러분을 차례대로 댁까지 모셔다 드리겠습니다."

내게 눈짓을 하면서 하시모토가 제안했다. 사카모토와 마에노는 또 깜짝 놀랐다.

"네? 괜찮아요, 우리는 집이 이 지역에 있고."

"스기무라 씨한테 죄송해요."

"그럴 거 없어요. 같이 가지요."

"서 밖에 기자나 리포터 들이 어슬렁거리고 있습니다."

하시모토의 말에 순간 마에노의 뺨이 굳어졌다. 겁먹은 것 같기도 하고 분발하는 것 같기도 하다. 제가 꼭 얘기할게요.

"메이, 데려다 달라고 하자."

사카모토가 과감하게 말했다. 그와 마에노는, 적어도 사카모토는 완전히 허물없는 사이가 된 것 같다.

"야마후지 경부님, 괜찮을까요?"

경부의 눈썹이 가볍게 움직였다. "여러분이 좋으시다면 상관없습니다."

"순찰차에 타지 않아도 되는 거지요?"

몸집이 작은 경부는 밝게 웃었다. "여러분은 피의자가 아니니까 전혀 상관없지요. 아아, 하지만 우리 쪽에서 누군가 따라가는 편이 마음 든든하다면 그렇게 하겠습니다. 집에도 기자가 와 있을지 모르니까요."

이번에는 마에노가 과감해졌다. "아뇨, 그렇게까지 자존심 없는 말은 하지 않을 거예요. 언제까지나 숨어 있을 수는 없고, 우리는 나쁜 짓이라곤 하지 않았는걸요."

"하지만 지금은 아직 좀."

사카모토의 작은 목소리에, 하시모토가 "그럼 결정되었군요" 하고 웃는 얼굴로 대답했다.

주차장은 건물 뒤쪽에 있다고 한다. 우리가 정면 현관 앞에서 우향우 해서 걷기 시작했을 때 야마후지 경부가 걸음을 멈추고 마치 드라마 속 명조연이 연기하는 형사부장처럼 손으로 이마를 탁 치더니, "이런" 하고 소리쳤다.

"여러분의 휴대전화를 돌려 드릴 수 있게 되었습니다. 아까 회의실에서 드리려고 했는데 깜박 잊어버렸네요. 가져올 테니까 먼저 주차장에 가 계십시오."

하시모토가 타고 온 것은 본부의 업무용 차지만, 차체에는 회사

이름도 로고도 들어가 있지 않다. 홍보과에서 자주 사용하는 차다. 아, 시마_{CIMA. 일본의 자동차 회사 닛산에서 생산하는 세단의 이름}다, 하고 마에노가 말했다.

"이 차를 좋아하시나요?"

하시모토의 자연스러운 물음에 그녀는 고개를 끄덕였다. "제가 어렸을 때, 우리 아버지 회사가 아직 경기가 좋았을 무렵에 타곤 했어요."

그립네, 하고 중얼거렸다. 그녀의 과거와 현재의 가정 상황을 추측할 수 있는 발언인데 당사자는 눈치채지 못하고 있다는 점이 마에노답다. 그런 것을 전혀 눈치채지 못한 척할 수 있는 점이 하시모토답다.

"이건 회사 차지만, 저는 시마의 단단한 시트가 좋아서 틈만 나면 빌려 나오곤 한답니다."

"그렇군요! 저도 시트가 푹신푹신한 차는 싫어요. 시마는 승차감이 좋지요."

마에노는 '타고난' 것이고 하시모토는 '스킬'이지만, 언제 어떤 상황에서 누구하고나 대화하는 데 곤란해하지 않는다는 점에서 닮은 두 사람이었다.

"저는 고급차에 대해서는 모르지만."

사카모토가 말하면서 뚫어져라 나를 보았다.

"스기무라 씨, 상당히 높은 분이었군요."

나는 적당히 정직해지기로 했다. "미묘하긴 한데."

"높은지 안 높은지에 미묘할 게 뭐가 있나 싶은데."

"누가 높으냐 하는 문제야."

마에노한테는 비밀이야, 하며 나는 목소리를 낮추었다. "부끄러우니까 말하지 마. 실은, 내 아내가 회사 높은 분의 딸이야. 나는 마스오 씨[인기 만화 '사자에 씨'에서 사자에 씨의 남편으로 나오는 후구타 마스오를 말한다. 마스오 씨가 사자에 씨의 부모님과 함께 처가에서 동거하고 있었기 때문에, 처가에서 결혼 생활을 하는 사람, 나아가서는 데릴사위를 가리켜 마스오 씨라고 부르게 되었다]지."

지난 이틀을 통틀어 사카모토가 가장 감탄해하는 듯한 기분이 드는 것은 내 편견일까.

"그럼 스기무라 씨는 연고로 입사하신 건가요? 아, 반대인가. 입사하고 나서 상사의 딸을 잡은 건가요?"

"으~음, 그것도 역시 미묘해."

다크블루의 시마 옆에 서서 이야기를 하고 있는 하시모토와 마에노, 그리고 나를 번갈아 바라보며 사카모토는 말했다. "어느 쪽이든 정해진 직업도 없는 저하고는 인연이 없는 이야기네요."

나는 그에게 미소를 지었다. "우리 편집부 아르바이트생 중에 노모토라는, 너랑 비슷한 젊은이가 있어. 성도 한 글자 차이고, 앞으로도 왠지 착각할 것 같군."

"저 홍보부 사람도 하시모토 씨죠."

"내가 아는 사람 중에 '3 모토' 씨가 생겼군."

"한 글자 차이지만 완전히 달라요."

낮은 사카모토의 중얼거림에 타이밍을 맞추듯이 차 옆의 두 사람이 즐겁게 웃었다.

야마후지 경부가 잰걸음으로 돌아왔다. 우리의 휴대전화는 하나씩 비닐봉지에 들어 있었고, 봉지에는 라벨이 붙어 있다.

"죄송하지만 여기에 수령 사인을 해 주십시오."

옆구리에 낀 클립보드를 내밀고, 양복 가슴 주머니에서는 볼펜을 꺼낸다.

"야마후지 씨, 경부님이니까 높은 분이시죠?"

마에노가 휴대전화를 받아들고 이상하다는 듯이 말했다. 이것도 이 아가씨의 '타고난' 점이다.

"음, 그럭저럭은요."

"그런데 이런 소소한 일까지 하시는군요. 부하 경찰한테 맡기면 될 텐데."

사람에 따라서는 (다나카 같은 사람은) 발끈할 것 같은 질문이지만 야마후지 경부는 태연하게 대답했다.

"이건 그냥 제 성격이에요."

말하고는 작게 미소를 지었다.

"게다가 여러분한테 친근감이 들어서일까요. 함께 힘든 사건을 뛰어넘은."

기분 탓인지, 우리가 긴장하지 않아도 될 정도로만 자세를 바르게 하며 야마후지 경부는 말했다. "하지만 결과적으로 피의자를 죽게 했고, 여러분을 그 현장에 계시게 한 것을 교섭인으로서, 경찰관으로서 매우 유감스럽게 생각합니다. 죄송했습니다."

기시카와 운행국장처럼 직각으로 허리를 숙인 인사가 아니라 목례였지만, 그 인사는 눈부셨다.

"여러분은 시종일관 용감하게 행동해 주셨습니다. 협조해 주셔서 감사합니다."

그리고 우리는 해풍 경찰서를 뒤로했다.

차 안에서 우리는 휴대전화가 제대로 작동하는지 확인하고, 서로의 휴대전화 메일 주소를 교환했다. 내 휴대전화는 적외선 통신이 작동하지 않게 되어서, 마에노가 나 대신 재빨리 입력해 주었다.

마에노가 부모님과 함께 살고 있다는 자택은 깔끔한 현영縣營 주택이었다. 우선 그녀가 내렸고, 그러고 나서 사카모토가 내렸다. 그는 부모님과 할아버지와 함께 넷이서 살고 있다고 하는데, 집은 생울타리가 있는 오래된 단층집이었다.

사카모토는 내릴 때가 되어서 서둘러 변명하듯이 말했다. "저랑 메이—마에노 씨가 비슷한 체육복을 입고 있었는데, 그거 맞춘 거 아니에요. 어젯밤에 면회하러 온 부모님한테 갈아입을 옷을 부탁했더니, 우연히 같은 가게로 사러 갔던 모양이에요."

병원 근처에 양판점이 있었다고 한다.

사카모토가 정중한 감사 인사를 남기고, 개 짖는 소리가 나는 생울타리 맞은편으로 모습을 감추자 운전석의 하시모토가 말했다. "부끄러워하기는……. 젊은 애들은 귀엽군요."

사건이 맺어준 인연이네요, 라고도 말했다.

"스기무라 씨, 오늘은 이대로 댁으로 모셔다 드리겠습니다. 회장님도 댁에서 기다리고 계십니다."

장인이 별다른 용건도 없이 평일에 회장실을 비우는 것은 이례적인 일이다.

"그래도 되나요?"

"네. 그렇게 지시를 받았습니다."

내 표정을 룸미러로 보았을 것이다. 하시모토의 말투가 밝아졌다.

"나호코 씨는, 어젯밤에는 안정이 되어서 푹 주무셨다고 합니다. 저녁 식사로 스기무라 씨가 좋아하는 걸 준비하겠다며 힘이 넘치시던데요."

"그래요? 하시모토 씨한테도 또 신세를 지게 돼서 미안하군요."

"당치도 않으십니다."

그게 제 일입니다, 라고는 말하지 않았다.

"겨우 댁에 돌아가실 수 있게 되었는데 죄송한 말씀이지만, 앞으로의 매스컴 대응에 대해서—."

"네, 말씀하시지요. 어떻게 할까요?"

"기본적으로는 스기무라 씨에 대한 취재 요청은 이쪽이 창구가 되어서 처리할 겁니다. 댁에도, 도야마 씨가 한동안 매일 찾아뵈어 전화나 손님 응대를 맡을 거라고 했습니다."

'얼음여왕' 강림이다.

"문제는 인질이 되었던 분들에게 공동 기자회견 요청이 들어올 경우입니다. 과거의 유사 사건들 중, 물론 어느 정도의 시간이 경과하고 나서이긴 하지만 공동 기자회견을 한 케이스가 있어서요."

"그건 그때가 오면 다른 분들과 상의해서 결정하지요."

"알겠습니다. 버스 회사와의 보상 교섭은 어떻게 할까요?"

"제가 직접 그쪽과 이야기하고 싶습니다. 지금으로서는 버스 회사의 대응은 정중하고요. 문제가 생기면 곧 상의하겠습니다."

이야기가 끝나자 나는 그저 멍하니 있었다. 마음속에서는 지금까지 일어난 사건의 여러 장면의 영상이, 미완성 영화의 트레일러처럼 맥락도 없이 떠올랐다가는 빙글빙글 돌며 깜박이고 있었다. 그런 것은 귀가한 나에게 모모코가 작은 발로 열심히 달려와서 "아빠!" 하고 불러 준 순간에 봄눈 녹듯이 사라질 것이 틀림없다.

사실 그랬다.

5

가을바람을 맞으며 나는 나호코와 함께 미나미아오야마의 거리를 걷고 있다.

10월에 들어서자 더위는 미련을 버린 연인처럼 모습을 감추었다. 대신 등장한 가을은 발걸음이 빨라, 버스 납치가 일어난 날 밤으로부터 한 달도 안 지났는데 하늘은 파랗고 싸늘한 공기가 기분 좋게 느껴진다.

나호코는 새발자국들이 교차되어 격자무늬를 이루고 있는 트위드 재킷을 입고 가죽 부츠를 신었다. 아내는 자신이 핸들을 잡을 때는 굽이 높은 구두를 피하는 신중한 운전자다. 그녀의 취향에 따라 바꾼 지 얼마 안 되는 볼보는 근처 유료주차장에 두고 왔다. 아내가 하늘이 새파랗고 예쁜 데다 바람이 차갑긴 해도 기분 좋으니 좀 걷고 싶다고 하여, 나는 그 요청에 응해 아내를 에스코트하는 중이었다.

목적지는 그녀의 단골 부티크다. 소개 없이는 손님을 받지 않고, 그 대신 까다로운 주문에도 응해 준다. 나호코는 요즘 이 가게에서 모모코와 커플룩으로 옷을 맞추는 데 열중해 있는데, 오늘의 목표는 십일월 중순에 열릴 예정인 모모코의 초등학교 문화제에서 그녀가 입을 원피스를 장만하는 것이었다. 모모코는 예순세 명의 1학년 아동들 중에서 뽑혀, 이 무대에서 피아노 연주를 배경으로 시 낭독을 하기로 되어 있다.

모모코는 올봄에 1학년이 되었다. 아내뿐만 아니라 아내의 큰오빠와 작은오빠의 부인도 졸업한 사립대학의 부속 초등학교인데, 작은오빠 부부의 아이도 그곳 부속 고등학교에 다니고 있다. 이런 실적이 있었던 덕분인지, 사전에 여러 가지 정보를 듣고 긴장했던 만큼 '수험'이 힘들지는 않았다.

오히려 힘들었던 것은 모모코의 취학에 맞추어 우리 집을 정하는 일이었다. 시부야 구의 한적한 곳에 위치한 학교까지 도보로 십 분 안에 통학할 수 있는 곳. 관리 체제와 보안이 확실한 맨션이어야 하며, 초고층은 불가. 세대 수는 백 세대 이내. 가능하면 더 적었으면 좋겠다. 시간 제약이 있는 가운데서도 훌륭하게 이 조건을 만족하는 물건을 찾아내 준 부동산업자는 프로의 귀감일 것이다.

이 년 전, 우리 가족을 덮친 폭력 사태의 폭풍이 지나간 후 나호코는 당시 아직 따끈따끈한 신축이었던 집을 버렸다. 두 번 다시 거기에서는 살 수 없다고 딱 잘라 말하며, 어떤 설득에도 귀를 기울이지 않았다.

나호코가 그녀의 돈으로 지은 집이고, 그것을 어떻게 하든 그녀 마음이다. 그래도 난 당신이 나를 위해서 만들어 준 서재가 아주 마음에 드는데…… 하고 조심스럽게 말해 보았다.

"다음에 더 마음에 드는 서재를 만들어 줄 테니까 이번에는 내가 하자는 대로 해."

이렇게 대꾸해서 나도 포기했다.

우리는 일단 나호코의 친정에 가 있었다. 세타가야 구의 마쓰바라에 있는 장인의 저택이다. 광대한 부지 내에 나호코의 큰오빠도 집을 갖고 살고 있고, 외동인 모모코는 자주 놀러오는 사촌들과 친하게, 즐겁게 지낼 수 있게 되었다. 나호코는 처녀 시절에 살았던 그리운 집으로 돌아오자 사건이 마음에 남긴 상처도 급속하게 나아졌다.

이마다 가의 마스오 씨인 내 입장은 누가 지은 어떤 집에 살든 변함이 없다. 장인에게 몸을 의탁하게 되었다고 해서 아내가 지은 집에서 살았을 때보다 더 부끄러워진 느낌은 없었다. 그런 단계는 이미 지났다.

이마다 나호코와 결혼을 결심하고, 장인의 요청을 받아들여 그때까지 일하던 아동서 출판사를 그만두고 이마다 콘체른 본사에 현재의 직장을 얻었을 때, 나는 미래에 대해 여러 가지 각오를 다졌다. 이마다 나호코의 남편이 되는 것은 이마다 나호코의 인생의 일부가 되는 것이다. 그럴 결심만 되어 있으면 사소한 일에 일일이 집착하지 않아도 된다. 더부살이는 어떻게 살든 더부살이지만, 더부살이에게는 더부살이의 역할이 있고 더부살이 나름의 긍지도 가질 수 있을 거라고.

나호코는 장인이 밖에서 낳아 온 딸이다. 장인이 그녀를 거둔 것은, 나호코가 열다섯 살 때 어머니가 죽고 달리 의지할 곳이 없어졌기 때문이다. 그래서 장인의 저택에 그녀의 어린 시절 추억은 없다. 그래도 다감한 청춘 시대를 보낸 저택 내 여기저기에 반짝거리는 기억을 숨겨 두고 있었다. 눈물로 빛나는 기억도 있는가 하면 기쁨이나 행복으로 반짝이는 기억도 있다.

남편과 사랑하는 딸을 데리고 그곳으로 돌아가자 나호코는 다시 한 번 장인의 딸로 돌아가, 그 딸의 얼굴을 하고, 나와 만나기 전의 기억의 일부를 가끔 일상생활 속에서 보여 주었다. 그것은 나에게도 발견이고 즐거운 일이었다.

가끔 나는 그렇게 아내에게 내 과거를 보여 줄 수 없다고 생각하면 쓸쓸했지만, 이 또한 이미 포기한 일이었다. 정확하게 말하자면 '할 수 없는' 것은 아니다. '하지 않겠다', '하게 하지 않겠다'고 나와 우리 부모님이 정했을 뿐이니까.

분수에 맞지 않는다, 격이 맞지 않으면 불화의 원인이 된다, 잘되지 않을 거라며 무턱대고 이 결혼에 반대했던 우리 부모님은, 그래도 내가 나호코를 아내로 맞이하자 나와 의절하겠다고 선언했다. 나는 거역하지 않고 의절당했다.

"꼴 보기 싫다. 나는 너를 부잣집 아가씨의 기둥서방으로 만들려고 키운 게 아니야!"

독기 어린 말투로 내뱉은 어머니에게도 항의하지 않았다. 말다툼이나 설득으로 해결될 문제가 아니다.

시간에 맡기고, 결혼한 뒤 십 년 이상이 지났다. 부모님이 내게 선언한 의절은 말로만 한 것이 아니었지만 진짜 의절도 아니었다. 가끔 초전도현상이 일어나 전류가 통할 때가 있는 것이다. 지금까지 나는 그걸로 만족해 왔다. 무언가를 얻으면 무언가를 잃는다. 특히 얻은 것이 크면 그릇 반대쪽의 가장자리로 흘러 나가는 게 있는 것은 어쩔 수 없다. 처음부터 부분적으로 의절했던 형과 누나가 그 태도를 바꾸지 않아서, 부모님의 체면을 망치지 않으면서 나도 잘라내지 않아 주는 것을 고맙게 생각하고 있다.

그리고 내 그런 심정을 가장 깊이 헤아려 주는 사람은 장인이다. 내 착각으로 그렇게 느끼는 것일지도 모르지만 희망적인 착각은 아니라고 생각한다.

친정으로 돌아간 나호코는 모모코가 사촌들과 친하게 지낸다는 점을 첫 번째 이유로, 지극히 강건하지만 언제 무슨 일이 있어도 이상하지 않은 아버지의 나이를 두 번째 이유로 삼아, 줄곧 그대로 눌러 살 생각인 것 같았다. 장인도 있고 싶은 만큼 있어도 된다고 말했다.

하지만 모모코의 통학이라는 현실적인 문제가 눈앞에 닥쳤을 때 그런 기회를 기다리고 있었던 것처럼, 학교 옆으로 집을 옮겨라, 다시 가족 셋이서 살라, 는 말을 꺼낸 사람도 장인이었다.

"핵가족은 안 된다느니 불건전하다느니 항간에는 여러 가지로 말이 많지만 말이다. 부모와 아이, 이 조합이 가족의 핵이야. 핵을 제대로 만들어야지."

모모코가 건전하게 성장하기 위해서는 우선 나와 나호코가 독립된 어른이 될 필요가 있다고 장인은 말했다.

"곤란할 때 서로 의지하는 건 좋아. 언제든지 의지하렴. 나도 의지할 테니. 하지만 너는 이제 어른이고, 모모코의 부모야."

어엿한 어른이 되야지—하고 타이르는 말에 나호코도 겨우 납득했다. 그때까지는, 모모코는 기사 딸린 차를 타고 장인의 집에서 통학하면 된다고 주장했는데.

장인은 결코 아내의 아버지 집에 얹혀살고 있는 나를 가엾게 여겨서 말한 것이 아니다. 이제 와서 가엾게 여길 정도라면 처음부터 결혼을 허락하지 않았을 것이다. 장인의 말은 액면 그대로 받아들여야 한다. 거짓말이나 과시하는 말을 하는 사람이 아니다. 지난 십여 년 동안 나도 그것을 알았다.

한 지붕 밑에서 산 일 년 남짓 동안에 또 하나 알게 된 점이 있다. 장인이 왜 나를 자신의 회사에—이마다 콘체른이라는 거대 그룹에 불러들였는가에 대해서다.

결혼 전에 이런 조건을 제시받았을 때에는 약간의 불쾌함과 수상함을 느꼈다. 밖에서 낳아 온 딸 나호코는 이마다 그룹의 어떤 지위나 권력에서도 배제되어 있다. 장인은 그녀에게 재산을 나누어 주어도 힘은 나누어 주지 않았다. 그러니 내가 아동서 편집자를 계속해도 아무 문제가 없을 텐데.

—내가 믿을 수 있는 인간인지 아닌지 테스트하고 싶은 거로군.

일개 병졸로 밑에 두고, 관찰할 생각인 것이다. 그렇게 생각했다. 그 짐작을 줄곧 품은 채 살아 왔다.

하지만 장인의 진의는 거기에 있지 않다. 반대였다. 장인은 나를 가까이에 두고 내 눈에 자신을—이마다 콘체른이라는 거대 그룹을 만들어낸 이마다 요시치카라는 인간을 보여 주고 싶었던 것이다.

애초에 평범한 부녀관계가 아니었다. 게다가 나호코는 장인이 인생의 반환점을 지나고 나서 얻은 딸이다. 우리가 결혼한 시점에서 장인은 이미 일흔이 넘었다.

장인은 나호코에게도 나에게도 보여 주고 싶은 것이 많았다. 언제 찾아올지 알 수 없는 영원한 이별 전에 보여 주고 싶은 것. 동거해 보고 비로소 나도 그것을 알았다. 말은 잘해도 쓸데없는 수다는 싫어하는 줄 알았던 장인이 일상적인 하루하루가 지나가는 가운데 조금씩 흘리는 옛날이야기 속에서, 또는 그 이야기를 하는 장인의 눈동자 속에서 그것을 발견했다.

장인이 우리에게 재독립을 권한 까닭은, 그런 마음이 늙은 아버지의 이기심이라는 사실도 충분히 알고 있었기 때문일 것이다. 너희의 핵을 만들라는 말에는 장인의 자제도 담겨 있었던 것이다. 영원히 딸 옆에 있을 수는 없으니까.

이렇게 해서 우리 세 가족은 다이칸야마의 맨션에 자리를 잡았다. 아내가 새로 꾸며 준 서재는 내가 포기한 서재와 비슷하지는 않았지만 서재에 있을 때의 기분은 똑같았다. 자산가인 아내가 마련해 주는 서재라면 어디든 똑같다는 견지에서도, 남편의 꿈을 이루어 주려고 세심하게 배려하는 아내가 마련하는 서재라면 어디든 편안할 것이 분명하다는 견지에서도.

일요일 오후, 나는 아내와 함께 아오야마의 번화가에서 벗어난 조용한 길을 느긋하게 걸었다. 주택가지만 군데군데에 세련된 부티크와 카페, 화랑이 섞여 있다. 아내의 발걸음은 가벼웠고, 화제는 모모코와 학교에 대한 것뿐이었다.

보소의 바닷가 마을에서 발생해 겨우 세 시간 만에 종식된 버스 납치 사건은 나와 나호코 사이에 그림자를 드리우지 않았다. 그 이전에 일어난, 모모코가 위협에 노출된 사건의 그림자가, 현재 그 어두운 색은 엷어졌지만 아직도 아내의 마음속에서는 큰 자리를 차지하고 있기 때문일지도 모른다. 버스 납치 사건 때 나는 순수하게 '말려든 피해자'였고 범인과도, 범인의 동기와도 전혀 관련이 없었기 때문인지도 모른다.

아니면 아내도 나와 마찬가지로 약간 사건에 익숙해진 탓인지도 모른다.

"당신은 웃을지도 모르지만, 웃어도 되니까 같이 가."

이렇게 말하며 이마다 가의 씨족신을 모신 신사에 굿을 하러 끌고 갔고, 그걸로 아내는 깨끗이 떨쳐낸 모양이었다.

부티크에 도착하자 나는 중년 여성 점장과 마주쳤다. 다섯 평정도 되는 가게 안은 예상보다는 친근하고 어수선한 분위기에 감싸여 있었고, 커다란 꽃병에 들어가 있는 장미 다발에서 옅은 향기가 풍겨 나오고 있었다.

"대뜸 이런 말씀 드리기도 뭐하지만 이번에는 정말 재난을 당하셨더군요. 무사하셔서 다행입니다."

정중한 위로의 말에 나는 조금 당황했다. 점장은 나호코에게서 사건에 대해 듣고 놀랐다고 한다. 신문과 뉴스의 정보만 가지고는 인질로 잡힌 남성이 고객의 남편이라는 사실까지 알 수는 없었으리라.

"이렇게 가까운 곳에 계시는, 그것도 손님에게 그런 위험한 사건이 일어나다니……."

"벌써 한 달이 지났으니까요. 거의 잊어버렸습니다."

"그거 다행이네요. 싫은 일은 잊어버리는 게 제일이지요."

"나는 잊지 않았지만요" 하고 말하며 아내는 가볍게 나를 노려보았다. "당분간 승합버스는 타지 말라고 말해 두었어요."

"그럼 비행기는? 하이재킹이 더 무섭지 않나?"

"이상한 말 하지 마."

아내는 점장과 마주 보며 웃는다. 나도 웃으면서, 나호코는 사건에 대해 이런 곳에서 이야기하고 있었구나, 하고 생각했다. 점장과 친한 듯이 주고받는 말로 보아 얼마나 불안했는지, 얼마나 무서웠는지, 자신의 마음도 털어놓았을 것이다. 나와의 사이에, 가정 내에, 사건의 그림자가 오래 지속되지 않게 하려고 그녀 나름대로 애쓰고 있었던 것이다.

원피스를 고르는 일은 주도면밀한 점장이 많은 상품을 갖추어 둔 덕분에 쉽게 끝났지만, 나호코의 쇼핑은 아직 끝나지 않았다.

여기에서 나는 직위 해제다. 아오야마에 온 김에 얼굴을 내밀어 보고 싶은 곳이 있어서 사전에 아내와도 이야기해 두었다.

"그럼 네 시에 '카를로스'에서 봐."

아내가 사람을 만날 때 자주 이용하는 카페테라스다. 나는 점장에게 인사했다.

"미안해."

아내에게 그렇게 말한 이유는 쇼핑을 함께해 주지 못해서가 아니다. 새삼 버스 납치 사건의 그림자에 대해 사과한 것이다. 그녀에게 통했는지 어떤지는 알 수 없지만.

버스 납치 사건에 관한 매스컴의 보도나 인터넷상에서의 공방도, 우리 관계자들이 걱정했던 것만큼은 열을 띠지 않았다. 그 첫번째 이유는 더욱 세간을 떠들썩하게 한 위험한 사건들이 숨 쉴새도 없이 발생했기 때문이다. 나무가 숲 속에 숨듯이, 사건은 사건 속에 가려져 보이지 않게 된다. 현대에는 '숲'도 여기저기에 있다.

두 번째 이유는, 사건이 일어나고 사흘 후에 겨우 그 노인의 신원이 판명되었는데, 그 프로필이 참으로 수수해서 미디어가 앞 다투어 보도하고 싶어질 만한 '화려함'이 부족해서다.

이름은 구레키 가즈미쓰라고 한다. 1943년 8월 15일생. 올해 예순세 살. 실제 나이보다 늙고 약해 보인 것은 생활환경 때문이었던 모양이다.

무직으로, 아다치 구에 위치한 아파트에서 혼자 살고 있었다.

연금에는 가입하지 않았고, 저축을 조금씩 찾아 가며 살고 있었던 듯하다. 본적지도 도쿄로 되어 있었지만, 호적상 살아 있을 누나가 나서는 일은 없었다. 노인의 신원이 판명된 이유도 그 지구의 사회복지사가, 직업 없이 아파트에 홀로 틀어박혀 있는 데다 야위고 안색도 나쁘고 식사도 제대로 하는지 어떤지 수상한 노인이 걱정돼서 몇 번인가 방문해서 생활보호 수급을 권하곤 했는데, "나이가 비슷하고, 지난 며칠간 집에 없어서 연락도 되지 않길래, 혹시"하며 신고해 주었기 때문이다.

아파트 주민들이나 집주인이나 중개한 부동산업자도, TV와 신문으로 보도된 버스 납치범의 인상착의에, 자신들의 이웃이나 세입자의 얼굴을 겹치지는 않았다. 신고를 한 사회복지사조차 반신반의하고 있었다. 버스 납치라는 엄청난 일을 할 수 있는 사람이 아니라며.

"얌전한 사람으로, 깨끗한 걸 좋아했어요. 누가 부탁한 것도 아닌데 쓰레기장이나 아파트 주위를 매일 쓸곤 했습니다. 방은 이층 구석에 있는데, 바깥 계단으로 오르내리는 게 힘들어 보였어요."

뉴스 화면 속에서 이야기하는, 본인 또한 육십대인 듯한 남자 사회복지사는 슬퍼 보였다.

"신상 이야기를 술술 늘어놓지는 않아서 저도 자세한 건 모르지만, 옛날에는 무슨 장사를 했다고 말한 적이 있습니다. 부인과 사별하고, 가게도 잘 안 되고 물려받을 사람도 없어서 십 년쯤 전에 접어 버렸대요. 그 후에 시급 아르바이트를 몇 개 했지만 최근에는 그런 일도 찾을 수가 없다면서…….”

요즘 세상에 남의 일이 아니지요, 하고 떠듬떠듬 말했다.

“제가 아는 한 늘 구깃구깃한 셔츠와 바지를 입었어요. 밖에 나갈 때는 점퍼를 걸치는 정도였고, 정장 차림은 본 적이 없어요. 머리카락도 이발비가 아깝다면서 직접 대강 자르곤 했고, 그래서 단정한 느낌은 아니었지요.”

공개된 초상화 등의 인상과는 크게 달랐고, 그런 점도 사회복지사가 신고를 망설인 이유가 되었다고 한다.

“생활보호에 대해서는, 이야기하다 보니 저보다 더 잘 알고 있지 않나 싶을 정도였습니다. 다른 어딘가에서 한 번 신청했는데 안 됐던 경험이 있는지도 모르겠다는 생각을 했지요.”

그 구레키 가즈미쓰의 계좌에는 다음 집세가 빠질 만한 금액도 남아 있지 않았다. 세 평짜리 방 한 칸에 작은 부엌과 화장실이 있고, 목욕탕은 딸려 있지 않은 아파트의 실내는 깨끗하게 정리되어 있었다. 그곳의 가구와 비품에서 딴 지문과, 실내에 떨어져 있던 모발의 DNA를 감정한 결과 노인의 신원이 확정되었다.

“오래된 브라운관 TV가 있었지만 망가진 상태였어요. 라디오를 자주 듣는다고 했습니다. 아파트 쓰레기장에서 주운 것이라면서요. 그런 얘기도 제가 열 가지를 물으면 겨우 한 번 대답이 돌아오는, 말이 없는 사람이었습니다.”

사회복지사는 구레키 가즈미쓰가 지명한 세 사람에 대해서는 전혀 짐작 가는 바가 없다고 했다. 구레키가 ‘쿠라스테 해풍’과 클리닉과 어떤 관계를 맺고 있는지도 보이지 않았다.

구레키 가즈미쓰는 그날 밤 버스 안에서 다나카가 말한 대로 천애에 고독한 사람이었다. 그 아파트에 살기 시작한 때는 작년 9월로, 이전의 생활은 여전히 알 수 없었다.

"적어도 집세 계약할 때의 보증인이라도 있다면 단서가 되겠지만, 중개 부동산회사가 보증하는 타입의 계약이었고 그래서 그쪽도 전혀 몰라요. 다만 집주인을 곤란하게 할 만한 일은 한 번도 하지 않았다고 합니다. 그건 그랬을 거예요. 착실한 사람이었습니다."

뭐가 어떻게 돼서 버스를 납치한 걸까요—하며 사회복지사는 어깨를 축 늘어뜨렸다.

어느 뉴스 프로그램의 특집에서는, 게스트로 나온 패널이 빈곤과 고독 속에서 앞날을 비관한 구레키가 처음부터 자살할 생각이었고, 버스 납치에는 명확한 목적이나 의도가 있었던 것이 아니라 그저 소란을 일으키고 싶었을 뿐일 거라고 말한 적이 있다.

"아니면 승객 몇 명을 길동무로 삼을 생각이었는지도 모릅니다. 자살의 연장선상인 살인, '확대 자살'이라고 해서, 과거에도 예가 있는 케이스지요."

지명된 세 사람은 구레키가 일방적으로 원한을 품고 있었던 인물들이고, 지명당한 쪽에는 짐작 가는 이유가 없을 가능성도 충분히 있다.

"경찰을 교란시키기 위한 연막이었을지도."

260

나는 그 발언을 듣고 TV를 껐다. 그 노인의 행동에는 목적이 있었다고 생각하며, 우리를 길동무로 삼으려는 의지는 느껴지지 않았다. 지명한 세 사람에 대해서는 확실한 악의랄까, 제재의 의지를 품고 있었다. 우리 인질들은 그것을 알고 있다.

고독하고 가난한 외톨이 노인에게 인터넷 사회도 오랫동안 흥미를 품어 주지는 않았다. 세상에는 더 화려한, 소란을 피울 만한 가치가 있는 사건이 있다. 지명된 세 사람에 대해서도 예상대로 경찰이 정보 공개를 꺼렸으며,

'어차피 할아버지, 할머니끼리의 싸움 아니야?'

라는 싸늘한 관측이 있어서 구레키 노인이 기대했던 만큼—우리가 걱정했던 만큼 분위기가 고조되지는 않았다.

한편 우리 인질들은 구레키 노인보다는 조금 오랫동안 화제의 표적이 되었다. 위자료 이야기도 화제가 되었다. 우리의 실명이 나와 있는 사이트도, 이니셜만 나와 있는 사이트도 있었다.

우리 인질들이 가장 많이 추궁을 받은 대목은 다 큰 어른이 네 명이나 있는데 힘없는 노인 한 명을 제압하지 못하고 그저 유유낙낙 붙잡혀 있었는가, 라는 점이다. 거기에 위자료 이야기가, 금액이나 구레키 노인이 그것을 우리에게 제시한 타이밍에 대해서 부정확한 정보가 섞인 채 얽혀 나와, 우리는 '탐욕스럽다', '욕심이 많다'고 비난을 받거나, '무리도 아니다', '누구나 돈을 갖고 싶어 하고 목숨을 아깝게 여긴다'고 옹호를 받기도 했다.

재미있었던 것은 위자료의 화제가 발전해,

'얼마나 받으면 권총이 들이대어져 인질이 되어도 협조할 것인가?'

라는 논의가 활발했다는 점이다. 인터넷상의 모르는 사람들이 우리가 구레키 노인과 나눈 대화를 재현하고 있는 것 같기도 하고, 현실성 없는 제멋대로의 대화를 그냥 즐기고 있는 것 같기도 했다.

실제로 우리 당사자들에게도 구레키 노인이 무일푼이었다는 사실을 안 시점에서 위자료 이야기는 현실성이라곤 조금도 없게 되었다. 아이러니하게도 그 덕분에 우리는 매스컴이나 인터넷상의 '정의의 사람들'에게서 일찌감치 해방되었다고도 생각할 수 있다. 만일 정말로 구레키 가즈미쓰가 큰 부자였다면, 좀 더 여러 가지로 조사당하고 의심받았을 것이다.

경찰로부터는, 노인의 신원이 판명되었을 때 야마후지 경부에게서 연락을 받은 뒤로 아무 소식이 없다. 그 후에 사정 청취에 불려나가는 일도 없었다.

고독한 노인의 자폭적인 죽음. 버스 납치 사건은 그렇게 분류되어 종식되었다. 피의자 사망으로 서류 송검. 수사본부도 해산했다.

주식회사 시 라인 익스프레스와의 보상 교섭에도 성가신 일은 없었다. 일률적으로 위로금이 나왔고 다나카와 나에게는 의료비도 지불되었다. 시바노 기사에 대한 대우도, 밖에서 보기에는 큰 변화가 없는 것 같았다.

그렇다. '세간'의 움직임 중에서 또 하나 재미있었던 것은 사건 직후부터 시바노 기사를 격려하고 응원하는 목소리가 일어난 것이다. 시 라인 익스프레스 본사나 버스 영업소에도, 그녀에게 처분을 내리지 마라, 여성 기사의 등용을 멈추지 말라는 전화와 팩스, 메일이 쇄도했다고 한다. 이렇게 응원하는 사람들 중에는 그녀를 알고 있는 지역 이용객도 있었겠지만, 대부분은 선의를 가진 일반 시민이었을 것이다.

마에노의 블로그 글이 이런 움직임의 일익을 담당했다—고 말하고 싶지만, 사실은 그렇지 않았다. 해풍 경찰서에서 헤어질 때는 시바노가 기사로서 훌륭하게 행동했다는 것을 세간에 알리겠다고 결심했던 마에노이지만, 현실은 그렇게 만만하지 않았고 그녀는 그렇게 강하지 않았다.

쓸데없는 짓 하지 마라, 얌전히 있으라고 부모님이나 아르바이트하는 곳의 사람들한테도 야단을 맞았어요.

사건 이틀 후 그녀가 우는 얼굴의 이모티콘을 붙여서 내게 보내준 휴대전화 메일이다.

취재는 거절하고 있고, 블로그 일기도 갱신하지 않았어요. 제가 인질 중 한 명이었다는 사실을 다른 사이트에서 본 듯한 사람이 바로 이상한 말을 남겨서, 굉장히 무서워요.

큰 탈 없이 지나간 것 같은 인터넷상의 반응도, 단 한 명의 젊은 여성인 마에노에게는 한때 파도가 높았던 모양이다.

장난 전화가 걸려 와서 난감해요. 집 전화는 전화번호를 바꾸게 되었어요. 휴대전화도 바꿀 거니까 다시 알려 드릴게요.

노인의 신원을 알게 되었을 때나 다나카가 디스크 때문에 내시경 수술을 할 때, 사카모토가 다른 곳에 면접을 보아 직장을 얻었을 때, 마에노가 '쿠라스테 해풍'의 주방 아르바이트를 그만두었을 때, 그런 고비들이 있을 때면 넷이서 하루에도 몇 번이나 대화를 주고받았다. 수사본부가 해산하기 직전에 각 신문사에서 공동 기자회견 요청이 들어와서 '거절하자'는 결론을 내렸을 때에도 휴대전화와 메일로 서로 상의했다. 다나카는 "이제 귀찮아"라고 했고, 마에노는 "아직 무서워요"라고 했고, 사카모토는 "메이가 무서워하니까 하고 싶지 않아요"라고 했다. 하지만 공동 기자회견이 무산되어서 가장 안심한 사람은 나일 것이다. 그런 사태가 일어나면 또 '얼음여왕'이나 하시모토를 번거롭게 해야 한다.

넷 중에서는 마에노가 가장 부지런히 다른 세 명과 연락을 하고 있다. 다나카의 메일 주소를 알아내서 가르쳐 준 것도 그녀다. 다나카는 경찰서 화장실에서는 그런 말을 했지만 실제로 내게 상의해 오는 일은 없었다. 지금도 수술 후의 몸 상태 등을 이쪽에서 묻지 않는 한 소식은 없다.

구레키 할아버지가 부자가 아니었다는 걸 알고, 다나카 씨 정말 실망했을 거예요.

이것은 사카모토의 메일이다. 노인의 신원을 알게 되자 '할아버지'에서 '구레키 할아버지'로 바뀌었다.

마음 어디에선가는 아직 약간 기대하고 있었을 테니까요.

나는 실망했다기보다 평상심을 되찾고 면목 없다고 생각하고 있을 거야, 라고 답장했다. 이제 그 얘기는 하지 말자.

다나카 씨는 사건도, 우리도 잊고 싶은 거야—라고 입력했다가, 송신하기 전에 그 한 문장만 지웠다.

사카모토는 '무사武士의 정'규율에 엄격한 무사가 보이는 연민이나 정이라는 뜻으로, 무례한 짓을 저지른 평민을 베려고 하는데 자식이 그에게 매달리는 것을 보고 가엾은 마음이 들어 용서한다거나, 설령 적이라 해도 수치를 주지 않고 상대의 명예를 존중한다거나 하는 경우 등 여러 상황에 쓰인다이라는 거군요, 라고 답신해 왔다.

사카모토와 마에노에게는 하시모토의 말대로 사건이 인연을 맺어 주는 신이 된 모양이다. 둘 중 누가 보내는 메일에도 서로의 이름이 나온다. 하기야 온도가 올라가는 데에는 약간 차이가 있는 듯, 메이, 메이를 연발하는 사카모토를 당사자인 마에노가 '케이'라고 부르기 시작한 것은 극히 최근의 일이다.

그런 두 사람이 생각난 듯이 보낸 공통 질문이 있다.

소노다 편집장님은 그 후로 어떠세요?

이 둘의 다정함을 고맙게 생각하면서도 나는 시원찮은 답신을 보냈다.

아직 회사를 쉬고 있지만 걱정하지 않아도 될 거야. 고맙다.

사건 이후로 소노다 에이코 편집장은 휴직했다. 그녀의 휴직원을 수리하고 나서 그룹 홍보지 《아오조라》의 발행인인 이마다 요시치카는 즉시 편집장 대리를 임명했다. 나, 스기무라 사부로다.

"임시 편집장과 편집장 대리 중에서 어느 쪽이 좋나?"

그 질문에 후자의 직함을 고른 것은 나다. 발행인에게 편집장을 갈아치울 생각이 없어 보인다는 점에 안도해, 자택 컴퓨터와 프린터로 편집장 대리용 명함을 만들었다. 이것을 한 상자, 백 장을 다 쓰기 전에 편집장님이 돌아왔으면 좋겠다―고 생각했지만 명함은 벌써 절반쯤 없어졌다.

그리고 소노다 에이코 편집장에게서는 연락이 없다. 전화도 메일도, 엽서 한 장도.

지은 지 오래된 도영都營 주택은 도심의 일등지에 있는 경우가 있다. 이 주택이 맨션이라면 판매 가격은 어느 정도일지, 집세는 얼마나 받을 수 있을지, 저도 모르게 계산하게 되는 곳이다. 미나미아오야마 제3주택도 그중 하나였다.

예전에 이곳에 기타미 이치로라는 사람이 살았다. 기타미는 이십오 년 동안 경시청에 봉직하며 범죄 수사에 관여했고, 어느 날 결의 끝에 그곳을 그만둔 다음 죽을 때까지 사립탐정 일을 했다.

나는 그와 이 년 전 사건 때 알게 되었다. 내가 뭔가를 의뢰했던 것이 아니라, 처음에는 그냥 어떤 인물의 신원을 조회하러 찾아갔는데 그 후 어쩌다 보니 친해졌고, 말기 암으로 죽을 준비를 하고 있던 그에게서 미해결 파일을 하나 물려받았다. 그 파일 속 사건이 내가 당시에 발을 들여놓고 있었던 사건이었기 때문이다.

기타미가 죽고, 우리의 교제도 끝났다. 물려받은 파일도 덮을 수 있었다. 따라서 나는 기타미의 일까지 물려받은 것은 아니다.

사립탐정이 되다니, 나에게는 거의 몽상의 영역에 있는 이야기다. 그 점은 기타미도 알고 있었다.

다만 그가 남긴 발자국에 지금도 마음이 끌린다. 누구에게도, 특히 아내와 장인에게는 결코 말하지 않지만 마음속으로 은밀하게.

기타미에게는 부인과 아들이 있었다. 그가 경찰관을 그만두고 사립탐정을 개업한다는 '폭거'를 행했을 때 한 번 해체되기도 한 가족이었지만, 부인은 죽음을 기다리며 누워 있는 그의 곁으로 돌아와 간병해 주었고, 이 일이 계기가 되어 가족을 버린 아버지에 대한 아들의 분노도 서서히 녹게 되었다. 아버지가 사립탐정으로서 훌륭하게 일을 완수해 많은 사람을 구했다는 사실이, 완고했던 아들의 마음을 연 것이다.

기타미가 죽은 후 둘이서 사는 생활로 돌아간 기타미 부인과 아들 쓰카사는, 생전의 기타미와의 사이에 생겨나고 만 공백을 메우기 위해 이리저리 상의를 했다고 한다. 그리고 둘이서 '아버지가 살았던 곳'에서 살고 싶다는 생각을 하게 되었다. 같은 풍경을 보며 살아 보고 싶다고. 신입 회사원인 쓰카사의 연봉은 도영주택의 입주 기준에 아슬아슬하게 세이프였다고 한다.

"제가 승진하면 위태로워져요."

기타미의 1주기에 찾아갔을 때 쓰카사는 그렇게 말하며 웃고 있었다.

입주할 곳은 원칙적으로 추첨으로 뽑기 때문에, 예전에 가족이 거기에서 살았다고 해서 모자가 반드시 미나미아오야마 제3주택에 들어갈 수 있다는 보장은 없다. 결과적으로 그렇게 된 것은 행운 덕분이지만, 기타미 부인은 "남편이 불러준 거예요"라고 한다.

그래도 호는 다르고 동도 다르다. 그럼에도 모자는 죽은 남편과 아버지가 시간을 보냈던 풍경 속에서 평온하게 살고 있다. 나는 부티크에 아내를 남겨 두고 그곳을 찾아간 것이었다.

버스 납치 사건을 다룬 신문이나 TV 뉴스 보도에서 인질의 이름까지는 공표되지 않았기에, 기타미 모자가 내가 휘말렸다는 사실을 안 것은 쓰카사가 인터넷에서 보았기 때문이다. 그때 그가 본 사건 사이트에서는 '스기무라 사부로'가 '스기무라 지로'로 나와 있었지만, 이마다 콘체른의 직원이라는 정보가 있어서 나라는 걸 알았다고 한다.

모자로부터 안부를 묻는 전화를 받고, 잠시 이야기를 나누었다. 사건이 있고 나서 며칠 후의 일이었다. 그 통화를 마지막으로 연락을 못했기 때문에 오늘은 기타미의 불단에 향을 올리고, 완전히 다 끝나서 나는 무사하다고 보고하고 싶었다.

도영 주택 부지 내에 있는 놀이터에서 전화해 보니 쓰카사는 집에 없었지만 부인은 있었다. 들어오라는 말에 나는 도중에 산 과자 상자 봉투를 한 손에 들고 도영주택을 에워싸고 있는, 가을빛으로 물든 나무 사이를 빠져나갔다.

내가 처음으로 이곳을 찾아왔을 때 도영주택은 보수 공사가 한창이었다. 지금은 수선을 완전히 끝냈고, 외벽은 흰색과 연한 파

268

란색과 노란색으로 나뉘어 칠해져 있어 세련된 외관을 자랑하고 있다. 엘리베이터가 설치되었기 때문에 계단을 터벅터벅 올라가는 수고도 덜었다.

기타미 부인은 현관문 앞에서 나를 기다려 주고 있었다. 나는 쓰카사가 실수로 흘린 적이 있기 때문에 부인의 나이를 알고 있는데, 그 나이에 어울리는 침착함과 그 나이로는 보이지 않는 생생함을 모두 가지고 있는 여성이다.

불단 앞에서 손을 모은 뒤, 수줍은 듯한 엷은 웃음을 입가에 띤 기타미의 영정 사진을 마주 보며 새삼스럽게 그도 '이치로'였다는 생각을 했다. 이런 생각이 들어 나는, 이치로도 사부로노 가명 같고 가짜 같지만 소설이나 드라마에는 거의 등장하지 않는 이름이라는 이야기를 부인과 나누었다.

"그건 그렇고 인질로 잡힌 분들이 다치지 않아서 정말 다행이에요."

이십오 년을 경찰관의 아내로 지낸 기타미 부인은 다른 누구보다도 사건에 익숙할 것이다. 그렇기 때문에 우리의 무사함을 기뻐해 주는 말에도 무게가 있었다. 기타미가 관련된 사건의 대부분은 누군가가 무사하지 않게 되었기 때문에 경찰이 나섰던 종류의 사건이니까.

기타미는 말했다. 경찰을 그만둔 까닭은 비극이 일어나 버리고 나서 움직이기 시작한다는 직업에 정말 지쳤기 때문이라고. 비극이 일어나기 전에 뭔가 할 수 없을까 하고 생각했기 때문에 사립탐정 일을 시작했다고.

"교섭인이었던 야마후지라는 경부님이 구레키 노인을 죽게 하고 만 일을 유감스럽게 생각하더군요."

"아아, 그 심정은 잘 알 것 같아요."

현장의 경관은 그런 법이지요, 라고 말했다.

"직접 교섭을 맡아서 범인의 목소리를 들은 분이라면 더욱 그럴 거예요."

"기타미 씨도 농성 사건에서 교섭인을 맡으신 적이 있었을까요?"

"글쎄요……. 남편이 일했을 때는 아직 그런 역할이 확실히 정해져 있지 않았을 거예요. 그때그때 사건에 대처하는 본부 안에서 적역인 사람을 고른다고 할까. 범인의 분위기를 보면서 말이에요."

기타미라면 대개의 경우에 적역이었을 것 같다고, 나는 생각한다.

"구레키라는 사람은 나이가 많은 사람이잖아요. 게다가 전과자 전력이 있지도 않고, 얌전한 사람이었고요. 남편이 있었다면 시대가 달라졌다고 했을 거예요."

어디에서 권총을 손에 넣은 걸까요, 하며 부인은 고개를 갸웃거렸다.

"샀다고 해서 토스터처럼 대뜸 사용할 수 있는 것도 아닐 테고요."

"토스터요?" 나는 웃었다. "권총은 인터넷에서 살 수 있는 모양입니다. 요즘은 뭐든지 인터넷이지요."

권총의 입수 경로에 대해서는 수사본부에서도 꽤 조사한 모양이다. 하지만 이렇다 할 확증은 아직 잡지 못했다. 인터넷일 거라는 점도, 우리 인질들의 증언으로 구레키 노인이 인터넷에 익숙해 보였다는 데에서 나온 추측이다. 다만 노인의 통장에 권총 거래를 한 듯 보이는 흔적은 없었다. 현금 인출은 수천 엔 단위의 검소한 것이었고, 이체를 한 기록도 없었다고 한다.

이상한 점은 구레키 노인의 아파트에 컴퓨터가 없었던 점이다. 이는 신문에도 보도되었고, 나도 신경 쓰였기 때문에 일부러 야마후지 경부에게 전화해서 확인했다. 컴퓨터는 발견되지 않았다. 그를 찾아가곤 했던 사회복지사도 방에 컴퓨터가 있었는지 없었는지는 확실하게 기억하지 못했다. 적어도 거치형의, 한눈에 알 수 있을 만한 컴퓨터는 없었다.

구레키 노인은 노트북을 사용했고, 범행 전에 처분했다─아마 그럴 것이다. 컴퓨터 본체가 없으면 이력을 더듬어 볼 수도 없다. 노인은 노인 나름대로 권총 입수처에 폐가 가지 않도록 노력한 것인지도 모른다.

"종잡을 수가 없는 사건이었지요."

부인은 그렇게 말하며 커피를 더 따라 주었다.

"남편도 말하곤 했어요. 범인을 알아내고, 동기나 범행까지의 경위도 알아내서 경찰의 일이 끝나도, 왠지 석연치 않은 사건이라는 게 있다고."

"프로도 그렇습니까?"

"남편이 그런 기질이었을 테지요. 공판에 차질이 없도록 증거를 다 모으고 나면 그 뒤 신경 쓰지 않는 사람은 신경 쓰지 않으니까."

야마후지 경부도 휴대전화를 돌려주는 일까지 직접 하는 것은 성격 때문이라고 했다.

이상함을 뛰어넘어 이해할 수 없는 사실을 나는 입 밖으로 꺼냈다. "제가 버스 안에서 이야기한 구레키라는 사람은, 으스스할 정도로 말을 잘했습니다."

하지만 사회복지사가 알고 있는 구레키 노인은 수다쟁이가 아니고, 오히려 과묵했던 모양이다.

"왠지 다른 사람처럼 생각되어서 석연치가 않아요."

"버스를 납치했을 때는 흥분해 있었기 때문에 말을 많이 한 게 아닐까요?"

나도 그렇게 해석하고 스스로를 납득시키려고 해 보았다. 하지만 아무래도 무리였다.

"단순히 말을 잘하느냐 못하느냐 하는 것뿐이라면 상황에 좌우되어서 바뀔 수도 있겠죠. 생판 남에게 권총을 들이대고 말을 듣게 한다는 건 이상한 일이니까요. 평소에는 말이 없고 얌전한 인간이 흥분해서 연설을 해도 이상하지 않습니다. 평소에는 말이 없고 얌전한 사람이었기 때문에 더더욱, 그런 상황에서 속에 담아 두었던 것을 전부 말하는 일도 가능하다고 생각하고요. 하지만 버스 안에서 구레키 노인의 능변은, 그런 타입의 능변이 아니었습니다. 그냥 피상적으로 말을 많이 한다는 게 아니라 언동에서 자신감이—그 노인이 그때까지의 자기 인생 속에서 이루어 온 것에 대한 자부 같은 것이 느껴졌습니다. 다시 말해서 사회복지사가 말했던 구레키 노인과는 사람 됨됨이부터가 다르다고 할까요."

중얼중얼 말을 늘어놓다가 문득 정신이 드니 기타미 부인이 미소를 지으며 나를 바라보고 있었다.

"스기무라 씨."

달래는 듯한 눈을 하고 있다.

"그런 생각은 그만두시는 게 좋아요. 이제 사건은 끝났어요. 전부 끝나 버린 일이에요."

잠깐 사이를 두고, 나도 마주 미소 지었다. "그렇군요."

나는 쓰카사의 근황으로 화제를 바꾸었다. 이는 옳았던 것 같다. 기타미 부인은 장난스러운 얼굴을 하고, 연인이 생긴 모양인데 아직 소개해 주지 않는다고 조금 걱정스러운 듯이, 그러면서도 즐거운 듯이 말했다.

"상대는 직장 사람인가요?"

"아직 잘 모르겠어요."

"쓰카사가 연인이 생겼다고 말하던가요?"

"설마요. 태도 같은 걸 보고 제가 그냥 눈치챘을 뿐이에요."

그렇다면 소개는 당분간 먼 이야기일 것이다. 이 사람과 결혼하기로 결심할 때까지는, 어머니에게 소개하자는 결단은 서지 않을 것이다.

"느긋하게 기다리시면 됩니다."

"그럴까요? 저는 남편과 사귀기 시작하고 나서 곧 집으로 불렀는데요."

"아, 여자랑 남자는 다릅니다. 전혀 달라요."

"스기무라 씨도?"

내 경우는 특례 중의 특례다. 웃으며 얼버무리기로 했다.

"기타미 씨도 마음 졸이고 있을까요."

"남편은 아무렇지도 않을걸요. 언제나, 될 대로 되는 법이라고 말할 뿐이었으니까요."

영정 사진은 태연한 얼굴을 하고 있다.

"그러고 보니 요즘은 어떻습니까? 역시 이제는 기타미 씨에게 일을 부탁하고 싶다는 사람이 오는 일은 없나요?"

기타미가 죽은 후, 그의 죽음을 모르는 누군가의 소개를 받은 새로운 의뢰인이, 또는 예전에 그의 신세를 진 의뢰인이 다시 안건을 들고 주인이 사라진 아파트를 찾아온 일이 몇 번인가 있었다.

그때는 기타미가 친하게 지내던 단지의 관리인이나, 기타미 부인이 이곳에 살게 되고 나서는 부인 자신이 그런 손님을 응대했다. 나도 한 번 우연히 그런 장면과 마주친 적이 있다. 기타미를 찾아, 지팡이를 짚고 아파트 계단을 올라온 노인을 텅 빈 집 앞에서 만난 것이다. 그 사립탐정은 이제 세상에 없다고 말하기는 쉬웠지만, 노인의 낙담을 받아들이기는 힘들었다. 기타미 부인에게도 슬픈 작업임에는 변함이 없을 것이다.

내가 마주친 노인은 곧 포기해 주었지만, 부인이 응대한 손님 중에는 그렇다면 책임을 지고 다른 사람을 소개해 달라거나, 부인이 일을 물려받아 해 주지 않겠느냐며 끈질기게 매달리는 이도 있었다. 그만큼 이들은 곤란에 처해 있는 셈이지만, 무언가 곤란한 일이 있어서 시야가 협착해진 인간은 본인 또한 '곤란한 사람'이 되어 버릴 때가 있다는 경우의 견본이다.

이 점이 신경 쓰여서 나는 날씨 인사처럼 이렇게 묻는 것이 습관이 되어 있었다. 기타미가 죽은 뒤 일 년이 지나자 날씨 인사와 비슷한 대화가 되었다.

하지만 이번에는 달랐다. 부인은 약간 당황한 듯이 눈을 깜박였다.

"그게요……."

내게 말해도 좋을지 망설이고 있다.

"지난주에 사람이 왔는데요."

"일을 의뢰하러요?"

"그게 아니에요. 이전에 남편에게 신세를 졌다는 사람인데……. 아니, 제대로 된 사람이었어요. 정중하게 애도의 말을 해 주시더군요."

불단을 돌아보며, "하지만……" 하고 또 망설인다.

"괜찮다면 말씀해 주십시오. 기타미 씨가 파일을 덮고 제대로 폐업을 하고 돌아가셨다는 걸 설명할 필요가 있다면 제가 그 사람한테 말씀드리겠습니다."

그 정도는 기타미에게 마지막 사건을 의뢰한 내 책임이라고 생각한다. 부인은 여성이고, 쓰카사는 아직 젊다. 상대가 어떻게 나오느냐에 따라서 제대로 다룰 수 없는 경우도 있을 것이다.

"죄송해요" 하고 부인은 한숨을 쉬었다. "사건다운 사건은 아닌데요."

오히려 신경 쓰인다.

"남편에게 상담하러 온 건 오 년 전 4월의 일이라고 하시더군요. 남편이 병을 알고 처음으로 입원했다가 퇴원해서 일로 돌아온 직후였기 때문에, 그래서 그 사람은 남편의 병에 대해서도 알고 있었어요."

부인은 일어서더니 불단 밑의 작은 서랍을 열고 명함 한 장을 꺼냈다.

"이분이에요."

나는 명함에 시선을 떨어뜨렸다. '아다치 노리오.' 다이토 구 내에 있는 신문 판매점의 점원이다. 명함은 그 판매점의 것이다.

"거기에서 숙식을 하면서 일하고 계시대요. 일단 알려 주겠다면서, 뒤에 휴대전화 번호도 적어 주고 가셨어요."

분명히 볼펜으로 흘려 쓴 휴대전화 번호가 있다.

"연락해 달라는 뜻일까요?"

"아뇨, 그렇게 강요하는 느낌은 아니었는데요."

"무슨 사정인지, 물어 보셨습니까?"

"사기를 당한 모양이에요."

그렇게 말하고 나서, 부인은 얘기하기 어려운 듯이 얼굴을 찌푸리며 말을 고쳤다. "그렇달까, 사기를 돕고 말았다고."

"흐음……. 최근입니까?"

"아뇨, 오 년 전에 그 일로 상담을 하러 왔어요. 그 아다치 씨는, 당시에는 무직이고 주소가 확실하지 않아서, 본인 말로는 반쯤 노숙자 같은 신세였다고요. 그러던 차에 큰돈을 벌 수 있다는 이야기가 들어와서 넘어가 버린 거지요."

흔히 있는—있을 법한 이야기다.

"그게 사기를 돕는 일이었다고요?"

"네. 저도 자세히 묻지 않았고, 아다치 씨도 저한테는 조심스럽게 군 듯해서 대략적인 이야기일 뿐이지만요."

"기타미 씨한테는 뭘 부탁하셨을까요."

"자신이 한 일이 사기라는 걸 알고, 꺼림칙해서 견딜 수 없으니 자신을 끌어들인 일당을 고발하고 싶다고요. 그래서 남편한테 더 자세한 걸 알아봐 주지 않겠느냐고 부탁했대요."

그냥 사기 피해를 당했으니 고발하고 싶다는 것보다도 성가신 의뢰다.

기타미 부인도 쓴웃음을 짓고 있다. "남편도 어쨌거나 당시에는 퇴원한 지 얼마 안 되었다고 할까, 투병이 시작된 참이었으니까요. 건강하던 시절처럼은 일할 수 없고……. 마음은 알겠지만 쉽게 할 일이 아니라고 아다치 씨를 설득한 모양이에요."

일당을 고발하면 아다치도 형사 처분을 받을 가능성이 있고.

"그보다 당신 자신의 생활을 제대로 재정비하라고 직업을 찾아 주었고요."

"기타미 씨답군요."

"저도 그렇게 생각해요." 부인은 크게 고개를 끄덕이고, 이번에는 생긋 웃었다. "그래서 아다치 씨는 고발을 포기했고, 그 후 오 년이 지난 셈인데요."

그러나 최근에 아다치는 자신을 끌어들인 사기 그룹의 일원과 우연히 재회했다고 한다.

"이곳을 찾아오기 이삼일 전에 봤다고 하니까, 최근 일이에요."

본인의 입장에서 보자면 이삼일 망설이고 나서 기타미를 다시 찾아온 것이 된다.

"역시 그런 인간을 내버려 두는 건 좋지 않다고 생각했대요."

나는 신음하고 말했다. "단순한 정의감 때문에 그러는 건 아닌 모양인데요."

재회한 상대가 돈을 펑펑 쓰고 있는 듯 보여서 화가 났다는 등, 쓸잘데기없는 짐작은 마음만 먹으면 얼마든지 떠오른다.

"그런데 아다치 씨라는 사람은 지난 오 년 동안 기타미 씨에게 전혀 소식을 전하지 않았습니까? 신세를 겼을 텐데, 연하장 정도는 보내도—."

부인은 자신이 거북한 일을 한 것처럼 목을 움츠렸다. "오 년 전에 남편이 소개해 준 직장은 석 달도 못 갔대요. 그래서 그 후로 부끄러워서 얼굴을 내밀 수가 없었다고 했어요."

나는 또 한 번 신음하고는 웃어 버렸다.

"뭐, 이 일은 내버려 두는 게 좋겠습니다."

"저도 어떻게 할 수 없고요."

부인은 불단의 영정 사진과 눈을 맞추며 또 목을 움츠렸다. 당신한테는 미안하지만, 하고 눈으로 사과하고 있다.

"일단 이 명함을 메모해 두겠습니다." 나는 수첩을 꺼냈다. "어디까지나 '일단'이지만요."

마지막으로 쓰카사가 만난다는 수수께끼의 연인에 대한 이야기를 화기애애하게 다시 한 번 꺼내고 기타미 부인의 집에서 물러났다. 돌아올 때는 엘리베이터를 이용하지 않고 콘크리트로 된 바깥 계단으로 내려왔다.

도영 주택 부지 내에는 작은 놀이터가 있고, 한 쌍의 그네가 있다. 내게는 추억의 그네다. 인연도 있었다. 이 그네 옆을 지나가면 왠지 내 주변 상황에 변화가 생기거나, 무슨 일이 일어난다.

상의 안주머니에서 휴대전화가 울리기 시작했다. 버스 납치 사건 후에 새로 산 신형이다.

발신자는 '마노 교코'였다. 우리 그룹 홍보지 편집부의 네 번째 편집부원이다.

여보세요, 하고 그녀의 목소리가 들렸다.

"스기무라입니다."

"일요일에 전화 드려서 정말 죄송해요."

마노의 목소리지만 평소의 말투가 아니었다.

"괜찮아요. 무슨 일입니까?"

불길한 예감이 든다. 역시 인연의 그네다.

"정말 죄송하지만, 저로서는 판단할 수 없는 일이 있어서 실례인 줄 알면서도 연락드렸어요."

예의 바름을 지나쳐 딱딱하게 긴장한 말투다. 나는 그네로 다가가 비어 있는 쪽 손으로 그 사슬을 가만히 만졌다.

"뭔가 문제가 있습니까?"

"아뇨, 문제는 아니에요. 다만, 실은, 그."

휴일 근무에 대해서 말인데요—라고 한다.

"네?"

나는 편집장은 물론이고 편집장 대리로서도 멍청한 목소리를 냈다.

"저는 채용된 지 아직 일 년 남짓밖에 안 되었으니까 사정을 모르고 있을 뿐인지도 모르지만."

마노의 말투가 딱딱하다. 그네 사슬의 감촉이다.

"편집부 분들은 휴일에 일거리를 가지고 집으로 모일 때가 있나요?"

참으로 묘한 표현이다.

"가지고 모여요?"

'가져간다'라면 안다. 나도 가끔 하는 일이다. 바빠서가 아니라, 그 편이 차분하게 집중할 수 있다는 등의 여러 가지 개인적인 사정으로. 하지만 '가지고 모인다'는 건 뭘까.

"그건, 휴일에 우리 부원이 누군가의 집에 가서 일을 한다, 는 뜻입니까?"

"……네."

"지금 그렇게 급한 일이 있던가요?" 내가 가볍게 대꾸해도 마노는 침묵하고 있다. "그러니까 마노 씨는 우리 중 누군가에게, 이제부터 누군가의 집에 가서 그 누군가가 가져온 일거리를 도와 달라고 요청받았다. 그렇게 이해해도 되겠습니까?"

"네."

이 "네"에는 안도의 울림이 있었다.

"그런 예는 들은 적이 없는데요. 물론 사이가 좋은 부원끼리 마음을 맞춰서 하는 일이라면, 언제 어떤 형태로 서로 일을 돕더라도 전혀 상관없습니다. 하지만 이렇게 물으시는 건 그런 뜻이 아닌 것 같군요."

한 호흡 쉬고 나서, 그녀는 결심한 듯이 이렇게 대답했다. "네. 업무 명령으로, 자택으로 오라는 지시를 받았어요."

나도 단숨에 말했다. "그 명령은 무효입니다. 거절하세요. 할 수 없다고 거절해요. 저한테 상의했는데, '우리 부에서는 그렇게 일하지 않는다, 안 된다'고 했다, 그러니 편집장 대리의 지시에 따르겠다, 고 말하면 됩니다."

"그래요……?"

"이건 지금 현재의 이야기입니까?"

"네. 한 시간쯤 전의 일이에요. 우선은 아이를 맡아줄 사람이 없으면 집을 비울 수 없다고 대답했는데요."

"그래도 상대는 물러서지 않았군요."

"네." 그녀의 곤혹과 두려움이 전해져 왔다. "늦어도 괜찮으니까 오라고 했어요."

순간, 나는 망설였다. 여기에서 한 발짝 더 발을 들여놓아도 되는 걸까. 미묘한 문제이기 때문에 그녀도 망설이고 있는 것이니까.

하지만 나는 망설이고 있을 뿐만이 아니라 화도 나기 시작했다. 마노를 집으로 불러들여서 일을 도우라고 명령할 만한 부원은 한 명밖에 없다. 이름을 꺼내지 않아도 뻔하다.

그 인물의 얼굴을 떠올리자 역시 그녀에게 이렇게 말하지 않을 수 없었다.

"제가 상대에게 연락해서 따끔하게 질책하겠습니다. 이건 본래 그런 종류의 문제입니다."

마노의 희미한 숨소리가 들렸다.

나는 물었다. "이데 씨지요?"

"……네."

"그는 지금까지도, 같은 직장에서 일하고 있는 당신에게 뭔가 실례되는 태도를 취한 적이 있군요."

"저는 정사원이 아니니까요."

"그런 문제가 아닙니다. 당신을 계약사원으로 고용한 건 이마다 콘체른이지 이데 씨가 아니에요. 당신이 그의 눈치를 볼 필요는 전혀 없습니다."

고맙습니다, 하고 마노는 작은 목소리로 말했다.

"불쾌하시지요. 미안하지만 좀 더 여쭤 봐도 됩니까?"

"네."

"이런 일은 오늘이 처음입니까?"

"집으로 오라는 말을 들은 건 처음이에요."

"그 이외에는?"

마노의 목소리가 가늘어졌다. "잔업이나…… 회의라면서."

"근무 시간 외에 그가 같이 있자고 강요한 적이 있군요."

"……네. 실제로 일이 없는 건 아니었고, 회의한다고 할 때는 제 일에 대해서 비판이랄까 지도랄까, 그런 얘기를 주고받았지만요."

그런 것은 구실이다.《아오조라》 편집부에서는 이렇다 할 일을 하고 있지 않다―일을 배우려고 하지도 않는 이데 마사오가 무슨 지도를 할 수 있겠는가.

가슴이 메슥거리기 시작했다. "언제부터 그랬습니까?"

"한 달 정도 전부터예요. 소노다 편집장님이 휴직하시고 나서."

나는 머리를 끌어안고 싶어졌다. 소노다 에이코는 여성 관리직이다. 이런 트러블에는 민감할 테고, 마노도 남자인 나보다 소노다 편집장에게 이야기하기 쉬울 것이다. 소노다가 건재했다면 이

283

데가 처음으로 이상한 짓을 하기 시작한 단계에서 곧 보고나 상담을 할 수 있었을 것이다.

"전혀 눈치채지 못했습니다. 정말 미안해요."

마노는 당황해했다. "아뇨, 스기무라 씨의 책임이 아니에요. 정말, 그런 건 아니에요."

"아뇨, 제 책임입니다. 오늘은 용기를 내서 알려 줘서 다행입니다. 저에 대해서도 눈치를 볼 필요는 없어요."

"저한테도 부족한 점이,"

나는 단호하게 말을 가로막았다. "그런 생각은 버리세요. 당신은 아주 열심히 일해 주고 있습니다. 이데 씨가 하고 있는 짓은 어엿한 성희롱이에요. 잘못한 건 그쪽입니다."

마노를 우습게 보고 괴롭히는 것만으로는 부족해서, 이런 형태로 지배하려고 하다니 말도 안 된다.

"이건 단호하게 대처해야 합니다. 제가 이데 씨에게 연락하겠습니다."

아뇨, 그건, 하고 마노는 말했다. "오늘은 아이를 두고 나갈 수 없다고 거절할게요. 그걸로 버티면 괜찮을 거예요."

"하지만 이 건은 내버려 둘 수 없어요. 빨리 해결하는 편이 좋지 않을까요?"

술을 드신 것 같으니까—하고 마노가 말했다. 나는 귀를 의심했다.

"이데 씨, 취했던가요?"

"네, 그런 인상을 받았어요."

"전화로도 알 수 있을 정도로 취해서, 당신을 불러내려고 했다는 거군요?"

마노는 입을 다물어 버렸다.

"원래 그 사람에게는 알코올 문제가 있으니까……."

술이 지나친 것이다. 편집부에도 심한 숙취 상태로 나올 때가 있다.

"지금은 취해서 분별을 잃은 것도 있을 거예요. 저어…… 저는 소문으로 얼핏 들었을 뿐이지만 이데 씨가 여러 스트레스를 안고 있어서, 술 문제나 지금 직장에 적응하지 못하는 까닭도 그 때문이 아닐까 싶어요."

분명히 그건 사실이지만, 마노도 참 착하다.

"그렇다고 당신이 참아 줄 필요는 없어요. 더 불쾌한 질문이 될 듯한데요, 지금까지는 곤혹스럽고 불쾌한 기분을 느낀 것 이상의 실제적인 피해는 없는 거지요?"

"네, 그건 괜찮아요."

그녀의 목소리가 단호하게 심지를 되찾았다.

"알겠습니다. 지금은 마노 씨의 판단을 존중하겠습니다. 단, 이데 씨가 끈질기게 달라붙으면 또 알려 주세요. 이거야말로 업무 명령입니다. 혼자서 끌어안지 말 것. 아시겠죠?"

겨우 마노의 목소리가 밝아졌다. "네, 고맙습니다."

전화를 끊고 휴대전화를 집어넣은 후 그네 사슬에서 손을 뗐다.

그네는 불안정하게 좌우로 흔들렸다.

스스로가 한심하다. 나는 무능하다. 마노 교코에 대한 이데 마사오의 태도를 보고 있으면 그의 비뚤어진 분노와 좌절감이 언젠가는 이런 형태로 그녀를 향하리라는 것도 충분히 예상할 수 있었을 텐데.

자신의 무능함은 제쳐 두고, 나는 마음 깊은 곳에서 분노했다. 소노다 에이코, 뭘 하고 있나요. 직장으로 돌아와 주세요. 우리한테는 당신이 필요해.

주말이 끝나고 이데 마사오는 유급 휴가를 받았다.

전화 연락을 받은 사람은 아르바이트생 노모토이다. "독감인 듯하니 이삼일 쉬겠다고 하던데요."

10월 중순에 독감이라니 성질도 급하다. 꾀병이겠지만, 그가 없으면 마노는 훨씬 마음이 편해질 것이다. 나도 이야기하기 쉬워진다.

그렇게 생각하고 있는데 마노와 노모토가 서로 힐끗 시선을 맞추더니 고개를 끄덕였다. 무능한 나도 그 정도는 알았다.

"노모토는 사정을?"

마노에게 물어보니 그녀는 미안한 듯이 고개를 끄덕였다.

"우연히 알았어요, 우연히." 노모토는 서둘러 지원에 나선다. "요전에 이데 씨가 같이 나가자고 해서 마노 씨가 곤란해하는 것 같기에, 제가 억지로 따라갔거든요. 이데 씨는 엄청 싫은 얼굴을 했지만 그걸로 여러 가지를 눈치챘죠."

'호스트 군'이라는 별명에 나쁜 뜻은 없다. 그는 배려를 잘하는 청년인 것이다.

다행히 월간지 《아오조라》 편집부는 한가한 시기를 맞이했다. 점심시간을 끼고 셋이서 차분하게 이야기할 수 있었다. 마노는 어제 일도, 내게 알렸을 때보다는 훨씬 편한 말투로 노모토에게 털어놓았다.

"너무하네. 드라마에 나오는 호색한 상사 그 자체잖아요."

잔업을 구실로 그녀 혼자만 남게 하고, 형식뿐인 일을 시키고 술집이나 바에 데려간다. 끝없이 설교를 하거나 자기 자랑을 히기나 그녀의 사생활을 물으려고 하고, 집에 갈 때는 데려다 주겠다며 택시에 태운다. 확실히 바보처럼 알기 쉬운 성희롱 상사의 수법이다.

"택시를 같이 탔어요?"

"도망칠 수 없어서 딱 한 번이요. 하지만 슈퍼에 들른다고 하고 중간에 내렸어요."

"심야 영업을 하는 슈퍼는 의외의 곳에서 도움이 되는군요."

경박하게 말하는 노모토지만 눈은 화내고 있다.

마노에게는 괴롭겠지만 사실 관계를 확실하게 파악하기 위해 나는 그녀에게 질문을 하고, 그녀의 고지식한 대답을 회사 메모지에 적었다.

"스기무라 씨, 어떻게 하실 겁니까?"

"어떻게고 뭐고 없지. 절차상 이데 씨의 이야기도 들어 봐야 하지만, 그 후에 우리 발행인에게 보고를 올려서 대처할 거야."

회장 이마다 요시치카의 판단을 구하는 것이다. 물론 나도 의견을 덧붙일 것이다.

"나는 이참에 이데 씨를 이동시켜 달라고 할 작정이야. 그에게도 그 편이 좋겠지."

마노와 노모토가 얼굴을 마주 보았다. 둘은 《아오조라》에 오기 전의 이데 마사오를 모른다. 그가 이곳의 '유배인'에 이르게 된 경위도 모른다.

좋은 기회다. 어중간한 소문에 의존하게 하는 것보다 제대로 이야기해 두는 편이 좋을 것이다.

"이데 씨가 본사 재무부에 있었던 건 알고 있지?"

"네. 본성本城 말이죠."

이마다 그룹 내부에서는 통상 '본성'이라고 하면 물류관리 부문을 가리킨다. 재무부는 '금고지기'고 고참 직원들은 '대행수'라고 부르기도 한다.

"헤에~, 몰랐어요."

"이데 씨는 본토박이는 아니야. 모리 씨—나랑 편집장님이 인터뷰하러 다녔던 모리 노부히로 씨가 은행에서 우리 회사로 올 때 같이 데려온 인재 중 한 명이지."

따라서 우수했다. 재무관리의 전문가다.

"그럼 원래는 은행맨이었군요."

"응. 모리 씨한테도 귀여움을 받았던 모양이야."

그것이 오히려 좋지 못했다.

인간은 세 명만 모이면 파벌을 만든다. 이마다 그룹 안에도 셀수 없을 만큼 많은 파벌이 있고, 모리 이사가 융성을 자랑하던 시절에는 재무부의 파벌로 모리 파와 반 모리 파가 있었다. 외부 재무와 본토박이 재무라고 바꾸어 말할 수도 있다. 모리가 이마다 콘체른에 온 이유는 종래의 보수적이고 손실이 많은 재무 체질을 개선하기 위해서였기에, 개혁파와 수구파라고 할 수도 있다. 그리고 두 파는 틈만 나면 서로 반목하곤 했다.

어느 기업에나 있는 일이고, 드문 이야기는 아니다. 월급쟁이는 그런 상황이 크든 작든 모두 이런 역학 관계 속을 헤엄치고 있다. 다만 이데의 불행과 실수는 그가 지나치게 모리 파였다는 것이었다.

"모리 씨는 카리스마적인 사람이었고, 이데 씨가 자신을 신임해 준 사람을 존경하는 것도, 걱정하는 것도 당연해. 하지만 거기에 지나치게 기대는 바람에 이데 씨는 파벌과 관계없는 직장 내 인간관계를 만들지 않았던 모양이야."

그래서 부인의 병 때문에 모리 노부히로가 예상외의 이른 타이밍으로 이마다 콘체른을 떠나게 되었을 때 이데는 말하자면 홀로 남겨졌다. 대장을 잃고 아군이 없는 적진에 홀로 남은 듯한 기분이 들었던 것이다.

어디까지나 '기분'이다. 사실은 어떤지 알 수 없다. 이런 사정들을 장인에게서 들었을 때 나는 이데를 둘러싼 인간관계 트러블의 적어도 절반 정도의 원인은 그의 좌절감에서 오는 피해망상이 아닐까 생각했다.

"우수한 사람이다 보니까 부하에게 엄했던 모양이야. 그 또한 딱히 나쁜 일은 아니지만, 엄하게 하면 때로는 엄하게 보복을 당해도 어쩔 수 없으니까."

"그렇달까, 간단한 얘기예요. 호랑이의 위세를 빌린 여우가, 호랑이가 없어지고 나니 거들먹거릴 수 없게 되었다는 것뿐이겠죠."

"그런 말은 좀 불쌍해."

마노가 노모토를 타일렀고, 호스트 군은 "사람도 참 좋으시네요" 하며 어이없어했다.

"뭐, 그래서." 나는 회사 메모지를 덮고 말했다. "이데 씨는, 말하자면 비뚤어져 버린 거지."

"술을 지나치게 마시게 된 것도, 그 후부터인가요?" 마노가 물었다.

"네. 원래 술을 좋아했던 모양이지만 숙취 상태로 출근하는 칠칠치 못한 짓을 하는 사람은 아니었다고 합니다."

노모토가 눈을 가늘게 뜬다. "부인이 집을 나가 버렸다고 소문으로 들었는데요."

"누구한테 들었어?" 하며 나는 쓴웃음을 지었다.

노모토는 태연하게 대답했다. "'스이렌'의 마스터요."

이 빌딩 일층에 들어와 있는 커피숍의 점장이다. 나도 친하게 지내고 있다. 이마다 콘체른 내에서 일어나는 일에는 왠지 민감해서, 마스터의 독자적인 안테나가 캐치하는 정보에는 나 같은 멍청이의 귀에는 백 년이 지나도 들어오지 않을 것 같은 종류의 정보도 있다.

"부인이 일방적으로 나간 건지 어떤지는 모르겠지만 별거하고 있는 모양이더군."

"아이는요?" 하며 마노가 눈썹을 찌푸린다.

"부인과 살고 있는 모양입니다. 중학생 딸이라고 하니까요."

"그럼 더더욱 외롭겠네요."

"또, 또, 그런 다정한 말을 하시고. 안 돼요, 마노 씨."

아내도 딸도 떠나 버리고, 날씨 좋은 일요일에 혼자서 술을 마시는 정도밖에 할 일이 없다. 나는 문득 이데가 어제 느낀 심경의 일부 정도는 알 것 같은 기분이 들었다. 누군가가 신경 써 주었으면 좋겠다. 누군가에게 자신의 영향력이 닿는 것을 확인하고 싶다. 동기는 이해가 가지만 수단이 잘못되었다.

이마다 콘체른이라는 거선을 움직이는 메인 엔진 중 하나를 담당하고 있던 이데는, 모리 노부히로라는 두령을 잃고 헤매기 시작했다. 새로운 톱과 충돌을 되풀이하고, 동료와는 불화를 빚고 부하에게서는 압력을 받는다. 결과적으로 강등되어 직함을 잃고 재무부에서도 쫓겨나 관련 부서를 전전한 끝에 이마다 회장이 취미로 하고 있는 (것으로만 그가 여길 수밖에 없는) 그룹 홍보실에 다다랐다. 그의 눈으로 보자면 《아오조라》에는 거선의 갑판 위에 있는 차양 파라솔 정도의 가치밖에 없을 것이다.

그러나 장인은 그 가치관을 바꾸어 주었으면 해서 그를 이곳에 보낸 것이다. 재무맨의 눈을 버리고 그룹 전체를 봐라. 유기체로서의 이마다 콘체른을 둘러볼 수 있는 눈이 뜨이면 사소한 자존심 따위는 아무래도 상관없어진다.

—그가 그걸 깨달을 때까지 참아 주게. 결코 머리가 나쁜 남자는 아니야. 지금은 자신을 보지 못하게 된 것뿐이지.

장인은 내게 그렇게 말했다. 나는 그 말에서 온정을 느꼈고, 그래서 의욕도 생겼다. 이데의 이동을 부탁하는 것은 나도 좌절을 겪게 되는 일이다. 장인의 기대에 부응하지 못했다.

"이데 씨가 여기 온 지 아직 열 달 정도밖에 안 됐죠?"

마노가 두 달쯤 선배다. 그에게는 무의미한 일이겠지만.

"아직 엑셀도 못 쓰지만."

"그 사람 나름대로 항의하는 거겠지. 회장님께는 죄송하지만, 이데 씨가 다시 일어서기 위해서는 역시 어떤 형태로든 재무와 관련된 일을 하는 게 좋지 않을까. 사내보 편집은 분야가 너무 다를 거야."

"그럼 그만두면 될 텐데."

"그렇게 간단하게는 안 되는 게 정사원이야."

아르바이트와는 다른 거라고 말하자 노모토는 머리를 긁적였다. "실례했습니다. 저도, 적어도 계약사원은 될 수 있으면 좋겠네요."

이마다 콘체른의 계약사원은 아르바이트생과 똑같은 대우를 받지만 계약사원으로만 구성되는 조합에 들어갈 수 있다는 점이 다르다. 그러고 보니 마노에게는 이번 트러블을 계약사원 조합에 상의한다는 방법도 있었다. 그 방책을 취하지 않고 내게 연락해 준 행동은, 무능한 편집장 대리에게도 약간이나마 인망이 있었음을 뜻하는 걸까. 아니면 이 또한 그녀의 다정함에서 비롯된 것일까.

어느 쪽도 아님을 금방 알았다. 마노가 눈을 내리깔고 작게 이렇게 말했기 때문이다. "이번 일이 스기무라 씨의 사모님 귀에도 들어갈까요?"

나는 잠깐 굳었다.

"아내에게 알릴 필요는 없다고 생각하는데요."

마노의 염려는 거기에 있었을까.

"모처럼 사모님께서 후의로 여기에 있게 해 주셨는데……."

"그렇게 신경 쓸 필요는 없습니다. 마노 씨가 잘못한 게 아니에요."

"맞아요. 마노 씨는 피해자니까."

노모토도 가세해 주었지만 마노의 근심스러운 얼굴은 그대로다.

"애초에 저 같은 사람이 이런 대기업에 들어갈 수 있다고 생각한 게 뻔뻔스럽지 않았을까 하는 생각이 들어요."

노모토는 발끈했다. "마노 씨, 이데 씨한테 이상하게 세뇌된 거 아니에요? 그 사람, 마노 씨를 꼭 호스티스를 보는 것 같은 눈으로 보고 있다고 소노다 편집장님도."

그는 당황해서 손으로 입을 막았다.

"—죄송해요."

마노는 위로하는 듯한 얼굴을 했다. "남자분에게는 아직 에스테가 친숙하지 않을 테니까요. 오해를 받아도 어쩔 수 없어요."

"오해가 아니라, 이데 씨는 일부러 그러는 거예요."

"저는 학력도 없고 제대로 된 회사에서 근무한 경험도 없고."

"마노 씨는 제대로 일해 왔어요. 이데 씨보다 훨씬 더 훌륭한 편집부원이에요. 안 돼요, 그렇게 소극적으로 생각하면."

마노는 결혼을 했고, 네 살짜리 남자아이의 어머니다. 남편은 반도체 메이커의 기술자다. 둘 다 바쁜 일을 갖고 있으면서도 서로 도우며 아이를 키워 왔지만 일 년 전, 남편이 이 년 기한으로 방글라데시의 새 공장에 단신부임하게 되었다. 부부의 부모님은 모두 멀리 살아서 의지할 수 없다—는 사정을 알고, 내 아내가 그룹 홍보실로 끌고 온 것이다.

"에스테티션으로서 파트타임으로 일한다는 선택지도 있었는데……" 하고 마노가 중얼거린다. "바깥 세계를 좀 들여다보고 싶기도 해서, 그만 후의에 기대고 만 제가 경솔했어요."

"그룹 홍보실로서도 신선한 전력戰力이 필요했습니다. 그걸 잊으면 곤란해요" 하고 나는 말했다. "마노 씨의 사정만 생각해서 채용한 게 아닙니다. 우리 발행인은 그런 만만한 사람이 아니에요."

"맞아요!" 노모토는 기운차게 단언하고 나서 갑자기 태도가 엉거주춤해졌다. "저는 회장님에 대해서 모르지만, 분명히 그럴 거예요."

마노에게 웃음이 돌아왔고, 나는 투덜거렸다. "역시 편집장님이 있어 줘야 하는데."

두 사람이 내 얼굴을 보았다. 나는 쓴웃음을 지었다.

"소노다 에이코 편집장님의 눈이 번득이고 있었다면 이데 씨도 섣부른 짓은 할 수 없었을 테니까."

"그건 어떨지 모르겠지만 편집장님이 안 계시면 심심한 건 확실해요."

노모토의 말에 마노도 고개를 끄덕인다.

"재촉하듯이 굴면 미안하니까 잠자코 있었지만, 어떠신지 물어볼까요? 적어도 편집장님이 전선에 복귀할 때까지는 제가 확실하게 눈을 번득이고 있겠습니다."

그러나 결과적으로 그 약속은 무효가 되었다. 무용無用이 되었다고 해야 할까. 이틀 후, 갑작스러운 전개가 벌어진 것이다.

나는 본사의 인사관리과에 불려갔다. 그 자리에는 본사의 사무직원이 소속되어 있는 조합, 통칭 '화이트 노련勞聯'의 교섭위원도 동석하고 있었다. 이 경우의 '교섭' 대상은 사내의 관리직이다.

나는 가네다라는 교섭위원으로부터 오직 설명만 들었다.

"휴직원?"

"네. 어제 본인이 제출했습니다. 동시에, 노조에 인사 분쟁 조정을 부탁하고 싶다고요."

나는 순간적으로 아무 말도 할 수 없었다.

"어떤 분쟁이 있다는 겁니까?"

은테 안경을 쓴 가네다 위원은 서른 살 정도일 것이다. 인사과 직원은 오십대 중반으로, 백발이 섞인 콧수염을 살짝 기른 아저씨다.

"한마디로 말하자면 파워 하라스먼트_{Power Harassment, 권력을 이용하여 자신보다 직급이 낮은 사원을 괴롭히는 일을 가리킨다}입니다."

더욱 기가 막혀서 말이 안 나온다.

"제가, 이데 씨에게?"

"그렇게 되는군요."

가네다 위원은 손에 든 파일을 펼치더니 글자가 빼곡하게 인쇄된 A4 용지 몇 장을 내게 내밀었다. "이데 씨의 조정 신청서입니다. 스기무라 씨에게 보여 줘도 된다고 본인에게서 승낙을 얻었으니 보시죠."

자간도 행간도 빽빽한 문서에는 《아오조라》 편집장 대리인 스기무라 사부로가 이마다 회장의 사위라는 입장을 이용해서 얼마나 이데 마사오를 부당하게 박해해 왔는지에 대한 내용이 끝도 없이 적혀 있었다.

내게는 공상의 이야기로밖에 여겨지지 않는다. 더욱 웃기는 점은 이러했다.

"여기에, 계약사원 마노 씨와 아르바이트 노모토도 저와 결탁해서, 이데 씨가 직장에 있기 힘들어지도록 획책했다고 적혀 있는데요."

"그런 것 같군요."

"사실 무근입니다. 저는 물론이고 마노 씨와 노모토도 그런 짓을 하지 않았습니다."

"그건 지금부터 조사하면 확실해질 일입니다."

가네다 위원의 은테 안경이 약간 내려갔다.

"조정 신청이 들어온 이상 우리 노조가 개입하지 않을 수 없습니다. 그 부분은 이해해 주시길 부탁드립니다."

"병가 휴직 쪽은, 진단서도 갖추어져 있으니 오늘부로 처리하는 걸로." 콧수염을 기른 인사과 아저씨가 말했다. "앞으로는 이 주에 한 번 우리 담당자가 본인과 면담해서 건강 상태를 확인하면서, 복직할지 휴직을 계속할지 그때그때 판단하겠습니다."

"무슨 병입니까?"

"거기에 정신과 의사의 진단서가 있습니다."

맨 뒷장에 호치키스로 찍혀 있었다. 장기간에 걸친 수면 부족, 식욕 부진, 억울抑鬱 상태라고 쓰여 있다. 최소한 이 주의 휴양과 치료가 필요하다고 진단함, 인가.

나도 모르게 입을 뚫고 말이 나왔다. "알코올 의존증 진단이 아니군요."

가네다 위원의 눈썹이 움찔했다. "이데 씨에게 음주 문제가 있습니까?"

"숙취가 있는 상태로 출근해서 회의실에서 자고 있는 건 음주 문제가 아닙니까?"

나는 화가 나서 콧김이 거칠어졌다. "이 자리에서 이쪽의 주장을 말씀드려도 됩니까?"

두 사람이 말하라고 동의했기 때문에 나는 솔직하게, 이데 마사오의 지금까지의 근무 태만과 최근 트러블인 마노 교코가 당한 성희롱 건을 설명했다.

"성희롱에 대해서는, 이데 씨가 출근하면 이야기를 들어 보려고 생각하던 참입니다. 우리는 그가 독감으로 쉬고 있다고만 생각하고 있었으니까요."

설마 유급 휴가를 받아 정신과 의사에게 가서 진단서를 받은 후, 노조로 달려갔을 거라고는 생각하지 않았다.

"알겠습니다. 그쪽도 이 조정으로 확실하게 하도록 하죠."

은테 안경 속에서 가네다 위원의 눈빛이 누그러졌다.

"노조 역시 무슨 일이 있어도 조합원 편이기만 한 건 아닙니다. 조정이라는 건 쌍방에게 공정하고 현실적인 해결책을 찾기 위한 수단입니다."

"그렇다면 고마운 일이군요."

"이데 씨는 소박데기고, 스기무라 씨는 사내에서 미묘한 입장에 계시지요. 노조에서도 그 부분은 충분히 감안할 생각입니다."

'소박데기'란 상급 관리직이 평사원으로 강등되어 노조 조합원이 되는 (자격을 얻는) 케이스를 가리킨다. 그건 그렇고, 나는 이마다 콘체른에서 '미묘한' 존재였던 걸까. 미묘. 편리한 표현이다.

콧수염 아저씨가 가네다 위원에게 힐끗 눈짓을 하더니 몸을 내밀었다. "곁다리로 말하는 것처럼 되어 버려서 죄송하지만, 소노다 씨는 직장 복귀가 결정되었습니다."

내 얼굴에 솔직한 안도와 기쁨의 빛이 퍼졌을 것이다. 두 '이마다맨'은 약간 당황한 것 같다.

"어제 면담을 하고 의사를 확인했습니다. 건강해 보이더군요. 다음 주 월요일부터 출근합니다. 본인도 오늘쯤 여러분께 연락을 하지 않을까요."

곁다리든 뭐든, 좋은 소식이다. 마노에게도 원군이 될 것이다.

"스기무라 씨는 특별하니까 회장님으로부터 직접 말씀이 있지 않을까 생각도 했지만, 절차니까요. 저희 쪽에서도 보고해 두겠습니다."

짧은 시간 동안 화를 냈다가 기뻐했다가 흥분했다가 가라앉다가 하느라 나도 민감해졌다. 이번에는 '특별'인가. 나도 모르게 반문했다. "특별하다는 건 무슨 뜻입니까?"

콧수염이 곤란한 듯이 웃었다. "뭐, 그…… 그룹 홍보실은 회장님 직속이니까요."

스기무라 사부로 개인이 직속이라는 건가.

"배려해 주셔서 고맙습니다."

말투가 비꼬는 투로 변하는 나도 어른스럽지 못하다.

"그럼 잘 부탁드립니다."

콧수염 아저씨는 자리에서 일어섰다. 가네다 위원이 그가 나가는 것을 지켜본 뒤 나를 돌아본다. "앞으로 조정을 위한 조사가 시작되면 그룹 홍보실 분들의 시간을 다소나마 뺏게 될 겁니다. 업무에 지장이 없도록 이쪽도 배려하겠지만, 협조를 부탁드립니다."

"알겠습니다. 소노다 편집장님이 복귀한다면 업무에는 전혀 문제없습니다."

용건은 끝일 텐데 가네다 위원은 아직도 뭔가 말하고 싶어 하는 듯한 말투다—라고 생각했더니,

"인사과에서 들었는데," 하고 말을 꺼냈다. "소노다 씨는 역시 PTSD였던 모양이더군요."

심리적 외상 후 스트레스 장애. 버스 납치 사건에 휘말린 일이 원인이 되어 심신 양쪽으로 불안정해졌다는 뜻이리라.

"들이대는 권총과 마주했으니까요. 이상할 것은 없지요."

"스기무라 씨는 어땠습니까?"

"저는 뭐……. PTSD의 증상이 나타나는 데에는 개인차가 있다고 하고요."

은테 안경 건너편에서 가네다 위원의 홑눈꺼풀 눈이 깜박였다. "저는 함께 일하지 않았지만, 소노다 씨도 이전에 노조의 위원이셨다고 하더군요."

내가 이마다 가와 인척이 되기 전의 일이고, 소노다 편집장에게서도 들은 적이 없다.

"그룹 홍보실이 생기기 전의 일이겠지요. 저는 몰랐습니다."

"그 연배의 여성 직원 중에는 오랫동안 조합에서 활동하는 분이

300

많습니다. 관리직이 될 수 없으니까요."

소노다 에이코는 남녀 고용기회 균등법 시행 전의, 여성 직원이 그냥 '오피스레이디'라고 한데 묶여 취급되던 세대의 사람이다. 여성 직원은 서무 이상의 일은 기대받지 않았고, 업무상의 중책이나 전근을 면할 수는 있었지만 관리직으로 등용되는 일도 없었다.

"지금도 그룹 홍보실의 편집장은 정규 관리직이 아니지요. 소노다 씨도 위원은 그만두셨지만 아직 조합원입니다."

이는 사실이겠지만, 가네다 위원이 뭘 암시하고 싶어 하는지 모르겠다.

"혹시 소노나 편집장님도 노크에 조정을 신청하셨나요?"

그는 당황해했다. 허둥지둥 손을 내젓는다. "아뇨, 그런 게 아닙니다. 소노다 씨의 휴직에 대해서는 우리가 개입할 필요가 전혀 없습니다."

다만—하고 말을 흐린다.

"스기무라 씨는 소노다 씨한테서, 휴직 이유에 대해 뭔가 듣지 못하셨습니까?"

나는 깜짝 놀랐다. "못 들었는데요."

"갑작스러웠고, 다른 사람들한테는 아무런 말도 없으셨다고 하는데, 수상하게 생각하시지 않았습니까?"

수상하기는 했다. 하지만 그것은 구레키 노인의 정체에 얽힌 수수께끼, 회사와는 상관이 없다.

"사정이 사정이니까 수상할 것도 없습니다."

"그래요……?" 은테 안경이 또 조금 떨어졌다.

"일을 통해서 저와 소노다 편집장님은 일정한 신뢰 관계를 구축했다고 생각합니다. 하지만 이번 일은 순수한 재난으로, 소노다 편집장님은 매우 강한 충격을 받으셨을 거예요. PTSD가 정확하게 어떤 증상을 나타내는지 모르지만, 의사도 카운슬러도 아닌 제게 여기가 이렇고 이런 식으로 안 좋다고, 본인이 제게 설명할 수 있을 정도라면 애초에 휴직할 필요도 없지 않았을까요?"

말하려야 말할 수 없는 고통이 있었기 때문에 의사를 찾아가야 했을 것이다. 버스 납치 사건 때, 처음에는 평소의 소노다 식으로 노인과 대치하고 있던 그녀가 점점 마음의 균형을 잃어 가는 모습을 나는 그 자리에서 보고 있었던 것이다.

그렇기 때문에 더더욱, 편집장도 나에게는 자신의 상태가 어떤지 고백할 수 없었는지도 모른다. 지기 싫어하는 사람이니까 나에게 면목 없다는 마음도 있었을 테고 스스로 자신을 한심하다고 여기기도 했을 것이다.

가네다 위원은 떫은 얼굴로 고개를 끄덕이고 있었지만, 갑자기 눈을 들고 목소리를 낮추었다. "죄송하지만 이건 다른 데에는 말하지 말아 주십시오."

나는 일부러 과장스럽게 눈을 부릅뜨며 은테 안경을 마주 보았다.

"어째서지요?"

"소노다 씨는 이전에도 이번 같은 형태로 휴직하신 적이 있는 모양입니다. 뭔가 사건에 휘말린 쇼크로."

아주 옛날의 일입니다, 라고 한다.

"소노다 씨가 입사한 지 칠 년째 되던 때의 일이라고 하니까, 스물여덟이나 아홉 살 때일까요."

소노다 에이코 편집장은 대졸로 입사했고, 올해 쉰두 살이다. "대략 이십오 년은 지났나요. 정말 옛날이군요."

"네, 오래된 이야기이기는 하지만." 가네다 위원의 떫은 얼굴은 나아지지 않는다. "당시 여성 사원 연수 때 무슨 일이 있었던 모양입니다."

정확한 것은 모르고 기록도 없다고 한다.

"저도 얼핏 소문으로 들었을 뿐입니다."

"소문의 출처는 노조의 동료입니까?"

가네다 위원은 주눅 들지 않았다. "네, 소노다 씨와 동기인 여성 사원입니다. 말이 난 김에 말하자면 소노다 씨의 여성 동기는 이제 이분뿐이고 다른 분들은 모두 퇴직하셨습니다. 이 사원분도 당시 현장에 있지 않았기 때문에 자세한 건 모른다고 하시지만요."

다만 그 '사건'인지 뭔지가 일어남으로써 소노다 에이코는 이마다 콘체른 본사 직원들 중 특별 취급을 받게 되었다는 것이다.

나는 비아냥을 담아 말했다. "저와 똑같이, 소노다 에이코 편집장님도 특별하군요."

"그런 뜻이 아닙니다." 가네다 위원의 얼굴은 진지하다. "다만 소노다 씨가 휘말린 그 사건이라는 게 상당히 중대한 사건이었던 모양입니다. 어쨌거나 회장님, 당시에는 사장님이셨는데, 사장님이 직접 사태 수습에 나섰다고 하니까요."

비아냥거리는 척하던 것을 잊고 솔직하게 놀랐다.

"그 후로 소노다 씨는 특별 취급을 받는 사원이라고, 동기 직원들 사이에 암묵적인 양해가 있었다는 거지요. 그러니까—벌써 십년 이상 되었나요? 그룹 홍보실이 생긴 지."

"십사 년째가 되었습니다."

"그때도 소노다 씨가 편집장으로 발탁된 건 회장님의 배려가 있기 때문이라고 생각했대요."

나는 우울하게 생각했다. 소노다 에이코 편집장이 이마다 요시치카 회장의 애인이라는 소문, 즉 오해의 뿌리도 그 언저리에 있는 게 아닐까.

나는 가네다 위원의 얼굴을 정면으로 바라보았다.

"노동조합 위원인 분께 이런 질문을 하는 건 말도 안 되는 일인지 모르겠지만, 과거에 무슨 일이 있었든 대기업의 수장이, 단 한 명의 평사원을 이십오 년 가까이나 계속 신경 써 줄까요?"

가네다 위원은 활짝 웃었다. 안경이 크게 비뚤어졌기 때문에 손가락으로 밀어 올린다. "그렇군요. 하지만 우리 회장님이라면 그럴 수 있을지도 몰라요. 이건 노조 위원답지 않은 발언이 될까요?"

나도 그와 함께 웃었다. 비아냥대는 척하는 것보다 그 편이 훨씬 편했다.

"죄송합니다. 이상한 걸 여쭤 봤네요."

가네다 위원은, 호기심이 많아서 말이지요, 하고 말했다.

"변명을 하자면 우리 노조는 간부들의 평균 연령이 낮고, 아무래도 사람이 자주 바뀌기 때문에 옛날 일을 알 수가 없어요. 그래서 우리 대부터는 적극적으로 케이스 스터디를 남기려고 합니다. 그 연장선상으로 과거의 트러블도 다시 살펴보고 있고요."

하지만 소노다 에이코 편집장에게 일어난 '무언가'에 대해서는 알 수 없다.

"무슨 일이 있었다고만 하고, 그 사건이 일종의 터부가 되었다는 인상을 받았습니다. 봉인되고, 동결되어 있다고 할까요."

장인이 수습하고 은닉을 명령한 터부다.

"그런 만큼 소노다 씨의 이번 휴직도 과거의 사건과 관계가 있는 것 같단 말이지요. 다른 인질들은 무사하고―실제로 스기무라 씨도 이렇게 잘 지내시니까요."

말을 끊고 가네다 위원은 안경을 벗더니 손수건으로 렌즈를 닦았다.

"제 입장이라면 회장님께 물어볼 수는 있습니다." 나는 말했다. "다만, 이 부분에서만은 소노다 편집장님의 기분을 최우선으로 해야겠지요. 편집장님이 파내는 걸 원치 않아 하는데 옆에서 손을 집어넣어 더듬는 짓은 할 수 없습니다."

"물론입니다. 기분 상하셨다면 실례했습니다."

솔직한 사죄에, 나는 내 손가락으로 시선을 떨어뜨렸다. 그 손가락으로 콧등을 긁적였다.

"그…… 말씀하신 대로 편집장님의 이번 휴직은 갑작스러웠고, 솔직히 지금껏 한마디 설명도 없는 것에 수상함을 느끼거나 불안해하지는 않았지만 저 나름대로 걱정했습니다."

손수건을 손에 든 채 가네다 위원이 고개를 끄덕인다.

"편집장님은 단시간 만에 버스에서 해방되었고, 대원들이 진입해 왔을 때까지 저와 함께 있었던 다른 인질들에게는 눈에 띄는 후유증이 없어요. 왜 소노다 편집장님 상태만 이러한지 이해가 되지 않을 수 있지요. 그래도 이건 지겨운 말 같지만, 마음의 문제니까요."

나는 스스로에게 들려주고 있었다. 쓸데없는 상상을 하지 말라고.

소노다 에이코 편집장은 이십오 년 전에도 뭔가 충격적인 마음의 상처를 받았다. 버스 납치 사건은 그녀에게 그 상처를 떠올리게 했다. 그렇게 가정하면 구레키 노인과 대치했을 때의 편집장의 변화도 설명이 되는 듯싶다. 버스 납치라는 사건 자체가 아니라 그것이 환기한 과거 마음의 상처가 문제라면, 그때의 소노다 편집장의 그 사람답지 않은 혼란에도 납득이 가는 것이다. 게다가 편집장과 노인의 수수께끼 같은 대화도.

―난 당신 같은 사람을 알고 있어요.

―정말 싫은 추억이 있나 보지요.

그 '싫은 추억'이 이십오 년 전의 사건이라면, 깔끔하게 앞뒤가 맞아 떨어진다.

하지만 그 건을 캐묻는다고 해서 무슨 소용이 있겠는가? 기타미 부인도 말하지 않았던가. 버스 납치 사건은 이미 끝났다. 우리를 희롱한 야윈 노인은 고독한 가난뱅이였다. 게다가 더 이상 이 세상에는 없다. 이제 와서 그의 정체에 집착해 봐야 아무 소용도 없다.

"아시겠지만 그룹 홍보실에는 이 년 전에도 트러블이 있었습니다."

"스기무라 씨는 개인적으로도 힘든 일을 당하셨지요."

"다행히 모두 무사했고, 저는 그 일로 사건에 익숙해졌지요. 덕분에 이렇게 멀쩡하고요. 천성이 뻔뻔한 걸까요."

나는 가볍게 웃어 보였다.

"마음고생이라는 의미로 보면, 소노다 편집장님도 이십오 년이나 지난 옛날 일 때문이 아니라, 이 년 전 사건에 이어 이번 일이 일어났기 때문에 힘드셨던 건지도 모릅니다."

가네다 위원은 안경을 고쳐 쓰고 고개를 끄덕였다. "그렇군요. 확실히 이 년 전의 사건도 있긴 하네요. 저는 엉뚱한 관측을 하고 있었나 봅니다."

하지만 그때 소노다 에이코 편집장은 휴직 같은 것은 하지 않았다. 오히려 더욱 의연하게 편집장의 입장을 다하려고 새로이 기합을 넣었고, 사실 그렇게 일해 왔던 것이다.

"그럼 청취 조사에 대해서는 다시 연락드리겠습니다" 하며 가네다 위원은 일어섰다.

　우리는 우호적인 분위기로 헤어졌다. 나는 스스로에게 계속 들려주었다. 이제 생각하지 말라고.

6

"누가 내 책상 주위를 정리해 준 거야?"

이것이, 그룹 홍보실 실장 겸 그룹 홍보지 《아오조라》 편집장, 소노다 에이코가 복귀하고 나서 제일 처음 한 말이었다.

늘 그렇듯이 일하는 사람답지 않은 에스닉 계열의 옷차림으로, 오늘은 색깔에도 기합이 들어가 있다. 조금 야위었지만 혈색은 좋았고, 동작도 시원시원하니 기운이 넘친다.

나는 안도했다. "저희 둘이서 정리했어요"라고 하면서 살며시 손을 든 마노와 노모토도 웃는 얼굴이다.

"어머, 그래? 중요한 걸 버린 건 아니고?"

"아무것도 버리지 않았어요. 책상 위에 쌓여 있는 걸 통째로 골판지 상자에 담아서 회의실 로커에 넣었을 뿐입니다."

노모토는 해명한 다음 편집장에게는 들리지 않도록 작게 덧붙였다. "뭐가 중요한 건지 모르겠던걸요."

편집장의 복귀에는 격식을 차린 의식이나 인사도 필요 없었다. 앞으로의 스케줄을 확인하고 일의 절차를 정했을 뿐이다. 소노다 편집장에게는 모리 노부히로의 롱 인터뷰를 단행본으로 만든다는 큰 숙제가 기다리고 있었지만.

"내가 쉬는 동안 기획이 멈춰 있었던 거야?"

"네, 모리 씨의 희망으로요."

모리는 우리가 그를 찾아갔다가 돌아가는 길에 납치를 당하고, 게다가 소노다 에이코 편집장이 휴직한 사실에 마음 아파하며, 기획의 진행은 그녀가 현장에 복귀할 때까지 기다리겠다고 자청했다.

"고맙긴 한데 쓸데없네. 벌써 끝났을 거라고 생각했는데. 나는 또 그 할아버지의 자랑 이야기를 들으러 가는 건 질색이란 말이야."

얄미운 말을 하는 점도 상태가 회복되었다는 증거지만, 모리의 인터뷰는 그렇다 치더라도 또 '시 스타 보소'를 찾아가기 싫다는 말은 진심일 것이다. 나도 편집장에게 그렇게 하라고 강요하고 싶지 않다.

"지금까지 한 인터뷰들로 충분히 단행본 한 권 분량이 됩니다. 남은 일은 재편집하고, 구성을 해서."

"그럼 스기무라 씨가 해. 출판사랑 교섭하는 일은 내가 하면 되지?"

"네, 네."

이렇게 해서 우리 편집부는 평상시로 돌아왔다.

소노다 편집장의 부활을 스스로 자각한 것 이상으로 기뻐하고 있었던 모양이다. 딱 일주일, 편집장은 마치 휴직 따위는 없었던 것처럼 일을 하고, 주말에 쉬고 나서, 다시 월요일에 역시 아무 일도 없었던 것처럼 출근했다. 그날 저녁 식사 테이블에서 아내가 내게 이렇게 말했다. "당신, 기뻐 보여."

"어? 뭐가."

"매일 즐거워 보여."

"그야 안심했으니까."

"이제야 겨우 버스 납치 사건이 끝난 거지. 소노다 씨가 원래대로 돌아올 때까지 당신한테는 끝나지 않았던 거야."

그럴지도 모른다. 예상 이상으로 건강한 소노다 편집장의 얼굴을 보니, 사건에 얽힌 불투명한 답답함은 이제 아무래도 상관없다는 생각이 들었다. 혼자서 끙끙거리며 쓸데없는 생각하지 말라고 스스로에게 들려주는 작업에서도 해방되었다고 할까, 잊어버렸다.

"좋겠다."

식사 도중인데 아내는 버릇없는 아이처럼 뺨을 괴며 말했다.

"나, 부러워."

당신은 소노다 씨를 좋아하는구나, 라고 한다.

"어이, 당신."

"어머나, 이상한 뜻으로 말한 게 아니야. 오해하지 마."

나호코가 웃으며 눈을 가늘게 뜬다. 오늘 밤에는 모모코가 손위 처남 집에 놀러─정확하게 말하자면 사촌 언니의 피아노 연주를 배경으로 시 낭독 연습을 하러 갔기 때문에 부부 둘뿐이다. 식사 자리에서 와인도 땄다. 아내의 눈가가 살짝 붉은 것은 그 때문이다.

"직장 동료는 좋겠다고 생각했어. 나는 그런 경험이 없으니까."

"그럼 지금부터 경험해 보지그래?"

아이가 학교에 가게 되면 어머니란 외로워지는 법이라고 한다. 시간이 생기고 심심해지기도 한다. 나호코도 각오하고 있어서 모모코의 취학에 맞춰 독신 시절부터 계속해 온 도서관 자원봉사 활동의 시간을 늘리거나, 요리 교실에 다니기 시작했다. 후자 때문에 나도 덕을 보고 있다. 가끔 실패작이 나오는 게 귀엽다.

"일을 해 보라는 뜻이야?"

"꼭 직업을 갖지 않아도 동료를 만들어 보면 되지."

친구가 아니라 동료 말이야, 하고 나는 강조했다.

"같이 뭔가 미션을 수행하는."

나호코는 와인 잔을 손에 들고 말했다. "예를 들면 가게를 해 본다거나?"

갑자기 얘기가 그리로 가나.

"그건 좀……."

당황하는 내 모습에 아내는 웃음을 터뜨렸다. "농담이야. 교실 학생 중에 레스토랑을 열 예정인 사람이 있거든."

"장사를 하려면 우선 장소 선택이 문제지."

"자택을 손볼 거래. 시로가네에 사는 사람이거든. 근처 사모님들을 상대로 약간 세련된 런치를 파는 가게. 거창한 걸 하려는 게 아니야. 하지만 진지하게 계획하고 있대."

"혹시 도와 달라는 말을 들었어?"

아내는 당장 대답을 하지 않고 와인을 마셨다.

"도와주면 재미있을지도 모르겠다고 생각했을 뿐이야."

그런 심각한 얼굴 하지 마, 라고 한다.

"나도 내가 무력하다는 건 잘 알고 있으니까."

"무력한 게 아니야. 몸이 약한 거지."

조리사란 서서 하는 직업이고, 실은 체력 싸움이다. 셰프라고 부르든 파티시에라고 부르든, 그 사실은 엄연하며 바뀌지 않는다.

거기에서 생각났다. 마에노에 대해서다. 내가 떠올린 생각을 아내도 알아챘다. 나는 기본적으로 아내에게 무엇이든 이야기하기 때문에 (예외는 마노가 당한 성희롱 사건뿐이다) 그녀 또한 내가 인질 동료들과 그 후에도 연락을 계속하고 있음을 알고 있다.

"파티시에가 되고 싶다는 아가씨."

"응, 마에노 씨야."

"그 후에 어때?"

"아직 학비를 벌고 있는 중인가 봐. 목표로 하고 있는 조리사 학교는 입학 시기가 봄이거든."

"나 같은 게 다니는 느긋한 요리 교실보다 훨씬 더 본격적인 학교겠지."

스기무라 나호코는 오늘 밤 약간 자학적이다. 평소에는 '나 같은 거'라는 말을 하지 않는다.

"나도 조리사 자격증을 따 볼까."

제대로 학교에 가서, 라고 한다.

"좋지 않을까? 부엌에 자격증이 있으면 나도 콧대가 높아지겠군."

"그래? 아버지도 좋아하실까? 몇 살이 되어도 아이가 뭔가를 목표로 공부하는 건 부모에게 기쁜 법일까?"

뭔가 이상하다. 평소보다 와인을 비우는 속도도 빠르다. 아내가 병으로 손을 뻗었기 때문에 나는 앞질러 그녀의 잔에 와인을 더 따라 주었다.

"오늘은 페이스가 빠르네. 모모코가 돌아오기 전에 취해 버리겠어."

"괜찮아. 새언니가 바래다 줄 테니까."

"그렇다면 더더욱 자고 있으면 안 되잖아."

아내의 눈을 들여다보았다.

"무슨 일 있었어?"

"아무것도 아니야."

눈가도 입가도 그 말을 배신하고 있다.

"그냥, 좀 심심할 뿐이야."

"왜?"

아내는 의자에 기대더니 한숨을 쉬었다.

"모모코한테 차였어."

손위 처남의 집에 연습하러 갈 때 아내도 같이 가겠다고 했더니, "엄마는 따라오지 마" 하고 거절했다고 한다.

"더 잘 낭독할 수 있게 될 때까지 나한테는 들려주고 싶지 않대."

"그건 당신한테 칭찬받고 싶어서 그래."

"그럴지도 모르지만 '따라오지 마'라니, 너무하다고 생각하지 않아?"

나는 웃었다. "그 애한테도 자아가 생긴 거로군. 기쁜 일이잖아."

재미없다며, 아내는 입술을 삐죽거렸다. 그 얼굴은 토라졌을 때외 모모코와 꼭 닮았다.

"이게 자식을 떠나보낸다는 걸까?"

"자식을 떠나보낼 준비 운동이지."

"나도 내 자아를 길러야 하는 거겠지. 자아를 다시 기를까?"

"보람 있겠네요, 부인."

"어차피 직업을 갖고 있는 당신은 모르겠지. 아~아, 나도 주부랑 어머니를 휴직해 볼까. 그럼 당신도 모모코도 조금은 곤란해해줄 거야?"

물론이지요, 하고 나는 장담했다.

그로부터 한 시간 정도 지난 뒤 모모코가 귀가했고 아내는 바래다준 손위 처남댁과 수다를 떨기 시작하자 기분이 나아진 모양이다. 나는 여자끼리의 한때를 방해하지 않고 서재로 들어가 컴퓨터와 휴대전화의 메일을 체크했다.

호랑이도 제 말 하면 온다더니, 마에노에게서 새 메일이 와 있었다. 오늘 오후에 지방 은행의 로비에서 다나카와 딱 마주쳤다고 한다.

수술은 성공했지만 허리 상태는 별로 좋지 않는다고 투덜거리시더라고요.

마에노는 '쿠라스테 해풍'의 주방 아르바이트를 그만둔 후 집 근처 빵집에서 일하고 있다. 거기에서 다나카의 부인에게 인사를 받은 적도 있다고 했다.

케이도, 겨우 일에 익숙해졌지만 힘들다 힘들다면서 불평이 장난 아니에요. 스기무라 씨와 소노다 편집장님도 잘 지내시죠?

소노다 에이코 편집장의 복귀는 세 사람에게 이미 보고했다. 젊은 커플은 기뻐해 주었고, 다나카에게서는 답신이 없다. 뭐, 중년 아저씨끼리니까 너무 발랄한 대화가 오가도 이상하다. 무소식은 희소식이다.

사카모토는 버스 납치 사건 후에 직장을 얻었다. 시내에서 폭넓게 영업하고 있는 빌딩 청소업 회사로, 아직 삼 개월의 수습 기간 중이지만 순조롭게 직장에 적응하고 있는 모양이다. 다만 젊은 그에게도 체력적으로는 힘든 일인 듯하다.

쉬는 날은 잠만 자느라 제대로 데이트도 못 해요.

본인은 한탄하고 있지만 데이트 상대인 마에노 쪽은 그가 취업한 일을 기뻐하고 있다.

내 마음에는 해풍 경찰서의 주차장에서 사카모토가, 말쑥한 양복 차림으로 시마 옆에 서서 마에노와 담소하는 하시모토 마사히코를 아련한 눈으로 바라보며 중얼거렸던 말이 남아 있다. 한 글자 차이지만 완전히 달라요, 라고.

힘내―하고 바랄 뿐이다.

아내가 마에노에게서 영향을 받았는지 본격적으로 요리를 배우려고
하고 있어요. 우리 집에서는 마에노에 대한 화제가 자주 나온답니다.

나는 메일을 썼다. 붙임성 좋은 메이의 웃는 얼굴과 우는 얼굴은 그 사건의 아름다운 선물이다.

소노다 편집장님도 잘 지냅니다. 사람을 어찌나 부려 먹는지.

쓴웃음의 이모티콘을 붙여서 송신했다.

교정으로 바빠지기 전에 편집장의 복귀 축하 파티를 열자는 것은 노모토의 발안이었다.

"일인당 단돈 이천 엔짜리 코스 요리, 술 무한 리필에, 엄청 맛있는 중화요리 가게를 알아요!"

신바시 역에서 도보로 오 분 걸리는 곳에 있다고 한다. 우리는 매우 수상하게 여겼다.

"그 가격에 술 무한 리필이면……."

"호스트 군의 '맛있다'의 정의가 불안하네."

마노도 애 봐주는 사람에게 아이를 맡기고 참가할 수 있다고 한다. 그래서 이야기가 정리되었고, 수도권 기업이 표방하는 '잔업 금지 데이'인 수요일에 그룹 홍보실 4인조는 용감하게 그 가게로

향했다.

중화요리 가게는 아니었다. 빌딩가 골목 뒤에 있는, 붉은 포렴이 고풍스러운 라면 가게다. 게다가 텅텅 비어 있다.

"그것 봐." 소노다 편집장은 왠지 기뻐했다. "가난한 아르바이트생의 '엄청 맛있다'는 이 정도라니까. 좋아, 나는 생맥주랑 군만두랑 차슈 라면."

"편집장님, 인상만 보고 결정지으시면 안 돼요. 자, 앉으세요, 앉으세요."

카운터 외에는, 박스석이 아닌 다다미방으로 되어 있었다. 전에는 이자카야였던 듯한 구조다. 하얀 겉옷을 입은 점주가 서투른 일본어로 음료 주문을 받았다. 찬물과 물수건을 가져온 여성은 아내인 것 같았는데, 생글생글 웃으며 역시 서투른 말씨로 인사했다.

"저런 곳에 TV가 놓여 있는 라면 가게는 오랜만이에요."

마노가 카운터에서 비스듬하게 위쪽, 천장 가까이에 자리 잡고 있는 낡은 14인치 브라운관 TV에 감탄한다. 화면에 저녁 뉴스 방송이 나오고 있었다.

"대장님, 요리는 알아서 주세요!"

기분 좋아 보이는 노모토를 또 편집장이 헐뜯는다. "뭐가 대장님이야. 단골손님인 척하기는."

그런데 차가운 맥주와 세 종류의 모둠 냉채가 나오자 우리는 놀랐다. 게다가 새우 칠리소스, 게살 달걀부침, 공심채 볶음, 크림에

318

조린 하얀 아스파라거스 등, 곧장 갓 만든 요리가 줄줄이 나와서 더욱 경악했다. 맛있는 것이다.

입을 다물어 버린 우리에게 노모토가 딴전을 부렸다. "그것 보세요."

그다음부터는 먹고 마시면서, 노모토가 어떻게 이 가게를 발견했는지, 일인당 이천 엔에 (게다가 여전히 비어 있는데) 어떻게 영업이 되는 것인지, 애교 있게 웃고 있는 점주 부부를 곁눈질하며 큰 소리로 이야기했다.

"알아서 해 달라고 하면 늘 이 메뉴야?"

"아니, 고를 수 있어요. 오늘은 제가 간사니까 제가 좋아하는 걸로 했지만."

"노모토가 좋아하는 음식, 우리 애랑 거의 똑같아."

마노가 웃고, 편집장은 노모토의 아이돌 머리 같은 장발을 톡 쳤다. "너, 머릿속이 네 살이야."

"우와, 너무하네요. 제 미각은 어엿한 어른의 미각이에요. 여기는 어른의 은신처 같은 중화요리 가게!"

"무엇으로부터 숨는 은신처인데? 은신처가 필요하다는 말은 스기무라 씨 같은 미묘한 입장의 어른이 되어야 비로소 할 자격이 있는 거야. 이 사람은 여러 가지를 짊어지고 있으니까."

나를 놀리는 소노다 편집장 특유의 말을 오랜만에 들었다.

"짊어지고 있나요, 스기무라 씨?"

"짊어지고 있지. 무겁고 행복해."

편집장이 술을 소흥주로 바꾸었고, 실은 마노가 술이 세다는 사실이 판명되어 분위기는 더욱 무르익었다.

"이데 씨도 옛날의 영광을 잊고 얼른 우리랑 어우러졌으면 지금쯤 같이 재미있게 마실 수 있었을 텐데."

편집장이 문득 투덜거렸고 노모토는 기습을 당한 것처럼 숟가락을 떨어뜨렸다.

"아아, 미안해. 하지만 노조에서 연락이 왔잖아? 청취 조사인가 하면서."

바로 어제 통지가 왔다. 청취 조사는 셋이 따로따로 받게 되는 모양이다.

"노조 쪽에서도 이상하게 신경을 쓰더라고. 좀 더 일찍 시작했어야 하는데, 지난주에는 내가 제대로 복귀할 수 있을지 어떨지 분위기를 보고 있었나 봐. 덕분에 이데 씨는 하고 싶은 말 다 하고 다니지 않았을까?"

"돌아오시자마자 죄송해요."

역시 마노는 사과한다.

"무슨 소리야! 내가 자리를 비웠던 게 잘못이야. 이데 씨한테는 감시가 필요했어. 그런 타입은 말이지, 남자한테는 위세를 부리는 주제에 여자한테는 어리광을 피운다니까."

"성희롱은 여성에게 어리광을 피우는 건가요?" 노모토가 눈을 깜박거렸다. "여성을 만만하게 보는 게 아니라?"

"만만하게 본다는 건 용서받을 수 있다고 생각하고 어리광을 피운다는 뜻이야."

과연. 그 말은 맞다.

"이참에 나는 솔직하게 다 털어놓을 거고, 여러분도 인정사정 안 봐 줘도 돼."

술에 취한 편집장은 곁눈질로 나를 노려보았다.

"도대체가 이 사위님이 회장님 명령에 거역하지 못하는 점이 애초의 원흉이야. 이데 씨 같은 짐을 우리가 맡을 필요는 없었는데. 그룹 홍보실은 갱생 시설이 아니라고."

죄송합니다—하며 나는 얌전한 표정을 지었고, 마노와 노모토는 뭐라고 말해야 좋을지 몰라서 곤란해하고 있다. 그 틈을 뚫고 TV 뉴스의 음성이 들어왔다. 신문 판매점, 이라는 말이 들렸다.

나는 몸을 틀어 뒤쪽에 있는 TV 화면을 올려다보았다. 사건 보도인 모양이다. 모르타르 외벽의 건물이 비치고 있으며, 하얀색 자막이 나온다.

요리가 일단락되었기 때문에 점주 부부도 느긋하게 TV를 보고 있다. 사천성에서 온 지 이 년째라는 그들은 아직 일본어 읽기와 쓰기를 공부중이고, 그래서 영업시간에도 자막이 나오는 방송을 계속 켜 놓는다고 아까 들은 참이다.

"다이토 구의 신문 판매점에서 살인 사건이."

이번에는 아나운서의 목소리가 똑똑히 들렸다. 나는 다시 몸을 돌려 TV를 보았다.

"볼륨 좀 올려 주시겠습니까?"

점주 부인이 리모컨을 조작하자 소리가 더 잘 들리게 되었다. 여성 기자가 가로등 불빛 속에 서서 긴박한 표정을 띤 채 마이크를 손에 들고 있다.

"사망한 다카고시 가쓰미 씨는 오늘 저녁 다섯시경에 신문 판매점을 찾아와, 지인인 남자와 이야기를 나누던 중 말다툼이 벌어져 칼에 찔린 모양입니다. 다카고시 씨는 현장에서 100미터 정도 떨어진 자택 맨션으로 도망쳤고 지인인 남자는 도주했습니다. 남자는 이 판매점에서 숙식하던 사십대의 점원으로, 목격자에 따르면 파란색 점퍼와 청바지를 입고 하얀 운동화를 신었고, 도쿄 메트로 이나리초 역 방면으로 향한 모양이며, 현재 경찰이 행방을 찾고 있습니다."

택시 안에서 전화를 걸었다. 곧 기타미 부인이 받았다. 나는 지금 그쪽으로 가고 있다고 말했다.

"걱정을 끼쳐서 죄송해요."

쓰카사도 잔업을 마무리하고 귀가하는 중이라고 한다. 그렇다면 다시 말해 내 추측은 기우가 아니라는 뜻이다. 살인 사건을 일으킨 다이토 구의 신문 판매점 점원은 기타미 가를 찾아왔던 아다치 노리오라는 남자인 것이다.

"아다치라는 사람은 그렇게까지 심각하게 고민하고 있는 듯이 보였나요?"

"글쎄요……. 아주 평범한, 고지식한 사람 같았는데요."

고지식하기 때문에 더더욱, 화가 나면 브레이크가 듣지 않게 될 때도 있다.

"이제 남편은 없으니 아다치 씨가 우리 집으로 오지는 않을 것 같은데요."

"만에 하나라는 게 있습니다. 전화 정도는 걸지도 모르고요."

택시가 아오야마의 거리로 접어들었을 때 이번에는 쓰카사에게서 전화가 왔다. 지금 집에 도착했다고 한다.

"저도 이제 와서 아다치라는 사람이 우리를 찾아올 거라고는 생각하지 않지만, 정말로 사람을 죽여 버렸다면 분명 지금쯤 본인도 당황하고 있을 테니까요……."

뉴스에서 나온 정보로는 대단한 사실은 알 수 없었지만, 피해자와 다툰 후 아다치 노리오는 곧 도주한 모양이니 가진 것이라곤 거의 입은 옷 한 벌 정도뿐일 것이다.

택시를 탄 채 미나미아오야마 제3주택 부지 내로는 들어갈 수가 없다. 나는 입구에서 차를 내린 뒤 놀이터의 그네 옆을 잔걸음으로 빠져나갔다. 그네는 밤의 어둠 속에서 조용히 매달려 있다. 창문의 불빛만이 정연하게 늘어서 있고, 개를 데리고 산책하는 사람의 그림자가 먼 가로등 불빛 아래에서 보였다.

보수 공사 때 설치된 엘리베이터는 건물 안쪽 끝에 있다. 중앙에 위치한 바깥 계단을 빠른 걸음으로 지나칠 때 계단 옆 쓰레기장의 그늘에서 사람 그림자가 움직였다. 누군가가 퍼뜩 몸을 숙인 것처럼 보였다.

나는 걸음을 멈추었다. 사람 그림자가 움직인 장소를 자세히 살펴본다.

쓰레기통들이 이룬 줄 뒤에 사람이 쪼그리고 있다.

"실례합니다" 하고 나는 말을 걸었다. '미요'와 똑같이 편리한 말이다. 누군가가 엘리베이터 문을 잡아 주었을 때도, 도영 주택 쓰레기통 그늘에 숨어 있는 수상한 사람에게 말을 걸 때도 똑같이 쓸 수 있다.

사람 그림자는 쪼그린 채 움직이지 않는다.

"뭘 찾으십니까?"

나는 결심을 하고 쓰레기통으로 다가가 사람 그림자 쪽으로 상반신을 내밀었다.

사람 그림자가 용수철이 튕기듯이 벌떡 일어났다. 다음 순간, 작은 쓰레기 봉지가 나를 향해 날아왔다. 순간적으로 양손으로 받아들자 이번에는 쓰레기통 뚜껑이 날아왔다. 피하지 못하고 정면으로 얼굴에 맞고 말았고, 악취가 훅 풍겼다. 쓰레기통 그늘에서 뛰쳐나온 그림자는 헛발을 딛는 나를 양손으로 떠밀고, 내가 온 방향으로 달리기 시작했다.

나는 떠밀려 넘어지는 바람에 한 손을 바닥에 짚으면서 큰 소리로 말했다. "아다치 씨인가요?"

도망치던 그림자가 갈고리에 걸리기라도 한 듯이 딱 멈추었다. 중간 키, 중간 체격의 중년 남성, 파란 점퍼에 낡은 청바지, 운동화 차림이다. 오른쪽 신발 끈이 풀릴 것 같았다.

어깨 너머로 돌아본 얼굴은 볼이 쑥 들어가 있었다. 가로등 불빛을 받아 창백해 보인다. 머리카락은 흐트러지고 숨이 거칠다.

손에는 아무것도 들고 있지 않다. 떠밀리는 게 아니라 칼에 찔리는 경우도 예기할 수 있었다고, 순간 나는 생각했다.

일어서서 그에게 가까이 가려다가 그만두었다. 자연스럽게 목소리가 낮아졌다.

"아다치 노리오 씨죠? 오 년 전 기타미 이치로 씨에게 수사를 부탁한 적이 있지요? 일전에 기타미 부인을 찾아오셨고요."

아다치 노리오는 숨이 거칠어진 채 천천히 고개를 좌우로 저었나.

"아닙니까? 아다치 씨 아닙니까?"

"―내가 안 했어."

그의 목소리는 뒤집어지고 갈라져 있었다.

"다카고시 녀석이 가게로 쳐들어와서 나를 스토커라고 불러서."

몸이 떨리고 있다기보다 어색하게 흔들리고 있다.

"그래서 싸우신 겁니까?"

"하지만 나는 죽이지 않았어!"

저도 모르게 높아진 자신의 목소리에 겁먹은 듯이 아다치 노리오는 몸을 움츠렸다.

"알겠습니다. 알겠어요."

나는 천천히 양손을 펼쳐 보였다.

"차분하게 이야기해 봅시다. 저는 스기무라라는 사람입니다. 당신과 똑같이 생전의 기타미 씨에게 신세를 진 적이 있지요. 당신에 대해서도, 일전에 기타미 씨의 부인에게서 조금 이야기를 들었습니다."

그는 언제든지 도망칠 수 있는 태세를 갖춘 채 눈을 가늘게 뜨고 나를 보았다.

"당신, 기타미 씨와 아는 사이요?"

"그분이 돌아가시기 직전의, 아주 짧은 시간 동안뿐이었지만요."

아다치 노리오의 뾰족한 얼굴에 어린애처럼 솔직한, 무방비한 슬픔의 빛이 떠올랐다.

"기타미 씨는 정말로 돌아가신 거로군."

"네. 유감스러운 일입니다. 더 오래 살아 주셨으면 했지요."

그의 파란 점퍼 가슴은 아직도 격렬하게 오르내리고 있다. 흐트러지고 흥분한 상태인 것이다. 호흡도 진정되지 않는다.

"다카고시라는 사람은 오 년 전 봄에 당신이 기타미 씨에게 의뢰한 조사와 관련이 있는 사람입니까?"

"당신, 나를 아시오?"

"사기를 도우셨다면서요."

그는 고개를 끄덕였다.

"다카고시는 나를 끌어들인 사기 그룹의 멤버였소."

"그 사람과 최근에 다시 재회하신 거군요?"

"내 담당 구역의 맨션으로 이사를 왔더군. 신문을 보라고 권유하러 갔더니 그 녀석이 나와서."

말도 안 되는 우연이다.

"놀라셨겠네요."

"그쪽도 놀라더군."

그때 처음으로 아다치 노리오는 경련하듯이 짧게 웃었다.

"처음에는 시치미를 떼더니."

아직도 어색하게 떨며 고개를 숙인다. 내가 눈으로 보는 한, 점
퍼나 청바지나 운동화에도 혈흔은 없다.

"나는 똑똑히 기억하고 있으니까 경찰에 가야 한다면 가도 좋다
고 밀해 줬더니 딩횡했소."

말로만 한 위협이 아니었다. 그래서 아다치 노리오는 기타미 이
치로를 찾아온 것이다.

"다카고시 씨와는 몇 번인가 대화를 나눈 겁니까? 이전에도 말
다툼을 한 적이 있는 건 아니고요? 반대로 다카고시 씨에게서 협
박을 받은 적은요?"

어쨌든 그를 이 자리에 붙들어 놓으려고 떠오르는 대로 연달아
물었다. 그러자 아다치 노리오의 눈이 헤매더니 내 뒤를 보았다.

돌아보니 쓰카사가 있었다. 서둘러 내려온 모양이다. 회사에서
돌아와 상의를 벗고 넥타이를 풀었을 뿐인 차림새다.

"스기무라 씨가 도착할 때가 되지 않았나 싶어서."

중얼거리는 쓰카사의 눈은 아다치 노리오에게 못 박혔다.

"이 사람—."

아다치 노리오는 그제야 몸까지 돌려 이쪽을 돌아보았다. 쓰카사를 바라보며 눈을 깜박인다.

"당신, 기타미 씨의 아들이오?"

네, 하고 쓰카사는 고개를 끄덕였다.

"이렇게 훌륭한 아드님이 있었군."

아다치 노리오는 갑자기 얼굴을 일그러뜨리더니 손등으로 코밑을 북북 문질렀다.

"나는 구제 불능의 바보요. 오는 게 아니었어."

죄송합니다—하고 쓰카사에게 머리를 숙였다.

"기타미 씨는 죽었지. 이제 의지할 수 없는데, 달리 생각나는 곳이 없어서 그만."

나와 쓰카사는 순간적으로 얼굴을 마주 보았다. 쓰카사가 한 발짝 앞으로 나섰다.

"저라도 괜찮으시다면 힘이 되어 드리겠습니다. 아다치 씨, 저도 어머니도, 여기 스기무라 씨도 사정을 알고 있어요. 우리 집에 와 주셔서 다행입니다. 같이 경찰서로 가시죠."

손등을 얼굴에 댄 채 아다치 노리오는 또 마구 고개를 젓는다.

나도 그에게 다가갔다. "당신은 다카고시 씨를 죽이지 않았지요? 그렇다면 무서워할 건 아무것도 없어요. 출두해서 제대로 설명하면 돼요."

아다치 노리오는 흔들흔들 고개를 젓는 것을 멈추고 얼굴을 들었다. 그 눈이 울고 있다.

"당신은 그 자리에 없었으니까 그런 말을 할 수 있는 거요."

나는 엄청나게 수상하단 말이오, 하고 내뱉듯이 말한다.

"지금은 수상하게 보이고 있을 뿐입니다. 그것도 당신이 도망쳤기 때문이에요. 도망치지 않고 그 자리에 있었다면 경찰의 대응도 달랐을 거예요."

다르지 않소—하고 그는 완고하게 말했다. "나 같은 인간이 하는 말을 누가 제대로 상대해 주겠소. 당신들은 몰라."

"하지만 당신은 다카고시 씨를 죽이지 않았잖아요?"

아다치 노리오의 뺨에서 눈물이 한 줄기 흘러 떨어졌다.

"죽이지 않았소. 하지만 그 녀석은, 내가 죽이려고 한다고 고함치고 있었소. 나는 함정에 빠진 거요."

나는 숨을 삼켰다. 쓰카사는 창백해졌다.

"그렇다면 더더욱 그렇게 말해야지요!"

"소용없소."

"포기하시면 안 됩니다."

"우리도 있으니까요."

"아니, 안 돼. 아드님을 끌어들일 수는 없소."

당신, 하고 그는 내게 손가락을 들이댔다.

"약속해 주시오. 나는 당신을 만나지 않았소. 여기에는 오지 않았어. 기타미 씨의 부인도, 아드님도 몰라. 나와 다카고시에 대해서도, 아무한테도 말하지 말아 주시오. 경찰에도 말하지 말고. 당신들은 관련되어선 안 돼."

그리고 쓰카사에게,

"어머님을 잘 부탁하오"

하고 기도하듯이 말하고는 몸을 돌려 도망쳤다. 나는 허를 찔려 그 자리에 우두커니 서 있다가 제정신으로 돌아와 쫓아가려고 하는 쓰카사를 붙들었다.

그는 저항했다. "하지만 스기무라 씨!"

그만두자고, 나는 말했다. "저 사람 말이 맞아. 쓰카사는 관련되어선 안 돼."

"하지만……."

"쓰카사가 아버님의 뒤를 이어 사립탐정을 하고 있다면 얘기는 달라. 하지만 아니잖아?"

떠나가는 아다치 노리오의 뒷모습이 건물 모퉁이를 돌아 사라졌다.

쓰카사의 어깨에서 힘이 빠졌다.

"아버지가 살아 있었다면 어땠을까……."

"기타미 씨를 대신할 수 있는 사람은 아무도 없어."

내게는 그것밖에 할 말이 없었다.

다 큰 어른들이 말다툼을 하다가 칼부림 사태가 일어나 살인 사건으로 발전했다―는 정도로는 요즘 세상에 TV가 긴 시간을 할애해 주지 않는다. 그 후 이렇다 할 속보는 들어오지 않았다. 열시 뉴스 방송에서, 현장에서 도주한 남자가 아직 발견되지 않았다는 사실이 얼핏 보도되었을 뿐이다.

"정말 신고하지 않아도 되려나……."

쓰카사는 저녁 식사에도 손을 대지 않고 TV 앞에 앉아 있다.

"지금은 아다치 씨의 마음을 존중해 주자."

설득력 있는 말인지 아닌지 스스로도 자신이 없었지만 그렇게 말했다.

"이런 일에 관련되면 선의여도, 꺼림칙한 구석이 조금도 없어도 괴로운 경험을 겪게 돼. 그뿐만 아니라 자신 안에서도 무언가가 변하고 말지."

나도 이런 말을 하는 것은 처음이다. 무언가가 변한다는 것은 어떤 것일까. 무엇이 변하는 것일까.

"그래서 나는 겁쟁이가 되었는지도 모르지만……."

"스기무라 씨는 경험자니까."

쓰카사의 목소리가 걱정스러운 듯이 웅얼거렸다. 나는 웃어 보였다. "아니 별로 구체적인 후유증이 있다는 건 아니야."

"넌 아직 신입 월급쟁이야." 기타미 부인은 쓰카사에게 말했다. "회사에도 폐가 갈지 모르고, 지금은 모르는 척해 두렴."

게다가―하고 부인은 작게 고개를 갸웃거렸다. "신고하지 않아도 조만간 경찰 쪽에서 우리한테 사정을 물으러 올 거예요."

나도, 쓰카사도 놀랐다.

"그 사람, 사건의 파일을 갖고 있거든요" 하고 기타미 부인은 말했다. "파일이라고 해도, 아다치 씨의 이야기를 남편이 적었을 뿐인 파일이지만요."

"오 년 전에 아다치 씨에게 준 겁니까?"

"아뇨, 요전에 우리 집에 왔을 때 제가 드렸어요."

기타미는 맡았던 사건의 파일을 깨끗하게 처분하고 떠났다. 죽기 전에 과거의 의뢰인과 연락을 취하고, 그가 남겨 두었던 사건의 파일을 전부 상대방에게 돌려주었던 것이다.

"정식 사건 기록은 그때그때 의뢰인에게 건네주고 끝내 버리니까 남겨둔 건 어디까지나 남편의 기록이지만, 그것도 자신이 이 세상에서 사라지는 이상 갖고 있으면 안 된다고 생각했겠지요."

기타미다운 성실함이다.

"하지만 연락이 되지 않았던 의뢰인도 몇 명 있었어요. 그런 파일은 제가 맡아 갖고 있고요."

"아아, 그걸 돌려준 거군요."

부인은 쓰카사에게 고개를 끄덕였다. "그러니까 아다치 씨의 것은 지금 그 사람 손에 있을 거예요."

경찰이 가택수사에서 파일을 발견하고 그 내용을 검토하면 기타미 이치로에게 다다르게 된다.

"거기에 다카고시 씨의 이름이 적혀 있었습니까?"

"저는 내용을 보지 않았으니까 모르지만 적혀 있을지도 몰라요. 개인의 이름은 없더라도 사기 그룹에 대해서는 적혀 있을 테고요."

"당시에 기타미 씨가 조사한 거로군요."

"일단은 알아보지 않았을까요. 그런 사람이었으니까요."

맥주잔을 손에 들고 멍하니 있는 쓰카사에게 부인이 말했다. "경찰이 오면 내가 얘기할게. 넌 참견하지 마."

쓰카사는 쓴웃음을 지으며 네, 네, 하고 가볍게 대답했지만 곧 얼굴을 흐렸다. "함정에 빠졌다고 했지요……."

"그만둬, 그런 걸 생각하는 건."

버스 납치 사건의 구레키 노인에 대해 이것저것 생각하는 나를 타일렀을 때와 똑같은 말투였다.

"초보가 손을 대도 될 일이 아니야. 아다치 씨도 언제까지나 도망쳐 다닐 수는 없겠지. 결심을 하고 자신의 이야기를 주장하려는 생각이 들면 출두할 거야. 내버려 두렴."

맞아, 라고 말하려고 했더니 "스기무라 씨도요" 하고 못을 박아 왔다. 네, 네.

자정이 지나서 나는 귀가했다. 감기 기운이 좀 있는 것 같으니 먼저 자겠다는 아내의 메모와, 냉장고에 든 모둠 과일이 기다리고 있었다. 나는 과일을 집어먹으며 쓰카사와 똑같이 멍하니 있었다.

뚜껑을 열어 보고 깜짝 놀랐던 중화요리 연회로 기운을 차리고, 우리 그룹 홍보실의 멤버들은 노조의 청취 조사를 무사히 극복했다. 개별적으로 불려 나갔다가 돌아왔을 때의 표정은 제각각이었지만, 의분에 불타고 있었던 노모토와 대조적으로 마노는 후련하니 어깨의 짐을 내려놓은 것 같은 얼굴을 하고 있었다. 나 자신도 파워 하라스먼트는 기억에 없기 때문에 노조 담당자의 질문에 힘들어하지는 않았다.

우리는 이데의 주장을 아직 알 수 없었다. 다만 청취 조사의 분위기로 미루어 보아 그가 우세라고는 생각되지 않았다. 그 사실도 내 마음을 가볍게 해 주었다.

딱 하나, 이 분쟁의 영향 같은 것이 있었다. 모리 노부히로로부터 롱 인터뷰를 단행본으로 만드는 일을 미루고 싶다는 연락이 왔던 것이다. 본인의 전화였는데, 내가 받았다. 이유는 '아내의 상태가 좋지 않아서'였고, 모리의 말투도 온화했다.

하지만 소노다 편집장은 '곡해'했다.

"내 귀여운 사동에게 파워 하라스먼트를 저지르는 놈과는 이제 인연을 끊겠다는 뜻이로군."

확실히 이데는 모리 파의 유력 멤버로, 모리를 미토 고몬에 비유한다면 스케助나 가쿠格에 해당하는 사람이긴 하지만.미토 고몬은 미토

번의 번주였던 도쿠가와 미쓰쿠니의 별명. 그를 주인공으로 하는 '미토 고몬 만유기(漫遊記)'는 정계에서 은퇴한 그가

시인 둘을 데리고 일본 전국을 유람하면서 번정(藩政)을 시찰하고 악정을 저지르는 다이묘가 있으면 혼내 준다는 내

용이다. 이 미토 고몬과 함께 다니는 두 명의 시인이 스케와 가쿠, 즉 사사키 스케사부로와 아쓰미 가쿠노신이다.

"사동은 안 됩니다. 적어도 귀여운 부하라고 하죠."

"어느 쪽이든 이데 씨가 모리 씨한테 일러바치러 간 거잖아? 그렇지 않다면 모리 씨의 귀에 들어갈 리 없으니까."

"뭐, 그건 있을 수 있는 일이지만요."

그렇다고 해서 우리가 현실적으로 압박을 받을 걱정은 없다. 모

리는 퇴임했다.

"억측으로 화내 봐야 소용없잖아요. 모리 씨는 아무것도 모르고, 정말로 사모님의 상태가 나쁜 건지도 몰라요."

"그런 식이니까 스기무라 씨는 아무리 시간이 지나도 그냥 심부름꾼이지 정치가가 못 되는 거야."

저는 어떤 형태로든 사내 정치가는 되고 싶지 않으니까 괜찮습니다.

이데가 휴직하자 부내는 오히려 평온하고 밝아졌다. 일도 순조롭다. 소노다 편집장도 완전히 원래대로 돌아왔다. 마노가 일을 잘하니 인원을 보충할 필요는 없다.

아다치 노리오 사건에 대해서 나는 아무한테도 말하지 않았다. 이번만은 아내에게도 비밀이다.

평소에는 아내에게 뭔가 숨기지 못하는 내가 그런 재주를 부릴 수 있었던 것은 아내가 바쁘게 지내고 있었기 때문이다. 친구의 레스토랑 개업을 돕는다는 이야기가 아무래도 진짜로 진행되어 가고 있는 모양이다. 아내는 기쁜 것 같았다.

"계획 단계에서부터 참여해 줬으면 좋겠다고 하더라고. 집의 개장이나 인테리어, 식기와 비품을 갖추는 일이라든가, 할 일이 산더미처럼 많아."

아내는 셰프로 들어가는 것은 아니었지만 그쪽도 의욕이 넘치는 모양이었다.

"내가 집안일에 소홀해질지도 모르는데……."

"당신 성격으로 봐서 완전히 내팽개치지 못한다는 쪽에 삼백 점 걸겠습니다, 부인."

그러니까 모쪼록 무리하지 말라고만, 아내에게 다짐을 놓았다.

"네, 약속할게요" 하며 아내는 눈을 빛냈다.

나도 기타미 부인도 쓰카사도, 아다치 노리오와의 약속을 지켰다. 경찰은 파일을 보지 못했는지, 발견하고도 그 의미를 알지 못했는지, 파일에 구체적인 내용이 적혀 있지 않았는지, 일주일이 지나도 형사가 기타미 가를 찾아오는 일은 없었다.

첫 번째 용의자인 아다치 노리오는 미디어상에서는 아직도 '지인', '신문 판매점 점원'이었다. 실명은 밝혀지지 않았다. 물론 지명 수배도 되지 않았다. 이 점이 아다치 노리오에게 길조인지, 그저 수사가 늦어지는 것인지, 혼자서 뉴스와 신문을 볼 뿐인 나로서는 판단이 되지 않았다.

이 사건에서는, 경찰이 아다치 노리오 외에도 찾고 있는 것이 있었다. 흉기다. 피해자를 검시한 결과 길이 12센티에서 15센티 정도의 외날 나이프로, 아마 과도일 거라고 하지만 실물이 발견되지 않은 것이다. 판매점에서 숙식하면서 식사도 제공받고 있던 아다치 노리오가 과도를 갖고 있었는지 어떤지는 확실하지 않다. 사건 직전에 산 흔적도 없다.

피해자 다카고시 가쓰미는 도 내에 있는 어떤 보건용 식품과 건강 보조식품을 취급하는 상사의 사원이었다. 생긴 지 얼마 안 된 회사지만 TV 통판을 중심으로 영업을 확대하고 있고, 최근 히트 상품이 나와서 위세도 당당한 곳이었다. 영업부 차장이었다는 다카고시 자신도 높은 연봉을 받고 있고, 그가 피를 흘리며 죽은 장소이자 아다치 노리오가 신문을 배달하러 갔던 그의 자택 맨션은 동네에서는 비싼 집으로 알려져 있었다. 임대 계약을 맺고 이사를 온 지 한 달도 되지 않았다고 한다.

그에게는 아내가 있었다. 입적하지 않았다고 하니 사실혼 관계였지만, 그녀는 임신 사 개월의 무거운 몸이었다. 몇 개의 와이드 쇼에서 부인의 음성만이 흘러나왔고 그 소리를 나도 들었다. 애처롭고 가여워서 보통 같으면 듣고 있을 수 없는 얘기였지만, 그녀가 사건의 양상을 뭐라고 설명하는지 알고 싶어서 귀를 기울였다.

그녀의 설명에 따르면 사건이 있었던 날, 다카고시 가스미는 평소보다 일찌감치 귀가해 "그 기분 나쁜 신문 배달원이랑 얘기를 좀 하고 오겠어"라며 나갔다고 한다. 아다치 노리오가 숙식을 하면서 일하고 있던 신문 판매점은 처음에 보도된 대로 다카고시 부부의 맨션에서 100미터도 떨어져 있지 않았다.

"권유를 거절했는데도 엄청 집요해서, 계약도 하지 않은 신문을 매일 배달해 왔거든요. 거절해도 소용이 없었고, 한 달은 무료니까 받아 보라면서."

배달할 때마다 인터폰을 누르고 다카고시나 부인이 응대할 때까지 버틴다. 분명히 스토커 같은 행동이다. 다카고시 부인은 분명하게 그런 말은 하지 않았지만, 인터뷰 역을 맡은 리포터나 기자는 아다치 노리오가 다카고시 부인에게 불온한 흑심을 품었을 거라 보는지, 그들이 하는 질문도 그 가설을 따른 것이었다. 부인도 아다치 노리오에 대해서는 아무것도 모르고, 남편도 몰랐다고 하고, 원한을 살 만한 기억은 없으며 완전히 일방적인 괴롭힘이었다고 이야기하고 있다. 때문에 그 방송에서는 신문의 계약이나 권유를 둘러싸고 발생한 과거의 살상사건과 이 사건을 비교해 분석하기도 했다.

아다치 노리오를 고용했던 신문 판매점은 이 트러블을 몰랐다. 여기는 한 달 동안의 무료 배달 서비스를 하지 않는다.

"본인이 자비를 털어서 할 작정이었나 본데, 대체 무슨 생각을 하고 있었던 건지."

역시 얼굴에는 모자이크가 되어 있는 점주의 육성만이 흘러나왔는데, 목소리만으로도 곤혹스러움이 충분히 전해져 왔다.

아다치 노리오는 자신의 어두운 과거와 이어져 있는 다카고시 가쓰미의 존재를 주위의 누구에게도 털어놓지 않은 것이다. 그가 의지한 것은 기타미 이치로뿐이었다.

사건 발생은 갑작스러웠다. 오후 다섯시 전, 다카고시 가쓰미가 신문 판매점을 찾아와, 우선 점주에게 댁의 가게에 있는 아다치라는 점원에게 괴롭힘을 당하고 있다고 호소했다. 심각한 표정으로 꼭 본인과 직접 이야기하고 싶다고 해서 가게 이층에 있는 아다치 노리오의 방을 가르쳐 주자, 둘이서 이야기를 하겠다며 위층으로 올라갔다. 점주는 계단 밑에서 마음을 졸이며 분위기를 엿보고 있었다. 곧 노성이 들렸고, 그것이 비명으로 바뀌었고, 양복 가슴을 손으로 누르고 있는 다카고시 가쓰미가 구르듯이 계단을 내려왔다.

—저 녀석이 죽이려고 해! 살려 주십시오!

창백한 얼굴을 하고 소리치고 비틀거리면서 뒷문을 통해 밖으로 뛰쳐나갔다고 한다.

그 뒤를 쫓아 아다치 노리오도 내려왔다. 점주는 그에게 캐물었고, 아무 짓도 하지 않았다, 뭐가 뭔지 전혀 모르겠다, 는 항변을 들었다. 그 시점에서는 다카고시 가쓰미가 칼에 찔렸다는 사실은 알아채지 못했고, 칼도 보지 못했고, 피도 흘리고 있지 않았다고 한다.

점주는 아다치 노리오에게서 다카고시 가쓰미가 사는 곳에 대해 듣고 그 비싼 맨션으로 달려갔다. 다카고시 가로 달려갔다가 문 앞에 점점이 피가 떨어져 있음을 알아챘다. 인터폰을 눌러도 대답이 없었다. 문은 잠겨 있고, 두드려도 아무도 대답하지 않는다. 어쩔 수 없이 그 자리에서 어슬렁거리다 보니 다카고시 부인이 부른 경찰차와 구급차가 왔다.

여기에서부터는 다카고시 부인의 증언으로 돌아가는데, 자택으로 도망친 다카고시 가쓰미는 쫓기는 것을 두려워하듯이 문을 잠그고 나서 부인의 팔 안으로 쓰러졌다고 한다. 칼로 왼쪽 가슴의 아랫부분을 찔려 엄청나게 피를 흘리고 있었다. 사인은 출혈성 쇼크다. 의식을 잃기 직전까지 '신문 배달부 아다치 노리오에게 찔렸다'는 말을 되풀이했다고 한다.

다카고시 부인도 신문 판매점 점주와 마찬가지로 흉기인 나이프를 보지 못했다고 이야기했다. 그녀가 남편을 껴안았을 때에는 가슴에 나이프가 꽂혀 있지 않았다. 집 안에도 없다. 도중에 어딘가에 떨어뜨린 걸까, 아니면 아다치 노리오가 갖고 있었을까. 전자일 경우에 대해 경찰이 다카고시 가쓰미가 뛰어서 도망쳐 돌아온 길을 따라 대대적인 수색을 했지만 헛수고였다. 그래서 지금은 후자일 거라고 추정중이다. 그에 따라 아다치 노리오의 도주 루트에서도 수색이 이루어졌지만 역시 나이프는 형체도 없었다.

나와 쓰카사가 마주쳤을 때 아다치 노리오는 나이프를 숨겨서 가지고 있었을까, 아닐까. 모르겠다. 도망치는 도중에 어딘가에 버렸을까. 그것도 알 수 없다. 다만 나는 그의 옷에, 얼굴과 손발에도 피가 묻어 있지 않았던 점을 안다. 그리고 그가 자신은 죽이지 않았다고 호소했던 일을 알고 있다. 쓰카사도 알고 있다. 그래서 쓰카사의 고민은 좀처럼 사라지지 않았고, 나도 여러 번 연락을 받았다.

"역시 경찰에 사정을 이야기할까요?"

"어머님은 뭐라고 하셔?"

"어머니의 의견은 변함이 없어요."

그럼 지켜볼 수밖에 없다고, 쳇바퀴 도는 대화를 되풀이했다.

―당신들은 관련되어선 안 돼.

―어머님을 잘 부탁하오.

아다치 노리오는 그렇게 말했다. 그 약속을 존중한다면 그가 스

340

스로 나서서 자신의 혐의를 풀기를 바라며 기다릴 수밖에 없다.

"하지만 그 사람, 자포자기해서 자살하지는 않을까요."

쓰카사의 고민은 깊어진다. 그건 아닐 거라고, 나는 딱 잘라 말했다.

"무책임한 말로 들리겠지만, 그렇게 생각해. 그에게는 정의감이 있잖니? 자신이 가담한 사기 때문에 마음 쓰고 있었을 정도야. 아무 해명도 없이 자살하고 끝내지는 않을 거다."

세상을 떠난 기타미를 위해서도, 다름 아닌 쓰카사를 위해서도, 아다치 노리오는 그런 자멸적인 짓은 하지 않을 것이다. 그가 우리에게 진실을 이야기했다면—정말로 다카고시 가쓰미를 죽이지 않았다면 자살로 막을 내리거나 하지는 않을 것이다. 나는 그렇게 바라지 않을 수 없다.

우리에게 한 가지 구원이 되는 것은,

—내가 안 했어. 함정에 빠진 거요.

그 말을 사건 발생 직후 신문 판매점에 있던 그의 동료나 점주 부인도 들었던 것이다. 다카고시 부인의 신고를 받고 달려온 경찰관이 부인의 호소를 듣고 신문 판매점에 오기 전에 그는 경찰차를 보고 그렇게 소리쳤다. 그러고는 도망쳤다. 따라서 그 시점에서 아다치 노리오는 다카고시 가쓰미가 죽은 사실을 몰랐을 것이다. '안 했다'가 우리와 만났을 때의 '죽이지 않았다'로 바뀐 것은 미나미아오야마 제3주택으로 가는 도중에 어디에선가 그 사실을 알았기 때문일 것이다.

다만 내가 아는 한의 보도에 따르면 이 순간적인 외침은 그다지 중시되지 않고 있다. 그만큼 아다치 노리오를 둘러싼 상황은 나쁘다.

기타미도 이 사실을 몰랐을 가능성이 있지만, 그에게는 전과가 있었다. 스물두 살 때, 당시에 살았던 요코하마의 번화가 주점에서 싸움 끝에 사람을 때려서 중상을 입히는 바람에 단기간이나마 상해죄로 복역했던 것이다. 그때까지 전과도 전력도 없었던 젊은 이가 이런 타입의 사건으로 갑자기 집행유예 없이 실형을 받았다니, 어지간히 정황이 나빴던 것일까, 경제력이 없어서 피해자에게 배상할 수 없었던 것일까. 어쨌든 밝은 소식은 아니다.

신문 판매점에서도 젊은 동료가, 말이 없고 얌전하고 부지런히 일했지만 사소한 것이더라도 한번 말을 꺼내면 양보하지 않는 완고한 일면이 있고, 화가 나면 눈빛이 변해서 무서웠다고 평했다. 사건 후의 코멘트이니 다분히 나중에 갖다 붙인 느낌도 있지만, 기타미가 소개한 근무처에서 세 달도 버티지 못했다는 사실을 생각해 보면 아다치 노리오가 사람을 잘 사귀는 인간이었다는 생각은 들지 않고, 지난 몇 년간의 생활이 평온했다고 해도 그에게는 만족스러운 것이었다고도 여겨지지 않는다. 지난 몇 년뿐만 아니라 신문 판매점에 낸 이력서에 따르면 올해 마흔네 살인 그의 인생 대부분이 본의가 아니었던 것이 아닐까 하는 생각마저 든다.

"다카고시 씨가 고함을 치며 쳐들어왔을 때 같이 올라갈 걸 그랬어요."

점주의 후회의 말을 아다치 노리오는 어디에서 듣고 있을까.

나는 야마나시 현 북부에서 태어나고 자랐다. 아버지는 공무원이었지만 과수원도 경영하고 있었다. 지금은 형이 물려받았다.

한가로운 지방으로, 지금 식으로 말하자면 나는 자연 속에서 자랐다. 도시에서 자란 연약한 도련님과는 달리 터프하다―고 말하고 싶지만 실은 손을 쓸 수 없을 정도로 개를 무서워한다. 초등학교 2학년 때 옆집에서 키우던 개에게 쫓기는 바람에 논으로 굴러 흙투성이가 되면서 도망쳤던 경험이 있기 때문이다.

잡종 중형견으로, 그냥 놓아기르고 있었다. 잘 짖는 개여서 시끄럽긴 했지만 그때까지는 누군가를 문 적이 없었기 때문에, 흙투성이가 된 채 울상을 지으며 집으로 돌아갔다가 위로를 받기 전에 먼저 비웃음을 당하고 꾸중을 들었다. 특히 아버지는 신랄하게,

"네가 도망치니까 개도 쫓아오는 거야. 개는 약골을 알아보거든"

하고 대뜸 야단을 쳤다.

도망치니까 쫓긴다. 이는 인생의 교훈 중 하나일 것이다. 도망치지 말고 돌아서서 맞서라고. 하지만 나는 지금까지 이 교훈을 실감한 적이 없었다.

어떤 일에도 '처음'은 있다.

아다치 노리오에 대해서 말하지 말자고 쓰카사를 설득한 까닭은 그와의 약속을 지키기 위해서일까. 아니면 그것을 구실로 또

새로운 사건에 휘말리는 일을 피하고 싶어서일까. 자신을 깊이 추궁하는 것에서 도망치고 있던 나를 사건 쪽에서 쫓아왔다. 그것도 이미 끝났을 사건이.

그때 나는 사옥 일층에 있는 '스이렌'에서 점심을 먹고 있었다. 아다치 노리오와 만난 뒤 일주일 이상이 지나 TV에서도 신문에서도 속보는 완전히 끊겼다. 나는 경제신문을 훑어보면서 마스터가 자랑하는 핫 샌드위치를 먹고 있었다.

"겨우 평화로워졌군요."

커피를 더 따라 주러 온 마스터가 무슨 암호처럼 갑자기 말했다.

"무슨 뜻입니까?"

"이데 씨가 사라지고 그룹 홍보실도 겨우 진정되었잖아요."

댁은 인간관계의 트러블이 많은 모양이라고, 맵시 있는 반백의 머리카락을 쓰다듬으면서 말한다.

"이 년 전 그 여자가 얽힌 소동 때도 걱정했는데, 이번에도 자칫하면 스캔들로 번질 뻔했잖아요? 성추행 문제니까."

"마스터, 우리 노모토에게 쓸데없는 말을 하셨죠."

마스터는 커피포트를 한 손에 들고 어깨를 으쓱한다. "쓸데없는 말은 하지 않아요. 필요한 정보를 제공하고 있는 거지."

마음씨는 좋은 사람이지만 이런 점은 곤란하다.

"그럼 제게도 정보 좀 주시죠. 이데 씨는 어쩔 생각인 걸까요. 모리 씨한테 상담한 것 같기도 한데요."

"'모리 각하'한테? 그건 처음 듣는데."

긁어 부스럼이었다. 내가 목을 움츠렸을 때 테이블에 올려놓은 휴대전화에서 메일 착신음이 들렸다. 마에노에게서 온 메일이다.

나는 휴대전화를 집어 들었다. 그러자 수신 메일함을 열기 전에 또 다음 메일 착신음이 울렸다. 뭘까 하고 생각하는 동안 이번에는 전화 착신음이 울린다.

"어라, 바쁘시군요."

마스터가 농담을 한다. 나는 전화를 받았다. 제일 먼저 들은 것은 콧김 같은 소리였다.

"여보세요?"

"스기무라 씨요?"

버스 납치 사건의 인질 동료, 다나카 유이치로. 선량한 시민, 중소기업 사장님의 목소리다.

"스기무라인데요."

"당신, 물건을 받았나?"

헐떡이는 듯한 빠른 말투다.

"당신한테도 택배가 도착했을 텐데. 아직 못 본 건가?"

"자, 잠깐만요."

나는 서둘러 자리에서 일어나, 호기심으로 눈을 크게 뜨고 있는 마스터에게서 도망쳐 가게 밖으로 나갔다.

"물건이라니 무슨 말입니까? 설마."

다나카가 이렇게 거품을 물고 운운할 소포라면 나에게는 한 가지밖에 생각나지 않는다.

—위자료도 꼭 지불하겠습니다.

—택배를 이용할 겁니다.

"돈이 도착했어." 다나카가 말했다. "구레키 영감님한테서 온 위자료 말이야!"

서둘러 확인해 보니 연달아 도착한 메일은 같은 사실을 알리는 사카모토와 마에노에게서 온 것들이었다. 얼마나 동요했는지 엿볼 수 있는 문장들이었다.

"이제부터 어떻게 할 건가? 당신은 어떻게 할 거지. 경찰에 신고할 건가?"

스기무라 씨, 스기무라 씨, 하고 다나카는 몇 번이나 나를 불렀다. 전화 너머로 이름을 불렸을 뿐인데, 직접 매달려 오는 것 같은 기분이 들었다.

"부탁이니까 신고하지 말아 줘. 부탁이야. 제발, 이렇게 빌 테니."

휴대전화를 손에 들고 머리를 숙이고 있는 다나카의 모습이 눈에 떠오른다.

"진정하십시오, 다나카 씨."

"하지만 당신은 신고할 생각이잖아."

"저는 아직 저한테 물건이 도착했는지 어떤지도 모릅니다. 섣부른 짓은 하지 않겠습니다. 그러니까 진정하세요."

콧김이 섞인 듯한 다나카의 흐트러진 목소리가 조금 멀리에서 이렇게 중얼거렸다.

"─삼백만 엔이야."

다나카 유이치로, 삼백만 엔인가. 사카모토와 마에노는 얼마일
까.

"일억 엔이라는 건 역시 거짓말이었군, 빌어먹을 영감, 한 방 먹
었어."

"좀 진정이 되셨군요."

혀를 차며 다나카는 웃었다. "얼마든 나한테는 고마운 돈이야.
그러니까."

"그건 충분히 잘 알고 있습니다. 알고 있지만, 하지만 다나카
씨, 이건 그렇게 간단한 문제가 아닙니다."

"어째서?"

"위자료를 받은 게 우리 네 사람뿐이라는 보장은 없습니다. 소
노다 편집장님도 있고, 사코타 씨와 기사 시바노 씨도 있어요."

지금쯤 누군가가 이미 경찰에 신고했을지도 모른다.

"소노다라면 당신 상사지?"

"맞습니다. 회사에 있으니까, 방금까지의 저처럼 아직 아무것도
모르겠지요."

"그럼 당신 쪽에서 잘 좀 부탁해 주게."

"다나카 씨─."

"사코타라면 치매에 걸린 할머니지? 그 사람이랑 기사라면 괜
찮을 거야. 영감님은 위자료를 보내지 않았어."

"어떻게 그렇게 단언하십니까?"

"왜냐하면 영감님이 위자료 얘기를 한 건 우리뿐이니까. 돈 얘기가 나왔을 때에는 사코타 할머니도 기사도, 이미 버스에서 내린 후였어. 그러니까 이건 당신 상사도 포함해서 우리 다섯 명만의 문제야. 그 영감님한테는 묘하게 고지식한 데가 있었으니까."

얼핏 보면 일리 있는 주장이다. 하지만 다나카는 중요한 점을 잊고 있다.

"구레키 노인은 우리에게 위자료를 보낸다는 '뒤처리'를 누군가 제삼자에게 부탁했던 거잖습니까. 그 제삼자는 우리 중 누가 노인과 어디까지 이야기를 했는지 자세한 건 모를 겁니다. 그렇다면 시바노 씨와 사코타 씨 또한 우리 다섯 명과 똑같이 취급하지 않을까요?"

다나카는 입을 다물었다. 나도 입을 다물었다.

이윽고 다나카가 천천히, 억누른 것 같은 목소리로 물었다. "그렇다면 어째서 나랑 그 애송이들이랑 금액이 다르지?"

금액의 차이는 단순히 연령차일지도 모른다고 나는 생각했다. 구레키 노인이 뒤처리를 통째로 맡긴 누군가가, 노인이 사전에 맡겼던 돈을 앞에 두고 인질들의 개인 데이터를 바라보며 분배 방법을 고심한다. 건강한 젊은이는 소액이라도 괜찮을 것이다. 여성과 나이 든 사람은 그것보다 많이, 가정이 있고 한창 일할 나이인 다나카에게는 좀 더 많이 줄까, 등등.

그렇게 되면 소노다 에이코 편집장과 나에게 보낸 돈이 얼마인지, 더욱더 신경이 쓰인다.

"모르겠습니다. 억측해 봐야 의미 없는 일이에요. 어쨌든 저는 소노다 편집장님한테도 알리고, 물건이 도착했는지 확인해 보겠습니다."

다나카는 내 말을 듣지 않고 도중부터 덮어씌우듯이 말했다. "그쪽으로 가겠어. 다 함께 모이지."

"네?"

"여기 있는 인질들을 모아서 그쪽으로 가겠다고. 모여서 상의하는 거야."

"상의라니."

"얼굴을 보고 얘기하지 않으면 당신은 이해 못 하잖아!"

"장소는 괜찮은 데가 있습니까?"

"어떻게든 하겠어. 또 연락하지. 당신도 빨리 자신의 몫을 확인해 줘."

통화는 일방적으로 끊겼다. 나는 아까 연달아 온 메일을 열어 보았다. 사카모토 · 마에노 커플에게서 온 연락이었다. 금액은 양쪽 다 백만 엔. 둘 다 당황하고 있다.

'스이렌'으로 돌아가 계산을 마쳤다. 좋아하는 핫 샌드위치를 절반 이상이나 남기고 말았다.

"무슨 일이에요?"

마스터의 걱정스러워하는 듯한 물음에 쓴웃음을 지어 보였다. "우리 부에는 트러블이 많으니까요."

편집부로 돌아가니 소노다 편집장과 마노가 컴퓨터를 보고 있었다.

"마노 씨, 좀 급한 볼일이 생겨서 지금부터 편집장님이랑 둘이서 나갈 겁니다. 잘 부탁해요."

"네. 다녀오세요."

의아해하는 편집장에게 가방과 상의를 쥐어 주고 밖으로 끌고 나갔다.

"뭐야?"

"편집장님 댁으로 갑시다. 긴급한 일이에요. 이유는 나중에 이야기할 테니까 부탁드립니다."

나는 강하게 밀어붙이는 편이 아니지만 소노다 에이코 편집장도 감이 둔한 편은 아니다. 비상사태라는 것이 통한 모양이다. 우리는 급히 택시를 탔다.

편집장이 혼자 사는 맨션은 묘가다니에 있다. 내게 부하로서 그녀를 자택까지 바래다주는 역할이 돌아온 적은 없기 때문에 여기를 찾아가기는 처음이다. 장식 지붕이 달려 있는 하얀 외벽의 칠층 건물로, 현재 상황에서 다른 어떤 것보다도 고마운 설비가 딸려 있었다. 카드식 택배 보관 박스다.

액정 모니터의 작은 창에 소노다 에이코의 방 번호가 표시되어 있다.

"열어 보세요."

편집장이 의아함에 분노와 불안이 더해진 눈으로 나를 한 번 노려보고 나서 박스 안의 물건을 꺼냈다. 택배회사의 전용 봉투가 나타났다. 얇다.

"이게 뭘까?"

편집장은 돋보기안경을 꺼내서 썼다. 나는 물건의 송장을 보았다. 보낸 사람은 '주식회사 시 라인 익스프레스 영업총무부.' 비고란에 '두고 가신 분실물입니다'라고 적혀 있다. 스탬프나 인쇄가 아니라 전부 수기로 기입되어 있었다. 대단한 달필은 아니지만 깨끗한 글씨로, 읽기 쉽다. 여성의 필적이라고 느꼈다.

"내용물을 확인해 보십시오."

봉투 속을 들여다본 편집장의 눈이 흔들렸다.

"싫어, 스기무라 씨, 이게 대체 뭐야?"

편집장이 봉투를 내게 내밀었다. 띠를 두른 만 엔짜리 지폐 다발이 보였다. 백만 엔이다.

오후의 어중간한 시각이라 주위에 인기척은 없다. 관리인실의 창구에는 '순찰중'이라는 팻말이 있었다. 나는 그 자리에서 목소리를 낮추어 사정을 설명했다.

소노다 에이코 편집장의 얼굴에서 핏기가 사라져 간다.

"싫어. 나는 싫어."

"이따가 다 함께 모여서 상의하기로 했어요."

"아무래도 상관없어. 스기무라 씨한테 맡길게. 가져가. 그거 가져가라고."

봉투를 내 가슴에 억지로 밀어붙이고는, 몸을 움츠리고 등을 돌려 버렸다.

"하지만 편집장님."

"떠올리고 싶지 않아."

양손으로 얼굴을 덮고 소노다 에이코 편집장은 말했다. "그 사건에 대해서 아무것도 떠올리고 싶지 않아. 떠올리면 또 패닉에 빠져 버릴 테니까."

나는 봉투를 들고 우두커니 서 있었다.

"미안해. 하지만 난 안 돼. 제대로 생각할 수가 없어. 그러니까 부탁이야! 부탁할게. 내 몫은 스기무라 씨가 어떻게든 해 줘."

알겠습니다, 하고 대답했다. 소노다 편집장의 무릎이 덜덜 떨리고 있음을 알았다.

"이건 제가 맡겠습니다. 편집장님 말씀대로 할 테니까 안심하세요."

탕 하는 소리가 났다. 편집장이 앞으로 몸을 숙여 택배 보관 박스에 기대면서 머리를 부딪친 것이다. 그대로 움직이지 않는다.

"정말 미안해. 미안하게 생각하고 있어."

"괜찮습니다."

대체 당신을 이렇게까지 겁먹게 만드는 어떤 요소가 그 버스 납치 사건 속에 있었던 것일까. 구레키 노인 속에 있었던 것일까. 나는 치밀어 오르는 의문을 삼켰다. 소용없을 뿐만 아니라 유해한 질문이다. 소노다 에이코는 대답하지 않을 것이다—대답할 수 없을 것이다.

"편집부에는 제가 연락할 테니까 걱정하시지 말고 이대로 집에 가서 쉬십시오."

편집장은 내게 등을 돌린 채 말없이 머리를 끌어안고 있다. 나는 뒷걸음질 쳐서 그 자리를 떠났다. 소노다 에이코 편집장은 돌아보지 않았다.

내 자택 맨션에도 택배가 와 있었다. 프런트에 맡겼다는 표가 있고, 물건은 택배 보관 박스에 들어 있었다.

아내는 오늘 보호자 모임이 있어서 모모코의 학교에 갔다. 행운이었다. 더 이상 아내를 끌어들이고 싶지 않다. 박스를 열 때 나는 그것만을 생각하고 있었다.

택배회사의 전용 봉투. 깨끗한 손 글씨의 전표. '두고 가신 분실물입니다'라는 글도, 발신인도 같다.

금액은 소노다 에이코나 사카모토·마에노 커플과 같았다. 백만 엔이다.

꽤 망설였지만 결국 두 개의 봉투를 내용물이 든 채로 통근 가방 안에 넣었다. 나는 정리 정돈을 잘하는 편이지만 아내의 눈으로부터 무언가를 숨기는 데는 서툴다. 오늘은 차라리 갖고 다니는 편이 낫다.

부엌에서 물을 한 잔 마시고 다나카에게 전화를 걸었다. 부재중 서비스가 받았다. 연락을 기다리고 있다는 내용의 전언을 남기고 집을 나왔다.

편집부에는 마노와 노모토가 모여 있었다.

"무슨 일 있었습니까?"

"응, 지난 호 기사와 관련해서 OB 모임에서 잔소리를 들었지."

겉으로만이라도 사과해 두지 않으면 귀찮으니까, 하며 나는 웃었다. 매끄럽게 입을 뚫고 나오는 거짓말을 가방 속의 이백만 엔이 듣고 있다.

"대기업에는 성가신 일이 많네요. OB 모임이라니, 은퇴한 분들의 집단이잖아요."

"그러니까 체면만 세워 주면 되는 거야. 편집장님은 토라져서 오늘은 바로 퇴근했어."

이제는 그냥 기다리기만 하면 되니까 나는 평소처럼 일을 하고 있으면 되었다. 그런데 딱 하나 쓸데없는 일을 했다. 송장과 이백만 엔을 어디에 숨길지 고민할 때보다 더 한참 망설인 끝에, 회장비서실에 전화한 것이다.

오늘도 싸늘한 '얼음여왕'에게, 스기무라가 조만간 회장님을 뵙고 싶어 한다고 전해 주십시오, 하고 나는 말했다.

"지금 상황을 여쭤 보고 오겠습니다."

도야마 여사는 곧 전화기로 돌아왔다.

"언제든지 좋으니 회장님의 휴대전화로 연락하라고 하십니다."

그러고는 말투를 바꾸지 않고 이렇게 덧붙였다. "이제야 내게 이야기를 들으러 올 마음이 생겼나, 라고 하셨습니다."

다나카는 행동파였다. 이동 수단과 우리의 집합 장소라는 두 가지 문제를 한꺼번에 해결해 보였다. 마이크로버스를 조달해 지방의 인질 멤버를 싣고 도심까지 온 것이다.

만날 장소로 지정된 곳은 도쿄의 다운타운에 있는 넓은 유료 주차장이었다. 내게는 휴대전화 메일로 주소만 가르쳐 주었던 터라, 도착해 보고 놀랐다. 마이크로버스의 창문 너머에서 마에노가 나를 발견하고 손을 흔들었다.

"여기에 계속 세워 놔도 됩니까?"

"돈을 내고 세우는 건데 뭘. 차 안에 있으면 안 된다는 법률이라도 있나?"

운전석에 자리 잡은 다나카의 재킷 자락 사이로 요통 방지용 기브스가 보인다.

"내가 운전에 지쳐도 교대 요원이 있으니 안심이야."

다나카의 말과 동시에 그 교대 요원과 눈이 마주치고 놀랐다. 시바노 기사다. 마에노와 나란히 마이크로버스의 중간 자리에 앉아 있다. 내게 목례하자 앞머리가 가볍게 내려왔다. 얇은 스웨터에 청바지. 사복 차림을 하니 제복을 입었을 때보다 젊어 보인다.

"기사님도 돈을 받았어."

다나카가 아무렇게나 하는 말에 곧 마에노가 항의했다. "받지 않았어요. 보내져 온 거예요."

"어느 쪽이든 마찬가지잖아."

"아뇨, 달라요."

시바노 기사는 다시 한 번 내게 가볍게 머리를 숙이고는 말했다. "사코타 씨는 연락이 되지 않았어요. 사건 후 사이타마에 사시는 따님 댁으로 가셨기 때문에 자택은 비어 있습니다."

나는 계단을 올라가 좁은 차 안에서 몸을 틀고 가까운 시트에 앉았다. 바로 뒤에는 사카모토가 앉아 있었다. 다나카가 문을 닫았다.

"시바노 씨는 그 후로도 사코타 씨와 만나고 계셨습니까?"

시바노 기사가 눈을 내리깔며 고개를 끄덕였다. "그냥 얼굴만 뵙는 정도였지만요."

"하지만 사코타 씨는 든든했을 거예요." 사카모토가 말하며 나를 보았다. "스기무라 씨, 편집장님은요?"

"여기에 오지 않을 거야. 내가 대리를 해도 된다고 하더군."

"아직 상태가 좋지 않으신가요?"

"괜찮아. 하지만 이 건에는 관여하고 싶지 않대. 나는 위임장을 받아 왔어. 우리의 결정에 편집장님도 따를 거야."

마에노가 갑자기 눈을 깜박였다. "그럼 스기무라 씨는 두 표를 갖고 있는 거네요."

"그렇게는 안 되지. 다수결에 참가할 수 있는 건 여기 있는 사람뿐이야."

마이크로버스의 차내 조명은 다행히도 기능적인 형광등이었다. 난색暖色—노란 불빛이 아니다. 또다시 그런 색 불빛 속에서 이야기를 하다니, 나는 질색이다.

하얀 불빛 아래에서 다나카의 얼굴은 조금 붉어진 것처럼 보였다. 흥분했다기보다는 기를 쓰고 있다. 이렇게까지 과감한 행동으로 나오는 모습은 그가 얼마나 진심인지를 나타내고 있고, 진심이라는 것은 결심을 했다는 뜻이다.

"그럼 만일 다수결로 경찰에 신고하자고 결정되면 다나카 씨도 순순히 따라 주십시오" 하고 나는 말했다.

"그렇게는 안 돼." 그는 진지한 얼굴로 대꾸해 왔다. "당신 이외에는 모두 잠자코 돈을 받아 둘 거라고 생각하거든."

"모두는 아니에요!"

재빨리 항의한 마에노이지만, 내가 그녀의 얼굴을 보자 도망치듯이 고개를 숙인다. 사카모토 옆에 앉지 않고 시바노 기사에게 바싹 붙어 있었다. 사카모토도 마에노의 시선을 피하고 있다.

"이야기가 결정되면 사코타 할머니는 내가 설득하지. 할머니의 딸이 상대라면, 오히려 그쪽이 이야기가 잘 통할 거야."

나는 시바노 기사에게 말했다. "솔직히 말해서 기사님이 여기에 계실 거라고는 생각하지 않았습니다. 의외군요."

이번에 그녀는 내게서 눈을 피하지 않았다. 한 번 고개를 끄덕이고는,

"저도 망설였어요" 하고 작게 말했다.

"경찰이 아니라 우선 회사에 알리려고 했다는군. 충의의 귀감이지."

일찌감치 붙들길 잘했다며, 다나카는 조금 의기양양한 얼굴을 했다.

"내가 이 사람을 말렸어."

직전에 붙들었다며, 또 콧김이 거칠어진다.

"시바노 씨, 오늘의 일은 어떻게 하셨습니까?" 하고 나는 물었다.

"비번이에요."

"아이는요?"

"친구 집에 맡겼어요. 가끔 부탁할 때가 있으니까 괜찮아요."

"이 사람은 싱글맘이야."

마치 선전하듯이 다나카가 큰 소리로 말한다. "여자 혼자서 아이를 키우고 있다고. 이백만 엔은 큰 임시 수입이지. 앞으로 훨씬 편해질 거요. 스기무라 씨, 당신 그걸 빼앗겠다는 건가?"

시바노 기사에게는 이백만 엔인가.

"마음은 감사하지만, 다나카 씨."

목소리는 작아도 그녀의 말투는 단호했다.

"저는 그 이백만 엔을 받을 생각이 없습니다."

"당신, 아직도 그런 말을."

"다만 여러분이 돈을 받으시겠다면 그걸 방해하지는 않을게요. 제 몫도 여러분이 나눠 가지셔도 돼요. 여러분이 받지 않겠다고 결정하신다면 저도 그렇게 하겠습니다. 어떻게 되든 여러분의 의견에 따를게요."

그녀는 말을 마칠 때쯤 나를 보았다. 아무래도 그녀의 의지는 처음부터 결정되어 있었고, 여기까지 함께 온 것도 그 결의를 우리에게 공평하게 전하고 싶었기 때문인 것 같다.

"왜지요?" 하고 나는 물었다.

"저한테는 그만큼의 책임이 있기 때문이에요. 원래 버스에 남았어야 하는 입장이었는데 여러분을 두고 도망쳐 버렸으니까요."

역시 지금도 거기에 구애되고 있는 것이다.

"당신은 자신의 의사로 도망친 게 아니에요. 구레키 노인이 버스에서 쫓아낸 겁니다."

풀려난 직후에 야마후지 경부와 둘이서 이야기한 내용을 모두에게 이야기했다. 시바노 기사와 사코타는 구레키 노인이 컨트롤하기 어려운 인간이었기 때문에 제일 먼저 쫓겨난 거라고.

"그 말을 들으니까, 응, 와 닿네요." 사카모토가 고개를 끄덕였다. "시바노 씨한테는 입장이 있고, 사코타 씨는 가끔 그 할아버지의 아픈 데를 찌르는 것 같은 말을 하곤 했죠."

그 점은 나도 똑똑히 기억하고 있다.

"뭐야, 애송이, 너 배신할 셈이냐?"

다나카가 눈을 부라린다. 사카모토도 발끈했는지, 눈썹이 한일자가 되었다.

"배신하다니 그런 식으로 말하지 마세요. 저는 아직 결정하지 않았다고요."

"이 돈이 있으면 인생을 새로 시작할 수 있다고 말했던 게 누구지? 평생 청소부나 하다가 끝나고 싶지 않다고 말한 건 어느 입이었냐고."

사카모토가 몸 어딘가의 마개가 빠진 것처럼 어깨를 늘어뜨렸다. 마에노가 그를 곁눈질로 보고 있다.

"케이는 다시 대학에 들어가고 싶은 거예요."

그녀의 그 한마디만으로, 사정을 잘 알 수 있었다.

"대학에 다시 들어가서 확실하게 공부하고 졸업해서, 제대로 된 일을 얻고 싶어 해요."

맞지?—하고 사카모토에게 말을 거는 어미가 갈라지고 말았다.

제대로 된 일이라면, 사카모토는 지금도 훌륭하게 하고 있다. 하지만 이것은 그런 문제가 아니다. 해풍 경찰서 주차장에서 들었던 그의 말이 또 내 귓속을 스쳤다. 한 글자 차이지만 완전히 달라요.

대졸 자격을 얻으면 자신도 하시모토 마사히코처럼 되는 길이 열린다. 근사하게 양복을 입고 회사 차를 타고 다니는 회사원이 될 수 있을지도 모른다. 그것은 젊은 사카모토에게 인생의 리셋과 재시작이다. 백만 엔은 그 발판이 되기에 충분한 금액이다.

"메이도 학비는 필요하잖아."

그는 어깨를 움츠린 채, 동의를 구한다기보다는 따지듯이 중얼거렸다. "꿈을 이루기 위해선 돈이 필요하다는 걸 알면서."

알아, 하고 마에노도 중얼거렸다. 벌써 눈에 눈물이 그렁그렁하다. 손가락으로 눈두덩을 누르고, 그래도 모자라서 몸을 꺾다시피 하며 아래를 보았다.

"하지만 이 돈, 정말로 받아도 될지 어떨지 모르겠어."

"뭘 모른다는 거야. 영감님의 위자료라고. 전부 영감님이 말한 형태로 보내졌잖아."

약속과 달랐던 것은 금액뿐이다.

"하지만 구레키 할아버지는 부자가 아니었어요. 전혀 부자가 아니었잖아요."

혼자서 아파트에서 살고 있었어! 마에노는 소리쳤다. 뺨이 눈물로 젖어 있다.

"할아버지는 의지할 수 있는 사람도 없었어. 이야기 상대도 사회복지사밖에 없었어. 쓰레기장에서 주운 라디오를 듣고 있었어요."

"그래서 어쨌다는 거야?" 다나카도 마주 고함쳤다. "부자의 돈이라면 받아도 되고, 가난뱅이의 돈은 안 되나? 그 영감님이 살아 있을 때 어떤 생활을 했든 우리하고 상관이 있다는 거야?"

"없을 리 없잖아요!"

"없지! 영감님은 우리를 인질로 잡고 마음대로 휘둘렀어. 이건 그 위자료야. 나한테는 받을 권리가 있어!"

마에노는 본격적으로 울음을 터뜨리고 말았다. 시바노 기사가 그녀의 등을 쓰다듬는다. 다나카는 고개를 홱 돌리고는 주먹을 쥐고 운전석 옆의 창유리를 탕 쳤다.

불쾌한 노란색 불빛이 아니라 형광등의 하얀 불빛 아래, 시 라인 익스프레스의 버스보다 훨씬 작은 마이크로버스 안에서 우리는 침묵했다. 솔선해서 말을 하고, 우리에게도 말을 시켰던 그날 밤의 구레키 노인 같은 존재가, 우리 중에는 없다.

"할아버지는 이만한 돈을 어떻게 모은 걸까."

사카모토가 머리카락을 쥐어뜯으면서 말했다.

"버스 납치를 계획했을 때부터 나중에 인질이 된 사람들에게 지불하려고 모으고 있었던 걸까."

정곡을 찌른 질문이다. 나는 고개를 끄덕였다. "게다가 누구한테 맡겼던 걸까. 아마 그 누군가가 그 송장을 쓴 사람일 테고."

시바노 기사가 마에노의 등에 손을 댄 채, 사카모토와 내 얼굴을 둘러보았다.

"—조사해 보면 어떨까요."

내가 눈을 크게 뜨자 그녀는 움츠러들었다.

"아, 아뇨, 그러니까 그, 돈의 출처랄까, 정체가 신경 쓰인다면 조사해 볼 수도 있지 않을까 싶어서요."

내가 놀란 까닭은 바로 똑같은 생각을 하고 있었기 때문이다.

"저도 그렇게 생각합니다. 단서는 있고요."

"단서라니, 어떤 단서요?"

놀라는 사카모토에게 나는 쓴웃음을 지어 보였다. "너, 마에노의 특기를 잊은 거 아니야?"

앗 하고 놀라듯이 그의 외꺼풀 눈이 커졌다.

"맞아……! 메이, 아직 기억하고 있지?"

구레키 노인이 현장으로 데려오게 하려고 했던 세 사람의 주소와 이름이다. 마에노가 노인 대신 메일을 보냈다.

—말해 주면 제가 외울 수 있어요.

마에노는 충혈된 눈에 손수건을 대고 고개를 끄덕였다. "그 세 사람 말이야?"

"응, 기억하지?"

"기억하고 있고, 그 후에 메모도 해 뒀어."

사카모토가 짝 하고 손뼉을 쳤다. "됐다!"

마에노는 휴대전화의 화면에 메모해 두었다. 나는 그 데이터를 전송받았다.

"저는 이 송장이 단서가 되지 않을까 생각했는데요."

자신 앞으로 온 택배를 든 시바노 기사의 말에 사카모토는 고개를 저었다. "그쪽은 안 돼요. 시바노 씨의 버스 회사 주소와 전화번호인걸요."

"하지만 택배를 접수한 장소를 알 수 있어요."

보세요—하며 시바노 기사는 손가락으로 송장의 한 모서리를 가리켰다. 단정하게 손톱을 자른, 가느다란 손가락이었다.

"스탬프를 찍은 게 아니라 볼펜으로 직접 썼네요. '선라이즈 류마치점店.' 선라이즈는 편의점 체인이지요? 우리 집 근처에도 하나 있어요. 하지만 이 '류마치'는 적어도 제가 아는 바로는, 우리 영업 루트 중에는 없는 동네 이름인데요⋯⋯."

사카모토·마에노 커플과 나는 즉시 짐에서 그 택배를 꺼내 송장을 확인했다. 다나카는 화난 듯한 눈빛으로 그것을 보고 있다.

내 앞으로 온 택배에도 '선라이즈 류마치점'이라고 쓰여 있었다.

사카모토 앞으로 온 택배에는 '슈퍼 미야코 다카하시.' 다카하시는 물건을 받은 점원의 이름일 것이다. 마에노의 택배에는 휘갈긴 글씨로 '호리카와 아오노 상점'이라고 적혀 있다.

"검색 좀 해 볼게요. 선라이즈가 빠르겠네요."

사카모토는 당장 휴대전화를 움켜쥔다.

"시바노 씨, 굉장해요."

마에노가 아직도 눈가가 빨간 채 감탄했다. 시바노 기사는 살짝 미소를 짓는다.

"이것만으로는 부족하겠지만요."

흥, 하고 다나카가 코웃음을 쳤다. "그런 걸 조사해서 무슨 소용이 있다는 거야."

"기분이 후련해지지 않습니까."

"후련해져서 돈을 받을 수 있다는 건가? 그렇다면 아주 좋지만."

"다나카 씨가 아무것도 하고 싶지 않다면 그래도 괜찮아요. 우리끼리 할 테니까."

눈물 고인 눈으로 대꾸하는 마에노를, 휴대전화를 한 손에 든 사카모토가 말렸다. "조, 좀 조용히 해. 스기무라 씨, 시바노 씨, '류마치'는 도쿄 도에 있지 않아요. 군마 현이에요!"

"어디쯤이지?"

"마에바시 시 북쪽 끄트머리예요."

"'슈퍼 미야코'나 '호리카와'라는 지명도 그 지역에 있을지 모르겠군."

"집 컴퓨터라면 더 빠를 텐데."

나는 검색은 사카모토에게 맡기고 자리에서 일어서서 운전석 옆으로 이동했다.

"다나카 씨."

다나카의 콧방울이 넓어졌다. 얼굴의 홍조는 가셨다.

"들으신 대로입니다. 여기에서 한 가지 결정하도록 하지요."

다나카는 눈알만 움직여 나를 보았다.

"이 돈에 대해서 지금은 경찰에 신고하지 않겠습니다. 우리만의 비밀로 해 두시요. 나란 돈의 출서와 징제를 조시힐 겁니다. 우리 가 할 수 있는 한의 방법으로 조사해 보겠습니다. 내키지 않으면 다나카 씨는 관여하시지 않아도 상관없어요."

고마운 일이라고, 그는 침을 뱉듯이 말했다.

"조사해서 알게 된 것은 다나카 씨에게도 전해 드리겠습니다. 그 후에 다시 한 번 모여서 상의하지요. 그때까지 돈에는 손대지 말고 기다려 주세요."

다나카는 눈을 깜박였다. "얼마나 기다리면 되나?"

"한 달이면 어떻습니까?"

"그렇게 오래 어떻게 기다려!"

"그럼 보름만 주십시오. 보름이 지나도 아무것도 알아내지 못한 다면 우리도 방침을 바꾸겠습니다."

버스 중간에서 세 사람이 나와 다나카를 바라보고 있다.

"보름이란 말이지." 신음하는 듯한 목소리였다. "나한테는 절실하게 필요한 돈이야. 도움이 되는 돈이라고."

"알고 있습니다."

"알긴 뭘 알아."

"꼭 돈에 손을 대시겠다면 상관없습니다. 하지만 그 경우, 우리가 돈의 정체를 조사한 뒤 이건 역시 받을 수 없다, 경찰에 신고해야 한다는 결론을 내렸을 때, 당신은 곤란한 입장으로 내몰리게 되겠지요."

오늘 처음으로, 흥분과 분노 이외의 감정이 다나카의 얼굴에 떠올랐다. 낭패다.

"당신…… 나를 협박할 셈인가?"

"죄송하지만 그렇게 되겠네요."

"당신들도, 보름이나 한 달 동안이나 돈을 가지고 있다가 신고한다면 입장이 난처해질 거야. 그건 알고 있는 건가?"

"압니다. 그때는 우리가 생각한 일과 한 일을, 숨김없이 야마후지 경부님에게 설명하겠습니다. 그 사람이라면 우리의 말을 들을 귀 정도는 갖고 있겠지요."

마에노가 고개를 끄덕이고 있다.

"경찰이 이제 와서 그 사건에 무슨 신경을 쓴다는 거야."

다나카는 한탄하는 듯한 목소리로 말했다. 얼굴이 일그러지고 눈꺼풀이 떨린다.

"이 송장을 쓰고 우리에게 돈을 보내 온 인물은 구레키 노인의 협력자입니다. 버스 납치의 공범은 아니지만 그 노인의 의도와 계획을 알고 있었을 가능성이 높아요."

"그러니까 찾아내서 연행하겠다는 건가?"

"연행할지 어떨지는 상대방을 만나 보고 나서 결정할 일입니다. 그럼 안 됩니까?"

다나카는 눈을 감고 고개를 저을 뿐이다. 나는 다른 세 사람을 돌아보았다.

"분담하자."

셋이 흠칫한 듯이 등을 폈다.

"사카모토와 마에노는 류마치의 편의점과 '슈퍼 미야코'를 찾아 줘. 현지까지 가 줬으면 좋겠는데, 괜찮을까?"

물론이라고, 둘은 기세 좋게 대답했다.

"일은 괜찮겠니?"

"괜찮아요. 저는 어떻게든 될 거고, 케이는 지난 주말에 회사를 그만둬 버렸으니까."

마에노의 폭로에, 사카모토가 거북한 듯한 얼굴을 할 필요는 없었다. 그렇지 않을까 하고, 나는 눈치채고 있었다.

"개인이 회사 이름이 적힌 물건을 가져와서 발송했으니까 좀 특이한 일일 거야. 운이 좋으면 어떤 사람이 이 물건을 보냈는지, 가게 사람이 기억하고 있을지도 몰라. 잘 물어봐 주지 않겠니?"

"알겠어요. 그 세 사람 쪽은 어떻게 할까요?"

"그쪽은 내가 맡지."

내 독단에 젊은 커플은 순간 뜻밖이라는 얼굴을 했다.

"멋대로 말해서 미안하지만, 이쪽은 신중하게 알아보는 편이 좋을 것 같아. 젊은 너희들이 가는 것보다 명함을 내놓을 수 있는 내쪽이 이야기가 잘 통할 것 같은데."

"스기무라 씨는," 마에노가 커다란 눈으로 나를 본다. "사건에 익숙하다고 하셨지요."

"응. 실은 이런 조사에도 좀 익숙해. 아는 사립탐정도 있고."

이 말은 거짓말이다. 지금은 없다. 하지만 이 자리의 거짓말은 기타미 이치로도 용서해 줄 것이다.

"그 탐정님은 믿을 수 있는 사람인가요?"

"믿을 수 있어. 게다가 나도 사정은 얘기하지 않을 거야. 노하우만 배울 거니까, 안심해."

시바노 기사가 얇은 스웨터의 가슴에 손을 댔다. "저는 어떻게 할까요?"

"세 가지 부탁이 있습니다. 우선 우리의 돈을 맡아 주시겠습니까?"

다나카를 바라보니 완고한 표정으로 핸들을 노려보고 있다.

"다나카 씨의 몫은 다나카 씨가 보관하시면 되지만, 소노다 씨와 우리의 몫은 시바노 씨에게 부탁하고 싶습니다. 이런 큰돈을 집에 두자면 불안하시겠지만."

"괜찮아요. 확실하게 보관하겠습니다."

"두 번째는, 어떻게든 사코타 씨나 따님께 연락을 해 주십시오.

연락이 되면 그 후에는 제가 만나러 가겠습니다."

세 번째는 조금 번거롭다.

"구레키 노인은 시바노 기사님의 자제분—요시미의 이름을 알고 있었지요?"

떠올리면 지금도 등골이 오싹해지는지, 시바노 기사는 추워 보였다.

"네, 분명히 이름을 불렀어요."

"기초 조사를 위해서 몇 번 버스를 탔다고 해도 아이 이름까지는 알 수 없어요. 그 노인은 좀 더 적극적인 수단을 써서 당신을 조사했을 겁니다. 회사 동료나 이웃 사람들한테 물어봐시요. 그런 일이 없었는지, 슬쩍 주위에 확인해 봐 주시겠습니까?"

구레키 노인이 시바노 기사 가까이에서 어떤 인간관계를 맺고 있었을 가능성은 버릴 수 없다. 그렇기 때문에 더더욱 그녀가 운전하는 그 노선버스를 무대로 삼았을 수도 있다.

"알겠어요. 해 보겠습니다."

시바노 기사는 가방에서 메모지를 꺼내 내 지시를 적었다. 젊은 커플과 나는 사백만 엔을 모아서 그녀에게 건넸다.

"스기무라 씨, 당장 그 세 사람 중 누군가를 만나러 가실 건가요?"

"응. 하지만 그 전에, 오늘 밤 안에 할 수 있는 일이 하나 있어."

주의 깊게 행동하자, 서로 자주 연락하자. 그리고 나는 여전히 입을 다물고 있는 다나카에게 모쪼록 안전 운전으로 모두를 집까지 데려다 달라고 부탁한 뒤 마이크로버스에서 내렸다. 걸음을 옮기며 문구점을 찾았다. 급하게 써야 할 것이 있다.

7

약속한 오후 열시보다도 삼십 분 일찍, 나는 장인의 집에 도착
했다. 한적한 주택가 안에서도 한층 눈에 띄는 편백나무 울타리
주위를 천천히 걸으며 머리를 식혔다.

광대한 부지 안에는 장인의 집과 손위 처남 일가의 집, 몇 개의
시설이 흩어져 있다. 바로 반년쯤 전까지는 우리 가족도 살았던
장인의 집, 이마다 본가는 고풍스러운 일본식 건축물로 부지 안에
서는 가장 남쪽에 있다. 정면 현관으로 통하는 정문 외에 통용문
두 개가 동서에 있고 곧장 본가로 가려면 동쪽 문이 가깝다. 그 점
도 이곳에서 살면서 처음으로 깨달았고 그 전까지 나는 서쪽 통용
문이 있는 줄도 몰랐다. 이런 사소한 사실은 나와 이마다 가의 관
계성을 은유하고 있다. 이마다 가 사람들에게는 당연한 것을 나는
모르고 알 기회도 적은 것이다.

새삼스럽게 그런 생각을 하는 이유는 상의 안주머니에 숨기고
있는 것 때문이리라. 나는 나호코와의 결혼을 허락받기 위해 처음
으로 장인을 만났을 때 못지않을 만큼 긴장하고 있었다.

통용문의 인터폰을 누르자 평소처럼 장인을 모시는 가정부의

목소리가 대답했다. 장인을 위해 이마다 가에서 일하고 있는 사람이기 때문에 우리가 같이 산(라기보다는 더부살이지만) 무렵에는 의외로 집 안에서 얼굴을 마주칠 일이 없었다.

"기다리고 계십니다. 서재로 가시지요."

가정부의 말에 나는 그리움과 안도를 느꼈다. 나에게 장인의 저택은 역시 이렇게 밖에서 찾아와 안내받는 장소다. 정착해서 살 장소가 아니다.

독서가인 장인의 서재는 오히려 서고라고 부르는 것이 어울린다. 장인은 기모노를 입고 편안히 쉬고 있는 것처럼 보였지만 깊은 주름이 새겨진 눈가에는 약간 피로의 빛이 있었다.

"방금까지 성가신 손님이 와 있었다네."

나는 이곳에 왔을 때의 기본 위치, 장인의 책상 맞은편에 앉았다. 곧 가정부가 와인 쿨러와 잔을 실은 왜건을 밀고 와서 놀랐다.

"오늘은 차를 안 가져왔지? 한잔하세."

장인이 자택에서 기모노 차림으로 만나는데 피곤해질 손님이란, 정말 성가신 타입의 손님인 것이다. 나는 자신이 가져온 성가신 용건을 생각하고 또 상의 가슴을 가만히 눌렀다.

"기미에 씨, 오늘 밤에는 이만 됐소."

안주인 치즈 접시를 늘어놓는 가정부에게 장인은 말을 걸었다. 장인은 이 사람을 늘 이름으로 부른다.

"알겠습니다. 먼저 쉬겠습니다. 너무 오래 계시지는 마세요."

가정부가 미소를 짓자 장인은 쓴웃음을 지으며 "예, 예" 하고 말했다.

"나는 한 잔만 마시고, 나머지는 스기무라한테 마시게 하겠소."

스페인 북부산이라는 화이트 와인은 혀가 아릴 정도로 차갑게 식어 있고 쌉쌀했다.

"소노다 얘기겠지."

간접 조명을 받으며 서적에 둘러싸인 기분 좋은 침묵과 와인이 주는 편안함을, 장인의 그 말이 깼다.

나는 잔을 옆에 내려놓고 앉은 자세를 고쳤다. "네."

"꽤 시간이 걸렸군. 좀 더 일찍 물어보러 올 거라고 생각했네."

"도야마 씨한테서도 그렇게 들었습니다만 저는 회장님께 여쭤 볼 생각이 없었습니다."

장인의 백발이 섞인 풍성한 눈썹이 약간 움직였다. "노조 위원 으로부터 정보가 들어가지 않았나?"

다 알고 있었던 것이다.

"옛날 소문은 들었습니다. 그냥 소문이지요. 그것도, 오히려 수 수께끼가 늘어날 듯한 내용이었고요."

편집장이 건강하게 복귀한 이상 알아볼 필요가 없다고 생각했 다고 말했다.

"뭐, 자네답군."

장인은 가볍게 고개를 끄덕이고 내 잔에 와인을 더 따르더니, 약간 망설이고 나서 자신의 잔에도 더 따랐다. "기미에 씨한테는 비밀일세."

"네, 알겠습니다."

나도 웃음을 띨 수 있었다.

"그래서? 자네가 방침을 바꿔 이곳에 온 걸 보면 뭔가 상황에 변화가 있었던 게로군."

나는 품속 주머니에서, 급하게 찾은 문구점에서 조달한 편지지에 써서 봉투에 넣은 것을 꺼냈다.

"말씀드리기 전에, 이걸 받아 주셨으면 합니다."

일어서서 자세를 바르게 하고 목례한 후 그것을 양손으로 장인에게―이마다 콘체른 회장 이마다 요시치카에게 내밀었다.

장인은 받지 않았다. 내가 내미는 봉투를 일별한 뒤 봉투 겉에 쓴 글씨를 보았을 텐데도 물었다.

"뭔가?"

나는 대답했다. "사직서입니다."

졸린 듯이 장인은 천천히 눈을 깜박였다. 손에 든 잔 속의 와인이 흔들리는 일은 없었다.

"거기 두게."

나는 시키는 대로 했다. 사직서를 담은 봉투가 비뚤어지지 않도록 특별히 주의 깊게 놓았다.

"됐으니 앉게."

나는 시키는 대로 했다.

"자네가 목소리를 낮추지 않으면 할 수 없을 만한 내용의 이야기라면 어쩔 수 없지만 오늘은 보청기 상태가 나쁘니 가능하다면 보통 목소리로 이야기해 주지 않겠나?"

장인이 보청기를 사용하기 시작한 것은 일 년쯤 전의 일이다. 감기에 걸려 며칠 동안 앓아누운 일이 계기가 되어 난청 기미가 생겼고 특히 왼쪽 귀의 청력이 심하게 떨어졌다. 곧 조달한 보청기는 독일제로, 사용자의 청력에 맞추어 일일이 손으로 만든 훌륭한 보청기였지만 장인의 말에 따르면 그날그날 상태가 달라진다고 한다. 장인의 컨디션과 보청기의 컨디션이 맞지 않는 날이 있다는 뜻인지도 모른다.

나는 털어놓았다. 오늘 밤에 유료 주차장에 세워 둔 마이크로버스 안에서 인질 멤버들과 주고받은 말까지 가능한 한 정확하게 재현해서 이야기했다.

그동안 장인은 한 번 잔을 비우고, 이번에는 망설이지 않고 가득 따랐다.

"원래는 소노다 편집장의 입을 통해 직접, 그때 구레키 노인과 주고받은 대화가 무슨 뜻이었는지 들어야겠지만."

"아니, 그건 무리일 걸세." 장인은 일언지하에 부정했다. "소노다는 이야기하지 않을 거야. 그렇다기보다는 이야기할 수가 없네."

"편집장의 분위기로 봐서 저도 그렇게 생각했습니다."

"음. 그 판단은 옳아."

단 그 이후의 추론은 별 도움이 안 되네, 하고 말을 이었다.

"소노다와의 대화를 해석함으로써 구레키라는 남자의 정체를 추측할 수 있다고 해도, 그게 돈의 출처를 찾는 직접적인 단서가 될 거라고는 생각되지 않는군."

"하지만 그의 생업을 알면."

"설령 안다고 해도 옛날 일이 아닌가. 현역이 아닐 테지. 구레키가 경찰에 붙잡히게 하려던 세 사람의 정체를 알아보는 편이 훨씬 간단할 것 같네만."

이때 장인은 살짝 고개를 갸웃거렸다.

"다만 그 세 사람의 입을 열게 하려면 구레키가 어떤 인간인지 알고 있는 편이 좋으려나."

혼잣말처럼 중얼거리며 와인 잔을 만지작거린다.

"어떤 인간인지." 내가 복창하자 장인은 천천히 고개를 끄덕였다.

"자네의 인상은 어땠나?"

"교직에 몸담았던 게 아닐까 싶더군요. 교섭인을 맡았던 야마후지 경부도 같은 의견이었습니다."

음, 하고 장인은 작은 목소리로 말했다. "이런 경우, 뭐라고 하더라. 들어맞는 건 아니지만 영 틀린 것도 아닌. 그걸 한마디로 나타내는 표현이 있지 않나? 젊은 사람들이 쓰는."

나는 생각했다. "아깝다거나, 가까웠다거나."

이건 평범한 말인가.

"아니―아, 그렇지. 스쳤다, 일세."

장인은 스스로 생각해 내고 웃었다.

"그렇다고 해도 나 또한 소노다의 언동에서 추측했을 뿐이라서. 이쪽도 이쪽대로 스쳤을 뿐이거나, 아니면 영 빗나갔을지도 모르네. 그걸 양해하고 들어 주게."

구레키라는 남자는, 하고 장인은 목소리를 낮추었다.

"아마 '트레이너'였을 걸세."

트레이너. 그 말을 듣고 생각나는 것은 운동선수 옆에 있으면서 트레이닝을 시키거나 건강을 관리하는 사람들인데.

"스포츠맨하고는 상관없네. 최근에는 내가 말하는 의미로 사용되진 않겠지."

장인은 와인 잔을 내려놓고는 책상에 양쪽 팔꿈치를 대고 양 손가락들을 서로 깍지 꼈다. 이 서재에서 그런 포즈를 하면 이마다 요시치카는 기업인이라기보다 학자나 사색가로 보인다.

"1960년대부터 70년대 중반에 걸쳐서, 즉 고도 성장기 때지. 기업의 신입사원 연수나 관리직 교육에 하나의 붐이 일었네. '센시티비티 트레이닝'이라는 건데."

머리글자를 따서 'ST'라고도 부른다고 한다. 직역하면 '감수성 훈련'이겠지만 일본어로는 소화가 잘 안 된다.

"기업인의—감수성을 단련하는 훈련입니까?"

내가 어느 모로 보나 의아한 얼굴을 하고 있었기 때문일까. 장인은 쓴웃음을 지었다.

"이 경우는 '기업 전사를 단련한다'고 해야겠지."

이십사 시간 회사를 위해 일할 수 있는 전사인가.

"개인의 내면을 깊이 파고듦으로써 그 능력을 활성화하고 동시에 그 개인이 소小집단 안에서 적절한 일을 하도록 협조성도 기르는 걸세."

"내면을 깊이 파고든다니, 심리요법 같은데요."

"맞아. ST는 심리요법일세. 다만 요즘의 일반적인 심리 카운슬링 같은 것과는 달라. 최종적인 목적은 개인을 단련해서 그 능력을 꽃피우는, 또는 수준을 향상시키는 데 있으니까 치료를 하는 요법이 아닐세. 좀 더 요구가 가혹하지."

나는 왠지 모르게 불쾌한 냄새를 맡았다.

"ST의 교관을 트레이너라고 부르는데." 장인은 말을 이었다. "트레이너는 일대일로 수강생을 지도하는 것이 아닐세. 수강생 쪽은 아까도 말했다시피 소집단, 다섯 명에서 열 명, 많아야 스무 명 정도로 이루어진 그룹이지. 거기에 트레이너가 한 명 내지 두 명 붙어서 전체의 교육과 통솔을 맡네."

"그 형태로 개인의 내면을 깊이 파고든다." 나는 중얼거렸다. "역시 집단 카운슬링 같네요. 각 참가자에게 자신의 내면을 이야기하게 하고 그것에 대해서 토론하는 거지요?"

의존증 치료에 자주 사용되는 방식이다.

"그래. 다만 그 통솔 역을 맡은 트레이너는 의사가 아닐세. 그게 정규 심리 카운슬링과는 크게 다른 점이지."

노골적으로 말하자면 누구나 트레이너가 될 수 있다. 장인의 말투는 씁쓸했다.

"ST의 효과와 수법을 숙지하고 있고 자신도 거기에서 여러 가지 의미로 덕을 보았으며 머리 회전이 빠르고 말을 잘하는 인간이라면 말일세."

심리학이나 행동심리학의 문외한이 그 방법론의 일부만을 배워서, 그것으로부터 큰 효과를 끌어낼 수 있다는 신념하에 소집단을 이끌고 '교육'한다.

내 코끝에 떠도는 왠지 모르게 불쾌한 냄새가 확실하게 불쾌한 냄새로 바뀌었다.

"사원 연수라면 참가자는 회사의 명령으로 간 거겠군요. 그렇다면 트레이너에게 거역할 수 없지요."

장인은 나를 바라보며 고개를 끄덕였다.

"트레이너가 어떤 지도 방법을 취하든 거역할 수 없어요. 신입 연수로, 관리직 교육으로, 이게 적절하다는 말을 듣고 참가했다면 참가자에게도 효과를 올리고 싶다는 절실한 희망이 있을 테니까 기꺼이 순종적인 태도가 될 테고요."

월급쟁이라면 누구나 출세에 욕심이 있는 것이 당연하다. 이 연수에서 좋은 성적을 거두면 그게 바로 자신의 업무력 향상으로 이어진다고 믿을 경우, 필사적으로 '좋은 연수'를 받으려고 하는 것이 자연스러운 심정이다.

"게다가 그 차려진 밥상 위에서 참가자 개개인의 내면을 파고들어 가는 '교육'을 한다면, 트레이너의 성격이나 지도법에 치우친 데가 있을 경우에는 무서운 일이 일어날 가능성이 있지요."

"바로 그렇게 되었네" 하고 장인은 말했다. "당시 ST와 관련해 몇 건이나 사고가 일어나곤 했지. 대부분은 주최자 측에 의해 덮였지만 그런 건 완전히 지울 수 있는 게 아니라네."

"어떤 종류의 사고입니까?"

"참가자의 자살일세."

장인의 서재는 결코 틈새 바람이 불어 들어올 만한 곳이 아니다. 그런데도 나는 목덜미에 닿는 싸늘함을 느꼈다.

"미수로 그친 케이스도 있지만 막지 못한 케이스도 있네. 당시 내가 받은 사고 보고는 세 건이었는데 어느 것이나 발생 과정이 비슷했다네."

누군가 한 사람이 궁지에 몰리는 것이다.

"참가자들이 서로의 내면으로 깊이 파고드네. 표현으로는 그럴 듯하지만 구체적으로 어떻게 하느냐면 말이지, 우선 참가자 한 사람 한 사람에게 자신은 어떤 인간인지를 이야기하도록 시키네. 내 장점은 이런 거고 단점은 이런 겁니다. 나는 이렇게 자기를 인식하고 있습니다, 하고. 구두로 하는 경우도 있고 리포트를 쓰게 할 때도 있네."

다음 단계에서는 그것을 원안으로 삼아 모임을 진행한다고 한다.

"트레이너는 사회자 역을 맡고 서로가 참가자 개개의 자기인식을 평가하지. 그때는 솔직하고 기탄없이 '분명하게 말할'수록 평가가 높아져. 연령차나 선후배 관계 같은 건 무시해도 되네. 직장에서의 포지션은 전혀 상관없어. 이 자리에서는 모두가 평등하게 한 개인이다, 하고 싶은 말은 전부 해도 된다, 면서 말일세."

장인은 와인 잔을 집어 들고는 한 모금 잔뜩 들이마셨다.

"물론 그런 상호평가와 대화 속에서, 직장에서는 바랄 수도 없는 신선하고 건설적인 관계가 생겨날 때도 있겠지. 개인의 잠재 능력이 개발되는 경우도 있을 걸세. 실제로 ST에는 그런 효과가 있었기 때문에 인기가 높았어."

"하지만 위험과 이웃해 있지 않습니까" 하고 나는 말했다. "어떻게 해도 서로 힐책하는 게 될 텐데요."

장인은 고개를 끄덕이고 잔을 내려놓았다.

"그래도 참가자 전원이 평등하게 서로를 비판한다면 그나마 낫네만."

그런 형태로는 되지 않는 것이 인간이다. 세 명만 모이면 파벌이 생긴다. 그것이 인간이다.

누군가가 누군가를 비판하고 거기에 다른 누군가가 동조한다. 그 의견에 반대하는 누군가가 나타나고 그룹은 둘로 나뉘어 논쟁하게 된다. 그러나 그 일시적인 파벌은 불안정한 것이어서 논쟁의 흐름에 따라 쉽게 변화하고 구성원도 바뀐다. 달라붙었다 떨어지기도 한다.

"여기에서는 모두가 평등한 하나의 개인이라는 말을 들어도, 네, 그렇군요, 하고 백지가 될 수 있을 만큼 인간은 단순하지 않잖나. ST를 받는 자리에는 직장의 인간관계나 역학 관계, 질투나 선망이나 호오의 감정이 그대로 들어오게 되네."

상호비판의 자리에서는 그런 감정도 드러나게 된다.

"그런 자리에서는 작은 계기로 어떤 한 사람에게 비판이 집중될 때가 있네."

그러면 그 비판은 금세 옳은 비판이 아니라 집단에 의한 괴롭힘으로 바뀐다.

"ST를 받는 자리로 사용되는 건 대부분 산속의 산장이나 일상을 떠난 장소일세. 주최자 측이 장소를 제공하는 경우가 있는가 하면 기업이 자사 연수원이나 휴양소에 ST 트레이너를 초청하는 경우도 있고, 어느 쪽이든 바깥세계와 단절된 장소인 데다 연수 기간 중에는 수강자들에게 외출이 허락되지 않네. 기상할 때부터 취침할 때까지 트레이너가 세운 스케줄에 따라 규율을 지키며 생활하는 거지."

그러니 도망칠 곳이 없다고, 장인은 말했다.

"한편 체력 트레이닝도 ST의 중요한 메뉴일세. 평소에 운동과는 인연이 없는 사람도 매일 아침 기상 후에 러닝을 10킬로미터 해야 한다거나. 완주하지 못하면 폭력적인 페널티를 받게 되지."

"정신적으로만이 아니라 체력적으로도 한계에 몰리게 되는 거로군요."

한기가 느껴지는 시스템이다.

"모임은 장기간에 걸쳐, 늦은 밤까지 이어질 때가 있기 때문에 수면도 부족해지네. 식사는 세 끼가 제대로 주어지지만 기력과 체력을 잃으면 먹을 수도 없게 될 테지."

나는 저도 모르게 말했다. "군대 같아요."

"그렇게 표현할 거면, 군대 훈련 시스템의 나쁜 부분만을 끄집어낸 것 같다, 고 해 주지 않겠나?"

장인은 가벼운 말투로 말했지만 눈은 어둡게 흐려져 있었다.

"제게 ST라는 건, 어떤 의미이든 훈련이라고 생각되지 않습니다. 개인의 자아를 붕괴시키는 파괴 행위 같다는 생각이 들어요."

"하지만 그게 올바른 기업 전사를 만드는 방법이라고 많은 기업인이 신봉하던 시대가 있었네."

"회장님도요?"

그렇지 않았을 거라고 생각하기 때문에 큰맘 먹고 물었다.

"회장님은 유행하는 건 싫어하시잖아요. 특히 많은 사람이 입을 모아 칭찬한다는 이유만으로 유행하는 건."

장인은 입을 다물고 말았다.

"나도 기업인이니까."

이윽고 목소리를 낮추어 그렇게 말했다.

"놀랄 만한 효과가 나는 새 사원 교육 시스템이라는 얘기를 듣고 흥미는 가졌네. 그렇기 때문에 여러 정보를 모았네만."

다시 잔을 집어 들었다가 이번에는 마시지 않고 책상에 내려놓았다.

"하지만 내가 최종적으로 우리 회사에 ST를 도입하지 않겠다고 결정한 건 자살한 사람이 나왔다는 정보 때문이 아닐세. 사고 정

보를 부인할 수 있을 듯한—지금 생각하면 그것도 대본영 발표^{태평}

양전쟁 때 일본의 육군부 및 해군부가 실시했던 전쟁에 관한 공식 발표. 당초에는 거의 사실대로 발표했지만 미드웨

이 해전 무렵부터는 피해를 축소화하는 발표가 눈에 띄기 시작했고, 패전 직전에는 승패를 정반대로 발표하는 등의

조작이 일상적으로 이루어졌다. 현재는 '내용을 전혀 신뢰할 수 없는 허위 공식 발표'라는 뜻으로도 쓰인다 같은

거네만—훌륭한 실례實例도 들었네. 너무나 훌륭해서 속지 않도록

조심하고 싶어지는."

나는 장인의 조용한 분노를 느꼈다.

"내가 ST를 받아들일 수 없었던 건 그 시스템 안에 매우 허약한

부분이 있다고 생각했기 때문일세."

"허약한 부분?"

"그러니까 트레이너 말일세."

교관 한 사람, 한 사람에게 지나치게 강대한 지배력이 주어졌다

고, 장인은 말했다.

"아까 자네가 얘기한 것처럼 그 점에서 군대와 비슷하지. 초년

병을 괴롭히는 선임은 그저 자신이 선임이라는 이유만으로, 규율

유지와 훈련을 명목으로, 그 이전의 평온한 일상생활 속에서는 본

인 자신도 깨닫지 못했던 짐승성을 해방할 수 있었네. 극단적으로

폐쇄적인 상하 관계 속에서는 작은 권력을 쥔 아주 약간 더 상위

의 인간이, 거기에 어울리는 능력도 자격도 없는데 하위의 인간의

생사여탈권을 완전히 쥐고 말 때가 있지. 나는 그게 싫네. 내가 이

세상의 무엇보다도 미워하지 않을 수 없는 게 그거야."

장인에게는 종군 경험이 있지만 자세히 이야기한 적은 없다. 적

어도 나는 들은 적이 없다.

지금 그 일부를 듣고 있다.

"나는 태평양 전쟁 때 말기에 징병당해서 더 이상 수송선이 없었기 때문에 외지로 보내지지 않았네. 본토 결전에 대비하기 위해서 구주쿠리의 모래사장에서 구멍을 파고 있다가 종전을 맞았지."

그래도 싫은 것을 보고 듣기에는 충분했네―라고 했다.

"그 후로 내 안에는 하나의 확신이 생겨났네. 인간은 기본적으로 선량하고 건설적이야. 하지만 특정 상황에 놓이면, 그래도 여전히 선량하고 건설적일 수 있는 타입과 상황에 삼켜져서 양심을 잃어버리는 타입으로 나뉘네. 그 '특정 상황'의 전형적인 사례가 군대이고 전쟁일세."

폐쇄적인 극한 상황이다.

"내 눈에는 ST 트레이너가 육군의 선임들과 겹쳐 보였네. 유능하고 냉정하고, 자신이 가진 힘을 잘 컨트롤할 수 있는 트레이너라면 ST로 좋은 효과를 가져올 수 있지. 내가 들은 사원 교육의 성공적인 예는 그런 케이스일 걸세. 하지만 자살한 사람이 나온 케이스에서는, 트레이너가 틀린 거야. 방법을 틀린 게 아닐세. 인간으로서 틀린 걸세."

극한 상태의 작은 권력에 취해 자신 안의 짐승성을 해방했다.

"누군가를 공격하는 게 즐거울 때가 있네. 상대가 궁지에 몰리는 걸 즐기는 거지. 인간에게는 누구나 그런 사악한 부분이 있네. 하지만 그 이상으로 사악한 건 그렇게 타인을 몰아가는 걸세. 부추기는 거야. 그게 옳다고 타인의 머리에 새기는 걸세."

ST는 트레이너라는 입장의 인간을 그렇게 만들 위험성을 품고 있는 시스템이다. 그래서 이마다 요시치카는 거의 체감적으로 ST를 싫어하고 멀리했다.

"회장님은 옳은 판단을 하신 겁니다."

내가 말한 후에 침묵이 내려왔다. 장인은 와인 잔을 바라보며 입을 다물고, 나는 장인을 바라보며 입을 다물었다. 땀을 흘린 와인 병이 서재의 부드러운 조명 아래에서 희미하게 빛나고 있다.

"70년대도 후반쯤 되니 ST는 급속하게 수그러들었네. 한때의 열이 거짓말인 것처럼 가시고 말이야. 그런 것 따윈 없었던 듯했지."

"사원 연수에는 바람직하지 않은 위험한 방식이라는 정보가 침투한 거로군요."

"아니, 단순히 고도성장이 끝나고 기업이 사원에게 요구하는 이상상理想像이 달라졌을 뿐인지도 모르네."

장인으로서는 보기 드물게 비꼬는 말투였다. 눈 속에 뾰족한 빛이 있었다.

"말하는 걸 잊었는데, ST에는 큰돈이 든다네. 그래서 붐일 때는 우후죽순처럼 주최자가 늘었지. 돈이 벌리니까. 그러다 보니 옥석이 섞여 ST는 더욱더 수상쩍은 것으로 전락했네."

돈이 모이는 곳에는 우수한 프로가 모이지만 우수한 프로를 가장한 가짜도 모인다. 그러면 그 자리가 가져오는 효과의 정밀도가 떨어지고 필연적으로 신뢰성과 흡인력이 내려간다.

"갈수록 높아지던 성장이 한숨 돌리고 나면, 보통의 기업이 자 칫 잘못하면 죽는 사람이 나오는 위험한 연수에 그렇게 큰돈을 쏟 아부을 수는 없지."

ST의 수요는 줄고 붐은 지나갔다.

하지만—하고 장인은 고개를 젓는다.

"과학 기술과 마찬가지로, 심리학처럼 인간의 마음에 작용하는 학문인 경우에도 거기에서 발견되고 일반화된 방법론은 그렇게 간단히 사라지지 않는 법일세. ST는 사라졌지만 ST의 스킬—ST 이 개념은 남아 있었지. 다만 그것이 사원 연수니 관리직 교육 같 은 쪽이 아니라 다른 분야로 진출해서 확산되기 시작했네만."

장인은 단숨에 그렇게 말하고 괴로운 듯이 입술을 적셨다.

"어차피 변명이지. 결국 내가 판단을 잘못한 걸세. 82년 4월, 소 노다를 비롯한 여사원 열여덟 명을, 내가 회사 명령으로 참가시킨 연수의 내용은 ST와 비슷한 것이었네. 아무리 프로 심리학자를 대 동한다거나, 수강자의 의사를 최대한으로 존중한다거나, 트레이 너 제도가 아니라 커리큘럼별 전임 강사제를 실시한다든가 해서, ST가 품고 있던 문제점에 일일이 대증요법적인 대처가 되어 있었 다고 해도 내용이 똑같다면 똑같은 위험이 있지."

수강자가 궁지에 몰리고 자아붕괴의 위험에 직면해 패닉에 빠 진다. 자신을 알 수 없게 되고 능력이 높아지기는커녕 정서 불안 정에 빠진다.

"소노다는 그런 기질일세."

장인은 더욱더 괴로워하는 듯한 말투로 말을 이었다. "상대가 강사든 학자든 부조리하게 머리를 짓눌리는 것을 참지 못하지. 이치에 맞지 않는 걸 싫어하네. 그리고 싫다, 싫다, 고 생각하면 잠자코 있지를 못해."

나는 고개를 끄덕였다. "그건 편집장의 장점입니다. 권위나 권력이 그저 그 자체만으로 옳기만 한 건 아니라고 생각하는 지성과 그것을 입으로 말할 기골이 있다는 뜻이니까요."

"ST의 사고방식으로는 그런 기골은 부러져야 하는 걸세."

"그래서 편집장도 집단에 의해 개인이 공격당하는 처지에 빠지게 된 겁니까? 그 결과 패닉 상태에?"

당장은 대답이 없었다. 침묵 속에서 나는 택배 보관 박스 앞에서 머리를 끌어안고 떨고 있던 소노다 에이코 편집장의 모습을 떠올렸다.

"소노다네가 참가한 연수는 '페노미나 인재 개발 연구소'라는 단체가 주최한 걸세. 기업의 여성 사원만이 대상이었지. 이제부터는 여성 사원이 기업에게 중요한 전력이 될 것이다, 그러니 여성 사원을 단련하자, 는 것은 80년대 초에는 꽤 앞선 발상이었네."

하지만 상대가 여자니까—라고 말하더니 장인은 갑자기 얼굴을 일그러뜨리며 웃었다. "이렇게 말하면 소노다에게도 도야마에게도 야단맞겠지."

"저는 아무한테도 말하지 않을 겁니다."

장인은, 이번에는 정말로 웃었다. "상대가 여자니까, 무턱대고 엄하게 단련한다는 방식은 아니었네. 지금까지 기업에서 잠재워져 온 여성 사원들의 능력을 '상호이해와 융화'에 의해 활성화시킨다는 게 캐치프레이즈였네."

상호이해와 융화, 인가. 공격이 아니라.

"연수 방식도 기본적으로 그룹 단위가 아니라 일대일로 하는 방식이었고 수강자 각자의 개성을 끌어내는 데 무게를 두고 있었네. 하기야 그런 방식이기 때문에 더더욱, 소노다처럼 자신의 담당 강사와 맞지 않으면 더 괴로웠겠지만."

나는 한 발 들어놓았다. "편집장의 담당 강사는 그녀에게 뭘 했습니까?"

또, 당장은 대답이 없었다.

"그 연수에서는 ST처럼 수강자를 체력적으로 한계에 다다르게 만들어서 자아의 틀을 느슨하게 하는, 그런 난폭한 방식은 쓰지 않네. 하루의 커리큘럼 속에는 자유 시간도 있었고 수면 시간도 제대로 확보되어 있었네."

도망치듯이, 장인의 말투가 빨라져 간다.

"다만 수강자의 수강 태도가 나쁘고 담당 강사이 지도에 따르지 않는 경우에는 제재를 가해도 인정되었네. 수강자 쪽이 인정한 게 아닐세. 페노미나 인재 개발 연구소가 멋대로 인정하고 있었을 뿐이었는데."

그것은 어떤 제재였을까.

"'반성실'에 가두는 걸세." 장인은 말했다. "놈들의 세미나 시설에는 그걸 위한 방이 있었네. 사전 견학 때는 창고나 자재실로 위장해서 결코 보여 주지 않지만."

"감금 전용 방이라는 뜻입니까?"

"그렇다네. 창문에는 창살, 문은 밖에서 잠기고 에어컨도 조명도 외부에서 컨트롤되지. 실내에는 이불 하나와 변기, 그리고 모니터가 한 대 있었는데 놈들이 만든, 잠재능력 개발과 정신 해방에 효과가 있다나 하면서 선전하는 영상을 이십사 시간 내내 틀어 놓았지."

나는 기가 막혔다. "감금에 고문이군요. 죄수보다 더 심해요."

장인은 아랫입술을 깨물며 고개를 끄덕였다.

"소노다는 연수 사흘째 밤에 여기에 갇혔고 그때는 두 시간 만에 풀려났네. 하지만 그 후 반성이 부족하다고 해서 나흘째 심야에 또 방에서 끌려나와 반성실로 옮겨졌고 아침이 되어 자살을 시도했네."

어떻게 해서 자살을 시도했는지, 나는 무서워서 물어볼 수가 없었다.

"벽에 머리를 부딪쳐서 말이야."

장인의 목소리가 속삭임 정도로 낮아졌다.

"그동안 내내 꺼내 달라고 소리쳤다고 하네. 실내는 조명이 꺼져서 캄캄했네."

그렇게 마시지도 않았을 텐데 와인의 취기가 갑자기 돌기 시작했다. 가슴이 메슥거린다.

"누가 구출해 준 겁니까?"

"이 연수에 동행한, 페노미나 인재 개발 연구소 전속 심리학자일세. 그 선생 덕분에 우리도 소노다에게 무슨 일이 일어났는지 정확하게 알 수 있었네. 그 점에서는, 페노미나라는 조직이 예전의 ST 주최자들보다는 낫다고 인정해야겠지."

조직 내에 이런 방식은 이상하고 잘못되었다고 판단할 수 있는 능력과 지성의 소유자를 두었다는 점에서는.

"경찰에 신고했습니까?"

장인은 마치 내게 꼬집힌 것 같은 얼굴을 했다.

"단념했네. 소노다가 취조를 견딜 수 있을 만한 상태가 아니었고."

나도 마음이 꼬집힌 것처럼 아팠다.

"대신에 나는 페노미나 인재 개발 연구소를 철저하게 조사했네. 그 조직을 생체해부하고 산산조각 낼 생각이었네. 그러기 위해서 필요한 일이라면 무엇이든지 했어."

장인이 그렇게 하려고 생각했다면 사실 그렇게 되었을 것이다.

"소노다 사건이 있고 나서 일 년 후에 페노미나 인재 개발 연구소는 간판을 내렸네. 다만 관계자 중 누구 하나 형사 처분을 받지 않았던 것이, 나는 지금도 분해."

스스로에게 화가 난다—며 주먹을 움켜쥐는 이마다 요시치카의, 깊은 곳에서부터 빛나는 눈은 확실한 어떤 기억을 응시하고 있다.

"나는 그 조직 놈들과 닥치는 대로 이야기를 했네. 이번에는 내가 놈들을 궁지로 몰아넣어서 놈들의 자아라는 어금니 쪽으로 손을 집어넣어 딱딱 떨리게 해 줄 생각으로. 실제로 대개 벌벌 떨었네만."

자기혐오는 사라지지 않았다고 했다.

"왜 그런 연수에 소노다네를 보낸 걸까. 위험이 있었는데. 납득하지 않았는데. 왜 스스로 자신을 속이고, 뭐 시험해 봐도 좋겠지, 라고 생각했을까."

"회장님" 하고 나는 말했다. "저는 회장님이 변명을 찾는 걸 도와 드릴 생각은 없습니다. 하지만 사실을 확인하게 해 주십시오."

장인은 나를 보았다. 그 깊은 곳에서 우러나오는 빛이, 촛불이 꺼지듯이 스윽 보이지 않게 되었다.

"페노미나 인재 개발 연구소의 연수에 여성 사원을 참가시키자는 건 회장님의 생각이 아니었던 게 아닙니까? 회장님만이 아니라, 회사 상층부의 발안도 아니었던 게 아닙니까?"

장인은 대답하지 않는다.

"오히려 사원들이―아니면 노조에서 요청이 있었던 건 아닙니까?"

"노조가 그런 짓을 할 리 없지."

"그렇다면 여성 사원들이 스스로 희망했나요?"

장인은 고개를 젓고 내 말을 뿌리쳤다. "경위가 어떻든 책임자는 나일세. 내가 판단을 잘못해서 사원의 목숨을 위태롭게 했어. 그 사실에는 변함이 없네."

"이전에 들은 적이 있습니다. 회장님은 남녀 고용기회 균등법의 'ㄴ'자도 없던 시절부터 여성 사원을 적극적으로 등용하려고 생각하셨다고요. 그걸 실현하기 위해서 노조 조합원의 여성 사원들과 함께 정기적으로 간담회나 공부 모임을 열곤 하셨던 적도 있다고요."

기업 내에서도 특히 남성 사회의 색깔이 짙은 물류회사에서는 압도적 소수파인 여성 사원들이 자신들의 능력을 개발하고 싶다, 기회를 원한다, 연수 기회를 마련해 주면 좋겠다고 그런 친밀한 회합 자리에서 요청했다면, 귀를 기울이지 않을 이마다 요시치카가 아니다.

"페노미나 인재 개발 연구소의 연수에 참가한 여성 사원들은, 겉으로는 회사 명령이었지만 본인들이 희망해서 참가한 게 아닙니까? 그녀들이 그런 열의 있는 인재였기 때문에 회장님의 후회도 깊은 게 아닙니까?"

옛날이야기일세―하고 장인은 말했다.

"그런 자세한 건 잊어버렸네."

"하지만."

"뭘 어떻게 생각하든, 실현 방법을 틀리면 결과도 잘못되는 걸세. 그뿐이야."

나는 입을 다물고 와인 병으로 손을 뻗어 장인과 내 잔에 와인을 따르려고 했다. 가득 따라 줄 생각이었는데 병은 거의 비어 있었다.

"기미에 씨한테는 비밀일세."

장인은 작은 목소리로 말하며 희미하게 미소를 지었다.

"사건 후 소노다는 일 년 정도 휴직했네."

복귀했을 때는 거의 원래대로 돌아온 것처럼 보였다고 한다.

"당시에는 PTSD나 공황장애라는 말조차 알려져 있지 않았으니까. 전문가도 적었네. 소노다를 회복시켜 준 의사는 우수한 사람이었겠지."

그러나 흉터는 남았다.

"소노다 안에는 그 사건이 드리운 그림자가 남아 있네. 그게 그녀에게 일종의 안테나를 부여한 건지도 몰라."

구레키 노인에게서 타인을 컨트롤하는 지배적인 의지와 능력을 보았다. 냄새를 맡았다. 그래서 얼굴을 맞대고 말한 것이다. 당신 같은 사람을 알고 있다고.

"그래도 소노다가 구레키라는 남자를 그렇게 느꼈다는 것만으로는 애매하지. 하지만 구레키라는 남자도 소노다의 말에 응해서 인정한 거잖나?"

"네. 그리고 사과했습니다."

"그런 응수가 있었다고 하니까, 나도 구레키는 예전에 트레이너나, 그 비슷한 직업을 가졌던 게 아닐까 생각하네. 그런 놈들한테도 독자적인 안테나가 있으니까."

구레키 노인 역시, 소노다 에이코 편집장과 마주하고 나서 곧 그녀의 과거 체험을 추측하고 냄새 맡을 수 있었다는 뜻일까.

"아까도 말했지만 소노다 사건 후 나는 페노미나 인재 개발 연구소 놈들과 면담했네. 놈들뿐만 아니라 다른 동업자를 찾아서 이야기를 들으러 간 적도 있지. 어쨌든 놈들의 내막을 알고 싶었으니까. 그래서 깨달은 게 있다네."

모두 같은 눈을 하고 있어, 라고 한다.

"교관이든 강사든 트레이너든, 부르는 방법은 제각각이지만 수강자를 가르치는 입장에 있는 인간으로, 그 업계에서는 우수하다고 평가되는 사람일수록 그러한 눈을 하고 있었네."

어떤 눈입니까, 하고 나는 물었다.

"사람을 보는 눈이 아닐세. 사물을 보는 눈이야." 장인은 말했다. "생각해 보면 그건 당연하지. 사람은 교육할 수 있네. 하지만 놈들이 목표로 하는 건 교육이 아니야. '개조'일세. 사람은 개조할 수 없어. 개조할 수 있는 건 '물건'일세."

그들은 하나같이 열심이었다. 자신이 하는 일이 옳다고 믿었다.

"확신을 갖고, 나를 대했네. 나를 설득할 수 있다. 자신의 신념을 나와도 공유할 수 있다. 나를 컨트롤할 수 있다. 그리고 열심히 이야기하면 이야기할수록 사물을 보는 눈빛으로 나를 보는 걸세. 분해하고 청소해서 다시 조립하면 더 좋은 소리가 나게 될 거라고, 낡은 광석 라디오를 손에 든 어린아이처럼 악의 없는 얼굴로."

소노다 에이코 편집장은 구레키 노인의 그 눈을 알아챈 걸까.

"구레키라는 남자도, 사물을 보는 눈으로 소노다를 보았기 때문에 그녀가 예전에 망가진 적이 있음을 알 수 있었는지도 모르네. 왜, 어떤 이유로 망가졌는지도 포함해서."

그것이 그 수수께끼 같은 대화의 '풀이'인 것이다.

"자네도 말했지. 구레키 노인은 인질들을 세 치 혀로 구슬렸다고."

"네, 전원이 컨트롤당하고 있었습니다."

"아마 그쪽 길에서는 유능한 인물이었겠지. 그래서 특징도 현저하게 나타난 걸세. 소노다가 알아차렸어도 이상할 것은 없지."

장인은 앉은 자세를 고치더니 몸을 내밀어 책상에 팔을 올려놓고 뚫어져라 나를 보았다.

"버스 납치 사건 후 자네와 이야기한 게 언제였지?"

"이틀 후 밤입니다. 저는 첫날에 귀가했고 다음 날 출근해서 도야마 씨한테서 연락을 받았습니다. 그래서 여기로 찾아뵀던 것 같습니다."

"그렇군. 여기에서 이야기했지."

장인은 고개를 끄덕이고 팔짱을 꼈다.

"그때는 아직 소노다가 그렇게 심각한 상황에 있는 줄 모르고 느긋한 이야기를 했지. 자네는 버스 안에서 공터에 버려진 어린아이의 자전거를 보고 있었다고 했지?"

"네, 분명히 그런 말씀을 드렸습니다."

"구레키라는 남자가 달변이었다는 사실도, 자네는 되풀이했네.

자네는 그렇게 쉽게 다른 사람의 말에 혼란스러워하는 인간이 아니니까 말이지. 대단한 상대였을 거라고, 나도 막연하게나마 불안한 기분이 들었네."

소노다 에이코는 괜찮을까, 하고.

하지만 장인은 아직 내 얼굴을 보고 있다. 지금의 '불안'이라는 말은 나를 향한 것일까. 그렇다면 왜일까? 내가 물을 말을 찾고 있는 사이에 장인은 눈을 피하고 말았다.

"어디까지나 가설로, 만일 구레키라는 남자가 예전에 트레이너였다고 해도 ST는 이미 한물 지났으니 그게 생업이었을 리는 없네. 그의 전력前歷을 알아보려면 다른 업계로 눈을 향해야 할 테지."

"아까도 말씀하셨지요. 붐이 지나가도 ST의 스킬은 남아서 다른 분야로 진출했다고."

"음. 어떤 분야인 것 같나?"

내가 제일 먼저 생각해 낸 것은 자기 계발 세미나다. 인간을 '개조'한다는 점에서는 ST의 직계 자손일 것이다.

"그건 원래 ST의 의형제 같은 거니까. 그 외에는?"

"'당신의 재능을 꽃피워 드립니다', '당신의 인생을 반드시 성공으로 이끌어 드립니다' 같은 선전 문구를 늘어놓은 광고라면 전부 해당될 듯한 기분이 드는데요……."

"그렇다네. 그 연장선상에 큰 타깃이 있다고는 생각되지 않나?"

성공, 부, 명성, 인망, 충족, 자기실현.

나는 얼굴을 들었다. "소위 말하는 악질 상행위 아닙니까?"

장인은 크게 두 번 고개를 끄덕였다. "그런 업계에서도 모집한 호구─회원에 대한 교육과 훈련은 가장 중요한 사항일 테지."

다단계 마케팅이나 가공 투자사기 등의 악질 상행위는 법규제의 망을 빠져나가기 위해 여러모로 진화·변화해 왔지만 핵심 부분은 바뀌지 않았다. 요컨대 피라미드식이다. 손님을 계속 늘리지 못하면 언젠가는 반드시 파탄이 난다. 따라서 새로운 손님을 유치하는 것이 조직의 절대적인 사명이다. 손님이 손님을 데려오게 한다. 한편으로 이미 붙잡은 고객들을 떠나지 않게 하는 것도 중요해서, 이 점에서도 지속적인 교육, 아니 설득이 필요해진다. 거의 세뇌와 종이 한 장 차이인 깊은 설득, 그리고 웃는 얼굴 밑에 폭력성을 감추고 있는 설득이.

그 설득 기술을 누가 가르칠 것인가. 기점起點은 어디일까. '손님'들은 그때까지는 극히 평범한 회사원이나 학생이나 주부나 연금 생활자이다.

거기에 프로 '트레이너'의 수요가 있지 않을까.

"분명히 그렇군요……!"

내가 감탄하자 장인은 딱딱한 것을 씹는 듯한 얼굴로 쓴웃음을 지었다.

"그렇게 감탄하지 않아도 되네. 나는 실례實例를 알고 있어. 그래서 생각난 거고, 커닝한 거나 마찬가지일세."

"실례라니요?"

"소노다를 죽일 뻔했던 남자 강사일세."

장인은 무언가를 완전히 씹어 부수는 듯한 얼굴로 이를 악물었다.

"페노미나 인재 개발 연구소가 망한 후 그 방면으로 전직했더군. 나도 놀랐네. 놀랐다기보다 기가 막혔지. 어이가 없었네."

"회장님은 페노미나가 사라진 후에도 그 남자를 추적하셨던 겁니까?"

"아무리 나라도 그렇게까지는 하지 않았네. 그쪽에서 멋대로 소식을 알려 왔지."

무슨 뜻인지 모르겠다. 딩혹스리워히는 니에게, 장인은 맹근이라고 불리는 이유인 매부리코에 주름을 지으며 이렇게 물었다.

"자네는 도요타 상사 사건을 아나?"

나는 어리둥절했다.

"모르나? 간사이에서 일어난 사건이었고 대표가 폭한들에게 찔린 게 85년이니까―자네는 몇 살이었지?"

"열예닐곱 살이었네요."

"그럼 흥미도 없었겠군." 장인은 쓴웃음을 지었다. "이 나라의 마이너스 역사에 남을 거대 사기 사건이었네. 금괴의 '패밀리 계약 증권'이라는 게 주 상품이었는데 이건 소위 말하는 페이퍼 거래_{상품} 을 판매하지만 고객에게 현물을 주지는 않고 그 상품의 운용, 관리, 보관한다며 일정 기간 예탁증 등만 교부하는 거래 의 효시지."

도요타 상사는 본래 금괴 매매를 담당하는 투자운용회사였다.

"금괴 매매는 현물 거래가 대원칙일세. 투자운용회사는 고객이 발주한 만큼의 금괴를 사고 고객이 발주한 만큼을 팔아서 수수료를 받네. 다시 말해서 고객의 요청에 따라 언제든지 순금과 현금을 교환할 수 있는 체제로 영업을 해야 하지. 하지만 이러면 투자회사의 이익은 적네."

그래서 고안된 것이 '패밀리 계약증권'이라고 한다.

"고객에게 금괴 구입을 권하고, 금괴는 보관이 힘드니 당사에서 맡아 드립니다, 소정의 만기일까지 운용하고 임차료를 지불하겠습니다, 라고 제안하는 걸세."

고객은 금을 사서 맡겼다고 생각하는 데다 임차료도 받을 수 있으니 실로 안전하고 매력적인 투자 이야기로 여기게 된다. '패밀리 계약증권'은 많은 사람을 매료했고 도요타 상사는 이 계약의 회원을 늘려 갔다.

"하지만 경영 실태는 한심했지. 손님의 주문에 해당하는 금괴는 구입되지 않았네."

실제로는 도요타 상사는 회원들로부터 모은 돈을 자전거 조업_자본의 부족함을 남의 돈으로 계속 메워 가면서 이어나가는 조업으로 굴려 임차료를 지불하고 있었다. 운용의 모체가 되는 금괴는 존재하지 않았다. 애초에 운용도 투자도 이루어지지 않고 있었다.

보다 많은 회원을 끌어들이기 위해 만기까지의 기간이 길고 배당금이 높은 증권을 판매했고 그 높은 배당금을 마련하기 힘들어지게 되자 회원들로부터도 수상하다거나 불만 어린 목소리가 나오게 되면서 조직의 와해가 시작된 것이다.

손님은 '투자'했다고 생각하지만 '투자'의 실체는 존재하지 않는다. 환상이다. 환상의 베일 뒤쪽에서는 사기꾼이 끌어모은 돈을 곧바로 흘려보내고 있다. 물론 자신의 몫은 품에 집어넣으면서.

그런 투자 사기 이야기라면, 규모에 차이는 있어도 요즘도 드물지 않다. 실체가 없는 것을 강매하는 페이퍼 거래도 끊이지 않는다. 정체는 똑같은데 겉모양만 교활하게 바꾸어 꾸미는 이상한 미녀에게 몇 번을 호되게 당해도 사모하지 않을 수 없는 남자처럼, 우리 사회는 악질 상행위의 존재를 허용하고 만다.

"도요타 상사의 증권 판매에는 손님을 방문해서 권유하는 외판원 외에 텔레폰 레이디라는 여성 종업원이 큰 전력이 되었네."

텔레폰 레이디가 하는 일은 단순히 전화로 판매하는 일이 아니었다. 진짜 목적은 정보 수집이다. 권유 전화를 받은 상대와 친하게 이야기하면서 가족 구성이나 월수입, 자산 상황 등을 알아낸다. 외판원에게는 크게 도움이 되는 사전 정보다.

"그럼 편집장님을 죽일 뻔했던 남자는 도요타 상사에서 텔레폰 레이디의 연수를?"

무척이나 여성을 가르치고 싶어 하는 남자이지 않은가.

"그렇다면 잘 만들어진 이야기지만."

장인은 짧게 웃었다.

"조만간 '패밀리 계약증권'이 파탄에 이를 거라는 점은 도요타 상사의 간부도 알고 있었네. 그래서 그룹 회사를 만들거나 레저

산업에 손을 뻗는 등, 뭐, 기업다운 노력도 한 거지. 그룹 회사 쪽에도 요란한 명칭이 붙어 있었지만 업무 내용은 복잡하고 불투명하기만 했고, 다만 본체로부터 막대한 자금이 투입되고 있었던 것만은 확실하네."

그 강사는 그런 그룹 회사 중 하나에 있었다고 한다.

"내부에 있었던 거군요? 사원 교육이나 영업 활동에 종사하고 있었나요?"

"그렇게까지 자세한 건 나도 모르네" 하고 장인은 대답했다. 갑자기 말투가 무거워졌다. "그냥 그룹 회사의 사원이었다는 점뿐일세."

나는 장인의 얼굴을 보았다.

"85년 12월—중순이었나. 어쨌든 엄청나게 바쁠 때였네."

새벽에 장인은 경시청 미나토 경찰서에서 온 전화 때문에 잠에서 깼다. 미나토 경찰서 관할 내의 노상에서 발견된, 높은 곳에서 굴러 떨어져 죽은 것으로 보이는 회사원인 듯한 남성의 시체에 당신의 명함이 있어서 연락했다는 것이다.

"우리 사원일 수도 있으니까. 나는 도야마를 데리고 서로 달려갔네."

시체의 얼굴은 장인의 기억에도 있었다. 잊을 수 없는 얼굴이었다.

"소노다 에이코 편집장을 죽일 뻔한 그 강사였군요."

내가 말하자, 장인은 고개를 끄덕였다.

"시체는 지갑도 운전면허증도 갖고 있지 않았네. 그래서 당장은 신원을 알 수 없어서 경찰도 남아 있는 소지품인 명함의 주인에게 연락할 수밖에 없었던 거야."

"회장님의 명함은 어디에?"

"가슴 주머니의 시스템 수첩에 끼워져 있었다고 하네. 수첩에는 그 외에도, 합쳐서 서른 장 정도 되는 명함이 들어 있었네."

내 명함은 그중 하나였다고, 장인은 낮게 중얼거렸다.

"그 남자가 죽기 전에 처분하지 않아도 된다고 생각했던 명함 중 하나였네."

나는 밀했다. "그 남자를 죽인 누군가가, 처분하지 않고 남겨 두어도 된다고 판단한 명함 중 하나일지도 모릅니다."

자살이었다고, 장인은 말했다.

"입막음을 위해 죽임을 당할 정도로 중요한 존재가 아니었네. 그냥 사원이야. 그 후의 수사로 밝혀진 걸세. 바로 옆에 있는 빌딩 옥상에서 뛰어내렸지."

장인은 나를 달래는 듯한 얼굴을 하고 있었다.

"뭐, 그렇게 되어서," 장인은 가볍게 한숨을 쉬었다. "나도 생각 지도 못하게 그 강사의 그 후의 인생을 알게 된 셈일세."

묘하게 납득이 갔어—.

"말만 잘하는 인간다운 이직이었군, 하고."

악질 상행위 등의 조직적 사기를 적발하는 경우 경찰이나 검찰이 노리는 것은 본성本城이다. 극소수의 톱뿐이다. 말단 회원은 물론이고 측근 급이라도 소추를 면할 때가 있다. 그들을 소추하는 일보다도 그들에게서 정보를 끌어냄으로써 간부의 죄상을 굳히고 사기 시스템의 전모를 밝혀내는 일이 더 우선시되기 때문이다.

그 강사의 경우도 그랬을 것이다. 그룹 회사의 일개 사원은 송사리에 지나지 않는다.

그래도 나는 정말로 자살이었는지 아닌지 수상하다고 생각했다. 조직에서는 송사리라도, 그와 직접적인 관계를 맺고 있던 손님이나 부하에게는 바로 옆에 있는 가해자였을 것이다. 경찰이나 검찰에 쫓기지 않아도, 그가 속인—'교육'한 개인에게는 쫓기고 있었을지도 모른다. 원한을 샀을지도 모른다.

소노다 에이코 편집장도 그를 원망하고 있었을 것이다.

"82년에 만났을 때 내가 건네준 명함을 소중히 갖고 있었던 건 뭔가 쓸 데가 있을지 모른다고 생각했기 때문이겠지. 그 일로 나는 당시에는 아직 삼십대라 귀여웠던 도야마에게 따끔하게 야단을 맞았네. 그런 수상한 인물에게 경솔하게 명함을 주지 말라고."

"그렇군요. 회장님이 모르시는 사이에 악용되었을지도 모릅니다."

"도야마도 똑같은 말을 했네."

"명함으로 따귀를 때려 주고 싶으셨던 마음은 알겠지만 때리고 나서 마음이 풀렸으면 그 자리에서 돌려받아 두셨어야지요."

"때리기보다, 내 명함으로 그 남자의 목을 그어 주고 싶었네."

장인이 이렇게 직접적인 표현을 하다니. 귀를 의심하고 싶다.

"회장님."

"왜."

"설마 회장님이 죽이신 건 아니겠지요."

위험한 농담에 둘이서 웃었다.

"줄곧 신경 쓰였는데 회장님은 한 번도 그 남자의 이름을 말씀하시지 않는군요."

"의미가 없기 때문일세."

장인은 뼈가 불거진 어깨를 움츠렸다.

"페노미나에 있었을 때와 시체로 발견되었을 때의 이름이 달랐거든."

이름만이 아니다. 나이도 출신지도 경력도 전부 달랐다고 한다.

"신원부터가 가짜였군요."

그렇게 말하고 나자 간담이 서늘해졌다. "혹시 구레키 노인도……."

장인은 고개를 끄덕였다. "내 상상이 맞는다면 구레키 가즈미쓰가 본명이라는 보장은 없지."

"하지만 신원을 속이는 게 그렇게 쉽게 할 수 있는 일일까요?"

"마음만 먹으면 불가능하지는 않네."

경찰 쪽에서 그런 이야기를 들은 적이 있지—하며 장인은 내 쪽으로 몸을 내밀었다.

"도요타 상사 사건 후에, 그렇지, 십 년에서 십오 년 정도 동안, 가공 투자사기나 악질 상행위 사건을 적발하면 그곳 간부나 관계자 중에 종종 도요타 상사 출신인 사람이 있어서 놀랐다고 하네. 도요타 상사 출신이 본가의 방식을 흉내 내고 있었던 거지."

하나의 꽃이 열매를 맺고 거기에서 수없이 많은 씨가 터져 나와 바람을 타고 퍼져서, 새로운 장소에서 작은 싹을 틔운다. 그런 것이다. 다만 그 꽃은 악의 꽃이었다.

"그리고 그런 놈들은 이름이나 경력도 도요타 상사 시절과는 달랐네. 과거를 잘라내고 새로 태어난 걸세."

나는 신음했다.

"역시 지금은 그 업계에서도 세대교체가 진행되어서 도요타 상사의 잔당은 찾아볼 수 없어졌다고 하지만 스킬은 계승되었을 걸세. 소프트웨어란 한번 개발되면 그렇게 쉽게는 없어지지 않지."

마이너스의 지하 수맥일세—하고 장인은 말했다.

"그런 스킬에 숙달된 인간은 그걸 살릴 장소를 찾으려고 하네."

땀 흘려 무언가를 만들거나 일을 해서 돈을 벌기보다 말로 사람을 움직이고 그 사람들에게 어떤 사고방식을 심은 뒤 속여서 돈을 버는 재미를 배워 버리면, 거기에서 빠져나올 수 없게 되는 것이다.

"사람을 가르치고 이끈다는 건 본래 아주 고귀한 기술일세. 어려운 기술이기도 하지. 아무나 쉽게 할 수 있는 일이 아니야. 그렇기 때문에 교육자에 맞는 적성이라는 게 있을 걸세. 하지만 적성만으로는 길을 잘못 들 때가 있지. 교육의 목적의 정사正邪를 가려낼 양심을 잃어버리면."

뭐 이 정도일세—하며, 장인은 가볍게 양손을 벌렸다. "내 프레젠테이션은."

"구레키 노인이 어떤 형태든 사기에 속하는 일을 했을지도 모른다는 설은 잘 알겠습니다. 다만 ST의 부산물이라는 의미에서는, 컬트적인 종교 단체의 관계자였을 가능성도 있지 않습니까?"

사람을 세뇌한다, 구슬린다, '굴복'시킨다는 점에서는 사기꾼의 스킬이 유효한 세계다.

"나도 그 생각을 했네. 하지만 버스 안에서 다나카라는 인질 남성이, 영감님은 종교 관계자냐고 물었더니 구레키라는 남자는 깨끗이 부정했다면서?"

그러고 보니 그렇다. 나는 장인의 기억력에 놀랐다.

"그렇군요……. 종교는 질색이라고 했습니다."

"구레키 자신이 예전에 그런 조직 내에 있으면서 조금도 종교적이지 않은 것을 보고 들었기 때문에 싫어진 건지도 모르네. 그러니 가능성을 완전히 부정할 수는 없네만."

장인은 미간을 찌푸렸다. "다만 나는, 구레키가 경찰에게 데려오게 하려고 했던 세 명의 존재가 신경 쓰이네. 구레키는 그들에 대해서 자네들에게 뭐라고 말하던가?"

그가 한 말은 나도 똑똑히 기억하고 있었다. "죄가 있다고 했습니다."

"어떤 죄인지 설명했나? 예를 들어 규정을 깼다거나 신의 가르침으로부터 등을 돌렸다거나."

"아뇨." 나는 고개를 저었다. "그런 종류의 말은 없었습니다. 좀 더 현실적인 의미의 '죄'를 말하는 것 같다고, 적어도 저는 그렇게 받아들였습니다."

구레키 노인은 그들을 찾아내서 데려올 것을 요구했을 때, "경찰의 위신을 보여 주십시오"라고 말했다. 그렇다, 그때는 나도 그 표현이 마음에 걸렸다.

"왠지 수상쩍지 않나?" 장인은 말했다. "구레키가 이른 단계에서부터 자네들에게 위자료 운운하는 돈 이야기만 하고 있었던 점도 합쳐서 생각하면, 내 상상은 아무래도 다단계나 가공 투자 쪽으로 가 버리네."

장인은 갑자기 작게 웃고는 그 웃음을 지우듯이 손을 저었다.

"미안하네. 다른 생각이 나서 웃은 걸세."

"무슨 생각을 하셨습니까?"

"젊었을 때, 투자가 아니라 융자 이야기에 관련되어 나도 치사한 사기꾼에게 한 방 먹었던 경험이 있어서 말이야."

맹금이라고 불리던 이마다 요시치카에게도 그런 일이 있었던 것이다.

"좋은 경험이라고, 딱 잘라 생각할 수밖에 없었네. 당시의 사업 동료나 선배들에게서도 그런 말을 들었지. '비싼 수업료를 지불했다고 생각하라'고."

교육자와 사기꾼은 근본적으로 다른 존재지만, 사기꾼이 교육적 가르침을 남겨 줄 때도 있다.

"악질 상행위에서는, 확신범인 간부는 별도로 치고, 권유를 받아서 고객이나 회원이 된 일반인이 이번에는 스스로 가족이나 친구를 끌어들임으로써 결과적으로 가해자가 되어 버릴 때도 있지 않나?"

피해자임과 동시에 사기의 가담자, 가해자이기도 하다는 복잡한 입장이다. 가해자이기는 하지만 사기 집단이 적발되어도 대부분 형사 처분을 면한다. 스타트 시점에서는 휘말린 피해자인 데다, 가해자의 입장에 서게 된 것도 속아 넘어간 결과 그렇게 된 거니까.

그래도 한 일은 뒤에 남는다.

"구레키라는 남자가 그 세 사람을 가리키면서 말한 '죄'가 그런 종류의 것인 듯하다는 생각이 드네. 이런 생각까지 하면 상상이랄까, 망상이 지나친 건지도 모르겠네만."

"아뇨, 역시 큰맘 먹고 여쭤 보기를 잘했다고 생각합니다."

고맙습니다, 하고 나는 목례했다.

"그래서, 나는 이걸 어떻게 하면 되나?"

장인은 눈짓으로 책상 위의 사직서를 가리켰다.

"맡아 주시겠습니까."

"맡는 건 좋네만, 그다음에는? 자네들이 구레키의 돈을 받기로 했을 때 정식으로 수리하면 되나? 아니면 자네들이 돈을 경찰에 갖다 줄 때 수리하면 되나?"

"이 일이 겉으로 드러나면 회사에 폐를 끼치게 되고."

내가 말을 마치기도 전에 장인은 사직서를 집어 들고 책상의 맨 위 서랍을 열더니 거기로 던져 넣었다.

"내가 이걸 수리할 타이밍은 자네가 정하게. 나한테 맡겨도 곤란해. 자네가 받아 달라고 하는 시기가 오면 받을 테고 돌려 달라고 한다면 돌려주겠네. 그때까지는 맡아 두지."

나는 또 말없이 머리를 숙였다.

"다만 한 가지 조건이 있네."

장인의 눈빛이 엄하게 날카로워졌다.

"나호코한테 전부 이야기하게. 그 애에게 숨기는 건 용서하지 않겠네."

부부의 문제일세, 라고 말했다.

"자네는 회사보다 제일 먼저 나호코를 생각해야 했어."

"죄송합니다."

"나호코가 그런 돈은 받지 말아 달라, 사정을 캐고 다니지 말아 달라고 한다면 자네는 어쩌겠나?"

"—대화하겠습니다."

"뭐야, 나호코의 희망을 들어주지 않겠다는 건가?"

"이 건에서 저는 혼자가 아닙니다. 저 말고도 돈을 받은 사람들이 있어요. 각자 사정도 다릅니다."

장인의 눈빛이 약간 흔들렸다.

"경영자가 자금 때문에 고생하는 거라면 자네가 가르쳐 주지 않아도 나는 알고 있네."

"네."

"학비를 마련하지 못해서 진학을 포기해야 하는 게 얼마나 분한지도 알아."

"네."

"자네는 구레키의 돈을 둘러싼 사정을 캐고 다니기보다, 인질들을 설득해서 한 시간이라도 빨리 야마후지 경부를 만나러 가야 한다고 생각하지 않나?"

나는 대답하지 못했다. 부탁이니 말하지 말아 달라고 하던 다나카의 목소리가 귓속에 되살아난다. 대학에 다시 들어가고 싶다며 고개를 숙이고 있던 사카모토의 얼굴이 눈앞에 떠오른다.

"—알겠네."

장인은 사직서를 던져 넣은 서랍을 바라보며 말했다.

"그럼 그룹 홍보지의 발행인으로서 자네에게 일을 명령하지."

"네?"

"지금부터 하는 조사를 기록하고 원고를 써서 내게 제출하게. 기사로 쓸지 어떨지는 내가 결정하겠네."

"아니, 하지만 이걸 기사로 쓰다니."

"그건 내가 결정하겠네. 자네는 조사해서 쓰기나 해. 소노다는 기운을 차렸고, 마노와 노모토가 있으면 통상의 편집 업무에 지장은 없을 테지."

기한은 이 주일세, 라고 했다.

"마감을 지키도록. 그뿐일세."

나는 의자에서 일어섰다. "고맙습니다."

"빨리 돌아가게. 나호코가 걱정하겠어."

나는 상야등 불빛에 의지해 현관을 지나 이마다 저택 밖으로 나왔다. 어둠에 가라앉은 정원에서는 가느다란 벌레 소리가 났다. 가을의 끝을 알리는 마지막 울음소리다.

우리 집에 도착하자 복도 끝 거실 스탠드에 불이 켜져 있었다. 소파에 누워 있던 나호코가 몸을 일으켰다.

"어서 와."

아내에게는 장인을 만난다고 알리지 않았다. 급한 일로 외출한다, 늦을 테니 먼저 자라고 말했을 뿐이다.

"일어나 있지 않아도 되었는데."

아내는 졸린 듯한 눈으로 수줍게 웃었다. "TV를 보다가 졸아 버렸어."

평소 아내에게 그런 습관은 없다. 내 다급한 전화에 뭔가를 눈치채고 자지 않고 기다려 준 것이다.

"실은 프런트에서 오후 일찍 당신이 집에 한 번 왔다고 들었어."

아내는 졸린 듯한 눈 속에 불안을 숨기고 있었다.

"그런 건 드문 일이고, 갑자기 늦을 거라고 하고……. 왠지 신경 쓰여서."

요즘 느긋하게 이야기도 하지 못하고, 하며 머리카락을 쓸어 올렸다.

"걱정 끼쳐서 미안해."

스스로도 놀랐다. 내 목소리는 떨리고 있었다.

아내가 내 얼굴을 들여다보았다.

"—왜 그래?"

나는 이야기했다. 전부 다. 우리는 나란히 소파에 앉았고 이야기 도중에 아내는 내 손을 잡아 주었다.

"당신."

전부 다 듣고 나더니 아내는 약간 애처롭게 미소를 지으며 이렇게 말했다.

"아버지한테 특명을 받았네."

멋대로 굴기만 하는 남편을 용서하는 아내의 말치고는 꽤 드문 대사일 것이다.

8

이튿날, 그룹 홍보실의 아침 회의에서 앞으로 이 주 동안의 업무를 분배했다.

장인의 '특명'은 물론 여기에서 말할 수 있는 것이 아니다. 나는 버스 납치 사건에 대한 기사를 쓰라는 명령을 받았다고 설명했다. 자신의 체험뿐만 아니라 인질 동료들도 다시 취재하고, 사건의 전체상을 정리하라고 하시더라고.

구레키 노인이 남긴 돈 문제도 버스 납치 사건의 일부다. 그러니 이것은 거짓말이 아니다. 하지만 노모토가 "그거 굉장한 발안이네요" 하며 감탄하고 마노가 "사건을 떠올려도 괜찮으세요?" 하고 걱정해 주니 역시 양심이 욱신거렸다.

소노다 편집장은 "네, 네, 사위님은 힘들겠네" 하고 비아냥거렸을 뿐 그 후에는 아무 말도 하지 않았다. 이 주의 기한 내에 내가 사실은 무엇을 할지 눈치는 챘을 텐데, 불안이나 의아함이라고는 조금도 내비치지 않았다. 나는 반쯤은 안도하고 반쯤은 실망했다. 어젯밤 아내와 이야기한 후 문득 생각했기 때문이다. 이 특명에 대해 알리면 혹시 편집장이 "나도 같이 조사할게"라고 말하지─말해 주지 않을까, 하고.

"오늘 아침에는 나도 한 가지 알릴 게 있어요."

편집장은 내 화제를 얼른 정리하고 마노와 노모토의 얼굴을 보았다.

"오늘 노조에서 조사 보고서가 올 거예요."

마노가 눈에 띄게 허둥거렸다.

"보고요? 재정裁定이나 처분 결정이 아니라?"

노모토의 반문에 편집장은 엷은 미소를 띠었다. "그 보고서 끄트머리에, 직장 환경 개선에 관한 권고문이 붙어 있는 거야."

"흐음, 권고라고요? 그럼 이데 씨는 처분을 받지 않는 거군요."

"그 대신 스기무라 씨도 파워 하라스먼트로 추궁을 받지 않아도 돼."

아픔을 나눈다는 거야, 라고 한다.

"편집장님, 그런 거래를 하신 겁니까?"

"이봐, 말조심 좀 해. 노조는 경찰도 재판소도 아니야. 처분이라는 말을 그렇게 쉽게 하지 마. 뭐 좋잖아, 이데 씨는 우리 부서에서 사라지는 거니까."

거래를 했는지 어떤지는 대답하지 않는다.

"어디로 옮기나요?"

"아르바이트 군하고는 인연이 없는 곳. 사장실 소속이 돼."

노모토는 노골적으로 부루퉁해졌다. "그거, 출세 아니에요?"

"사장실 소속이라는 직함은 편리한 거거든. 정말로 우수한 전력인 사원에게도, 전력은 못 되지만 취급하기 곤란한 사원한테도 붙일 수 있어."

그래도 이데의 자존심은 만족될 것이다. 매일 신문 경제면이나 경제지를 읽고, 그것을 바탕으로 채용될 가능성이 없는 리포트를 쓰고 책상에 앉아 있어도 전화 한 통 오지 않는 한직이라 해도.

"난 이거면 돼. 마노 씨가 이동되면 곤란하단 말이야."

"고맙습니다."

마노는 딱딱한 표정으로 머리를 숙였다.

"하지만 파워 하라스먼트 같은 건 하지도 않은 스기무라 씨가, 결과적으로 누명을 쓰는 형태가 되는 건—."

"괜찮아. 사실이 어떤지는 관계자 모두 알고 있으니까."

"그래요?" 하며 노모토가 내 얼굴을 들여다본다.

"알고 있어. 이 사람한테는 파워 하라스먼트 같은 걸 저지를 배짱이 없거든."

"네, 없습니다." 나는 목을 움츠렸다.

"저는 역시 월급쟁이 사회는 좋아지지가 않네요."

노모토가 어른은 더럽다고 말해서 우리는 저도 모르게 웃었다.

"웃을 일이 아니에요."

"그럼 넌 영원히 어린애인 채 깨끗하고 자유롭게 살아."

편집장이 취재가 있다며 사라져서 나도 외출할 준비를 하면서 둘에게 말을 걸었다. "신경 쓰지 마. 결판을 짓기 알맞은 때라고 생각하니까."

마노의 눈은 어둡다. 노모토는 화내고 있다.

"이데 씨는 마노 씨한테 제대로 사죄해야 해요."

"그걸 위해서 또 그와 접촉하는 게, 마노 씨는 더 싫지 않을까?"

"아…… 그런가?"

마노는 조심스럽게 고개를 끄덕였다.

"스기무라 씨한테는 죄송하지만 상관하지 않아도 되는 편이 저도 마음이 편해요. 노조 위원 쪽에서는 제대로 이야기를 들어주었고요."

제대로 상대해 주지 않는 게 아닐까 싶어 불안했다고 한다.

"제가 자랑할 일은 아니지만 우리 노조는 공정해요."

"사장실 소속이 되면 이데 씨는 태연하게 출근할까요?"

"글쎄요. 조금은 시간을 두지 않을까. 일단 의사의 진단서도 나왔고."

"사장님은 스기무라 씨의 처남이지요. 뭔가 그, 그쪽의 연줄을 이용해서 좀 꼼짝 못하게 해 주거나 할 수는 없나?"

"그거야말로 더러운 어른이 할 것 같은 짓이야."

나는 웃으며 말했지만 노모토는 매우 부끄러워했다. 나는 그의 등을 한 대 때려 주었다.

"그럼 다녀오겠습니다."

그러고는 빠른 걸음으로 밖으로 나갔다. 그러자 기다리고 있었다는 듯이 휴대전화가 울렸다. 다나카다.

"안녕하십,"

"그 후로 어떻게 됐나? 뭔가 알아냈어?"

어제 이야기했을 뿐이고 아직 오전 열시도 안 됐다.

"이제부터 그 세 사람을 찾으러 가려고 합니다."

"경찰에 신고하지 않았겠지?"

"어제 약속했잖습니까. 멋대로 행동하지는 않을 겁니다."

"방금, 삼십 분쯤 전인가, '쿠라스테 해풍' 쪽으로 순찰차가 사이렌을 울리면서 달려갔어."

잠시 후 또 한 대가 갔다고 한다.

"무슨 일이 있었을지도 모르지만 그렇다고 허둥거릴 건 없겠지요. 만일 돈 얘기라면 경찰은 '쿠라스테 해풍' 같은 데가 아니라 우리한테 올 겁니다."

그렇군―하는 다나카의 콧김 소리가 들렸다. "어제는 잠이 안와서 여러 가지 생각을 해 버렸어. 피해망상이었을까."

그 표현이 옳다고는 생각되지 않지만 기분은 안다.

"저도 이런저런 생각을 했습니다. 하지만 지금은 생각하기보다 조사하는 게 나아요. 다나카 씨는 평소대로 생활하십시오."

알았네, 하며 의외로 순순히 전화를 끊었다.

마에노는 시각적인 기억력이 뛰어난지, 구레키 노인이 지명한 세 명의 풀네임을 정확하게 한자로 외우고 있었다.

첫 번째 사람은 '구즈하라 아키라葛原晃.' 두 번째 사람은 '고토 노리코高東憲子.' 세 번째 사람은 '나카후지 후미에中藤ふみ江'다. 구즈하

라는 사이타마 현 사이타마 시 니시 구, 고토는 스기나미 구 고엔지키타, 나카후지는 아다치 구 아야세에 산다. 메이는 이 휴대전화 메모를 전송해 줄 때 이렇게 말했다.

—고토 씨라는 사람의 주소를 칠 때 구레키 할아버지는 조금 애를 먹었어요. 방 번호가 생각나지 않았던 모양이에요.

세 사람 중 확실히 고토의 주소에만 방 번호가 있다. 506이다. 다른 둘은 단독주택에서 살 것이다.

고엔지, 아야세, 사이타마 시의 순서로 도는 것이 효율적이리라. 나는 도쿄 역으로 가서 주오선 쾌속에 올라탔다.

예전에 아동서 출판사에서 근무했을 때 종종 고엔지를 찾았다. 친하게 지내던 일러스트레이터가 살고 있었기 때문이다. 주택지 안쪽에 오도카니 숨어 있는 세련된 레스토랑이나 분위기 좋은 와인 바 등을 몇 군데 가르쳐 주었다. 나호코와 결혼하고 나서는 완전히 발길이 멀어져 있었기 때문에 그립다. 젊은이가 많고 서브컬처의 향기가 떠도는 재미있는 동네인데, 나호코에게는 조금 시끄럽게 느껴질지도 모르지만 한 번 데려와 볼까.

목적지에 도착한 순간, 그런 느긋한 생각에서 현실로 돌아왔다.

칠 층짜리 벽돌색 맨션이다. '팰리스 고엔지키타.' 세대 수는 오십 호 정도일까. 관리인실 앞에 집합 우편함이 늘어서 있다.

506호에는 '쓰노다'라는 문패가 달려 있었다. 주위의 문패와 비교해 보면 이 문패만 약간 새것인 듯한 기분이 든다.

—어떤 사람이 어디에 주민으로 등록되어 있는지 조사하는 건

쉬운 일입니다. 하지만 등록되어 있는 장소에 반드시 그 사람이 살고 있다는 보장은 없지요.

구레키 노인은 그렇게 말했다. 역시 이 세 사람을 찾아내 만나려고 할 때 주소는 그저 단서에 지나지 않는다는 뜻이다.

나는 관리인실로 되돌아갔다. 유리문 맞은편에서 작업복을 입은 오십대 남성이 책상 앞에 앉아 뭔가 서류를 작성하고 있다.

"실례합니다."

말을 걸자 곧 자리에서 일어나 이쪽으로 얼굴을 내밀었다. 콧등에 돋보기안경을 올려놓고 있다.

"죄송합니다. 506호실의 고토 씨를 찾아왔는데요."

'높을 고'에 '동녘 동'이라 쓰고 다카토가 아니라 고토라고 읽는 이름은 좀 드물다.

관리인은 말했다. "고토 씨라면 이사하셨어요."

역시.

"그래요? 몰랐습니다. 최근의 일인가요?"

"지난달이었나?"

지난달? 그럼 버스 납치 때도, 그 후에도 이곳에 살았던 건가.

"고토 씨를 아시나요?"

"네, 일 관계로 아버지가 고토 씨에게 신세를 진 적이 있어서요. 제가 출장으로 도쿄에 간다고 했더니, 인사차 가 달라고 부탁하셔서."

직접 고토와 면식이 있지 않고, 도쿄 사람도 아니라는 냄새를 풍겼다. 관리인에게 이 연막이 효과가 있었는지 어떤지는 확실하지 않다.

"이사하셨구나. 우리 아버지는 아무것도 몰랐나 보네."

내 중얼거림에 관리인은 표정을 바꾸지 않고 말없이 콧등의 돋보기안경을 밀어 올렸다.

"지금 506호실에 사는 쓰노다 씨는, 고토 씨와 아시는 사이는 아닌가요?"

"네, 아닐 겁니다."

"고토 씨가 어디로 이사하셨는지 아시는지요?"

"아뇨, 그건." 관리인은 약간 말문이 막혔다. "그런 개인 정보는 마음대로 가르쳐 드릴 수 없습니다."

관리인의 눈빛에 나를 검사하는 듯한 빛이 있다.

"조만간 아버님에게 이사 통지가 가지 않을까요?"

"그렇군요. 실례했습니다."

나는 목례하고 관리인실 창문 앞을 떠났다. 그대로 밖으로 나가려다가 로비 벽에 게시판이 있는 것을 알아차렸다. 컬러풀한 자석으로 서류가 몇 장 붙어 있다.

'관리조합에서 알립니다', '방재 점검 소식' 등의 안내문에 섞여, '이인용 이불 클리닝 10% 할인 캠페인'이라는 전단지가 눈에 들어왔다. 가게 이름은 '구마짱 클리닝 야마모토'다. '이불을 직접 가져오시는 경우에는 포인트 두 배 서비스'라는 문장도 있다. 즉 수거와 배달을 하는 것이다. 나는 가게 주소를 재빨리 메모하고 로비를 떠났다.

건물 번호에 의지해 찾아가 보니, 두 블록 정도 떨어진 길에 면해 있는 커다란 세탁소였다. '구마짱 클리닝'은 체인점의 이름이고 '야마모토'가 점포명인 모양이다. 사랑스러운 곰 캐릭터가 간판에 그려져 있다. 가게 외관은 해바라기 같은 노란색으로 통일되어 있었다.

자동문이 열리자, 제복인지 가슴에 곰 아플리케가 달린 노란색 작업복을 입은 남자가 "어서 오십시오" 하고 위세 좋은 목소리로 소리쳤다. 건장한 체격에 갈색 머리카락이었고 한쪽 귀에 피어스를 했으며 얼굴 생김새는 느끼했다. 카운터 위에는 옷이 산더미처럼 쌓여 있었다.

"실례합니다. 말씀 좀 여쭤 볼게요."

아버지의 부탁을 받고 팰리스 고엔지키타의 고토 씨를 찾아왔는데 이사를 가셔서—라고 나는 또 거짓말을 늘어놓았다.

"가 보니까 이사하셔서 만날 수 없었다고 아버지한테 말씀드리자니, 어린애가 심부름 온 것도 아니고 말이지요. 어디에선가 이사하신 곳을 가르쳐 주실 수 없을지, 물어보고 다니는 중인데요."

이거 곤란하게 되었다는 얼굴을 해 보이는 내 말을, 점원은 분류중이던 세탁물을 굵은 상박에 걸친 채 들고 있었다. 나이는 삼십대 초반일 것이다.

"글쎄요, 우리는 모르겠는데요."

무뚝뚝하게 대답하고는 다시 분류 작업으로 돌아간다. 와이셔츠가 몇 장이나 있다.

"아아, 그래요? 역시 그렇군요."

내가 머리를 긁적이자 점원의 표정이 살짝 움직였다. 눈동자 색깔이 엷다.

"우리 같은 장사는, 단골손님이라도 이사를 가고 나면 그걸로 인연이 끊어져 버리니까요."

"그렇군요. 고토 씨가 이사한 건 지난달이라고 들었는데요."

"글쎄요."

작업을 계속하면서 생각하는 눈치다. 나는 그 분위기에서 관리인 때와는 약간 다른 반응이랄까, 냄새를 맡았다. 지금까지의 경험에 의한 감이 작용했다고 할까.

"아버지가 실망하시겠네. 무릎이 안 좋아서 거의 외출할 수가 없으셔서요. 고토 씨와도 꽤 오랫동안 만나지 못하셨거든요."

분류 작업이 끝났다. 먼지떨이로 카운터 위를 털면서, 느끼한 얼굴의 점원은 이번에는 눈치를 살피듯이 나를 보았다.

"죄송하지만 저희는 모릅니다."

"그래요? 실례했습니다."

나는 다시 자동문을 열고 길로 나갔다. 천천히 걷다가 조금 앞에 있는 전봇대 옆에서 돌아보니, 카운터 건너편에 있던 점원이 고개를 빼다시피 하고 나를 보고 있었다. 그 혼자만이 아니라 한 명이 더 있다. 여성이다. 직장 동료거나 그의 아내일 것이다. 그녀는 똑같은 제복 차림이었고, 둘은 서로 얼굴을 바싹 기대다시피

하며 뭔가 이야기하고 있었다. 내가 돌아보자 둘은 얼른 고개를 집어넣었다.

역시 뭔가 냄새가 난다. 그냥 '개인 정보는 가르쳐 드릴 수 없습니다'라는 것 이상의 무언가다.

나는 계속 걸어 다니며 택배 서비스가 있는 슈퍼와, 가게의 규모로 보아 이 지역의 고참인 듯한 술가게를 발견하고 똑같은 것을 물었다. 슈퍼에서는 아무것도 몰랐지만 술가게에서는 반응이 있었다. 가게를 보던 노부인이 내 (거짓)말에는 전혀 아랑곳하지 않고, 갑자기 이렇게 되물은 것이다.

"당신, 어딘가의 기자예요?"

노부인은 백발을 연보라색으로 물들이고 화려한 꽃무늬 스웨터를 입고 있다. 화장이 짙다.

"기자라니요?"

"주간지나 뭐 그런."

나는 시치미를 뗐다. "네에……? 무슨 말씀이신지."

주름진 얼굴의 노부인은 콧등에 더욱 주름을 지었다. 나를 비웃은 것이다.

"어지간히 좀 해요."

고토 씨가 불쌍하네, 라고 한다.

"고토 씨에겐 주간지 기자에게 취재를 받을 만한 일이 있었던 건가요?"

노부인의 가느다란 눈이 빛났다. "있었잖아요. 이제 좀 내버려 돼요."

"아니, 저는 뭐가 뭔지 전혀 모르겠어요. 아버지한테서도 아무 말 듣지 못했는데요."

아까의 관리인과 똑같이, 노부인도 나를 검사했다. 관리인의 눈빛이 뢴트겐이라면 이쪽은 CT나 MRI다.

"정말 아무것도 몰라요?"

거짓말만 하시네, 라는 얼굴이었다. "이제 좀 내버려 둬요"라고 말하는 입가가 움찔거린다. 실은 이야기하고 싶은 것이다.

"뭔가 사건이라도 있었나요?"

그렇게 묻자 노부인은 빙글 돌아 나를 향했다. 회전식 의자에 걸터앉아 있다.

"지난달—9월이니까, 이제 지지난달인가. 지바 어디에선가 머리가 이상한 영감님이 버스를 납치해서 소란을 일으켰잖아요."

네네, 하며 나는 흥미를 보였다.

"그 소란에 고토 씨도 뭔가 관련되어 있었던 모양이지. 경찰도 왔고, 기자나 리포터 같은 사람들도 몇 명 왔어요."

"그런 일이 있었습니까?"

나는 연극이 서툴다. 하지만 이 부인의 CT 또는 MRI는 거기에 비친 것을 무시하려면 할 수 있는 타입의 것인가 보다.

"고토 씨는 그 때문에 이사하게 된 거예요. 따님이랑 같이 살 거라고 했는데 이러니저러니 말썽이 많아서 애먹었어요."

고토 노리코는 버스 납치가 발생한 단계에서는 팰리스 고엔지

425

키타의 506호실에 살고 있었다. 거기에 경찰과 매스컴이 왔다. 그리고 사건이 있은 뒤 한 달쯤 지나고 나서 딸의 집으로 이사를 갔다.

구레키 노인은 그 세 사람을 '찾는다'고 했지만, 적어도 그녀에 대해서는 그럴 필요가 없었던 것이다. 그렇다면 왜 고토 노리코의 이름을 꼽았을까.

대답은 정해져 있다. 구레키 노인은 그 세 사람을 대중 앞에 드러내고 싶어 했다. 경찰이나 매스컴이라는 '권력'에 의해 그 세 사람을 공공장소로 끌어내려고 했다.

새삼스럽게 나는 구레키 노인의 악의와 분노를 느꼈다.

—그들에게는 죄가 있으니까요.

"하지만 버스를 납치한 영감님 같은 사람이랑 대체 무슨 관계가 있었던 걸까요."

내 어설픈 연극에 노부인은 또 코웃음을 쳤다.

"글쎄요. 댁의 아버지한테 물어보지 그래요?"

"아버지는 아무것도 모르세요. 하지만 경찰이라니 무섭네요. 매스컴에서도 집요하게 굴었습니까?"

"일주일 정도는요. 범인 영감님이 죽어 버렸으니 다른 데에서 취재하고 싶었던 거겠지만 고토 씨는 도망쳐 다니고 있었고."

"도망쳐 다녀요?"

"그 사람, 돈이 많았거든. 호텔 같은 데서 묵었던 거 아닐까."

노부인의 눈에 심술궂은 빛이 깃들었다.

"댁의 아버지도 그 사람한테 속았어요?"

등이 오싹해지는 것을, 나는 꾹 참았다.

"속다니……."

"정말 몰라요?"

그럼 나도 말 안 할래요, 하며 노부인은 다시 의자를 돌려 옆을 향했다. 하지만 입가는 또 움찔거리고 있다.

나는 일단 물러나기로 했다. 다른 두 사람을 찾아보고 나서, 시간을 두고 다시 오자. 그 편이 이 부인에게는 효과적이다.

"실례 많았습니다. 고맙습니다."

가게를 나올 때 시야 구서으로 노부인의 허를 찔린 듯한 얼굴이 들어왔다. 다음에 왔을 때는 뜸 들이지 않고 미주알고주알 이야기해 줄 것이다.

등줄기를 스친 오한은 역으로 향하는 동안에도 좀처럼 사라지지 않았다. 돈이 많았다. 그 사람한테 속았다. 그 말이 귓속에서 반향이 되어 울린다.

아야세 주민인 나카후지 후미에는 낡은 모르타르로 된 이층집에 살고 있었다. 이 '있었다'는 단정이 아니라 과거형이다. 그녀도 이사한 것이다.

문패에는 가족 다섯 명의 이름이 열거되어 있었다. 플레이트에 아이가 검은 매직으로 이름을 적어 놓았다. 성은 '다나카'다. 좁은 주차장에는 보조바퀴가 달린 작은 자전거와 차일드시트를 설치한, 바구니 달린 자전거가 있다.

나는 인터폰을 눌렀다. 곧 여성의 목소리가 들려왔다.

"실례합니다. 전에 여기 사셨던 나카후지 씨를 찾아왔는데요."

여성은 이 집의 주부이자 어머니일 것이다. 활기차게 대답해 주었다.

"나카후지 씨는 저희 집주인이에요. 여기에는 안 계세요."

"아아, 그래요? 지금은 다나카 씨가 사시는군요."

"네. 작년 말에 이사 왔어요. 집주인한테 용건이 있으신가요?"

"저희 아버지가 오랜 지인이셔서요."

내가 또 거짓말을 늘어놓자 여자는 말했다.

"우리는 집주인의 주소는 몰라요. 부동산에 물어보세요."

역 앞 로터리에 면해 있는 빌딩 일층의 회사라고 가르쳐 주었다.

"고맙습니다."

나는 역 앞으로 되돌아갔다. 더 이상 바빠 보이는 다나카 가의 주부를 귀찮게 할 수는 없다.

부동산에서는 양복을 입은 젊은 남성 사원이 응대해 주었다. 내게 의자를 권하고 예의 바르게 용건을 들어 주었지만,

"죄송하게도 고객의 개인 정보를 가르쳐 드릴 수는 없습니다."

사회인끼리, 상식인끼리 이해하시지요, 라는 얼굴이었다. 나도 쓴웃음을 지으며 고개를 끄덕였다.

"그렇지요. 안 되는 줄 알면서도 여쭤 보았지만 역시 안 되는군요."

"아버님께는 나카후지 씨한테서 이사 통지가 가지 않았을까요?"

"글쎄요. 어쨌거나 연세가 있으시니까, 받고도 잊어버리셨을지도 모릅니다."

아야세에서는 탐문을 하지 않고 사이타마 시 니시 구로 향했다. 나카후지 후미에는 작년 말 전에 이사했다. 구레키 노인은 이 사실을 알고 있었을까. 그가 나카후지 후미에의 주민등록을 조사한 것은 언제였을까.

버스 납치를 일으키기 몇 달이나 전에 조사했을 거라고는 심정적으로 생각하기 어렵다. 만일 한 달 전에 조사했다고 해도, 나카후지 후미에가 이사한 뒤 여덟 달이 지났다. 그 시점에서도 그녀의 주민등록은 아야세에 남아 있었다는 뜻이 된다.

이사를 한 경우 가능한 한 빨리 주민등록도 다시 하지 않으면 생활의 여러 부분에서 불편해진다. 나카후지 후미에에게 취학 시기의 아이가 있다면 학교를 다니는 데 지장이 생기고, 그녀가 연금을 받을 만한 나이인 경우엔 주소 변경을 하지 않으면 곤란해진다. 다만 우편물은 이사한 곳을 신고해 두면 일 년간은 새 주소로 전송되니 그 방법으로 받을 수 있긴 하다.

그러나 부자연스럽다. 이사를 하고도 옛 주소로 된 등록을 그대로 둔 것은 어지간히 게으르거나, 병이나 고령으로 직접 수속을 할 수 없거나, 아니면.

―이사한 곳을 알리고 싶지 않거나.

즉 도망쳐 숨었을 경우다.

지난달에 이사해서 딸과 동거하고 있다는 고토 노리코도 여전히 팰리스 고엔지키타로 등록되어 있을 가능성이 있다.

확인하는 것은 작업으로서 쉬운 일이다. 하지만 관청 창구에서 신분을 속이고 태연하게 거짓말을 해서 개인 정보를 얻는 것은, 손님 장사를 하는 점원이나 두 번 다시 만날 일이 없는 친절한 주부에게 이야기를 지어내 늘어놓는 것과는 상당히 레벨이 다르다. 게다가 세 번째 사람인 구즈하라 아키라도 이사했는지 어떤지, 이사했다면 언제인지, 나는 빨리 알고 싶었다.

고엔지도 아야세도, 내가 찾아간 곳에는 주택이 많았지만 여기저기에 점포나 작은 공장, 작업소 등이 섞여 있었다. 메모에 있는 주소의 사이타마 시 니시 구의 그 일대는, 훌륭하다고 해도 좋을 정도의 주택지였다.

구즈하라 가의 문패는 있었다. 샬레 풍의 커다란 지붕이 눈에 띄는, 세련된 단독주택이다.

문패도 공들인 것이었다. 갖가지 색깔의 작은 애벌구이 타일을 조합한 플레이트 위에, 수지로 만든 알파벳 문자를 조합해 붙여서 영어로 'KUZUHARA'라고 표시했다. 그 밑에 훨씬 작은 문자로 'MAKOTO', 'KANAE', 'ARISA'라고 표시되어 있다.

제일 아랫줄이 비어 있다. 이 문패를 만들었을 때는 가족이 네 명이었던 모양이다. 그 네 번째 이름이 떼어져 있다. 희미하게 흔적이 남아 있었다.

그 이름은 'AKIRA'가 아닐까.

나는 인터폰을 눌렀다. 천천히 사이를 두고 세 번 눌렀다. 대답은 없었다.

정연한 거리. 주택 사이를 달리는 일차선 포장도로에 사람 그림자는 없다. 나는 조급해지는 기분을 누르고 주위를 어슬렁어슬렁 걸어 다녔다. 한 바퀴를 돌고 돌아와도 변화는 없었다. 두 바퀴를 돌고 돌아오자 구즈하라 가에서 두 집 건너 앞집의 문이 열리고 소노다 편집장과 동년배의, 우연이지만 패션 센스도 매우 비슷한 느낌의 여성이 자전거를 밀며 나오는 참이었다.

나는 서둘러 다가가서, 실례합니다, 하고 말을 걸었다. 자전거를 밀고 있는 여자의 얼굴 생김새는 소노다 편집장과는 전혀 달랐다. 옷도, 가까이에서 보니 소노다 에이코 특유의 에스닉 숍의 옷보다는 두 단계 정도 더 고상해 보였다.

"이 앞에 있는 구즈하라 씨 댁의 아키라 씨를 찾아왔는데요, 안 계시는 것 같고 아키라 씨의 성함이 문패에 없어서 혹시 집을 잘못 찾았나 싶어서요."

아버지의 부탁을 받고—라는 내 지어낸 이야기를, 여자는 예쁘게 다듬은 눈썹도, 섀도를 짙게 칠한 눈도 움직이지 않고 들어 주었다. 그러고는 말했다.

"구즈하라 씨네 할아버지는 돌아가셨어요."

내 놀람이 진짜였기 때문일 것이다. 여자의 표정에도 잔물결이 일었다.

"올해 2월이었나?"

"그래요……? 편찮으셨습니까?"

여자는 갑자기 눈을 크게 뜨고 뚫어져라 나를 보았다. 검사하는 시선이 아니다. 희미하게 동정하는 듯한 빛이 있다.

"모르시는군요."

내 가슴이 술렁거렸다. 여자는 목소리를 낮추었다.

"자살이었나 봐요."

고엔지로 되돌아가던 도중, 도쿄 역에서 늦은 점심을 먹고 구내의 양과자점에서 쿠키 세트를 샀다. 오는 길에, 자전거를 밀고 나오던 에스닉풍의 미녀가 짧게 말해 준 사실이 머릿속에서 계속 재생되고 있었다.

—가족들끼리 몰래 매장한 모양이에요.

그래도 구즈하라 아키라가 자살한 사실은 인근에 알려졌다.

—돌아가셨을 때는 구급차뿐만 아니라 순찰차도 왔어요. 꽤 큰 소란이 나서, 우리는 별로 이웃과 교류가 있는 편이 아니다 보니 무슨 일이 일어난 건지 몰라서 불안했죠.

아까 왔을 때는 이름에 신경도 쓰지 않았지만 노부인이 있던 고풍스러운 술가게는 '하리마야'라는 곳이었다. 중후한 기와지붕을 얹었고 덧댄 처마 밑에 옥호를 쓴 목제 간판이 걸려 있다.

가게를 지키는 사람이 노부인에서 노인으로 바뀌어 있었다. 멋진 금귤빛 대머리, 무거워 보이는 대모갑 테 안경. 카운터 맞은편에서 신문을 읽고 있다.

"실례합니다."

의자가 빙글 돌았고, 노인이 내 쪽을 보았다. "예, 어서 오세요."

"오전 중에도 한번 찾아뵈었던 사람인데요."

아, 왔다, 왔어, 하고 흥분한 듯한 목소리가 들렸다. 가게 안쪽의 쪽 염색을 한 포렴을 가르고, 그 꽃무늬 스웨터 위에 앞치마를 걸친 그 노부인이 등장했다.

탐색에 뛰어난 그녀의 눈은 내가 들고 있는 양과자점의 종이봉지를 금세 발견했다.

"처음부터 그렇게 했으면 좀 더 능숙하게 날 속일 수 있었을 텐데."

그 말씀이 옳다. 내가 말했던 이유로 아버지의 지인을 찾아온 상식적인 남자라면 과자 상자라도 하나 들고 있어야 했다.

"여보, 이 사람 고토 씨를 만나러 왔어요."

노부인이 노인에게 말했다. 대모갑 안경의 두꺼운 렌즈 속에서 노인의 눈이 커졌다.

"당신, 피해자 모임에서 왔소?"

둘은 부부일 것이다. 아내는 내게 '기자냐'고 묻고, 남편은 '피해자 모임에서 온 사람이냐'고 묻는다.

"아뇨, 모임에는 들지 않았지만 사모님이 눈치채신 대로 고토 씨와 좀 트러블이 있었던 사람입니다."

제가 아니라 아버지가—라고 말을 잇자 노인은 "아아, 그거 안 됐군" 하고 말했다.

"아버지를 너무 나무라면 안 돼요. 노인이 그런 이야기에 깜박 넘어가 버리는 건, 꼭 욕심이 많아서가 아니니까."

가능한 한 자식들에게 폐를 끼치고 싶지 않아서 그러는 거라고, 힘주어 말한다.

"난 그렇게는 생각 안 하지만요."

노부인은 냉소적인 말투로 말하면서도 내가 내민 과자 상자를 받아들고는 의자를 꺼내 와 앉으라고 권해 주었다. 회전식은 아니고 빨간 비닐이 씌워져 있으며 다리가 약간 덜컹거린다. 나는 걸 터앉았다.

"어르신은 여기서 오랫동안 영업하셨습니까?"

노인은 신문을 접고, 노부인은 카운터 밑에서 담배와 재떨이를 꺼냈다.

"오래됐지. 부모님 대부터 한 칠십 년."

"그럼 이 근방의 일은 잘 아시겠군요."

"고토 씨의 맨션에도 단골이 많으니까." 노부인이 불을 붙인 것은 하이라이트_{담배 이름}였다.

"하지만 그 사기 장사의 이야기는, 손님한테서 들은 건 아니에요. 고토 씨가 우리 가게에도 이것저것 팔러 왔지."

딱 딱 딱 잘라 거절했지, 라고 말하는 말투도 인정사정이 없다.

"그 사람, 불같이 화를 내면서 우리한테서는 앞으로 아무것도

434

사지 않겠다더군. 그런 건 이쪽에서 거절이야."

씩씩거리는 아내를 남편이 달랜다. "그렇게 혈압 올리지 마. 고토 씨도 악의가 있었던 건 아니잖소."

하리마야 복식조는 아내가 '공攻'이고 남편이 '수守'의 조합인 것 같다. 가게 안을 채색하고 있는 다양한 종류의 술병, 훌륭한 와인 선반, 배달 예정이 빼곡하게 적혀 있는 달력으로 미루어 보아 지금까지의 인생에서 진 적보다 이긴 적이 더 많은 강력한 페어임이 틀림없다.

하리마야의 노인은 안경을 벗고는 내 얼굴을 보았다.

"그래서, 댁의 아버지는 뭘 샀소?"

예측한 질문이었기 때문에 나는 대답을 준비해 두었다. "아버지가 말하기를 꺼려하셔서 저는 아직 잘 모릅니다. 아무래도 회원권 같은 거였나 봐요."

무난한 거짓말이라고 생각했는데 하리마야의 노부인은 곧 반응했다. "그거, 그 협회가 오키나와에 짓는다나 하는 리조트 호텔이지요? 우리한테도 얘기했어요. 협회 최대의 사업이라면서."

"협회, 라고요?"

"닛쇼日商 프런티어 협회 아니에요?"

"아아, 맞습니다. 역시 똑같군요."

나는 마음속에 메모했다. 닛쇼 프런티어 협회라.

"고토 씨는, 우리한테는 정수기 얘기를 하지 않았던가?"

"처음에는 그랬지. 몇 번이나 집요하게 찾아왔어요. 마지막으로 가져온 게 그 리조트 호텔의 회원권이고."

그러니까 악의는 있었다고 하며, 하리마야의 노부인은 담배를 재떨이에 비벼 껐다. 필터에 거의 닿을락 말락 한 데까지 피웠다.

"수법을 바꾸고 물건을 바꾸면서 뭔가 팔아치우려고 했지. 속일 의지는 가득했어."

"뭔가, 지나칠 정도로 조건이 좋은 회원권이었지."

맞아요, 맞아, 하고 하리마야의 노부인은 크게 고개를 끄덕였다.

"보통, 리조트 호텔의 회원권이라고 하면 시설을 이용할 권리를 사는 거잖아요? 그건 그렇지가 않았지. 호텔 건설에 투자해서, 금액에 맞는 넓이를 가진 방을 사는 거예요."

구입한 호텔 방은 물론 그 회원이 자유롭게 사용할 수 있다. 그리고 방이 비었을 때는 자동적으로 리조트 호텔의 운영관리 회사에 임대하는 형태가 되어, 방문객 회원이 이용하든 이용하지 않든 반드시 일정한 임대료를 얻을 수 있는 시스템이었다고 한다.

어디에선가 들은 적이 있는 듯한 이야기 아닌가. 금괴가 리조트 호텔의 방으로 치환되었을 뿐이다.

"이야기가 너무 솔깃하잖아. 일 년 내내 만원 상태라도 되지 않는 한, 그렇게 소유자 회원 모두에게 임대료를 지불했다간 관리 회사는 대적자지."

상식적으로 생각하면 그렇다. 그렇다기보다 그 이전 단계에서 걸리는 게 있다.

"그 호텔, 현물은 지었을까요?"

"안 지었지!"

그런 걸 지을 리가 없다고 하며 하리마야의 노부인은 두 개비째 하이라이트에 불을 붙인다.

"그림의 떡이에요."

"그럼 회원권 사기라기보다는 가공 투자사기로군요."

"애초에 오키나와에 땅을 사지도 않았대요."

그렇겠지. 그럴 것이다.

하리마야의 노인이 살짝 고개를 갸웃거렸다. "당신, 아버지한테서 들을 때까지 그 협회에 대해서는 전혀 몰랐소? 간부가 붙잡혔을 때는 신문에도 실렸는데."

나는 신중하게 대답을 골랐다. "보도된 건 알고 있었지만 설마 제 아버지가 피해를 당했을 거라고는 생각하지 않았지요."

"그래요? 그렇군."

하리마야의 노인은 의자에서 일어서더니 안쪽의 냉장 용기에서 페트병에 든 냉차를 두 개 가져와 하나를 내게 주었다.

"자, 드시오."

"고맙습니다."

하리마야의 노부인은 하이라이트면 되나 보다.

"요즘 그런 종류의 사건이 많으니까. 신문에서도 별로 크게 다루지는 않았어요. 피해 총액 오십억 엔이었나? 작아, 작아."

그 뭐라는 단체는 이백억 엔이었잖아요, 그런가, 당신 잘 기억하고 있군, 하는 부부의 대화를 나는 냉차로 목을 축이면서 들었다.

"닛쇼 프런티어 협회가 사기 혐의로 적발된 건 언제쯤이었죠?"

시치미를 떼고 묻자 남편 쪽이 곧 대답해 주었다. "작년 7월이오. 7월, 7일이었지. 칠석이야."

"그래서 똑똑히 기억하고 계시는군요."

"아니, 아니" 하며 하리마야의 노인은 웃었다. "나는 그 무렵에 마침 담석 수술로 입원했거든. 내시경 수술이라 간단했지만 혈압이 높고 당뇨가 있어서 좀 고생했다오."

작년 칠석은 수술 전날로, 신문을 들고 병문안을 온 부인이 "고토 씨는 역시 사기꾼 일당이었어!" 하며 난리를 쳤기 때문에 기억하고 있다고 한다.

"일당이라는 건 불쌍하잖소."

"어째서요? 일당 맞잖아."

"하지만 고토 씨도 속고 있었던 거잖소."

"입구에서 속았다고 해도 출구에서는 속이는 쪽이 되어 있었으니까 나쁜 건 마찬가지예요."

하리마야의 노인은 상황이 불리했다.

"고토 씨는 이곳뿐만 아니라 다른 곳에도 권유를?"

하리마야의 노부인은 꼽듯이 기세 좋게 말했다.

"맨션 내에서도 했고, 3초메에 있는 슈퍼에, 버스 다니는 길에 있는 세탁소에, 미용실에, 손자네 초등학교 학부형 모임에서도 권유했고, 마지막에는 닥치는 대로 하고 다녔지."

손자가 초등학생이라면 고토 노리코의 대략적인 나이를 알 수 있다. 게다가,

"버스 다니는 길에 있는 세탁소라니 '구마짱 클리닝 야마모토' 말입니까?"

"맞아요. 그 샛노란 제복을 입은 가게. 부인이 고토 씨가 하도 매달려서 회원이 됐지. 남편은 노발대발하고."

내 감도 맞았던 모양이다.

"닛쇼 프런티어 협회는 경영 파탄이 적발의 계기였군요."

"회원에게 배당금을 지불할 수 없게 되었거든."

"아니, 피해자 모임에서 고소했기 때문이에요."

그렇다면 피해자 모임은 적발 이전부터 존재했고, 활동하고 있었던 것이다. 이 또한 이런 사건의 전개로서는 흔히 있는 패턴이다.

"고토 씨도 빨리 빠져나와서 피해자 모임에 들어가면 좋았을 텐데."

하리마야 노인의 동정적인 중얼거림에 하리마야 노부인은 더욱 발끈했다. "빨리 빠져나왔다면 더 치사하잖아요. 벌 만큼 벌어 놓고 위험해지기 전에 연을 끊다니."

하리마야 노인은 금귤빛 대머리를 번쩍이며 내게 웃음을 지었다. "이런 가게지만, 우리는 일단 회사로 되어 있고 안사람이 사장이라오. 나는 상무. 그래서 고개를 못 들지."

주식회사 하리마야 주점이라고, 즐거운 듯이 말했다.

"나중에 와인 좀 보여 주십시오. 사 가겠습니다."

"깎아 줄게요. 아버지한테 사다 드려요. 와인은 술술 들어가니까."

이런 용건이 아니라면 계속 이야기를 나누고 싶어지는 부부다.

"부인께서 9월에 지바에서 일어난 버스 납치 사건에 대해 말씀하셨는데요."

하리마야 노부인은 담배를 문 채 고개를 끄덕였다.

"그 범인인 구레키라는 노인에 대해서는 아십니까? 고토 씨는 그 남자로부터 원한을 산 모양이더군요."

"하지만 그 범인은 우리 동네 사람은 아니에요. 신문에서 읽었는데―."

"네, 사는 곳은 아다치 구에 있는 아파트였습니다."

생활보호를 받으라는 권유를 받고 있었던 모양입니다, 하고 말하자 하리마야 노부인은 콧구멍을 벌름거리며 몇 번이나 고개를 끄덕였다.

"고토 씨는 그런 사람한테서도 돈을 뜯어내고 있었군요."

"아니, 사실은 알 수 없지만요."

"하지만 그 범인은 경찰한테 고토 씨를 끌고 오라고 했잖아요? 그만큼 원망하고 있었던 걸 테고, 그렇다면 닛쇼 프런티어의 피해자였을 게 분명해요."

"고토 씨 외에도 두 명 더, 이름이 거론되었습니다."

"그럼 그놈들도 한패일 거야."

내가 손가락으로 콧등을 긁적이자 하리마야 노인도 똑같이 하며 말했다. "고토 씨의 남편은 말이오, 나는 마을자치회에서 알고 지냈는데 신주쿠에서 수입 잡화 상사商社를 하고 있었소."

영향력이 있었지, 라고 한다.

"고토 씨도 임원이었소. 그래서 부부가 다 발이 넓었지요. 그 사람은 이 근처 주민들에게만 가입을 권유하지 않았을 거요."

"고토 씨의 남편은요?"

"돌아가신 지 사오 년 되려나. 고토 씨도 남편이 건강했다면 그런 사기 비즈니스에 손을 대는 일도 없었을 거요."

"유복한 분이었나요?"

"뭐, 돈은 좀 있었지."

저희 아버지는 연금 생활을 하고 있습니다, 라고 나는 말했다. 이것은 거짓말이 아니다. 야마나시의 본가에 있는 아버지는 관청에서 일하다가 은퇴하고 연금으로 생활하고 있다.

"고토 씨는 느낌이 나쁜 사람은 아니었소. 세련된 할머니인데 말을 참 잘했지."

댁의 아버지가 속은 것도 무리는 아니오, 나무라서는 안 돼요, 하고 또 나를 타일렀다.

오후 세시 넘어서 귀가하자 맨션 프런트 아가씨가 "어서 오세요" 하며 머리를 숙였다. 요즘 십육층에 사는 스기무라 씨네 남편은 어중간한 시간에 회사에서 돌아온다. 혹시 정리해고당한 걸까라는 소문이 싹틀지도 모른다고 생각하면서, 나도 붙임성 있게 마주 인사했다.

이런 시시한 생각을 하는 까닭은 고엔지의 하리마야 부부와 이야기하다가 '사람은 의외로 다른 사람에게 관찰당하고 있다'는 사실을 실감했기 때문일 것이다. 하리마야 부부(특히 아내 쪽)는 뼈대 있는 상인이라 관찰안이 뛰어나다는 점을 제쳐 두더라도, 도시 생활을 하는 사람이 뭔가 문제를 안고 있을 때 그것을 외부의 타인에게 전혀 들키지 않고 살기란 사실상 불가능함을 깨닫게 되었다.

건물 현관은 내 열쇠로 열고 들어갔지만 갑작스런 귀가에 나호코가 깜짝 놀라면 안 될 것 같아서 집 현관에서는 초인종을 눌렀다. 곧 아내가 나와서 열어 주었다.

"조사할 게 있어서 오늘은 조퇴했어."

아내는 눈을 크게 떴다. "그 얼굴을 보니까 수확이 있었나 보네."

나는 지난 반나절의 경위와 닛쇼 프런티어 협회라는 키워드를 발견한 사실을 이야기했다. 아내는 커피를 끓여 주었다.

"작년에 적발되어서 간부가 체포된 집단 사기 사건이니까 인터넷에 검색하면 자세한 걸 알 수 있을 듯해."

"그러네. 나도 왠지 그 협회의 명칭은 들어본 적이 있는 기분이 들어."

아내는 그건 그렇고—하면서 눈동자를 빙글 돌려 보였다. "당신은 운이 좋은 사람이네. 아니면 코가 좋은 걸까? 첫날부터 그 술가게 부부 같은 사람과 맞닥뜨리다니."

"수다도 즐거웠어."

닛쇼 프런티어 협회의 실태가 폭로되자 그 후로 고토 노리코의 팰리스 고엔지키타에서의 생활은 소위 말하는 바늘방석이었던 모양이다. 이야기하면서 점점 신랄함을 더해 가는 하리마야 부인과 점점 동정적인 태도로 변해 가는 하리마야 노인은 서로 상당히 다르게 표현했지만.

—그래도 그 사람은 지바의 버스 납치 사건이 일어날 때까지는 거기에서 버티고 있었으니까. 오기가 있었다고 할까.

고토 노리코가 그랬던 것처럼 나카후지 후미에나 구즈하라 아키라도, 교류가 있는 이웃이나 친구, 지인, 물론 친척이나 가족에게도 권유 활동을 하고 있었을 것이다. 그렇다면 그들도 적발 후에는 (정도의 차이는 있을지언정) 바늘방석에 앉아 있었다고 생각할 수 있다.

협회가 적발된 게 작년 7월 7일. 나카후지 후미에가 아야세의 집에서 이사한 것이 작년 말. 구즈하라 아키라가 자살한 것이 올해 2월. 구레키 노인의 버스 납치 사건이 9월에 일어났고, 그 사건 때문에 고토 노리코도 결국 팰리스 고엔지키타에서 도망쳐 나갔다.

셋 다 바늘방석으로 데미지를 입었고, 구즈하라 아키라는 목숨까지 잃었다.

"코가 좋은 걸로 치면 나보다도 더 굉장한 사람이 있지."

나는 아내의 얼굴을 들여다보지 않을 수가 없다. 눈매와 턱의 모양이 매우 닮았으니까.

"누구?"

"당신 아버지."

나는 줄곧 속으로 감탄하고 있었다.

―장인어른, 당신은 무서운 사람이에요.

아직 아무것도 조사하지 않았을 때부터 사실 관계의 큰 틀을 거의 알아맞혔다.

"종교 같은 정신적인 게 아니다, 틀림없이 돈과 관계가 있을 거라는 짐작은 딱 들어맞았고, 피해자가 가해자가 되어 다음 피해자를 만들어 가는 악질 상행위 시스템이 그 세 사람이 저지른 '죄'의 근원이었던 게 아닐까 하는 추리도 맞았어."

아내는 미소를 지었다. "아버지는 똑똑하시니까."

그때가 되어서야 비로소 아내가 외출복을 입고 있음을 알아차렸다. 화장도 꼼꼼하게 했고 가슴에는 바로 며칠 전, 손위 처남의 부인인 아주머님과 쌍으로 맞춘 핑크 진주 목걸이를 걸고 있다.

"나갈 참이었어?"

아내는 반사적으로 목걸이를 만졌다.

"모모코를 데리러 가는 김에 쇼핑을 할까 싶어서, 그것뿐이야."

모모코는 초등학교에 들어가고 나서 일주일에 사흘, 음악 교실에 다니고 있다. 오늘은 그날이다. 네시가 넘으면 끝난다.

"좀 너무 멋을 부렸나?"

아내는 부끄러운 듯한 얼굴을 했다.

"모처럼 차려입었으니까 오늘 밤에는 외식할까?"

"무슨 소리야. 조사를 시작하면 당신은 푹 빠져 버릴 게 뻔한데. 집에서 밥 먹어요."

나도 아내에게 "무슨 소리야"라는 말을 듣는 것이다. 하리마야 부부와 우리가 겹치는 것 같아서 조금 기뻤다.

"맞다, 선물이 있어."

"나도 아까부터 신경 쓰였어. 와인이지?"

하리마야 노인은 내가 이 상표를 고르자 놀라워했다.

"샤토 라투르."

특징 있는 라벨을 보고 아내는 생긋 웃었다. "그럼 고기로 하지 요."

그러고 나서 나는 서재에 틀어박혀 컴퓨터와 마주했다.

피해 총액 오십억 엔의 집단 사기 사건에 하리마야 노부인은 "작아, 작아"라고 내뱉었지만, 오십억 엔은 적은 돈이 아니다. 검색을 시작하자 곧 닛쇼 프런티어 협회 사기 사건의 '정리 사이트'가 나와서 매우 큰 도움이 되었다.

닛쇼 프런티어 협회는 1990년에 창업했다. 당시에는 주식회사 닛쇼 프런티어라는 명칭으로, 주력 상품은 '기적의 물 아테나'라는 천연수였다. 페트병을 팔지는 않았고, 교체형 탱크를 교환해 주는 방식으로 판매하는 것이 특징이었다. 그러니 통판이 아니라 방문 판매였을 것이다.

"기적의 물로 체내 정화! '아테나'가 당신을 치매와 암에서 지켜 드립니다."

가족 대상이 아니라 고령자 세대世帶로 표적을 좁힌 전략이었다.

탱크 교환식 음료 비즈니스가 일반 가정에서도 유행하기 시작한 것은 거슬러 올라가도 지난 십 년 사이의 일일 것이다. 그 점에서 (주)닛쇼 프런티어는 선견지명이 있었다고 할 수 있다. 수돗물에 불안을 느끼기는 해도 고작해야 정수기를 다는 정도의 대책만 세울 수 있고 무거운 페트병을 매일 사러 갈 수도 없다. 그런 고령자 세대에 업자가 정기적으로 탱크를 날라 와서 교환해 주는 시스템은 분명히 편리한 것이었으리라. 동시에 '치매와 암'을 막을 수 있다는 어필도 강력하다.

다만 그만큼 '아테나'는 고가였다. (주)닛쇼 프런티어는 이 시점에서 어느 정도 유복한 고령자 세대로 표적을 좁히고 있었다.

─뭐, 돈은 좀 있었지.

하리마야 노인이 그렇게 평했던 고토 노리코는 이 무렵부터 고객이었을지도 모른다.

여러 해 계약을 하면 할인율이 올라가는 등의 특전은 있어도, 90년대 초반의 (주)닛쇼 프런티어는 회원 제도를 두고 있지는 않았다. 93년부터 비타민제나 심해 상어 엑기스 등도 판매하기 시작했지만 '닛쇼 친구들의 모임'이라는 회원 제도가 시작된 것은 96년

4월의 일이다. 일본의 지역 중 아테나가 솟아나는 지중해 연안과 가장 기후가 비슷하다는 시즈오카 현의 바닷가 마을에 '닛쇼 생명의 집'이라는 숙박 시설을 지은 일이 계기가 된 모양이다.

이 '생명의 집'은 평범한 리조트 시설이 아니라 '회원 여러분의 종합적인 건강 관리와 안티에이징'이 목적으로, 삼박 사일부터 이 주짜리까지로 구성된 다양한 코스를 골라 숙박하며 준비된 메뉴대로 생활을 하면 완전한 체내 정화와 세포 재생이 가능하다고 한다.

"지친 마음도, 상처 입은 DNA도 고쳐 드립니다."

당시의 캐치 카피에 나는 저도 모르게 쓴웃음을 지었다.

이 무렵부터 회원들에게 '친구를 소개해 주세요'라는 어필도 시작되었다. '장수와 건강을 한 명이라도 많은 분께.' 물론 새로운 회원을 소개하면 다양한 특전과 함께 캐시백도 있다. 슬슬 다단계 마케팅의 얼굴이 나타나기 시작했다.

하리마야 부부가 이야기했던 정수기는 1999년 3월까지는 상품으로 등장하지 않는다. 이 정수기를 설치하면 수돗물이 '아테나'와 같은 효과를 갖게 된다는 것이다. 탱크를 둘 공간이 없는 가정을 위한 서비스라고 하지만 '정리 사이트'의 필자는 "'생명의 집' 운영이 계획대로 되지 않아 경영이 악화되자 새로운 고객층을 개척하기 위해 도입한 상품이다"라고 썼다. 이쪽은 고령자 세대가 아니라 일반 가정에 어필하고 있기도 해서 '물을 바꾸면 이 주 만에 아토피성 피부염이 낫습니다', '다이어트 효과는 FDA도 인정!'이라는 선전 문구가 붙어 있다.

FDA, 미국 식품의약품국은 식품이나 의료품의 안전성을 테스트하고, 시장에 내놓을지 말지를 결정하는 기관이다. 유해한 식품이나 의약품을 적발하기도 한다. 그 평가가 엄정하기로 미국뿐만 아니라 세계적으로 유명한 기관이지만 FDA가 인가한 의약품을 일본의 후생노동성은 인가하지 않는 경우도 있다. 뭐, '다이어트 효과는 WHO도 인정!'이라고 쓰는 것보다는 신기한 느낌이 들지도 모른다. 하지만 어느 쪽이든 일본어로 소화되지 않는다.

이 정수기 비즈니스를 계기로 (주)닛쇼 프런티어는 확실히 다단계 같은 마케팅 쪽으로 키를 꺾었다. 피라미드형 회원 조직을 구성하고 매달의 매상에 따라 '떡잎 회원', '플라워 회원', '펄 회원', '골드 회원', '플래티나 회원', '프리미어 회원' 등의 랭크를 붙인다. 성적이 좋은 회원에게는 요란한 표창식도 마련된다. '닛쇼 친구들의 모임'은 '닛쇼 프런티어 협회'로 명칭을 바꾸고 독립 조직이 되었다.

다루는 상품도 종류가 다양해졌다. 건강 음료, 영양보조 식품, 화장품, 보정 속옷—새로 가입한 '떡잎 회원'에게 주었다는 '스타터 키트'는 가죽 장정의 두꺼운 파일이다.

'정리 사이트' 내의 동영상 파일을 열어 보니 2004년 9월 20일에 호텔의 연회장에서 열린 표창식의 모습이 나왔다. 단상에서 회원들에게 연설을 하고 갈채를 받으며 "대표님, 대표님!" 하고 불리고 있는 사람은 멋진 은발의 위장부다. 육십대 중반 정도일까. 옛 가요곡 전성시대의 인기 트로트 가수 같은 풍모와 옷차림으로, 동작 하나하나가 연극 같았다. 회원들의 열광적인 성원을 받으며 얼굴을 반짝반짝 빛내고 있다.

이 남자가 (주)닛쇼 프런티어를 창업한 사장이자 닛쇼 프런티어 협회 대표인 오바 마사지로였다. 부대표이자 아들인 오바 데루히코와 함께 작년 7월에 사기와 출자법 위반 혐의로 체포되었다.

'정리 사이트'에는 협회 사무국장과 회계 담당자 등 다른 체포자들 리스트도 실려 있었지만, 거기에도 구레키 가즈미쓰의 이름은 없었다.

최종적으로 기소까지 당한 이는 오바 부자와 데루히코의 아내인 사에리라는 여성뿐이다. 이십대에 인기 모델로 활약한 경력이 있는데 협회에서 파는 물건에 화장품이나 보정속옷을 넣은 것은 이 여성일지도 모른다.

'닛쇼 피해자의 모임'은 2004년 10월에 발족했다. '상품의 효능이 의심스럽다', '이건 다단계 마케팅이 아닌가'라는 회원들의 상담이 소비자보호원에 들어오게 된 것도 이 무렵이다. 피해자 모임의 대표자는 도쿄 도에 있는 회사의 임원으로, 아내가 회원이 되어 총액 천만 엔에 가까운 피해를 입었다고 한다.

생활에 여유가 있지만 직장에서는 이미 현역이 아니고, 사교가이지만 인생에 약간 지루함을 느껴 사회에 참가할 기회를 찾고 있다. 닛쇼 프런티어 협회에서도 그런 고령자가 메인 타깃이었다. 적어도 당초에는, 연금으로 생활하면서 비장의 퇴직금을 조금이라도 이율이 좋은 금융 상품에 투자하고 싶다―고 갈망하는 고령자를 노리진 않았다. 협회가 그런 피해자를 만들어 내기 시작한 것은 자전거 조업이 벽에 부딪혀 경영이 기울기 시작하고 나서다. 말기 증상이다. 그리고 하리마야 부부가 가르쳐 준 회원제 오키나와 리조트 호텔 건설 계획은 닛쇼 프런티어 협회가, 우리는 사기 조직이 아니다, 제대로 된 기업체다, 라는 환상에 매달리기 위해서 만들어 낸 마지막 기사회생 방책이었다.

물론 그것은 공허했다. 도요타 상사가, 그 종말이 가까워지면 가까워질수록 화려하게 광고해대던 요란한 계획과 매우 비슷하다.

오바 부자는 경찰에서건 검찰청에서건 취조를 받을 때 일관적으로 혐의를 부인했다. 마사지로는 체포 전에 회원들을 향해 연설했던 것처럼, 체포 후에는 수사원들을 향해 끊임없이 '개혁'이라는 말을 사용했다.

―우리나라는 세계에서도 유례를 찾아볼 수 없는 저출산 고령화 사회요. 늘어나기만 하는 고령자의 의료비 때문에 조만간 국민보험 제도는 파탄날 거요. 나는 그걸 막고 싶소.

―건강한 고령자가 이 나라를 건강하게 만들지. 고령자를 약에 절이는 의료에서 해방하고, 그들에게 진짜 건강과 삶의 보람을 줌으로써 나는 세상을 개혁할 거요.

적발될 때까지 회원 활동을 했어도, 협회의 운영 실태가 폭로되자 정신이 번쩍 든 것처럼 피해를 호소하기 시작한 사람들이 많았다. 한편 오바 부자가 기소되어도 그들에 대한 신뢰를 잃지 않고 열심히 공판을 방청하고, 취재 기자들의 질문에도 그들을 옹호하는 발언을 되풀이하는 옛 회원들도 있었다.

—대표님은 세상을 개혁한 귀인입니다.

'세상의 개혁'이 오바 부자 지지자들의 키워드라면 피해자 측의 키워드는 '세뇌'였다.

—협회에서 활동하면 이 세상을 좋게 만들 수 있다, 진짜 행복을 실현할 수 있다고 믿게 만들었습니다.

—말년에 사회의 신세를 지면서 사는 건 허무한 일이다, 자립해서 사회에 도움이 되고 싶다, 그런 마음을 피고든 겁니다. 완전히 속아서 세뇌당했습니다.

'정리 사이트'에 소개된 옛 회원들의 증언 속에, 협회에서 그들을 지도했던 간부나 사원들의 실명은 나와 있지 않다. 트레이너의 존재도 보이지 않는다. 협회에서는 상위 회원이 하위 회원을 지도 교육했고 이를 위한 매뉴얼도 있었다고 하지만 그 실물은 자료로 올라와 있지 않았다.

그 대신 재미있는 자료가 있었다. 협회 내부에서는 2002년쯤부터 상위 회원이 하위 회원에게 상품 구입 자금을 개인적으로 융자해 주도록 장려되고 있었고 협회의 담당자가 이를 중개했는데, 그때의 금전소비 임차계약서다. 연리로 환산하면 36퍼센트의 폭리로, 그중 10퍼센트가 협회에 상납되는 구조였다. 또 이 개인적인 융자를 해 줄 자격을 얻기 위해서는 협회의 심사를 통과할 필요가 있었고, 그 자격 심사에도 돈이 들었다. 자격 심사를 통과해 회원 사이에서 고리대금을 하고 있었던 자들은 대부분 플래티나 회원과 최상위의 프리미어 회원 들이었다. 적발 당시의 등록 회원 수 2788명 중에서 147명이다.

입구에서는 피해자, 출구에서는 가해자, 나쁜 것은 마찬가지. 컴퓨터 화면에 지친 내 눈꺼풀 속에서 하리마야 노부인의 말이 자막처럼 글자가 되어 깜박깜박 빛났다.

구레키 가즈미쓰는 이 조직의 어디에, 어느 단계에서 존재하고 있었을까. 고토, 나카후지, 구즈하라 세 사람을 골라내서 '죄가 있다'고 지탄한 것은 왜일까. 피해자이면서 가해자였던 것은 이 세 사람만이 아니다. 내부에서 고리대금을 하며 하위 회원들을 희생물로 삼고 있던 놈들만 해도 147명이나 있었다.

더욱 이해할 수 없는 것은 구레키 노인이 버스 납치를 일으키고 경찰에게 그 세 사람을 데려오라고 요구했을 때, 구즈하라 아키라는 아마 자책의 마음 때문에, 또는 바늘방석을 견디지 못하고 이미 자살해 있었다는 점이다. 구레키 노인이 그 사실을 몰랐을 리는 없다. 이미 죽은 인간을 왜 끌어내려고 한 것일까.

완전히 지쳐서 컴퓨터를 껐더니 마침 좋은 타이밍으로 저녁 먹으라는 소리가 들렸다. 나호코가 직접 만든 음식과 모모코의 밝은 웃음이 나를 위로해 주었다.

식사를 마치고 모모코와 목욕을 했다. 학교에서 있었던 일, 친구와의 교환일기에 쓴 내용(모모코가 다니는 학교에서는 구식 노트를 사용한 교환일기를 장려하고 있다), 지난주에 사회과 견학으로 찾아갔던 과자 공장 이야기. 모모코의 달콤한 수다는 빚을 지며 사들인 대량의 (그리고 실은 싸구려인) 정수기를 끌어안고 어쩔 줄 몰라 하는 노인이나, 보정 속옷을 동료들에게 팔아넘기고 후에 사이가 어색해져서 퇴사한 젊은 여성이나, 주택 구입 자금이라고 속여서 빌린 부모의 저금을 휴지 조각이나 마찬가지인 리조트 호텔 회원권으로 바꾸어 후에 병으로 입원한 부모의 의료비도 마련할 수 없게 되고 만 중년 남성의, 컴퓨터 화면 위로도 생생하게 들려오는 탄식의 목소리를 지워 주었다.

"아빠."

"응?"

"문화제, 보러 올 거야?"

다음 주 토요일이다.

"물론 보러 가야지."

"나, 낭독 잘하게 됐어."

모모코가 자기 전에 나는 침대 옆에서 책을 읽어 준다. 딸이 세 살이 되었을 때부터의 습관이다. 아내를 닮았는지 원래 책을 좋아하는 딸이지만 1학년이 된 순간 더욱 독서에 호기심을 발휘하게 되었다.

"많이, 많이, 이야기가 있는 책이 좋아."

이러한 요청에 따라 나는 톨킨의 『호빗의 모험』을 골랐다. 마침 여름 방학이 시작되었을 무렵부터 읽기 시작했다. 지금 이야기는 가장 흥미진진한 부분으로 접어들었다.

『호빗의 모험』은 톨킨의 대작 『반지의 제왕』의 이전 이야기로, 어린이를 위해 쓴 모험 소설이다. 『반지의 제왕』의 핵심인 암흑의 제왕 사우론의 힘을 체현하는 '절대 반지'도 등장한다. 모모코는 『호빗의 모험』을 매우 좋아해서 이 책을 다 읽고 나면 더욱 많은 이야기가 담긴 『반지의 제왕』이라는 속편이 기다린다고 가르쳐 주자 매우 기뻐했다.

"이 이야기에 속편이 있다면, 빌보는 괜찮겠지?"

주인공 호빗인 빌보는 이제 모모코의 마음의 친구다.

"물론."

위대한 마법사 간달프의 인도로 황금 드래곤 스마우그와 대면하는 빌보의 이야기를 읽어 주는 사이에 나는 문득 톨킨이 이 장대한 이야기 속에 그린 보편적인 진리에 생각이 미쳤다.

악은 전염된다.

'절대 반지'는 암흑의 제왕 사우론의 힘의 원천인 동시에 분신이다. 반지는 사우론의 곁으로 돌아가려고 하는 길에서 만난 사람들을 오염시켜 간다. 그 마음을 좀먹고, 인격뿐만 아니라 용모까지도 바꾸어 버리는 것이다.

악은 전염된다. 아니, 모든 인간이 마음속에 깊이 숨겨 가지고 있는 악, 말하자면 잠복하고 있는 악을 표면화시키고 악행으로 나타나게 하는 '마이너스의 힘'은 전염된다고 할까.

현실을 살아가는 우리는 '절대 반지'를 갖고 있지는 않다. 하지만 그 대체물이라면 얻을 수 있다. 그것은 잘못된 신념이고, 욕망이고, 이를 다른 사람에게 전하는 말이다.

─그림자 드리워진 모르도르의 나라에,

우리도 살아가고 있다.

그 후 며칠 동안 나는 더욱 정보를 모으고 다녔다. 닛쇼 프런티어 협회에 대해서 기초적인 지식을 얻고 나서 스스로도 무엇을 어떻게 물어 보아야 할지 확실히 알게 되었기 때문에, 찾아간 관계자나 관계자의 가족의 입이 쉽게 열려 탐문은 훨씬 매끄럽게 진행되었다. 첫 번째 방문 때는 내 뒷모습을 지켜보기만 하던 '구마쨩 클리닝 야마모토'의 부부도 둘 다 이야기해 주었다.

"고토 씨는 우리 손님이었기 때문에 가게에 오지 말아 달라고 할 수 없었고 오면 쫓아낼 수도 없었어요."

야마모토 부인은 지금 생각해도 지긋지긋하다는 얼굴로 말했다.

"작년 여름, 나중에 돌이켜 보면 그 협회가 파탄나기 직전이라 안에서도 여러 가지로 어수선했나 보지요. 고토 씨는 카운터 앞에 서서 순서를 기다리고 있는 뒷손님한테도 영업을 하기 시작하는 판이라 정말 곤란했어요."

야마모토 부인이 협회에 쏟아부은 금액은 이십만 엔 정도였다.

"너무 집요해서 저도 졌어요. 남편한테는 야단맞지 시어머니는 빈정대시지, 난리도 아니었어요."

그 돈은 지금도 돌아오지 않았다.

"피해자 모임에도 가 봤지만 백만, 이백만의 피해를 입은 사람이 드물지 않았어요. 천만 엔 이상인 사람들도 많았고요. 오히려 무서워져서."

비싼 수업료를 냈다고 생각하고 포기하기로 했다고 한다. 어디에선가 들은 적이 있는 듯한 대사다.

고토, 구즈하라, 나카후지는 모두 프리미어 회원이었다. 가입한 시기는 구즈하라 아키라가 가장 빨라서 '닛쇼 친구들의 모임' 때부터 회원이었다. 나카후지 후미에의 회원 경력은 짧아서 삼 년 남짓했지만 사이트에서 얻은 자료에 따르면 떡잎 회원이 (도중에 탈락하지 않고) 프리미어 회원까지 승격하는 데 평균 육 년 정도 걸리니까, 그녀는 우수했을 것이다. 셋 중에서는 '월례 표창 회원'으로 뽑힌 횟수도 가장 많다. 고토 노리코의 회원 경력은 칠 년 정도로, 강압적으로 물건을 팔려고 했던 것치고는 다른 둘보다 성적은 떨어진다.

셋 다 2002년경부터 시작한 협회 내부에서의 개인 융자 자격을 갖고 있고 이 부분에서는 구즈하라 아키라의 융자 금액이 단연 높다.

이 자료, 융자액 리스트는 사이트에서 찾은 것이 아니다. 약간의 감과 행운 덕분에 어떤 사람에게서 받았다.

본인이 자살했다는 사정이 있어서, 구즈하라 아키라 주변은 입이 무거웠다. 나는 근사한 집과 개인 융자가 거액이었던 점을 떠올리고 관할 세무서로 향했다. 이만한 자산가라면 청색 신고_{복식부}^{기로 장부를 기재하고 그 기장 내용에 근거해 소득과 소득세 및 법인세를 계산해 신고하는 것}를 했을 것이다.

로비에 붙어 있던 '청색 신고회에 가입합시다'라는 포스터에 적힌 주소는 바로 근처였다. 찾아가 보니 그곳은 커다란 전기용품 가게로, 육십대 사장이 청색 신고회 회장을 맡고 있었다.

내 감은 맞았다. 구즈하라 아키라는 청색 신고회의 회원이었고 회장인 이 전기용품 가게의 사장은 그와 닛쇼 프런티어에 대해서 잘 알고 있었다. 사장은 갑자기 찾아간 나를 친절히 응대해 주었다. 그리고 리스트를 준 것이다.

"피해자 모임에서 보여 준 적이 있는 리스트니까 괜찮아요. 드리겠습니다."

사장은 닛쇼의 피해자는 아니었다. 내가 상상했던 대로 구즈하라 아키라는 지역의 청색 신고회에서 활발하게 권유 활동을 하고 있었다.

"아무리 주의를 주어도 그만두지 않았어요. 나도 알림장을 돌려서 경고하거나 여러 조치를 취했지만 꽤 어려웠지요."

이런 건 단순히 돈만의 문제가 아니니까요, 라고 한다.

"구즈하라 씨는 옛날부터 지주였고, 이 동네에서는 유명한 사람이어서……. 결국 우리 모임에서도 몇 명인가 피해자가 나왔지요. 빤히 알면서도, 어느 쪽에나 잔인한 결과로 끝나고 말았습니다."

사장은 피해자 모임에도 갔고 거기에서 몇 가지 조사도 했다.

내가 받은 리스트는 그 성과였다.

"구즈하라 씨가 돌아가셨을 때 어떻게 생각하셨습니까?"

사장은 떫다기보다 아픈 것 같은 얼굴을 했다.

"죽음으로 사죄하겠다는 뜻이라고, 뭐, 받아들여야겠지요."

"자신이 권유한 피해자들에게 꽤 시달리는 것 같던가요?"

"우리 모임 내의 피해자는 모두 이 지역 사람들이니까요. 일을 시끄럽게 만들면 동네에서 살기 힘들어지니까, 그런 건."

또 치통을 앓고 있는 듯한 얼굴을 한다. 평일 낮에도 전기용품 가게에는 간간이 손님이 오고, 전화도 자주 울려서 사무 일을 하는 여성이 몇 번인가 사장을 부르러 왔다.

"죄송합니다, 소란스러워서."

가난한 사람은 항상 바쁘지요, 하며 쓴웃음을 짓는다.

"저야말로 방해해서 죄송합니다."

"협회가 파탄난 후 구즈하라 씨는 개인적으로 융자해 준 상대들과 각각 대화를 해서 대부분의 사람과는 원만하게 매듭을 맺었습니다. 터무니없는 이자를 받고 있었지만요."

"협회 내의 규정에 따라서요."

"다단계만으로도 악질인데 회원에게 고리대금을 시키고 또 이익 일부를 가로채려고 하니 너무한 일이지요."

다만 몇 사람인가─하며 우물거린다.

"구즈하라 씨가 한 짓을 용서할 수 없다면서. 아아, 이 지역 사람들은 아닙니다. 구즈하라 씨가 개인적으로 알고 지내는 관계였습니다. 그쪽 사람이, 본인이 아니라 아드님의 회사에 일러바쳤다고 할까요."

구즈하라 아키라의 장남, 문패의 'MAKOTO'는 구즈하라 마코토라고 하는데 큰 은행에서 근무하고 있다고 한다.

"아버지가 한 일로 아들이 책망을 받을 이유는 없겠지만 딱딱한 직장이니까요. 매일같이 항의 전화가 오고 창구에도 쳐들어 와서 아드님이 곤란해했던 모양입니다."

구즈하라 아키라의 자살 원인도 오히려 그쪽에 있지 않을까요, 라고 사장은 말한다.

"집안이 어수선한 건 나이 든 사람한테는 괴로운 일이지요. 주제넘은 것 같지만 당신 댁은 괜찮습니까?"

이마다 콘체른도 딱딱한 회사니까요, 라고 했다. 내가 명함은 진짜를 내놓았지만 '아버지가 닛쇼의 피해를 입어서'라는 거짓말을 계속하고 있기 때문이다.

"우리 아버지는 떡잎 회원이었기 때문에 지금은 아무 일도 없으시고요, 괜찮으실 겁니다."

"그거 다행이군요. 아니, 정말 다행입니다. 댁의 아버지는 운이 좋았어요. 잘해 드리십시오."

차분한 말투에 이야기를 꾸며내고 있는 나는 양심의 가책을 느꼈다.

사장은 "이 리스트는," 하고 책상 위의 페이퍼를 손가락으로 툭 두드렸다. "제가 멋대로 만든 게 아닙니다. 구즈하라 씨한테 부탁을 받았지요."

내가 놀라자 사장은 우울한 눈을 했다.

"그 사람은 대표인 오바 부자가 체포되었을 때 매우 분개했어요. 자신들은 완전히 속고 있었다, 오바는 사기꾼이다, 라며 엄청난 기세였지요. 그래서 적발 후에 제일 처음 열린 피해자 집회에도 참가했고요."

피해자가 결속해서 닛쇼 프런티어 협회의 실태를 규명하고 피해를 회복할 필요가 있다며 열을 올렸다고 한다.

"닛쇼 피해자의 대부분은 금융 사기가 뭔지도 모르는 문외한뿐이니 자신이 조정 역할을 해야 한다는 둥."

나는 하아—하고 말했다. 사장도 "하아" 하면서 쓴웃음을 지은 뒤 한숨을 쉬었다.

"하지만 주위 사람들은 구즈하라 씨가 생각하는 것처럼 되지는 않았던 겁니다. 넌 뭐냐, 너는 오바 부자와 한패거리 아니냐, 실컷 속여 놓고 이제 와서 피해자인 척하지 말라고."

화내는 회원들의 마음도 이해가 간다.

"많은 사람이 에워싸고 쿡쿡 찌르거나 고함쳐서, 뭐 호된 꼴을 당하고 도망쳐 돌아왔다더군요. 그 길로 저한테 상의하러 온 겁니다. 왜, 우리 회원과의 균형도 있으니까요."

"그래서 사장님이 뒷일을 맡으셨던 겁니까?"

자신은 더 이상 피해자 모임에 갈 수 없다, 가면 무슨 일을 당할지 알 수 없다, 하지만 피해의 전체상을 알고 자신의 입장을 분명히 하고 싶다, 구즈하라 아키라는 사장에게 그렇게 부탁했다고 한다.

"특히 개인 융자 쪽에 신경을 많이 썼습니다. 그건 자신이 원해서 한 일이 아니다, 협회가 강요한 거라면서."

다른 개인 융자자의 상황을 알고 싶어 한 까닭은, 나쁜 사람은 자신만이 아니다, 더 거액의 융자를 해서 폭리를 얻고 있던 회원도 있을 거다, 라고 생각했기 때문이 아닐까.

"저도 일이 귀찮아졌다고 생각했지만,"

사장은 백발이 섞인 머리를 긁적였다.

"내버려 둘 수 없잖아요, 구즈하라 씨두 인식이 안이히디면 인이하지만 그런 부자 양반은 원래 제멋대로인 데가 있는 법입니다."

손님 장사로 연공을 쌓은 사람의 말이다.

"그러니까 이 리스트도 제가 파악한 범위를 바탕으로 만든 불완전한 것이지요. 갖고 싶다는 분이 있어서 드리긴 했지만 그렇게 훌륭한 건 아닙니다."

"아뇨, 덕분에 큰 도움이 되었습니다." 나는 머리를 숙였다. "제 아버지는 자신이 누구한테 권유를 했는지 말하길 꺼리는 데다가 정확하게 누구한테 얼마를 지불했는지조차 밝히시질 않아요."

"한 번 그런 것에 걸려들면 비슷한 놈들이 접근해 온다고 하지요."

회원 명부가 '호구 후보자' 리스트로 은밀히 유통되기 때문이다.

정리 사이트에도 그런 내용의 경고문이 실려 있었다.

"앞날을 위해서도 닛쇼는 아주 무서운 곳이었다는 걸 아버지께 잘 말씀드리십시오."

"네, 꼭 그렇게 하겠습니다."

성실하고 남 돌보기를 좋아하는 전기용품 가게 사장은 고토 노리코와 나카후지 후미에와는 면식이 없었다. 구즈하라 아키라와 이 두 사람이 9월의 버스 납치 사건과 관련이 있는 것도 몰랐다. 다만 구즈하라 아키라는 이 두 여성 회원을 알고 있었다.

"구즈하라 씨가 제게 개인 금융의 상황을 조사해 달라고 했을 때, 자신보다도 대부금이 많고 돈을 많이 벌고 있을 것 같다면서 제일 먼저 이름을 꼽은 사람이 이 두 분이었습니다."

그래서 똑똑히 기억하고 있다고 한다.

"협회는 프리미어 회원 한정 세미나나 다과회 같은 것을 자주 열었다고 합니다. 구즈하라 씨는 분명하게 설명하진 않았지만 프리미어 회원의 자존심을 자극하고 더 많이 벌 수 있도록 나쁜 꾀를 심어 주기 위한 행사겠지요."

구즈하라, 나카후지, 고토는 거기에서 서로 알게 된 모양이다.

"그럼 이전부터 친구였던 건 아니었군요."

"아닐 겁니다. 구즈하라 씨의 말투가 이 사람들과 친하게 지내는 것처럼 들리지는 않았고요."

나카후지, 고토의 평판은 나빴다.

"피해자 모임 사람들에게 미움받는 걸로 따지면 구즈하라 씨 이상인 것처럼 느껴졌습니다.”

나는 세미나라는 단어가 걸려서 구레키 가즈미쓰의 몽타주를 꺼냈다.

“지바에서 일어난 버스 납치 사건의 범인입니다. 이 남자가 버스 승객을 방패로 삼아 구즈하라 씨와 나카후지 씨와 고토 씨를 데려오라고 경찰에게 요구했지요.”

사장은 얼굴을 찌푸렸다. “이 사람도 구즈하라 씨한테 당한 사람이었나요?”

“그게 반대로, 실은 이 남자는 회원이라기보다는 운영 쪽에 있었을 가능성이 더 높습니다. 구즈하라 씨가 출석했던 세미나에서 강사를 하고 있었을지도 몰라요.”

사장은 어리둥절한 얼굴을 했다.

“적발 이전, 아직 협회가 표면적으로는 잘 굴러가고 있을 때 구즈하라 씨한테서 뭔가 듣지 못하셨습니까? 대단한 강사가 있다거나, 협회에서 존경할 만한 인물을 만났다거나.”

사장은 몽타주를 손에 들고 잠시 생각에 잠겼다. “구즈하라 씨는 나이도 나이고, 누군가에게 심취한다기보다는 스스로가 심취의 대상이 되었으면 하는 타입이었으니까요.”

잘난 척하는 사람인가.

“그다지 다른 사람을 칭찬하지 않는 사람이기도 했습니다. 게다가 저는, 구즈하라 씨가 잘 나가고 있을 때는 개인적으로 협회 이야기에 귀를 기울이지 않으려고 했거든요.”

사장은 내게 몽타주를 돌려주고는 이상하다는 듯이 말했다. "그런데 운영 쪽에 있었던 사람이라면 왜 구즈하라 씨네를 원망하고 있었을까요."

"사정은 잘 모릅니다. 다만 원망하고 있었다기보다는 구즈하라 씨네를 벌하려고 했던 것 같아요."

"벌한다고요?"

그거 무섭군요, 하며 사장은 놀라워했다.

"네. 예를 들어 적발을 기회로 사기 집단의 일원이었던 자신은 회개했다, 하지만 구즈하라 씨네는 아직 반성이 부족하다거나."

입 밖으로 내어 말하고 나서 새삼 인식했다. 그렇다, 구레키 노인의 의도는 그것이었다. 벌하는 것이 아니다. 그 세 사람에게 죄를 자각시키고 회개하게 만들려고 한 것이다.

불행한 이야기로군요, 하고 사장은 중얼거렸다.

여기저기 돌아다니고 여러 사람에게서 이야기를 듣는 것은 울적한 작업이었다. 닛쇼 프런티어 협회 사건에서 아무도 이득을 보지 못했다. 한때는 장밋빛 꿈을 꾸었다. 허무한 꿈이었다. 그냥 꿈이라면 실제 피해는 없을 텐데, 이 꿈은 현실을 침식하고 뒤탈을 남겼다. 그 사실이 나 자신의 몸에도 물들어 시큼한 냄새를 풍기기 시작한 게 아닐까 생각하니 기분이 울적해졌다.

그런 만큼, 전기용품 가게 사장 같은 사람을 만나면 구원받는 기분이다. 사람은 기본적으로 선하다. 그리고 아마 이 사장과 같은 이는 어떤 상황에 놓여도 선한 사람이려고 할 것이다. 주위에 휩쓸리지 않고, 옳은 일과 그른 일을 자신 안에서 확실하게 구분해 행동할 것이다.

나도 이렇게 되고 싶다—고 생각하면서 회사로 돌아와 보니, 마치 그 생각을 시험하는 듯한 해프닝이 기다리고 있었다.

오후 한시 반이었다. 점심 휴식시간이 지나 일층의 '스이렌'도 비어 있다. 우선 그룹 홍보실로 돌아갈지, 먼저 점심을 먹어 버릴지 고민하면서 유리 너머로 가게 안을 들여다보다가 로비 쪽의 박스석에 앉아 있던 손님과 정면으로 눈이 마주치고 말았다.

이데 마사오였다.

출근한 걸까, 인사과와 면담하는 날이었을까. 양복 차림에 넥타이를 매고 있다.

나는 목례했다. 그도 마주 목례했다. 표정에서는 아무것도 읽어낼 수 없다. 그는 혼자고, 테이블에는 커피 잔과 찬물이 든 잔이 있을 뿐이다.

나는 망설이기보다는 생각을 했다. 이럴 때 전기용품 가게 사장이라면 어떻게 할까. 모르는 얼굴을 하고 지나쳐 갈까. 아니면 확실히 하기 위해 한마디 정도는 인사를 나눠 둘까.

나는 후자를 선택하고 '스이렌'으로 들어갔다. 한심하게도 약간 숨쉬기가 힘들다.

"오랜만입니다."

말을 걸며 박스석으로 다가가자 이데는 앉은 채 나를 올려다보았다. 마스터가 흥미롭다는 듯이 이쪽을 바라보고 있다.

"앉아도 됩니까?"

"그러시죠."

나는 이데의 맞은편에 걸터앉았다.

"몸은 좀 어때요?"

아무렇지도 않게 찬물이 든 잔을 옆으로 치우고, 이데는 그 잔을 향해 대답했다. "그만저만합니다."

"오늘은 무슨 일로?"

"사령辭令을 받으러 왔습니다."

드디어 사장실 소속이 되는 것이다.

마스터가 찬물을 가져왔다. 나는 무뚝뚝하게 커피만 주문했다. 정보통인 마스터도 분위기는 읽을 줄 아는 사람이다. 재빨리 물러갔다.

"의사의 지시로, 출근은 다음 주 초부터 하게 되겠지만요."

아직 시험 운전입니다, 하고 이데는 말했다.

분명히 그룹 홍보실에 있었을 때보다는 뺨이 홀쭉해진 느낌이 든다. 하지만 심한 감기에 걸렸을 뿐이라도 이만큼 얼굴이 바뀌기는 할 것이다. 눈에 힘이 없지만 그것도 그의 두목인 모리 각하의 천하가 끝났을 때부터 그래 왔고, 어제오늘 일이 아니다.

"서로에게 여러 가지로 일이 성가시게 되었습니다만 노조의 중개로 불행 중 다행의 해결을 본 것 같네요."

몸 건강히 지내십시오, 하고 나는 가볍게 머리를 숙였다.

얼굴을 들자 커피가 왔다. 마스터는 이데의 잔에 찬물을 더 따라 주고 갔다. 가게 안에서는 외부에서 온 듯한 부인 두 명이 즐겁게 수다를 떨고 있을 뿐이다.

"여기에서 마주 머리를 숙이는 게 어른이겠지만."

이데는 내 눈을 보며 희미하게 웃었다.

"죄송하게도 저는 그렇게까지 인간이 되지는 못해서요."

나는 말없이 그의 얼굴을 보았다.

사십대 후반의 월급쟁이치고 이데의 외모는 꽤 눈에 띄는 편이다. 병가중인 지금은 피부 색깔이 연해졌지만 재무부에서 활개 치고 다녔을 무렵에는 골프 치러 다니느라 보기 좋게 그을려 있었다. 사람 다루는 솜씨가 뛰어나고 활달하고 스포츠를 좋아하고 자신을 추종하는 부하들과는 관계도 좋았다. 여직원들 사이에서도 인기가 있었다. 그의 눈에 아니꼬워하는 듯한 그늘이 깃들게 되고 나서는 썰물 빠지듯이 하강한 인기지만 그래도 아직 핸섬하고, 약간 무너진 듯한 분위기가 오히려 매력적으로 비칠지도 모른다.

그 얼굴에 아니꼬움 이상의 것이 나타나 있었다. 나는 모른 척 지나쳐 버릴 걸 그랬다고 후회했다.

"스기무라 씨는 어려운 입장에 계시지요. 그건 저도 잘 알고 있습니다. 그러니까, 그렇지, 우선 사과는 해 두어야겠네요."

그의 목소리가 낮아졌다.

"당신은 파워 하라스먼트 같은 걸 할 수 있는 사람이 아니에요. 전 거짓말을 했습니다. 다만 전략상 당신을 공격하는 게 가장 효과적이었기 때문에 그렇게 했지요."

다른 사람들은 어디를 어떻게 공격해도 효과가 없으니까, 라고 한다.

"잃을 게 없으니까요."

"무슨 뜻이지요?"

나는 정말로 몰랐기 때문에 물었다.

"이 트러블로 소노다 편집장님도 마노 씨도 상처를 입었습니다."

이데는 웃음을 터뜨렸다. "그게 어떻다는 겁니까? 상처를 입었어도 고작해야 기분 문제잖아요. 뭔가 영향이 있는 건 아니지요. 마노는 계약사원이고, 소노다도 어쩌다가 정사원일 뿐이지 사실은 아르바이트 아줌마나 마찬가지잖아요."

송사리라고요, 라고 했다. "회사의 더부살이입니다. 그냥 식충이에요. 그런 아줌마는 도움도 안 되지만 해도 되지 않으니까 조직도 잘라 내지 못하는 겁니다."

이제 그런 계절이 아닌데, 정신이 들어 보니 나는 땀을 흘리고 있었다.

소노다, 마노, 두 여성을 함부로 불러대는 이데 마사오의 말투는 비열했다.

"당신은 자신이 주위에 폐를 끼쳤다는 자각이 없나 보군요."

"제가 뭘 어쨌다는 겁니까? 마노와 관련된 건도."

이데는 눈썹을 치켜세우며 익살스러운 표정을 지어 보였다.

"어딘가에 증거가 있습니까? 그 여자가 난리를 치고 있을 뿐이 잖아요."

이번에는 '그 여자'라고 나왔다.

"마노 씨가 당신의 태도 때문에 곤혹스러워하는 모습을 노모토 가 몇 번이나 보았고 그 자리에 있었던 적도 있습니다."

이데는 흥 하고 코웃음을 쳤다. "그런 애송이가 우리 같은 거대 기업에 대해서 뭘 압니까?"

애초에 우리 회사에서 일할 수 있는 인재가 아니지, 라고 한다.

"아르바이트생 주제에, 잘난 체하는 얼굴로 아는 척 말하지만 요. 노모토가 우리 채용 시험을 쳐 봐야 1차도 통과하지 못할 겁니 다. 서류 심사만으로도 떨어질 거예요."

나는 익숙한 (그리고 좋아했던) 아동서 편집자라는 직업을 버리 고 이마다 그룹에 왔다. 십 년 이상을 여기에서 보냈다. 그래도 아 직, 예전에 '아오조라쇼보'를 사랑하고 그곳의 일원인 것을 기쁘게 생각했던 것처럼 이마다 콘체른을 사랑하지는 않는다. 내 키에는 지나치게 거대한 조직이다.

하지만 지금 이데의 면전에서, 전에는 해 보지도 않았던 생각을 하고 있다.

우리, 우리, 하고 가볍게 말하지 마. 이마다 콘체른은 네 것이 아니야.

—장인어른이 키운 회사라고.

이마의 땀을 손가락으로 닦으며 깨달았다. 내 분노는 이마다 콘체른을 위해서가 아니다. 나는 장인을 생각하며 화내고 있는 것이다. 다른 사람도 아닌 이데라는 남자를 잘 부탁한다며, 내게 머리를 숙여 준 장인어른을 위해.

"스기무라 씨는 이마다 가의 가족이지만 우리 조직의 사람으로서는 제가 이력이 더 길지요. 그러니까 노파심에서 한 말씀드리겠습니다."

이데가 몸을 내밀어 왔기 때문에 나는 몸을 뒤로 뺐다.

"소노다나 마노 같은 여자는 조심해야 할 겁니다. 스기무라 씨는 지나치게 친근하게 대해 주고 있어요. 조금 침착하게, 주위의 소문에도 귀를 기울여 봐야 합니다."

"주위의 소문?"

멍청이처럼, 나는 복창했다.

"회장님의 따님이 그룹 임원 자리에 앉아 있지 않다고 해도, 가족이잖아요. 아버지가 회장이고 오빠가 사장이라고요. 이 사실은 부정할 수 없습니다."

그리고 당신은 그녀의 남편이에요—.

"이마다 가의 일원입니다. 아무리 당신이 자신에게는 아무런 힘도 없다고 주장해도 그건 통하지 않아요."

당신한테 달라붙어 있으면, 당신의 비위를 맞춰 두면 뭔가 좋은 일이 있을지도 모른다, 떡고물이 떨어질지도 모른다, 그런 생각을 하는 놈들이 있단 말입니다.

"스기무라 씨는 성실한 사람이니까 치켜세워지는 건 싫겠지요.

470

누가 추어올리면 불편하실 테고. 하지만 반대로 누가 곤란에 처해 있다면서 부탁을 하면 약해져요."

이데의 잘 움직이는 입술이 독립된 생물처럼 보였다.

"마노는 그걸 꿰뚫어 보았기 때문에 당신한테 의지하는 겁니다. 애초에 그녀는 당신 부인한테 아첨해서 우리 회사에 들어온 사람이잖아요. 그것만으로도 충분히 경계해야 합니다."

나는 겨우 대꾸했다. "저한테 무슨 충고를 해 주려는 건지 모르겠지만, 요컨대 이데 씨는 마노 씨한테 성희롱 같은 건 하지 않았다고 말하고 싶은 겁니까?"

그는 몸을 일으키고 눈을 반쯤 감으며 나를 보았다.

"그렇습니다. 저는 결백해요. 마노는 거짓말쟁이예요. 거짓말만 하고 있어요."

누가 그런 여자를―하고 내뱉었다.

"저는요, 스기무라 씨. 재무 담당 시절에 모리 씨와 함께 오키나와에 출장을 갔는데 태풍이 직격을 가한 적이 있습니다. 돌아가는 비행기가 뜨질 않는 겁니다. 급하게 알아본 호텔도 만실이라, 모리 씨의 여성 비서와 하룻밤을 한 방에서 지낸 적도 있습니다. 그래도 아무 문제가 없었어요. 누구에게도 의심받지 않았다고요. 그런 남자입니다. 잘못 보시면 곤란해요."

당신의 논리로는, 그건 상대가 모리 각하의 비서이고 충분히 조심해서 대응해야 하는 정사원이었기 때문이 아닌가. '우리 사람'이었기 때문이 아닌가. 마노는 '우리 사람'이 아니고, 어디의 말 뼈다

귀인지도 모르는 여자니까 천박한 욕망의 대상으로 삼아도 상관 없었던 게 아닌가.

그 반론을 어떻게 토해 낼지 주춤대고 있는 사이에 이데는 말을 이었다.

"주위의 목소리를 잘 들으십시오. 조직 안에서 살아가려면 제한된 정보로만 움직여서는 안 됩니다. 가끔은 듣고 싶지 않은 말도 들어야지요. 지금은 마노가 사내에서 무슨 말을 하고 다니는지, 모르잖아요."

"무슨 말을 하고 다닌다는 겁니까?"

되묻는 나도 어리석다.

이데의 눈에 의기양양한 빛이 깃들었다. 그의 눈이 이렇게 빛나는 것은 얼마나 오랜만의 일일까.

"스기무라 씨가 친절한 건 자신에게 마음이 있기 때문이라고 떠들고 다닙니다. 회장님의 딸이 아내이니 스기무라 씨는 집에서도 편하게 지낼 수가 없다. 진심으로 편하게 쉴 수 있는 여성을 찾고 있는 거라고."

마노는 당신한테 달라붙어 있는 겁니다, 라고 한다.

"소노다 같은 여자는 나쁜 꾀가 없고 나이도 먹었고 현재 편안하니까 무모한 짓은 하지 않지요. 하지만 마노는 다릅니다. 당신한테 달라붙어서 단물을 빨 수 있다면 빨아 주려고 노리고 있습니다. 실패해 봐야 본전치기니까 무서운 게 없는 거예요."

남편도 있고 어린아이를 키우고 있는 여성에 대해서, 폭력에 가까운 중상이다.

"이데 씨의 입장에서 보자면 '아첨한' 것처럼 보이겠지만." 나는 대꾸했다. "아시다시피 마노 씨를 그룹 편집부에 들이는 건 아내의 희망이었습니다. 아내는 좀처럼 그런 말을 하는 사람이 아닙니다. 자신의 입장을 잘 알고 있기 때문이지요."

이 중상은 이마다 나호코까지 업신여기는 것이다. 나는 목소리를 억누르느라 애를 먹었다.

"그런 아내가 신임한 마노 씨입니다. 함께 일하면서 저 나름대로 그녀의 됨됨이도 알게 되었고요. 방금 하신 이야기는 도저히 믿을 수 없습니다."

이데는 의자 등받이에 기대며 나를 응시했다.

"글쎄, 어떨까요. 주위는 모두 알고 있는데 당사자만이 눈치채지 못한다는 건 실제로 있는 일이니까요. 그래서 옛날부터 그런 말이 있잖아요?"

이데는 약간 뜸을 들였다. 뭔가 재미있는 것을 발견한 듯이 눈동자가 흔들렸다.

"모르는 건 남편뿐이다, 라고."

씹던 것을 토해 내고, 토한 것을 내게 보여 주는 듯한 말투였다.

"어쨌든 충고는 드렸습니다."

손을 뻗어 전표를 움켜쥐고는 일어서서 정중하게 목례했다.

"스기무라 씨야말로 몸 건강히, 지내십시오."

나는 점심 식사는 건너뛰고 그룹 홍보실로 올라갔다. 아무렇지도 않은 얼굴로 부재중 메모를 체크하거나 사람들과 업무 회의를 했다. 부서 내 세 사람의 분위기에 달라진 데는 없고, 마노가 노모토와 이야기하거나 웃는 모습도 평소와 똑같다. 모두 바쁘고 활기차다. 이데 마사오와 제3종 근접조우근접조우(Close Encounter)란 하늘을 나는 UFO와 그에 관련된 것을 목격하거나 접촉하는 것으로 하이넥 박사에 의해 3종으로 분류되었다. 제1종 근접조우는 하늘을 나는 원반을 가까운 거리에서 목격하는 것, 제2종 근접조우는 하늘을 나는 원반이 주위에 어떤 영향을 미치는 것, 제3종 근접조우는 하늘을 나는 원반의 탑승원과 접촉하는 것이다를 하고 만 것은 불운한 나뿐이었던 모양이다.

그가 본부에서 사령을 받고 나서 곧장 집에 가지 않고 일부러 '스이렌'에 와 있었던 것은, 어쩌면 마노가 나오기를 기다리며 잠복하고 있었기 때문이 아닐까. 그와 헤어지고 나서 뒤늦게 깨달았다. 정말이지 나도 엉성하다. 이데에게 하고 싶은 말을 하게 해 주었을 뿐이지 않은가.

'잠복'은 불쾌함 이상의 혐오감을 부르는 상상이었고 섣불리 입에 담을 수 있는 의문도 아니다. 어떻게 말을 꺼낼까, 잠자코 있는 편이 좋을까, 하고 망설이면서 우선 가방에서 노트북을 꺼냈다.

탐문하다가 만난 사람들 중 받아 주는 사람에게는, 명함에 메일 주소를 적어서 건네주었다. 나중에 뭔가 생각나면 언제든지 좋으니까 가르쳐 달라고. 현재로서는 수확은 없지만 그렇게 쉽게 포기하면 재미없다.

마에노와 사카모토도 송장 접수 장소의 수색을 시작하고 나서는 장문을 쓰거나 사진을 첨부하는 경우가 있어서인지 휴대전화

474

쪽이 아니라 이 주소로 메일을 보내오는 일이 늘었다. 시바노 기사의 메일도 이리로 온다.

이데와 만나기 전에 전철 안에서 체크했기 때문에 새로운 착신 메일은 없었다. 나는 한숨 돌리고 '특명'용 파일을 열어 오늘 있었던 일을 정리해서 입력했다.

마노가 커피를 가져다주었다.

"고마워요."

편집장은 열심히 어떤 교정지를 읽고 있다. 노모토는 컴퓨터 화면을 보며 마우스를 조작하더니 얼굴을 찌푸리고 관자놀이를 긁적이고 있다.

"이데 씨한테 정식으로 사장실 소속 사령이 나왔다고 하던데요."

세 사람이 나를 주목했다.

"그가 여기에 인사하러 오지는…… 않았지요?"

편집장과 마노가 얼굴을 마주 본다.

"그럴 리가 없잖아."

"그 후에 마노 씨한테 불쾌한 일은 없었습니까?"

"없어요. 괜찮아요."

그녀의 말은 단호했다.

"그래요? 그럼 됐어요."

"그 사람도 본부로 가 버리면 더 이상 우리한테는 아무 짓도 하지 않을 거야. 그렇게까지 바보는 아니겠지. 사장실 소속인데 트러블을 일으키면 이번에야말로 해고당할 테니까."

그렇다면 아까의 만남에 대해서는 입 다물고 있자고 생각했는데 편집장이 말을 이었다. "그러고 보니 모리 각하한테서 연락이 왔어."

보류해 두었던 단행본 제작을 다시 부탁하고 싶다고 전화가 왔다고 한다.

"이데 씨의 화제에서 바로 모리 각하를 연상하면 실례일지도 모르지만,"

편집장은 어깨를 으쓱한다.

"단행본 제작을 그만두겠다고 했던 건 이데 씨의 편을 들었기 때문은 아닌가 봐. 정말 사모님이 걱정되었을 뿐이고."

"그럼 재개하고 싶다는 건 사모님의 상태가 안정됐다는 뜻일까요?"

"아니, 반대야, 반대."

치매 증상이 진행되고 있다고 한다.

"사모님은 결국 자택에서는 제대로 간호할 수 없게 되어서 '쿠라스테 해풍'에 입원시켰대. 하지만 본인은 집으로 돌아가고 싶어 해서 말이야. 바로 요전에도 시설에서 사라졌다는 거야. 경찰에 신고해서 수색해 달라고 할 정도로 난리였대."

"그거, 모리 씨한테서 들었습니까?"

"응, 그 전화 통화에서 말하던데. 모리 씨도 누군가가 들어 주기를 바랐던 게 아닐까."

"혼자서 끌어안기에는 힘든 일이겠지요" 하며 마노가 고개를 끄덕인다.

나는 생각했다. "그 소동, 언제였습니까?"

편집장은 돋보기안경을 쓰고 탁상 달력을 본다. "으음, 나흘 전이야. 스기무라 씨에게 특명이 발동된 날."

그런가. 나는 떠올렸다. 그날, 이곳을 나가 역까지 다 가기도 전에 다나카에게서 다급한 전화가 왔다.

—'쿠라스테 해풍' 쪽으로 순찰차가 사이렌을 울리면서 달려갔어.

그 사이렌은 모리 부인 때문이었던 것이다.

"잠깐 환자의 모습이 보이지 않게 되었다고 해서 그런 요양 시설에서 금세 경찰을 부를까요? 가능한 한 내부에서 찾으려고 하지 않을까요."

노모토의 중얼거림에 마노가 대답했다. "그렇지. 그러니까 '쿠라스테 해풍'은 훌륭하다고 생각해. 꽤 치매가 진행된 상태인데, 그래도 모리 씨의 사모님이 자력으로 어디론가 이동했다는 건 구속하거나 약으로 재우거나 하지 않았다는 뜻이고."

나도 그렇게 생각한다. "사모님은 어디에서 발견되었습니까?"

"결국 시설 안에 있었어. 지하 보일러실에 숨어 있었대. 어떻게 들어갔는지 모르겠다고 하지만."

맨발로 떨고 있었다고 한다. 가엾은 일이다.

"자택에 있을 수 없을 정도의 상태인데 자신의 방을 나가서 어딘가에 숨는다거나 그런 판단은 가능한 걸까요?"

"치매에 걸렸다고 해서 아무것도 모르는 건 아니야. 집에 돌아가고 싶다는 생각이 있으면 자신 나름대로 집으로 가는 길을 찾는 거지. 다만 그게 잘되지 않아서 이상한 장소로 들어가곤 하는 거야."

위험한 경우도 있다. '쿠라스테 해풍'이 경찰에 수색을 의뢰하고 위급한 케이스라고 호소한 것은 옳은 행동이었고, 성실한 태도다.

"모리 씨는 그 일 때문에 꽤 울적해진 모양이야. 그래서 나 같은 것한테도 깊은 이야기를 해 버린 거겠지."

─아내한테 미안하오. 하지만 이제 나는 아무것도 해 줄 수 없어.

"그 롱 인터뷰 때 사모님에 대한 이야기도 많이 했잖아?"

부인과 처음 사귀기 시작한 이야기부터 그녀가 재녀이고 현모양처였던 점, 자신이 기업인으로서 성공한 것은 부인의 내조가 있었기 때문이었다는 점을 몇 번이나 이야기했다.

"적어도 그걸 어엿한 책으로 만들어서 옛날의 사모님 모습을 남겨 주고 싶다고 생각했대."

내가 할게─하고 편집장은 말했다. "그런 말을 들었는데 오기를 느끼지 않는다면 여자 체면이 말이 아니지."

"그것도 좋은 말이네요."

'특명'이 정리되면 나도 도와야겠다. 모리 부부를 위해서 좋은 책을 만들자. 어쩌면 그게 이곳에서 내가 하는 마지막 일이 될지도 모른다.

노트북을 덮고 나가려고 했을 때 메일이 한 통 도착했다. 서둘러 열어 보니 시바노 기사에게서 온 메일이었다. 제목은,

'사코타 씨의 따님과 연락이 되었어요'였다.

부재중 전화의 메시지를 듣고 시바노 기사에게 전화를 해 주었다고 한다.

버스 납치 이후 사코타 씨의 상태가 좋지 않으니 내버려 뒤 주었으면 좋겠다고 하셨어요. 이제 연락하시면 곤란하다고, 몇 번이나 말씀하시더군요.

지난 며칠 동안 시바노 기사는 그 부드러운 말투로 빛 신이나 되는 메시지를 남겼다. 그녀는 오늘은 몇 시에 전화를 걸어서 이런 메시지를 남겼다고 꼼꼼하게 내게 모두 알려 주고 있었다. 겨우 거기에 응답이 있었던 셈이지만—.

제 인상에 지나지 않지만 따님의 말투는 우리를 경계하거나 무서워하시는 것처럼 느껴졌어요. 어쩌면 사코타 씨한테도 이미 돈이 도착했고, 그것 때문에 곤혹스러워하시는 게 아닐까 생각합니다.

나도 동감이다.

두 번 다시 전화하지 말아 달라고 하시던데 어떻게 할까요.

나는 곧 답신했다.

돈에 대해서 말해 보세요. 우리는 그 출처를 조사하고 있다, 현재로서는 경찰에 알리지 않았고, 이 돈을 어떻게 할지는 전원이 서로 이야기해서 정할 생각이라고. 잘 부탁드립니다.

이 분도 지나지 않아 시바노 기사에게서도 답신이 왔다.

알겠습니ㄷ

오타를 낸 것에서 허둥거리는 기색이 전해져 왔다.

구레키 노인이 시바노 기사의 신변을 조사하고 있었던 게 아닌가 하는 내 추측은 빗나간 모양이다. 구레키 노인이 직장 동료나, 그녀가 요시미와 살고 있는 아파트 인근에 접촉한 흔적은 찾을 수 없었다.

다만 시바노 기사는 운전하는 버스에 요시미를 태울 때가 있다고 한다. 모녀는 그 지역에 살고 있기 때문에 그런 일이 있어도 이상하지는 않다. 그럴 때는 요시미가 그녀에게 '엄마'나 '마마' 하고 부를 때도 있을 것이다. 시바노 기사가 딸의 이름을 부를 때도 있을 것이다. 그런 장면을 본 승객에게는 흐뭇한 일이고 인상에도 기억에도 남을 것이다.

구레키 노인은 기초 조사를 위해 몇 번이나 그 노선버스를 탔을 것이다. 몇 번의 조사 중에 때마침 시바노 기사가 운전석에 있었고, 때마침 요시미가 탔다면? 납치 계획을 짜면서 흔들리는 버스에 타고 있던 그 노인이니, 아이가 있는 여성 기사는 이용할 수 있겠다고 생각했을 것이다. 요시미의 뒤를 밟으면 문패를 확인할 수도 있다. 구레키 노인이 갖고 있던 시바노 모녀의 정보는 그 정도가 아니었을까.

—저는 용의주도한 사람입니다.

그런 방식이 바로 노인의 특기가 아니었을까. 아주 사소한 정보라도 효과적으로 이용해 상대방의 품으로 파고든다. 그리고 자신이 바라는 반응을 얻고 상대를 유도한다. 버스 안에 남은 우리 다섯 명에게 한 일을 시바노 기사에게도 했을 뿐이다.

그건 그렇고 구레키 노인은 왜 그 버스, 그 노선을 선택했을까. 그 부근을 잘 알았기 때문이라고 해도, 사건 후 보도된 그의 이름과 얼굴에 그 지역 사람들로부터 무엇 하나 반응이 없었던 것을 생각하면 노인은 상당히 옛날부터 이 지역을 알고 있었을 것 같다.

한편 송장을 조사하고 있는 마에노 · 사카모토 콤비도 분투하고 있다.

돈이 보내진 곳은 현 시점에서는 여섯 군데, 송장도 여섯 장. 적혀 있는 발송 날짜의 다음 날 우리에게 배달되었다. 지바 현이나 도쿄 도에도 하루 만에 도착한 셈이다.

이 여섯 장은 물건을 접수한 장소에 따라 세 종류로 나뉜다.

① 시바노 기사와 내 앞으로 온 것은 '선라이즈 류마치점.' ② 마에노와 소노다 편집장 앞으로 온 것은 '호리카와 아오노 상점.' ③ 다나카와 사카모토 앞으로 온 것은 '슈퍼 미야코 다카하시'다. 접수란에 기입된 내용은 전부 볼펜으로 직접 쓴 것이고 스탬프는 아니다. 필적은 ①, ②, ③마다 다르지만 ①에 속한 두 장, ②에 속한 두 장, ③에 속한 두 장은 각각 비슷하다. 동일인물이 동시에 접수를 받고 기록했을 것이다. ①의 글씨는 둥근 글씨, ②에 쓰인 글씨는 악필이고 ③의 글씨는 펜 습자 교본처럼 아름답다. 이것은 송

장 자체의 필적과도 비슷하다.

①의 '선라이즈'는 체인으로 운영되는 편의점이고 류마치점은 군마 현 마에바시 시에 있었다. ②의 '호리카와'라는 지명(또는 동네 이름)은 전국에 여러 곳이 있어서 마에노·사카모토 콤비도 검색하느라 고생한 모양이지만, '아오노 상점' 쪽에서 길이 열렸다. 여기는 산지 직송 유기농 채소와 과일을 인터넷으로 판매하고 있는 회사였던 것이다. 택배 접수업은 지역 주민에 대한 서비스인 모양이다. 자신들이 매일 대량의 택배를 보내니 가까운 지역 주민들의 물건도 그 김에 맡아 드리겠다는 것이리라.

이 또한 군마 현에 있었다. 시부카와 시의 호리카와초다. 셋 중 두 종류가 군마 현에서 발송된 것이다. 마에바시 시와 시부카와 시는 그렇게 많이 떨어져 있지 않고, 이 두 동네를 지도로 조사해 보니 차를 이용하면 한 시간도 걸리지 않을 것 같다.

문제는 ③의 '슈퍼 미야코 다카하시'다.

"보통 이렇게 적혀 있을 때는 '미야코'가 가게 이름이고 '다카하시'는 접수한 점원의 이름일 거예요."

"그래서 슈퍼마켓 '미야코'를 찾으려고요. 이 '미야코'는 택배를 접수한 점원이 자신의 이름을 쓸 필요가 있을 정도로 많은 사람이 일하고 있는, 다시 말해서 어느 정도 규모가 되는 가게일 거라고 생각할 수 있겠죠."

두 사람은 그렇게 짐작하고 또 열심히 검색했다.

그러나 쉽게 발견되지 않는다. '미야코'라는 이름의 슈퍼나 점포도 산더미처럼 많은 데다 전국에 흩어져 있다. 우선 ①, ②와 마찬가지로 군마 현으로 좁혔지만 해당하는 가게는 발견되지 않았다. 그래서 간토코신에쓰_{간토 지방과 여기에 인접해 있는 야마나시, 나가노, 니가타 3현을 총칭해서 부르는 이름} 쪽으로 검색 범위를 넓혀 보니 이번에는 야마나시 현에 많이 있었다. 아무래도 지역 체인점인 모양인데 이 '미야코'는 라멘 가게였다. 슈퍼마켓은 아니지만 '화과자점 미야코'가 가와사키 시에 있고, ②의 '아오노 상점'의 예도 있어서 전화로 확인해 보니 그곳은 택배 접수를 하고 있지 않았다.

　　슈퍼는 슈퍼마켓이라는 뜻이 아닐지도?

　　슈퍼 미야코라는 다섯 글자가 명칭이라면, 업종은 뭘까요? 문득 생각
　　나는 건 파칭코 가게인데요.

　파칭코 슬롯, 오늘은 서비스 데이입니다, '슈퍼 미야코.' 과연 그럴듯하지만 파칭코 가게는 고객 서비스로도 택배를 접수해 주지는 않을 것이다.

　고민하던 둘은 그저께부터 ③은 일단 보류해 두고 '선라이즈 류마치점'과 호리카와초의 '아오노 상점'을 찾아갔다. 두 군데 합쳐서 열다섯 명 정도의 종업원을 만났지만 구레키 노인의 몽타주를 보여 주어도 반응이 없고 이 택배를 가져온 인물을 기억하는 사람도 없었다. '선라이즈 류마치점'은 사철_{私鐵}선의 역 앞이라는 좋은 위치에 있고, '아오노 상점'은 유기농 채소를 매장 판매도 하고 있어 양쪽 다 손님의 출입이 번다하고 바쁜 가게라고 한다.

　　선라이즈에 방범 카메라 영상을 보여 줄 수 없냐고 부탁해 보았지만

경찰도 아닌 사람에게 보여 줄 수 없다면서 거절당했어요.

마에노가 메일로 알려 주었다.

군마까지 온 김에 이곳 직종별 전화번호부를 바탕으로 슈퍼마켓을 모조리 조사해 보겠습니다. 작은 곳이라 검색으로는 알 수 없을 가능성도 있으니까요.

오늘날의 사회에서는 인터넷 검색에 걸리지 않는 것은 존재하지 않는다는 것과 같은 뜻이다―라고 말한 사람은 누구였을까. 사실이 그렇다면 단순하고 편할 텐데.

그런 사정으로 두 사람은 오늘도 군마 현을 렌터카로 돌아다니고 있을 것이다. 선라이즈의 점원이 말한 대로 우리가 '경찰'이라면 이런 고생은 하지 않아도 된다. 택배 회사에 전표 번호를 조사해 달라고 하면 언제 어디에서 접수한 물건인지 당장 판명되기 때문이다.

그래도 둘은 열심히 하고 있다. 마음을 합해 행동하고 있지만 싸울 때도 있는 모양이다. 전화로 이야기하면 느껴지지 않지만 메일의 문장이 더 정직하게 두 사람의 기분을 반영하고 있어서, 짧은 말 속에서 망설임이나 초조함이 보일 때도 있었다.

케이는 오늘은 무뚝뚝하고 말도 하지 않았어요.

혼자서 힘이 넘치는데 메이는 이게 결국 돈이 얽힌 문제라는 걸 잊고 있는 것 같아요.

마에노도 잊고 있는 것이 아니라 생각하지 않으려 노력하고 있는 것이리라. 이런 쓸데없는 수고 하지 말고, 얼른 돈을 받으면 안 되나 하고 망설일 때도 있을 것이다. 그럴 때 그녀의 머리에는 아파트 쓰레기장에서 주워 온 라디오의 가느다란 음성에 홀로 귀를 기울이던 구레키 노인의 모습이 떠오르는 게 아닐까. 그리고 생각하는 것이다. 할아버지가 무엇을 해서, 어떤 마음으로 이 돈을 모았는지 알아야 한다고.

나는 두 젊은이에게 사코타의 딸과 연락이 되었다는 내용의 메일을 보낸 뒤, 노트북을 가방에 넣고 다음 탐문을 하러 가기로 했다. 나카후지 후미에 밑에 있는 회원이었던 여성이, 닛쇼 프런티어 협회가 케이터링을 부탁했던 업자를 가르쳐 주었던 것이다. 이 회원 여성은 자기도 케이터링업을 했던 적이 있어서 닛쇼가 제공하는 간식류의 질이 너무 형편없기에 '바가지를 쓰고 있어요'라고 사무국에 말했지만 무시당했던 경험을 한 적이 있다.

─호텔에서 하는 표창 파티의 요리도 겉만 번드르르했으니까요. 먹을 걸 아끼는 회사는 제대로 된 데가 없어요. 지금 생각하면, 하나를 보면 열을 알 수 있었는데.

그룹 홍보실을 나왔을 때 내 휴대전화가 울렸다.

9

처음에는 무슨 말을 하는 건지 전혀 알 수가 없었다.

기타미 부인의 전화였다. 폐를 끼쳐서 미안하다는 사죄는 알겠지만.

"죄송합니다, 누가 찾아왔다고요?"

"다카고시 씨의 부인이라고, 본인이 말하네요. 아직 확인은 하지 않았지만요."

기타미 부인은 자신만의 페이스를 유지하며 침착하다.

"다카고시?"

"그 왜, 그 다카고시 가쓰미 씨라는 분."

지난 며칠, 나는 대부분 첫 대면인 사람들과 계속 만나서 이야기를 하고 내 이름을 말하거나 상대방의 이름을 듣거나 하느라 머릿속이 약간 포화 상태다. 다카고시 가쓰미?

한 호흡 쉬고 나자 겨우 기억의 초점이 맞았다. 신문 판매점 점원, 아다치 노리오 사건이다. 다카고시 가쓰미는 피해자 남성이 아닌가. 그 부인이 어째서 기타미 부인을 찾아왔을까?

"십 분 안에 가겠습니다!"

달려가 보니 현관 앞까지 나온 기타미 부인이 입가에 손가락을 세우며 "조용히" 하고 말했다.

"잠깐 쉬시라고 했거든요."

보도에 따르면 다카고시의 아내는 아마 임신중이었을 것이다. 나는 발소리를 죽인 채 기타미 부인을 따라 안으로 들어갔다.

기타미 모자가 사는 도영 주택에는 예전에 기타미가 손님용으로 사용했던 2인용 소파가 하나 있다. 그 여성은 거기에 누워 있었다. 쿠션에 머리를 올려놓은 채 위를 바라보며 누워 있고 발끝부터 목 아래까지 완전히 모포로 덮여 있다. 기타미 부인이 덮어 주었을 것이다.

안색은 창백하고 눈 주위에 다크서클이 있다. 옅게 화장을 한 듯했지만 입술이 거친 점이 눈에 띄었다. 너무 뚫어져라 바라보면 안 될 것 같아서 나는 눈을 피했다.

부엌 테이블에서 기타미 부인과 소곤소곤 이야기했다. "언제 왔습니까?"

"삼십 분쯤 전일까? 왔을 때부터 새파란 얼굴을 하고 있었고, 화장실 좀 쓰게 해 달라고 해서 당장 들여보내 줬어요."

"입덧일까요?"

"이제 그런 시기도 아닐 거예요. 임신 오 개월째에 들어섰다고 했으니까요."

현관에는 테두리가 티롤리안 테이프로 된 귀여운 로우힐이 벗어져 있다.

"정말로 다카고시 씨의 사모님이 맞을까요?"

기타미 부인은 고개를 끄덕였다. "모자 수첩을 보여 주더군요. 입적하지 않았기 때문에 저 사람의 성은 다카고시가 아니에요."

그녀의 이름은 이무라 에리코라고 한다.

"하지만 저 사람이 돌아가신 다카고시 씨와 함께 살던 분이라는 건 틀림없을 거예요."

"어떻게 아십니까?"

이무라의 얼굴은 사건 후의 인터뷰 때도 모자이크로 가려져 있었다. 기타미 부인은 모를 것이다.

"왜냐하면 이걸 갖고 있었으니까요."

테이블 위에 A4 사이즈의 크라프트지 봉투가 하나 있다. 기타미 부인은 그 봉투의 내용물을 꺼냈다.

파란 표지에 꼼꼼한 필적으로 적혀 있는 제목과 날짜. 사립탐정 기타미 이치로의 조사 파일이다.

"10월 초에 아다치 씨가 이곳에 왔을 때 제가 돌려준 건데요, 이무라 씨는 그 사건 전에 아다치 씨한테서 받았대요."

나는 혼란에 빠졌다. 아다치 노리오는 다카고시 가쓰미와 재회한 일을 계기로 기타미 부인을 찾아왔고, 기타미가 이 세상 사람이 아니라는 것을 알고는 파일만 들고 낙담해서 돌아갔다. 그 후, 자력으로 어떻게든 할 수 없을까 하고 (몹시 서툰 형태로) 다카고시에게 계속 접촉한 그는, 결과적으로 다카고시 살해 사건의 첫 번째 용의자가 되어 현재도 도망중이다.

"사건 후 아무리 시간이 지나도 경찰이 우리 집을 찾아오지 않아서 아다치 씨의 파일은 발견되지 않았나 싶었는데, 다카고시 씨의 사모님 손에 건너가 있었던 거네요."

"하지만 이상해요." 나는 항의했다. "이 파일을 읽으면 아다치 씨에게 다카고시 씨를 죽일 동기가 있었다는 걸 알 수 있지 않습니까? 옛날에 다카고시 씨는 아다치 씨에게 부동산 사기를 돕게 했어요. 파일에는 그에 대한 자세한 내용이 적혀 있었을 텐데요."

"그래서 아다치 씨도 다카고시 씨의 아내에게 건네준 거겠죠."

당신 남편은 과거에 이런 악행에 가담했다. 사기꾼 일당이었다고 폭로하기 위해서. 그건 이해가 간다. 거기까지는 알겠는데, 이무라 에리코는 왜 그 파일을 지금까지 경찰에 넘겨주지 않고 숨겨두고 있었던 것일까.

"적극적으로 숨기고 있었는지 어떤지는 알 수 없어요. 말을 꺼낼 수 없었을 뿐인지도 몰라요."

"말을 꺼낼 수 없다니……."

"이게 없어도 아다치 씨는 충분히 수상하고 실제로 경찰에 쫓기는 몸이잖아요. 사모님이 다카고시 씨의 옛날의, 별로 세상에 알리고 싶지 않은 일은 말하지 않아도 되지 않을까 하는 생각을 해도 무리는 없지요."

"아뇨. 저 숨기고 있었어요."

공허한 목소리가 났다. 마른 나무의 빈 구멍에서 바람이 울면 이런 소리가 날 때가 있다.

이무라 에리코가 의자에서 몸을 일으키고 있었다. 모포는 무릎에 올려놓고 다리를 아래로 내리며 앉으려 하고 있다.

기타미 부인은 곧 자리에서 일어서서 그녀에게 다가갔다. "억지로 일어나지 않아도 돼요."

"죄송해요. 이제 괜찮아요."

현기증이 난 거예요, 하고 기타미 부인이 내게 설명해 주었다. 이무라 에리코는 추워 보였다. 기타미 부인은 그녀의 등에 손바닥을 댔다.

"히터를 켤게요."

리모컨으로 조작하고 나서 바싹 기대듯이 그녀 옆에 앉았다. 좁은 방이라 부엌과 거실의 거리도 가깝다. 나는 두 여성에게 너무 가까이 가지 않기로 하고 그대로 부엌 의자에 머물렀다.

"저는 스기무라라고 합니다. 기타미 부인의 돌아가신 남편분에게 조사를 의뢰한 적도 있어서 친하게 지내고 있는 사람이지요."

이무라 에리코는 고개를 숙이고 자신의 팔로 몸을 껴안은 채 한 번 고개를 끄덕였다.

내 아내 나호코도 오 개월쯤에는 그랬지만 그녀 또한 부푼 배가 그다지 눈에 띄지 않는다. 모포를 덮고 있는 상태에서는 임부라기보다 환자처럼 보일 뿐이다.

"저 혼자서는 불안해서요. 좀 와 달라고 했어요."

기타미 부인은 상냥하게 그녀에게 말했다.

"저는 남편의 일에 대해서는 아무것도 모르지만 스기무라 씨는 좀 도와주신 적도 있고 이런 일에 밝은 분이거든요."

이런 일이란 어떤 일일까, 미묘하다.

"좀 여쭤 봐도 되겠습니까? 몸이 안 좋으신 것 같으면 바로 알려 주세요."

네, 하고 가느다란 목소리로 이무라 에리코는 대답했다.

"이 파일은 아다치 노리오 씨에게서 받은 겁니까?"

그녀는 또 고개를 끄덕였다.

"언제쯤이었지요?"

"사건이 일어나기 일주일쯤 전이었어요."

낮에 장을 보고 돌아오던 그녀를 아다치 노리오가 쫓아왔다고 한다.

"저한테 뭔가 하려는 게 아니다, 그러니까 무서워하지 말아 달라면서, 그 사람 쪽이 무서워하는 것처럼 식은땀을 흠뻑 흘리고 있었어요."

교과서를 읽는 듯이 억양 없는 말투지만 말에서 망설임이 느껴지지 않는다.

"그러고는 부인, 부탁이니 그걸 읽어 봐 달라고."

그가 파일을 장바구니에 집어넣어 버려서 거절할 수가 없었다고 한다. 곧 아다치 노리오는 떠났다.

"다카고시에게 상의할까 생각했지만."

얼핏 눈에 들어온 제목이 신경 쓰여서 결국 페이지를 넘겼다.

"그래서—다카고시와 그 사람이 다투고 있는 원인을 알았어요."

이무라 에리코의 시선은 멍하니 발치를 향하고 있다.

"그 사실을, 바깥주인분께는?"

잠시 침묵이 흘렀다. "당장은 이야기할 수 없었어요. 제가 아다치 씨 이야기를 하면 다카고시는 그것만으로도 흥분 상태가 됐기 때문에."

—또 그 녀석이 왔어? 무슨 짓 하지는 않았어? 뭐래?

"그 무렵에는 이미 바깥주인과 아다치 씨가 몇 번이나 충돌했군요."

"다카고시는 그 남자가 저를 스토킹하는 거라고 했어요."

거기에서 처음으로 이무라 에리코는 얼굴을 들고 나를 보았다. "'주인'이라고 하지 마세요."

기타미 부인이 눈을 깜박인다.

"저는 다카고시의 애완동물이 아니니까요."

이번에는 내가 눈을 깜박거릴 차례였다. 어떤 사고방식에 기초해서 바깥주인·안사람이라는 표현을 싫어하는 여성이나 부부가 있는 것은 안다. 하지만 이를 주장하면서 즉시 '애완동물'이라는 말을 꺼낸다면 극단적일 것이다.

"실례했습니다." 나는 머리를 숙였다. "그래서, 파일에 대해서는 그 후에도 다카고시 씨한테 말씀하시지 않았습니까?"

이무라 에리코는 또 고개를 숙였다. 야윈 어깨도 축 늘어져 있다. 실내는 히터로 적당히 따뜻해졌지만 그녀는 아직도 추운 것 같다. 기타미 부인이 모포를 끌어올려 주었다.

"이상하네…… 라고 생각할 때는 있었어요."

줄기 중간에 빈 구멍을 품고 추위에 떨면서 고독하게 서 있는 가느다란 나무. 팔락, 팔락 잎을 떨어뜨린다. 힘없이 지면에 떨어지는 잎도 말라 있다. 작은 목소리로 이야기하는 이무라 에리코에게서 나는 그런 것을 연상했다. 그녀 자신도, 그 입가에서 흘러 떨어지는 말도 말라 있다.

"다카고시 씨가?" 하고 기타미 부인이 묻는다.

"잘나갈 때랑 그렇지 않을 때랑 굉장히 차이가 컸고, 직업을 자주 바꾸는 것 같았고."

"오래 사귀셨나요?"

"삼 년쯤 전에 처음 만났어요. 제가 일하던 가게의 손님이었어요."

그렇게 말하고 눈가에만 희미한 웃음을 띠었다.

"저는 호스티스에 전혀 맞지 않아서 성적이 나빴고, 한 가게에 오래 있지를 못했어요. 하지만 다카고시는 제가 가게를 바꿀 때마다 쫓아와서 저를 지명해 주었죠."

나는 말없이 듣고 있었다.

"그만큼 당신을 소중하게 생각했던 거겠지요." 기타미 부인은 미소를 지으며 이무라 에리코의 등을 천천히 어루만지기 시작했다. "삼 년 동안 사귀다가 같이 살게 되고, 아기도 생겼군요. 행복했겠어요."

행복이라는 말에, 왠지 이무라 에리코는 눈을 크게 떴다. 자신의 과거를 돌아보고 그게 행복했는지 어떤지 재확인하려는 듯이.

"동거한 건 제가 임신했기 때문이에요. 저는 그 맨션으로 이사할 때까지 혼자 살고 있었어요."

그렇게 집세가 비싼 맨션은, 이라고 하며 고개를 젓는다. "분수에 맞지 않는다고 생각했지만 다카고시는 완전히 신이 나서, 우리 아이는 최고의 환경에서 키우겠다는 둥."

가전제품도 가구도, 그 비싼 맨션으로 이사할 때 그가 전부 새것으로 사서 갖추었다고 한다.

"결혼하자, 결혼하자고 입만 열면 그 소리였어요. 하지만 저는."

결심할 수가 없었어요―.

"입적하지 않고 그대로 있으면 태어날 아기가 불쌍하다는 건 알고 있었어요. 하지만 정말로 다카고시의 아이를 낳고 싶은지 어떤지도 잘 알 수가 없었어요. 임신한 건 실수였고 다카고시에게 털어놓은 것도 실수였어요."

지워 버릴 걸 그랬다고 중얼거린다. 건조한 목소리와 건조한 눈을 하고.

"그래서 입적은 하지 않은 상태였군요."

기타미 부인의 물음도 속삭이는 듯한 목소리가 되었다.

"마침 다카고시가 그 맨션을 발견하고 계약 수속을 하고 있을 때 다카고시네 회사가 적발되었거든요."

그가 근무하던 곳은 건강식품과 건강 보조식품을 취급하는 상사다.

"판매중인 신제품의 광고가 약사법 위반이라고. 이걸 먹으면 암세포가 사라진다고 선전하고 있었죠."

그런 과대광고는 드물지 않고, 적발도 드문 일이 아니다. 크게 보도되지는 않았을 것이다. 나는 기억에 없었고 기타미 부인도 모르는 것 같다. 내가 체크한 바로는 그 상사의 홈페이지에서도 그런 내용의 사죄는 눈에 띄지 않았다.

"저는 그런 걸 굉장히 싫어해서."

이무라 에리코는 또 고개를 저으면서 말을 이었다.

"그런 회사는 그만뒀으면 좋겠다고 했어요. 그런 건 사기 아니냐고. 하지만 다카고시는, 광고대리점이 멋대로 한 일이라면서 전혀 신경 쓰지 않았어요."

그녀의 건조한 눈이 격렬하게 깜박거렸다. "역시 이 사람, 이상하다고 생각했어요. 자신을 줄곧 성실한 월급쟁이다, 월급쟁이다, 라고 하지만, 회사에서 근무하고 있다는 이유만으로 성실한 사람이라고 할 수는 없잖아요. 사기 같은 짓을 하는 회사에 근무하고 있고 알면서 가담하는 거라면 그곳 사원도 사기꾼이나 마찬가지예요. 그렇지 않나요?"

격렬한 깜박임이 멈추었는가 싶더니, 이무라 에리코는 얼굴을 일그러뜨리며 웃음을 터뜨렸다.

"마찬가지 정도가 아니었어요. 다카고시는 정말로 사기꾼이었어요. 파일을 읽으니까 똑똑히 알 수 있겠더군요. 그 사람은 저와 만나기 전부터 그런 짓을 해서 돈을 벌었고 저를 만나고 나서도, 가게에서 저를 위해 쓴 돈도 전부 남을 속여서 벌고 있었던 거예요."

요란하게 경련하듯이 웃는가 싶더니 양손으로 얼굴을 덮어 버렸다.

"저는 하필이면 사기꾼과 사귀고 만 거예요. 아이까지 만들고, 어떡해야 할지."

머리를 끌어안다시피 하고 흔들더니 이번에는 다시 몸을 일으키고 물어뜯을 듯한 기세로 기타미 부인에게 매달린다. "그 파일, 진짜죠? 거기에 적혀 있는 건 사실이지요?"

기타미 부인은 동요하지도 않고, 오른팔로 그녀의 어깨를 감싸듯이 안았다. 왼손은 부드럽게 그녀의 손을 누르고 있다. "그걸 알고 싶어서 여기에 오신 거군요?"

이무라 에리코의 눈이 젖어들었다. 몇 번이나 고개를 끄덕인다. "아다치 씨가 이곳에 대해서 가르쳐 주었어요."

파일을 건네받고 나서 사흘 후, 이번에는 병원에서 돌아오는 길에 그가 불러 세웠다. 아다치 노리오의 마음은 알겠지만 이렇게 이무라 에리코의 동정을 살피며 주위를 서성거렸다면 스토커라는 말을 들어도 어쩔 수 없다.

—부인, 그거 읽어 주셨습니까?

"전 이걸 만든 사람을 만나고 싶다고 말했어요. 더 자세한 걸 알고 싶다고. 그랬더니 아다치 씨는."

─그 탐정님은 이미 돌아가셔서 안 계십니다. 하지만 사모님이 계시니까, 제대로 된 탐정님이셨다는 건 이야기해 주실 거예요.

"아다치 씨는 저도 같이 갈게요, 라고 했어요. 저는 거절했죠. 혼자서 갈 테니까 장소를 가르쳐 달라고 했어요. 하지만 아다치 씨가 혼자서는 걱정된다고 해서, 그럼 다카고시를 데려가겠다고 대꾸했어요."

아다치 노리오는 몹시 놀랐다고 한다.

─다카고시 씨가 그 파일 내용을 부인께 인정했나요?

"본인이 인정할 리 없다고 치욕부터 굳게 믿고 있는 것 같았어요. 저도 흥분해서 안색이 바뀌었을지도 몰라요."

─미안합니다, 부인. 배 속 아기한테 안 좋으니까 좀 진정하세요.

"저는 집으로 도망쳐 돌아갔지만, 그 사람, 당장이라도 울음을 터뜨릴 듯한 얼굴을 하고 있었어요."

아다치 노리오는 주위와 커뮤니케이션을 하는 데 어려움이 있었다고는 해도 근성이 비뚤어진 사람은 아니다. 오히려 약간 융통성이 없을 정도로 정의감이 있었다. 다카고시 가쓰미가 한 짓에 이무라 에리코는 아무런 책임도 없다는 것 정도는 알고 있었을 것이다. 알면서도 그녀를 따라다니고 그녀에게 배 속 아이의 아버지의 과거를 들이댄 자기 자신이 부끄러워졌는지도 모른다.

"에리코 씨, 물 좀 드릴까요?"

기타미 부인의 말에 이무라 에리코가 대답을 하기도 전에 나는 의자에서 벌떡 일어났다. 물기 빼는 소쿠리에 엎어져 있는 잔을 집고 수도꼭지를 틀려고 했다.

"스기무라 씨, 거기 있는 페트병에 든 물로 주세요. 그거 천연수거든요."

나는 물을 따랐다. 두 여성은 소파에서 서로 기대어 있다. 히터가 조용히 온풍을 토해 낸다.

"상온의 물이 좋아요. 너무 찬 건 몸에 안 좋거든요."

이무라 에리코에게 잔을 건네며 기타미 부인은 말했다. 잔을 받아드는 손이 떨리고 입술도 떨렸다. 이무라 에리코는 컵을 사용하는 방법을 갓 배운 아이처럼 신중하게 한 모금, 두 모금 물을 마셨다.

"에리코 씨는 지금 맨션에 혼자 있나요?"

그녀가 잔을 손에 들고 고개를 끄덕인다.

"누군가 같이 있어 줄 사람은 있나요? 재워 줄 곳이라도 좋은데. 부모님이나 형제는 가까이에 안 사나요?"

갑자기, 마치 지금 삼킨 물이 그대로 넘쳐난 것처럼 이무라 에리코는 눈물을 흘렸다.

"부모님은 안 계세요. 돌아가셨어요."

목소리가 메인다. 잔 속으로 눈물이 떨어진다.

"제가 초등학교 2학년 때 두 분 다 돌아가셨어요. 빚 때문에 동반 자살했죠."

아버지는 작은 공장을 하고 있었어요, 하고 울면서 말을 이었다. "작지만, 미장이가 사용하는 흙손을 만드는, 그 지역에서는 유명한 공장이었어요. 벌이가 적어서 늘 겨우겨우 꾸려나갔지만 그래도 훌륭한 아버지였어요."

사기를 당했다고, 비통하게 내뱉었다.

"어음 사기를 당해서 빚을 지게 되고 집도 공장도 차압당해서."

악몽이 무서워서 울며 일어난 아이를 껴안듯이 기타미 부인이 그녀를 끌어안았다.

"―힘드셨겠네요."

"전 의지할 사람이라곤 아무도 없어요. 빚이 있었기 때문에 친척들도 모두 차가웠어요. 줄곧 혼자서 살아왔어요. 제대로 학교에 갈 수가 없어서 직장도 찾을 수 없었고, 아무리 맞지 않는다고 알고 있어도 물장사로 갈 수밖에 없었어요. 하지만, 하지만."

제대로 살아 왔어요.

"혼자서 잘 살아 왔는데, 어째서 그런."

사기꾼 따위와.

"남을 속이고도 아무렇지 않을 수 있는 남자랑 엮여서 아이까지 만들어 버렸어요. 어떡해요."

어떡해요, 어떡해요, 하고 울면서 되풀이한다. 양손으로 매달리듯이 잔을 움켜쥐고 있다. 그 잔을 기타미 부인이 부드럽게 빼앗았다. 내게 잔을 건네면서 부인은 표정으로 호소했다. 나는 고개를 끄덕이며 대답했다. 둘 다 똑같은 생각을 하고 있다.

무릎이 떨린다고 할까, 무릎 아래에서 힘이 빠져 나가는 듯한 감각을, 나는 맛보고 있었다.

유쾌한 감각은 아니다. 처음으로 느끼는 감각도 아니다. 과거에도 두 번, 세 번 있었다. 수수께끼가 풀렸을 때, 안개가 걷히고 보이지 않던 것이 보이기 시작했을 때면 늘 이랬다.

"아버지도 어머니도 저한테 화가 났을 거예요. 절대 용서해 주지 않을 거예요."

"그렇지 않아요. 그렇지 않아요."

기타미 부인은 노래하듯이 들려주며 아기를 어르듯이 흔들어 준다.

"에리코 씨는 달리 의지할 사람이 없어서 우리 집에 와 준 거군요."

그래서 다행이다.

"줄곧 혼자서 끌어안고 있는 건 힘들었겠죠. 그러니까 울어도 돼요. 하지만 부모님이 당신한테 화가 나셨을 거라고 생각하면 안 돼요. 용서해 주지 않을 거라니, 그럴 리가 있나요. 부모님은 걱정하고 계실 거예요. 당신도, 배 속의 아기도 걱정하고 계실 거예요."

소중한 딸과 손자인걸요. 기타미 부인이 웃음을 짓자 이무라 에리코는 부인에게 매달렸다.

"그렇게 되다니, 전 그럴 생각은 아니었어요."

"응, 응, 알아요."

"파일을 보여 줬더니 다카고시는 깜짝 놀라더군요. 하지만 웃으면서 얼버무리는 거예요. 아다치 노리오는 머리가 이상하다면서. 저는 아다치한테 속고 있다고. 이런 건, 사기 같은 대단한 게 아니라고."

그녀에게는 그 말도 사기다.

"다카고시는 우리 부모님이 왜 죽었는지 알고 있어요. 전에 얘기했으니까. 그랬더니 그 사람, 제가 불쌍하다면서 눈물을 뚝뚝 흘렸어요. 그런데."

그런 그녀의 면전에서 자신이 한 일은 사기 같은 대단한 게 아니라고, 아직도 그런 말을 한다. 그녀에게는 그것이야말로 사기다.

"전 헤어지겠다고 말했어요. 나가겠다고 했어요."

"다카고시 씨는 붙잡았군요."

부인에게 매달려 있는 그녀의 등에 대고 나는 물었다. "하지만 당신은 진심이었고요."

파들파들 숨을 들이쉬고, 흐느끼느라 몸이 떨리지만 이무라 에리코는 그래도 말을 잇는다.

"다카고시는 당황하고, 화를 냈어요. 제가 혼자서 아기를 키울 수 있을 리가 없다고 하더군요."

—생활이 안 되잖아. 아기는 내 애라고. 멋대로 굴지 마. 농담이 아니야.

"그래, 농담이 아니야. 나는 진심이니까. 아기가 당신 같은 악인이 되지 않도록, 나 혼자서 훌륭하게 키워 보일 거라고."

악인이라고 불려도 다카고시 가쓰미는 다시 웃었다고 한다. 혼자서 할 수 있을 리 없잖아. 당신, 인기 없는 호스티스였던 주제에.

─당신도 당신 부모님도, 운이 나빴던 거야. 그만큼 내가 되찾아 줄게. 행복하게 해 주겠다는데, 왜 순순히 말을 듣지 않는 거야.

─세상은 어차피 돈이야. 약한 사람은 강한 사람의 먹이가 될 수밖에 없는 거야.

속는 놈들이 바보지.

"전 뭐가 뭔지 알 수 없게 되어서."

정신이 들어 보니 부엌에 놓여 있던 과도를 손에 들고 있었다.

"헤어지지 않겠다면 죽어 주겠다고. 진심이라고, 양손으로 나이프를 들었어요. 그랬더니 다카고시가 달려들어서."

결국 그것은 사건이 아니라 사고였던 것이다. 다카고시 가쓰미는 이무라 에리코의 손에서 나이프를 빼앗으려고 한다. 에리코는 저항한다. 둘이 실랑이를 벌이다가, 나이프가 다카고시의 가슴에 꽂히고 말았다.

"그렇게 될 줄은 몰랐어요."

다카고시의 왼쪽 가슴에 나이프가 꽂혀 있다. 셔츠에는 피도 배어 있다. 하지만 그는 제대로 서 있었다. 양손을 벌리며 자신의 몸에 무슨 일이 일어났는지 깨닫고 놀라고 있었다.

"말도 하고 쓰러지지도 않고 멍하니 있는 게 그렇게 아픈 것 같지도 않았어요."

사람이 칼에 찔려 죽는 경우 사인의 대부분은 출혈 과다다. 아픔이 강해지거나 단숨에 대량 출혈해서 출혈성 쇼크를 일으키는 경우에는 의식을 잃어버리고 서둘러 처치하지 않으면 살지 못한다.

하지만 드물게 꽂힌 칼이 상처를 막아 마개 역할을 하고 일시적으로나마 당사자가 큰 데미지를 느끼지 않을 때가 있다. 물론 체내에서는 서서히 내출혈이 일어나고 있고, 칼을 뽑으면 한꺼번에 피가 쏟아진다. 격통도 온다. 따라서 그런 경우에는 찔린 칼을 그대로 놔두어야 한다.

"괜찮아, 에리코, 진정해, 진정해, 하면서."

―별거 아니야. 좀 아프지만 아무렇지도 않아. 구급차 같은 건 부르지 마.

"자기가 어떻게든 하겠다면서."

사실 그는 훌륭하게 '어떻게든' 했던 것이다.

―그 녀석 탓으로 하면 돼.

아다치 노리오에게 찔린 걸로 하면 된다고, 다카고시 가쓰미는 말했던 것이다.

"저는 그 사람이 무슨 말을 하는지 알 수가 없었어요."

하지만 다카고시 가쓰미는 혼란에 빠진 이무라 에리코를 그 자리에 남겨두고, 몸에 꽂힌 과도가 가려지도록 겉옷을 다시 입고 맨션을 나갔다.

"내가 돌아올 때까지 절대로 아무것도 하지 마, 아무도 만나지 마, 라고 했어요."

그는 아다치 노리오가 숙식을 하며 일하는 신문 판매점으로 향했다.

편도 100미터 정도의 거리다. 보통 같으면 별거 아닐 것이다. 하지만 가슴에 나이프가 꽂힌 채다. 운 좋게 출혈이 막혀 있는 상태라고 해도 움직이면 고통이 심했으리라.

"다카고시 씨는 평소부터 건강 관리에 신경을 쓰고 있었나요? 예를 들어 조깅을 한다거나."

내가 묻자 이무라 에리코는 그런 게 무슨 의미가 있느냐는 듯한 당혹스러운 눈빛을 보내며 고개를 끄덕였다.

"회원제 헬스클럽에 다니고 있었어요. 배가 나오면 보기 안 좋다면서 굉장히 신경 썼으니까요."

행운에 더해서, 평소의 단련이 도움이 되었을 것이다. 근력이 강하고 심폐 기능도 높고 기력이 있었다. 대단한 기력이다. 대단한 머리 회전이다.

흉사가 있은 직후에 다카고시 가쓰미의 머리에 떠오른 사태 수습 방법은 분명히 명안이다. 전부 아다치 노리오 탓으로 만들어 버리면 이무라 에리코와 배 속의 아이를 지킬 수 있는 데다, 그의 인생을 휘젓는 방해꾼을 배제할 수도 있다. 일석이조다.

"다카고시 씨는 아다치 씨에게 상해사건 전과가 있는 걸 아셨습니까?"

"그때 그렇게 말했어요. 그러니까 괜찮다고, 경찰은 그 녀석을 의심할 거라고."

아다치 노리오는 자신이 저지르지도 않았는데 혐의를 받으면 전력을 다해 반론할 것이다. 다카고시 가쓰미와 자신의 인연에 대해서도 털어놓을 것이다. 분명히 위험 부담은 따른다.

하지만 그가 도망쳐 버리면 이야기는 다르다.

험악한 안색으로 고함을 지르며 신문 판매점에 쳐들어가, '죽이려고 한다!'고 요란하게 소란을 피우고 구르듯이 도망친다. 그런 연극의 가장 큰 목적은 물론 주위의 목격자에게 어필하는 것이지만, 두 번째 의미로는 아다치 노리오 본인에게 귀찮은 상황에 몰렸음을 깨닫게 해 주는 데 있다. 나는 널 함정에 빠뜨렸다, 자, 어떻게 할 테냐, 하고.

아다치 노리오는 도망쳤다. 다카고시 가쓰미는 그 가능성까지 읽고 있었던 것이 아닐까. 예전에 이용한 적이 있는 상대다. 또 이용하는 것은 어려운 일도 아니다. 아다치 노리오의 기질은 알고 있다. 다카고시에게는 그냥 장기말, 속기나 하는 형편없는 놈에 지나지 않는다. 함정에 빠지는 쪽이 바보인 것이다.

"돌아왔을 때에는 역시 안색이 새하얘져서."

그래도 다카고시 가쓰미는 이무라 에리코의 손을 움켜쥐고 몇 번이나 되풀이해서 다짐을 놓으며 그녀와 말을 맞추었다고 한다. 어려운 일이 아니야. 그냥 사건의 순서만 틀리지 않으면 돼. 나는 귀가해서, 당신한테서 또 아다치가 따라다녔다는 말을 들었어. 그 래서 화가 나 아다치가 있는 곳으로 쳐들어갔어. 그리고 녀석에게 찔려 집에 돌아온 거야. 알겠지? 사실은 그런 거야. 녀석은 당신의 스토커였어. 알겠지?

"몸을 비틀거리고, 앉는다기보다 다리가 풀린 것 같은 느낌이었지만 말만은 청산유수였어요. 매달리듯이 제 손을 잡고."

이무라 에리코는 그 손이 더러운 것이었다는 듯이, 임부복에 문질렀다. 지금도 그때의 더러움이 남아 있다는 듯이.

"아기를 위해서야, 아기를 위해서, 라고."

핏기가 사라진 그녀의 뺨에 더 이상 눈물은 없었다. 눈도 입술도, 거기에서 새어 나오는 말도 건조하다.

"나이프는 어떻게 했습니까? 당신이 뽑았나요?"

그대로 둘 수는 없다. 흉기다. 출처가 다카고시와 이무라의 자택임이 밝혀지면 모처럼의 연극이 엉망이 된다.

이무라 에리코는 멍하니 허공을 응시한 채 고개를 저었다.

"그 사람이 직접 뽑았어요."

피가, 엄청나게. 속삭이듯이 말하고 양손으로 얼굴을 덮었다.

"깨끗하게 닦아서 넣어 두라고 해서 그대로 했어요. 그러고 나서 구급차를 불렀어요."

그 과도도 다카고시 가쓰미가 두 사람의 새로운 생활을 위해서 사들인 것이었다. 은제 식기 세트 중 하나로, 안쪽에 비로드가 깔려 있는 케이스에 보관하는 것이었다. 지금도 그대로라고 한다.

경찰의 의심을 받는 일은 없었고 조사를 당한 적도 없다.

이무라 에리코는 떨기 시작했다. 기타미 부인이 그녀의 등을 쓸어 주었다.

"나이프를 뽑았더니, 생명도 빠져나가는 걸 알 수 있었어요."

―아아, 죽고 만다.

"바닥 위에 피 웅덩이가 생기고 점점 커져 가는 거예요. 그런데도 저는."

과도를 씻고 물기를 닦아낸 뒤 도로 넣었다.

"아기를 위해서예요, 아기를 위해서."

낮은 속삭임도 떨리고 있었다.

"그뿐이었어요. 낳고 싶은지 어떤지도 모르겠다고 생각했는데, 그때는 오직 아기를 위해서라고."

손을 내리고 어깨를 늘어뜨리고 얼굴을 든다. 그 눈은 아무것도 보고 있지 않다. 무엇을 볼 힘도 없다. 그저 텅 빈 구멍이다.

"왜냐하면, 만일 전부 들키면."

또 고개를 젓기 시작한다. 가만히 있을 수가 없는 것이다.

"제 아기는 사기꾼의 아이이고 살인자의 아이예요. 그런 건 너무하잖아요."

대답을 구하지 않는 이 중얼거림에, 기타미 부인이 의외일 정도로 강하게 대답했다.

"네, 너무해요. 그 생각은 틀렸어요. 아기는 당신네 부부의 아이지만 당신들의 죄를 짊어지고 태어나는 건 아니에요."

이무라 에리코의 움직임이 멈추었다. 텅 빈 구멍 같은 눈이 깜박이며 기타미 부인을 보았다. 이미 말랐을 눈물이 넘쳐난다.

"미안해요."

미안해요. 미안해요.

내 마음에 하나의 영상이 떠올랐다. 호화로운 맨션의 한 방에서, 바닥의 피 웅덩이 속에 쓰러져 있는 다카고시 가쓰미. 그는 죽어 간다. 몸에서 생명이 빠져나간다. 그것을 지켜보면서, 그때도 이무라 에리코는 역시 이렇게 되풀이하고 있지 않았을까. 미안해요, 미안해요, 미안해요.

시간이 멈춘 듯한 둘만의 장면에, 순찰차와 구급차의 사이렌이 다가온다.

잘될 리가 없다고 생각했다.

누군가가 의심하고 꿰뚫어 봐 줄 거라고 생각했다. 이런 거짓말이 통할 리 없다고 생각했다.

그러나 아무도 그녀를 의심하지 않았다. 아무도 꿰뚫어 봐 주지 않았다.

"계속 거짓말을 하고 있었어요."

배 속 아이의 아버지가 그렇게 하라고 명령했으니까. 그렇게 해 달라고 매달렸으니까.

"모두 저한테 속고 있는데 아무도 알아채지 못했어요. 다정하게 대하고, 동정해 주고."

하지만—하고 이무라 에리코는 양손으로 복부를 끌어안았다.

"제가 거짓말쟁이라는 걸, 이 애는 알고 있어요. 제 피가 흐르고 있으니까. 더 이상 거짓말은 할 수 없어요."

소리 내어 울기 시작했다. 곧 어머니가 될 젊은 여성의 울음이 아니다. 지금 그녀의 배 속에서 자라고 있는 아이가 달이 차서 이 세상에 태어나고 이삼 년만 지나면 틀림없이 이렇게 울 것이다. 엄마, 넘어졌어. 엄마, 배고파. 엄마, 엄마, 엄마.

"그럼 이제 거짓말은 그만둬요. 그렇게 결심한 거잖아요. 그렇죠? 그래서 당신은 이곳에 왔어요. 맞죠?"

이무라 에리코는 굳게 눈을 감고 기타미 부인의 말에 몇 번이나 고개를 끄덕였다.

"경찰에 가죠. 제가 같이 따라가 드릴게요."

모녀처럼 마주 안은 두 여자 옆에서 나는 그저 팔짱을 끼고 테이블 위의 파일, 기타미 이치로가 남긴 파일을 바라보고 있었다.

보도는 신속했다. 기발한 사건인 것치고는 내용도 정확했다.

그만큼 이무라 에리코의 진술이 일관되어 있고 신뢰성이 있다는 뜻일 것이다. 저녁 뉴스에는 그나마 사실 관계만 보도되었지만 오후 아홉시대 방송에서는 수사본부의 기자회견 모습도 나왔다.

아내에게는 내가 이 사건에 관련되었음을 말하지 않았다. 쓸데없는 걱정은 버스 납치 사건과 '특명'만으로 충분하다. 나는 서재의 컴퓨터로 몰래 영상을 보았고, 기자의 질문에 대답하는 본부장이 중요 참고인으로서 행방을 찾고 있는 아다치 노리오에 대해,

무조건 사건의 피의자로 인식하고 있었던 건 아니라고 발언해서 약간 쓴웃음을 지었다.

거짓말을 하는 것에서는 해방되었지만 이무라 에리코의 미래는 결코 밝지 않다. 이번 결단은 그녀가 언젠가 밝은 햇빛을 받기 위해서 필요한, 옳은 것이었지만 그렇게 되려면 시간이 걸린다. 쓴 물을 끝까지 헤엄치지 않으면 단 물에는 다다를 수 없다.

나는 만난 적도 없는 다카고시 가쓰미라는 남자에게 어떤 의미로는 감탄했다. 그의 지능과 행동력에. 그것을 더 좋은 방향으로 살릴 수는 없었을까—라는 개탄은 아무 도움도 되지 않지만.

속는 놈이 잘못이야.

그는 그 나름대로 이무라 에리코를 사랑하고 있었을 것이다. 그녀와 행복한 인생을 쌓아 나가기를 진심으로 바랐을 것이다. 두 사람의 가치관, 정의감이라고 바꾸어 말할 수도 있겠지만 그 잣대가 서로 다름을 알았을 때 그는 솔직히 놀랐을 것이다.

이 애한테 거짓말을 할 수는 없어요.

나는 문득 생각이 나서 서재의 책장을 뒤졌다. 벌써 몇 년이 흘렀을 텐데, 나호코와 함께 렘브란트의 전람회를 보러 우에노의 미술관에 간 적이 있다. 그때 화집을 샀다.

페이지를 넘겨 찾고 있던 작품을 발견했다. 암스테르담 국립미술관이 소장하고 있는 〈예수를 부인하는 베드로〉다. 그러고 보니 그때, 언젠가 현지로 보러 가자고 나호코와 이야기했다.

베드로는 12사도 중 한 명으로 예수의 첫 번째 제자다. 다감한 나잇대의 젊은이는 아니다. 본래는 시골 어부로, 소박한 중년 남자다.

강대한 권력을 가진 로마 제국은 기독교에 대한 경계심이 강해져 탄압과 박해를 시작한다. 예수가 체포당하는 때가 다가오는 가운데 12사도는 각각 변하지 않는 신앙심을 보이며 예수에 대한 충성을 맹세하지만, '하느님의 아들'은 제자들의 마음에 숨어 있는 망설임을 꿰뚫어 보고 있었다.

은화 서른 닢에 예수를 판 배신자는 유다지만 베드로도 한 번은 예수를 배반했다. 관리들과 군중에게 붙잡힌 예수 곁에 홀로 끝까지 머물렀던 그도 밤새도록 이루어진 엄한 추궁을 결국 이기지 못하고 자신은 예수의 제자가 아니라고 맹세한다. 이 비극 전에 예수가 예언한 그대로였다.

"닭이 울기 전에 너는 세 번이나 나를 모른다고 할 것이다."

자신의 거짓말과, 그런 마음을 예수가 꿰뚫어 보고 있었다는 사실에 몹시 부끄러워하면서 후회한 베드로는 진실을 말하고 십자가에 매달려 순교한다. 그런 그의 무덤 위에 서 있는 것이 기독교의 총본산, 바티칸의 산 피에트로 대성당이다.

성인 베드로는 거짓말을 하고 그 거짓말을 회개한 사람이었다. 한 번은 살아남기 위해 거짓말을 했지만 거짓말을 지고 살아갈 수는 없다며 처절한 죽음을 선택했다.

〈예수를 부인하는 베드로〉의 베드로는 렘브란트의 마술이 낳은 아름다운 명암 속에서 "나는 그 사람을 알지 못하오"라고 거짓말을 늘어놓고 있다. 그런 그를, 관리들에게 끌려가는 예수가 돌아본다. 예수의 얼굴에는 빛이 비치고 베드로의 얼굴은 그늘 속으로 가라앉는다.

진실과 기만. 삶과 죽음. 사람의 마음의 강함과 약함. 그 대비의 한순간을 잘라낸 이 아름다운 명화를, 하지만 나호코는 별로 좋아하지 않는다고 했다. 너무 잔인하다며.

―다른 제자들이 도망쳐도 베드로는 예수 옆에 남아 있었잖아. 끝까지 열심히 버텼기 때문에 엄한 추궁을 당하고 거짓말을 하게 돼 버렸어.

―베드로가 좀 더 겁이 많은 사람이었다면 거짓말을 하지 않아도 됐겠지. 용기와 신념이 있었기 때문에 수치로 괴로워하게 됐어. 옳은 사람이었기 때문에 죄를 진 거야.

그게 슬프다고 했다.

거짓말이 사람의 마음을 망가뜨리는 까닭은, 늦든 이르든 언젠가는 끝나기 때문이다. 거짓은 영원하지 않다. 사람은 그렇게 강해질 수 없다. 가능하면 올바르게 살고 싶다, 착하게 살고 싶다고 생각하는 인간이라면, 아무리 어쩔 수 없는 이유로 한 거짓말이라도 그 무거운 짐을 견딜 수 없게 되어 언젠가는 진실을 말하게 된다.

그렇다면 자신의 거짓말을 거짓말이라고 느끼지 않으며 거짓말의 무거운 짐을 지지 않는 사람 쪽이 차라리 행복하지 않을까.

어떤 베드로에게나 몸을 돌려 그를 바라보는 예수가 있다. 그래서 우리는 거짓말을 견디지 못한다. 하지만 자신에겐 예수 따위 없다, 예수 따위 필요 없다고 생각하는 사람한테는 무서운 것이 전혀 없으리라.

이무라 에리코는 끝까지 거짓말을 할 수도 있었다. 배 속의 아이는 아무것도 모른다. 이 아이에게 거짓말을 할 수 없다는 생각은 그녀만의 것이다. 혹시 그 아이가 어른이 되면 어머니가 끝까지 거짓말을 했으면 좋았을 걸 그랬다고 생각할지도 모른다. 왜 끝까지 거짓말을 해서 자신을 지켜 주지 않았느냐고.

진실은 결코 아름답지는 않다. 이 세상에서 가장 아름다운 것은 진실이 아니다. 끝나지 않는 거짓 쪽이다.

옆에 놓아 둔 휴대전화가 울렸다.

기타미 가의 번호가 표시되어 있다. 스기무라입니다, 하고 대답하자 들려온 것은 기타미 부인도, 쓰카사의 목소리도 아니었다.

"스기무라 사부로 씨인가요?"

조심스러운, 겁먹은 듯한 낮은 목소리였다.

"당신은,"

아다치 노리오다.

"이런 시간에 죄송하지만."

그의 말에 시계를 보았다. 오후 열한시에 가깝다.

"기타미 씨 댁에 왔더니 댁한테도 연락하라고 부인이 말씀하셔서."

전화를 빌렸다고 한다.

"뉴스를 보셨군요."

"네."

"언제, 거기에?"

"여덟시쯤."

인사만 드리려고 했는데—하며 부끄러운 듯이 목소리가 가늘어졌다.

"저녁도 얻어먹고 말았지요."

오늘 기타미 부인은 열심히 일하고 있다. 이무라 에리코가 출두할 때 따라가, 당연한 일이지만 부인도 사정 청취를 받았을 테고 겨우 귀가했나 했더니 이번에는 아다치 노리오의 등장이다.

"역시 한 번은 경찰에 가야 할 거라고 생각하오, 나도."

그 말을 기대하고 예상하고 있었지만 실제로 들으니 안심이 되었다.

"내일 갔다 올 거요."

그 전에 기타미 부인과 쓰카사를 만나고 싶어서 찾아왔다고 한다.

"나 같은 놈의 일로 걱정을 끼쳐서 미안했거든."

전화 맞은편에서 희미하게 쓰카사의 목소리가 들린다. 일상적인 대화를 하는 분위기로, 기타미 부인과 이야기하고 있는 모양이다.

"부인은 좋은 사람이오" 하고 아다치 노리오는 말했다. "훌륭한 분이지. 역시 그 기타미 씨의 부인입니다. 아드님도."

이번에는 "그만하세요" 하며 기타미 부인이 웃는 소리가 들렸다.

"하지만 사실이니까."

아다치 노리오는 내가 아니라 기타미 모자에게 말하고 있다. 그러자 쓰카사가 전화를 받았다.

"안녕하세요, 스기무라 씨. 밤늦게 죄송합니다."

"쓰카사야말로."

"아다치 씨는 생각했던 것보다 건강해요."

"그거 다행이군."

"경찰에서 그렇게 엄하게 쥐어짜지는 않겠죠?"

"응. 오히려 신문기자나 TV 리포터한테 쫓길 걸 걱정해 두는 게 좋을지도 몰라."

"역시 그렇겠죠."

실은 우리도—하며 쓰카사가 목소리를 낮춘다.

"삼십 분쯤 전까지는 전화랑 인터폰이 끊임없이 울려서 시끄러웠어요. 겨우 조용해진 거예요. 자치 회장님이 와 주셔서, 너희는 상식이란 게 없는 거냐고 일갈해 주신 덕분이지요."

우리 어머니도 사람을 좋아하셔서, 하며 쓰카사는 한탄했다. "쓸데없는 일에 머리를 들이민다니까요. 하지만 머리를 들이밀지 않으면 못 견디는 거겠죠."

아버지랑 똑같아요, 하며 웃었다.

"아버지는 돌아가셨다고 생각했더니만, 아버지가 어머니한테 들러붙으셨나 봐요."

시시한 소리 하지 말라고 얘기하는 기타미 부인의 목소리가 들린다.

전화가 아다치 노리오에게 돌아갔다. "나도 뉴스에서 다카고시의 부인이 지인 여성과 함께 출두했다는 말을 듣고 바로 기타미 씨의 부인이 아닐까 생각했소."

근거는 없지만 그런 기분이 들었다고 한다. 그것을 확인하고 싶은 마음도 있어서 찾아왔다고.

"아파트에 들어갈 때 용케 아무한테도 발각되시지 않았군요."

"그건 뭐."

또 쓰레기통 그늘에 숨은 걸까.

"오늘 밤에 주무실 곳은 있습니까?"

"당신도, 기타미 씨의 부인이나 아드님과 똑같은 걸 걱정하는군요."

괜찮다고, 그는 밝게 말했다.

"나는 옛날에 노숙자 생활을 했거든. 지금도 노하우는 갖고 있다오."

그런가, 하고 나는 납득했다.

"그래서 아다치 씨, 멀리 도망치실 필요는 없었던 거군요."

그는 내 목소리에 섞여 있는 놀람을 알아차리고 웃으면서, 맞소, 하고 대답했다. "어디든 걸어서 가는 게 노숙자 생활의 기본이고 어설프게 지방으로 도망치면 어디가 어딘지 알 수 없어서 오히려 먹고살 수가 없지."

줄곧 도 내에 있었기 때문에 이렇게 빨리 돌아올 수 있었던 것
이다.

"하지만 내일은 제대로 된 옷차림을 하고 가야 하니까. 부인이
기타미 씨의 셔츠와 바지를 빌려주었소."

감사히 입고 갈 거요, 라고 말했다.

"기타미 씨가 따라와 주시는 것 같은 기분이 들고."

나도 그렇게 생각한다.

"신문 판매점 쪽은 어떻게 하실 겁니까?"

"경찰에서 볼일이 끝나면 사과하러 갈 거요. 다시 고용해 줄지
어떨지 모르겠지만."

전과가 있는 게 들켜 버렸으니까. 목소리가 약간 작아졌다.

"뭐, 어떻게든 되겠지. 어떻게든 하지 않으면 기타미 씨한테 부
끄럽고. 더 이상 여러분께 걱정을 끼치지 않도록 열심히 할 겁니
다."

갑자기 성실한 중학생 같은 말투가 되었다.

"경찰에 가도, 나는 다카고시의 부인을 만날 수 없겠지요?"

"무리겠지요."

"그렇겠지."

한마디, 사과하고 싶은데―하고 말했다. "다카고시의 부인이 그
런 짓을 하게 만든 건 나니까."

나는 잠자코 있었다.

"스스로는 옳은 일을 하고 있다고 생각했소. 정의로운 고발을 하는 거라고 생각했는데."

잘못한 걸까, 하고 중얼거렸다.

"기타미 씨 부인에게서 이무라 에리코 씨의 부모님에 대해 들으셨습니까?"

아직 보도에는 나오지 않은 정보다.

잠시 침묵이 흐르고, 대답이 있었다.

"―음."

"그건 아다치 씨가 전혀 모르는 일이었어요. 다카고시 씨와 에리코 씨의 관계가 불안정했다는 것도, 당신은 알 길이 없었고요. 그렇지요?"

"음."

"책임을 느낀다고 해도 그런 선은 확실하게 그으시는 게 좋아요. 전부 다 한꺼번에 짊어져서는 안 돼요."

남의 말은 할 수 없다. 나도 그렇다. 휴대전화를 한 손에 들고 전원을 끈 컴퓨터 모니터에 흐릿하게 비치는 자신의 얼굴을 본다.

"찌른 게 다카고시의 부인이라는 걸 알았다면."

아다치 노리오가 무슨 말을 하려는지 짐작이 갔다.

"나는 계속 도망쳐도 괜찮았소. 부인한테는 입 다물고 있으라고 말하고 죄를 뒤집어쓸 수도 있었소."

"그건 상책이 아니네요."

거짓말은 끝난다. 언젠가는 끝난다.

"게다가 실제로는 그렇게 하시지 못했어요. 하지 못했던 일을 두고 이것저것 생각해도 소용없어요."

"당신, 이상한 사람이군. 친절한가 하면 그렇게 딱 잘라 말하기도 하고."

모니터에 비치는 내 얼굴은 조금 아픈 듯이 일그러져 있다.

"저도 좀 특이할지도 모르겠네요."

"좀이 아니오. 꽤 특이해."

허물없는 말투였다.

"다카고시의 부인, 그렇게 무거운 벌은 받지 않겠지?"

"제가 이야기를 들은 바로는 그건 사고입니다. 아다치 씨한테 죄를 덮어씌우자는 것도 다카고시 씨의 생각이었고요. 그러니까 괜찮을 거예요."

그렇겠지, 하고 그는 말했다.

"아다치 씨가 할 수 있는 일은 앞뒤 사정을 정직하게 경찰에 이야기하는 겁니다. 쓸데없이 감싸기보다는 진실이 가장 효과가 있어요. 아아, 그리고."

사소하지만 중요한 사실을, 나는 떠올렸다.

"다카고시 씨의 부인의 이름은 이무라 에리코라고 합니다. 사실혼이었기 때문에 성도 다르지요. 그 사람은 거기에 예민했어요. 이제부터는 '다카고시 씨의 부인'이 아니라 이무라 씨라고 불러 주세요."

"사이좋아 보이던데."

"사이가 나쁘진 않았겠지요. 그 두 사람에게도 사정이 있었던 겁니다."

흐음—하고 아다치 노리오는 말했다.

"다카고시는 말주변이 번드르르하다기보다는 밀어붙이는 타입이었지. 상대를 자신의 페이스로 끌어들여서 억지로 끌고 간다고 할까, 삼켜 버린다오. 내가 같은 편이었을 때는 그런 방식이었소."

그 말을 듣고 새삼스럽게 깨달았다. 아다치 노리오도 전염되는 악을 알고 거짓말의 죄를 알고 있다. 돌아보는 예수와 눈이 마주친 적이 있다. 그러면 구레키 노인을 어떻게 생각할까.

"좀 정리가 되면 한번 만나 주시겠습니까?"

"왜요?"

솔직한 반문에 나는 웃었다. "건강한 얼굴을 보여 주십시오."

"아아, 그런가. 그럼 전화하겠소."

"네, 부탁드립니다."

여러 가지로 미안했소, 하는 격의 없는 인사를 마지막으로 전화는 끊겼다. 서재의 조용함 속에서 내가 몸을 움직이자 의자가 삐걱거렸다. 내 마음이 삐걱거린 것일지도 모른다.

생각지도 못한 사고로 연기되었던 케이터링 업자 탐문은, 그 자체로 수확이 있지는 않았다. 하지만 이야기는 재미있었다.

이 회사의 대표는 아직 삼십대인 여성 셋으로, 전문대 시절부터 사이가 좋았다고 한다. 언젠가 셋이서 개업하자는 꿈을 이룬 것이

팔 년 전의 일이었다.

"닛쇼 프런티어에는 다이렉트메일로 영업을 한 게 계기였어요. 경영이 힘든 시기여서 어떻게든 신규 고객을 개척하고 싶었기 때문에 필사적이었죠."

복장, 화장, 머리 모양은 물론이고 모발의 질까지 서로 닮은 것 같은 삼인조 경영자는 모두 말이 많았다. 목소리는 역시 달랐지만 말하는 기세가 똑같아서, 받은 명함을 눈앞에 두고도 이야기가 끝날 때까지 나는 누가 누구인지 알 수 없었다. 세쌍둥이 자매 같다.

"여기는 성질이 좋은 곳은 아닐 거라 짐작은 했지만요."

"수상쩍은 냄새가 풀풀 났고요."

"하지만 우리는 케이터링을 할 뿐이니까요. 회원이 되려는 것도 아니고."

"회원이 되라고, 집요하게 권유를 받긴 했지만요."

"입만 열면 돈을 벌게 해 주겠다고 하고."

"맞아요, 맞아! 그 대표 아저씨도 느끼했지만, 아들이 최악이었어요."

"부당하게 돈을 벌다 보니까 근본적인 착각을 일으킨, 인기 없는 남자의 전형적인 패턴이지!"

여자 탈의실처럼 시끌벅적하다.

"우리는 양심적인 장사를 하고 싶었어요. 그래서 견적은 성실하게 냈고, 그쪽의 행사 내용에 맞춰서 여러 가지 플랜도 내놓았어요."

하지만 닛쇼 프런티어 협회가—랄까 오바 부자가 요구하는 것은 달랐다.

"어쨌든 겉보기가 좋으면 된다, 맛은 아무래도 상관없다."

"어차피 아무도 안 먹는다는 둥."

"잔반이 될 게 뻔한 것에 수고를 들이는 건 자원 낭비라고 하면서."

커다란 접시에 담겨 나오는 오르되브르 같은 건 진짜가 아니어도 된다, 밀랍 세공 견본품을 대신 쓸 수 없느냐고 해서, 아무래도 그건 거절했다고 한다.

"우리한테도 자존심이 있으니까요."

어쨌든 오바 부자는 사소한 것에 주문이 까다로웠지만 돈 씀씀이만은 후했다.

"우리 여성 경영자들은 그것과 반대되는 체험은 정말 늘 하고 있거든요."

여자라고 우습게 보고 값을 깎거나 지불을 연기하기도 한다.

"하지만 오바 씨한테는, 우리가 여자니까 멋진 모습을 보여 주자는 마음이 있는 것 같았어요."

"나는 통이 크다고, 하면서."

"뭐, 그것도 흑심이 있었기 때문이겠지만."

"몇 번이나 권했지요. 한잔하러 가자고."

닛쇼 프런티어 협회의 회원 중에는 나이 든 사람이 많았다.

"그러니까 우리 같은 삼십대 오너도, 그 대표님한테는 젊고 팔

팔하게 느껴졌던 거죠."

"아들은 아들대로 어떤 여자든 자기한테 넘어올 거라고 생각했는지, 우리가 모르는 척하고 있으면 바보처럼 추파를 던졌지."

이야기만 들으면 유쾌하지만 그때그때는 불쾌한 일도 많았을 것이다.

"확실히 다른 거래처와 비교하면 내용물에 비해서는 비싼 대금을 받고 있었어요. 하지만 그쪽은 부르는 대로 값을 치러 주었으니까요."

"저희는 정신적 피해 보상금을 포함시킨 거라 생각했고요."

오바 부자를 달래 가며 짭짤한 장사를 계속히는 한편 닛쇼 프런티어에 관련된 정보도 모으고 있었다. 피해자 모임의 움직임에도 주의를 기울였다.

"그 모임의 홈페이지만 봐도 닛쇼 프런티어는 슬슬 위험하겠다는 걸 알았으니까요."

자신들이 먼저 나서서 거래를 끊은 것은 닛쇼 프런티어가 적발당하기 석 달 전의 일이었다고 한다.

"아슬아슬하게 세이프였어요."

"조금만 더 늦었다면 우리한테도 여러 가지로 귀찮은 일이 떨어졌을지도 몰라요."

"좋은 공부가 되었죠."

남녀 불문하고 터프한 사람은 주위에도 에너지를 나누어 준다. 이 사건을 탐문하면서 기운을 받은 것은 처음이었다.

여성 경영자라. 나호코도 친구와 이렇게 '공부'하고 있을까. 그렇게 생각하며 무심코 아내가 친구의 레스토랑 개업을 돕고 있다는 이야기를 했다. 그러자 이들은 저마다 난리법석을 떨었다.

"우와아!"

"그거, 진짜 돕는 거 맞아요? 아니면 돈도 내는 건가요?"

"아직 늦지 않았다면 사모님을 설득해서 그만두게끔 하는 게 좋아요."

"비즈니스는 깨끗한 일이 아니거든요."

"사모님은 돈도 친구도 젊음도, 소중한 걸 전부 잃어버리게 될지도 몰라요."

"확실히 늙지! 열 살은 늙어."

"잔주름이 늘지."

"자율신경 실조증에 걸리고."

잠깐 기다려, 하고 셋 중에서는 제일 키가 큰 여성이 웃으면서 말했다.

"싫어라, 우리 『멕베스』에 나오는 세 마녀 같잖아."

나는 세 마녀들과 함께 웃고 아내한테는 잘 이야기해 보겠다고 약속했다.

"시시한 소리를 해서 죄송했어요."

헤어질 때 대표들은 말했다.

"사모님이 하시는 일을 헐뜯을 생각은 없었어요."

"경영은 그만큼 힘들다는 걸, 좀 잘난 척 말씀드리고 싶었을 뿐이에요."

그렇지요—하면서 서로 고개를 끄덕인다.

"우리도 고작해야 팔 년 사이에 몇 번이나 결별할 뻔했어요."

"하지만 여기까지 버텨 왔죠. 사모님의 일도 잘되면 좋겠네요."

밖으로 나가 가을 햇살 속을 걸으면서, 조만간 시간을 내서 나호코가 돕고 있는 레스토랑 경영에 대해 좀 더 자세히 이야기를 들어 보자고 생각했다.

요즘 나는 자신의 일에만 얽매여 있다. 자신과, 동료들의 일에. 나호코와 모모코가 언제든 돌아오기를 기다려 주니까, 안심하고 눈앞의 일에 열중해 버리는 것은 내 나쁜 버릇이다. 이번만 그런 것이 아니다. 자연스럽게 머리를 긁적이고 말았다.

오늘은 꽃이라도 사 갈까.

닛쇼 프런티어 협회 대표 오바 마사지로가 반세기나 전, 젊은 월급쟁이였을 무렵 그의 직장 동료였다는 인물로부터 메일을 받은 것은 이튿날의 일이다.

저녁 식사 후의 느긋한 시간이었다. 돌아오는 토요일의 문화제 무대에서 모모코가 입을 의상과 구두를 맞춰 보고, 게다가 머리 모양도 '결정하려고' 해서 우리 집에서는 소동이 발발하고 있었다.

"땋아 내리는 건 싫어. 묶고 싶어."

이렇게 귀밑머리를 내서—하고 손짓으로 보여 주는 우리 딸이, 그 한순간만은 묘하게 어른스러워 보여서 나는 가슴이 철렁했다.

대체 '귀밑머리'라는 말을 언제 배운 걸까.

"엄마는 모모코만 한 어린 여자애가 어른이 되려고 발돋움하는 건 싫어요."

아이에게는 아이다운 머리 모양이 있다고 아내는 타이른다. 딸은 허리에 손을 대고 "싫단 말이야" 하고 대항한다. 나는 "잠깐 화장실 좀" 하고 도망쳤다. 그 김에 서재를 들여다보니 블로그를 통해 메일이 와 있었다.

발신자는 '고엔안古猿庵'이라는 이름을 썼다. 메일 제목은 '오바 마사지로 씨에 대해서'였다.

갑자기 연락드립니다. 저는 예전에 오바 마사지로 씨와 책상을 나란히 했던 적이 있는데 그의 이름으로 검색하다가 당신의 블로그에 우연히 오게 되었습니다.

오바 대표와 동년배의 인물임은 문장에서도 엿볼 수 있었다. 메일보다 서면을 썼던 시기가 훨씬 더 긴 사람의 문장이다.

그가 현재 몇몇 형사 처분의 대상이 되고 있는 사실에, 제 인생을 돌아보면서 일종의 감개를 느끼고 있습니다. 저는 이미 현역에서 은퇴한 늙은이입니다. 추억 이야기는 당신이 찾는 정보가 아닐지도 모르지만 오바 마사지로라는 인간을 이해하는 데 약간이나마 도움이 될 수 있다면 기쁘기 한량없겠습니다.

특별히 연락처는 쓰여 있지 않아서 나는 감사드린다는 내용의 답신 메일을 보냈다.

잠시 후, 모녀의 내전을 조정하고 나서 서재로 돌아와 보니 이번에는 장문의 메일이 와 있었다.

정중한 답신에 감사드립니다. 저와 오바 마사지로 씨는 1962년 4월부터 1964년 3월까지, 당시 간다 스루가다이 교차점 부근에 있던 (주)모리야마도라는 영어회화 교재 판매 회사에서 일했습니다.

사원 스무 명 정도의 작은 회사였지만 당시에 일본은, 세계를 놀라게 할 고도성장을 하기 시작해서 당당히 국제사회의 일원으로 컴백하자며 일어난 영어회화 열풍이 대단했던 덕분에 실적이 좋았다고 한다.

저는 열아홉 살, 오바 씨는 스무 살이었다고 기억합니다. 글자 그대로 책상을 나란히 하고 매일 영업에서 돌아오면 일일보고서를 쓰고, 영업 성적표에서도 이름을 나란히 하고 있었습니다.

오바 대표는 협회의 기록 영상을 보면 나이를 먹었어도 풍채가 좋은 위장부이다.

그는 용모가 뛰어나서 회사 상사한테서 농담 반이기는 하지만 영화 배우가 되면 어떠냐는 말을 들을 정도였습니다. 또 말솜씨가 좋았기에 영업 사원으로서도 우수했습니다. 다만 아이러니하게도 그 본인은 영어회화 센스가 부족했던 모양입니다. 반대로 말하면, 그런데도 교재를 팔 수 있을 정도로 영업이 뛰어났다는 뜻이겠지요.

둘은 자주 함께 술을 마시러 가거나, 젊은이들답게 춤을 추러 가거나 여자와 놀곤 했다고 한다.

당시 오바 씨와 행동하다 보면 여자가 부족할 일은 없었습니다.

젊은이라면 이 한 문장 뒤에 땀을 흘리는 이모티콘이라도 하나

붙일 것 같다.

덧붙여 말하자면 저는 소위 말하는 원숭이 얼굴이었고 고엔안(古猿庵)이라는 이름도 그래서 붙인 것입니다. 젊을 때는 남자도 외모가 신경 쓰이는 법이라 그건 저의 르상티망원한이나 유한(遺恨) 따위를 가리킨다이었지만 오바 씨는 자주 웃곤 했습니다. 일본 남자가 일본 원숭이를 닮은 게 어디가 부끄러운 일이냐, 가슴을 펴라며.

패전으로 리셋되고 쇄신된 현대를 살아가는 팔팔한 젊은 직장인의 목소리가 들려오는 것 같았다.

오바 씨는 성격이 밝은 데다 앞에서 말했다시피 일도 잘했기 때문에, 저한테는 동료임과 동시에 형처럼 의지할 수 있는 존재였습니다. 다만 이상했던 점은 오바 씨가 자신의 이야기를 거의 하지 않았다는 겁니다. 그의 가족 이야기는 들은 적이 없습니다. 그가 이야기하는 것은 항상 미래에 대한 큰 포부뿐이었습니다.

—언젠가 일국의 주인이 될 거야. 그것도 모두가 눈을 부릅뜰 만큼 큰 성을 가진.

오바 마사지로의 입버릇이었다고 한다.

저와 오바 씨는 같은 시기에 모리야마도를 퇴사했는데 당시에는 어쩌다 우연히 그렇게 된 거라고 생각했습니다. 원래 저는 조만간 가업을 물려받을 몸이라 일시적으로 남의 집 밥을 먹고 있었던 것이고, 오바 씨는 직접 회사를 창업하기 위한 돈을 모으고 있다며 이제 모리야마도에서는 미래가 보이지 않으니 더 좋은 곳으로 전직할 거라고 이야기하곤 했습니다.

이 문장에 뒤이어, 내 감상과 똑같은 말이 적혀 있었다.

그 무렵에 그런 동기로 전직하는 사람은 극히 드물었습니다. 또 성공한 예도 현재보다 더 적었을 겁니다.

나는 컴퓨터를 향해 고개를 끄덕이고 있었다.

모리야마도를 떠나고 나서도 일 년 정도는 가끔 연락을 주고받았지만, 역시 떨어져 있으면 차츰 멀어지게 마련이라고 점점 뜸해지고 말았습니다. 저는 가업을 물려받아, 자금을 마련하느라 분주한 나날이 계속되었습니다. 그래도 제게 오바 씨는 젊은 날의 즐거운 추억의 일부라 연하장만은 빼놓지 않고 보냈지요. 그에게서도 답신은 있었지만 주소가 자주 바뀌었고 이 점이 그가 큰 포부를 이루고 있다는 증좌인지 아니면 그 반대인지, 새해를 맞을 때마다 복잡한 기분을 곱씹곤 했습니다.

이 정도 양의 문장을 고작해야 한 시간 남짓 만에 쓸 수 있을 리가 없다. 고엔안은 내게서 답장이 올지 안 올지 모를 때부터 이 글을 쓰고 있었던 것이다. 일주일 정도 걸렸을지도 모른다.

나도 고엔안도, 서로가 어떤 인간인지는 모른다. 나는 단순히 하나의 정보를 찾는 창구이고 고엔안은 거기에 글을 던져 주었을 뿐이다. 그 정도 관계밖에 없기 때문에 고엔안도 옛날이야기를 할 수 있는 것이다.

이렇게 과거를 돌아보는 현재의 당신은 평온하게 살고 계시겠지요—하고 생각했다. 그 평온이 설령 하리마야 부부의 경우처럼 시끌벅적한 것이든, 고토 노리코의 경우처럼 외로움을 내포한 것이든.

1967년 가을이었던 것으로 기억하는데요, 우연히 볼일이 있어 간다에 나갔다가 모리야마도를 찾아간 적이 있습니다. 그때 여성 사무원으로부터 오바 씨에 대한 의외의 이야기를 들었습니다.

그만둔 지 삼 년쯤 된 사원이 불쑥 인사를 하러 들러 주었다. 그리움과 친밀함과 편안함이 뒤섞여 사무원의 입도 가벼워졌을 것이다.

오바 씨가 모리야마도를 그만둔 이유는 제가 그만두었기 때문이라는 겁니다. 당시 제가 몰랐을 뿐이고, 오바 씨의 사내 평판에는 상당한 문제가 있었다고 합니다.

공금을 횡령했다는 의혹을 받고 있었다고 한다.

그 사무원은 경리였기 때문에 상당히 자세한 내용을 알고 있었겠지만, 역시 제게는 얼버무려서 말했습니다. 다만 오바 씨는 사내에서 몇 안 되는 아군이었던 제가 없어지면 곤란했기 때문에 서둘러 사표를 냈던 게 틀림없어요.

둘이 같은 시기에 퇴사한 것은 우연이 아니었다는 뜻이 된다.

저는 매우 놀랐습니다. 오바 씨는 예전에 한 번도, 적은 돈이라도 제게 빌린 적이 없었습니다. 오히려 씀씀이가 좋은 사람이어서 저는 자주 얻어먹곤 했습니다.

훗날 닛쇼 프런티어 협회 대표인 오바 마사지로가 케이터링 회사의 세 마녀에게 끊임없이 배포 큰 모습을 보여 주려고 했다는 점을, 나는 떠올렸다.

저는 이제 와서 그런 이야기를 들어도 곤란하다고 항변했지만 사무원은 자신 나름의 친절로 제게 충고하려는 생각인 듯했습니다.

─만일 아직도 오바 씨랑 교류한다면 그만두는 게 좋아요. 저는 그 사람을 잘 알고 있으니까.

본인 말에 따르면 그녀는 한때 오바 씨와 친밀한 관계였다더군요. 모리야마도에서 사내연애는 금지되어 있었기 때문에 숨기고 있었다고 했습니다.

오바 마사지로의 인기가 얼마나 좋았는지 알고 있던 고엔안은, 두 사람의 은밀한 연애 사실에 놀라지 않았다. 놀란 점은 다른 것이었다.

그녀는 당시, 오바 씨와의 결혼을 진지하게 원했습니다. 하지만 그는 이리저리 피하기만 하다가 결국 자신과 결혼하면 불행해질 거라고 말했다고 합니다.

과장스럽다기보다 연극 대사 같은 표현이다. 이 부분에서도, 훗날 회원들의 갈채에 단상에서 양손을 들어 응답하는 오바 대표의 조짐이 보이는 것 같다.

당연한 일이지만 그녀는 이유를 물었습니다. 그러자 오바 씨는 다음과 같은 변명을 했다고 합니다. 물론 저는 처음 듣는 이야기였습니다.

오바 마사지로의 생가는 긴키 지방의 모 도시에 있다. 오바 가는 그 지방의 오랜 자산가 집안이며 대대로 지역 발전에 기여한 우수한 인물을 배출한 가계로, 마사지로의 증조부는 현의회 의장이라는 요직에 앉은 적도 있었다.

그러나 마사지로의 아버지 대에서 위기를 겪었다. 지역 산림 개발과 관련해서 뇌물 수수 혐의를 받고 체포당한 것이다. 돈 문제만이라면 그나마 돈만 해결하면 끝났겠지만 이 건에는 폭력단이 개입해서 돈의 분배를 둘러싸고 살인 사건까지 일어났다.

마사지로의 아버지는 직접 이 살인에 관여하지는 않았지만 사후 은폐 공작을 도왔다. 또 그 일로 살인을 실행한 그룹으로부터 공갈을 당하고 있었다. 정치가로서는 치명적이다.

아버지의 실수로 오바 씨는 고향에서 쫓겨났습니다. 열여섯 살 때였다고 합니다. 이 때문에 고등학교를 졸업하지 못하고 중퇴에 그쳤는데, 모리야마도 시절에 제게는 가나가와 현에 있는 현립 고등학교 출신이라고 이야기했습니다. 이건 신상 발언에 인색했던 그가 드물게 들려준 내용이라서 저는 똑똑히 기억하고 있습니다.

말한 본인은 금세 잊어버릴 거짓말이었을 것이다.

오바 씨는 그녀에게 자신은 고향의 미움을 받았고 자신도 고향을 미워하고 있다, 언젠가 반드시 성공해서 자신에게 돌을 던진 놈들에게 복수해 주고 싶다, 그게 이루어질 때까지는 결혼이나 회사에서의 출세 등 모두가 바라는 평범한 행복은 미뤄 둘 거라고 했답니다.

—그러니까 당신은 이런 저주받은 남자와 결혼해선 안 돼.

언젠가 나는 반드시 큰돈을 벌어 양갓집 딸을 아내로 맞이해서 사회의 상층부로 올라가는 발판으로 삼을 거다. 그런데도 네가 나를 사랑하겠다면 정부로 삼아 주겠다. 오바 마사지로에게 그런 말을 듣고,

그녀는 기가 막혀서 오바 씨와 헤어졌다고 했습니다.

그녀는 친밀하게 교제하던 시기에 오바 마사지로에게 상당히 큰돈을 빌려 주었다. 대 주고 있었다고 해야 할까. 그 돈도 돌아오지 않았다.

결혼 사기로 경찰에 신고하려고도 했지만 체면을 생각해서 단념했다, 정말이지 그 남자는 입만 산 거짓말쟁이다, 라며 그 당시에도 아직 분노와 상심이 가시지 않은 것 같았습니다.

고엔안은 곤혹스러워했다.

그 무렵 저와 오바 씨는 소원해지기 시작한 상태였기 때문에 이 이야기를 들었다고 해서 실질적으로 피해는 없었습니다. 하지만 짧은 시간이나마 형처럼 따른 적도 있는 사람의 이면을 알고, 아직 머리에 피도 안 마른 젊은이였던 저는 꽤 동요했습니다.

화면을 스크롤하자 메일의 끝이 보이기 시작했다.

그 후의 저와 오바 씨의 교류는 앞에서 말씀드린 대로이지만, 딱 한번 그를 다시 만난 적이 있습니다.

아마 1999년의 일인 것 같다고 적혀 있다.

저는 일기를 쓰는 습관이 없어서 확실하게 기억하는 건 아니지만, 당시 그 자리에서 오바 씨와, 세계가 1999년 7월에 멸망할 거라는 예언이 있었는데 맞지 않았다는 이야기를 한 기억이 있습니다.

우연한 재회는 아니었다. 오바 마사지로 쪽에서 고엔안에게 연락했던 것이다.

새로운 사업을 시작했다, 가정용 고성능 정수기를 판매하거나 임대하고 있다, 물 비즈니스는 이제부터 크게 성장할 게 확실하니까 출자해 보지 않겠느냐는 이야기였습니다.

나는 가까이 있던 노트를 넘겼다. 닛쇼 프런티어 협회가, 이 정수기를 사용하면 수돗물이 기적의 물 '아테나'와 같은 효과를 갖게 된다는 선전을 하면서 정수기를 팔기 시작한 것은 1999년 4월부터이다. 고엔안의 기억은 옳다.

저는 여전히 아버지에게서 물려받은 작은 상사를 꾸려 나가기만으로도 벅찼기 때문에, 설령 오바 씨의 제안에 매력과 신뢰성을 느꼈다고 해도 투자는 무리였습니다.

1964년에 헤어진 이후 삼십오 년 만에 갑자기 불려나가 재회한 오바 마사지로가 꺼낸 투자 이야기는 고엔안에게 매력도 신뢰성도 부족했던 것이다.

오바 씨는 꽤 잘나가는 것 같았고 저는 그가 젊은 날부터 키웠던 큰 꿈을 이룬 거라고 느꼈지만, 그 생각에는 일말의 불안도 섞여 있었던 점은 부정할 수 없습니다.

잘나가는 중년 아저씨가 된 오바 마사지로의, 젊은 시절의 고엔안은 꿰뚫어 볼 수 없었던, 달의 뒷면처럼 숨겨져 있던 수상쩍음, 타고난 거짓말쟁이의 성향이 남성용 코롱처럼 냄새를 풍겨 왔다고 한다.

그때 오바 씨와 동행한 남성을 소개받는데 저는 경영 컨설턴트를 자칭하는 그 남성의 분위기와, 오바 씨가 마치 사랑에 빠진 소녀처럼 그에게 심취해 있는 모습에서도 위태로움을 느꼈습니다.

한쪽 팔꿈치를 책상에 대고 컴퓨터 화면을 바라보고 있던 나는 이 부분에서 저도 모르게 일어섰다.

정수기 비즈니스는 오바 마사지로의 닛쇼 프런티어 협회가 확실하게 다단계 마케팅으로 키를 튼 계기, 전환점이기도 하다.

당시 오바 대표가 사랑에 빠진 소녀처럼 심취한 '경영 컨설턴트'가 있었다―.

그 경영 컨설턴트는 저와는 거의 대화가 없었고 인상도 엷었지만, 오바 씨가 자신과 동년배의 컨설턴트를 선생님, 선생님, 하고 부르면서 저한테도 이 선생님은 좀처럼 만날 수 없는 사람이다, 이건 귀중한 기회다, 라며 열심히 내세웠던 것을 기억하고 있습니다.

어쩌면 이 경영 컨설턴트가, 이번 적발로 오바 부자와 함께 검거된 간부 중 한 명일지도 모른다고 적혀 있다.

적다 보니 본의 아니게 긴 글이 되었습니다. 노인의 추억 이야기를 들어 주셔서 감사합니다.

마지막 인사 뒤에 한 줄을 비우고 이렇게 적혀 있었다.

저는 많은 선량한 시민을 속이고 부정한 비즈니스를 함으로써 사회에도 큰 불안을 안겨 준 오바 마사지로의 죄를, 조금이라도 감쌀 생각은 없습니다. 그러나 그도 마음을 가진 인간이고, 거짓말쟁이의 성향을 감추고 있었다고 해도 인생 행로의 어디에선가 잘못된 선택을 하지 않았다면, 혹시 올바른 길잡이를 만날 수 있었다면 옥중의 사람이 되는 일도 없었을 거라는 생각이 들어 견딜 수가 없습니다.

이는 나도 동감이다. 오바 마사지로가 벌였던 건강식품이나 '아테나' 사업은 일종의 위약僞藥 비즈니스이고 수상쩍었던 것은 확실하나, 그것만으로는 큰 해를 끼치지 않았다. 하지만 1999년 4월 이후에는 전혀 다른 차원으로 돌입했다. 회원에게 상품이나 서비스를 파는 것이 아니라 회원을 이용해서 상품과 서비스를 팔게 하고, 많은 사람을 모금 기계로 바꾸어 내몰았으니까.

그 기획을 오바 마사지로가 자신의 머리로 생각해 낸 것이 아니라면. 그에게 나침반 역할을 해 준 사람이 있어서 지혜를 심어 준 거라면.

일련의 보도를 통해 현재 오바 씨의 모습을 알 기회가 있었습니다. 그 언동, 표정을 보고, 그가 예전에 연인에게 말했던 과거 이야기, 고향에서 돌팔매질을 당하며 쫓겨나 고향을 미워하고 언젠가 복수해 주고 싶다는 말에는 일말의 진실이 있지 않았을까 하는 느낌이 들었습니다.

그렇다. 오바 마사지로는 끊임없이 '세상의 개혁'을 주장했다. 자신을 업신여기고 손가락질을 한 세상에, 개혁이라는 법으로 군림한다. 두 번 다시 바람이 불어오는 쪽에는 서지 않겠다. 그것이 그가 살아가는 목적, 인생과 싸우는 의미였다.

거기에 군사軍師가 있었다면.

나는 서재에서는 거의 쓰지 않는 스캐너를 꺼내 언론이 공개한 구레키 노인의 몽타주를 스캔한 뒤 고엔안에게 보낼 메일을 입력했다.

1999년 당시, 오바 마사지로 씨와 동행했던 경영 컨설턴트는 이 인물이 아닌지요?

마음이 급해서 키를 잘못 눌렀다.

이 몽타주보다 열 살 정도 젊은 얼굴이라고 생각해 보시겠습니까. 키 160센티 정도, 몸집이 작고 야윈 인물입니다. 또 그때 그 경영 컨설 턴트가 자신의 이름을 뭐라고 했는지 가르쳐 주시면 감사하겠습니 다.

송신한 뒤 진정이 되지 않아 서재 안을 걸어 다니고 있는데 답신이 왔다. 그쪽도 내가 메일을 읽고 난 뒤에 보일 반응을 기다리고 있었을 것이다.

제 기억으로는 그때 오바 씨가 심취해 있었던 경영 컨설턴트는 이 사 람이 아닌 듯합니다.

나는 무릎에서 힘이 빠져 회전의자에 주저앉았다.

경영 컨설턴트의 이름은 기억나지 않지만 명함을 받은 기억이 있습 니다. 저는 일기는 쓰지 않지만 명함은 전부 보관하고 있습니다. 찾아 보면 당시의 명함이 나올 겁니다.

이미 날짜가 바뀔 시간이다. 고엔안은 지금부터 서랍이며 벽장을 뒤질 생각일까.

고맙습니다. 매우 흥미로운 이야기였습니다. 도와주신 데 깊이 감사 드립니다만 모쪼록 무리하지는 마시기를.

또 한동안 서재를 걸어 다니다가 오늘은 여기에서 그치고 목욕을 하기로 했다. 모모코는 이미 자고 있고 거실에서 잡지를 넘기고 있던 나호코가 살짝 입을 삐죽거리며,

"오늘 밤에는 내가 그림책을 읽어 줬어" 하고 말했다.

"빌보 군 이야기의 클라이맥스는 당신이 담당해 줘."

"응, 고마워. 미안해."

결국 그대로 앉아서 아내에게 고엔안에 관해 이야기했다. 아내는 눈을 휘둥그렇게 떴다.

"인터넷의 힘이네!"

"응. 구두가 닳도록 돌아다니지 않아도 정보가 알아서 와 주었지."

그날 밤에는 깊이 자지 못했다. 오전 여섯시에 기상해서 메일을 체크했다. 오지 않았다. 역시 너무 서두르나 싶어서 아침 식사를 마치고 옷을 갈아입고 있는데 메일 수신음이 들렸다.

　당시 오바 씨에게서 받은 명함과 함께 파일에 들어 있었습니다.

스캐너로 스캔한 명함의 이미지가 첨부되어 있다.

"御厨尚憲."

발음 표기가 달려 있다. '미쿠리야 다카노리'가 아니다. '미쿠리야 쇼켄'이다.

직함은 없다. 이름 외에는 주소와 전화번호뿐이다. 시부야 구의 번지다. 우편번호는 없다. 급히 컴퓨터의 지도 소프트로 조사해 보니 존재하지 않는 번지였다.

전화번호로 전화를 걸어 보았다. 연결되자 갑자기 팩스의 '삐—' 하는 소리가 났다. 이 번호는 이미 전매되어 다른 사람이 쓰고 있을 것이다.

번지는 뻔뻔스럽게도 엉터리고, 이 보기 드문 이름도 가명일 가능성이 높다. 본명이나 별명 중 하나가 구레키 가즈미쓰였다고 생각하고 싶지만, 그 가설은 '이 몽타주의 남자가 아니다'라는 고엔안의 기억과 어긋난다. 그 컨설턴트는 오바 마사지로와 동년배였다고 하니 구레키 노인이어도 이상하지는 않지만……

머리를 끌어안기 전에 할 일이 있다. 다나카와 시바노 기사, 사카모토·마에노 콤비에게 서둘러 새 정보를 알렸다. 미쿠리야라는 이름에 주의해 주었으면 좋겠다. 만일 어딘가에서 이 이름이 걸리면 알려 주기 바란다.

지금까지 탐문으로 만난 사람들에게도 메일이나 팩스를 이용해서 알렸다. 피해자의 모임 홈페이지에도 메일을 보냈다. 닛쇼 프런티어 협회 안에 '미쿠리야 쇼켄'이라는 인물은 없었는지. 구레키 노인과 마찬가지로 이 이름이 가명이라면 어쩔 수 없지만 만에 하나의 요행을 기대해 봐도 손해 볼 것은 없으리라. 고엔안에게서 정보를 받은 것도 거의 기적이다.

그에게도 감사의 메일을 보냈다. 송신 키를 누르기 전에 조금 망설이고 나서 문장을 덧붙였다.

고엔안 씨, 지금부터 시작될 오바 마사지로 대표의 공판을 방청하실 생각입니까?

지각을 아슬아슬하게 면할 시간에 출근해, 그룹 홍보실에서 아침 업무를 대강 확인하고 나서 개인 메일을 체크해 보았다. 답장이 와 있었다.

적어도 저 한 사람이라도 젊은 날의 오바 마사지로의 초상을 지켜 주고 싶습니다.

10

내가 초등학생이었을 때는 초등학교에서 아이들이 반별로 아동극을 연기하거나 합창을 하거나 웅변대회를 하거나, 어쨌든 그런 문화적인 활동을 하고 보호자들이 이를 보러 온다—는 행사를 '학예회'라고 불렀다. 그것이 대체 언제부터 '문화제'가 되었을까.

"중학교나 고등학교의 행사와 구별이 가지 않잖아."

"하지만 중등부랑 합동으로 하는걸."

"그 부분이 사립학교다워. 나는 좀처럼 감이 안 오네."

모모코네 학교의 문화제에 가는 길에 아내와 그런 이야기를 했다. 11월 셋째 주, 날씨 좋은 토요일로 이 나라의 사계절 중에서는 가을이 가장 아름답다고 단정하고 싶어질 만한, 그리고 그 단정에 거의 이의가 생기지 않을 듯한 푸른 하늘이 펼쳐져 있었다.

오늘 하루는 모든 사건에서 마음을 떼어 내 버리자. 아침에 일어났을 때부터 그렇게 결심했다. 나의 모모코가 영광스러운 무대에 오르는 것이다. 반 친구의 피아노 반주를 배경으로, 담임선생님과 상담해서 고른 시를 세 편 낭독한다. 그런 때에 다른 생각을 하고 있을 수는 없지.

모모코의 말에 따르면 사실은 자작시를 한 편 섞고 싶었다고 하지만.

—다른 거랑 비교하면 내 건 형편없어서 그만뒀어.

이 '다른' 두 편은 초등학생을 대상으로 만들어진 『아름다운 시가의 세계』라는 책에서 픽업한 것이라고 한다. 나호코는 잘하든 못하든 아이가 직접 지은 시를 스스로 낭독하는 쪽이 의미가 더 큰데 선생님은 이해하지 못한다며 조금 불쾌해했다. 나는 뭐, 모모코 좋을 대로 하면 된다고 생각한다. 그렇게 열심히 연습했으니 본무대에서도 잘할 수 있기를 기도할 뿐이다.

오래된 학교는 축제답게 만국기와 조화로 화려하게 꾸며져 있었다. 틀림없이 모모코가 즐거워할 거라는 생각이 들었을 뿐만 아니라 나 또한 즐거운 기분이 들어서 발걸음이 가벼워졌다.

"당신은 역시 문화제 타입의 남자였구나."

"그건 무슨 정의定義야?"

"지금 내가 생각해 낸 정의."

"문화제 타입 남자의 반대는 뭔데?"

"물론 운동회 타입 남자지. 체육계 남자하고는 다른 거야, 혹시나 싶어서 말하자면."

나호코가 재잘재잘 말이 많은 까닭은 그녀도 즐겁기 때문일 테고 동시에 어머니의 마음으로 긴장해서 흥분했기 때문일 것이다.

시 낭독 퍼포먼스는 연극과 똑같이 취급되고 강당에서 이루어진다. 모모코가 속한 1학년 A반의 등장은 오전 열한시로 예정되어 있다. 나와 아내는 그때까지 학교 안의 전시물을 보고 다녔다. 미술부의 특별 전시가 훌륭했다. 테마는 '미래'다. 한가운데에 SF적인 미래도시를 그린 작품이 있는가 하면 추상화도 있다.

"이 학교 아이들은 미래에 대해 어두운 이미지를 품고 있지 않은 것 같아서 다행이야."

아내의 돌아가신 어머니는 화랑을 경영했다. 그 핏줄을 이어받아 그림을 좋아하고 보는 눈도 높다.

"어머님에게서 물려받은 감식안으로 보면 어떻습니까? 이 중에 미래의 일본 화단을 짊어질 인재가 있습니까?"

"당신, 몰라? 열다섯 살까지는, 그림을 좋아하는 아이는 모두 천재 화가야. 우리 집에도 한 명 있잖아."

초등부 1학년들도 문화제를 위해 그림을 그렸고 각 교실에 전시되어 있었다. 테마는 '내가 좋아하는 것, 내가 좋아하는 사람.' 모모코가 그린 것은 귀와 콧등과 다리가 길고, 느긋하게 웃고 있는 얼굴로 보이는 골든 리트리버였다. 제목은 '모두의 보노.'

"봐, 천재지."

보노는 나호코의 큰오빠 일가가 키우는 개다. 강아지 때부터 키운 것은 아니고 두 달쯤 전, 해외 근무를 하게 된 지인이 맡긴 개라고 하는데 착한 개라 금세 모두와 친해졌다. 모모코도 보노를 매우 좋아해서 휴일이면 같이 놀려고 그 집에 간다. 그래도 이 그림은 보지 않고 학교에서 그렸을 텐데, 아주 잘 그렸다. 대형견인 보노의 몸 크기를 표현하기 위해 일부러 화면에서 삐져나오게 한 점이 마음을 끈다.

"정말 천재야."

둘이서 팔불출 노릇을 하며 마주 보고 웃었다.

막상 1학년 A반의 낭독 시간이 되자 우리 얼굴에서는 웃음이 사라졌다. 둘 다 완전히 긴장했고 나호코는 떨기 시작했다. 사람으로 가득 찬 강당 한구석에서 아내와 나는 손을 맞잡고 굳어 있었다. 핑크색 원피스를 입고 등장한 모모코는 부모보다도 훨씬 침착해 보였다.

그리고 멋지게 해냈다.

배경 연주곡도 아름다웠다. 피아노를 치는 여자아이가, 낭독용 대본을 양손에 들고 무대 한가운데에 오도카니 서 있는 작은 모모코의 옆얼굴에 가끔 격려하는 듯한 미소를 보낸다. 모모코도 시선으로 거기에 답한다. 그냥 낭독을 하는 것이 아닌, 그렇다고 해서 피아노에 맞춰 노래하는 것도 아닌 실로 새로운 낭독 퍼포먼스로, 모모코뿐만 아니라 등장한 1학년 A반 아이들 모두가 훌륭했다.

퍼포먼스의 마지막에 출연 아동 전원이 등장해서 인사를 한다. 강당을 가득 채운 보호자들과 함께 아내와 나도 손이 아파질 정도로 박수를 보냈다.

나호코는 눈물을 닦고 있다. 나도 울 것 같았다.

"A반만 해도 이런 자리에서 피아노를 칠 수 있는 아이가 저렇게 많구나. 대단해."

사실은 더 여러 가지를 칭찬하고 싶은데 일부러 그런 것에 감탄한 척하는 아내도 귀엽다.

이제부터 아이들의 점심시간이 시작된다. 1학년 A반은 오후에도 합창 공연이 있다. 중등부의 언니, 오빠 들과 겨루는 학교 내 콩쿠르다. 그쪽도 최선을 다해 응원하기 위해 아내와 나는, 나호코 왈 '정신이 번쩍 나는' 런치를 먹으러 나가기로 했다.

강당을 나가는 보호자들의 흐름에 섞여 조금씩 출구로 나아가고 있을 때 인파 속에서 잘 아는 얼굴을 발견한 듯한 기분이 들었다. 벽 쪽에 서서 이쪽에 반쯤 등을 돌리고 있는 남성이다. 얼굴뿐만 아니라 체격도 그 인물의 것이다. 그런데 '발견한 듯한 기분이 든다'고 보류에 부친 것은, 그 인물이 오늘 여기에 있을 리가 없기 때문이다.

아내는 운 탓에 번진 마스카라를 신경 쓰면서 손가락으로 고치고 있었기에 알아채지 못했다.

"있지" 하고 내가 아내를 불렀을 때 그 인물이 걸어가기 시작했다. 벽을 따라 강당 앞쪽으로. 그쪽에는 비상구가 있어서 그곳을 통해서도 밖으로 나갈 수 있기 때문에 곧 인파에 섞이고 말았다.

"왜? 하며 나호코가 나를 올려다본다.

"오늘, 장인어른이 몰래 보러 오셨을 수도 있을까?"

아내는 고개를 가로저었다. "아버지는 안 오셔. 모모코가 무대에 서는 모습은 보고 싶지만 사람이 많은 게 힘드니까 그만두겠다고 하셨어. 강당 의자도 아버지 허리에는 좋지 않고."

한때 운송업계에 새로운 바람을 불어넣는 풍운아이자 재계에서는 '맹금'이라고 불렸으며 지금도 그 오라를 짙게 몸에 두르고 있는 이마다 요시치카이지만, 여든 살이 넘은 것은 사실이다.

"공식 기념 DVD를 기대하겠다고 하시던데."

참관 온 보호자들이 모두 자기 아이의 동영상 촬영에만 열중하는 것을 금지하는 대신 학교 측에서 DVD를 만드는 것이다. 물론 상당한 돈을 받지만.

"그래……." 나는 고개를 갸웃거렸다. "그럼 역시, 닮은 사람이거나 내가 잘못 본 거겠지."

"왜 그래?"

"하시모토 씨랑 굉장히 닮은 사람이 있었어."

이마다 콘체른의 진정한 홍보맨, 사장 비서실에 군림하는 '얼음여왕'을 모시는 첫 번째 기사, 하시모토 마사히코다.

"그가 여기에 있다면 장인어른을 모시고 왔을 게 분명하잖아?"

보호자들 줄에 선 우리는 간신히 강당의 정면 출입구에 가까워졌다. 그러자 불어 들어오는 바깥바람이 차갑게 느껴졌다. 나호코는 그 바람이 눈에 들어갔는지 눈을 깜박이며 얼굴을 돌렸다.

"그러게. 사람을 잘못 봤겠지."

나는 또 고개를 갸웃거린다. "그런데 하시모토 씨는 독신이야?"

아내는 출구 쪽을 보고 있다. "그런 것 같은데."

"그렇지? 실은 물어본 적이 없어서. 개인적인 이야기는 안 하니까. 하지만 그런 사람은 결혼하면 반드시 반지를 끼고 다닐 것 같은데 안 끼고 있어서 멋대로 '독신이겠지'라고 생각했어."

출구는 한층 더 붐비고 있었다. 나는 나호코의 손을 잡고, 학교 정원에 넘치고 있는 가을 햇살 아래로 나갔다.

"하시모토 씨는 독신이야." 햇빛에 눈을 가늘게 뜨며 아내는 말했다. "하지만 조카가 여기 학생일지도 모르지."

"아아, 그럴 수도 있겠군."

언제 어느 때에라도 필요하면 바람처럼 달려와 주는 하시모토에게도 사생활은 있다.

"런치 가게, 몇 군데 좋은 데가 있긴 한데 전화해 봐야 하려나."

아내가 예약해 둘 걸 그랬다고 말하면서 가방에서 휴대전화를 꺼냈다. 마치 거기에 호응하듯이 내 상의 가슴 주머니에서 휴대전화가 진동했다.

메일이 아니라 전화가 온 것이었다. 시바노 기사였다.

"잠깐만."

나는 아내의 어깨를 안고 가까운 벤치로 데려갔다. 착신음이 끊기고 부재중 서비스로 바뀌기 직전에 전화를 받았다.

"스기무라입니다."

"시바노예요. 갑자기 전화드려서 죄송합니다. 지금 통화 괜찮으세요?"

"네, 괜찮습니다."

오늘도 늘 침착하고 정중한 시바노 기사의 목소리에 서두르는 기색은 없었지만 용건은 급한 일이었다.

"사코타 씨의 따님을 만날 수 있게 되었어요."

어머니인 사코타의 물건을 가지러 지바의 집으로 가는 김에 잠깐 보자는 제의가 있었다고 한다.

"딱 한 번만 저와 만나서 이야기할 테니 더 이상은 연락하지 말아 달라는 거예요. 어떻게 할까요?"

벤치에 앉은 아내가 나를 보고 있다.

"우리 모두에게 돈이 왔다는 건—."

"네, 전부 말씀드렸어요."

그렇기 때문에 만나 줄 마음이 든 것일까.

"알겠습니다. 저도 지금 가겠습니다. 그쪽에 도착할 때까지, 아무리 빨리 가도 한 시간 반은 걸릴 것 같지만요."

"시간은 괜찮아요. 사코타 씨의 따님도 사이타마에서 오시니까요."

"장소는 어디로 할까요?"

"괜찮으시면 저희 집으로 와 주세요. 그쪽에도 그렇게 말해 뒀어요."

다른 사람이 들으면 곤란한 이야기니까요, 라고 한다.

"좁은 집이지만 저는 오늘 쉬는 날이고, 요시미는 우리 부모님이랑 동물원에 갔으니까 낮에는 아무도 없어요."

사실은 그녀도 동물원에 같이 가야 했을 것이다. 갑작스러운 전개 때문에 약속을 취소한 것이다. 요시미, 미안하다.

"고맙습니다."

시바노가 가르쳐 준 주소를 재빨리 메모했다. 쓸 것을 꺼내려고 갈팡질팡하고 있자니 아내가 메모장과 볼펜을 내밀었다.

"다른 분들한테 연락할까요?"

"아니, 시바노 씨와 저만 만나지요. 이야기를 하다가 다나카 씨가 발끈하시기라도 하면 사코타 씨의 따님한테 죄송하니까."

그렇군요, 하고 시바노 기사가 고지식하게 대답한 뒤 전화는 끊겼다.

"갈 거구나." 나호코가 한숨을 쉬었다. "미안." 나는 그녀에게 사죄했다. "모모코한테도 정말 미안해."

"어쩔 수 없지. 아버지의 '특명'에 관련된 일이잖아?"

벤치에서 일어서서 주먹을 쥐고 내 가슴을 가볍게 때렸다.

"다녀오세요, 탐정님."

도쿄 역에서 운 좋게 시간에 딱 맞는 특급을 탈 수 있었다. 놀러 가기 좋은 날씨라 자유석은 만원이다. 간신히 자리를 확보하고, 차내에서 판매하는 샌드위치와 커피로 급하게 점심을 먹었다. 나호코가 고른 '정신이 번쩍 나는' 런치와는 낙차가 크다.

오늘은 노트북도 집에 두고 온 터라, 마음이 급해도 가는 길에는 할 일이 없다. 등받이에 머리를 기대고 지금까지의 경과를 멍하니 생각할 뿐이었다.

그 후 '미쿠리야 쇼켄'이라는 인물에 대한 정보를 얻지 못했다. 1999년 전후의 어느 시기에 오바 대표가 특정 경영 컨설턴트를 사사하고 어린 여자애처럼 뜨거워져서 가진 돈을 쏟아붓고 있었다는 점에 대해서도, 지금으로서는 어디에서도 뒷받침하는 증언이 나오지 않았다. 단순히 알려지지 않았던 것일까, 회원들에게는 숨기고 있었던 것일까.

시기적인 타이밍으로 미루어 보아, 아마 가명일 '미쿠리야 쇼켄'이 오바 마사지로를 움직여—또는 부추기고, 또는 '교육'해서 닛쇼 프런티어 협회를 오바의 예상 이상으로 악질적이고 강력한 사기 조직으로 변모시켰거나, 적어도 그렇게 만들기 위해 기여했던 게 거의 틀림없을 거라고 생각한다. 부자가 되고 싶다, 많은 사람의 존경을 받는 거물이 되고 싶다는 오바 마사지로의 욕망이 아무리 강해도 지혜와 스킬이 없으면 닛쇼를 그 정도의 조직으로 만들 수는 없었을 것이다.

그럼 그 후 '미쿠리야'는 어떻게 되었을까. 오바 대표의 부탁을 받고 닛쇼 내부에 들어가 간부 중 한 명이 되었을까? 그랬을 경우에는, 그가 '미쿠리야'라는 가명을 버리고 다른 이름을 썼던 게 아닌 한, 회원들이 '미쿠리야'라는 이름에 반응하지 않는 일이 설명되지 않는다. 고엔안 또한, 이름은 달라도 간부의 얼굴을 보면 "어라, 저건 그때 소개받은 경영 컨설턴트잖아" 하고 알아챘으리라. 간부의 얼굴은 완전히 매스컴에 노출되진 않았지만 인터넷 상에는 사정없이 공개되어 있다. 피해자 모임의 홈페이지에도 내부 행사 때의 사진이 많이 실려 있다. 고엔안은 어느 정도 인터넷에 숙련되어 있는 것 같으니 그 사진들을 볼 기회가 있었을 것이다.

게다가 '미쿠리야 쇼켄'이 그렇게 어리석은 인간일까.

나는 얼마쯤 자기 자신의 생각에 취해 있는지도 모른다. '악은 전염된다'는 발견에 지나치게 큰 의미를 부여하고 있는지도 모른다.

하지만 생각하지 않을 수가 없다. 분명히 악은 전염되지만 멋대로 퍼지는 것은 아니다. 닛쇼 프런티어 협회 내부에서도 회원들 사이에서만 전파되어 갔다.

오바 마사지로가 처음으로 이 악질 상행위의 스킬이라는 악에 전염되었을 때도 감염원이 있었다. 그것이 '미쿠리야 쇼켄'이라는 경영 컨설턴트였다. 그럼 오바 대표에게 악을 감염시킨 '미쿠리야'의 목적은 무엇일까. 무엇을 원했기에, 자기 욕심도 강하고 개성도 강할 것 같은 오바 마사지로라는 괴상한 회사 경영자에게 접근했을까.

물론 첫 번째로는 돈이다. 금전욕이다. 닛쇼 프런티어 협회가 강력한 모금 기계 집단으로 바뀌면 오바 대표는 그 성립을 위해 군사로서 공헌한 '미쿠리야'에게 기꺼이 보수를 지불할 것이다. '미쿠리야'도 그렇게 되도록 계획하고 오바를 부추기며 교육했을 것이다.

그러나 '미쿠리야'가 그런 관계를 오래 이어갈 계획을 짜기도 했을까. 닛쇼 프런티어 협회를 집단 사기 조직으로 만들고, 거기에 깊이 관여하고 오래 머물면서 보수를 받아내는 것이 '미쿠리야'의 목적이었을까.

아무래도 그렇게는 생각되지 않는다.

오바의 군사를 맡으면서 다단계 마케팅의 노하우와 구조를 가르친 '미쿠리야'는 이런 사기 마케팅은 조만간 파탄난다─성공하면 성공할수록 가속도가 붙어서 파탄에 가까워진다는 것을 똑똑히 알고 있지 않았을까. 그걸 모르는 인간이라면 우선 스스로 그런 조직을 만들어서 톱에 서려고 할 테고, 설령 처음에는 오바 마사지로와 그의 닛쇼를 이용했다고 해도 언젠가는 자신이 대장이 되려고 했을 것이다.

덫을 놓고 돈을 번 뒤 냉큼 도망친다. 똑똑한 사기꾼은 이를 신조로 삼지 않을까.

그래서 '미쿠리야'는 스스로 표면에 나서지 않고 오바 마사지로를 추대했다. 무슨 일이 있어도 자신은 진두에 서지 않는다. 물론 간부가 되는 것은 당치도 않은 일이다. 어느 정도 돈을 벌면 다음에는 또 다른 새로운 타깃을 찾는다. 이 세상에 호구는 많이 있으니까.

고엔안 한 사람의 오래된 기억을 바탕으로 나는 지나치게 상상을 부풀리고 있는 것인지도 모른다. 무엇보다 설령 이 망상 같은 가설이 옳다고 해도 '미쿠리야 쇼켄'과 구레키 가즈미쓰의 관계를 알지 못하면 우리는 한 발짝도 앞으로 나아가지 못한다.

고엔안은 '미쿠리야와 구레키 노인이 서로 다른 사람이라고 말했다. 다른 사람인 것 같다고. 하지만 그 기억이 잘못된 것이라면? 십 년이나 지났으면 다 큰 어른도 인상이 바뀌거나 살이 찌거나 야위거나 해서 다른 사람처럼 보일 때가 있는 법이다. 고엔안이 만난 '미쿠리야 쇼켄'은 경영 컨설턴트다운 양복 차림이었을 테고 나름대로 풍채도 좋았겠지만, 구레키 노인은 야위고 초라했다.

만일 '미쿠리야' = '구레키 가즈미쓰'라면 구레키 노인과 닛쇼의 관계는 확실하게 해명된다. 다음으로 생겨나는 수수께끼는, 한때 '미쿠리야'로서 닛쇼 프런티어 협회를 창조한 구레키 노인이 왜 이제 와서 프리미어 회원 셋을 골라 세간에 알리고 벌을 주려 했냐는 것이다.

좋게 생각하면, 만년에 접어들어 과거 자신의 소행을 후회했기 때문일 것이다.

닛쇼 프런티어 협회 자체는 이미 와해되었다. 오바 대표를 비롯한 간부들도 체포당했다. 하지만 구레키 노인의 후회는 그것만으로는 그치지 않았다. 그런 사기 조직이 어떻게 기능하고 회원들이 어떻게 서로에게 악을 전파하는지 숙지하고 있던 구레키 노인은, 곧 사법의 자리로 끌려나올 간부들만이 나쁜 게 아니라는 점을 알고 있었다. 회원들도 조용한, 그러면서도 적극적인 공범자였다. 특히 협회 내부의 개인 대부 제도로 돈을 벌고 있던 프리미어 회원들은 그 필두일 것이다.

그래서 그 세 명을 골랐다. 개인적으로 협박하거나 상처를 주는 등 범죄 행위를 해 봐야, 당사자를 겁먹게 할 수는 있어도 징벌의 효과는 약하다. 가장 좋은 방법은 그들을 세간 앞으로 끌어내는 것이다. 피해자의 얼굴을 하고 숨어 있는 그들의 가면을 벗겨 주는 것이다.

실제로는 구레키 노인이 기대했던 만큼 고토·구즈하라·나카후지가 매스컴에 얻어맞고 인터넷에 노출되지는 않았다. 하지만 그래도 그들의 사생활에는 확실히 영향이 있었다. 고토 노리코와 나카후지 후미에가 도망자처럼 조용히 살아야만 했던 것은 버스 납치 사건으로 이름이 알려짐으로써 근처에 있던 사람들이 새삼 그들의 과거 행동을, 그들이 닛쇼 안에서 무슨 짓을 저질러 왔는지를 차가운 시선으로 살펴보게 되었기 때문이다. 저 사람, 역시 원한을 샀어, 하고.

구즈하라 아키라는 다른 두 사람보다 심하게 겪었을지도 모른다. 그는 2월에 자살했다. 구즈하라 아키라는 사후의 안녕이 어지럽혀졌고, 유족도 괴로운 마음을 곱씹어야 했다. 조용히 살면서 그나마 자신의 입으로 변명할 수는 있었던 고토·나카후지보다 더 괴롭다.

구레키 노인은 징벌 대상으로 왜 세 사람을 골랐을까. 대부금 크기일까, 회원 경력 기간일까. 본인이 죽어 버린 이상 자세하게 알아내기는 어려울 것 같다. 하지만 그들이 닛쇼의 피해자적 가해자의 대표였다는 점에는 변함이 없다.

그러고 보니 대부금 리스트를 준 전기용품 가게 사장이 그 후에 새로운 정보를 주었다. 사장도 '미쿠리야 쇼켄'에 대해서는 전혀 짐작 가는 데가 없지만 두 달 전 버스 납치 사건의 여파가 아직도 닛쇼의 피해자 그룹 사이에서 퍼지고 있고 프리미어 회원들 중에서 자살자가 또 두 명이나 나왔다는 것이다.

지금은 프리미어 회원들뿐만 아니라, 총체적인 면에서는 피해자이지만 한때는 상당한 수익을 얻은 적이 있는 회원들 사이에서도 조용한 패닉이 일어나고 있다고 한다. 그 버스 납치 사건의 범인과 마찬가지로, 나는, 나는 당신들에게 속았다. 사람을 감언이설로 속여서 닛쇼로 꾀어 들인 당신은 사기꾼이다─라고 기를 쓰며 고발하는 회원들이 또 나타나지 않을까, 하고.

새로운 두 자살자가 백 퍼센트 그런 공포에 쫓기고 있었던 것은 아니라고 해도, 일정 부분 존재했을 것이다. 구레키 노인이 그런 후유증까지 계산하고 있었다면 그의 계획은 대성공한 것이 된다.

버스 납치극의 마지막에 구레키 노인은 망설이지 않고 자살을 선택했다. 처음부터 각오하고 있었을 것이다. 그는 알고 있었다. 자신은 고토·구즈하라·나카후지는 물론이고 다른 피해자적 가해자인 회원들에게도 그들의 소행에 어울리는 벌을 줄 것이다. 그것은 그들의 명예에 대한 사형 선고임과 동시에 그들의 목숨에 대한 사형 선고도 될 수 있다.

다른 사람의 목숨을 빼앗는 사람은 자신도 그 목숨으로 보상해야 한다. 그래서 구레키 노인은 솔선해서 죽음을 선택한 것이다. 그다음에는 많은 사람의 죽음이, 명예의 죽음이, 영혼의 죽음이 이어질 것이다. 구레키 가즈미쓰는 그 장례 행렬의 선두를 걷는 것이다.

나는 특급 열차에 흔들리면서 양손으로 얼굴을 문질렀다.

'미쿠리야 쇼켄'이 구레키 가즈미쓰였다면 이 줄거리는 단순한 공상이 아니게 된다. 그렇게 되었으면 좋겠다고, 나는 바라게 되었다.

악인이 양심에 눈을 뜰 때도 있다. 사기꾼도 개심할 때가 있을 것이다. 우리 인질들이 입회한 것은 그런 개심에 따라 행동한 쓸쓸한 노인의—한때 악당이었던 남자가 보여 준 인생의 마지막 장면이었다고 생각하고 싶다.

그런 구레키 가즈미쓰였기 때문에 그의 뜻을 받아들여 뒤처리를 하는 협력자도 있었던 것이다. 그가 하려던 일이 완전한 정의인가 아닌가 하는 판단에 있어서도, 그의 마음을 헤아리고 그를 이해하는 사람이 있었던 거라고.

사카모토와 마에노는 '슈퍼 미야코' 수색으로 분투하면서도 괴로워하고 있다. 철저하게 빈틈없이 수색하고 있어도 성과가 없는 것이다. 이번 주말은 쉬겠다고 며칠 전에 메일을 받았다.

사코타의 따님과 이야기를 하고 나면 돈에 관한 그녀의 의향과 상관없이 우리도 다시 모이는 편이 좋을 것이다. 나는 가능하다면 구레키 가즈미쓰의 정체를 밝히고 싶지만 인질들 중에는, 경찰관도 아닌 우리에게는 너무 어려운 이 조사에 슬슬 지친 사람도 있을 것이다.

—이제 됐으니까 잠자코 돈을 받자.

그 의견이 다수를 차지한다면 그것은 그것대로 어쩔 수 없다. 나는 혼자서라도 (적어도 장인이 정해 준 기한까지는) 조사를 계속하고 싶지만 현실적으로 그럴 여유가 없는 멤버는 다나카만이 아닐 것 같다.

사카모토 · 마에노 콤비에게서 오는 메일의 톤 차이는 지난 사오일 사이에 더욱 분명해졌다. 사카모토는 지쳤다기보다 풀이 죽었다. 아무래도 마에노와의 문제 때문은 아닌 것 같다. 청소 회사를 그만둔 후 조사에 전념하느라 무직인 채 집을 계속 비운 그는, 자주 부모님과 충돌하고 있다. 마에노가 몰래 가르쳐 주었다.

> 아직 저는 그렇게 잘 모르지만, 케이의 이야기를 들어 보면 케이네 부
> 모님은 좋은 분들이세요. 케이가 일방적으로 뻗대는 느낌이 들어요.

사카모토가 대학을 그만둔 일이나 그 후 취직해도 오래 가지 못한 일을 두고, 그의 부모가 나무란 기미는 느껴지지 않는다고 마에노는 말했다. 실제로 버스 납치 사건 중에 구레키 노인과 나눈 대화 속에서도, 사카모토는 대학을 중퇴할 때 부모님이 엄하게 캐묻지 않았다고 말했다.

> 부모님은 아무렇지 않게 생각하시는데, 혼자 멋대로 좀 비뚤어진 듯
> 한 케이가 나쁜 쪽으로 해석하면서 기분 나빠하니까 부모님도 화내
> 시는 게 아닐까 싶어요.

게다가 약간 걱정되는 점도 가르쳐 주었다.

> 제 이름은 마에노 메이인데요.

초등학교 1학년 때 마에노는 '이' 자를 제대로 쓸 수가 없어서 종종 '리'라고 써 버리곤 했다고 한다. 그러면 '마에노메이'는 '마에노메리'_{앞으로 고꾸라진다는 뜻}가 된다.

> 전 경솔하고 급한 성격이니까 딱 어울린다고, 부모님이나 친척들이

웃곤 해서,

그녀가 제대로 자신의 이름을 '메이'라고 쓸 수 있게 되었어도 별명은 남았다. 우리와 달리 지극히 평범한 경위로 마에노와 친해진 사람들 중 상당수는 그녀가 약간 덤벙대는 모습을 보이면,

—역시 마에노메리구나.

하며 웃는다고 한다.

이번 조사 도중에 마에노가 어쩌다가 별 의미도 없이 그 이야기를 했더니 사카모토는 안색을 바꾸며 화를 냈다고 한다.

—그렇게 바보 취급을 당하는데 웃으면 안 돼!

그러나 조사 도중에 그녀가 경솔한 짓을 하거나 좀처럼 끝나지 않는 조사에 지쳐서 조금이라도 기운을 내려고 낙관적인 생각을 말하거나 하면, 이번에는 사카모토가 자신이 화낸 일은 까맣게 잊는다.

—그러니까 메이는 마에노메리인 거야!

—진짜 바보 아니야?

심각하게 매도당해서 싸운 적도 한두 번이 아니라고 하니 보통 일이 아니다.

사카모토가 코앞에 걸려 있는 큰돈—자신의 인생을 바꿀 계기가 될 큰돈에 좀처럼 손이 닿지 않아 초조해하고 있을 뿐이라면, 그 감정은 머지않아 가라앉을 것이다. 하지만 그의 안에서 그 초조함이 뭔가 다른 것과 화합化合하고 있다면 조금 성가신 일이다.

다 함께 어떤 결론을 내게 되든 싸우고 헤어지는 일만은 피하

고 싶다. 다 큰 어른이 그런 번드르르한 말을 해서 어쩔 거냐고 다나카에게 야단을 맞을 것 같지만 나는 그 이상한, 특수할 뿐만 아니라 특별한 몇 시간을 공유한 인질 동료들에 대해 어떤 유대감을 느끼고 있었다.

나호코와 평생을 함께할 결단을 했을 때 그때까지의 인생 속에서 얻었던 주위와의 유대감을 대부분 잘라낸 나는, 지금도 그 일을 후회하지는 않지만 유대를 끊는 아픔에는 약해졌다.

지바 역에서 특급 열차를 내려 역 앞에서 택시를 탔다. 시바노 기사의 아파트 옆에는 큰 우체국이 있어서 덕분에 거의 헤매지 않고 오 분 만에 도착했다. 깔끔한 삼 층짜리 아파트로, 빈집이 있는지 부동산 간판이 나와 있다.

이층 202호실. 인터폰을 누르자 약간 긴장한 얼굴의 시바노 기사가 나타났다.

"일부러 와 주셔서 고맙습니다. 마침 지금 오신 참이에요."

시선으로 안쪽 방을 가리킨다. 깔끔하게 정돈된 현관에는, 요시미의 것인 듯한 작은 운동화 옆에 검은 펌프스 한 켤레가 놓여 있었다.

"집이 어지러워서 죄송해요."

시바노 기사를 따라 안으로 들어가자, 2인용 천 소파에 앉아 있던 바지 정장 차림의 중년 여성이 일어섰다. 머리카락을 뒤로 당겨 묶었고 화장기는 거의 없으며 액세서리도 하지 않았다. 손목시계뿐이다.

"스기무라 사부로 씨예요."

시바노 기사가 소개하자 우리는 어색하게 서로 머리를 숙였다. 여성의 입매는 한일자로 다물어져 있다. 꿰매어져 있는 게 아닐까 싶을 정도로 굳게, 완고하게.

나는 이마다 콘체른의 명함을 내놓았다.

"다들 신원이 확실한 분이라는 건 알고 있어요."

명함을 손에 든 채 뜻밖에 약한 목소리로 사코타의 딸은 말했다.

"사코타 도요코의 딸 미와코라고 합니다."

그러고는 새삼 깊이 머리를 숙였다.

"그때는 저희 어머니가 신세 많이 졌어요. 시바노 씨한테서도, 경찰 쪽에서도 여러 가지 이야기를 들었습니다. 어머니는 그런 분이다 보니까 자칫 잘못하면 여러분을 위험하게 만들었을지도 모르는데 지켜 주서서 고마웠어요."

"그건 우리가 아니라 시바노 씨의 공입니다. 시바노 씨가 사코타 씨를 지키신 거예요."

시바노 기사는 얼굴을 숙이고 침묵하고 있다. 수지로 만든 둥근 테이블을 사이에 두고 우리는 삼각형을 그리며 앉아 있었다. 그 삼각형 위에 이제부터 어떤 구조물이 서게 될지는, 사코타 미와코의 험악한 눈썹의 각도와 다시 굳게 다물어진 입매를 통해서는 아직 짐작이 가지 않는다.

"사건 후로 사코타 씨는 몸이 좋지 않으셨다고 들었는데요, 어떠신지요?"

미와코의 얇은 입술이 움직였다. "몸 상태는 안정되었어요. 지병은 여러 종류를 앓고 있지만 약을 드시니까……."

"무릎이 안 좋으셨지요."

"네. 이제 어쩔 수 없어요. 나이도 나이고, 오랫동안 병간호를 하다가 지친 탓이겠죠."

병간호라. 그때 사코타는 그녀의 어머니가 '쿠라스테 해풍'에 있다고 말했다. 커다란 보스턴백도 갖고 있었다.

내 표정을 읽었는지 미와코는 가느다란 목소리로 말을 이었다. "어머니는 친어머니—제 외할머니를 십 년도 넘게 혼자서 돌보아왔어요. 외할머니가 뇌경색으로 쓰러지시고 나서 계속."

사코타는 외동딸이라 달리 의지할 수 있는 형제자매가 없었다.

"처음 이 년 정도는 외할아버지도 건강하셔서 외할머니를 돌보고 계셨지만 얄궂게도 외할아버지가 먼저 돌아가셔서……."

제가 가까이 있을 수 있다면 좋았겠지만, 라고 한 뒤 한순간 또 입이 한일자가 된다.

"독신이고 전근이 많은 직장이라서 그럴 수도 없었어요."

힘들겠지만 세상에 보기 드문 사정은 아니다.

"어머니는 아버지—남편하고도 일찍 사별했어요. 고생 많은 인생이었죠."

고개를 숙인 채 자신의 손을 바라보고 있고, 목소리는 가늘지만 말은 약간 빠르다.

"작년 9월에 외할머니가 돌아가셔서 어머니도 이제야 조금은 편하게—이렇게 말하면 외할머니한테는 죄송하지만, 겨우 편하게 지낼 수 있게 되었어요. 적어도 저는 그렇게 생각했는데, 아니었어요."

그 말투에서 나는 어떤 것을 연상했다. 영화나 연극 속에서밖에 본 적이 없는 정경이다.

—고해실의 신자다.

저는 죄를 저질렀습니다, 하고 가톨릭교회의 작은 고해실에서 실루엣밖에 보이지 않는 신부에게 참회하는 신자의 모습이다.

"어머니는 왠지 넋이 나간 것처럼 되고 말았어요. 외할머니를 지탱한다는 큰 일거리가 없어지고 버팀목이 빠져 버린 거겠죠. 여러분도 아시다시피 어머니는 완전히 치매에 걸린 건 아닙니다만, 어머니가 가끔 종잡을 수 없는 말을 하거나 그런 행동을 하게 된 건 외할머니가 돌아가신 후부터예요. 외할머니는 마지막 순간까지도 정신이 멀쩡하셨고 다부진 분이었는데 말이에요."

나는 시바노 기사의 얼굴을 보았다. 그녀는 내 눈을 향해 고개를 끄덕였다.

"실례지만." 나는 온화하게 물었다. "사코타 씨의 어머님—외할머님은 이미 돌아가셨습니까?"

고해실의 구멍이 난 문 너머로 신부님이 질문을 한 것처럼 사코타 미와코는 자세를 바로 하며 내게 얼굴을 향했다.

"우리는 버스 안에서 사코타 씨한테 '쿠라스테 해풍'에 입원해

562

있는 어머니에게 문병을 갔다가 돌아오는 길이라고 들었는데요."

그녀는 무릎 위에서 양 손가락을 깍지 꼈다. 이 모습 역시 기도하는 신자 같았다.

"어머니는 그렇게 믿고 있어요. 어머니 안에서는 그런 걸로 되어 있죠."

눈을 감고 미간에 깊이 주름을 짓더니 고개를 획 젓는다.

"아니, 어머니도 사실은, 외할머니는 이미 돌아가셨고 '쿠라스테 해풍'에는 입원하지 않으셨다는 걸 알고 있어요."

하지만 그것도 인정하고 싶지 않은 거라고, 미와코는 말했다.

"외할머니는 아직 살아 계시고 '쿠라스테 해풍'에 있다. 그 시설에서 친절하게 보살핌을 받으면서 어머니와 함께 좁고 낡은 집에 있었을 때보다 훨씬 쾌적하게 지내고 있다고, 어머니는 생각하고 싶은가 봐요. 그렇지 않으면 견딜 수가 없는 거예요."

그래서 정말로 '쿠라스테 해풍'에 나이 많은 가족을 맡긴 사람처럼 규칙적으로 문병을 가곤 했다고 한다.

"일주일에 한두 번은 점심때나 저녁 식사 때 나가곤 했어요. 외할머니의 식사 시중을 든다면서. 아침에 나가서 해가 질 때까지 '쿠라스테 해풍'에 머무른 적도 있나 봐요."

물어보기 꺼려지는 질문이지만 하지 않을 수 없다. "그곳에 가서 실제로는 뭘 하셨던 걸까요. 외할머니는—계시지 않을 텐데요."

"그렇게 넓은 곳이니까 뭐든 할 수 있지요."

확실히 '쿠라스테 해풍' 부지 내에는 공원으로 개방되어 있는 곳도 있다.

"면회 시간 동안에는 시설 내의 외부인용 공간도 개방되어 있어요. 실버홈 건물 안에는 들어갈 수 없었겠지만 어머니가 혼자 앉아서 멍하니 시간을 보냈을 뿐이라면 딱히 누가 다그쳐서 쫓아내지도 않았을 거예요."

미와코는 그제야 얼굴을 들고, 대신에 무릎 위에 올려놓은 손가락들은 더욱더 세게 깍지를 끼고 내게 말했다. "실은 저도 두세 번 어머니랑 같이 간 적이 있어요. 어머니가 거기에서 뭘 하는지, 물론 불안했으니까요."

"예, 그렇겠지요."

그녀는 약간 어깨를 움츠리며 웃었다. 내게는 우는 얼굴로 보였다.

"이상한 이야기지만 할 일도 없는데 거기에 가서, 개방된 벤치나 버스 정류장에 앉아 오가는 사람들을 바라보고 있으니 저도 왠지 마음이 편안해졌어요. 저도 외할머니가 정말로 여기에 계시고, 이 사치스럽고 깨끗하고 안심 되는 시설 안에서 행복하게 지내고 계시는 것 같다는 생각이 들더라고요."

그랬더니 더 이상 어머니를 야단치거나 그런 바보 같은 짓은 하지 말라고 말릴 수가 없게 됐어요―라고 했다.

"다행히 아무한테도 폐를 끼치지 않았으니까 어머니 마음이 풀릴 때까지 내버려 두자고 생각했어요. 오히려 부지런히 어머니한테 전화해서, 오늘 할머니는 좀 어떠셨어? 라고 묻기도 하고."

한 손으로 얼굴을 누르고는 또 웃었다. 이번에는 오열하는 것처럼, 내게는 보였다.

"어머니는 늘 기분 좋게 가르쳐 주셨어요. 할머니는 건강하다고. 식사 메뉴나 시설 안의 행사까지 다 알더라고요. 오늘 점심은 스튜였어, 체조 교실 시간이 바뀌었더라, 다음 주에 불꽃놀이 대회가 있어, 하고."

'쿠라스테 해풍' 안의 게시물을 보면 알 수 있는 정보일 것이다.

"언젠가 어머니가 현실로 돌아와 주기를 전혀 기대하지 않은 건 아니에요. 하지만 억지로 끌고 돌아오ㄱ 싶지는 않았어요. 이미니는 외할머니를 잃고 꿈을 꾸고 있어요. 그걸로 행복하다면 좋지 않나 생각했죠."

미와코는 얼굴에서 손을 떼고 앉은 자세를 고쳤다. 뒤로 당겨 묶은 머리카락의 뿌리 부분이 서리가 내린 것처럼 백발이 되어 있다.

"외할머니를 '쿠라스테 해풍'에 입원시켜 드리는 건 어머니의 염원이었으니까요."

시바노 기사가 천천히, 두세 번 깊이 고개를 끄덕인다.

"그걸 위해서 어머니는 여러 준비를 하고 있었어요. 지금까지 검소하게 살면서 모은 돈이랑, 외할아버지가 남겨 주신 보험금과 저금이랑, 그리고 팔 수 있는 건 팔면 어떻게든 입원 보증금을 마련할 수 있다면서."

그 광대한 땅에 커다란 종합병원과 고령자용 요양시설이 생긴 다는 사실은 몇 년 전부터 이 지역에 잘 알려져 있었다고 한다.

"토지 매수가 시작되어, 제가 어머니한테서 그 이야기를 들은 건 벌써 오륙 년 전의 일이에요. 시 홍보지에 시설의 명칭은 '쿠라스테 해풍'이며 현민 우선 입원이 가능한 방이 있을 거라고 고지되어 있어서,"

사코타는 희망을 품었다고 한다.

"민간 실버홈은 비용이 너무 비싸서 도저히 무리였어요. 공공 실버홈은 순번을 기다리는 사람이 수백 명이나 있어서 언제 들어 갈 수 있을지 알 수 없고요."

물론 '쿠라스테 해풍'도 고가의 시설이다. 하지만 공공 실버홈의 부족을 메우기 위해 현이 보조금을 내서 일정수의 방을 빌려 만들어 낸 현민 우선 입원 제도를 이용하는 경우, 추첨에서 당첨만 되면 사코타의 돈으로도 아슬아슬하게 가능했다고 한다.

나는 고개를 끄덕였다. 버스 안에서 사코타는 나와 편집장에게 말했다. 고맙게도 현에서 보조금을 낸 방에 당첨되었다고.

"그래도 공공 실버홈일 때보다는 돈이 들어요. 그래서 어머니는 어떻게든 하려고 했고,"

말이 끊겼고, 미와코는 입을 다물 뿐만 아니라 아랫입술을 세게 깨물었다. 앞니가 보인다.

"일단은 방 추첨에 당첨돼야 한다고, 저 또한 조금이라도 돈을 보내겠다고 말했는데요. 어머니는 너한테 짐을 지울 수는 없다고 했어요."

'쿠라스테 해풍' 오픈 때의 우선 입원 추첨에는 떨어지고 말았다. 그래도 빈방이 나오면 다시 추첨이 이루어진다. 사코타는 공실 대기 리스트에 등록했고 당첨이 되면 곧 대응할 수 있도록 계속해서 돈을 마련했다.

"입원 보증금은 아슬아슬하게 마련할 수 있어도 매달 관리비와 소모품비를 내야 하고, 외할머니의 의료비도 지불해야 해요. 어머니의 수입은 연금뿐이니까 불안했겠죠. 조금이라도 가진 자금을 늘릴 수 없을까 하고, 어머니 나름대로 열심히 생각했어요. 어쨌든 지금은 예금 금리가 너무 낮으니까요."

내 가슴속에서 차갑고 어두운 지하수 같은 것이 치밀어 올랐다. 어디에서 솟아난 물인지 알 수 없다. 칠흑 같은, 사정없이 무겁고 이 세상에는 존재할 수 없는 절대영도의 물이다.

"혹시 사코타 씨는—."

스스로도 한심할 정도로 목소리가 뒤집어졌다. 미와코는 냉정하게 내 눈을 마주 보며 고개를 끄덕였다.

"여러분도 이미 알고 계신다고 하더군요. 네, 맞아요. 어머니는 '닛쇼 프런티어 협회'의 사기 마케팅에 걸려들었어요."

너는 힐 밀을 잃었나.

"대체 누가 권유했는지, 어머니는 아직도 가르쳐 주지 않아요. 그 사람한테 마음을 쓰고 있는 거겠죠. 지금은 그냥 생각이 나지 않게 되었을 뿐인지도 모르지만."

미와코의 목소리에 조금씩 힘이 담기기 시작했다. 분노 때문이다.

"그렇게 되기 전에는 우리 어머니도 성실한 사람이었어요. 명랑하고 밝고, 부지런히 일했죠. 약삭빠른 데는 없었지만 상식적인 사람이었지요. 그런 어머니가 믿어 버렸으니, 저는 어머니한테 이이야기를 가져온 건 옛 직장 동료일 거라고 생각해요. 오랫동안 아주 친하게 지냈으니까요."

"사코타 씨는 어디에서 일하셨나요?"

미와코는 미소를 지었다. 나는 거기에서 그녀의 과거를 보았다. 우리 엄마는 부지런한 사람이야. 사랑스럽게 자랑하는 총명한 소녀다.

"시 직원이었어요. 급식실에서 일했죠. 삼십 년 동안 쭉 초등학교 아이들을 위해서 급식을 만들었어요."

그녀 또한 어머니가 만든 급식을 먹으며 자란 학생이었을지도 모른다.

"그만큼 친한 상대한테서 들은 이야기가 아니었다면 어머니가 경솔하게 그랬을 리가 없어요. 제일 중요한, 입원 보증금으로 쓰기 위한 돈에 손을 댔으니까요. 그래서는 주객전도인데."

어지간히도 교묘하게 구슬린 모양이다. 충분히 가능한 이야기라는 것을, 지금의 나는 안다.

"사코타 씨는 그 모임의 무엇에 돈을 낸 겁니까? 정수기인가요?"

"리조트 호텔 회원권이에요."

닛쇼 프런티어 협회가 말기에 이르러 발악처럼 공표한 계획이다.

"속았다는 사실을 안 건 언제입니까?"

미와코는 한숨을 쉬었다. "작년 7월이에요. 그 오바인가 하는 대표가 체포되고 협회에 경찰 수색이 들어왔을 때죠."

"그럼 그때까지는?"

그녀는 고개를 저었다. 사코타는 오바 대표 체포 뉴스를 보고 허둥거리며 그녀에게 전화했다고 한다.

"저도…… 어이가 없어서."

처음에는 소리를 지르고 말았다. 하지만 곧 걱정이 되어 달려가 보니 사코타는 노모를 보살피는 것조차 잊고, 예금통장이며 닛쇼에서 보내 온 여러 가지 서류를 가득 펼쳐 놓은 테이블 앞에 멍하니 주저앉아 있었다고 한다.

우리 세 사람은 잠시 동안 서로 침묵을 나누었다. 마치 묵도하는 것 같은 침묵을. 건실하고 게으름 피우지 않는 부지런한 여성이 늙은 어머니에게 인생 최후의 안락을 주고 싶다, 그 안락을 자신도 함께하고 싶다, 는 작은 꿈을, 욕심을 가졌다가 발이 걸려 넘어지는 바람에 모든 것을 잃었다. 그 광경이 눈앞에 떠오른다.

그것은 작은 죽음이다. 꿈의 죽음. 그래서 우리는 묵도했다.

"피해액은 어느 정도나 됩니까?"

미와코는 또 미간에 주름을 지으며 고개를 젓는다. "돈 관리는 어머니가 하고 있었기 때문에 나중에 조사해 봐도 정확한 건 알수 없었어요. 하지만 천만 엔은 될 거예요."

"경찰에는?"

"피해 신고를 하고 이런저런 사정 청취를 받았지만 그것뿐이에요."

"피해자 모임에는 참가하셨습니까?"

미와코는 눈에 분노의 빛을 띠었다.

"그런 곳에 참가한들 무슨 소용이 있나요? 비슷한 사건은 지금껏 얼마든지 있었죠. 하지만 어느 경우에나, 피해자가 그룹을 만들어서 활동해도 그걸로 뭔가 되던가요? 돈을 돌려받을 수 있었나요? 얼마쯤 돌려받을 수 있었다고 해도 피해액에 비하면 몇 푼 안 되는 위로금이잖아요. 시간도 걸려요. 그런 건 의미가 없어요. 법원이나 경찰도, 사기 피해자한테는 차갑거든요. 속는 쪽이 잘못이라고, 법률도 사회도, 그렇게 되어 있잖아요."

힐난하는 듯한 말투였다가 문득 그 사실에 양심의 가책을 느꼈는지, 죄송해요, 하고 중얼거렸다. 그러고는 발치에 놓은 가방에서 손수건을 꺼내 뺨을 눌렀다.

"게다가 저는 어머니가 더 걱정이었어요. 속은 거다, 돈은 이제 돌아오지 않는다, 투자한 돈이 한 푼도 남김없이 사라져 버렸다는 걸 처음에는 좀처럼 이해하지 못했고 굉장히 혼란스러워했어요. 닛쇼 회원 담당 형사님도 곤란해했을 정도였어요."

사코타는 간신히 사태를 이해하자 스스로를 탓하게 되었다.

"매일 우셨어요. 외할머니를 보살피면서 울기만 했어요. 저는…… 어머니가 이상한 생각을 하지는 않을지, 그게 너무 무서워서."

나는 목소리를 낮추었다. "이상한 생각이라니요?"

"외할머니랑 같이 죽으려는 게 아닐까 하는 생각을 했어요."

잘 알아요—하고 시바노 기사가 속삭이듯이 말했다.

"어머니의 명예를 위해서 말씀드리지만, 우리 어머니는 일부 회원들처럼 오바라는 사기꾼한테 돈을 털어 바치고 신자가 되었던 게 아니에요. 순수한 피해자예요. 생각이 모자랐을지도 모르고, 더 신중하게 살았어야 했죠. 저도 좀 더 제대로 어머니를 감독해야 했어요. 그러니까 우리한테도 잘못은 있지만, 어머니는 그 협회에 감화되었던 건 아니에요. 회원권에 투자했을 뿐이고 다른 거래는 권유를 받아도 거절했고 어머니가 누군가에게 권유한 적도 없어요."

변호인처럼 역설한다. 사코타의 딸에게, 이 선은 지켜져야만 하는 소중한 일선인 것이다. 지금의 나는 잘 이해할 수 있다.

"외할머니는 무슨 일이 일어났는지 자세한 건 모르셨을 거예요. 적어도 저는 말씀드리지 않았어요. 다만 어머니가 이상하다는 건 외할머니도 아셨을 테고 그래서 마치…… 어머니의 낙담이 전해진 것처럼 약해지시고 말아서."

작년 9월 말에 돌아가셨다고 한다. 닛쇼가 적발되고 나서 두 달 남짓 후의 일이다.

"어머니의 '쿠라스테 해풍' 나들이가 시작된 건 그때부터예요."

그때부터 줄곧 규칙적으로 다니고 있었던 것이다. 그 버스를 타고.

"처음 어머니에게서 그 이야기를 들었을 때는 놀라기보다 무서워졌어요. 어머니가 망가져 버렸구나 싶어서요. 가능한 한 자극하지 않는 게 좋을 것 같아서, 그럼 오늘은 나도 같이 가겠다고 하고 따라가 보았어요."

그리고 어머니의 행동을 보았다. 표정을 보았다. 이상하게 마음이 편안해지는 시간을 함께했다.

"어머니는 얼마간 현실을 보지 못하게 되었지만 그래도 이 정도라면 주위 분들에게 폐를 끼치는 일은 없겠지 싶어서……. 그런 건 희망적 관측에 지나지 않았지만요."

"사실 그랬어요" 하고 시바노 기사가 말했다. "저희 버스를 이용하실 때도 늘 인사를 해 주셨지요."

커다란 보스턴백을 들고 요금함 옆을 지날 때마다 "안녕하세요", "수고하시네요" 하고 기사에게 말을 거는 사코타의 모습을 쉽게 상상할 수 있었다.

미와코는 또 입술을 깨물었다.

"하지만 만일 그런 일이 생길 경우에 대비해서—경비원한테 붙잡힌다거나요—어머니한테 편지를 쥐여 주었어요. 사정은 쓸 수 없지만 이 사람은 제 어머니입니다, 무슨 일이 있으면 곧장 연락 부탁드립니다, 하고 이름이랑 주소랑 전화번호를 적어 두었어요."

같은 입장이라면 나도 똑같이 했을 것이다.

"그래서 어떻게든 평온하게 지내 왔어요." 미와코의 눈이 갑자기 초점을 잃은 것처럼 되더니 입 끝이 처졌다.

"버스 납치 사건 후, 우리 집에 오고 나서도 어머니는 한동안 할머니한테 가야 한다고 말하곤 했어요."

'쿠라스테 해풍'에는 노모가 있다.

"그걸 타이르고, 또 타이르고, 할머니는 이제 없어, '쿠라스테 해풍'에는 안 계셔, 어디에도 안 계셔, 엄마는 꿈을 꾸고 있었던 거야, 하고."

그녀의 목소리가 흐려졌다가 곧 다부지게 원래대로 돌아왔다.

"요즘 겨우 진정되기 시작했어요. 지난주부터는 외할머니의 납골에 대해서 상의하고 있어요."

"아, 그럼 지금까지는?"

"네. 어머니가 곁에 두고 있었어요. 이상하지요. 눈앞에 외할머니의 유골함이 있고, 꽃을 바치고 매일 향을 올리는데도, 그래도 어머니는 '쿠라스테 해풍'에 계속 다녔어요. 어머니한테는 조금도 모순된 행동이 아니었던 거죠."

미와코는 거기까지 이야기하고 그제야 눈에 눈물을 글썽거렸다. 곧 손수건으로 닦았다. 눈물은 흐르지 않았다. 울고 있을 때가 아니라는 결의 같은 것을, 나는 느꼈다. 지금은 참회하고 있는 것처럼 보이지도 않게 되었다.

이렇게 뭔가 숨겨진 사정을 고백하는 여성과 대치하는 경험을 바로 최근에 했다. 이무라 에리코다. 그녀는 진정한 참회자였고, 울기만 했다. 위로와 용서와 해방을 찾으며 미아처럼 겁에 질려 있었다.

사코타 미와코는 다르다. 비밀을 안고 있기는 했지만 두려워하지도 헤매지도 않는다. 어머니를 지키려 하고 있다.

하지만 무엇으로부터 지키는 것일까?

"버스 납치 사건 때 경찰에 이 이야기를 하셨습니까?"

"어머니가 '쿠라스테 해풍'에 다니고 있었던 이유만 이야기했어요. 돌아가신 외할머니를 여기에 입원시키고 싶었는데 추첨에서 떨어져서 아쉬웠다는 것만."

"그럼 사코타 씨가 닛쇼 프런티어 협회의 피해자라는 건?"

"말하지 않았어요."

갑자기 물어뜯을 듯한 눈빛이 되었다.

"뭐 어때요. 그런 걸, 이제 와서 경찰에 말한다고 한들 아무 보탬도 안 돼요. 뭘 해 주는 것도 아니잖아요."

나는 약간 쩔쩔매며 턱을 당겼다.

"하지만 사건 직후의 단계에서는 경찰도 구레키 노인에게 지명당한 세 사람이 서로 어떤 관계에 있었는지 몰랐을 겁니다. 설사 그 세 사람의 관계가 금방 판명되었다고 해도, 버스 납치극의 인질 중에 닛쇼의 피해자가 있었다면 경찰의 대처 방법 또한 달라졌을지도 몰라요. 중요한 정보고, 숨길 필요는 하나도—."

나는 입을 다물었다. 미와코의 시선이 꽂혀 온다.

이 사람은 아직 모든 것을 이야기하지 않았다. 무언가를 더 알고 있다. 숨기고 있는 사실도 있다.

"스기무라 씨."

시바노 기사가 머뭇머뭇 나를 불렀다. 나도 미와코도, 동시에 그녀를 돌아보았다.

"미와코 씨한테 만나 달라고 하려고, 우리에게 돈이 배달되어 왔다는 건 말씀드렸지만……."

그렇게 해 달라고 내가 부탁했다.

"예, 그랬지요."

"하지만 지명당한 세 사람에 대해서는, 저어."

제 입으로는 말씀드리지 않았어요—라고 말한 뒤 시바노 기사는 도망치듯이 아래를 내려다보고 말았다.

그렇다, 그랬다. 나도 혼란에 빠져 있다. 시바노 기사가 사코타 미와코와 대면하기 전에 자기 마음대로 거기까지 털어놓았을 리가 없다.

"네, 제가 닛쇼에 대해 운을 떼었지요."

미와코는 물어뜯을 듯한 눈빛을 한 채 내뱉듯이 말했다.

"조금이라도 여러분의 수고를 덜어 드릴 수 있을 것 같아서요. 그 세 사람이 돼먹지 못한 인간이라는 걸 알면 여러분도 마음이 편해지시겠죠?"

시바노 기사는 몸을 움츠렸다.

사코타 미와코는 알고 있었던 걸까. 우리가 조사하기 이전에.

우리가 알려 주기 이전에.

나는 입을 열고 멍청이처럼 물었다. "어떻게 아셨습니까?"

갑자기 미와코의 목소리가 거칠어졌다.

"어째서인지, 제가 묻고 싶어요!"

초조한 듯이 주먹을 쥐고 한 발로 바닥을 탕 밟았다.

"다들 어째서 잠자코 돈을 받지 않는 건가요? 왜 조사를 하는 거예요. 상관없잖아요, 받아도. 여러분은 인질로 잡혀서 목숨이 위험했어요. 위자료를 받는 게 당연하다고요. 구레키라는 사람도 위자료라고 말했잖아요?"

거친 말투의 힐문은 비명처럼 울렸다.

"아무것도 생각하지 말고 돈을 받으세요. 그걸로 끝내 주세요. 부탁이에요."

그러고는 몸을 숙이며 갑자기 소파에서 내려오더니, 주저앉으면서 바닥에 손을 짚고 머리를 숙였다. "제발 부탁이에요. 이렇게 부탁드려요. 제발!"

시바노 모녀가 사는 검소하고 밝은 아파트 안에서 어울리지 않는 외침 소리가 길게 꼬리를 끌었다.

나도 시바노 기사도 얼어붙어 있었다.

"그렇게 할 수 있다면…… 편하겠지만,"

정신이 들어 보니 나는 나직하게 중얼거리고 있었다.

"편하다는 걸 알고 있지만요. 그럴 수 없습니다. 그럴 수 없어요."

미와코는 바닥 위에 털썩 정좌하고 앉아, 얼굴이 보이지 않을 정도로 깊이 고개를 숙인 채,

"오백만 엔이에요"

하고 작은 목소리로 말했다.

"사건 후 한 달쯤 지나서 배달되어 왔어요."

그것은 우리와 똑같다.

"오백만 엔이에요." 바닥을 향해 미와코는 되풀이했다. "저는 당장 어머니에게 보여 줬어요. 엄마, 절반이지만 엄마가 속아서 빼앗긴 돈이 돌아왔어. 친절한 사람이 돌려준 거야."

목소리가 속삭임에서 바뀌어 또 비명처럼 높아진다. 미와코는 양손으로 머리를 끌어안았다.

"이제 아무것도 걱정하지 않아도 돼. 싫은 일은 전부 잊어버려도 돼. 저는 어머니에게 몇 번이나 말했어요. 어머니는 돈 꾸러미를 외할머니의 유골함 옆에 모셔 놓고, 매일 합장을 해요. 이제 와서 빼앗지 말아 주세요. 어머니에게 돈을 돌려주세요."

그건 어머니의 돈이에요—.

시바노 기사는 손으로 입가를 누르고 눈을 감고 있다. 나는 의자에 주저앉아 있다.

미와코는 떨리는 듯한 숨을 토해 내고 몸을 일으켰다. "저도 외동이라, 어머니와 저 단둘뿐이에요."

눈초리가 젖어 있고 얼굴에서는 핏기가 가셨다.

"우리의 비밀은 절대로 다른 곳으로 새어 나가지 않을 거예요.

굳게 약속할 수 있어요."

나는 그녀의 눈을 보았다. 젖은 눈동자를 보았다. 어머니와 똑같이 부지런하고, 그렇기 때문에 어머니 옆에 있을 수 없었던 이 사람의 후회와 아픔을 보았다. 이 사람이 지키려고 하는 것을 이해했다.

알겠습니다. 한마디면 되는데 나는 그 말을 할 수가 없었다.

"가르쳐 주십시오."

되묻지 않을 수 없었다.

"당신은 무엇을 알고 있습니까? 혹시 구레키 노인의 정체를 알고 계시는 게 아닙니까?"

그렇기 때문에 확신을 갖고 어머니에게 '친절한 사람이 돈을 돌려주었다'고 말해 줄 수 있었던 것이다.

미와코가 나를 바라본다. "그걸 말씀드리면 납득해 주실 건가요? 잠자코 돈을 받아 주실 건가요?"

나는 대답하지 못했다.

시바노 기사가 얼굴을 들었다. 결연한 눈빛이었다. "다른 분들께 사정을 말씀드리고 돈을 받아 달라고 제가 부탁드리겠습니다."

"시바노 씨—."

"죄송해요. 하지만 저는 그렇게 하고 싶어요."

미와코는 한숨을 쉬고는 바닥에 앉은 채 소파에 등을 기댔다. 지칠 대로 지친 듯 어깨가 축 늘어졌다.

"만난 적은 없어요."

눈은 멍하니 허공을 바라보고 있다.

"전화로 이야기한 적이 있을 뿐이에요. 그것도 단 두 번이에요."

처음은 올해 6월 5일의 일이었다.

"저녁때, 다섯시 지나서였나. 제 휴대전화로 걸려 왔어요. '공중전화' 표시가 떠서 철렁했어요. 어머니한테 무슨 일이 있나 싶어서."

전화 맞은편의 남자는 침착하고 정중한 말투로, 우선 제대로 자기 이름을 말했다.

"'쿠라스테 해풍' 근처에 사는 사람인데 구레키라고 합니다, 라고."

나는 시바노 기사와 얼굴을 마주 보았다.

"어머니의 이름을 말하더니 제가 어머니에게 들려 준 편지를 보고 전화했다고 했어요."

—정말 고맙습니다. 어머니가 뭔가 폐를 끼쳤나요?

"그렇지는 않다. 자신은 시설 직원도 경비원도 아니니까 안심해 달라고, 구레키 씨는 말했어요. 그리고,"

미와코의 목이 약간 메었다.

"이 부근을 자주 산책하기 때문에 어머니도 종종 보곤 했다고 해요. 어머니의 분위기가 이상하다거나, 그렇게 생각한 적은 한 번도 없었지만 오늘은 좀 신경이 쓰여서 말을 걸었다고요."

—어머님이 '쿠라스테 해풍' 앞에 있는 버스 정류장 벤치에 앉아

서 울고 계셔서요.

"사코타 씨가 울고 계셨다고요?"

미와코는 고개를 끄덕였다. "혼자서 서럽게 울고 있었던 모양이에요. '쿠라스테 해풍' 앞에 있는 버스 정류장이라면 출발지에서 가까운 쪽이죠? 아시나요?"

"예, 압니다."

"거기에서는 시설이 잘 보이지만 이용자가 적어서 늘 거의 아무도 없어요. 그래서 어머니도 즐겨 앉아 있곤 했겠지만요."

그리고 혼자서 울고 있었다.

—마음에 걸려서 무례하다고는 생각했지만 말을 걸었습니다.

"그랬더니 어머니는 누가 걱정해 준 게 기뻤나 봐요. 여러 이야기를 했대요."

—당신 할머님이 '쿠라스테 해풍'에 들어갈 수 없어서 아쉬웠다는 이야기였습니다. 저 같은 지나가던 사람이 그런 이야기를 들어버려서 죄송합니다.

"어머니가 이야기하면서 계속 울고 안색도 나빠서."

—괜찮으시면 댁으로 연락할까요? 누구한테 데리러 와 달라고 하지요.

"구레키 씨가 그렇게 말했더니 어머니는 제가 들려 준 편지를 그 사람한테 건네주었대요. 하지만 딸은 멀리 살고 있고 일이 바빠서 올 수 없다, 자신은 혼자서 집에 갈 수 있다, 어떤 버스를 타면 되는지 알고 있다면서."

―한동안 이야기를 나누다 보니 어머님이 진정되셔서요. 마침 온 버스에 태워서, 방금 보내 드렸습니다.

"하지만 일단 제게 연락해 두는 게 좋겠다고 생각했기 때문에 전화한 거라고요."

구레키 노인은 한없이 친절했던 것이다.

나는 놀랄 뿐이었다. 마치 동화 『파랑새』 같다. 어딜까, 어딜까, 하고 바깥 세계를 찾아다녔는데 파랑새는 가까운 곳에 있었다. 사코타는 닛쇼 프런티어 협회뿐만 아니라 구레키 노인과도 연결되어 있었던 것이다.

시바노 기사는 나보다 다부졌다. 중요한 점을 물었다. "그럼 그때의 사코타 씨는 제대로 현실을 인식하고 계셨군요."

미와코의 얼굴이 아픔으로 일그러진다. "맞아요. 저는 아차 싶었어요. 뺨을 얻어맞은 듯한 기분이 들더군요."

사코타는 '쿠라스테 해풍' 나들이를 계속하면서 결코 평화로운 꿈만 꾸고 있었던 것은 아니다. 현실로 돌아올 때도 있었다. 노인의 마음은 꿈과 현실 사이를 항상 오가고 있었고, 무너진 희망과 후회와 자책에 괴로워하면서 그 버스를 타곤 했던 것이다.

"너무 충격적이어서 인사도 제대로 못하고 전화를 끊은 뒤 곧장 어머니에게 연락해 봤어요. 하지만 어머니는 뭔가 멍하고 전혀 이야기의 앞뒤가 맞질 않았어요. 방금 친절하게 대해 준 사람에 대해서 전혀 기억하지 못하는 것 같고, 할머니는 오늘도 기분 좋아 보이더라, 하면서."

"잊어버리시는 거군요" 하고 시바노 기사가 말했다. "공상과 현실 사이를 왔다 갔다 하시면서 그 사이의 일은 누락되어 버리나 보지요."

스기무라 씨, 기억나시나요, 하고 시바노 기사는 내게 물었다. "버스 납치 사건 때 사코타 씨는 구레키 씨에게 당신을 만난 적이 있다, 자주 클리닉에서 봤다, 고 말했지요?"

"예, 기억합니다."

"하지만 버스 정류장에서 만나서 이야기했다는 말은 한마디도 하지 않으셨어요. 그게 연극이었다고는 생각되지 않아요."

나도 그렇게 생각한다. 사코타의 기억에는 얼룩과 단절이 있는 것이다. 사고思考도 외길로 이어져 있지 않다.

"그때는 그뿐이었어요" 하고 미와코는 말을 이었다. "저는 더욱더 어머니를 그 집에 혼자 놔둘 수 없다, 이쪽으로 오시게 해서 같이 살자, 그 생각만으로 머리가 가득했어요. 그때―."

일주일 정도 지나서 또 구레키 노인에게서 전화가 걸려 왔다. 이번에는 밤이었는데 아홉시가 넘은 시간이었다고 한다.

―일전에 전화드렸던 사람인데 그 후에도 어머님을 '쿠라스테 해풍'에서 뵈었습니다.

"건강하신 듯해서 다행이지만 자신에 대해서는 잊어버리신 것 같다고 하셔서, 저는 사과하고 또 사과했어요. 하지만 그 사람, 구레키 씨는, 잊어 주시는 게 좋다고 하는 거예요."

―어머님이 그러시니 더더욱, 실은 따님한테 긴히 드릴 말씀이

있습니다.

─일전에 어머님은 당신 할머님이 '쿠라스테 해풍'에 들어갈 수 없었던 건 속아서 돈이 없어져 버렸기 때문이라고 하시더군요.

"어머니는 지나가던 사람에게 그런 말까지 한 건가, 하고 저는."

미와코는 가슴에 손을 댔다.

"저는 어머니가 사기를 당한 사실을 주위의 누구에게도 이야기하지 않았어요. 물론 상담 같은 것도 하지 않았고요. 어머니도 그런 상태니까 말하지 않아요. 우리 사이에서도 닛쇼 이야기는 이제 금기가 되어 있었어요. 어쨌든 빨리 잊고 싶어서. 하지만 어머니는─역시─."

때로는 누군가에게 이야기하고 싶을 때도 있었던 것이다. 위로해 주지 않아도 된다. 경솔했다고 나무라도 좋다. 다만 이런 일을 당해서 힘들었다, 후회하고 있다는 말을 들어 주기를 바랐던 것이다. 그런 일에서는, 지나가던 타인이 오히려 좋았다. 때로 우리가 심야에 탄 택시의 기사 등에 대고 가족이나 직장에 대한 불평을 줄줄이 이야기하고 말 때가 있는 것처럼.

"죄송합니다, 부끄러운 이야기를 들려 드렸네요, 하고 구레키 씨에게 또 사과했어요. 그랬더니 그 사람이 그러는 거예요."

─어머님은 그 사기 이야기를 할 때 연달아 '닛쇼', '닛쇼'라고 말씀하시더군요. 혹시 그건 작년 7월에 적발된 '닛쇼 프런티어 협회'를 가리키시는 겁니까?

미와코는 놀랐지만 인정할 수밖에 없었다.

—그래요?

구레키 노인은 여전히 정중하게, 침착한 어투로 말했다고 한다.

—그렇다면 제가 조금쯤 어머님을 도울 수 있을지도 모르겠군요.

"저는 뭐가 뭔지 모른 채, 그저 전화기를 귀에 대고 구레키 씨가 하는 말을 듣고 있었어요."

그때 미와코의 마음을 나는 잘 안다. 구레키 노인이 진심으로 상대를 설득하자, 자신의 말을 듣게 하자, '교육'하고 조종하자, 고 생각하면 거스를 수 없다.

—지금부터 몇 달 이내에 저는 어떤 일을 할 생각입니다. 그게 잘 끝나면, 아마 어머님이 속아서 빼앗긴 만큼은 못 되겠지만 얼마쯤의 돈을 보내 드릴 수 있어요. 어머님을 속인 인물을 직접 벌할 수는 없지만, 그 협회에 관여해서 어머님 같은 분들을 속인 놈들을 조금 당황하게 만들어 줄 수도 있겠죠.

—돈은 당신한테 보내겠습니다. 어머님께 드리세요.

미와코는 나를 보고, 시바노 기사의 눈을 보며 말을 이었다. "제이름은 구레키 가즈미쓰라고 합니다. 틀림없이 뉴스에 나올 테니까 주의를 쏟아 주십시오. 그 사람은 그렇게 말했어요."

미와코는 이야기를 들으면서 점점 무서워지기 시작했다. 자신과 이야기를 하고 있는 상대는 정상적인 인간이 아닐지도 모른다.

"저는, 닛쇼의 대표와 간부 놈들이라면 이미 체포당하지 않았느냐고 했어요. 그런 걸로는 부족하다고 그 사람은 말했어요."

　─나쁜 건 오바 대표와 간부들만이 아닙니다. 지금은 자신도 피해자였다는 얼굴을 하면서, 실은 어머님 같은 분을 속여서 돈을 벌었지만 법망의 손길이 자신들에게는 미치지 않는다는 걸 알고 태평스럽게 지내고 있는 인간들이 남아 있어요.

　─약속드리겠습니다. 다만 얼마라도, 반드시 어머님께 돈을 보내겠습니다. 그러니 모쪼록 부탁드립니다. 어머님께는 저를 잊어 달라고 하세요. 만일 떠올려 버린다면 아가씨, 모쪼록 당신이 그 일은 잊어버리라고 말씀드려 주십시오.

　"전화가 끊길 것 같아서, 그저 혼란스럽기만 했지만 허둥지둥 물었어요. 어째서 어머니에게 이런 일을 해 주시는 건가요, 피해자는 많이 있는데."

　그러자 구레키 노인은 이렇게 대답했다.

　─글쎄요. 전원에게 보상할 수는 없습니다.

　─그러니까 이것도 무슨 인연이지요.

　그리고 전화는 끊어졌다.

　"그게 다예요."

　미와코가 천천히 고개를 젓는다.

　"이런 걸 믿으실 수 있나요?"

　나도, 시바노 기사도 침묵을 지키고 있다.

　"며칠 지나니 전부 나쁜 농담처럼 여겨지기 시작했어요. 이상한 사람한테 속은 거라고. 어머니도 버스 정류장에서 울고 있었을 때의 일은 잊어버렸고, 저도 잊어버리자고 생각했어요."

그러나 9월의 어느 날 버스 납치 사건이 일어났다. 그 범인, 자살한 남자는 '구레키 가즈미쓰'라고 보도되었다.

"그 사람이 인질을 방패로 몇 사람인가를 불러 달라고 경찰에게 요구했다는 걸 알고, 저는 금세 감이 왔어요."

지명당해 대중 앞에 드러난 것은 닛쇼의 전 회원들이 틀림없다.

"하지만 돈은? 돈은 어떻게 되는 걸까 하다가."

그 의문에 대한 답은 한 달 후, 택배 꾸러미가 되어 나타났다.

"비열하고 부끄럽지만 어쩌면 정말로 돈이 배달되지 않을까 하고, 사건 후에는 안절부절못하고 있었어요."

미와코는 진심으로 부끄러운 듯이 손으로 얼굴을 가렸다.

"하지만 막상 정말로, 직장에서 돌아와서 부재 택배 알림을 발견했을 때는 무서웠어요. 무서워서 견딜 수가 없었어요."

그래도 물건을 수취했다. 단단히 포장된 오백만 엔을 목격한 것이다.

"돈과 함께 어머니가 그 사람한테 건네주었던, 제가 어머니에게 들려 준 편지도 동봉되어 있었어요.

틀림없는 '증거'다.

시바노 기사는 침묵하고 있다.

"그때의 송장은?" 나는 어색하게 목소리를 냈다. "송장은 보관해 두셨습니까?"

"버렸어요."

포장지도 버렸다. 남은 것은 돈뿐이다.

"하늘이 주신 선물이라고 생각하기로 했어요."

―이것도 무슨 인연이지요.

"어머니를 가엾게 여겨서 신이 베풀어 주신 거라고 생각하기로 했어요."

그런데 우리 인질들이 난리를 치며 돈의 출처를 조사하기 시작했다. 그러고는 그녀에게 연락했다. 사코타 미와코가 두려워하며 우리에게서 멀어지려고 한 것도 무리는 아니다.

"죄송했습니다."

아무 생각도 없이, 내 입에서는 그저 그 말이 새어 나왔다.

"정말 죄송해요."

괜찮아요―하고 미와코는 말했다. 처음 얼굴을 마주했을 때와 똑같이 가느다란 목소리로 돌아와 있다.

"그렇게 그럴싸한 일이 있을 리가 없지요. 우리 어머니 같은, 보잘것없고 무지하고 사람만 좋은 인간을 일일이 불쌍하게 여겨 줄 신이 있을 리 없어요."

저도 그건 알고 있어요. 그렇게 말했다. 건조한 눈을 하고.

"여러분이 경찰에 신고하면 경찰이 어머니한테도 문의하지 않을 리가 없어요. 돈을 받고도 잠자코 있었던 걸 들키면 어머니는 더 괴로운 일을 당하겠죠."

그것만은 안 돼요, 라고 말했다. "그렇게 생각했기 때문에 오늘 이렇게 찾아뵌 거예요."

죄송합니다, 하고 이번에는 시바노 기사가 말했다.

"구레키 씨의 정체는 알 수 있을 것 같나요?"

미와코는 애써 말투를 바꾸고 바닥에서 일어서서 소파로 돌아가며, 이제부터는 더 이상 꿈 이야기가 아니라 현실 이야기로 돌아가겠다는 듯이 우리를 보았다.

"여러분의 조사로 무엇을 알게 되었나요? 가르쳐 주세요."

나는 지금까지의 경위를 이야기했다.

"구레키 씨는 물론이지만 그 '미쿠리야'라는 사람도 닛쇼의 간부는 아니네요. 그 이름은 본 적이 없어요."

"예. 적어도 체포된 사람 중에서는 눈에 띄지 않지요."

"하지만 저는 구레키 씨는 닛쇼의 관계자일 거라고 생각해요. 줄곧 그렇게 생각했어요."

미와코의 말투가 시원시원해졌다.

"간부는 아니더라도, 뭐라고 할까요, 스기무라 씨의 말을 빌자면 가해자적인 피해자?"

"어느 정도 이상의 수익을 얻고 있던 전 회원이지요."

"맞아요. 그런 입장의 사람이었던 게 아닐까요. 돈의 출처도 그걸로 설명이 되잖아요."

미와코는 총명하고 실무적인 여성이다. 이것이 이 사람의 천성이리라.

"전화로 이야기하셨을 때 구레키 씨는 분명히 '보상'이라는 말을 쓰셨나요?" 하고 시바노 기사가 물었다. "전원에게는 보상할 수 없다고.”

“네, 확실해요. 그렇게 들었어요.”

“그렇다면 일개 회원치고는 좀 무거운 표현인 듯한데요…….”

“그건 글쎄요. 개인이 어떻게 받아들이느냐에 따라 다르겠죠.”

“하지만 스기무라 씨는 그 ‘미쿠리야’라는 경영 컨설턴트가 구레키 씨라고 생각하시죠?”

공평하게 이야기했다고 생각했는데 나는 역시 그 설 쪽으로 기울고 있나 보다.

“오직 고엔안 씨만 그 둘이 서로 다른 사람이라고 하니까요. 하기야 ‘미쿠리야’가 존재한다는 걸 뒷받침해 주는 사람도 현재로서는 고엔안 씨뿐이지만요.”

“구레키 씨가 오바 대표를 부추겨서 그런 짓을 시킨 장본인이라고요?” 미와코는 눈을 크게 떴다.

“글쎄요. 만일 구레키 씨가 일종의 흑막이고 자신이 오바 대표보다도 더 무거운 책임을 진 인간이라는 걸 자각하고 있었다면, 저랑 이야기했을 때 좀 더 확실히 그렇게 말했을 것 같아요.”

“아무래도 그렇게까지 정직해질 수는 없었던 게 아닐까요…….”

“하지만 한 인간이 그렇게 바뀌는 게 가능한 일인가요? 교활한 흑막에, 사기꾼의 지도자 같은 존재였던 남자가 완전히 회개하고 그런 짓을 하다니.”

“어지간한 계기가 필요하겠지요.” 시바노 기사도 이렇게 말하며 고개를 끄덕인다. “그건 다시 말해서 ‘개심’이라는 거잖아요? 조금 후회하고 반성했다는 정도가 아니에요."

죄송해요, 저도 모르겠네요, 하고 중얼거렸다.

"모르는 건 저도 마찬가지입니다."

셋이서 한숨을 쉬었다.

"구레키 씨가 닛쇼의 흑막이었다고 해도, 이제 와서 양심의 가책을 느끼게 된 전 회원이라고 해도,"

미와코는 또 입술을 깨물고 나서 말했다.

"저한테는 그 사람이 나면서부터 악인이었다고는 생각되지 않아요. 돈을 번 회원을 대중 앞에 드러내려고 했다거나, 그걸 위해서 버스를 납치했다거나, 이렇게 돈을 남기고 갔다거나, 이런 사실을 다 빼더라도 아무래도 그렇게 여길 수가 없어요."

그 사람은 어머니에게 말을 걸어 주었어요.

"'쿠라스테 해풍'에 가서 외톨이로 버스 정류장에 앉아서 울고 있던 우리 어머니를 걱정해 주었어요. 요즘 그런 사람은 없다고요."

내 마음속에 심술궂은 반론이 떠올랐다. 사기꾼은 남에게 관여하고 싶어 합니다. 사람을 싫어하는 건지, 사람을 좋아하는 건지는 모르겠지만 사람과 접하고 싶어 합니다. 본성을 드러낼 때까지는 친절한 법이에요. 개심했다고 해도 그 노인은 사람을 조종하는 데 뛰어나고 그걸 좋아했던 겁니다.

대신 이렇게 말했다. "오늘은 감사했습니다. 다른 분들께 전하고 잘 이야기해 보겠습니다. 얼른 집으로 돌아가세요."

시바노 기사도 크게 고개를 끄덕였다.

"이야기를 나누고 나서 결과를 전해 드리겠습니다. 시바노 씨는 이미 결론을 내리신 것 같지만."

여성 기사는 부끄러워했다. "죄송해요."

사코타 미와코가 떠나자 시바노 기사는 말했다.

"저도 모르게 생각해 버렸어요. 저랑 어머니도, 저랑 요시미도, 언젠가는 사코타 씨와 미와코 씨처럼 되겠구나, 하고."

모녀가 맞이하는 인생의 가을과 겨울이다.

시바노 기사가 싱글맘인 이유는, 거실에 있는 아직 새것인 불단과 기기에 놓여 있는 젊은 남성의 영정 사진을 보면 물어볼 필요조차 없이 알 수 있었다.

"아직 먼 미래의 이야기예요." 나는 웃어 보였다. "자, 다른 분들을 소집할까요."

"그 돈은 받을 수 없어."

그렇게 말한 이는 다나카 유이치로였다.

우리는 국도변에 있는 패밀리 레스토랑의 한 구석에 모여 있었다. 라이벌 가게에 밀려서 언제 가도 파리를 날리고 있으니까 안심하고 이야기할 수 있다며, 다나카가 추천한 가게. 실제로 저녁 식사 전의 어중간한 시간대임을 감안해도 가엾을 정도로 텅 비어 있었고 무한정 리필인 커피는 바짝 졸아 있었다.

"어, 어째서 갑자기."

사카모토의 안색이 바뀌었다. 오랜만에 만나는 그는 요즘 스타일의 짧은 구레나룻을 기르고 있었다. 나한테는 아무렇게나 자란 환자의 수염처럼 보였다. 그만큼 그는 생기를 잃었다.

"다나카 씨, 어떻게 된 거예요? 그렇게 돈을 갖고 싶어 하셨으면서."

마에노가 비꼬는 것이 아니라 순수하게 놀라서 묻는다. 다나카는 쓴웃음을 지었다.

"마음을 바꿨을 뿐이야. 그렇게 놀라지 마."

그건 사기꾼이 번 돈이야, 라고 한다.

"내가 받아선 안 돼. 내 몫은 사코타 할머니한테 주겠어."

나도 놀라고 있었다. 뜨끔하기도 했다. 이 '사회인'은 어째서 이렇게 쉽게 이쪽의 생각을 배반하는 것일까. 오오, 그래? 그렇다면 사코타 할머니를 위해서라도 얼른 돈을 받고 끝내자—고 말할 거라 생각했는데.

"하, 하지만 우리의 위자료예요."

"위자료든 뭐든 사기꾼의 돈은 받을 수 없다는 말이야. 그 돈은 피해자에게 돌려주어야 해."

"피해자는 그 외에도 많이 있어요. 사코타 씨만이 아니라고요."

"그러니까 내버려 두라는 거냐, 애송이."

다나카의 눈에 분노의 빛이 켜졌다.

"많은 사람이 속았으니까 한 사람만 돕는 건 불공평하다고? 흥!"

콧김은 거칠었지만, 최근에 또 요통을 느꼈다는 그는 사카모토 쪽으로 몸을 내밀려다가 곧 얼굴을 찌푸렸다.

"그런 게 네 '평등'이라는 거야? 학교에서 그렇게 배워 왔나? 모든 게 자유롭고 평등한 게 제일이야?"

"그런 뜻으로 말한 게 아니에요."

"그럼 무슨 뜻이야."

"큰 소리 내지 마세요."

서로 노려보는 둘 사이에 마에노가 끼어들었다. "제발 싸우지 마세요."

주방 출입구에 서 있는 웨이트리스는 다른 곳을 보고 있다.

"닛쇼 프런티어 협회 사건에 대해서는, 나는 잘 몰랐어. 흥미도 없었지. 신기하지도 않은 사기 소동이니까."

다나카는 약간 말투를 누그러뜨렸다.

"그러니까 그 협회의 피해자를 돕자는 기특한 생각을 하고 있는 건 아니야. 하지만,"

사코타 할머니랑은 아는 사이니까, 라고 한다.

"버스 납치극의 인질 동료라는 뜻이에요? 하지만 사코타 씨는 최초로 버스에서 내렸어요. 우리하고는 달라요."

"일일이 성가시게 구는 애송이로군."

죄송해요, 하고 마에노가 작은 목소리로 사과했다.

"나는 돈의 유래가 확실해졌으니까 이제부터는 각자 결정하자고 말하고 있는 거야. 그리고 나는 내 몫을 사코타 할머니한테 주겠다는 것뿐이고."

"그러니까 저는, 어째서 사코타 씨만이냐고 묻고 있는 거예요."

다나카는 화를 낸다기보다 조금 어이없다는 눈을 하고 뚫어져
라 사카모토의 얼굴을 보았다.

"너, '내세에 악업을 쌓는다'는 말 몰라? 모르나, 요즘 젊은 놈들
은."

사카모토는 도움을 청하듯이 마에노를 훔쳐보았다. 마에노메리
메이는 아무 말도 하지 않고 작게 고개를 끄덕였을 뿐이다.

"닛쇼의 다른 피해자들에 대해서는 몰라. 하지만 사코타 할머니
는 알고 있지. 얼굴도 알고 이렇게 사정도 알게 되었어. 버스 납치
때 그 할머니가 했던 말이나 행동도 기억하고 있어. 그러고도 할
머니를 속인 사기꾼이 보낸 돈을 내 품에 넣어 버릴 수는 없다고.
그런 짓을 했다간 꿈자리가 사나워서 견딜 수 없을걸. 아아, 이
말뜻도 모르나? 매일 아침마다 기분 좋게 일어날 수 없다는 뜻이
야."

사카모토의 콧등이 분노로 빨개졌다.

"'나한테는 위자료를 받을 권리가 있어. 할아버지가 부자든 가
난뱅이든, 그런 건 나하고는 상관없어.'"

사카모토는 첫 회합 때 다나카가 썼던 말투를 야유하듯이 흉내
냈다.

"영세기업이니까 돈은 얼마든지 갖고 싶다고 말했던 주제에."

반항적일 뿐만 아니라 모욕적이기까지 했다. 다나카의 쓰라린

듯한 웃음은 사라지지 않았다.

"무슨 말이든 해. 마음대로 말하라고. 나는 사기꾼의 돈은 받지 않겠어. 속은 게 내가 아는 사람이라면 더더욱. 이치 같은 건 모르지만, 나는 내 속이 후련해지는 대로 하고 싶어."

나는 일부러 한숨을 쉬어 보여 사람들의 시선을 모았다.

"그건 다시 말해서 이대로 경찰에 신고하지 않겠다는 뜻이군요."

제대로 확인할 생각으로 천천히 말했다.

"우선 그쪽을 먼저 결정해야지요."

다나카는 만족스러운 듯이 고개를 끄덕였다. "맞아, 맞아, 그런 거야. 순서가 반대가 되었군. 돈은 각자 품에 넣는 걸로 하지. 그러지 않으면 사코타 할머니가 가엾잖아?"

"여러분, 동의하십니까?"

사카모토는 침묵하고 있다. 마에노가 그의 옆얼굴을 살피고 나서 내게 고개를 끄덕였다.

"네, 그게 좋겠다고 생각해요."

시바노 기사의 눈가에 안도의 빛이 떠올랐다. 그녀가 머리 숙여 부탁할 필요도 없었던 것이다.

다나카가 테이블 너머 사카모토 쪽으로 머리를 기울였다. "어때, 괜찮지? 그렇게 토라질 것 없어, 애송이. 그 돈은 네 거야. 아무도 빼앗지 않을 테니까 안심해."

"그런 말이 아니에요!"

사카모토가 갑자기 큰 소리를 질렀다. 역시 웨이트리스도 이쪽을 보았다.

"케이, 그만해." 마에노가 몸을 움츠린다. 사카모토는 테이블 끝을 움켜쥐고 떨고 있다.

"저를 돈의 망자인 것처럼 말하지 마세요. 당신이 제일 아등바등했으면서."

다나카는 머쓱해했다. "그렇군. 꼴사나운 모습을 보였어."

"일억 엔은 필요하다고 했으면서."

"케이, 그만하라니까."

"이제 와서 멋있는 척해도 늦었어요. 사코타 씨한테 돈을 주겠다니, 어차피 말뿐이잖아요. 사실은 자기가 슬쩍할 생각인 거지."

사카모토의 험담에 다나카는 더욱 서먹한 표정이 되었다.

"돈은 각자 자기 품에 넣는 거야. 다 함께 평생 비밀로 하고 그걸로 끝이라고. 스기무라 씨, 그래도 되겠어?"

다나카는 내게 물으면서 의자 등받이에 손을 짚고 일어나려고 한다.

"미안하지만 여기에 오래 있고 싶지 않군. 이런 꼬맹이랑 싸우고 싶지 않아서."

그러자 사카모토가 갑자기 일어서서 다나카의 멱살을 잡았다. 테이블 위의 잔이 쓰러졌다.

"잘난 척하지 마! 자기가 돈이 필요한 거면서! 거짓말이지? 사코타 씨한테 돈을 주겠다는 거, 거짓말이지?"

다행히 졸린 듯한 웨이트리스는 주방으로 모습을 감추고 없었다. 나는 다나카의 목깃에서 사카모토의 손을 떼어 냈고 시바노 기사는 다나카를 부축했고 마에노는 사카모토의 몸통을 껴안았다.

"케이, 그만해! 그런 건 이제 아무래도 상관없잖아."

사카모토는 창백해져서 다나카를 노려본 채 걸터앉았다. 그러고는 말했다.

"나, 경찰에 신고할 거야. 아저씨, 사기꾼의 돈은 못 받겠다는 거지? 그럼 경찰에 신고하는 게 맞아."

다나카의 눈이 튀어나올 것만 같았다. 이번에는 시바노 기사가 그의 셔츠를 잡아 사카모토에게 다가가려고 하는 그를 끌어당겼다.

"이 꼬맹이는 대체 어디까지 바보인 거야? 사코타 할머니를 좀 생각해!"

"피해자는 사코타 씨만이 아니야."

"그럼 우리가 받은 돈을 모아서 경찰에 신고하면 조금이라도 그 많은 피해자에게 도움이 되나? 그 돈을, 경찰이 피해자에게 나눠 줄까? 그럴 리가 없지. 증거라면서 빼앗기고 죽은 돈이 돼 버릴 뿐이잖아."

확실히 현실적인 관측이다.

"사코타 할머니를 내버려 둬. 부탁이야."

다나카는 사카모토가 아니라 나머지 우리를 향해서 말했다. 내게는 마치 비는 듯한 몸짓을 했다. 이렇게 부탁한다며.

"너는 아직 그 나이라 실감이 나지 않겠지. 하지만 자기도 나이를 먹어서 여기저기 몸이 약해지고 난 뒤 부모를 보살핀다는 건 정말 힘든 일이야. 조금이라도 돈에 여유가 있으면 도움이 돼. 나는 그 할머니 일이 남의 일 같지 않아."

나는 사카모토를 바라보았다. "사카모토, 어떻게 할래?"

사카모토는 고집스럽게 아래를 보고 있다. 얼굴에 핏기가 돌아왔지만 발그레해지지는 않고 흙빛이 되었다.

"알았어, 내가 잘못했어."

의외일 정도로 순순히 다나카가 꺾였다.

"다 함께 돈을 받자. 그러고 나서 어떻게 할지는 개인의 자유야. 나도 내 마음대로 쓰겠어. 이 자리에서 연설할 일이 아니었는데 미안했다."

시바노 기사가 테이블에 쏟은 찬물을 깨끗이 닦아 냈다. 웨이트리스가 주방에서 나왔다. 또 졸린 듯이 서 있다.

"너도 나랑 똑같이 하라고, 그런 생각으로 말한 게 아니야. 너한테는 네 위자료를 받을 권리가 있으니까."

사카모토는 대답하지 않는다.

"그러니까, 부탁이니까 경찰에는 신고하지 말아 줘. 그러면 다 끝장이야. 부탁한다."

그는 다시 한 번 "부탁합니다" 하고 머리를 숙이고 나서 천천히 자리를 떠났다. 나는 그를 부축해 레스토랑 출입구까지 데려갔다.

"미안하게 됐어." 다나카는 내게도 사과했다. "내가 제일 먼저 그런 말을 하면 안 되는 거였지?"

"그렇습니다."

사카모토는 절실하게 그 백만 엔을 원한다. 하지만 양심에 찔린다. 그것은 '사기꾼의 돈'이다. 아마 다나카보다 더 강하게 그렇게 생각하고 있을 것이다. 피해자에게 돌려주어야 할 돈이라고 생각하고 있다. 한편으로 그 양심의 가책만으로 포기할 수도 없다. 그래서 갈등을 느끼고 있는데, 다나카는 전혀 알아채지 못했다.

사카모토도 사코타를 동정하고 있는 것이다. 이 점에서도 다나카보다 더 깊이 동정하고 있다. 그런 그의 심정이나 갈등에도 둔하고, 그저 정의로운 사람인 척하며 사기꾼의 돈은 받을 수 없다고 주장한 다나카에게 나도 화가 났다. 첫 회합 때의, 사카모토의 말을 빌리자면 '아등바등'했던 그가 너무 시원스럽게 굴었다.

이 사람은 선인善人이다. 선인이지만 제멋대로다. 제멋대로라서 쓸데없는 말을 한다.

"당신은 어쩔 셈이지?"

레스토랑 문 앞에서 다나카가 나에게 물었다. 계시를 바라는 듯한 눈빛에 나는 또 화가 난다.

"지금부터 생각해 보겠습니다."

그는 엷은 웃음을 띠고 곧 대답했다. "거짓말이지. 당신도 사코타 할머니한테 줄 생각이잖아."

"아뇨. 저는 저 좋을 대로 할 테니까 다나카 씨도 마음대로 하십시오."

한마디 덧붙이지 않을 수 없다.

"단, 사코타 씨의 따님은 당신 돈을 받지 않을지도 몰라요."

그는 의외라는 듯이 눈썹을 찌푸렸다.

"……그런가?"

"다나카 씨는 다나카 씨 몫을 받아 주시는 편이 마음 편하다고 말씀하실지도 모릅니다."

그런가—라고 하면서 다나카는 정신이 든 듯 눈을 깜박였다.

"그렇게 되면 나도 내 몫을 받겠어. 꿈자리도 사납지 않겠지."

웃으면서 다나카는 아픈 듯이 구부정하게 몸을 숙인 채 주차장으로 걸어갔다. 나는 녹초가 되었다. 뭐야, 저 기쁜 것 같은 얼굴은.

가게 안의 박스석으로 돌아가 보니 아직도 발치를 노려보고 있는 사카모토 옆에서 마에노가 반쯤 울상을 짓고 있었다. 시바노 기사가 없다. 둘러보니 조금 떨어진 곳에서 휴대전화로 누군가와 이야기하고 있었다. 통화는 곧 끝났다.

"딸이 집에 올 거라, 저도 슬슬 실례해야 해요."

그래도 일단 자리로 돌아오더니 두 젊은이에게 웃는 얼굴을 향했다. "이렇게 하는 게 나았어요. 저는 안심했답니다."

마에노는 레스토랑의 종이 냅킨으로 눈물을 닦았다. 눈가가 새빨갛다.

"시바노 씨는 어떻게 하실 거예요?"

"전에 약속드렸던 대로 여러분의 결론을 존중하겠습니다."

"하지만 시바노 씨도, 우리가 돈을 받겠다고 결정해도 자기 몫은 받을 수 없다, 우리한테 나눠 주겠다고 하셨잖아요."

"나눠 드리면 받아 주실 건가요?"

마에노는 힘없이 고개를 저었다. "─받을 수 없어요."

시바노 기사는 고개를 끄덕였다. "제가 마에노 씨라도 받을 수 없다고 대답할 거예요. 그때의 저는 경솔했어요. 이렇게 결론을 내린 이상 여러분께 돈을 나눠 드리는 건 책임 회피가 되겠지요."

"그럼 사코타 씨한테도 안 주실 거예요?"

"네."

단호한, 그러나 부드러운 목소리였다.

"사코타 씨의 따님도 받아 주시지 않을 거예요."

거기에 생각이 미친 것만으로도, 시바노 기사가 다나카보다도 어른이었다.

"다나카 씨의 생각이 틀렸다고는 생각하지 않지만 반드시 옳다고도 생각하지 않아요. 마에노 씨도 자신의 감정에 따르면 되지 않을까요?"

시바노 기사는 그 사람도─라고 말하다가 서둘러 말을 바꿨다. "구레키 씨도 그러기를 바라셨을 거예요."

마에노는 동그란 눈동자로 그녀를 빤히 바라본다.

"정말로 그래도 된다고 생각하세요?"

시바노 기사는 고개를 끄덕였다.

"그 돈, 마음대로 써도 돼요……?"

자문하는 마에노의 얼굴이 괴로운 듯이 일그러졌다. 또 눈물이 넘쳐났다.

"저는 아무래도 그렇게 생각할 수가 없어요. 아무래도, 아무래도 그렇게 생각할 수가 없어요."

흐느껴 울기 시작했다.

"이런 더러운 돈은 받아선 안 된다는 생각이 들어요. 이 돈을 쓰면 저도 사기꾼이랑 똑같다고."

"그건 아니야, 메이."

내 말에 그녀는 격렬하게 고개를 저었다. 그 옆에서 사카모토는 돌처럼 꼼짝도 하지 않는다.

"구레키 할아버지는 잘못 생각하고 있었어요. 우리한테 위자료를 지불하기보다는 닛쇼의 피해자 분들한테 지불해야 했는데."

"닛쇼 건과 버스 납치 사건은 달라. 두 건을 섞어서는 안 돼."

마에노는 침묵하고 있는 사카모토를 일별하지도 않고 한동안 울기만 하더니, 깊이 숨을 쉬고 얼굴을 들었다.

"저는 더 조사하고 싶어요. 조금 더 시간을 주세요. 아직 '슈퍼 미야코'를 찾지 못했고."

그러면 사카모토와 마에노는 언제까지나 어정쩡한 상태다. 돈이 갖고 싶다. 하지만 이 돈은 안 된다. 그 갈등에서 빠져나올 수가 없다.

둘은 이미 이 가게의 커피처럼 바짝 졸아든 것이다. 다나카가 그런 쓸데없는 말을 하지 않았어도 역시 이야기는 이렇게 되었으리라.

두 젊은이에게 그 돈은 무겁다. 내가 눈치챈 이상으로 무겁다.

"분명히 말하자면, 이제 '슈퍼 미야코'는 찾을 수 없을 거라고 생각해. 너희가 이만큼 조사했는데도 알 수 없었으니까"라고 나는 단언했다. "조사는 내가 계속하지. 구레키 노인의 정체를 알아낼 수 있도록, 어떻게든 노력해 보겠어. 하지만 메이랑 사카모토는 이제 손을 떼. 그 돈은 버스 납치 사건으로 인질이 된 우리에 대한 위자료야. 받아도 부끄러울 건 하나도 없어. 우리도 받을 거니까."

"그렇다면."

낮게, 신음하는 듯한 목소리가 끼어들었다. 사카모토가 입을 연 것이다.

"그렇다면 처음부터 그렇게 할 걸 그랬어요. 돈의 정체를 조사하거나 하지 말고, 그냥 받았으면 좋았을걸."

"결과적으로는 그렇구나. 미안했다."

나는 인정했다. 미간에 주름을 지으며 흙빛 뺨을 굳히고 있는 사카모토에게 사과했다.

"하지만 그 단계에서 아무것도 모른 채 받아 버리는 건 위험하다고 생각했어."

"……저도 같은 마음이었어요."

시바노 기사가 가세해 주었다.

"받아 버린 후에 뭔가 터무니없는 트러블이 일어나면 무섭다고 생각했어요."

"맞아, 케이. 그때 우리도 둘이서 이야기했잖아. 잊어버렸어? 폭력배가 얽혀 있는 돈일지도 모른다고 말했던 건 케이였어. 권총을 갖고 있었으니까, 구레키 할아버지는 그쪽 사람이었을지도 모른다고."

둘이서 그런 이야기를 했나. 그쪽이라니, 나는 생각도 해 보지 않았다.

"너 정말 바보구나. 진짜로 그런 걸 무서워하고 있었어?"

요즘 사카모토가 가끔 마에노에게 이런 말을 내뱉는다는 점을 알고는 있었다. 하지만 실제로 보는 것은 괴롭다.

"사카모토는 꽤 말이 거칠어졌구나."

죄송해요, 하고 마에노가 코맹맹이 소리로 사과한다. 본인은 시치미를 떼고 있다.

"아까 다나카 씨가 '죽은 돈'이라는 말을 사용하셨지요."

시바노 기사가 온화한 말투로 말했다.

"지금 가장 일어나선 안 되는 일은 그게 아닐까요. 구레키 씨가 남긴 돈을 죽은 돈으로 만들어 버리는 것 말이에요. 반대로 말하면, 어떤 형태든 '산 돈'으로 만들 수 있다면 그건 올바르게 돈을 쓰는 길일 거라고 저는 생각해요."

좋은 말을 해 준다.

"그러니까 그렇게 울지 말아요."

시바노 기사는 마에노에게 웃음을 지었다.

"이 돈은 갖고 있으면 점점 무거워지는 비밀이기도 해요. 여러분이—아니, 우리 모두가 그런 비밀을 안고 가기로 결정한 거예요. 그 결단만으로도 사코타 씨와 따님을 얼마쯤 도와준 게 될 거라고 생각해요. 그게 사기꾼이 할 일인가요? 그래도 자신은 사기꾼과 똑같다고 생각하세요?"

마에노는 기운 없이 눈을 깜박였다.

"두 분 다, 구레키 씨의 위자료를 써서 새로운 인생을 열도록 하세요. 돈을 자기 걸로 해 버리는 게 아무래도 내키지 않는다면 일시적으로 빌리는 거라고 생각하면 되잖아요. 그리고 언젠가 갚아 나가면 돼요. 두 분이 개척한 인생 속에서 번 돈을, 곤란에 처해 있는 사람을 위해서 써 나가면 돼요. 다른 사람을 돕는 데 쓰면 돼요."

"시바노 씨는 말을 잘하시는군요. 몰랐어요." 사카모토가 말했다.

나도 친절하고 밝았던 젊은이가 겨우 한 달 남짓 만에 이런 빈정거리는 말을 좋아하는 사람으로 변해 버릴 수 있다는 것을 몰랐다.

시바노 기사의 표정도 딱딱해졌다.

"케이, 어떻게 할 거야?"

사카모토는 마에노의 물음에도 돌아보지 않고, 고집스럽게 등을 굳힌 채 가게를 나갔다.

"한동안 내버려 두는 게 좋을지도 모르겠네요."

시바노 기사가 말했다. 화내지는 않았다. 슬퍼하고 있었다.

"두 분이 조사를 하시는 사이에 뭔가 어지간히 안 좋은 일이라도 있었나요?"

마에노는 고개를 저었다. "그런 건 아니에요. 그냥 케이는, 변해버렸어요."

그렇게 말하고 자신의 말에 위화감이 든 것처럼 눈썹을 찌푸렸다. "그렇다고 할지, 저는 케이를 잘 모르겠어요. 이제 와서 바보같지만, 요즘 그런 생각이 들어요."

둘은 버스 납치 사건 때 만났다.

"그때의 케이는 다정했고, 무서워하기만 하고 아무 도움도 되지 않았던 저를 감싸 주었어요. 굉장히 든든하고 좋은 사람이었어요."

"응, 나도 똑똑히 기억해."

"하지만 그건 그런 상황이었으니까 그렇게 되었을 뿐인지도 몰라요. 특별한 상황이었으니까."

불유쾌한 노란색 불빛 아래, 권총의 총구가 코앞에서 어른거리고 있던 그 자리였기 때문에.

"케이가 변한 게 아니라 상황이 변했을 뿐인지도 몰라요. 저는 애초에 보통 때의 케이가 어떤 사람인지 몰랐어요. 그러니까 케이는 변한 게 아니라 원래대로 돌아갔을 뿐인지도 몰라요."

지금의 사카모토에 대해서라면 마에노가 가장 잘 알고 있을 것이다. 그 말에는 설득력이 있다.

"그건…… 그런 것도 있을지 모르지만."

시바노 기사는 납득하지 않았다.

"하지만 저는 역시 사카모토 씨가 변했다고 생각해요. 몇 번이나 얼굴을 마주한 건 아니지만, 그래도 느끼는 게 있어요. 요전에 마이크로버스 안에서 다 함께 이야기했을 때랑은 다른 사람처럼 되어 버렸는걸요. 눈빛이나 표정이 달라요."

마에노도 맥없이 고개를 끄덕였다.

"그 돈 문제로 사카모토 씨는 우리의 상상보다 더 괴로워하고 있는 게 아닐까요. 그래서 아까도, 조사하는 사이에 안 좋은 일이 있있는지 여쭤본 거예요."

"안 좋은 일……."

"그걸로는 너무 막연하겠군요. 예를 들어 처음에 사카모토 씨는 대학에 다시 들어가기 위해서 돈이 필요하다고 했지요? 그 이상으로 뭔가 급하게 돈이 필요한 일이 일어났다거나."

좋은 착안점이다.

"하지만 구레키 씨의 백만 엔에는 당장 손을 댈 수 없고, 조사하면 조사할수록 점점 손을 대기 어려워져 가고 있지요. 하지만 돈이 필요한 사정은 해결되지 않았어요. 사카모토 씨는 그 사이에 끼어서 혼자 고민하고 있는 게 아닐까요."

"그런 일이, 있나……." 마에노는 종이 냅킨으로 코밑을 문질렀다.

"그런 얘기 못 들었어? 예를 들어 가족 중 누군가가 중병에 걸렸다거나 아버지가 직업을 잃으셨다거나."

마에노는 당혹스러운 얼굴로 고개를 젓는다.

"학비가 필요하다는 마음도 절실하겠지만, 스기무라 씨가 말씀하신 일이 만일 일어났다면 그쪽은 차원이 다른 문제예요. 사카모토 씨 혼자서는 해결할 수 없는 일이고."

"하지만 만일 집에 무슨 일이 일어났다면 케이가 저랑 둘이서 느긋하게 조사나 하고 있었을까요?"

"빨리 조사를 끝내면 그만큼 빨리 그 백만 엔이 손에 들어올 거라고 생각했을지도 몰라. 그래서 초조해하는 거지. 실제로 사카모토는 조사하는 동안 점점 변해 갔잖아?"

마에노는 아직도 생각에 잠겨 있다.

"하지만 돈 얘기라면 우리도 요즘은 거의 하지 않았어요. 케이랑 둘이 있을 때 그 돈을 받아도 되는지 안 되는지, 찬찬히 이야기를 한 적은 없어요."

이것은 의외였다.

"그래서 아까는 저도 그만 울어 버려서, 죄송해요. 여러분이랑 이야기할 때까지 저도 혼자서 끙끙 앓을 수밖에 없었어요. 케이는 제가 돈 얘기를 꺼내면 굉장히 무서운 얼굴을 하고 싫어해서."

"마에노 씨한테 걱정을 끼치고 싶지 않은 게 아닐까요."

모르겠다고, 마에노는 또 코맹맹이 소리를 내며 말했다. "전에는 돈에 대해서 자주 얘기했어요. 아직 돈이 오기 전, 버스 납치 사건이 막 끝났을 무렵에는."

―우리, 정말 위자료를 받을 수 있을 거라고 생각해?

"경찰서에서 돌아온 뒤 거의 그것만 신경 쓰고 있었어요. 그 할아버지는 진심으로 말한 걸까 하고. 메일도 많이 왔어요. 제가 너무 진지하게 받아들이지 않는 게 좋을 것 같다고 답신했을 정도로."

아, 그래서, 그러니까, 하고 몸짓을 곁들였다.

"사건 사흘 후였나요? 할아버지의 이름을 알았잖아요?"

"응, 신원이 밝혀졌지."

"그때 케이는 굉장히 실망했어요. 스기무라 씨는 듣지 못하셨어요?"

사카모토는 내게 그런 감정은 보이지 않았다. 그 할아버지는 정말 외로운 처지의 사람이었군요, 하고 동정적인 메일이 왔던 일을 기억하고 있을 정도다.

"케이는 뭔가 완전히 실망하고 말았어요. 할아버지는 가난했구나, 하면서. 부자가 아니었다고."

―위자료를 받을 수 있을 리 없지. 역시 그런 좋은 일은 굴러들어오지 않는구나.

"저는, 굳이 말하자면 할아버지가 가난했던 것보다 외톨이였다는 게 더 쇼크였기 때문에 케이가 하도 가난뱅이, 가난뱅이, 해대서 너무하다고 화낸 적도 있었어요."

사카모토는 당황해서, 사과하기도 하고 변명했다고 한다.

"위자료에만 신경을 쓰다니 나 꼴사납지, 하면서."

—하지만 역시 꿈을 꿔 버렸으니까.

"기대했기 때문에 실망하고 말았다는 거예요."

그 마음은 나도 안다.

"그래서 자기 힘으로 열심히 일해 학비를 벌겠다면서 그 후 청소회사에 취직한 거예요. 힘든 것 같았지만 열심히 하고 있었어요."

다만 이 일을 하면서 재입학을 위한 수험 공부를 하는 건 무리니까, 다른 아르바이트를 찾을까 하는 이야기도 했다고 한다.

"몸이 편하고 시급이 좋은 데라고 하기에, 그런 건 호스트 일 정도밖에 없다고 말해 줬어요. 그렇겠지, 하면서 웃더군요."

"하지만 결국 청소회사는 그만뒀지?"

마에노는 입술을 깨물었다. "이 얘기, 비밀로 해 주실 수 있어요?"

나도 시바노 기사도 고개를 끄덕였다.

"다나카 씨한테는 말하지 말아 주세요. 케이가 불쌍하니까."

"물론 말하지 않을 거야."

청소회사를 그만둔 까닭은 괴롭힘을 당했기 때문이라고, 마에노는 말했다. "파견 나간 일터에서 케이는 고등학교 때 동급생을 만나고 말았어요."

이 동창은 그 회사의 정사원이었다.

"케이는 그 사람하고 사이가 나빴던 모양이에요. 그렇달까, 고등학교 시절의 케이한테는 아무래도 상관없는 사람이었나 봐요.

공부벌레라서 성적은 좋았지만 반에서 존재감이 없었던 타입이라서."

"사카모토 씨는 학교에서도 인기가 많았을 테니까요."

나도 그렇게 생각한다. 밝고 스포츠맨 타입의 미남이다.

"그 사람이 일하고 있는 직장에 케이는 청소를 하러 다니고 있었어요."

예전의 인기인과 따돌림을 받던 사람이 그런 형태로 재회한 것이다.

"케이는 분하다, 한심하다, 고 솔직하게 말했어요. 하지만 지지 않겠다고요. 나도 어엿하게 일을 하고 있으니까, 라면서."

하지만 상대는 그렇게 생각하지 않았다.

"걸핏하면 불평을 했대요. 제대로 청소가 되어 있지 않다거나 비품을 망가뜨렸다고, 청소회사의 상사한테 케이를 지명하면서 말한 거예요."

청소 작업은 회사 업무가 끝나고 나서 시작된다. 하지만 그 동창은.

"아무리 봐도 잔업은 없는 것 같은데 케이가 청소하러 오기를 기다렸다가 구경을 하더래요. 제대로 감시하지 않으면 사카모토는 농땡이를 부린다면서."

그래도 사카모토는 견뎠다. 학비를 위해서다. 대학에 다시 들어가기 위해서다.

"게다가 케이의 상사는 정말 훌륭한 사람이어서 그런 시시한 괴롭힘에 지지 말라고 격려해 주었대요.”

인원이 충원되면 사카모토를 다른 파견처로 옮겨 주겠다고 약
속했다고 한다. 하지만 그러던 차에 괴롭힘 레벨로는 끝나지 않을
트러블이 일어났다.

“그 회사의 로커에서 돈이 없어진 거예요.”

그 동창의 돈은 아니었다.

“절도 사건이라서 경찰도 수사하러 왔대요. 사원들도 사정 청취
를 받고.”

그때, 청소회사의 사카모토라는 사원이 수상하다는 증언이 나
와서 사카모토는 특별히 꼼꼼하게 사정 청취를 받았다.

“물론 그 녀석이 말한 거예요. 케이의 동창이 케이한테 누명을
씌우려고 한 거죠.”

사카모토가 범인으로 몰리는 일은 없었지만 그렇다고 완전히
의심이 풀린 것도 아니었다. 그 절도 사건은 지금도 여전히 미해
결 상태라고 한다.

“결국 케이네 회사는 그곳과의 계약이 잘려서.”

—내 책임이야.

“그래서 케이는 그만둔 거예요. 상사는 말렸지만 뿌리치고 그만
둬 버렸어요.”

시바노 기사가 괴로운 듯이 입을 오므리고 고개를 끄덕이면서
말했다. “버스 납치 사건 때의 야마후지 경부님한테 의지할 수는
없었을까요?”

"관할이 달라요. 해풍 경찰서가 아니에요."

"담당도 다를 테니까요." 나도 말했다. "찾아갔다고 해도, 야마후지 씨도 어떻게 할 수 없었을 거예요. 용의자로 체포된 것도 아니고."

그냥 무죄도, 유죄도 아니게 되었을 뿐이다.

"하지만 케이는 일을 그만두고 나니까 밝아졌어요. 저도 걱정했지만, 뭐, 억지로 참는 것보다 나은 건지도 모른다고 생각했어요. 일은 다시 찾으면 되고, 케이도 그 무렵에는 초조해하는 것처럼 보이지 않았어요."

—좀 더 계획적으로, 효율적으로 돈을 벌이야겠이.

"친구와 만나거나 인터넷에서 조사하면서 일을 찾고 있었어요. 그리고 일주일쯤 지났을 때 그 돈이 도착한 거예요."

둘은 세 종류의 송장을 조사하기 시작했고, 사카모토는 점점 기분이 나빠지더니 내면으로 파고들고, 격해지기 쉬운 성격으로 변해 갔다—.

"지금은 초조한 것 같아요" 하고 마에노는 말했다. "그 백만 엔이 갖고 싶은 거예요. 무서운 돈이 아님을 알았으니까요. 실제로 돈을 보고 나서 케이가 구레키 할아버지는 그쪽 사람이었을지도 모른다고 겁을 먹었던 건 정말이에요. 그런 생활을 하고 있었던 이유는 조직의 돈을 훔쳐서 도망쳤기 때문이 아닐까 하면서."

"드라마 같은 이야기네."

하지만 지금은 그 가능성이 사라졌다. 그 백만 엔은 뒤탈 없는 돈이다. 다만 '사기꾼의 돈'이라는 응어리만 잘라낼 수 있다면.

마에노도 이렇게 말했다. "하지만 케이도 저와 비슷할 정도로 그 돈은 자기 게 아니다, 자기 걸로 해서는 안 된다, 닛쇼의 피해자들의 돈이다, 라고 생각하고 있어요."

"그건 틀린 생각이야." 나는 말했다. "너희의 위자료야. 그와 이야기를 잘 나눠 봐 주지 않겠니?"

"자신 없지만…… 해 볼게요."

시바노 기사의 휴대전화가 울렸다. 화면을 보고는 끊임없이 사과하면서 일어선다. 딸에게 돌아가는 그녀를, 나와 마에노는 지켜보았다.

11

　나는 장인에게 보고서를 썼다. 현 시점까지 판명된 것과 아직도 풀리지 않고 남아 있는 수수께끼를 적어 나가다 보니 내 머릿속도 정리가 되었다.

　마음의 정리도, 억지로 했다.

　그 '위자료'를 받을 것이다. 인질 동료 모두와 함께 결정한 일이다. 후회는 없다. 하지만 장래의 어디에선가 그 돈이 탄로 날 위험성은 제로가 아니다.

　나는 이마다 콘체른을 그만둘 것이다. 더 이상 성가신 존재가 되어서는 안 된다. 장인에게 사직서를 받아 달라고 해야 한다.

　다행인지 불행인지, 장인이 갑자기 미국으로 건너가서 지정된 이 주가 지나도 장인을 만나지 못하게 되었다. 국경을 넘은 재계인의 심포지엄인가 하는 데 가는 일인데 손위 처남이 참석해야 했지만 스케줄 조정이 되지 않아 장인에게 돌아온 것이라고 한다.

　아내에게 사정을 이야기했다. 나호코는 그다지 놀란 얼굴을 하지도 않고 반대하지도 않았다.

　"당신 마음은 알았어."

미안하다고, 아내에게 머리를 숙였다.

"애초에 사직서를 쓴 일 자체를 당신한테 상담하고 나서 해야 했어. 순서가 반대가 되었네."

"그런 건 괜찮아. 상관없어."

상관없다. 아내는 요즘 이 말을 자주 쓴다. 모모코의 문화제 도중에 빠져나온 일을 사과했을 때도 그렇게 말했다. 괜찮아, 상관없어, 신경 쓰지 마.

그리고 지금은 그때는 하지 않았던 말을 했다. "나, 당신이 날 두고 혼자 가 버리는 것에 익숙해졌으니까."

농담처럼 말하고 있지만 농담이 아님을 알 수 있는 말투였다.

"그런 데에 익숙해지지 말아 줘."

"네, 네, 탐정님." 아내는 웃었다. "회사를 그만두면 일은 어떻게 할 거야? 아버지도 오빠들도 당신이 그만두는 건 허락해도 워크넷에 다니는 것에는 좋은 얼굴을 하지 않을 텐데."

"하지만 보통은 그렇게 해."

"당신의 입장은 보통이 아니야. 그렇게 생각하지는 않아?"

아내의 눈동자는 똑바로 나를 바라보고 있다.

"그러네."

그러자 아내는 내 얼굴에서 눈을 피했다. "미안해. 방금 한 말은 잘못했어."

"잘못하지 않았어."

"아니, 보통이 아닌 건 내 쪽이야. 당신이 아니라."

지금까지 나호코와 이런 대화를 한 적이 없다. 나는 동요했다.

"역시 화났어? 물론 화나겠지. 당연해."

아내는 그 물음에는 대답하지 않고 다른 것을 물었다. "당신 몫의 돈이랑 당신이 맡고 있는 소노다 씨 몫의 돈, 어떻게 할지 결정했어?"

나는 고개를 끄덕였다. "아직 편집장님한테는 이야기하지 않았지만 말해도 분명, 맡길 테니까 알아서 해 달라고 하실 테니까."

"그러네."

"뭔가 사회적인 활동을 하고 있는 단체에 익명으로 기부할까 해."

"닛쇼 피해자의 모임이 아니라?"

"그럴까 생각도 했지만 지금은 닛쇼에 얽매이지 않는 게 좋을 것 같아."

그 편이, 이 돈은 버스 납치 때 인질로 잡혔던 일에 대한 위자료라고 생각하기 쉬울 것 같다.

"기사님은 어떻게 하시려나? 물어봤어?"

묻지 않았지만 시바노 기사 쪽에서 가르쳐 주었다.

"시바노 씨는 방금 당신 말대로, 닛쇼 피해자의 모임에 기부할 거라고 했어. 그런 모임도 활동 자금이 필요할 거라면서."

"전액?"

"그런가 봐."

"조금은 자신을 위해서 써도 될 것 같은데. 누군가 그런 사람이 없으면 두 젊은 애가 불쌍해."

"그 둘한테는 더 이상 아무것도 말하지 않을 거야. 돈을 어디에 썼느냐고 물어도 가르쳐 주지 않을 거고."

그래—하면서 아내는 고개를 끄덕이고 미소를 지었다. 애써 미소 지은 듯이 보였다는 생각은 지나친 것일까.

"워크넷에는 안 다닐 거야." 나는 말했다. "옛날 연줄에 의지해서 어딘가 출판사나 편집실에 들어갈 수 있을지 찾아볼게. 결국 나는 편집 일을 좋아하니까."

그래서 그룹 홍보실을 떠나는 것은 괴롭다. 《아오조라》는 좋은 사내보였다.

"당신이 없어지면 소노다 씨가 불안해하겠지."

"분명히 혼날 거야. 무책임하다고."

"쓸쓸하니까 혼내는 거야. 날 두고 혼자 가는 거냐고."

나는 아내의 얼굴을 보았다. '날 두고 혼자 간다'는 말은 오늘 두 번째로 등장했다. 나와 아내 사이에는 들어맞는 표현이지만 나와 소노다 에이코 편집장 사이에는 어울리지 않는 표현이기도 하다.

"소노다 씨는 나한테 그렇게까지 의지하지 않아."

"의지해. 당신이 눈치채지 못했을 뿐."

그렇게 말하고 아내는 웃었다. 또 억지로 웃은 것처럼 보였다.

"미안해. 나 당신한테 짜증 부리고 있네."

그러고는 갖다 붙인 것처럼 묻는다. "마노 씨는 잘 지내?"

"응, 잘 지내."

"언제든지 에스테티션으로 돌아갈 수 있도록 연수를 받고 있다더라고. 그럼 연습 대신으로 우리 집에서 홈 에스테를 해 주길 부탁하고 싶다고 했더니 당치도 않다면서 거절하더라."

―사모님은, 최전선으로 복귀하고 나서 최고의 상태로 뵙게 해 주세요.

"마노 씨다워."

"내가 쓸데없는 참견을 했나 봐."

에스테 연습을 가리키는 것인지, 마노를 그룹 홍보실로 끌고 온 일을 가리키는 것인지 모르겠다.

"마노 씨는 활기차게 지내고 있어."

"그렇다면 다행이고."

아내가 이야기는 끝이라는 듯이 일어섰기 때문에 나는 쫓아가서 말했다.

"퇴직이라는 중요한 일을 혼자서 결정해 버려서, 정말 미안해."

"싫어라. 당신답지 않아, 그렇게 장황하게 사과하다니. 하지만 그렇게 반성하고 있다면 샤토 라투르 한 병으로 용서해 줄게."

기꺼이, 하고 나는 약속했다.

하리마야를 찾아가니 사장은 부재중이고 상무가 가게를 지키고 있었다. 이 계절에 금귤빛 대머리가 빛날 정도로 혼자서 땀을 흘리고 있다.

"이 녀석, 만만치 않다니까" 하며 노트북에 턱짓을 했다. "컴퓨터라는 놈은 장기를 좋아하는 걸까?"

　조금 이야기를 나눈 뒤 닛쇼에 관련해서 뭔가 새로운 이야기가 귀에 들어오면 가르쳐 달라고 부탁했다. 청색 신고회 회장의 전기 용품 가게에도 찾아가서 똑같이 했다. 아직 조사할 게 있느냐며, 사장은 약간 놀라워했다.

　인터넷을 통해 교류하여 만나서 이야기를 들을 수 있을 듯한 사람들이 벌써 몇 명인가 있다. 그 이외에는 정보가 들어오기를 기다리는 일만 남았다. '미쿠리야'와 관련해서는 여전히 아무것도 나오지 않는다.

　문득 생각나서 아는 사람에게 전화해 보았다. 이 년 전 사고 때 만난 젊은 저널리스트인데 본인은 그렇게 불리면 노골적으로 기분 나빠한다. 사회학자라고 부르면 더 싫어한다. 평론가면 충분하다고 한다.

　다망한 그는 바로 최근에도 저서를 냈다. 저출산 고령화 사회로 향하고 있는 일본이 앞으로 취해야 할 경제 정책에 대해서 알기 쉽게 해설한 신간이다.

　"오랜만이네요. 돌다리도 두들겨 보고 건너는, 안전도장 스기무라 씨."

　나를 그렇게 놀리는 사람은 아키야마 쇼고뿐이다.

　"오랜만입니다. 잘 지내시더군요. 또 베스트셀러를 내시고."

　"요즘 신간 베스트셀러의 수준이 얼마나 형편없는지 모르시죠?"

"지금 얼마나 얘기할 수 있나요?"

"딱 십 분."

나는 실명은 숨겨 두고, 오바 마사지로와 수수께끼의 경영 컨설턴트에 대해서 설명했다. '미쿠리야'라는 군사의 영향으로 닛쇼는 악질 상행위로 내달렸다. 이 이야기는 내 가설일 뿐이고 뒷받침은 없다. 한 기업의 수장이 그런 형태로 외부 인간의 영향을 받는 일이, 애초에 있을 수 있는 일일까. 이제 와서 마음이 약해진 꼴이지만 그의 의견을 들어 보고 싶어졌다.

"있습니다." 그는 즉시 대답했다. "수장이 이상한 인간의 영향을 받아서 초능력 연구나 UFO 탐색에 큰돈을 내다 버리는 일도 있어요."

그도 취재한 경험이 있다고 한다. 규모는 작지만 우수한 기술을 가진 유서 깊은 기계 부품 메이커의 사장이, 영구 기관을 발명했다는 자칭 과학자에게 현혹되어 결국 회사를 망하게 하고 만 케이스라고 한다.

"기계 메이커의 수장이 에너지 보존 법칙도 제대로 이해하지 못하고 있었다는 허술한 이야기이지요."

융자 사기라면 더 많다고 한다.

"좀 오래된 일이지만 M 자금 사기 같은 건 유명하지요. 대기업들이 줄줄이 걸려들었으니까요. 소설로도 나왔습니다."

"그런 경우에 수장을 속인 쪽이 끝까지 자신의 정체를 숨길 수 있을까요?"

"관헌에 붙잡히지 않는다는 레벨로요?"

왠지 그는 '관헌'이라는 표현을 즐겨 사용한다.

"그것도 물론이지만, 예를 들어 수장의 측근과도 접촉하지 않고 다단계나 악질 상행위일 경우엔 일반 회원에게는 그 존재조차 알려지지 않도록 숨어 있는 거예요."

아키야마는 잠깐 생각했다. "있을 법한 일이군요. 머리가 좋은 사기꾼은 큰 조직일수록 한꺼번에 많은 인간을 상대하지 않습니다. 급소만 누르는 겁니다. 스기무라 씨가 묻는 케이스는 확실히 악질 상행위 케이스인 거지요?"

"맞아요. 이미 적발되었지요. 수장과 간부는 체포되었지만 군사인 것 같은 인간은 아무런 흔적도 남아 있지 않아요."

아키야마는 컴퓨터 키보드의 키를 누르고 있는 모양이다. 이윽고 말했다. "그거, 닛쇼 프런티어 협회 아닙니까?"

여전히 날카롭다. "맞습니다."

"지난 일이 년 사이에서는 제일 큰 경제 사건이니까요. 흐음."

또 잠시 뜸을 들이더니, 그는 웃었다. "대표인 오바라는 남자, 눈에 띄고 싶어 하는 사람이군요. 카리스마를 발휘하는 인물이 되길 원하는 타입이에요."

지금 인터넷 정보를 보고 있는 모양이다.

"그렇다면 군사는 숨겠지요. 그 편이 오바 대표를 조종하기 쉬워요."

"하지만 오바 대표는 한때 이 군사에게 사랑에 빠진 처녀처럼 열을 올리고 있었다고 합니다."

"그렇다면 더욱 그렇지요."

군사에게 다 퍼 주고 열렬하게 신봉하고 그의 말대로 했더니 다 잘되었다.

"그렇게 된 순간 전부 자신의 공으로 하고 싶어지는 게 이런 타입의 인간의 버릇입니다. 선생님 덕분이기는 했다. 하지만 실행한 건 나다. 내가 위대한 거다. 이 위대한 나이기 때문에 세상을 개혁할 수 있다."

아키야마는 회원들 앞에서 연설하는 오바 대표의 말투를 그럴듯하게 흉내 내 보였다.

"그럼 군사 쪽은, 물러날 때가 되었다고 생각하면 쉽게 오바 대표에게서 떠날 수도 있을까요?"

"현명한 사기꾼이라면 그렇게 하겠죠."

오바 마사지로 같은 타입은 어떤 형태로든 자신보다 상위에 있는 존재나, 넘버 2를 두는 것을 참지 못할 거라고 한다.

"괜히 집착하면서 머물러 있다간 쫓겨나게 돼요. 뿐만 아니라 제거당할 위험도 있지요."

나는 간담이 서늘해졌다. '미쿠리야'가 오바 마사지로에게 살해당했을 가능성도 있다?

"닛쇼의 활동 역사는 꽤 길지요?"

"분명하게 악질 상행위에 손을 댄 건 1999년 4월부터의 일입니다."

"그렇다면 스기무라 씨가 찾으시는 군사 역할의 사기꾼은 이미 닛쇼와 작별했을 겁니다. 오바 대표가 카리스마 있는 사람 행세를 시작했으면 사라졌을 거예요. 받을 건 받았을 테고, 호구는 얼마든지 있지요."

내 생각과 같은 이야기를 해 주었다.

"그 후 어디에서 어떻게 지내고 있는지가 신경 쓰이는군요. 다른 호구는 좀 더 조촐한 곳인가? 현재 닛쇼 급의 대규모 사기 사건은 적발된 게 없으니까요."

"그런 조직은 반드시 적발되는 법인가요?"

"일정한 규모를 넘는다면 시간 문제지요."

관헌도 바보는 아니다, 라고 말한다.

"그런데 스기무라 씨, 여전히 이상한 일을 하시네요. 이번 일은 당신이 버스 납치로 인질이 되었던 일과 뭔가 관계가 있습니까?"

"알고 계셨습니까?"

"마유미는 모르니까 걱정 마십시오."

마유미라는 여성은 그의 사촌동생으로 이전에 그룹 홍보실에서 일했던 적이 있다.

"관계없는 걸로 해 주십시오."

"알겠어요. 하지만 당신의 안전도장 간판을 소중히 해 줘요."

"명심해 두겠습니다."

늦기는 했지만—. 전화를 끊고 나서 나는 머리를 긁적였다.

624

아다치 노리오에게서 연락을 받은 것은 그날 오후의 일이다.

"정말로 전화했는데, 괜찮소?"

조심스러운 목소리였다.

"물론이지요. 그 후로 어떻게 지내십니까?"

"일하고 있소."

그 신문 판매점에 있다고 한다.

"그거 잘됐군요!"

"나는요. 하지만 나랑 있는 건 싫다면서 두 명이나 그만둬 버려서, 점장님한테도 사모님한테도 미안해서."

"그만큼 열심히 일하면 되지요. 그럼 축하 파티를 해야겠군요."

그런 건 됐다며 당황하는 그를 설득해 노모토가 데려가 주었던 그 중화요리 가게에서 만나기로 했다.

약속 시간에 맞춰 나타난 아다치 노리오는 깔끔하게 머리를 자르고, 풀을 먹인 와이셔츠에 학생풍의 아가일 무늬 조끼를 입고 있었다. 본인도 쑥스러운지,

"점장님 아드님의 옷을 물려받았소"라고 했다.

"잘 어울리세요."

차가운 맥주로 건배했다.

"걱정을 끼쳤으니까 내가 사겠소."

"무슨 말씀이십니까. 저는 아무것도 안 했습니다."

"그렇지 않아요. 당신은 생판 남이었는데도 진짜로 걱정해 주었소."

기타미 부인과 쓰카사에게서 여러 가지로 이야기를 들었다고
한다.

"그럼 이 맥주만 사 주십시오."

날라져 온 음식은 그를 놀라게 하고 기쁘게 했다. 맛있다, 맛있
다며 입안 가득 넣다가 문득 젓가락을 멈추고 내 얼굴을 보았다.

"나는 전과가 있으니까요."

"예."

"알고 있다오. 구치소의 밥도, 형무소의 밥도."

이렇게 맛있는 건 나오지 않는다고 했다.

"밥 양만은 많으니까 살이 찌지요. 다카고시의 부인—이 아니라
이무라 씨, 힘들었겠지요."

그녀는 상해 치사로 기소가 결정되었고 이미 보석으로 풀려났
다. 과도를 손에 든 것은 살의가 있었기 때문은 아니지만 헤어지
자는 이야기에 귀를 기울이지 않는 다카고시를 위협하고, 경우에
따라서는 다치게 해도 좋다는 의도는 있었던 것으로 인정되었기
때문이다.

"변호사가 좋은 사람이래요. 여자 변호사인데, 배 속의 아기를
위해서도 조금이나마 형이 가벼워지도록 노력해 주고 있다고."

보석금은 그녀가 옛날에 일했던 가게의 포주나 동료들이 모아
주었다고 한다.

"그 사람, 자신은 외톨이라고 말했던 모양이지만 그렇지 않았
소."

아다치 노리오는 곱씹듯이 말했다. 자기 자신에 대해서도 이리 저리 생각해 보고 있을 것이다.

"두 사람이 헤어지자는 이야기를 하게 된 원인도 공판 때 나오 겠지요."

"그야 그렇지."

그가 또 자기혐오에 빠져 버리기 전에 서둘러 물었다. "그럼 경 찰도 어느 정도는 다카고시 씨의 과거를 조사했겠네요."

"⋯⋯음."

나한테도 사정을 묻더군, 하고 말했다.

"주택 담보 대출 사기였소."

단독주택이나 분양 맨션을 대상으로 금융기관에서 구입 자금을 빌린 뒤 실제로는 구입하지 않고 도망쳐 버린다.

"나는 '배우'였지."

"배우?"

"구입 희망자인 척하는 역할이오. 대출 계약을 하는 당사자."

물론 그의 경제력으로는 주택 담보 대출 계약을 맺을 수 없다.

"그래서 가짜 신분을 만들어 내는 거요. 내게 필요한 건 몸과, 다카고시 일당이 시킨 대로 말하는 입뿐."

그런 '배우'로는 생활이 곤궁한 사람이 스카우트되는 경우가 많 았다고 한다.

깔끔하게 차려 입히면 처음으로 내 집을 장만하려고 노력하는 월급쟁이로 보이기 때문이다.

"물건이 주택이니까 젊은 놈은 쓸 수 없는 거요. 같은 '배우'라도, 학교를 그만두고 직업도 없고 놀 돈이 필요해서 어슬렁거리는 젊은 놈들은 대개 휴대전화나 직장인 신용대출 사기에 이용되고 있었소."

"그럼 당시 아다치 씨 주위에는 그런 구미 당기는 이야기가 자주 있었던 거군요."

그는 고개를 끄덕였다. "빨리 그런 생활에서 빠져나가고 싶어서 나는 밥은 못 먹어도 옷에는 신경을 쓰며 청결하게 하고 다녔소. 다카고시 같은 놈들은 그걸로 단번에 아는 거지. 아아, 이 녀석은 달려들겠구나, 하고."

다카고시 가쓰미는 그 주택 담보 대출 사기의 주모자는 아니었고 고용된 스태프였다고 한다.

"그놈한테는 그놈의 할당량이 있었고, 하는 짓은 사기지만 영업 성적 같은 게 분명히 있었소."

"사기 그룹의 모체는 어떤 조직이었는지 아십니까?"

"원래는 무슨 대리점이었던 모양이오. 다카고시가 사장님, 사장님이라고 불렀던 자는 얼핏 보기에는 사람 좋아 보이는 아저씨였소."

딱 한 번, 이야기를 나눈 적이 있다고 한다.

"한번 해 보면 나 같은 바보라도 주택 담보 대출 사기의 끄나풀로 이용되었다는 건 알 수 있으니까 말이오. 무슨 짓을 하는 거냐고 항의했더니 그 사장이,"

울 것 같은 얼굴을 했다고 한다.

"화내거나 협박한 게 아니라요?"

"그래요. 어린애가 울상을 짓는 것 같은 얼굴을 하고는."

―은행은 우리 이상으로 나쁜 짓만 하고 있다네.

"우리는 은행에 살해당한 동료의 원수를 갚고 있는 거라고 하더군……."

사실이 어떤지는 알 수 없다. 그것도 사기꾼이 다른 사람을 조종하는 말에 지나지 않았을지도 모른다. 하지만 그때의 아다치 노리오에게는 충분히 효과가 있는 대사였다고 한다.

"얼마 동안이나 했습니까?"

"기간이랄까, 배우로 현장에 나간 건 세 번이었소."

그래도 횟수가 많은 편이었다고 한다.

"아무래도 방범 카메라에 찍혀 버리니까, 변장을 하든 수염을 기르든, 그 정도가 한계요. 대개 배우는 한 번만 일하고 푼돈을 받고는 버려지지."

다카고시네 그룹은 수도권을 전전하며 범행을 되풀이하고 있었지만 사장은 아무래도 간사이에서 흘러들어 온 사람인 것 같았다고 한다.

"사장보다 더 위에 있는 인물을 언뜻 본 적은 없습니까?"

"위에 있는 인물이라니?"

"묘한 말이지만, 흑막."

그는 웃음을 터뜨렸다. "그런 게 있었다고 해도 나 같은 놈 앞에는 나오지 않을 거요."

그렇겠지.

"어디에선가 폭력단과 연결되어 있었을 가능성도 있지만."

"아다치 씨 같은 배우를 훈련하는 역할의 사람은 있었습니까?"

"내 경우는 다카고시와, 그 녀석이 선배, 선배라고 부르던 놈."

여성 사원도 있었다고 한다.

"배우의 마누라 역도 하는 거요. 집을 사려면 대개 부부가 같이 계약하러 오잖소?"

"아아, 그렇지요."

"하지만 여성은 좀처럼 찾을 수 없단 말이지요, 배우를. 젊은 여자라면 있지만."

"다카고시 씨네는 어떻게 그 그룹에 들어간 걸까요."

아다치 노리오는 등받이에 기대며 내 얼굴을 보았다. "생각도 해 보지 않았소. 하지만 글쎄요. 그놈들은 우리처럼 스카우트되는 건 아닐 테고."

사기 그룹도 회사의 체재를 취하고 있으면 사원 모집을 해서 사람을 모을 것이다. 하지만 막상 실행하게 되었을 때 그런 일은 할 수 없다며 도망치는 사람도 있을 것이다. 경찰에 신고하겠다는 사람도 있을 것이다.

"면접 때 사장이 걸러냈던 걸까요. 이 녀석은 할 수 있을 것 같다. 이 녀석한테는 무리라고."

망측하지만 유쾌한 상상에 그는 웃었다. 나도 웃었다.

"나는 그 후로 수족관에 못 가요."

동물 쇼를 하잖소, 라고 한다.

"강치 쇼나 돌고래 쇼나. 그걸 보면 안 돼요."

나도 이 녀석들과 똑같았다는 생각이 들어서.

"코앞에 먹이가 매달려 있고, 조교당하는 거잖소? 그 무렵의 나와 똑같지."

부정하려는 듯이 허둥지둥 고개를 젓는다.

"이런 생각은 조교사한테 실례인 데다 사실은 똑같은 것도 아니지만. 손님들을 즐겁게 해 주는 강치나 돌고래가 나보다 훨씬 더 나은 생물인데."

나는 그의 잔에 맥주를 더 따랐다.

"하지만 그 무렵 나는 아무것도 생각하지 않았다오. 돈이 필요하다, 제대로 된 생활을 하고 싶다, 그것뿐이었소."

"다카고시 씨나 사장은 무슨 생각을 하고 있는 것 같던가요?"

아다치 노리오는 눈을 가늘게 떴다.

모르겠다며 고개를 저었다.

"다카고시는 부인―이무라 씨의 부모님이 동반자살하신 것을,"

"예, 알고 있었다고 하더군요. 그러니까 네 부모가 손해 본 만큼 자신이 되찾아 주겠다고 했대요."

"하지만 나를 스카우트한 다카고시는 아직 이무라 씨와 만나기 전이었으니까 말이오."

싱글벙글 웃는 얼굴의 가게 주인이 김이 나는 볶음밥을 가져다

주었다. 그 김 맞은편에서 아다치 노리오는 먼 곳을 보고 있다.

"아무것도 생각하지 않았을지도 모르지요. 반대로 나 같은 건 짐작도 하지 못할 정도로 많은 것을 한꺼번에 생각하고 있었을지도 모르고."

둘 중 하나일 거라고 생각하오, 라고 했다.

"중간이 없는 거요. 텅 비었거나, 꽉 찼거나. 그렇지 않으면 그렇게 사람을 속일 수는 없을 것 같은 기분이 들어요."

바꾸어 말한다면 그것은 '내가 없다'거나 '나밖에 없다'는 뜻이 아닐까.

"다카고시는 나와 마주치자 안색이 바뀔 정도로 놀랐소. 겁먹고 있었지. 하지만 역시 지금도 비슷한 사기 장사를 하고 있었소."

나쁜 일에 손을 물들이고 있다는 자각은 있었지만 반성은 하고 있지 않았다. 겁먹었던 까닭은 아다치 노리오가 화를 내고, 그를 집요하게 따라다녔기 때문이다. 쓰고 버린 쓰레기 같은 '배우'가 한 사람의 인간으로서 앞에 나타났기 때문이다.

"나는 모르겠소. 굉장히 화가 나는 놈이었지만, 모르겠소."

우리는 뜨거운 볶음밥을 먹었다. 과거의 이야기는 더 이상 하지 않고 아다치 노리오의 미래 이야기를 했다. 그는 통신 고등학교에 입학해 고졸 자격을 딸 계획이라고 한다.

"다음 휴일에 부인과 쓰카사 씨가 기타미 씨의 성묘에 데려가 주실 거요."

"제 몫까지 성묘하고 와 주십시오."

꼭 하겠다고 말하며 내게 밝은 눈을 향했다. "스기무라 씨는 딱딱한 월급쟁이인데, 특이하군요."

"어디가 특이한가요?"

"나 같은 놈한테 친절하니까. 회사에서는 별로 출세하지 못하는 거 아니오?"

"확실히 출세는 자신이 없네요."

"하지만 스기무라 씨는 기타미 씨의 친구였으니까요."

아다치 노리오는 음음, 하고 혼자서 고개를 끄덕이며 만족스러운 듯한 얼굴을 했다.

"기타미 씨랑 마음이 맞는 사람은 그런 사람이어야지. 저기, 차라리 월급쟁이 같은 건 그만두고 기타미 씨의 일을 물려받으면 좋을 텐데."

이전에도 귀여운 여고생에게서 같은 말을 들었다. 기타미 씨 같은 사립탐정이 되면 좋을 텐데, 라고.

"저는 사기꾼도 못 되겠지만 그만큼 사립탐정에도 맞지 않는 것 같은데요."

"그렇지 않아요. 당신은 왠지 간이 큰 부분이 있으니까."

나는 내 간이 몸의 어디에 있는지도 모른다.

"뭐, 좋아요. 인생, 어디에서 뭐가 어떻게 바뀔지 모르니까. 스기무라 씨네 딱딱한 회사도 도산할지 모르지요. 그럼 생각해 보시오, 사립탐정."

편안하게 웃는 아다치 노리오는 행복해 보인다. 사립탐정이 어떤 사람 인생의 이런 장면에 종종 입회할 수 있는 직업이라면 멋질 것이다. 이런 장면에만 입회한다면. 이무라 에리코는 빼고. 다카고시 가쓰미는 빼고.

"스기무라 씨, 기타미 씨를 위해 건배합시다."

둘이서 맥주잔을 딱 부딪쳤다.

장인의 귀국은 11월 말로 정해졌다. 예정보다 이틀 늦다.

"그쪽에서 몸이 좀 안 좋아지신 모양이야."

심포지엄이 끝난 후, 그쪽에 살고 있는 옛 지인들을 찾아가거나 평소부터 장인이 흥미를 갖고 있던 기업을 방문하는 등 정력적으로 돌아다녔기 때문에 피로가 나타났을 거라고 한다.

"귀국하면 만약을 위해 입원해서 검사를 받으실 거래. 나, 모모코를 데리고 나리타 공항까지 마중을 나가려고 하는데."

"그거 좋네. 장인어른도 좋아하실 거야."

"사실은 당신도 같이 가 주었으면 좋겠지만……."

나호코는 말을 흐리며 곤란한 듯이 쓴웃음을 지었다. "아버지가 걱정된다면서 미타에 계시는 이모님이랑 구리모토의 큰아버지도 오실 거래. 당신, 별로 안 내키지?"

양쪽 다 이마다 가의 친척들이다.

아내가 눈치채 준 대로 나는 이 사람들이 불편하다. 이상하게도 장인이나 손위 처남들 같은, 이마다 가 한가운데에 있는 사람들과의 사이에 불화가 있었던 적은 없는데 이런 한 다리 건너에 있는 사람들과는 어색해지고 만다.

—어디서 굴러먹다 왔는지도 모르는 놈.

노골적으로 그런 눈빛을 하며 제대로 인사조차 받아 주지 않는다. 과거에 몇 번인가, 친척 모임 자리에서 그들의 차가운 시선을 받고 난감해하는 나를 보다 못해 손위 처남과 처남댁 들이 중재해 준 적이 있으니, 나의 일방적인 피해망상은 아닐 것이다.

"응. 고마워."

하지만 아내 역시, 적어도 미타의 이모님과는 그다지 양호한 관계를 맺고 있지는 않을 것이다. 이모님은 장인의 죽은 아내의 여동생으로, 장인의 정부의 딸인 나호코를 매우 껄끄럽게 여긴다. 그리고 그 껄끄러움을 숨기지 않는, 좋게 말하면 솔직하고 나쁘게 말하면 거만한 여성이다.

"난 괜찮아. 모모코가 태어나고 나서 이모님도 많이 부드러워지셨으니까."

"비서실 사람들도 같이 가는 거지?"

"응. 그러니까 나는 아무것도 할 게 없어. 모모코랑 손을 흔들면서, 할아버지 다녀오셨어요, 하고 웃기만 하면 돼."

장인에게는 무엇보다도 특효약이다.

"그, 사직서 건."

특명 건이기도 한데 말이야, 라고 하며, 아내의 말투가 말하기 어려운 듯이 변했다.

"아버지 몸 상태를 걱정하지 않아도 될 때까지 조금만 기다려 주면 안 될까? 당신이 회사를 그만두는 건 아버지한테도 충격적인 일일 것 같아."

"알았어. 이제 괜찮다는 타이밍이 오면 가르쳐 주겠어?"

"책임지고 그렇게 하겠습니다."

아내는 장난스럽게 경례해 보였다.

그 주에는 회장의 컨디션이 좋지 않다는 사실이 사내에서도 상당한 파문을 일으켰다. 그룹 홍보실에서는 노모토가 매우 걱정하다가 소노다 편집장에게 야단을 맞았다.

"분수를 모르는군. 너 같은 송사리가 걱정할 수 있는 레벨의 문제가 아니야."

"제가 송사리라는 건 자각하고 있지만 그래도 걱정돼요. 집중이 안 된다고요. 회장님은 그만큼 큰 존재예요."

마노는 "스기무라 씨도 사모님도 마음 아프시겠어요"라고 말했다.

"회장님은 저 같은 것과는 인간의 레벨이 다르니까요. 컨디션이 안 좋아진 것도 그쪽에서 하드한 스케줄을 소화하셨기 때문입니다. 조금 쉬면 금방 좋아지실 거예요."

모리 노부히로에게서도 직접 전화가 왔다. 편집장 앞으로가 아니라 나에게.

"놀랐습니다. 상태가 어떠신지, 스기무라 군한테 물어보면 더 잘 알 수 있을 것 같아서요."

처음 이 소식을 어디에서 들었는지 모리는 말하지 않았다. 나도 묻지 않았다. 지금도 모리의 인맥은 남아 있다는 뜻이다.

"걱정을 끼쳐 드려 죄송합니다. 심장이 두근거리고 속이 답답하셨다고 하는데 호텔에서 하룻밤 쉬었더니 나아지셨다고 하더군요."

"그쪽에서 의사의 진찰을 받으시지 않았습니까?"

"예, 그런 모양입니다."

"아마 시애틀에 가셨지요."

"지금은 뉴욕에 계십니다."

"여전히 활발한 분이시군요." 겨우 모리의 목소리가 누그러졌다. "조금은 당신 나이도 생각해 주셔야 할 텐데. 나ㅎㅋ 씨를 위해서도."

"저도 그렇게 생각합니다."

"수고를 많이 끼쳐 드렸는데 제 책은 순조롭게 만들어지고 있어요. 소노다 씨한테서 들었습니까?"

"네. 표지 교정지와 가제본은 보셨습니까?"

"봤지. 작가가 된 것 같아서 기분 좋더군."

모리의 말투가 정중해졌다 편해졌다 하는 것은 그와 나의 거리감 때문이다. 나의 미묘한 입장을 반영하고 있다고도 할 수 있다.

나는 조금 망설이다가 물었다. "사모님은 좀 어떠십니까?"

"아아, 저야말로 걱정을 끼쳤군요."

안정되었다고 한다.

"집에 돌아오고 싶어 해서 말입니다. 주치의와 상의하면서 가능할 때는 잠깐 귀가시키고 있습니다."

"모리 씨 본인의 건강에도 유의하십시오."

"고맙구려."

인사를 나누고 통화를 마치려고 하는데 갑자기 모리가 생각난 듯이 물었다.

"스기무라 군, 별일은 없지요?"

"네."

"나호코 씨도 잘 지내고?"

"네, 덕분에 잘 지내고 있습니다."

그래요, 그래요, 하고 그는 두 번 되풀이했다.

"이렇게 돼 버리고 나니 새삼스럽게 아내의 고마움이 사무치는 군. 젊은 부부를 붙잡고 나도 모르게 설교하고 싶어져요. 사이좋게 지내요, 서로를 소중히 하고."

"명심하겠습니다."

부자연스러운 대화는 아닌데도 어딘지 모르게 마음에 걸리는 것이 남았다.

그 주간지 기사를 발견한 것은 평소처럼 '스이렌'에서 점심을 먹고 있을 때였다. '악질 상행위의 어둠, 피해 회원들끼리의 비참한 싸움, 당신도 부하에게 고소당할 수 있다?'

닛쇼 프런티어 협회의 전 회원이 입회를 권유한 전 회원인 회사 상사에게 손해배상 민사소송을 제기했다는 내용이었다. 피해자 모임 내부의 사건이라면 이미 귀에 들어왔을 테니, 해당 전 회원들, 원고나 피고도 모임에는 들어 있지 않았을 것이다.

원고는 삼십오 세의 회사원 남성이고 피고는 그가 소속되어 있는 부서의 차장이라고 한다. 이 케이스가 그 밖의 전 회원들 케이스와 다른 까닭은 둘 사이에 직장의 상하관계가 있었기 때문으로, 원고는 권유를 받았다기보다 실제로는 피고에게 입회를 강요당했다고 주장하는 모양이다. 게다가 닛쇼가 적발된 후, 피고는 일련의 사실을 회사 상층부에 호소하려고 한 원고를 압박해 퇴직으로 몰아넣을 심산이었다고 한다.

악질 상행위에 붙들리고, 파워 하라스먼트가 파생된다. 화실히 비참한 일이다. 한숨이 나왔다.

하지만 점심 식사를 마치고 어느 연재 기획의 원고를 받으러 외출했다가 그 정도의 우울함 따위는 날려 버릴 장면과 맞닥뜨렸다.

연재의 기고자는 그룹 기업의 간부로, 회사는 하타가야에 있었다. 사옥 옆에 철조망 울타리로 둘러싸인 옥외 주차장이 있고 드문드문 차가 서 있는 가운데, 딱 한 대 자전거가 있었다. 반들반들한 빨간색의 스포츠형 자전거인데 튼튼해 보이는 체인으로 울타리에 묶여 있다.

그것을 본 순간 내 안에서 기억이 되살아났다. 저런 식으로 놓여 있는 어린이 자전거를 보았다. 갇힌 버스 안에서 멍하니 바라보고 있었다.

아니, 없었다.

자전거 뒤에는 울타리에 바싹 붙여서 세워 둔 대형 밴이 있었다. 이 위치 관계도 기억을 불러오는 열쇠가 되었을 것이다.

나는 분명히 저런 자전거를 보았다. 저것을 타고 이 자리에서 달려갈 수 있다면 좋을 텐데 하고 생각하면서. 하지만 그건 버스 납치 사건 때가 아니다. 그때 구레키 노인은 시바노 기사에게 지시해서 버스의 문이 있는 쪽을 담장에 바싹 붙여 세우도록 했으니까.

인도 한가운데에서 나는 걸음을 멈추었다. 뒤에서 온 자전거가 벨을 울리지 않았다면 아직도 그대로 우두커니 서 있었을 것이다.

대체 어째서 그런 기억의 착각을 일으킨 것일까. 내가 자전거 이야기를 했을 때 장인이 의아한 얼굴을 했던 것도 무리는 아니다. 사건 당시 버스의 모습을 찍은 영상이나 사진 한 장만 봐도 내가 말한 일은 있을 수 없다는 사실을 금세 알 수 있으니까.

나는 통근할 때 버스를 이용하지 않는다. 롱 인터뷰를 위해 '모리 각하'를 찾아가기 시작했을 때까지는 다른 취재를 할 때도 노선 버스를 탈 기회는 없었다. 최근에 버스 여행을 한 적도 없다. 다른 어떤 상황을 버스 납치 상황과 혼동해 버린 것인지 전혀 짐작이 가지 않았다.

속이 쓰린 것처럼 답답한 기분이 든다. 스스로 자신의 기억을 믿을 수 없다니 나로서는 참을 수 없는 일이다. 좀 더 일찍 깨닫지 못한 것도 화가 났다.

아내에게 이야기해 보니 아내는 나보다 더 놀라워했다. 그 반응은 나의 예상을 뛰어넘었다.

"그렇게 깜짝 놀랄 일이야?"

"하지만 당신답지 않은걸."

"그렇지."

"사건 직후라서 역시 혼란스러웠나 봐."

"아니, 장인어른과 이야기했을 때는 이미 충분히 진정된 상태였어."

트라우마랑 똑같은 거야—라고 아내는 말했다.

그 주 중반으로 접어들었을 때 닛쇼 프런티어 협회의 전 회원 중에서 또 자살자가 나왔다. 신문에는 1단짜리 자은 기사로 부두 되었지만 피해자 모임의 홈페이지에서는 자세히 알려 주고 있었다. 죽은 사람은 육십팔 세의 무직 남성으로, 퇴직금 대부분을 닛쇼에 쏟아부었고 그 때문에 가족과의 관계가 나빠졌던 모양이다. 만약을 위해 리스트를 훑어보았는데 이 남성은 프리미어 회원은 아니었다. 회원 이력도 짧은 것 같다.

희생자다. 혹시 다카고시 가쓰미라면 이렇게 말할까. 속는 쪽이 나쁜 거야. 하리마야 부부라면 이렇게 말할까. 세상에 그렇게 구미에 딱 맞는 일은 없는데, 바보로군.

월말이 되어 장인의 귀국이 다가왔다. 한편 모모코의 베드타임 독서에서는 『호빗의 모험』이 엔딩을 맞았다. 이마다 요시치카도 빌보 군도, 타향에서의 모험을 마치고 집으로 돌아오는 것이다.

"아빠, 이 다음 이야기 『반지의 제왕』은 영화로 나왔다는 거 정말이야?"

학교에서 친구에게 들었다고 한다.

"응. 3부작인 긴 영화란다."

"보고 싶다."

딸을 재운 후 아내에게 그 이야기를 했더니 그녀는 매우 진지하게 생각에 잠겼다.

"난 모모코가 소설을 먼저 읽고 나름의 이미지를 만들고 나서 영화를 봤으면 좋겠는데."

"독서가인 당신의 생각은 잘 압니다, 부인."

"하지만 그 영화는 걸작이지. 문제는 길다는 거야. 3부작을 내리 보면 열 시간은 걸리잖아."

"그렇게 길었나?"

"나도 자세한 건 잊어버렸어······."

"먼저 우리가 떠올려 두는 게 좋을 것 같군."

그런 이유로 나는 다음 날 점심시간에 '스이렌' 앞을 통과해 가장 가까운 대형 전기용품 가게에 갔다. DVD 매장을 향해 에스컬레이터를 타고 올라가고 있을 때 가슴 주머니 속의 휴대전화가 울렸다. 마에노였다.

"갑자기 죄송해요. 지금 통화 괜찮으세요?"

"괜찮은 장소로 옮길 테니까 오 초만 기다려."

계단 층계참은 비교적 조용했다.

"무슨 일 있어?"

마에노가 갑자기 전화를 한 것은 드문 일이다.

"실은 찾아낸 것 같아요."

'슈퍼 미야코'를.

사카모토와 함께 철저한 수색 작전을 펼치고 있을 때 작전의 경과와는 별도로 두 젊은이는 여러 사람들과 알게 되었다. 그중에는 두 사람과 동년배라 친해진 사람도 있다. 그런 교우 루트를 통해서 다다르게 되었다는 것이다.

"지금은 이 이름이 아니에요. 전에 '미야코'라는 작은 슈퍼였던 편의점이에요!"

도치기 현과 군마 현의 경계에 가까운 도로 변에 '하타나카 마에하라'라는 곳이 있다.

"거기에 있는 편의점이에요. 체인점이지만 '하타나카 마에하라 도로 2호점'이래요. 거기가 '슈퍼 미야코'였던 거예요."

나는 그야말로 앞으로 고꾸라질 듯이 말하는 메이를 가로막았다. "잠깐만. 네 친구는 어떻게 그 사실을 알아낸 거지?"

"알아냈다는, 그런 거창한 게 아니에요. '미야코'를 알고 있는 사람이, 제 이야기를 적은 친구의 블로그에 글을 남겨서 가르쳐 줬어요."

"메이는 그 친구한테 '미야코'에 대해서 어떻게 이야기했는데?"

"어릴 때 여행 도중에 들른 가게인데 그립다고 대충 말하고 지금도 있을지 모르겠다고요. 어릴 때의 일이라 기억이 애매해서 장소는 모르겠다고."

그러자 친절한 사람이 정보를 주었다는 것이다. 그 '슈퍼 미야코'라면 지금은 편의점이 된 가게인 듯하다고.

"'미야코'에서 지금의 편의점으로 바뀐 건 사오 년 전의 일인가 봐요. 스기무라 씨, 저 좀 무서워져서."

마에노는 지어 낸 이야기를 그럴 듯하게 만들기 위해 추억 속의 그 가게는 매장 앞에서 군고구마를 팔고 있었다, 반찬이 직접 만든 거라 맛있어 보였다, 친절한 아주머니가 가게를 지키고 있었다는 살을 붙였는데.

"그게 전부 맞았던 거예요. '미야코'는 정말로 그런 가게였대요."

"마에노, 진정해."

군고구마도 반찬도 지역 밀착형 소매점이라면 있을 법한 것이다.

"아직 확정된 건 아니고."

"아뇨, 확정이에요. 그렇게밖에 생각할 수 없어요. 스기무라 씨, 방금 그 가게에 전화를 해 봤어요."

마에노의 전화는 남성이 받았다.

"거기가 전에 '슈퍼 미야코'였던 곳이냐고 물었더니, 네 맞습니다, 이러잖아요. 저 그다음부터는 뭘 어떻게 물어봐야 할지 몰라서 우물쭈물했는데,"

그러자 상대방이 "저희 어머니랑 아는 사이세요? 라고."

그럼 전화를 바꿔 드리겠다고 했다.

"엄마 전화 왔어요, 하고 부르는 소리가 들렸어요."

그리고 전화를 받은 목소리는 바로 마에노가 지어낸 이야기 속에 등장시킨 아주머니처럼 친절한 아주머니의 목소리였다.

마에노는 갑자기 전화해서 죄송하다고 우선 사과했다.

"그리고 그…… 더 이상 어쩔 수 없어서 말해 버렸어요. 실은 저한테 온 택배 송장에 접수한 가게가 '슈퍼 미야코'로 적혀 있는데 사정이 있어서 꼭 이 물건을 보낸 사람을 찾아야 한다고요. 스기무라 씨는 아시죠? 저는 보시다시피 금세 긴장하는 성격이고 경솔하고, 어쨌든 일방적으로 말해 버렸어요. 계속 찾아다녔는데 발견되지 않아서 힘들었다거나, 말하기 시작하니까 어디에서 멈춰야 할지 알 수 없게 돼서 막 말해 버렸어요."

전화를 받은 여성은 말없이 듣고 있었다고 한다. 한번도 가로막지 않고 되묻지도 않았다. 그리고 마에노가 설명을 끝내고 할 말이 없어져 버리자,

"미안하다고 했어요."

이번에는 전화 맞은편의 다정한 아주머니가 마에노에게 사과했다.

"모쪼록 보낸 사람을 찾지 마시고 그대로 물건을 받아 달라고, 부탁드린다고 했어요."

그러고는 도망치듯이 전화를 끊었다.

"이거, 확정이죠?"

그냥 '슈퍼 미야코'를 확정한 것만이 아니다. 마에노는 그 택배

를 보낸 사람도 찾아냈다. 다정한 목소리의 아주머니다.

"당장 만나러 가지."

"지금요?"

"나 혼자서도 괜찮아."

"저는 어디든 갈 수 있어요. 케이도 가겠대요. 스기무라 씨는 직장이 있잖아요."

"유급 휴가를 쓸 거야. 사카모토와는 화해한 거니? 그는 좀 진정됐어?"

"아까 얘기한 바로는 그랬어요."

나는 소리 내어 휴대전화를 닫았다.

렌터카 운전석의 사카모토는 일전의 회합 때보다는 안색이 좋았다. 수염도 깎았다. 다만 눈이 충혈되어 있어, 수면 부족인 것 같았다.

"메이가 이야기한 그 아주머니가 구레키 할아버지의 부탁을 받고 우리한테 돈을 보낸 사람이고."

감기 기운이 있는지 목소리가 쉬어 있다.

"아주머니는 자신이 하고 있는 편의점에서 물건을 보냈다는 거죠. 하지만 전표에는 지금의 편의점 이름이 아니라 이전 가게 이름을 썼어요."

나만 머리가 나쁜 건가, 하고 아직도 조금 비뚤어진 말을 한다.

"뭐가 뭔지 모르겠어요. 왜 그런 짓을 한 거죠? 무엇보다 자신의 가게에서도 택배 의뢰를 받고 있다면 전부 자기 가게에서 보내면 될 텐데, 어째서 따로따로 보낸 걸까요."

뒷좌석에 있는 마에노의 불안해 보이는 얼굴이 룸미러에 비치고 있다.

"본인한테 물어보는 게 제일이지만, 모든 물건을 반드시 각각 다른 장소에서 보내기로 구레키 노인과 약속했던 게 아닐까."

물건의 흔적을 추적하기 어렵게 하기 위해서다.

"하지만 보낸 사람은 그 약속을 지키지 못했어. 한 개씩 따로따로 보내지도 못했고 일곱 개 중 두 개는 자신의 가게에서 보냈지. 바빴던 건지도 모르고 그렇게까지 엄중하게 할 필요는 없다고 생각한 건지도 몰라."

그래도 자신의 가게에서 보내는 두 개의 전표에 지금의 점포명을 쓰기는 꺼려져서 옛날 가게 이름을 썼다. 집하할 때 택배회사 담당자가 눈치채고 지적하면 깜박했다고 변명하면 된다. 눈치채지 못하면 택배는 그대로 통과된다. 택배회사가 물건을 관리할 때 중요한 것은 그런 수기 정보가 아니라 컴퓨터로 검색할 수 있는 번호 쪽이다.

"그건 단순히 기분 문제일 거라고 생각하는데."

"그렇지."

사카모토는 바로 앞을 느릿느릿 달리고 있는 경자동차에 눈썹을 찌푸리며 조급하게 말했다.

"도대체가, 우습게 보는 거죠. 그런 잔재주를 부려도 우리가 경찰에 신고하면 물건의 출처는 단번에 조사당할 텐데."

"우리가 신고하지 않을 거라는 쪽에 걸었던 거겠지."

다정한 목소리의 아주머니는 구레키 노인의 유언 집행인이다. 어떤 사이일까. 어떤 관계면, 이런 귀찮은 일에 힘을 빌려줄까.

"어떤 사람일까."

"저는 할아버지의 아내가 아닐까 하는 생각이 들어요."

"설마. 그럴 리 없어." 사카모토가 당장 부정했다. "할아버지는 도쿄의 아파트에서 혼자 살고 있었다고."

"그러니까 헤어진 아내."

마에노는 아주 옛날에―라고 하면서, 목소리가 작아진다.

"하지만 구레키 할아버지에게 이 세상을 떠나기 전에 중요한 부탁을 하면서 작별인사도 하고 싶다고 생각할 정도의 마음은 남아 있었던 거야. 그런 건 있을 수 없는 일일까?"

"어떻게 헤어졌느냐에 따라 다르겠지."

사카모토는 무뚝뚝하다. 일전보다는 나은 태도라고 생각되었던 것은 처음뿐이고 역시 어딘가 거칠어져 있다.

나는 불유쾌하게 느끼기보다는 이렇게나 비뚤어진 걸 보고 경계심을 느꼈다. 사카모토는 뭔가 이 일과는 다른 문제를 안고 있는 것이 아닐까.

"메이랑 통화했을 때의 분위기를 보면 그쪽은 우리가 이렇게 찾아낼 거라고는 생각하지 않았던 모양이지."

"그러게. 경찰이 나서는 상황보다도 더 예상하지 못했던 일이 아닐까."

마에노가 크게 눈을 부릅떴다. "그래서 스기무라 씨는 곧장 만나러 가자고 하신 거군요? 아주머니가 도망칠지도 모르기 때문이지요?"

"아니, 도망치지는 않겠지만."

"그럼 더 나쁜 일? 설마 죽."

말하다 말고 당황한 듯이 양손으로 입가를 눌렀다.

"그렇게까지 불온한 상상은 하지 않았어." 나는 룸미러를 향해 웃음을 지었다. "하지만 그쪽은 불안할 테고, 우리가 찾아가면 무서워할지도 몰라. 가능한 한 부드럽게, 예의 바르게 가자."

그 불쾌함을 거둬 달라는 뜻을 담아 말했지만 사카모토는 반응하지 않았다.

우리가 찾아가는 가게는 이차선 도로에 면해 있고, '대호평 분양중'이라는 커다란 입간판을 내놓은 빈 주택지와 잡목림 사이에 끼어 있었다. 가게는 조립식 단층 건물로, 이 프랜차이즈 체인 편의점의 트레이드마크인 작고 빨간 시계탑이 지붕 위에 오도카니 올라가 있다. 가게 옆길을 지나쳐 솟아올라 있는 뒤편의 언덕에서 깔끔한 주택들의 지붕이 몇 개나 모습을 드러냈다.

전용 주차장은 점포 맞은편에 있었다. 오후 다섯시에 가까워져서 바깥은 이미 어둡다. 점포 밖이나 안에도 불이 켜져 있어, 유리 너머로 상품 진열대와 계산대도 둘러볼 수 있었다.

마주 보았을 때 왼쪽에 있는 청량음료 냉장고 앞에서 갈색 머리카락의 젊은 여성이 상품을 보충하고 있었다. 계산대에는 육십대로 보이는 여성이 앉아 시선을 아래로 향하고 있다. 둘 다 연한 물색 제복을 입고 있었다.

가게 안에 손님은 없고 차의 통행도 많지 않다.

렌터카의 키를 주머니에 집어넣으면서 내린 사카모토를, 나는 돌아보았다.

"미안하지만 잠깐 기다리고 있어 주지 않겠니?"

내 의도를 눈치챘는지 마에노도 그에게 고개를 끄덕였다. "우선 나랑 스기무라 씨가 갔다 올게."

사카모토는 약간 우물쭈물했지만 여성 둘이서만 가게를 지키고 있는 가게 안을 바라보더니,

"그럼 전 차에서 기다릴게요"라고 말했다.

가게와 주차장 사이의 도로에는 버튼을 누르는 식의 신호등과 횡단보도가 있었다. 마에노는 성실하게 버튼을 누르고 신호가 바뀌기를 기다렸고 양손을 마주 문지르면서 "춥네요" 하고 말했다. 그녀의 숨이 하얗다.

원래 작은 슈퍼였다는 이 편의점의 토지와 주위의 분양지는 어떤 권리 관계에 있을까. 사소한 점에 신경이 쓰이는 것이 내 기질이다.

보행자용 신호가 파란색으로 변한 뒤 마에노와 나는 횡단보도를 건넜다. 가게 안에서는 갈색 머리카락의 여성 점원이 활기차게 작업을 계속하고 있다. 계산대의 노부인은 졸기라도 하는 듯이 움

직이지 않는다.

마에노가 문을 열자 가벼운 차임 소리가 울렸다. 어서 오세요, 하고 갈색 머리카락의 여성 점원이 작업하던 손을 멈추지 않은 채 말을 걸어 주었다.

계산대의 노부인은 콧등에 돋보기안경을 올려놓고 뭔가 장부 같은 것을 쓰고 있었다. 거의 은발이라고 해도 좋을 정도로 아름다운 백발을 세련된 쇼트컷으로 자르고 엷게 화장을 했다. 그녀도 얼굴을 들고 '어서 오세요' 하고 말하려다가 그만두었다. 입가가 희미하게 경련했다. 아직 우리는 아무 말도 하지 않았고 아무것도 하지 않았는데, 평범한 손님으로밖에 보이지 않을 텐데, 왜일까.

"안녕하세요."

마에노가 말하며 계산대의 카운터로 다가갔다. 겨우 몇 발짝인데 오른손과 오른발이 같이 나가는 듯한 이상한 걸음걸이였다.

나는 그 자리에 멈춘 채 목례했다. 계산대의 노부인이 돋보기안경을 벗었다.

"저어…… 오후에 전화드렸던 사람인데요."

마에노는 사과하듯이 어깨를 늘어뜨리고 속삭이는 듯한 작은 목소리로 말했다. 그 목소리를 듣고 나도 알았다. 마에노메리 메이는 벌써 울상이 되어 있다.

말없이, 나는 다시 한 번 노부인을 향해 머리를 숙였다.

"가나." 노부인이 갈색 머리카락의 여성 점원을 불렀다. "잠깐 나갔다 올 테니까 계산대 좀 봐 주련."

"네~."

'가나'가 대답을 하고 청량음료수 냉장고 옆을 지나 이쪽으로 얼굴을 내밀었다. 내게 웃음을 짓고 그 김에 마에노에게 꾸벅 머리를 숙이고는 묻듯이 노부인을 바라보았다.

노부인은 침착했다.

"이분들은 도쿄에서 오셨어. 옛날에 할아버지가 신세를 졌던 분의 가족이란다."

"어머나."

"정말 오랜만이에요."

"그럼 안으로 들어가세요."

"괜찮아, 괜찮아."

노부인은 바삐 가로막고 계산대 안에서 신중하게 일어섰다. 약간 옆으로 움직여 세워 두었던 지팡이를 들었다. 거기에 체중을 싣고 한 발짝 한 발짝 천천히 걷는다.

"시간이 별로 없거든. 그렇지요?"

노부인의 물음에 나는 장단을 맞추었다.

"맞습니다. 볼일이 있어서 이 근처에 온 거라 인사만 드리고 가려고요."

"그래요. 그럼 다녀오세요."

가나는 노부인의 불안한 발걸음을 걱정하는 눈빛이다.

"하지만 할머니, 오늘 '유키우사기'는 정기휴일이에요."

"어머나, 유감이구나."

652

노부인은 계산대 밑에서 꺼낸 작은 숄더백을 어깨에 멘 뒤 나와 마에노의 얼굴을 보았다. "그럼 갈까요?"

"네. 그럼, 실례합니다."

나는 웃는 얼굴로 전송하는 가나에게 인사한 다음 밖으로 나왔다. 마에노는 노부인에게 바싹 붙어, 울 것 같은 얼굴을 가나에게 보이지 않으려고 고개를 숙이고 있다.

밖으로 나가자 한기가 우리를 감쌌다.

"우리도 차로 왔는데, 어떻게 하시겠습니까?"

노부인에게 주저하는 기색은 없다. 지팡이를 든 손으로 맞은편 주차장 구석에 세워져 있는 하얀 경자동차를 가리켰다.

"저게 내 차예요. 저걸로 가시지요."

"운전하십니까?"

"그럼요."

단호하게 말한다. "걷는 건 좀 불편하지만 운전에는 지장 없어요. 다리에 힘은 들어가니까요."

"실례했습니다."

우리는 또 버튼식 신호등이 있는 횡단보도를 건넜다. 나는 렌터카 운전석에서 고개를 내민 사카모토에게,

"저 하얀 경자동차를 따라와" 하고 말했다.

"세 분이 오셨나요?"

노부인이 재빨리 발견하고 물었다.

"일곱 분이실 텐데요."

"우르르 몰려오는 것도 촌스러우니까요."

노부인의 경자동차 안에는 포푸리의 달콤한 냄새가 배어 있었다. 조수석에 여러 색깔을 섞어서 짠 머플러와 거기에 매우 잘 어울리는 색깔의 코트가 놓여 있다.

도로를 따라 북쪽으로 오 분 정도 달리다가 패밀리 레스토랑을 발견했다. 노부인의 운전은 견실하고 능숙했다. 차를 세우고 내릴 때 머플러만 목에 감았다. 저녁놀을 지나 저녁 어스름이 피어오르고 있었다.

"먼저 말해 두겠는데 여기는 한번도 들어가 본 적이 없어요."

노부인은 패밀리 레스토랑 출입구에 쌓여 있는 낙엽을 보고 얼굴을 찌푸린다.

"간판이 계속 바뀌는데 모두 금세 접어 버린답니다. 이 지역 사람들은 아무도 오지 않아요."

그래서 이 가게로 했을 것이다.

"커피 정도라면 어떻게든 마실 수 있는 게 나오겠지요."

나는 문을 밀었고 노부인이 먼저 가게 안으로 들어갔다. 지팡이 끝에 붙어 있는 고무 캡이 리놀륨 바닥을 스쳐 끽 하고 소리를 냈다.

의외로 넓은 가게 안에는 혼자 온 남성이 세 명, 따로따로 떨어져서 앉아 있었다. 우리는 안쪽 박스석을 차지했다. 인기척이 없어서 틈새 바람이 느껴질 정도였다.

그러고 보니 돈을 둘러싸고 대화를 나눌 때도 다나카가 '언제가도 파리를 날리고 있다'고 평했던 패밀리 레스토랑에서 모였다. 언제나 이런 식이라고, 나는 생각했다. 남의 눈을 피해, 주위의 귀를 꺼리며 몰래 상의한다. 그 가게와 이 가게의 차이는 그쪽에는 졸려 보이는 웨이트리스가 있었지만 이쪽에는 졸려 보이는 젊은 점장이 있다는 것뿐이다.

사카모토가 가게로 들어왔다. 목을 움츠리다시피 하며 노부인에게 목례하고는 입을 다문 채 옆의 4인석 의자에 걸터앉았다.

찬물과 커피가 나왔다. 우리는 왠지 모르게 각자 노부인에게서 일정한 거리를 두고 앉아 있었다. 모두의 생각은 같을 것이다. 노부인을 둘러싸고 다그치는 짓은 하고 싶지 않다. 사카모토마저 아까의 불쾌했던 표정과 초조함을 지웠고, 지금은 그저 긴장하고 있을 뿐인 것처럼 보였다.

마에노가 테이블에 세팅된 종이 냅킨을 들더니 그걸로 눈을 닦았다.

"제가 스기무라 사부로입니다."

내가 말을 꺼내자 마에노가 뒤를 이었다. "마에노 메이예요."

사카모토는 또 목을 움츠리는 듯한 몸짓을 했다. "사카모토입니다."

노부인은 우리의 얼굴을 순서대로 둘러보고는 커피잔에 손을 뻗었다.

"나랑 비슷한 연배이신 분은—."

"사코타 씨입니다."

"잘 지내시나요?"

그렇게 말하며 커피에 입을 대더니 떫은 얼굴을 했다. "설탕과 밀크로 얼버무리지 않으면 마실 게 못 되는군요."

마에노에게 말한다. 메이는 딱딱하게 미소를 지었다.

"사코타 씨는 지금은 따님과 함께 살고 계세요. 잘 지내실 겁니다."

노부인은 커피에 설탕과 밀크를 넣은 뒤 스푼으로 천천히 휘저었다.

"돈은 받으셨을까요."

"네. 모두 받았습니다."

스푼을 컵받침에 내려놓자 달그락 하고 소리가 났다. 노부인은 한숨을 쉬고는 마에노를 바라보았다.

"그렇다면 나를 찾지 않아도 되었을 텐데요. 분명히 그렇게 부탁했는데 당신은 들어주지 않았군요."

마에노의 눈동자가 또 순식간에 젖었다. 죄송해요, 하고 속삭였다.

"그럴 수는 없어요."

사카모토가 입을 열었다. 약간 기세 좋게 반론한 것 같았지만 노부인이 시선을 되돌리자 눈을 피했다.

"이쪽으로서는 잠자코 받아 버릴 수가 없습니다."

노부인은 테이블에서 손을 내려 무릎 위에 가지런히 모았다. 그렇게 다소곳이 앉으면 뭔가 인형극이나 애니메이션에 나오는 할머니 그 자체인 듯 작고 품위 있고 사랑스럽다.

"나는 하야카와 다에라고 해요."

엷은 화장을 한 뺨이 살짝 굳어 있다.

"보시다시피 이런 노인이니 모쪼록 너무 심하게 대하지 말아 주세요."

그렇게 말하고 머리를 숙이더니 부드럽게 웃기 시작했다. "뭐, 그렇게 장례식 전날 밤 같은 얼굴 하지 마세요. 여러분은 나쁜 짓이라곤 아무것도 하지 않았으니까."

웃으면 생기는 눈가의 주름이 깊었다.

"그건 그렇고 대단하시네요. 어떻게 나를 찾아냈나요?"

나는 마에노를 재촉했고 메이는 더듬더듬 설명했다.

"조금도 대단할 것 없어요. 제 힘으로 하야카와 씨를 찾아낸 게 아니에요."

변명하는 듯한 말투다.

"이제 포기하려고 했고……."

"그럼 전화를 받았을 때 내가 시치미를 떼고 얼버무렸다면 당신들은 여기에 오지 않았을까요?"

마에노는 토라진 듯이 눈을 내리깐다. 내가 이런 장난을 한 건 할머니가 말귀를 못 알아들어서 그래, 하고 분풀이를 하는 어린애 같은 얼굴이다.

하야카와는 중얼거렸다. "역시 밋짱의 말대로 할 걸 그랬어."

우리는 서로 얼굴을 마주 보았다. 하야카와는 그런 반응은 모르는 척하고 혼잣말처럼 말을 이었다. "그 사람의 말은 항상 틀림이 없었는걸요. 시키는 대로 하면 아무 문제도 없었지요."

나는 온화하게 물었다. "택배를 보낸 방법을 말씀하시는 겁니까?"

하야카와는 고개를 끄덕였다. "전부 따로따로 보내라고 했어요. 가게들도 각각 멀리 떨어져 있는 곳으로 해서요. 가능하면 일곱 개 다 현 밖에서 발송하라고. 차로 가면 힘들지도 않으니까."

하지만 그녀는 그렇게 하지 않았다.

"밋짱한테는 걱정을 끼치고 싶지 않아서 자세히 이야기하지 않았지만 수술한 후로 별로 좋지 않아요. 그래서 지팡이도 놓을 수 없게 되어서."

움직이기가 힘들거든요, 하고 말했다.

"수술을 하셨군요—."

"일 년도 더 전이지만요. 고관절을 인공관절로 바꿨어요. 수술은 잘됐지만 나는 이제 나이도 많고 또 재활 치료가 싫어서 농땡이를 부린 게 잘못이었나 봐요."

다시 눈가에 주름을 지으며 웃는다.

"처음에는 하나만 발송했어요. 그거 하나 보내려고 오미야까지 나갔지요."

송장이 남아 있지 않은, 사코타 앞으로 보낸 물건일 것이다.

"그때 접수해 준 가게 사람이 전표는 거의 보지 않더라고요. 우리 가게에서도 그렇지만, 자세히 보거나 하지 않는 거예요. 사이즈를 재고 요금을 쓸 뿐."

그래서 마음이 느슨해졌다.

"다음부터는 한 번에 두 개씩 보냈고 마지막에는 귀찮아져서 우리 가게로 돌아온 다음에 보냈어요. 마침 그 무렵 여기에는 계속 비가 오고 있었고 내가 혼자서 운전을 해서 어디를 가는지, 이상하게 멀리 나가는 거 아니냐며 아들이 신경 쓰던 것도 싫었고요."

"하지만 송장에는 '슈퍼 미야코'라고 쓰셨지요."

"뭐랄까, 적어도 그 정도는 해야지 싶어서……. 얼버무렸지만요."

"사코타 씨는 그렇다 치고 우리 주소를 정확하게 파악하기는 상당히 힘드시지 않았습니까?"

하야카와는 재빨리 눈을 깜박이고 나를 응시했다. 그 얼굴에 젊은 시절 그녀의 모습일 게 틀림없는, 지기 싫어하는 미인의 얼굴이 스쳤다.

"나 같은 할머니는 컴퓨터 같은 건 다루지 못한다고 생각하는 거지요?"

"아뇨, 그런 말은,"

"나는 인터넷에 삼백 명이나 되는 친구가 있어요. 바보 취급하지 말아 줘요."

실례했습니다, 하고 나는 정중하게 사과했다. 하야카와는 활짝 웃었다.

"밋짱은 자신이 사건을 일으키면 반드시 그렇게 될 거라고 말했어요. 인터넷에 여러분에 대해서 자세히 올라올 거라고. 나도 어느 정도는 예상했지만 정말 실제로 그렇게 되어서 깜짝 놀랐지요. 세상에는 구경꾼이 참 많더군요."

그렇게 말하며 마에노의 얼굴을 들여다본다. "마에노 씨, 모르는 사람들한테 이름이나 주소가 알려져서 무섭지 않았어요?"

"조, 조금요."

"그래요. 미안해요."

"하야카와 씨 탓이 아니에요."

"하지만 밋짱 탓이니까 밋짱을 대신해서 사과해야지요. 그래서 위자료도 받아 주길 바랐던 거예요."

밋짱도 그러길 바랐어요, 라고 했다.

나는 물었다. "밋짱이라는 건 구레키 가즈미쓰 씨를 말하는 거군요."

본명입니까, 하고 물었다. "가즈미쓰니까 애칭이 밋짱인 건가요?"

하야카와의 표정이 딱딱해졌다.

"우리는 하야카와 씨를 찾기만 한 게 아니라 구레키 씨에 대해서도 조사했습니다."

조금은 알게 되었지요, 하고 말했다.

"하지만 모르는 사실이 더 많아요. 멋대로 억측할 수밖에 없어서—."

"사기꾼이었어." 갑자기 사카모토가 말했다. "그렇죠?"

하야카와는 사카모토와 눈을 마주쳤다. 그의 눈은 화를 내고 있다. 하야카와는 그 분노의 빛을 들여다보고 있었다.

"버스 납치 사건 때 구레키 씨가 지명해서 불러내려고 한 세 사람이 단서가 되었습니다."

나는 지금까지의 경위를 설명했다.

테이블 위의 커피는 차디차게 식었고 밀크가 탁해져서 막을 만들었다.

"제가 가장 알고 싶은 건 하야카와 씨가 말씀하시는 '밋짱'이 구레키 가즈미쓰임과 동시에 '미쿠리야'라는 인물이기도 한지 어떤지에 대해서입니다. 밋짱은 가즈미쓰가 아니라 '미쿠리야'의 애칭인가요?"

잠시 동안 하야카와는 아무 말도 하지 않았다. 무릎 위에 가지런히 올려놓은 손가락조차 움직이지 않는다.

"구레키 가즈미쓰는 밋짱의 진짜 이름이 아니에요."

그렇게 말하며 내게 시선을 향했다.

"하지만 완전히 가명도 아니에요. 밋짱은 진짜 구레키 씨와 호적을 바꾸었지요. 물론 돈을 지불했고 진짜 구레키 씨가 밋짱이 됨으로써 피해를 입을 걱정은 없었어요. 밋짱은 일하는 동안에는 절대로 본명을 쓰지 않았으니까요."

일. 본명을 쓰지 못하는 일.

"다만 손을 씻기로 결심했을 때 자신의 과거도 확실하게 끊어내고 싶었던 거겠지요. 그래서 호적을 바꾼 거예요. 진짜 구레키 씨

661

한테는 가족이 없고, 이 세상에서 외톨이었으니까 그 점도 마침 다행이었던 모양이고요.”

물 잔을 집어 들더니 한 모금 마셨다. 손이 떨리고 있었다.

“밋짱은 미쿠리야도 아니에요. 둘은 다른 사람이에요.”

마에노가 숨을 삼켰다. “그럼 미쿠리야 씨라는 사람은 정말 있는 건가요?”

“있어요. 밋짱의 동료랄까.”

하야카와는 말하다가 쓴 것을 씹듯이 입 끝을 휜다. 눈을 깜박거렸다.

“그렇군요, 동료예요. 동료였어요.”

과거형인 부분에 힘을 주었다.

“여러분을 만났을 때의 밋짱은 이미 달라져 있었어요. 손을 씻고 미쿠리야 씨하고도 결별했고 그런 사람과 얽힌 걸 후회하고 있었어요.”

하야카와는 싫어라―하고 작은 목소리로 말하더니, 현기증이라도 난 것처럼 손으로 이마를 눌렀다.

“여러분, 그런 것까지 조사하고 있었나요? 어째서 그런 걸 알고 싶어 하나요?”

“그런 큰돈이 도착했기 때문입니다” 하고 나는 말했다. “어떤 종류의 돈인지도 모르고 받을 수는 없으니까요.”

“하지만 보상을 위한 돈이에요. 위자료라고요.”

“그래도 신경 쓰입니다.”

662

"밋짱도 참."

그 자리에 없는, 이미 이 세상에조차 없는 상대에게 불평을 하듯이 하야카와는 거친 목소리를 냈다.

"전혀 얘기가 다르잖아. 밋짱이 그랬어요. 자신이 여러분을 설득하면 반드시 잘될 거라고. 경찰에는 들키지 않을 거고 결코 누구에게도 의심받지 않을 거라고요. 모두 순순히 돈을 받아 주고 원만하게 수습될 거라고요."

수습되지 않았잖아, 하고 화를 낸다.

"밋짱도 다됐네요. 나도 진지하게 받아들이면 안 되었던 거예요."

버스 안의 구레키 노인의 말솜씨를 체험한 나는, 그가 그걸로 '다된' 거라면 그 이전에는 어느 정도였던 걸까 하고 생각했다.

이 사람은 그것을 알고 있는 것이다.

"할아버지가 죽었기 때문이에요" 하고 마에노가 말했다. "경찰에 붙잡혔다고 해도, 할아버지가 살아 있었다면 우리도 이렇게 헤매거나 곤란해하지는 않았을 거예요."

하야카와는 양손으로 얼굴을 덮고 말았다.

나는 물었다. "미쿠리야라는 인물은 정말로 경영 컨설턴트인가요?"

하야카와는 깊이 한숨을 내쉬고 고쳐 앉았다.

"그건요, 그 사람의 많은 직함 중 하나예요."

"역시 사기꾼이군요."

또 사정없이 직설적으로 사카모토가 말했다. 하야카와는 고개를 끄덕였다.

"내가 밋짱한테서 들은 바로는 최면 학습 연구소라든가, 연설을 잘하게 되는 세미나라든가, 능력 개발 교실이라든가, 뭔가 이것저것 하고 있었지만요."

인생의 각 국면마다 여러 사업에 손을 대어 사람과 돈을 모은 사업가다. 하지만 지금 하야카와의 입에서 나온 세 가지 사업과 경영 컨설턴트는 모두 공통점을 갖고 있다. 어떤 형태로든 '사람을 가르친다'는 것이다.

"밋짱은 줄곧 미쿠리야 씨의 조수 같은 거였어요" 하고 하야카와는 말을 이었다. "딱히 조수였으니까 죄가 가볍다고 감싸는 건 아니고요. 동생뻘이랄까, 오른팔 같은 것. 둘은 콤비였으니까요."

문득 자포자기한 눈빛을 띠고 피곤한 듯이 패밀리 레스토랑의 싸구려 소파에 기댔다.

"닛쇼 프런티어 협회는―."

우리는 긴장했다.

"그 둘의 마지막 일이었어요. 오바라는 대표를 교육하고 닛쇼를 그렇게까지 크게 키운 후, 받을 걸 받고 미쿠리야 씨와 밋짱은 은퇴한 거예요."

"언제의 일입니까?"

"잠깐만요. 으음."

하야카와는 손가락을 꼽으며 수를 세었다.

"재작년이었나? 우리 어머니의 10주기에 밋짱이 와 주었으니까."

닛쇼가 다단계 마케팅으로 발을 내딛은 전환점이 된 시기이며, 고엔안이 오바 마사지로로부터 경영 컨설턴트 미쿠리야를 소개받은 때는 1999년이다. 2004년은 그로부터 오 년 후. 과연 닛쇼라는 검은 과일은 커다랗게 익어 수확은 충분했고 오바 대표를 조종하던 군사와 그 조수에게는 그만두기 좋은 때였을 것이다.

"은퇴, 라." 사카모토가 비꼬듯이 중얼거렸다. "사기꾼에게도 정년이 있다니 놀랍네요."

하야카와는 아무 대꾸도 하지 않았다.

"닛쇼 프런티어 협회를 위해 미쿠리야 씨와 '밋짱'은 뭘 했습니까?"

"그 모임을 만들었어요."

"둘이서?"

"오바라는 사람을 추대해서요. 모임의 틀을 만드는 건 미쿠리야 씨의 일이고 밋짱은 교육 담당이었어요."

늘 그렇게 분담했대요, 라고 한다.

"밋짱은 사람을 잘 가르치니까, 미쿠리야 씨가 직접 운영했던 다른 세미나 같은 곳에서도 꽤 일을 잘했던 모양이에요."

"그럼 두 사람은 닛쇼 내부에 잘 알려져 있었겠군요?"

하야카와는 눈을 가늘게 뜨고 되물었다. "알려져 있었다고요? 밋짱네를 안다는 회원이 있나요?"

아뇨, 하고 나는 고개를 저었다.

"미쿠리야 씨는 절대로 표면에 나서지 않았어요. 밋짱도 마찬가지. 간부들을 교육했지만 회원들과 섞이는 일은 한 번도 없었을 거예요."

본인에게서 그렇게 들었다고 한다.

"자신들은 그림자니까 그거면 된다고 했어요."

"하지만 닛쇼의 간부들에게 물으면 적어도 밋짱은 알고 있겠군요. 직접 교육을 받았으니까."

"그렇겠지요."

"그렇다면 닛쇼가 적발되었을 때 구레키 할아버지는 어째서 경찰에 마크되지 않은 건가요?"

마에노의 의문에 하야카와는 웃었다. "어째서 밋짱이 경찰에 마크되어야 하지요? 닛쇼의 관리직이 될 사람들에게 회원들을 통솔하고 모임을 운영하기 위한 기술이나 능숙한 판매법을 가르쳤을 뿐이에요. 그런 건 여러 곳에서 연수를 통해 가르치고 있잖아요. 나쁜 일이 아니지요."

게다가 닛쇼가 적발되었을 때 미쿠리야 군사와 그 조수는 이미 조직을 떠나 있었다. 닛쇼는 오바 부자의 천하였던 것이다.

"충분히 나쁜 일이에요."

사카모토가 말했다. 눈이 심하게 충혈되어 있다.

"닛쇼가 그렇게 될 거라는 걸, 오바 대표가 그렇게 될 거라는 걸 알면서 한 거잖아요."

모든 밥상을 차려 주었고 보수도 받았다.

"그리고 위험해지기 전에 냉큼 도망쳤어요. 오바보다 더 나빠요. 교활하다고요."

케이─하고 마에노가 달랬다.

"늘 그렇게 분담했다고 아까 말했지요? 늘 그랬다고, 아무렇지도 않게 말하지 마세요. 대체 얼마나 그런 짓을 되풀이해 온 건가요?"

"케이, 목소리가 커."

하야카와는 눈을 내리깔았다. "밋짱에게도 닛쇼는 큰 일감이었을 거예요. 은퇴 전에 가장 큰 불꽃을 쏘아 올렸다고 했으니까."

"다른 사기는 더 규모가 작았다고요? 그런 게 변명이 되나?"

나는 사카모토의 어깨에 손을 올려놓았다. 그는 흠칫하며 눈을 날카롭게 떴다.

"여기서 하야카와 씨를 다그쳐도 소용없어."

그는 콧방울을 벌름거리며 입을 다물었다.

"하야카와 씨, 가르쳐 주시지 않겠습니까. '밋짱'은 어디의 누구입니까? 당신과는 어떤 관계였지요?"

하야카와는 또 손으로 얼굴을 덮었다. 손의 온기로 얼굴을 데워 굳어진 뺨을 녹이려는 것처럼.

손을 내리고 내 눈을 보았다. "하타나카와 마에하라는 지금은 합병되어서 한 동네가 되었지만 십 년 전까지는 각각 다른 마을이었어요. 좀 더 북쪽에 있는 산속이지요. 나도 밋짱도 그 하타나카 마을 출신이에요."

일흔 살이랍니다, 하고 말했다. "동갑이에요. 이웃 소꿉친구였어요. 세발자전거를 타고 다닐 때부터 사이가 좋았어요."

'구레키 가즈미쓰'는 예순세 살이었다. 이 나이보다 늙어 보인 까닭은 환경 때문이라고 생각했는데 실은 더 나이가 많았던 것이다.

"맞아요, 밋짱, 구레키 씨와 호적을 바꿀 때 '나이가 좀 달라' 하면서 신경을 쓰고 있었어요."

이름에는 같은 발음의 글자가 들어 있었지만.

"하다 미쓰아키라고 해요."

그래서 '밋짱'인가.

"하다네는 전쟁 전부터 목재 가공 회사를 하고 있었고 부자였어요. 하지만 밋짱이 열 살 때 가족들이 돌아가셨어요."

집이 화재로 전소되었다고 한다. 미쓰아키의 할머니와 부모님, 세 살 위의 형이 그 화재로 희생되었다.

"밋짱은 몸이 가벼웠기 때문에 불길이 돌기 전에 이층 창문에서 뛰어내려 살았지요. 그래도 연기를 들이마셔서 보름 정도 입원했어요."

미쓰아키는 고아가 되어 친할아버지의 동생, 즉 작은할아버지의 집에 맡겨졌다.

"이 작은할아버지는 여러 가지로 사정이 있는 사람이어서."

하야카와는 말을 하다가 이쯤에서 약간 망설였다. 곁눈질로 마에노를 신경 쓴다.

"젊은 아가씨한테는 불쾌한 얘기일 텐데 괜찮을까요."

마에노는 얼굴을 들고 고개를 끄덕였다.

"화재가 일어나기 전 해에 밋짱의 할아버지가 돌아가셨어요. 작은할아버지한테는 형이지요. 그때 상속 문제로 싸웠어요."

하다 미쓰아키의 할아버지는 자신의 아들—미쓰아키의 아버지에게 회사를 물려주었다. 법률적으로도 아무 문제가 없는 처리다. 하지만 할아버지의 동생인 작은할아버지가 트집을 잡았다.

"회사 주식의 절반은 자신이 받기로 약속되어 있었다면서 난리를 쳐서요."

대화를 거듭해도 결말이 나지 않았다. 미쓰아키의 아버지가 가족의 일이라 일을 크게 만들고 싶지 않다며 세게 나가지 않자 이를 기회로 작은할아버지 쪽은 점점 강경해졌다. 하다 가에 쳐들어와 폭력 사태에 이른 적도 있다고 한다.

"그래서 결국 밋짱네 아버지도 재판을 하기로 했어요. 그때였어요, 화재가 일어난 건."

사카모토가 충혈된 눈을 깜박인다.

"화재 원인을 말이죠. 잘 알 수 없어서."

하야카와는 한숨을 토해 냈다.

"오래된 집이었으니까 누전이 아니겠느냐고들 했지만요. 어쨌거나 옛날이었고 산촌의 일이니까 지금처럼 조사할 수는 없었겠지요."

나는 용기를 내어 물었다. "방화 의혹이 남았군요."

하야카와는 고개를 끄덕였다. "우리 아버지가 소방단에 있었거든요. 어머니한테 소곤소곤 이야기했어요. 이 화재는 수상하다고."

고아가 된 하다 미쓰아키는 그렇게 의심스럽기 짝이 없는 작은할아버지와 살게 된 것이다. 바늘방석보다 더한, 이상한 생활이 아니었을까.

"작은할아버지가 밋짱을 거둔 것도 후견인이 되어서 회사를 마음대로 하고 싶었기 때문일 거라고 소문이 자자했어요."

사실 그렇게 되었다. 미쓰아키가 성인이 되었을 때 그의 손에 유산다운 유산은 남아 있지 않았다고 한다.

"밋짱은 아무도 믿을 수 없다고 자주 말하곤 했어요."

집에서도 학교에서도 고독했다. 친구는 없었다. 하야카와 다에뿐이었다.

"늘 나랑 같이 있었기 때문에 너는 여자 꽁무니나 쫓아다니냐면서 그걸로 또 괴롭힘을 당했지요."

고등학교를 졸업하자 미쓰아키는 마을을 떠났다.

"도쿄에서 직장을 찾겠다면서요."

그것이 그의 뜻이라는 것을 하야카와는 알고 있었다. 하지만 남이 보기에는 미쓰아키가 작은할아버지의 집에서 쫓겨난 것처럼 보였다고 한다.

"시골 고등학교를 나왔을 뿐인 남자니까요. 고생했겠지요. 자주 직업이 바뀌어서, 나는 다 기억할 수도 없었어요."

그래도 도쿄는 자유로워서 좋다고 했단다. 고향에는 아무 미련도 없다고.

"가끔 돌아와도 작은할아버지의 집에는 한번도 가까이 가지 않았어요. 가족의 무덤에 성묘를 가고 나한테 얼굴을 보이고 나면 아무리 늦은 시간이더라도 도쿄로 돌아갔어요."

어느 날 하야카와 가에 놀러 온 미쓰아키가 상경 막차가 이미 끊겨 버린 시간인데도 도쿄로 돌아가겠다며 역으로 향했기 때문에, 걱정이 된 하야카와는 아버지와 함께 상황을 보러 갔다고 한다. 미쓰아키는 아무도 없는 역 대합실에서 웅크리고 자고 있었다.

"우리 집으로 데려와서 하룻밤 재웠어요. 그 후로 밋짱은 눈치를 보며 늦은 시간에는 우리 집에 오지 않게 되었어요."

미쓰아키의 고독한 인생에는 변함이 없었다. 돈도 없어서 고생했다.

하지만 좋은 변화도 있었다.

"밋짱은 도쿄에 올라가고 나서 밝아졌어요."

학교 시절에는 돌처럼 말이 없는 소년이었다. 그런데 오히려 말이 많아졌다.

"그냥 수다스러운 게 아니에요. 이야기를 잘하게 되었다고 할까요. 상대에게 맞출 수 있게 된 거예요."

주위 어른들을 꺼리며 숨죽이고 살던 소년 시절이 미쓰아키에게 타인을 관찰하는 집중력을 주었다. 그는 사람을 잘 '보았다.' 그 통찰이 상대방과는 어떻게 사귀면 될지, 어떤 말을 골라서 이야기 하면 될지를 그에게 가르쳐 주었다.

이쪽의 본심은 숨긴 채로.

"게다가 밋짱은 학교에서 형편없었지만 그건 그런 집에 갇혀 있었기 때문이었어요. 원래 머리는 좋았지요. 나는 알고 있었어요."

독서가였다고 한다.

"그런 사람을 책벌레라고 하겠지요. 연달아 책을 읽고 어려운 것도 독학으로 공부하곤 했어요."

하야카와는 약간 밝아진 눈빛을 띠고 여러분, 아시나요, 라고 우리에게 물었다.

"밋짱은 외국인에게 길을 가르쳐 주는 정도라면 영어를 할 수 있었어요. 그것도 독학이었지요."

일은 무엇이든 했다. 세일즈맨에서부터 힘쓰는 직업까지, 여러 직종을 전전했다.

"사회 공부가 되어서 좋다고 했어요."

결혼은 하지 않았다. 연인이 생긴 것 같지도 않았다. 제대로 한 사람 몫을 해낼 때까지는 가정을 가질 수 없다고 말했다고 한다.

한편 도회로 나간 소꿉친구를 걱정하면서 하야카와는 고향에서 맞선을 보아 결혼을 하고 아이를 가졌다. 그녀가 결혼이나 출산을 알리는 편지를 보내면 늘 얼마 지나지 않아 미쓰아키가 축하 선물을 가지고 찾아왔다고 한다.

672

"아까 가게에 있던 가나는 우리 집 차남의 처제예요. 고등학교를 나왔지만 취직할 데가 정해지지 않아서 우리 가게를 도와주고 있지요."

아내로서, 어머니로서의 본분을 지키면서 책임도 늘려 가는 하야카와를 보고, 미쓰아키는 "내 유일한 자랑거리는 다에야"라고 말하곤 했다고 한다.

그런 그에게 인생의 큰 전기가 찾아왔다. 미쓰아키가 서른두 살이 된 해의 3월 말이었다.

"딸을 낳은 지 얼마 안 되었을 때라서 나도 똑똑히 기억해요. 위의 두 아이가 남자아이였기 때문에 여자아이를 원했거든요. 밋짱도, 이번에는 여자아이라면서 기뻐해 주고 귀여운 포대기 이불을 사다 주었어요."

그리고 그는 말했다.

—다에, 나 선생님이 될 거야.

"학교 선생님은 아니지만, 하면서 웃는 거예요. 무슨 소리냐고 물었더니 지금 다니는 회사에서 연수를 받아서 자격을 땄기 때문에 트레이너라는 선생님이 되어서 이번에는 학생을 가르치는 입장이 되었다고요."

얼마 전에 미쓰아키가 한 직업에 정착했고 보람 있는 직장이라고 이야기했던 일을 하야카와도 기억하고 있었다.

"트레이너" 하고 나는 복창했다. 등이 오싹했다. "당시, 미쓰아키 씨가 일했던 회사의 이름을 기억하십니까?"

"그게요, 인재 어쩌고인가 하는 긴 이름이라."

간단한 덧셈으로 알 수 있다. 하다 미쓰아키는 서른두 살. 1968년. ST의 여명기다.

"당시에 미쓰아키 씨한테서 '센시티비티 트레이닝'이라는 말을 들은 적은 없습니까? 아니면 'ST'라든가."

하야카와의 눈동자에서 즐거운 회상이 낳는 빛이 꺼졌다. "어머, 싫어라. 어째서 그런 걸 알고 있는 건가요?"

나는 마음속으로 중얼거렸다. 장인어른, 적중했어요.

"그 회사는 기업의 신입사원이나 관리직을 모아서 교육을 해 주는, 사원의 능력을 높이는 교육을 하는 게 업무 아니었습니까?"

"맞아요. TV에 광고를 할 만큼 커다란 기업들이 많은 사원을 보냈어요. 밋짱네 회사에서 연수를 받으면 좋다면서."

하다 미쓰아키에게 보람 있는 일은 ST의 트레이너였다―.

하야카와는 놀라는 나를 보고 당혹스러워하면서 말을 이었다. "밋짱은 미쿠리야 씨와도 그 회사에서 만났어요."

"그럼 미쿠리야 씨도 트레이너였습니까?"

"그렇겠죠. 함께 일했으니까요. 일 년 선배로, 나이는 두 살 위였어요."

군사와 조수의 전신前身은 모두 트레이너였던 것이다.

"그 후로 십 년 정도일까요. 밋짱은 그 회사에서 열심히 일했어요. 치프 트레이너인가가 되었고."

회사는 번성하고 미쓰아키는 높은 연봉을 받게 되어 보기에도 씀씀이가 좋아졌다. 이 무렵, 단기간이긴 해도 어떤 여성과 약혼을 했지만 하야카와가 그 여성을 소개받기도 전에 파혼했다.

"일이 더 재미있어서 결혼 같은 걸 할 시간이 없다고 했어요."

깜짝상자에서 뿅 튀어나오는 인형처럼 마에노가 정말로 가볍게 머리를 흔들면서 말했다. "할아버지는 하야카와 씨를 좋아했던 거예요."

하야카와는 눈을 크게 떴다. 마에노메리 메이는 당황하며 사과했다. "죄송해요. 하지만 저는 그렇게 생각해요. 미쓰아키 씨는 하야카와 씨를 좋아했기 때문에 다른 여성과 결혼할 마음이 들지 않은 거예요."

하야카와는 거북한 듯이 아래를 향했다. 조금 수줍어하는 듯이 보였다.

"거기에서 트레이너 일을 한 건 십 년 정도라고 하셨지요? 십 년 후에 그만둔 겁니까? 아니면 다른 회사로 옮겼다거나."

"미쿠리야 씨가 독립해서 직접 트레이너 회사를 창업할 거라면서 밋짱에게도 같이 하자고 권한 거예요."

하지만 그 전에―하면서 하야카와는 약간 눈썹을 찌푸렸다. "회사에서 작은 사고가 일어났다는 이야기를 했어요."

"사고?"

"연수하러 왔던 학생이 다쳤다나."

미쓰아키가 치프 트레이너를 맡고 있을 때라서 사고의 책임은 그에게 있었다. 하지만 당시 그보다 더 높은 지위에 있었던 미쿠리야가, 미쓰아키가 문책당하는 일이 없도록 일을 수습해 주었다고 한다.

"그런 일이 없었어도 미쿠리야 씨는 독립할 계획을 세우고 있었다고 하지만."

내 불쾌하고 불길한 상상이 눈 속에서 춤을 추었다. 연수에서 사고가 일어났다. 그 사고는 표면화되지 않고 지워졌다. 어떤 사고일까. 정말 다친 것으로 끝났을까.

"밋짱도 그 일에 대해서는 자세히 이야기하고 싶어 하지 않아서요. 나도 묻지 않았는데, 중요한 일이었을까요?"

"지금에 와서는, 글쎄요."

어쨌든 그 일로 하다 미쓰아키에게 미쿠리야라는 남자는 단순한 선배도 친구도 아닌 은인이 된 것이다.

"미쿠리야란 이름은 본명입니까?"

내 말투가 날카로웠는지 하야카와는 가볍게 얻어맞은 듯한 얼굴을 했다.

"글쎄요……. 모르겠는데요."

"미쓰아키 씨는 하야카와 씨와 이야기할 때 '미쿠리야 씨'라고 불렀던 거지요?"

"쇼켄 씨라고도 불렀어요. 높일 상尙에 헌법 할 때 헌憲이에요."

"하야카와 씨가 미쿠리야 씨를 만난 적은,"

"없어요."

거짓말이라고, 나는 생각했다. 직감이지만 빗나가지 않았을 거라고 생각한다. 하다 미쓰아키가 오랫동안 콤비를 이룬 형 같은 존재를 하야카와 다에에게 한 번도 소개하지 않았을 리 없다.

"이름을 여러 개 쓰면서 다양한 사업을 하고 있었으니까요."

수상한 사람이었어요, 라고 했다.

"밋짱이 그렇게 그 사람한테 의지하지 않았다면 나도 좀 더―그런 사람이랑 사귀는 건 생각해 보는 게 좋지 않겠느냐고 한 번쯤은 설교했을 거예요."

하야카와의 말투가 변명 같아지고, 비난이 섞였다.

"왜냐하면 밋짱이 수상한 일을 하게 된 건 미쿠리야 씨한테 이끌려서 ST 회사를 그만두고 나서니까요."

"80년대에 들어서 ST는 급속하게 시들해졌어요. 그대로 원래의 회사에 있었어도 미래는 없었을 겁니다."

미쿠리야 쇼켄이 일으킨 회사도 조만간 벽에 부딪혔을 것이 틀림없다. 그리고 둘은 여러 사업에 손을 뻗게 되었다. 트레이너 시절에 익힌, 사람의 마음을 장악하고 컨트롤하는 스킬을 충분히 살려서.

"사기꾼 콤비의 탄생인가" 하고 사카모토가 코웃음치듯이 말했다.

"둘이서 여러 개의 이름을 쓰고 있었다면 미쿠리야라는 이름도 가명 중 하나일지 모르지만, 인상에 남기 쉬운 특이한 성이니까 의외로 본명일지도 몰라요. 가명들 속에 섞어서 본명도 쓰고 있었다거나."

불유쾌하다는 듯이 숨을 토해 낸다.

"이제 와서는 어느 쪽이든 상관없지만."

"할아버지가 아니라서 안심했어."

마에노가 중얼거린다. 사카모토는 대꾸했다.

"할아버지가 아닌 다른 사람이라 해도 할아버지 또한 미쿠리야와 한패였어. 안심하고 말고 할 것도 없지."

"미쿠리야 씨는 상관없어요."

하야카와가 둘 사이에 끼어들었다.

"밋짱의 버스 납치와 미쿠리야 씨는 상관이 없어요. 이미 헤어졌으니까요. 닛쇼 일까지는 둘이서 했지만 그게 마지막이었어요."

갑자기 힘주어 말했다. 노인의 손이 또 떨리고 있음을, 나는 알아차렸다.

"그렇군요, 그게 마지막이었어요. 실컷 벌고 칠십대를 목전에 두었을 때 은퇴한 다음 유유자적한 생활을 했죠."

사카모토는 호전적으로 눈을 빛내며 하야카와에게 덤벼들었다.

"그럼 아주머니의 소중한 밋짱은 왜 그런 버스 납치 사건 같은 걸 일으킨 거예요? 우리는 모두 피해를 입었어요. 닛쇼하고는 아무 상관도 없는데 일방적으로 휘말려서."

"케이, 그렇게 무례하게 말하지 마."

사카모토는 멈추지 않는다. "저도 알 수 있게 좀 가르쳐 주세요. 밋짱은 왜 그런 거예요? 이미 손을 씻었는데 어째서 또 갑자기 자신들이 세운 닛쇼의 회원을 골라서 그런 방식으로 혼내 주려고 한 거죠?"

하야카와는 사카모토를 바라보고 있었다. 손이 떨리는 것을 스스로 깨달았는지 양 손가락을 깍지 껴서 움켜쥐었다.

"―모두를 혼내 줄 수는 없기 때문이에요."

목소리가 뒤집어지고 눈동자가 흔들리고 있다.

"혼내 준다고요?" 사카모토의 목소리가 높아진다. "대단하시네. 그렇다면 우선 제일 먼저 자신을 혼내 줘야 했어요!"

"혼내 줬어요!" 하야카와도 소리를 지른다. "밋짱은 충분히 괴로워했어요. 엄청나게 후회했으니까."

뭐라고 더 대꾸하려는 사카모토를 나는 손으로 제지했다. 그의 눈은 더 짙게 충혈되었고 특히 오른쪽 눈동자 옆의 한 부분이 심하게 충혈되어 있다. 단순히 수면 부족 때문이거나, 결막염 출혈인 건 아닌 듯했다.

"사카모토." 나는 그제야 깨달았다. "그 눈, 누군가한테 맞은 거야?"

그는 허둥지둥 손으로 눈을 문질렀다.

"별거 아니에요." 눈꺼풀이 뒤집어질 듯이 세게 문지른다. "친구가 취해서 좀 날뛰었을 뿐이에요. 그 녀석 주먹이 내 눈을 쳐서."

안약 효과가 다 된 거 같다며 바지 주머니를 뒤졌지만 발견되지 않는다. 혀를 찼다. "차에 두고 왔네."

"차갑게 식히는 게 좋겠네요."

하야카와는 그렇게 말하며 고개를 빼더니 졸려 보이는 젊은 점장을 불렀다. "죄송한데 차가운 물수건 좀 주세요."

점장이 곧 가져다주었다. 노인은 새 물수건을 뜯은 뒤 작게 접어 사카모토에게 내밀었다.

"안과에는 갔어요?"

사카모토는 말없이 물수건을 받아들고 오른쪽 눈에 댔다.

"안 갔어요? 안약, 약국에서 산 거예요? 그걸로는 안 돼요. 제대로 진찰을 받으세요."

눈은 소중한 거예요—하고 작게 말했다.

어머니에게 야단맞은 어린아이처럼 사카모토의 입매가 시옷자가 된다.

잠시 모두가 침묵을 공유했다. 졸린 듯한 점장이 유리 칸막이 맞은편으로 모습을 감추었다.

"인간은요" 하고 하야카와가 말했다. "개심하는 법이에요."

어떤 악인이라도요, 라고 말했다.

"미쓰아키 씨도."

"네, 맞아요."

"뭔가 계기가 있었던 건 아닙니까?"

"어째서 거기에 신경 쓰나요?"

"미쓰아키 씨의 개심이 지나치게 극적이기 때문입니다. 그 후에 한 일도 요란하고요. 그냥 시간이 경과했다고 그렇게까지 갑작스러운 마음의 변화가 일어날 거라고는 생각되지 않습니다."

하야카와는 내 얼굴을 보았다. "스기무라 씨라고 했나요? 여러 생각을 하시는 분이군요, 당신은."

칭찬의 말로는 들리지 않았다.

"밋짱은 은퇴한 후 일본 전체를 돌아다녔어요. 여행이라기보다 기초 조사라고 하는 게 좋을까요. 남은 인생을 어디에서 살지, 좋은 장소를 찾고 있었어요."

마음 편한 독신인 데다 돈도 있다. 좋아하는 곳으로 갈 수 있었을 것이다.

"한때 집을 빌려서 보소에서도 살았어요. 마음에 들어 했죠."

마에노가 눈을 크게 떴다. "혹시 '쿠라스테 해풍' 옆인가요?"

하야카와는 고개를 끄덕였다. "그 무렵에 아직 클리닉은 개업하지 않았던 모양이지만요. 큰 별장지가 있다면서요?"

"네. '시 스타 보소'라고 해요."

"'다에, 혹시 그거 알아? 보소 반도는 동일본에서 가장 빨리 봄꽃이 피는 곳이야.'"

하야카와는 목소리를 흉내 내어 말했다.

"구로시오 해류가 흐르고 있기 때문이야. 따뜻하고 좋은 곳이야, 라고."

"그럼 그 별장지 안에."

"맞아요. 곧 큰 병원이 개업하고 실버홈도 생긴다고 하니까, 여기는 좋은 곳이네, 라고 했어요."

그래서 지리를 잘 알고 있었던 것이다.

"그 노선의 버스도 알고 있었어요. 늘 텅텅 비어 있다고 했죠."

버스 납치—하고 중얼거리더니 하야카와는 쓴웃음을 지었다. "저 같은 할머니가 말하면 웃길 것 같은 말이지요."

구레키 노인에게도 어울리지 않았다.

"밋짱이 그 계획을 세웠을 때 그 버스를 고른 건 늘 비어 있었기 때문이에요. 도쿄 근교에서 그만큼 확실하게 승객이 적은 노선은 달리 없기 때문이라면서."

그리고 기초 조사를 하다가 사코타와 마주친 것이다.

"아아, 미안해요. 이야기 순서가 엉망진창이라."

하야카와는 천천히 고개를 저었다.

"어쨌든 밋짱은 그렇게 여기저기 돌아다니다가 죽을 뻔했어요. 나도 그때는 물론 아무것도 몰랐고 나중에 본인한테서 듣고 다리가 풀릴 뻔했지만요."

물에 빠져 죽을 뻔했다고 한다.

"밋짱은 낚시를 좋아했어요. 강 낚시요. 그렇게 험한 곳에 가는 게 아니라…… 아시겠지요?"

"네, 알 것 같네요."

"어릴 때는 좋아했어요. 나도 자주 밋짱을 따라가서 밋짱이 붕어를 낚는 걸 구경하곤 했죠."

도쿄에 가고 나서는 돈도 시간도 여유가 없었다. 미쿠리야와 일하기 시작하고 나서는 돈이 있어도 시간이 없었다. 은퇴한 뒤 돈도 시간도 많아지자 하다 미쓰아키는 어릴 때 좋아했던 일을 다시 시작한 것이다.

"그 일이 일어났던 건 신슈 쪽 어딘가에 갔을 때였어요."

곤들매기가 잡힌다는 곳으로 찾아가 얕은 여울을 건널 때 미쓰아키는 발이 미끄러져서 넘어졌다. 도회 생활에 익숙해질 대로 익숙해지고 나이를 먹은 그는 강의 무서움을 잊고 있었다고 한다.

"얕은 여울이라고 생각했는데 첨벙, 하고 빠지니 물에 쓸려 내려가서."

다행히 가까운 곳에 있던 낚시꾼들이 발견하고 구조하러 달려와 주었지만 초봄의 차가운 물에서 끌어올려졌을 때 미쓰아키는 심폐 정지 상태가 되어 있었다.

"완전히 숨이 멈췄대요."

그곳은 유명한 낚시 장소로 철이 되면 낚시꾼을 상대로 하는 간단한 점포나 휴게소가 강가에 설치되곤 했다.

"거기에, 그 뭐라고 하지요? 전기로 쇼크를 일으켜서 심장을 움직이는 기계."

"아아, AED 말이군요."

"그게 놓여 있었고, 낚시꾼 중에 의학생인 사람이 있어서 다 함께 밋짱을 구해 주었어요. 되살려 준 거예요."

회복한 하다 미쓰아키는 넘어졌을 때 입은 타박상에 여전히 파스를 붙이고 있는 상태로 곧장 하야카와 다에를 만나러 왔다고 한다.

"눈이, 달라져 있었어요." 하야카와는 말했다. "깨끗하고 맑았어요. 유쾌한 얼굴에, 흥분해 있었어요."

그리고 하야카와에게 이렇게 말했다.

—다에, 나 저세상을 보고 왔어.

"아버지랑 어머니랑 형을 만나고 왔다고 했어요."

—너는 아직 이쪽으로 와서는 안 된다면서 날 돌려보냈어.

"커다란 강 부근에 있었어, 그건 삼도천일 거야, 분명히 그럴 거야, 라고 하더군요."

—아버지가 나한테 말을 걸어 줬어.

너는 현세에서 나쁜 짓을 했지. 그걸 보상하지 않으면 가족이 있는 곳에 올 수 없다. 그러니 아직 일러.

"돌아가서 다시 살라고 말씀하셨대요."

마에노는 놀란 것인지 어이가 없는 것인지 멍한 얼굴을 하고 있다. 사카모토는 오른쪽 눈에 대고 있던 물수건을 떼고 눈을 깜박인다.

"임사 체험이군요" 하고 나는 말했다.

"맞아요, 맞아요." 하야카와는 시큼한 것을 먹은 듯한 얼굴을 했다. "밋짱이 '저세상을 보고 왔대'라고 이야기했더니 우리 장남도 그렇게 말했어요. 임사 어쩌고. 하지만 죽을 뻔한 사람이 먼저 죽은 가족이나 친구를 만나서, 아직 이르니 돌아가라는 타이름을 듣는다는 건 옛날부터 흔히 있는 이야기예요. 우리 애도 뭔가 어려운 말을 이것저것 했지만—TV에서 봤다나 하면서."

죽을 뻔했다가 살아 돌아온 사람이 드물게, 그때 체험한 이런저런 일들을 이야기하는 경우가 있다. 체험담에는 여러 패턴이 있지만 몇 가지로 크게 나눌 수 있다고, 나도 어디에선가 읽은 적이 있다.

저세상의 입구에서 고인과 재회했다. 육체를 떠나, 구명 조치를 받는 자기 자신의 모습을 바라보았다. 무시무시한 속도로, 그러나 명확하게 자신 인생의 모든 장면이 영화처럼 재현되는 것을 보았다. 지옥의 옥졸이나 악마에게 쫓겨 공포에 떨면서 이 세상으로 돌아왔다. 이런 목격이나 체감의 전후에는 어두운 터널을 빠져나가 빛이 넘치는 장소로 나간다거나, 눈부신 빛의 덩어리가 다가와 그것에 감싸이는 등의 체험이 수반되는 경우도 많다고 한다.

이런 체험담이 사후 세계가 실존하는 증거라고 주장하는 사람들이 있다. 한편으로 임사 체험은 순수하게 생리적인 현상이고 대부분의 경우 뇌의 무산소증이 일으키는 환각일 거라는 설도 있다. 일종의 마취약이나 진통제를 사용해서 피험자에게 임사 체험에 지극히 가까운 체험을 하게 할 수도 있다고 한다.

다행히 아직 한 번도 빈사 상태에 빠진 적이 없는 나는 현대인다운 상식적인 판단을 내려, 매일 발달을 계속하는 뇌신경과학이 제시하는 후자의 설을 편든다. 다만 원인이 무엇이든 그 정도의 강렬한 체험—일시적으로 다른 세계로 옮겨지는 듯한 신비 체험이, 그것을 맛본 사람들의 사고방식이나 감성에 크게 영향을 주지 않을 리는 없다고도 생각한다.

임사 체험 후 신앙에 눈뜨는 사람도 있다고 들었다. 종교에 경도되지 않더라도 삶의 기쁨, 주어진 삶의 존엄함에 눈뜨고, 그때까지의 삶의 방식을 바꾸는 사람이 많다고 한다. 이는 소위 말하는 종교라는 틀을 뛰어넘어 경건해진다는 뜻이리라.

하다 미쓰아키에게 극적인 개심을 불러일으킨 것은 이 사건이었던 것이다. 미쓰아키에게 잡아 뜯기듯이 사별한 부모와 형과 재회한 일은 가족들의 죽음이 그의 인생에 드리운 시커먼 그림자가 컸던 만큼 행복하고 따뜻한 것이었으리라.

아직 이르다. 현세로 돌아가서 다시 살아라.

미쓰아키의 아버지가 한 말이라고 한다. 하지만 내게 그 목소리는 미쓰아키 본인의 목소리로 들린다. 그가 사람을 속이고 사람을 조종하며 사회의 어두운 수맥을 건너는 동안 그의 안에서 깊이 잠들어 있던 목소리. 자기 양심의 목소리다.

마에노가 물었다. "그거, 언제쯤의 일인가요?"

"작년 봄. 3월 중순이에요." 하야카와는 조금 피곤한 듯이 어깨를 늘어뜨렸다. "그 후로 밋짱은 나 같은 건 따라갈 수 없을 정도로 여러 가지 일을 시작하고,"

"어떤 일을?"

"돈을 기부했어요. 자신이 번 돈. 제멋대로의 생활에 쓰고 있던 돈을 점점 토해 냈지요."

사회적인 활동을 하는 NPO나 아동 양호 시설, 범죄 피해자의 지원 단체.

"물론 익명으로요. 은행에 입금할 때는 옛날 가명도 썼다고 했어요. 너무 큰돈을 한꺼번에 한곳으로 보내면 눈에 띄니까 수고스러운 일이라고 했죠."

"그런 단체는 어떻게 조사했을까요?"

"그런 거야 컴퓨터로 할 수 있지요. 나하고도 줄곧 인터넷으로 연락을 주고받았어요."

하야카와는 그렇게 말하고 쓴웃음을 지었다. "할머니라 이야기가 서툴러서 곤란하네요. 미안해요, 내가 컴퓨터를 쓸 수 있게 된 것도 밋짱한테 배웠기 때문이에요. 그 사람은 은퇴한 후, 다에, 컴퓨터는 편리해, 전화 같은 것보다 훨씬 재미있어, 라면서 일부러 우리 집에 와서 가르쳐 주었죠."

"그래서 자주 연락을 주고받으셨군요."

"네. 밋짱은 원래 일로 쓰고 있었기 때문에 잘 알았어요. 게다가,"

잠깐 우물거렸다.

"게다가 뭡니까?"

"은퇴한 후에는 더 이상 사람에게 관여하고 싶지 않다면서요. 괜히 관여하면, 나는 또 사람을 속일지도 모른다면서."

그것도 어쩌다 새어 나온 양심의 목소리였을 것이다.

마에노가 억지로 꾸며낸 웃음을 지었다. "하지만 아무리 소꿉친구가 상대이더라도 하야카와 씨가 늘 컴퓨터로 하다 씨와 데이트를 하셨다면 남편분이 화를 내셨을 텐데요."

"남편은 이미 없으니까요. 죽은 지 오 년이 되었어요."

"······죄송해요."

"괜찮아요. 밋짱도 신경 쓰고 있었는걸요. 내가 너무 자주 얼굴을 비추면 아들이나 딸 앞에서 다에가 거북해질 거라고. 그래서 컴퓨터로 연락을 주고받을 수 있는 건 편리했어요. 나도 밋짱이 걱정되고 어떻게 지내는지 알고 싶었으니까요."

사카모토가 불쑥 말했다. "버스 납치 사건 후에, 구레키 가즈미쓰라는 사람은 그 아다치 구의 아파트로 이사한 지 일 년 정도 되었다고."

"그렇지. 나도 뉴스에서 그렇게 들었어."

"그럼 작년 3월에 그런 일이 있고 나서, 적어도 9월에 할아버지는 거기에 있었던 거구나······."

사회복지사의 걱정을 사면서, 쓰레기장에서 주워 온 라디오를 듣는 생활을 하고 있었다.

"밋짱은 돈뿐만 아니라 몸에 걸친 것도 전부 팔아 버렸으니까요. 남을 속인 돈으로 산 거라면서."

"미쓰아키 씨가 구레키 가즈미쓰가 된 건 은퇴했을 때지요. 2004년."

"네, 맞아요."

"강에 빠졌을 때도 이미 구레키 씨였던 거군요. 당시에 구해 준 사람들은 버스 납치 사건의 보도를 보고 몰랐을까요? 이름과 몽타주도 나왔는데."

"알았다고 해도 일부러 뭔가 했을까요?"

688

"하지만 놀라지 않겠습니까?"

"그 자리에서 구조해 준 사람들은 밋짱의 이름까지는 알지 못했을지도 모르고, 얼굴을 기억하고 있었다고 해도 버스를 납치했을 때는 이미 다른 사람 같았으니까 몰랐을 거예요."

나는 오싹해졌다. 마에노도 같은 기분일 것이다. 조금 겁먹은 듯했다.

"그렇게 달라졌습니까?"

"달라졌어요. 밋짱—."

하야카와는 눈을 움직이며 말을 찾았다.

"꼭 스님 같다고 생각했는걸요. 수행중인 스님 같았어요. 제대로 먹지도 않고 몸을 편하게 하지도 않았어요. 점점 야위고 초라해지고, 그렇게 자신에게 벌을 주고 있는 것 같았어요."

남을 속여서 번 돈을 깨끗한 재산으로 만들어 사회에 돌려주고 자신은 몸을 깎아 간다. 깎고 깎아서 사라지려는 듯이.

"자살은 생각하지 않았나요?" 사카모토가 억양 없는 말투로 물었다. 눈에서 분노의 빛은 사라졌다. 피곤한 듯 눈이 흐려져 있다. "스스로 자신을 처치하겠다는 말은 하지 않았나요?"

"그럴 생각이었겠죠." 하야카와는 약간 노기를 띠며 대꾸했다. "그래서 실제로 그렇게 죽어 갔잖아요."

"버스 납치 이야기를 하기 시작한 건 언제쯤이었습니까? 닛쇼가 적발된 건 작년 7월의 일이지요. 그래서 떠오른 생각이었을까요?"

맞아요, 즉흥적으로 떠오른 생각이겠지, 하고 사카모토는 내뱉었다. "사기꾼의 새 속임수야."

"그렇게 말하지 말아요!"

하야카와의 안색이 바뀌었다. 사카모토도 움찔했다.

"밋짱은 목숨을 건져서 다시 태어난 후 필사적으로 생각했어요. 대체 어떻게 하면 자신이 뿌린 씨를 거둘 수 있을까 하고. 이제 와서 자신이 할 수 있는 일이 있을까 하고."

"그야 있었겠죠. 자수하면 됐어요. 자신이 닛쇼에서 무슨 짓을 했는지 경찰에 말하면 됐잖아요."

하야카와는 입술을 깨문다.

"된다고요? 밋짱이 뿌린 씨는 닛쇼만이 아니었어요."

그렇다. 닛쇼 프런티어 협회는 하다 미쓰아키가 뿌린 씨 중에서 가장 크게 핀 추한 꽃이었지만 유일한 꽃은 아니었다.

"그러니까, 그렇지, 닛쇼가 적발된 건 분명히 계기는 되었어요. 밋짱은 그런 조직이 적발되었을 때 어떻게 진행되는지 잘 알고 있었어요. 꼭대기에 있는 한정된 사람들에게만 죄를 묻는다는 걸. 하지만 그것만으로는 부족해요. 자신들도 가해자라는 자각이 없는 사람들이 남아 버리거든요. 그럼 아무것도 달라지지 않아요."

"그래서 그런 방법을 생각해 냈다고요?"

닛쇼에서 이득을 보았지만 형사 처분은 받지 않는 입장에 있는 사람들 중에서 누군가를 골라내 본보기로 삼음으로써 악의 전파를 끊어 내자, 마이너스 선전을 하자고 생각했다.

"오만하군요." 사카모토의 지친 눈에 분노가 돌아왔다. "원래는 자신의 책임인데 그쪽은 제쳐 두고."

"잠깐만."

나는 둘 사이에 끼어들듯이 상반신을 내밀었다.

"하야카와 씨, 좀 더 구체적인 이야기를 해 보지요. 미쓰아키 씨는 어떻게 그 세 사람을 고른 겁니까? 당신한테는 설명하던가요?"

하야카와는 갑자기 기세를 잃고 내게서 시선을 피했다. "그건—저어."

마에노가 중얼거렸다. "할아버지, 피해자 모임에 간 게 아닐까요."

그렇지 않나요, 하며 하야카와의 얼굴을 들여다본다. "그게 제일 간단한걸요. 회합에 가면 자료도 얻을 수 있어요. 할아버지는 회원들에게 알려져 있지 않았고 별로 곤란할 일은 없었겠죠."

"그렇다면 버스 납치 사건의 뉴스를 보고 누군가 알아볼 법도 했는데."

"많은 사람 사이에 섞여 있었으면 아무도 얼굴을 기억하지 못하지 않았을까."

그 광경을 상상하자 더욱 싸늘한 것이 몸을 감싼다. 후회나 비난이나 애소의 말이 교차하는 회합에서 야윈 노인이 혼자서 숨을 죽이고 전 회원들을 관찰하고 있다. 누구와도 엮이지 않고 언젠가 내릴 심판을 위한 자료를 모으고 있다—.

하야카와가 아래를 향한 채 말했다. "딱 한 번, 나도 거기에 같이 갔어요."

정말 한 번뿐이라고 되풀이했다.

"부부인 척하고 갔어요. 데려가 달라고 내가 부탁했지요."

"왜 그런 짓을?"

"나도 밋짱을 말리고 싶다고 생각했으니까요."

피해를 당한 사람들은 이렇게 많이 있다. 주장도, 의견도, 상처의 깊이도 제각각이다. 이 중에서 누군가를 골라서 벌을 내리는 건 이상하다. 밋짱이 그런 짓을 해서는 안 된다. 밋짱에게는 그럴 자격이 없다.

"설득하고 싶었어요."

하야카와는 몸을 틀며 신음하듯이 말했다. "하지만 밋짱에게는 당해 낼 수가 없었어요."

하다 미쓰아키는 이렇게 말했다고 한다.

―다에, 이 사람들은 내가 간 밭에 돋아난 나쁜 싹이야. 내가 어떻게든 해야 해.

"제멋대로 말하지 마!" 사카모토는 또 흥분 상태가 되었다. "뭐가 나쁜 싹이야. 모두 할아버지의 피해자인데!"

"케이, 조용히 해."

한가해 보이는 점장이 칸막이 뒤에서 고개를 빼고 이쪽의 분위기를 살피고 있다.

"맞아요, 모두 피해자예요."

하야카와는 양손으로 얼굴을 덮고 울기 시작했다.

"미안해요, 정말 미안해요."

우리는 침묵했고 점장은 수상하다는 눈을 한 채 고개를 집어넣었다.

구즈하라·고토·나카후지 세 사람은 프리미어 회원이었고 개인 대부금이 많았다. 하다 미쓰아키에게 가장 중요했던 요소는 그 점이고 다른 개인적 사정은 신경 쓰지 않았을지도 모른다. 구즈하라 아키라가 2월에 자살한 사실도 어쩌면 몰랐을지 모른다.

그래도 상관없었다. 본인의 생사마저도 실은 이 계획과는 상관이 없다. 중요한 것은 이들은 사람의 모양을 한 나쁜 싹이라는 사실을 세상에 주지시키는 일이니까.

제멋대로고 잔혹하고 거만하다. 평생을 걸고 사람을 조종해 온 하다 미쓰아키라는 인간에게 어울리는 심판의 형태다.

그는 후회하고 있었다고 한다. 하지만 달라지지는 않았다.

"할아버지, 망설이거나 하지는 않았을까요?"

마에노의 말투에는 그랬으면 좋겠다는 바람이 담겨 있었다.

"역시 그만두자고 생각하지는 않았을까요?"

하야카와는 크게 숨을 내쉬고 얼굴을 들더니 마에노를 보았다.

"망설임은 없었을 거예요. 오히려 용기를 얻은 일이 있었을 정도고."

"용기라니……."

"'쿠라스테 해풍'에서 사코타 씨와 만난 일 말이군요." 나는 말했다. "터무니없는 우연이지만 미쓰아키 씨의 등을 떠미는 만남이기는 했어요."

다만 그 우연을 연출한 것은 그렇게 못된 악마는 아니라고 생각한다. 닛쇼는 수도권에서 활동했고 회원 중에는 고령자가 많았다. '쿠라스테 해풍'에 드나드는 사람들도 수도권에서 찾아왔고 시설의 성질상 고령자가 많은 것은 당연했다. 단순히 확률 문제였다.

"모두에게 보상할 수 없고 모두를 벌할 수도 없어요."

하다 미쓰아키는 프리미어 회원 세 명을 골랐다. 그리고 우연이 사코타를 골라 그와 만나게 했다.

"하야카와 씨." 나는 앉은 자세를 고치며 가능한 한 온화하게 말했다. "피곤하시지요. 마지막으로 한 가지만 가르쳐 주십시오."

미쿠리야 쇼켄은 지금 어디에서 어떻게 지내는지.

"살아 있습니까?"

하다 미쓰아키가 자신의 소행을 후회했다면 그가 간 밭에서 자라난 나쁜 싹을 베기 전에 제일 먼저 했어야 할 일이 있다. 함께 밭을 만든 농부를 쓰러뜨리는 것이다.

"미쿠리야는 밋짱의 공범자예요. 어느 쪽이 주범이고 어느 쪽이 종범從犯이든 내버려 둘 수는 없겠지요."

하야카와는 내 물음에서 도망쳤다. 노부인은 이렇게 얼굴을 마주하고 나서 처음으로 흐트러져 있다. 그 모습이 이미 대답이 되었다.

"나는 몰라요."

외국어처럼 들렸다. 뜻을 알 수 없는 암호를, 그저 입에 담고 있을 뿐인 것처럼 들렸다.

"몰라요. 모르겠어요. 밋짱은 아무 말도 하지 않았어요."

이때 말이 오열로 바뀌었다.

"내가 알고 있는 사실은, 밋짱은 권총 따윈 갖고 있지 않았고 미쿠리야 씨와는 달리 그런 걸 손에 넣을 연줄도 없었다는 것뿐이에요."

마에노가 흠칫했다. "하야카와 씨, 그건 그러니까,"

말하려는 마에노를, 나는 말렸다. 눈이 마주치자 그녀의 공포가 내게도 전해져 왔다.

권총은 미쿠리야의 것이었다. 미쿠리야가 숨겨 가지고 있던 권총이 하다 미쓰아키의 손으로 건너가 버스 납치 사건에서 사용되었다.

빌린 것은 아니리라. 받은 것도 아닐 것이다. 밋짱이 미쿠리야에게서 빼앗은 것이다.

"미쿠리야 씨는 이제 아무한테도 폐를 끼치지 않을 거예요."

누군가를 속이고 조종하는 일도 없을 것이다. 단호하게 딱 잘라 말하는 하야카와 다에의 눈은 어둡다.

미쿠리야 쇼켄은 죽었다. 아마도 밋짱의 손에 의해서.

"할아버지는―,"

마에노의 목소리가 메었다.

"버스를 납치했을 때 처음부터 죽을 생각이었군요."

경찰이 돌입해 왔을 때 그는 미소 짓고 있었다. 웃는 얼굴로 총구를 자신의 머리에 향했다.

그는 이미 직접 손을 써서 사람을 죽였다. 따라서 죽을 수밖에 없었다. 그것이 자기 자신에게 내린 심판이었다.

"죽은 게 아니에요."

어린아이의 무례한 말실수를 타이르듯이 하야카와는 마에노에게 말했다. "밋짱은 아버지랑 어머니랑 형이 있는 곳으로 간 거예요."

그래서 하야카와 다에는 말리지 않았다. 밋짱을 막지 않았다.

막지 못했기 때문에 그렇게 생각할 수밖에 없는 것이겠죠, 라고 다그치는 것은 간단한 일이다. 하지만 그 말이 누구한테 도움이 될까.

제멋대로라고, 사카모토가 또다시 말했다. 가느다란 목소리로 되풀이해서, 되풀이해서.

"네, 맞아요. 나는 제멋대로고 멍청한 할머니예요."

어떻게 생각하시든 상관없어요. 하야카와는 눈물로 눈가를 적시면서 말했다.

"하지만 나한테는 밋짱이 소중했어요. 밋짱의 바람을 이뤄 주고 싶었어요."

몇 번이든 똑같은 짓을 할 거라고 말했다.

"내가 지금 이렇게 있을 수 있는 건 밋짱 덕분인걸요."

하야카와는 손등으로 콧물을 닦고 강한 척하듯이 양쪽 눈썹을 치켜세우며 말한다.

"우리 가게, 보셨지요?"

거기는 빌린 땅이에요, 라고 말했다.

"옛날에 그 일대는 전부 농지였고 주민들 집안도 예로부터 농사를 지어 온 집안들뿐이었어요. 우리는 딱 집 한 칸짜리 공간을 갖고 있었지요. '미야코'라는 건 우리 아버지가 붙인 가게 이름이에요. 그 근처에 사는 사람들은 모두 우리 손님이었어요."

가업이었지요, 라고 말한다.

"남편도 원래는 점원이었어요. 아버지가 그를 좋게 봐서 데릴사위로 삼고 가게를 물려준 거예요. 부부가 함께 열심히 일해 왔어요."

하지만 칠 년 전의 일이었다. 지주가 농촌을 떠나고 땅을 주택개발업자에게 매각하기로 결정했다.

"그래서 차지권借地權 계약을 갱신하지 않겠다는 거예요. 갑작스러운 일이라 우리는 정말로 어떻게 해야 할지 알 수가 없었어요."

곤란해진 하야카와는 밋짱에게 상담했다. 도쿄에서 넓은 세상을 상대하고 있는 밋짱이라면 좋은 조언을 해 줄지도 모른다.

"그랬더니 밋짱은 달려와 주었어요. 나한테 맡겨 두라면서."

그리고 하다 미쓰아키는 교섭에 들어갔다. 내키지 않아 하는 지주와 개발업자에게 '슈퍼 미야코'를 남겨둠으로써 생기는 메리트를 설명하고 데이터에는 데이터로, 법적 논리에는 법적 논리로 대항했다.

"결국 지주를 설득해 준 거예요. 덕분에 우리는 그곳에 가게를 남길 수 있었어요. 장사를 계속할 수 있었기 때문에 장남이 실업자가 되었을 때도 곧장 돌아오라고 부를 수 있었고."

오 년 전, 하야카와의 남편이 병으로 세상을 떠났을 때 그 장남의 발안으로 개인 경영이었던 '미야코'에서 프랜차이즈 편의점으로 바뀌었다. 처음에 하야카와는 반대했지만,

"그때도 밋짱이 충고해 주었어요. 이럴 때는 젊은 사람의 말을 들어주라고요. 되는 대로 말한 게 아니에요, 제대로 조사해 주었어요. 마, 마, 마켓이니 뭐니."

"마케팅 리서치 말입니까?"

"맞아요, 그거!"

눈물 어린 눈을 한 채 분위기에 어울리지 않는 밝은 목소리를 내고 만다.

"다에, 안심해, 네 아들은 남편과 비슷하게 상재商才가 있어, 좋은 걸 찾아냈는데, 하면서 컴퓨터로 여러 가지를 보여 주었어요. 숫자라든가 그래프라든가, 저는 전혀 알 수 없었지만."

밋짱이 자기 일처럼 생각해 주고 있음을 알았다.

"우리가 지금 다 함께 살 수 있는 것도 가게를 계속할 수 있었기 때문이에요. 밋짱 덕분이에요. 밋짱은 우리 일가의 은인이에요."

자기는 외톨이였는데—하며 또 손으로 눈물을 닦는다.

"다에는 가족을 소중히 여기도록 해, 이 세상에서 가장 소중한 건 가족이야, 라고 했어요."

자신이 외톨이였기 때문에 더더욱.

"나는 밋짱을 위해서 아무것도 해 줄 수 없었는데. 밋짱이 외로울 때도 힘들 때도 나는 아무것도 못 했는데."

그래서 마지막 정도는 도와주고 싶었다고 한다.

"나는 그것밖에 생각할 수 없었어요."

나는 멍청한 할머니니까.

"밋짱 몫까지 내가 사과할게요. 그러니까 밋짱을 용서해 주세요."

하야카와는 물수건을 움켜쥐더니 그것을 두 눈에 댔다.

창 밖에서 나무가 바람에 흔들리고 있다.

갑자기 마에노가 말했다. "스기무라 씨, 돌아가요."

옆에 둔 가방을 낚아채더니 무언가를 뿌리치듯이 몸을 바르작거리며 의자에서 일어섰다. 그러고는 박스석을 떠나 가게를 가로질러서 밖으로 나가 버렸다.

사카모토도 느릿느릿 일어선다.

나는 하야카와에게 물었다. "혼자서 돌아가실 수 있겠습니까?"

물수건으로 얼굴을 가린 채 하야카와는 고개를 끄덕였다.

"조심해서 운전하십시오."

"쓸데없는 걱정하지 말아요."

울어서 부은 눈이 나타났다.

"당신들이야말로 길 잃지 않겠어요?"

"괜찮습니다."

하야카와가 떠나려는 사카모토를 불렀다. "당신, 젊은 분."

사카모토가 병든 개 같은 눈을 한 채 돌아본다.

"나는 몰랐어요. 밋짱이 도쿄에서 그런 일을 하고 있는 줄은 몰랐어요. 밋짱이 고백해 줄 때까지 아무것도 몰랐어요. 오랫동안, 아무것도 알아채지 못했어요."

변명하고 싶은 게 아니에요, 라고 말했다.

"알았다면 분명히 말렸을 거예요. 하지만 몰랐어요. 너무 늦었지요. 밋짱이나 나 정도 나이가 되면 잘못했다고 생각해도 더 이상 인생을 새로 시작할 수가 없어요. 그저 끝낼 수밖에 없지요."

단숨에 토해 내고는 불현듯 눈매를 누그러뜨렸다.

"나를 찾아내 줘서 고마워요. 이야기할 수 있어서 다행이에요. 이제는 죽을 때까지 입 다물고 있을게요, 이 할머니는."

그러니까 여러분은 잊어 주세요, 라고 말했다.

나도 사카모토도 입을 다문 채 자리를 떠났다. 계산을 마치고 가게 밖으로 나가자 마에노가 가방을 붙들고 흐느끼고 있었다.

밤의 도로는 어두웠다. 렌터카 차 안은 싸늘하게 식어 있었다.

돌아가는 길에는 내가 핸들을 잡았다. 사카모토는 조수석에, 마에노는 뒷좌석에 탔다. 그냥 앞뒤로 나뉘어 탔을 뿐인 게 아니라 둘의 거리가 벌어져 있다는 것을 느꼈다.

지나가는 길에 힐끗 보니 원래 '슈퍼 미야코'였던 편의점에는 드문드문 손님이 있고 계산대에는 물색 겉옷을 입은 남성이 서 있었다. 방문객과 잠깐 나갔다 오겠다며 외출한 할머니의 귀가가 늦어져서 가나는 걱정하고 있을 것이다.

쥐 죽은 듯 조용한 집들에 에워싸인 편의점의 불빛은 밝다. 칠년이 지나도 여전히 '대호평 분양중'인 땅에 이 가게를 남겨 두어서 다행이라고, 지주도 지금은 납득하고 있을 것이다. 하다 미쓰아키의 눈은 정확했다.

"겨우 끝났네."

마에노가 머리를 창유리에 기대고 울다 지쳤는지 멍한 얼굴로 중얼거렸다.

"아무것도 끝나지 않았어." 사카모토가 낮게 대답했다. "아무것도 끝나지 않았어."

이건 또 계속되는 거야, 라고 말했다. 그도 지쳐서 눈이 쑥 들어가 있다.

"그 할아버지가 한 일에는 의미라곤 없었어. 아무 소용도 없었어."

그냥 많은 사람에게 폐를 끼쳤을 뿐이야, 사람이 죽었을 뿐이야, 라고 말했다.

"앞으로도 죽을 거야. 닛쇼의 피해자 모임에서 자살자가 나오고 있잖아. 그 할아버지의 솜씨야. 하지만 그게 어쨌다는 거지? 그런다고 세상이 깨끗해져?"

그 목소리는 저주처럼 들렸다.

"회개했다느니 죄라느니 벌이라느니, 그런 건 무의미해. 닛쇼가 없어져도 악질 사기 상행위는 얼마든지 또 나올 거야. 눈앞의 욕심에 눈이 흐려져 아무도 질리지를 않는 거야. 아무것도 바뀌지 않아."

나는 견딜 수 없어져서 강하게 말했다. "바꾸려고 생각하지 않으면 바뀌지 않지."

그러니까 바꾸자. 모두 집으로 돌아가서, 내일부터 새로운 생활을 시작하는 거야.

케이—하고 마에노가 불렀다.

"우리, 헤어지자."

사카모토는 대답하지 않았다.

12

귀국한 이마다 요시치카는 일주일간의 입원 및 검사를 마치고 회장실로 복귀했다. 고혈압과 동맥경화 진행이 문제였지만 당면한 건강 상태에 걱정은 없다고 한다. 설령 내가 가족 중 한 사람이 아니며 그런 정보를 알 도리가 없었다 해도, 모니터 너머로 훈시를 하는 회장의 반들반들한 안색을 보고 안도할 수 있었으리라.

장기 휴양은 장인에게 기운을 주었지만 그동안 보류되어 있던 용건들이 또 맹렬하게 쫓아 왔다. 나는 특명 보고서를 완성해 '얼음여왕'에게 맡겼고 장인에게서 어수선한 기미가 느껴지는 내선전화를 받았다.

"일단락되면 시간을 낼 테니 집으로 오게. 천천히 이야기하지."

"알겠습니다."

"자네는 아직 우리 사원일세. 사직 얘기는 꺼내지 말게."

"물론입니다."

하타나카 마에하라에서 돌아온 후 시바노 기사와 다나카 유이치로와 각각 한 번씩 전화로 이야기를 나눴다. 다나카는 구레키 가즈미쓰, 즉 하다 미쓰아키의 뒤처리를 부탁받은 사람이 여성이었다는 사실에 매우 놀랐지만 시바노 기사는 달랐다.

"그런, 친한 여자분이 아닐까 생각했어요."

위자료를 어떻게 할지 둘의 생각에 변화는 없었다. 다나카는 요통이 조금도 좋아지지 않는 점과 최근의 엔고 경향을 한바탕 한탄했지만(우리 같은 작은 회사도 해외 거래는 하고 있다고) 그 목소리에는 탄력이 있었다.

나는 일상으로 돌아왔다. 섣달에 들어서 어수선해지는 가운데, 일요일 아침부터 밤까지 내내 가족 셋이서 〈반지의 제왕〉 3부작을 보았다. 한꺼번에 내리 보면 모모코가 지쳐 버릴 거라는 걱정은 부모의 기우였다. 도중에 몇 번인가 졸았던 사람은 나였다.

"아빠, 로스로리엔의 숲에 도착했어. 엘프의 여왕님이 나왔어."

하며 모모코가 흔들어 깨울 때마다, 아빠는 한 번 본 적이 있어서 그렇다고 변명을 했다. 그래도 모모코는 그날 밤에 역시 피곤했는지 책을 읽어 달라고 조르지도 않고 전지가 다된 것처럼 잠들었다. 분명히 좋은 꿈을 꾸었을 것이다.

모리 노부히로의 책이 완성되어 어떻게 전달해야 할지 상담했더니, 그쪽에서 인사차 꼭 한 번 그룹 홍보실을 방문하고 싶다고 청해 왔다. 그 참에 식사 자리를 마련하고 싶으니 참석해 주었으면 좋겠다고도 한다.

"편집장님뿐만이 아니라 우리 전원이요?"

"그래. 모리 각하는 도량이 크시네."

마노와 노모토는 황송해했지만 모처럼의 후의이니 받아들이기로 했다. 이야기는 순조롭게 진행되어 《아오조라》 교정이 끝난 12월 13일, 모리 각하는 그룹 홍보실을 방문하여 한바탕 견학한 뒤 우리를 아카사카에 있는 오래된 이탈리아 음식점으로 데려갔다.

"우리 부부가 자주 다니던 가게라서 말이야. 벌써 이십 년은 되었지."

소위 말하는 '숨은 맛집'이었다. 요리도 와인도 훌륭했지만 긴장한 탓에 웃는 얼굴마저 어색해지려는 마노와 노모토의 마음을 풀어준 것은 거들먹거리는 데라곤 없는 가게 분위기와, 사람의 비위를 맞춰 주는 모리의 화술이었을 것이다. 이 점은 내게도 의외였다.

모리는 두 사람에게 친근하게 말을 걸었다. 마노가 에스테티션이라는 점도 노모토가 대학에서 무엇을 전공하는지도 알고 있었다.

"사정이 허락하면 언젠가 회사를 그만두고 원래 일로 돌아갈 거지요?"

그 물음에 마노는 솔직하게 고개를 끄덕였다.

"그럴 생각이에요. 그룹 홍보실에서 배운 것을 잘 활용해 나가고 싶습니다."

"그렇게 해요. 어떤 전문직 사람에게나 때로 시야를 넓히는 경험이 필요하지. 분명 도움이 될 거요."

그러고 나서 이야기는 모리 부인으로 넘어갔다.

"내 아내도 에스테틱 살롱에 다녔는데 시설에 들어가고 나서는 그럴 기회가 없어져 버렸소. 본인도 정신이 멀쩡할 때는 여전히 옷차림에 신경을 쓰는 것 같았으니 분명 아쉬워하고 있겠지."

노인 요양 시설의 여성 환자를 대상으로 방문 에스테 비즈니스 모델을 만들 수 없겠느냐고, 모리는 열심히 이야기했다. 마노도 진지하게 들었다.

디저트와 함께 '의외로 술이 셌다'는 모리 부인 취향의 그라파가 나왔다.

그라파는 센 술이다. 이미 상당히 와인을 마신 노모토의 얼굴은 새빨개졌고 모리는, 마노와 역시 '의외로 술이 센' 편인 편집장이 호쾌하게 마시는 모습에 눈을 가늘게 뜨며 기뻐했다.

"우리 집에서도 커피가 아니라 와인을 낼 걸 그랬군."

모두가 즐거워하고 있었다. 예전에 모리를 '각하'라고 부르던 부하들은 그저 외경의 마음으로만 그 별명을 바치지는 않았을 것이다. 나는 그 점을 실감했다.

가게를 나올 때가 되자 모리는 약간 부끄러운 듯이 우리에게 말했다.

"여러분, 이제 피곤하겠지만 한 시간만 더 같이 있어 주면 안 될까요. 이 근처에 좋은 바가 있는데."

아는 사람이 데려가 주지 않으면 거기에 가게가 있다는 것도 모를 법한 곳에 조용히 숨어 있었다. 카운터석밖에 없는 바였다. 나이 많은 마스터가 얼굴에 웃음을 지으며 모리를 맞이했다.

"오랜만입니다."

다른 손님은 없다. 실은 예약해 둔 거라고 모리가 슬쩍 털어놓았다.

"나는 밀어붙이는 타입이거든. 처음부터 여러분을 여기로 끌고 올 생각이었다오."

벽에는 사진을 넣은 액자가 몇 개 걸려 있었다. 그중 하나는 모리가 부인과 함께 여행을 갔을 때 찍은 것이라고 한다.

"산 피에트로 대성당이군요."

노모토가 TV에서밖에 본 적이 없다고 말했다. "세계유산 프로그램에서요."

"이제부터 얼마든지 기회가 있어요. 가서 보고 와요."

휴가 때마다 모리는 부인과 여행을 떠났다고 한다. 꼽아 보니 세계 22개국을 답파했다는 등, 다채로운 말로 들려주는 추억 이야기에 우리는 놀라고 신나게 웃었다.

한 시간은커녕 두 시간 이상이 지났을 무렵 모리가 갑자기 말을 끊고 사람들의 주목을 끌듯이 오른손 검지를 세웠다.

"이 곡, 아나요?"

가게 안의 BGM이다. 연주곡으로, 나는 들어본 적이 있었다.

"아아, 이거." 소노다 편집장이 말했다. "〈테네시 왈츠〉군요."

"맞아요. 당신은 일본어 가사를 알고 있으려나. 에리 지에미가 노래를 불렀지."

"저 CD를 갖고 있어요. 에리 지에미를 좋아해서."

"정말이오? 뭐야, 좀 더 일찍 말해 줘야지. 내 아내도 에리 지에

미의 팬이라서 말이오. 그중에서도 그녀가 부른 〈테네시 왈츠〉는 다른 어떤 가수가 부른 것보다도 훌륭하다고 말하곤 했지."

모리는 멜로디에 맞춰 흥얼거렸다. 마스터가 BGM의 음량을 조금 올렸다.

떠나간 꿈
그 테네시 왈츠
그리운 사랑의 노래
그 얼굴을 그리며 오늘 밤도 노래하네
아름다운 테네시 왈츠

"연인을 친구에게 빼앗긴 여성의 상심을 노래한 거라오."

모리가 젊은 노모토에게 설명했다.

"왈츠를 한 곡 추는 사이에 연인의 마음을 훔쳐가 버렸다고 말이지."

인생에는 그런 일도 있어요, 라고 말했다.

"실제로 내 아내는 대학생이었을 때, 졸업하면 곧 결혼하려는 생각까지 하고 있었던 연인을 후배에게 가로채인 경험이 있거든. 인생에 절망해서 한때는 진심으로 수녀가 되려고 했다더군. 기독교계 대학이었으니까. 뭐, 결국은 그만두었지만."

"왜 그만두신 걸까요."

"그야 내가 나타났기 때문이지."

모리가 가슴을 폈고 우리는 웃었다. 모리도 웃었다. 취기 때문만이 아니다. 눈가가 빨개지고 눈동자가 젖어 있다.

하야카와 다에도 이렇게 눈물짓고 있었다. 울면서 이야기했다. 조사는 끝났어도 뇌리에서 떠나지 않는 우는 얼굴이었다.

겨우 그 얼굴이 멀어지는 것을 느꼈다. 모리의 눈동자에 눈물과 동시에 깃들어 있는 추억의 온기가, 그날 하타나카 마에하라의 쓸쓸한 패밀리 레스토랑에서 싸늘하게 식은 마음을 다시 체온으로 바꾸어 주었다.

바가 영업을 마치는 시간까지 있다가 다 함께 모리의 기사 딸린 차를 전송한 뒤, 술도 깰 겸 택시를 탈 수 있는 데까지 걸어갔다.

"각하, 신나 보였지."

이런 식의 말투는 소노다 에이코 편집장의 버릇이지만 어조는 부드러웠다.

"아내, 아내, 연발하면서."

"정말 좋은 배우자라는 말이 딱 맞는 부부였지요." 마노는 찬찬히 말했다. "사모님의 건강이 좋지 않으신 건 괴로운 일이겠어요."

"하지만 이러니저러니 해도 각하나 사모님이나 행복한 거야. 의료도 요양도 최고 수준인 곳에 있으니까."

"그건 그렇지만……."

"그런 말년을 맞으려면 남들보다 한참 앞서서 인생을 이겨 내야 해. 너, 그럴 각오는 돼 있어?"

이런 질문을 받자 노모토는 약간 비틀거리면서 딸꾹질을 했다.

"저는 오늘 밤에 근사하게 취했어요. 현실로 돌려보내지 말고 좀 내버려 둬 주세요."

편집장이 마노를, 내가 노모토를 바래다주게 되었다. 남자 둘이서 택시에 올라탔고 노모토가 곧장 창을 열었다.

"저, 술 냄새 나죠."

그렇다.

"자도 돼. 깨워 줄 테니까."

"죄송합니다."

그렇게 말하면서도 이내 그는 작은 목소리로 말했다. "저, 술에 취해서 입이 가벼워졌어요. 좀 얘기해도 될까요?"

"뭘?"

"마노 씨한테서 못 들으셨어요?"

다 끝난 줄 알았던 성희롱 소동이지만 아직 여운이 남아 있다고 한다.

"마노 씨를 끈질기게 나쁘게 말하는 사람들이 있어요. 이데 씨가 불쌍하다, 마노 씨는 스기무라 씨의 총애를 받고 있으니까 우쭐해진 거라는 둥."

이데 마사오 본인도 그런 말을 한 적이 있다.

"내가 총애할 리가 없는데."

"마노 씨는 미인이니까 아무것도 하지 않아도 시샘을 받고 의심을 받는 거예요."

"노모토는 여자 사원들 간의 감정적 알력에 대해서 잘 아는군."

노모토는 "감정적 알력"이라고 말하더니 주정뱅이답게 웃었다.

"네, 저는 정보통이에요. 누나들한테 인기가 좋고."

"좋은 일이야, 월급쟁이 인생을 남들보다 한참 앞서서 이겨 내는 데 필요한 귀한 자질이지."

노모토는 또 실실 주정뱅이 웃음을 짓더니만, 흐트러진 상태 그대로 진지한 얼굴을 했다.

"그러고 보니 스기무라 씨, 아세요? 이데 씨, 교통사고를 당했어요."

정말로 처음 듣는 얘기였다.

"언제?"

"바로 이삼일 전이에요. 사장실 서무 누나한테서 들었는데요."

정확하게는 사고를 당한 게 아니라 사고를 일으킨 거라고 한다.

"게다가 음주운전이었어요. 곤드레만드레 취해서 핸들을 미처 못 꺾고 인도로 올라가 전봇대에 부딪쳤대요."

놀랍게도 오전 두시가 넘었을 때의 일이다. 이데는 지금도 그런 시간까지 술을 퍼마시고 있는 걸까. 어이없는 이야기다.

"달리 다친 사람은?"

"없어서 다행이었지요."

이마다 그룹에게도 불행 중 다행인 일이었다. 제삼자를 끌어들인 사고라면 확실히 신문에 났을 것이다.

'서무 누나'에 따르면, 보고를 위해 출근한 이데는 기브스로 고정한 오른팔을 목에 매달고 있었으며 이마에는 봉합 자국이 있고 콧등은 부어 있었다고 한다.

"입원하지 않은 거야?"

"하지만 또 휴직했어요. 그런 게 허락되나요, 스기무라 씨? 제가 사장이라면 그 자리에서 해고했을 거예요. 징계해고지요."

씩씩거리지만 그 숨에서 술 냄새가 난다.

"이번만은 처분이 있을 거야. 설령 해고한다 하더라도 수순을 밟아야지."

이데도 지금은 다시 조합원이니 노조도 나설 것이다.

"하지만 음주운전이에요. 그것도 엄청 악질이잖아요. 사회인 실격이에요."

모리 각하는 그렇게 훌륭한 사람인데 어째서 이데 따위를 측근으로 두었던 걸까 운운하며 한동안 투덜거리는가 싶더니 잠들어 버렸다.

곤란하게도 노모토는 잠이 들면 한없이 깊이 잠드는 타입인지, 그의 아파트에 도착해서 깨우려고 했더니 이번에는 일어나지를 않았다. 취기 탓도 있어서 몸에 힘이 하나도 들어가지 않아, 부축해 주지 않으면 서지도 못했다.

노모토의 집은 삼 층짜리 아파트의 삼층에 있었다. 엘리베이터는 없다. 바깥 계단의 난간이 차갑게 빛났다. 한숨이 나왔다.

"시간이 좀 걸릴 것 같으니 여기서 같이 내리겠습니다."

어떻게든 노모토를 그의 집 침대에 눕혀 주기까지 뼛골 빠지게 고생했다. 땀을 흘린 나는 의외로 잘 정리되어 있는 부엌에서 물을 한 잔 마셨다. 현관문을 잠근 뒤 열쇠를 신문함 속에 떨어뜨리고는 다시 바깥 계단으로 향했다.

삼층 층계참에서 얼굴에 밤바람을 쐬었다. 추위가 기분 좋아서 걸음을 멈추고 심호흡을 했다. 어둠 속 허공에 떠 있는 듯한 바깥 계단에서 낯선 밤거리를 내려다보았다.

교외의 주택지다. 크고 작은 아파트나 맨션들 속에 각기 다른 디자인의 단층집이 섞여 있다. 그중에서 돌담에 둘러싸인 고풍스러운 일본 가옥에 시선을 빼앗겼다. 전체적인 스케일은 작지만 장인의 저택과 통하는 데가 있었다. 저런 집은 옛날 같으면 이 지역 호농의 집이리라. 분명 지주일 것이다.

이 높이에서는 전경이 보인다. 복잡하게 나무를 심어 놓은 정원에 상야등이 켜져 있었다.

그 정원 구석에서 모양 좋은 나무 한 그루가 가지에 꽃을 피우고 있었다. 아니, 12월도 중순이 되었으니 꽃일 리는 없나. 밀집한 나뭇잎이 빛을 반사하면서 하얀 꽃처럼 보이는 것뿐일까.

그래도 아름다운 광경이다. 나는 기분 좋게 계단을 내려가다가 움찔하며 난간을 붙잡았다. 오래된 철제 계단이 삐걱거렸다.

생각났다.

4월 중순, 늦게 핀 산벚나무를 보러 하치오지까지 갔다. 그때 차체가 높은 리무진 버스의 좌석에 앉아, 멀리 떨어져서 오도카니 피어 있는 색깔이 옅고 가냘픈 벚나무를 바라본 적이 있다. 어째서 저런 곳에 벚나무가 딱 한 그루 있을까, 동료들에게 따돌림을 받은 거로군, 쓸쓸하지는 않을까, 아니, 마음 편할지도 모르지, 라고 생각했다.

당일치기 벚꽃놀이를 하는 날이었다. 이마다 가의 친척, '구리모토의 큰아버지'가 매년 개최하는 행사로, 나와 나호코와 모모코는 올해 처음 참가했다.

초대장이라면 매년 받았다. 구리모토의 큰아버지는 장인의 사촌형제로, 이런저런 복잡한 감정이 교차하는 이마다 요시치카의 죽은 아내 쪽 친척과는 달리 나호코를 어릴 때부터 귀여워해 주었다.

하지만 나는 다르다. 이마다 그룹의 수장 자리 중 하나를 차지하고 있는 구리모토의 큰아버지는 나와 나호코의 결혼에 반대했다. 사촌인 요시치카가, 혼외자식이라고는 해도 소중한 외동딸에게 나 같은 벌레가 달라붙는 것을 허락한 일에 여전히 틈만 나면 불쾌감을 드러냈다.

─안 내키지? 괜찮아, 적당히 거절할게.

매년 나호코는 그렇게 말했다. 그때마다 꺼림칙했다. 그래서 내가 올해는 한 번쯤 얼굴을 내밀러 가자고 말을 꺼냈던 것이다.

내게는 모르는 얼굴이 더 많은 모임이었다. 아는 사람들도, 이렇게 그들 집안만의 그룹을 이루니 갑자기 먼 존재로 보였다. 함께 간 아내의 둘째 오빠 부부도, 나호코조차도 그렇게 보였다.

가는 길에서부터 시작해 벚꽃 구경을 할 때도, 그 후의 식사 모임 때도, 줄곧 붙임성 있는 웃음을 띠고 있는 동안 뺨이 경련할 것만 같았다. 나는 여기에 어울리지 않는 사람이라고, 뭔가를 할 때마다, 주위에 시선을 줄 때마다 생각했다. 나호코는 사람들의 테두리 안에서 밝게 담소하고 있다. 결혼한 후 나를 위해 이렇게 친한 사람들과 즐겁게 외출할 기회를 외면하고 있었던 걸까.

나는 그 자리를 빠져나왔다. 모임 장소인 레스토랑을 떠나 뒤쪽 주차장으로 갔다. 버스는 얌전히 일동이 돌아오기를 기다리고 있었고 기사가 밖에서 담배를 한 대 피우고 있었다.

나는 잠시 서서 그와 이야기를 한 뒤 차 안에서 쉬게 해 달라고 부탁했다. 대낮부터 술을 마셔서 졸음이 와서요, 라며. 기사는 쾌히 문을 열어 주었다. 나는 몰래 차 안으로 도망쳐 들어갔다. 혼자 있고 싶었다.

그리고 창문을 통해 멀리 오도카니 서 있는 벚나무를 발견했다. 나랑 똑같다고 생각했다.

중학생 같은 감상感傷이다. 뭔가 실수해서는 안 되기 때문에 나는 거의 술을 마시지 않았다. 취하지도 않았다. 내 자신이 부끄러웠고, 하지만 이런 기분이 드는 것은 내 탓이 아니라며 화를 내고 있었다.

적어도 내가 자기 힘으로 이마다 콘체른에 들어갔다면 좋았을 텐데. 좀 더 좋은 대학을 나왔으면 좋았을 텐데. 본가가 유복했으면 좋았을 텐데. 그런 생각을 했다. 하지만 이마다 가 또한, 장인의 대부터 일본에서 손꼽히는 부자 집안이 되었다. 그들도 벼락부자가 아닌가. 그런 생각도 했다.

나도 저 벚나무처럼 고독하고 보잘것없다. 도심에 사는 사람이 리무진 버스를 마련해서 구경하러 올 정도로 멋진 산벚나무 숲에서 튕겨 나왔고 거기로 들어갈 방법은 없었다. 뿌리부터가 다르니까.

계속 숨어 있을 수는 없다. 모임 장소로 돌아가지 않으면 나호코가 걱정할 것이다. 그렇게 생각해도 몸이 움직이지 않았다.

그렇다―. 그리고 나는, 주차장 구석에 세워져 있는 빨간 자전거를 알아차린 것이다. 레스토랑 종업원의 자전거일 것이다. 손질이 잘 되어 있다. 잘 달릴 것 같다고 생각했다.

저걸 타고 달리고 싶다고 생각했다.

몰래 숨거나 하기보다는 저 자전거를 타고 이런 장소에서 얼른 떠나는 것이다. 나는 여기에 있을 사람이 아니다. 돌아보지 않고 바람처럼 사라져 버리는 것이다.

그럴 수 있다면 얼마나 좋을까 하고 생각했다. 진심으로 그렇게 생각했다.

빨간 자전거의 기억은 벚꽃놀이의 기억이었다. 그날의 내 심경을 비춘 풍경이었다.

그 기억이 왜 다섯 달이나 후에 일어난 버스 납치 사건 때의 기억과 혼동된 것일까. 양쪽 다 버스 창문을 통해 본 광경이었기 때문에? 그런 단순한 것이 아니다. 다른 누구도 아닌 장인의 질문을 받고 환기된 기억인데 내 마음은 왜 그런 장난을 쳤을까. 무엇이 이 두 가지를 연결한 것일까.

무력감이다. 폐쇄감이다. 나는 붙잡혀 있다. 자유를 빼앗기고 갇혀 있다.

누군가 나를 좀 놓아줘. 나는 밖으로 나가고 싶어. 이런 곳에 있기는 싫어.

녹슨 난간에 매달려 밤바람을 맞으면서 나는 우두커니 서 있었다.

"갑작스러운 이야기라 미안하지만 오늘 점심시간에 잠깐 만날 수 있을까?"

생각지도 못했던 형 스기무라 가즈오의 목소리가 수화기에서 들려왔다. 업무가 시작된 뒤 책상에 앉자마자 마노가 돌려 준 전화였다.

요즘 나는 부모님과 연락 두절 상태다. 누나와도 매년 소원해져 가고 있다. 형에게서 오는 연락도 빈번한 건 아니지만 특별한 이유가 없어도 "한동안 목소리를 못 들어서"라며 연락해 주는 사람은 형뿐이다. 다만 대체로 내 휴대전화로 거는데 오늘은 왜 직장으로 전화했는지 미심쩍었다.

"이쪽에 올 일이 있어?"

"응. 지금 특급 '아즈사'를 탈 참이야."

형은 아버지의 뒤를 이어 과수원을 경영한다.

"그럼 점심을 살게. 신주쿠 역 근처가 좋지?"

형은 가끔 상경하면 바쁘게 돌아다닌다. 인사해 두고 싶은 거래

처나 참석하고 싶은 회합을 몇 군데나 돌기 때문이다. 형은 농업을 꾸려 나가는 비즈니스맨이고 공부하는 사람이다.

"아니, 내가 너희 회사까지 갈게. 그쪽에 볼일이 있으니까."

나는 '스이렌'을 지정했다. 형은 고후 역 플랫폼의 소란 속에서 장소를 확인하고 부산스럽게 전화를 끊었다.

"스기무라 씨, 형님이 계시는군요."

"그렇게 극존칭을 쓸 정도로 훌륭한 사람은 아니에요."

마노는 생글생글 웃었다. "본인은 모르시겠지만 목소리가 굉장히 비슷해요. 똑같던데요."

"헤에, 그런가."

"네. 스기무라라고 하는데요, 라고 말씀하셨을 때 깜짝 놀랐어요."

'스이렌'의 마스터도 내가 형과 함께 창가 자리에 앉자 찬물을 가져오더니 이렇게 말했다.

"동생분께서 항상 이용해 주고 계십니다. 모쪼록 느긋하게 있다 가십시오."

형은 눈을 깜박거렸다. "어떻게 아는 거지?"

마스터는 주문을 받을 때 어떻게 알았는지 밝혔다. "체격이 똑같아요."

형과 얼굴을 마주하는 것은 삼 년 만의 일이었다. 그렇게 말하자 형은 "삼 년 하고 오 개월이야"라고 정정했다.

"건강해 보여서 안심했어."

"형도."

형은 소위 말하는 '입이 무거운' 사람이다. 쓸데없는 수다를 떨지 않는다. 붙임성도 없다. 하지만 오늘은 평소 이상으로 그 입이 무거운 듯했고 안색도 좋지 않아 보였다. 익숙하지 않고 답답해서 싫어하는 양복 때문만은 아닌 것 같다.

뭔가 있었던 것이다. 몸과 마음 모두가 본가에서 멀어져 있지만 내게도 그 정도 감은 온다.

"급한 일인가 본데, 무슨 일이야?"

내가 말을 꺼내자 형은 안심한 듯이 어깨에서 힘을 뺐다. 그러고는 중얼거렸다.

"암이야."

나는 숨을 멈추었다.

"아버지 말이야. 지난달 고령자 검진으로 알았어."

"……그래?"

"현립 병원에 들어가기로 했는데 수술해야 할지 말아야 할지로 담당 의사들끼리 의견이 갈려서 말이야. 그랬더니 가자마 선생님이 자기 대학 선배가 도쿄의 전문병원에 있으니까 소개장을 써 주겠다고 하셔서."

가자마는 스기무라 가가 2대에 걸쳐서 신세를 지고 있는 동네 의사 선생님이다.

"뭐라더라, 그,"

"세컨드 오피니언_{다른 의사의 의견. 보다 좋은 치료법을 찾아내기 위해 주치의 이외의 의사로부터}

듣는 의견을 말한다?"

"맞아, 맞아."

"오늘, 지금 가게?"

"두시에 예약해 뒀어."

"같이 갈까?"

"급하니까 됐어. 오늘은 기요코네한테도 아무 말 안 하고 올라온 거야. 귀찮으니까."

기요코는 내 누나이자 형의 여동생이다. '네'라는 것은 기요코 누나의 남편인 구보타를 합해서 말할 때의 호칭이다. 둘 다 교육자고 논리를 따지는 기질이라 여러모로 혼란스러울 현재의 상황에서는 형이 거북해하는 기분도 알 것 같다.

형은 짧게 아버지의 병상을 설명했다.

"……본인은 아셔?"

형은 찬물을 한 모금 마시고 고개를 끄덕였다.

"이제 나이도 먹을 만큼 먹었으니까 각오는 되어 있다고 하셔. 이런저런 정리를 하기 시작하셨어."

아버지다운 행동이었다.

"어머니는 어떠셔?"

"뭐, 괜찮으시겠지."

런치 세트가 나오고, 형과 나는 잠시 침묵했다.

"실은 너한테도 알려야 할지 말아야 할지 망설였어. 앞일이 좀 더 확실해질 때까지 덮어 둘까도 싶었지."

섭섭하네, 라고 대꾸할 수 없는 입장이 내 입장이다.

"휴대전화로 걸면 그 시간에는 아직 집에 있을지도 모른다는 생각이 들어서 말이야. 회사에 전언을 부탁할까 했는데."

"아홉시면 출근해 있지."

"그렇구나. 너, 중역 출근이 아니로군."

말수가 적은 형은 아버지를 닮았고 독설가인 누나는 어머니를 닮았다. 지금 그 말도 누나의 입에서 나왔다면 독이 서려 있었겠지만 형의 말에는 소박한 놀람의 울림만 있었다.

"나호코 씨의 귀에는 들어가지 않게 해 줘."

내 아내에 대한 거리감도 형과 누나 사이에는 상당한 차이가 있었다. 형은 나호코를 어렵게 여긴다. 누나는 나호코에게 화를 낸다. 미워하는 것은 아니다. 그냥 화를 낸다. 그녀의 맹한 동생을 터무니없는 곳으로 데려간 도시 아가씨의 변덕을.

"지금은 말 안 할게. 하지만 계속 숨길 수는 없어."

형은 곤란한 듯이 내 얼굴을 보았다.

"정월에 아버지를 만나러 돌아갈게. 나 혼자 갈 테니까."

형은 런치 세트의 토스트에 시선을 떨어뜨리며 작은 목소리로 "미안하다"고 말했다.

중병에 걸린 부모를 아들이 문병하러 간다. 무엇이 미안하다는 걸까. 당연한 일이다. 사과하려면 내가 해야 하지 않나.

나호코는 우리 부모님의 얼굴을 모른다. 모모코에게는 그 존재조차 애매모호하다. 그것도 전부, 꼭 나호코와 결혼하고 싶었던

내가,

　—나는 너를, 부잣집 아가씨의 기둥서방으로 만들려고 키운 게 아니야!

　얼굴을 새빨갛게 붉히고 매도하는 어머니에게서 등을 돌리고 고향을 버렸기 때문이다.

　"이 일로 아버지와 어머니도 조금은 부드러워질지 몰라." 형은 희미하게 웃으며 말했다. "오히려 기요코 쪽이 강적이지."

　"그건 옛날부터 그랬어." 나도 미소를 지었다.

　형을 역까지 바래다주고 나는 직장으로 돌아왔다. 어떤 소식을 받은 후라도 사람은 일을 하고 전화를 받고 동료와 이야기를 나눈다. 나는 일을 건성으로 하지 않았다. 다소 늙어 보이던 형의 얼굴도, 아버지와 닮아가는 형의 뒷모습도 애써 머리에 떠올리지 않으려고 했다.

　그러나 빨간 자전거에 대해서는 끊임없이 생각했다.

　모리와 술자리를 가진 다음 날 나는 숙취가 사라짐과 동시에 심야의 망연자실한 감각에서도 깨어났다. 전날에는 술에 취해 있었기 때문에 빨간 자전거에 대해 더 심각하게 생각했을 뿐이다. 그정도 기억의 착각은 어떤 입장에 있는 인간에게도 일어난다. 그러니까 단 한 번 불만을 분출했던 일을 그렇게 꺼림칙하게 생각할 필요는 없다고.

　그런데 지금 또 형의 뒷모습에 빨간 자전거를 겹쳐 생각하고 있다. 맵시 있는 각도로 벽에 기대어, 자, 함께 멀리 가자, 여기에서 떠나자, 고 나를 유혹하던 은색 바퀴를.

그것은 '돌아가자'고 유혹하고 있었던 것이 아닐까. 본래 내가 살아야 하는 곳으로.

나는 근무 시간이 지나자 세면실로 가서 와이셔츠 소매를 걷고 얼굴을 씻었다. 오늘 밤에는 특히 이런 걱정을 안은 채 귀가하고 싶지 않다. 나호코가 친구들과의 망년회에 가기 때문에 나는 모모코와 둘이서 지내야 한다. 모모코가 좋아하는 가게에서 외식을 하고 집에 돌아가면 다시 〈반지의 제왕〉 3부작 DVD를 감상할 생각이었다. 좋아하는 장면을 골라서 '스기무라 부녀가 선택한 명장면 베스트 10'을 만드는 것이다.

나호코는 준비를 마치고 내 귀가를 기다리고 있었다. 오늘도 핑크색 진주 목걸이를 하고 있다. 자택에서 레스토랑을 개업한다는 친구가 간사를 맡은 망년회라서 여성들만 모이지만 그 사이에서도 나호코는 너무 아름다워서 눈에 띌 것 같았다.

"레스토랑 쪽은 어때?"

"내년 초에 개점이야. 오늘 모임은 그걸 미리 축하하는 자리도 겸하는 거지. 너무 늦게까지 놀지 않고 돌아올게."

"재미없는 말을 하시네. 실컷 놀고 와."

아내가 오전 한시에 귀가했을 때 나와 모모코는 DVD를 켜 둔 채 소파에서 자고 있었다. 모모코는 황홀할 정도로 따뜻했고 나를 흔들어 깨우는 아내의 손도 희미하게 따뜻했다.

올해 크리스마스 이브에는 가족 모두가 장인의 저택에 모이게 되었다.

"아버지도 이제 연세가 있으니까."

나호코의 큰오빠가 한 말이 계기였다. 지금까지는 바로 이 손위 처남들이나 장인의 스케줄이 꽉 차 있어서 홈파티를 할 계제가 못 되었지만 올해는 어떻게든 융통성을 발휘하겠다고 한다. 장인의 컨디션 난조와 입원은 이런 데에도 영향을 미친 것이다.

홈파티라고는 해도 소수의 손님이 초대되니까 완전히 가족만의 모임은 아니라서 요리를 포함한 당일의 일처리는 프로가 맡게 된다. 피아노와 현악 사중주의 라이브 연주도 있다. 나는 매년 모모코를 위해 산타클로스 분장을 했지만 올해는 이 또한 둘째 손위 처남이 대표로 해 준다고 한다. 아내와 손위 처남댁들은 신이 나서 사전 쇼핑이나 준비에 바빴고 그 결과 가족을 위한 선물 구입이라는 큰 일거리는 23일까지 밀리고 말았다.

이날도 나호코는 외출하기 직전까지 리스트를 체크하느라 바빴다. 안쪽 방 하나에는 이미 구입이 끝난 선물 꾸러미가 산더미처럼 쌓여 있다. 장인의 저택 고용인들이나 인사하러 오는 회장실과 사장실 직원들 몫이다. 물론 '얼음여왕' 것도 있다. 나는 내용물이 무엇인지는 모른다.

"맞혀 봐."

"사양할래. 하시모토 씨한테 주는 선물이라면 맞힐 수 있을 것 같지만."

내게 등을 돌리고 선 채 커피 테이블 위의 리스트에 무언가를 적어 넣고 있던 아내의 손이 멈추었다.

"어째서?"

"남자끼리니까."

아내는 어깨 너머로 힐끗 나를 보았다. "그럼 맞혀 봐."

"지갑이나 명함지갑 아니야?"

아내는 제대로 돌아보았다. "흐음……. 어째서 그렇게 생각해?"

"둘 다, 하시모토 씨 같은 입장에 있는 사람한테는 소모품이니까. 너무 낡은 걸 갖고 다니면 곤란하고 싸구려도 안 돼."

실은 나도 새 지갑이 필요하기 때문에 반쯤 되는 대로 말해 본 거라고 확실하게 자백했다.

"그럼 당신 선물은 지갑."

"알기 쉬워서 좋은 남편이지?"

"정말, 수고를 덜어 줘서 고마워."

내 개인적인 리스트에는 기타미 부인과 쓰카사, 아다치 노리오가 들어 있었다. 오늘 집에 가는 길에 기타미 가에 들러서 전해 줄 생각이다. 내일 기타미 가에서도 저녁 식사 모임을 연다고 하고, 그 자리에는 아다치 노리오가 초대를 받았다. 나 같은 게 기타미 모자를 방해해도 되겠느냐고 본인에게서 심약한 전화를 받았기 때문에 나는 격려해 주었다.

"모처럼 초대를 받았으니까 헛되이 하시면 안 됩니다. 선물로 샴페인을 가져가세요."

"샴페인이라니, 어디에서 사면 될지 모르겠소."

하리마야로 가라고 말하고 싶지만 거기는 조금 멀다.

"백화점 지하에 뭐든지 다 있어요. 하지만 당일에는 엄청나게 붐빌 테니 일찌감치 가세요."

"역시 케이크가 좋지 않을까?"

"안 돼요, 안 돼. 기타미 부인도 준비했을 테니까 겹치면 남게 되거든요."

"아, 그런가."

잠시 후 휴대전화 메일로 '파티니까 폭죽도 사 가겠소. 팡팡 터지는 거. 배달원 동료인 중학생의 어드바이스라오'라는 속보가 들어왔다. 메일에서 즐거운 기색이 느껴졌다.

아내와 나는 오전에 집을 나가 우선 모모코를 큰오빠네 집에 데려다주었다. 사촌들과 내일 선보이게 될 합창 연습을 할 거라고 한다.

"합창이 아니야. 글리야."

"글리는 남자만 하는 거 아닌가?"

"지금은 아니란 말이야."

우선 장인에게 줄 선물을 샀다. 울 코트다. 이어서 모모코의 옷을 산 뒤 차를 도심의 대형 서점으로 돌렸다.

"내 볼일은 금방 끝나. 주문해 뒀으니까."

"역시 『반지의 제왕』?"

"응. 단 원서."

사실 반쯤은 내가 갖고 싶었던 것이다. 사전을 찾으면서 읽어도 좋고 바라보기만 해도 좋다. 모모코와 함께라면 더더욱.

서점 옆에서 늦은 점심을 먹으며 앞으로의 쇼핑 일정을 짜고 있을 때 첫 번째 이변이 있었다. 휴대전화가 울리고 화면에 '다나카 유이치로'가 표시된 것이다.

하야카와 다에와 만나고 이를 보고한 일을 경계로, 그 후에는 누구와도 연락을 주고받지 않았다. 가장 성실했던 마에노로부터의 메일도 끊겼다. 그녀가 "케이, 우리 헤어지자"라고 중얼거린 이후의 일을 나는 몰랐고, 두 젊은이도 알리고 싶지 않을 거라고 여겼다.

인질들의 밀월은 끝났다. 앞으로는 그냥 멀어져 가는 편이 서로를 위해서 좋다. 이는 다른 인질들보다는 다소 사건에 익숙한 내가 경험칙經驗則을 통해 얻은 깨달음이기도 하다. 일상 속에 비일상의 잔재를 끌어들여서는 안 된다. 이번 경우에는 비일상의 최대 선물인 위자료가 존재하고 있으니 더욱더 그렇다.

나는 아내를 남겨 두고 자리에서 일어나 통로에서 소곤소곤 전화를 받았다. "스기무라입니다. 무슨 일 있었습니까?"

그렇게 물어야 할 용건이 아닌 한 다나카에게서 갑자기 전화가 올 리 없다.

"휴일인데 미안하군."

말투에서 특별히 위험하게 느껴지는 것은 없었다.

"지금 잠깐 통화 괜찮나?"

사카모토가 그쪽으로 가지 않았느냐고 한다.

"그 형씨, 그저께부터 행방을 알 수가 없어. 가출한 모양이야."

"가출이라니—."

"딱히 쪽지를 남기지는 않았지만, 이제 어린애도 아니니까 납치된 건 아닐 테지."

"마에노도 그의 행방을 모릅니까?"

"그 녀석들 헤어졌잖아."

다나카가 둘의 교제 사실을 알고 있었으리라고는 생각지도 못했다.

"사카모토는 물론이고 마에노한테서도 아무 말 듣지 못했는데요."

"그 아가씨, 당신한테는 조심스러운 거야. 스기무라 씨는 이 지역 주민이 아니니까 이제 이런 일로 일일이 폐를 끼칠 수 없다면서."

덕분에 이쪽으로 불똥이 튀었어, 라고 한다.

"나는 오히려 그 애송이가 직업을 찾아 도쿄로 가려고 한다면 당신을 찾아가지 않을까 싶어서."

다행인지 불행인지 나한테는 찾아오지 않았다.

"사카모토의 부모님은 뭐라고 하시던가요?"

"그 부모님이 허둥거리고 있어. 애송이의 친구나 지인 들에게 닥치는 대로 전화해서 행방을 찾고 있네."

그렇다면 사카모토의 '가출'에는 뭔가 수상한 데가 있는 것이다.

"나도 아직 자세한 건 몰라. 뭔가 알게 되면 알려 줄―, 알려도 되겠나?"

"물론이지요. 저도 사카모토한테서 연락이 오면 알리겠습니다."

전화를 끊고 자리로 돌아가자 아내가 커피 잔에서 시선을 들었다. "무슨 일이야?"

"별일 아니야."

마침 나호코 본인에게 줄 선물을 상의하고 있던 참이었다. 지금까지는 나 나름대로 지혜를 짜내서 몰래 준비하곤 했지만 올해는 오픈이다. 마음이 편하지만 스릴은 조금 줄어들었다.

"당신이 좋아하시는 브랜드의 구두는 어떨지요, 부인. 직접 사시기는 어려운, 파격적인 색깔이나 디자인의 구두 같은 거."

"나 구두라면 벌써 문어가 되어야 할 정도로 많아."

"하지만 아직 문어잖아. 오징어가 되어 보면 어때?"

아내는 깔깔 웃었다. "그럼 스니커를 사 달라고 할까?"

"그거라면, 어지간히 좋은 스니커로 하지 않으면 내 지갑이랑 균형이 안 맞는데."

"그러니까 덤을 받고 싶어."

아내는 손끝으로 테이블을 짚고 내게 얼굴을 가까이했다.

"데려가 주었으면 하는 곳이 있어."

이전부터 가족끼리 유럽 여행을 하자는 이야기가 있었다. 모모코의 첫 번째 봄방학은 좋은 타이밍일지도 모른다. 일단은 장인의 건강 상태에 대한 불안도 사라졌고―라고 생각하고 있는데 아내

729

가 이렇게 속삭였다.

"그 버스에 태워 줬으면 해. 당신이 탔던 버스."

시 라인 익스프레스다.

나는 당장은 대답을 할 수 없을 정도로 놀랐다.

"어째서?"

안색이 바뀌지는 않았을 거라고 생각한다. 그래도 아내는 기가 죽었다. "미안해. 역시 무리겠지."

"아니, 무리는 아니야."

"싫은 일을 떠올리게 만들 거야."

"그런 걱정은 필요 없어. 다만 경치 좋은 곳을 달리기는 하는데 그야말로 지방 노선버스니까. 일부러 타러 갈 정도의,"

말하다 말고 나는 억측을 해 보았다.

"혹시 장인어른한테서 부탁받았어?"

이번에는 아내가 어리둥절해했다. "왜 그렇게 생각해?"

"아니, 당신이 견학하고 싶은 건 버스가 아니라 '쿠라스테 해풍' 쪽이 아닌가 싶어서."

장인은 여든 살이 넘었다. 이번에 입원해서 검사받은 일이 은퇴 후의 생활에 대해서 생각하는 계기가 되었을지도 모른다. '쿠라스테 해풍'에는 모리 노부히로의 부인도 있다. 본인이 직접 둘러보기에는 아직 타이밍이 이르니까(쓸데없는 억측을 뿌리게 될 테고), 사랑하는 딸에게 한번 견학하고 와 달라고 부탁한 게 아닐까. 만일 장인이 고급 실버홈에서 살게 된다면 나호코는 더 자주 거기에 다니게 될 테고.

"당신, 생각을 너무 많이 했다." 아내는 웃었다. "아버지가 들으면 화내실 거야."

"미안해."

"아버지는 은퇴해도 도심을 떠나시지 않을 거야. 타고난 도시 사람이니까. 자연이 가득한 곳에 있으면 '역逆 하이디'가 되어 버릴 걸."

산이 그리운 것이 아니라 도시의 불빛이 그리워지는 것이다. 장인은 모든 면에서 네온사인 거리를 사랑하는 사람이 전혀 아니니, 그 감정은 오히려 순수하게 익숙한 장소에 대한 애착일 것이다.

"괜찮아. 잊어버려. 이상한 말을 해서 미안해. 나도 당신이랑 같은 체험을 해 보고 싶었어. 뒤늦게 하는 체험이라도 좋으니까."

"나는 진심으로 당신이나 모모코가 그런 체험을 하지 않아서 다행이라고 생각해."

"응, 알고 있어." 아내는 순순히 고개를 끄덕이고 나서 불쑥 덧붙였다. "하지만 소노다 씨는 당신이랑 같은 체험을 했지."

나 질투 난단 말이야, 라고 말했다.

"소노다 씨가 부러워. 모두 무사히 돌아왔으니까 이런 느긋한 말도 할 수 있다는 걸 알아. 하지만 질투가 나. 나 질투쟁이거든."

내가 무슨 말을 하기도 전에, 가요, 하고 자리에서 일어섰다.

그 후로 다시 쇼핑에 몰두했다. 언젠가 미래의 어디에선가 완전한 남녀평등이 실현되어 올림픽 경기에서 '남자'와 '여자'의 구별이 없어진다고 해도 쇼핑만큼은 다르리라. 이 경우에 핸디캡은 여성에게 부여될 것이다. 여성의 '쇼핑 근력'은 월등하게 뛰어나다. 순발력도 지구력도 회복력도 집중력도.

피곤해서 쉬고 싶다는 말을 꺼낼 수 없는 남편은 화장실에 간다. 두 번째 이변은 볼일을 보고 손을 씻고 있을 때 일어났다. 이번에는 시바노 기사에게서 전화가 온 것이다.

"쉬시는 날 죄송합니,"

나는 성급하게 그녀를 가로막았다. "사카모토, 찾았습니까?"

"아직이에요."

오늘은 시바노 기사가 출근하는 날이고 지금은 휴식시간이다. 탈의실에서 걸고 있다고 한다.

"근무중에 받은 메일을 한꺼번에 읽은 참이에요."

"어떤 사정인지 아셨습니까?"

"마에노 씨도 오늘 아침에 사카모토 씨의 어머니에게 전화가 와서 처음으로 사정을 알았다고 하는데요."

사카모토는 그저께, 즉 12월 21일 점심쯤에 잠깐 나갔다 온다며 외출했다가 두시 넘어서 돌아왔는데 그때 친구를 두 명 데리고 있었다. 셋이서 그의 방에 들어가 잠시 이야기를 하나 싶었는데 이윽고 말다툼이 벌어졌고 그 목소리가 가족에게도 들렸다고 한다.

"두 친구가 돌아가자 사카모토 씨는 잠깐 동안 방에 틀어박혀 있다가,"

갑자기 쓰레기봉투를 들고 마당으로 나오더니 쓰레기를 태우기 시작했다고 한다.

사카모토 가에서는 가끔 그렇게 쓰레기를 태울 때가 있고 마당에는 전용 드럼통이 설치되어 있었다.

"그 후 또 외출한 모양이에요."

모양이라는 것은 아무도 그가 나가는 모습을 보지 못했기 때문이다. 방에서는 사카모토가 늘 갖고 다니는 배낭이 사라지고 없었다.

"그날 밤엔 돌아오지 않았고 이튿날도 돌아오지 않았지만 젊은 남자니까요. 어머님도 친구 집에 가 있겠거니 여기셨다나 봐요."

그러나 오늘 아침에 터무니없는 것이 발견되었다.

"할아버지가 마당을 청소하는 김에 드럼통을 정리했는데—."

물을 뿌려서 질척질척해진 재 속에 타고 남은 만 엔짜리 지폐 조각이 잔뜩 섞여 있었다는 것이다.

"그 돈일까요?"

아닐 리가 없다.

"가족들은 돈에 대해서 아무것도 몰랐던 모양이에요."

"사카모토가 말하지 않았겠지요."

사카모토 가 사람들은 깜짝 놀라서 사라진 아들을 찾기 시작했다. 그 시점에서 마에노에게도 전화가 간 것이다.

"그런 짓을 하다니 사카모토 나름의 결론이었을까……."

사카모토는 그 돈을 갖고 싶어 했다. 동시에 기피했다. 갖고 싶다. 하지만 자신의 것으로 할 수는 없다. 사기꾼의 돈을 받아서는 안 된다. 하지만 남에게 줘 버리기도 아깝다. 차라리 이 돈을 없애 버리자.

이렇게나, 이렇게나 자신을 괴롭히는 돈 따위 불태워 버리자.

동시에 자신도 사라졌다.

"시바노 씨, 다시 일하러 가시지요?"

"네, 오늘은 이십시까지 근무예요."

"이것저것 생각하면 일에 지장이 생깁니다. 뒷일은 저희한테 맡기고 잊어버리세요. 당황스러워도 어떻게 할 수 있는 일이 아니에요. 다나카 씨도 말했지만, 사카모토는 이제 어린애가 아니니까요. 아시겠지요?"

"고맙습니다. 그렇게 할게요."

나는 아내 곁으로 돌아가 쇼핑을 계속했다. 약 한 시간이 지나고 아내가 어느 부티크의 피팅룸에 있을 때 또 전화가 걸려 왔고 화면에 '마에노 메이'가 표시되었지만 받기 전에 끊기고 말았다.

굳이 다시 걸지는 않았다. 마에노메리 메이다. 나한테 전화를 걸어 버린 뒤 이렇게 허둥대서는 안 된다고 생각을 고쳐먹었는지도 모른다. 진전이 있었다면 또 걸어 줄 것이다.

이후로 휴대전화는 침묵했다.

재로 새까매진 드럼통을 나는 생각하지 않으려고 했다. 바닥에 달라붙은, 타고 남은 만 엔짜리 지폐들에 대해서도. 사카모토는 얼마를 태운 걸까. 그가 받은 백만 엔을 전액? 아니면 얼마쯤 써 버리고 남은 돈일까.

사카모토가 '사라졌다'는 생각도 내 안에서 몇 번이나 지웠다. 그는 그저 외출했을 뿐이다. 어쩌면 다나카의 말처럼 내일쯤 불쑥 나를 찾아올지도 모른다. 도쿄에서 일을 찾아보려고 하는데요, 어떻게 하면 좋을까요, 스기무라 씨.

리스트에 적은 것을 전부 산 뒤 마지막으로 들어간 백화점의 주차장으로 향할 무렵에는 오후 일곱시가 가까워져 있었다. 오늘 밤에는 손위 처남네 집에서 아이들과 함께 피자를 먹기로 약속되어 있다.

선물 꾸러미로 트렁크도 뒷좌석도 가득 찬 아내의 애차 조수석에 올라타고 안전벨트를 맸을 때 착신음이 울렸다. 아다치 노리오의 전화다.

"여보세요, 스기무라 씨?"

등 뒤에서 TV 소리가 들린다. 사람 목소리도 나는 것 같다.

"아아, 안녕하세요. 죄송합니다, 지금 잠깐 밖에 나와 있어서."

그는 내 대답을 듣지 않고 빠른 말투로 말을 이었다.

"TV 안 보고 있소? 어디 있는 거요? 바깥? 나는 가게 사람들이랑 뉴스를 보고 있는데 깜짝 놀라서 말이오. 스기무라 씨는 무사하지요?"

내가 무사하냐니, 무슨 뜻일까.

"아내와 백화점에 와 있습니다. 뉴스에서 뭘 하고 있는데요?"

아다치 노리오 옆에서 누군가가 그에게 말을 걸고 있다. 응, 응, 하고 그가 대답한다. 이번에는 내가 아는 사람은 타고 있지 않다,

고 대답하고 있다. 타고 있지 않다니, 무엇에?

"스기무라 씨, 무사해서 다행이오. 저기, 생각해서 하는 말인데 가능한 한 빨리 뉴스를 보는 게 좋겠소. 경찰에서 연락이 갈지도 모르고."

무슨 소리일까. 내 표정에 아내도 불안한 듯이 눈을 크게 뜨고 있다.

"또 버스 납치예요." 아다치 노리오가 말했다. "그 버스요. 시라인 어쩌고. 9월 때랑 똑같은 노선버스. 그때와 똑같은 장소에 세워져 있고 범인이 인질을 잡고 농성하고 있소."

아내가 내 팔에 손을 올려놓았다. "왜 그래?"

나는 말없이 그 손을 잡았다.

"범인이 자기 이름은 사카모토라고 했소. 젊은 남자요. 자기 쪽에서 경찰에, 9월 버스 납치 사건 때 인질이었다고 말하는 모양이오. 그때 범인과 이야기했던 경찰관을 데려오라면서."

나는 휴대전화를 떨어뜨릴 뻔했다.

"화면으로는 보이지 않지만 회칼을 갖고 있다고, 현장의 기자가 얘기했소. 인질의 수도 아직 모르지만 기사는 차 안에 남아 있소."

"여성입니까?" 순간 나는 물었다. "시바노 씨인가요?"

"이름은 모르겠지만 남자 기사요."

스기무라 씨, 스기무라 씨, 들려요? 아다치 노리오의 목소리가 멀어졌다.

아내를 큰오빠의 집으로 보낸 뒤 나는 택시를 타고 회사로 향했다. 여기서 가면 기본요금밖에 안 나오고 다른 어느 곳보다도 가깝다. 마스터가 주방에 TV를 두고 있는 '스이렌'은 연중무휴다.

기대대로 손님이 없는 가게 안쪽에서 마스터가 TV를 보고 있었다. 14인치의 작은 액정 화면에 낯익은 버스의 차체가 비치고 있다. 마스터는 안심한 표정으로 말했다.

"아아, 이번에는 휘말리지 않았군요."

'스이렌'에 도착했을 때부터 다른 사람들한테서도 속속 연락을 받았다. 우선 다나카, 사코타의 딸인 미와코, 기타미 부인과 쓰카사. 모두 아다치 노리오와 같은 타이밍으로 TV를 통해 새로운 버스 납치 사건이 발생했음을 안 것이다. 우리는 숨 가쁘게 대화를 나누었다.

"시바노 씨와는 연락이 됐습니까? 여덟시까지 근무라던데."

"다른 루트를 달리고 있겠지. 버스 회사에서 연락이 가지 않았겠어?" 하고 다나카는 말했다. "그 꼬맹이, 대체 뭘 생각하는 거야. 당신, 아무 말도 듣지 못했어?"

"아무것도 모릅니다. 하지만 사카모토는 계속 상태가 이상했어요."

"그 아가씨가 한몫 끼어 있는 건 아니겠지. 전화를 안 받는데."

"계속 걸어 보세요."

"해풍 경찰서에서 스기무라 씨한테 연락을 했나요?" 제일 먼저이를 신경 쓴 것은 사코타 미와코다. "사카모토 씨는 어쩌려는 걸까요. 어째서 이런 짓을."

"모르겠습니다. 어쨌든 당황하지 마세요. 사카모토가 무엇을 요구하고 있는지─아니, 정말로 저게 사카모토인지 아닌지 아직 모르니까요. 어머님은 좀 어떠십니까?"

"어머니는 아무것도 몰라요."

기타미 부인과 쓰카사는 내가 무사하다는 것을 확인하고 싶었을 뿐이라고 했다. "허둥대서 미안해요. 하지만 똑같은 광경이라서."

"그러게 말입니다."

왠지 마에노만은 전혀 연락을 주지 않았다. 이쪽에서 걸어도 부재중 전화 서비스로 전환되고 만다. 메일에도 응답하지 않았다.

TV 화면의 영상에 움직임은 없다. 산코 화학의 울타리에 달려 있는 저 전구는 외부에서 보아도 역시 탁한 노란색 빛을 내뿜고 있다. 버스 차내는 어둡고 오직 운전석에만 불이 켜져 있다. 거기에 기사는 없었지만 현장 리포트에 따르면 인질은 기사를 포함해서 두 명이고 버스 바닥에 앉혀져 있는 것 같다고 한다.

범인의 실루엣이 얼핏 창을 가로질렀다. 분명히 젊은 남자지만 얼굴까지는 확인할 수가 없다. 칼도 보이지 않았다. 정말 사카모토일까. 정말로 그가 회칼 같은 것을 휘두르고 있을까.

착신이 들어왔다. 다나카다. "이봐, 아가씨는 역시 안 받아."

"이쪽도요."

"야마후지 씨한테서 연락 왔어?"

"제게는 오지 않았습니다."

"뭐……, 냉정하게 생각해 보면 우리는 상관이 없으니까. 아무 것도 모르고."

다나카는 애써 스스로에게 들려주듯 말했다.

"사카모토가 우리를 현장으로 부르라고 요구하고 있다면 연락이 오겠지요."

"어째서 우리가 불려가야 한단 말이야?"

"이유는 없습니다. 그냥 그런 가능성을 말해 봤을 뿐이에요. 제가 들은 바에 따르면, 사카모토는 야마후지 경부님과 이야기하고 싶어 한다던데요."

"나는 그런 건 몰라. 어느 뉴스에서 나왔어?"

대화를 계속하다 보니 휴대전화의 배터리가 다돼서 전화가 끊겼다. 마스터가 충전기를 빌려 주고 주방을 나가더니 '영업중' 팻말을 뒤집어 놓고 돌아왔다. 커피를 끓이기 시작한다.

"이 애, 처음부터 확실하게 자기 이름을 댔어요."

마스터는 뉴스 프로그램에 속보가 들어왔을 때부터 줄곧 보았다고 한다.

"9월의 버스 납치 사건 때 인질이었던 사실도 분명히 말했어요. 확인해 달라고."

"본인이 경찰에 전화한 겁니까?"

"그게 아니라, 버스에 승객이 두 명 더 있었는데 그 사람들을 내려 줄 때 말을 전해 달라고 했대요."

자신은 침착하며 경찰이 요구를 들어준다면 인질을 다치게 할 생각이 없다는 말도 했다고 한다.

"자, 커피라도 마셔요."

마스터는 평소의 컵이 아니라 머그컵을 내 주었다.

"이번에는 스기무라 씨네가 허둥거려야 할 사건이 아니에요. 상관없지요?"

의문형이 된 이유는 지금까지의 내 통화에서 마스터가 불안을 느꼈기 때문일 것이다.

나는 김이 피어오르는 머그컵을 바라보았다. "상관없다고 할 수 있을지 없을지 모르겠습니다."

마스터가 일어섰다. "오늘은 클램차우더가 있어요. 데울까? 저녁 아직 안 먹었지요?"

TV 화면에서 경찰의 움직임은 보이지 않는다. 버스는 노란색 불빛을 받으며 조용히 서 있다.

휴대전화가 울렸다. 표시를 보지 않고 곧장 받자 거친 숨소리가 들려왔다.

"스, 스기무라 씨."

마에노였다. 울고 있다.

"계속 전화했잖아! 지금 어디에 있어? 뭘 하고 있어?"

죄송해요, 죄송해요, 하고 되풀이하면서 그녀는 울었다.

"저, 케이네, 집에 있어요."

"그의 부모님은?"

"아까, 경찰이랑, 현장에 갔어요. 케이를 설득하겠다고."

내 무릎에서 힘이 빠졌다. 이걸로 확실해졌다. 저 인질범은 사카모토다.

"저, 저녁때, 다섯시 넘어서, 케, 케이한테서, 전화가 걸려, 와서."

"그래서?"

"자기 손으로, 결말을 짓겠다고."

사카모토도 끊임없이 사과했다고 한다.

"하지만, 이제, 이런 수밖에, 없다고."

"어째서 냉장 일러 주지 않았니?"

"죄송해요. 하지만 케이, 가, 무슨 생각을 하는지, 저, 알 수가 없어서."

어떻게 해야 좋을지 몰랐어요—.

"오늘 아침부터 계속, 케이를, 찾았는데, 찾을 수가 없어서."

마에노는 아직 사카모토의 가족에게 소개되지 않았다. 그렇게 되기 전에 둘은 '이별'했다.

"하지만 인사 정도는, 했으니까, 그래서 저기, 케이네 어머니는, 제가 아르바이트하는 빵집을 알고 있어서, 그래서, 오늘 아침에는 그쪽으로 전화가 와서."

그 후 줄곧 두 사람의 공통된 친구에게 물어보거나 사카모토의 전 직장 사람을 찾아다니면서 행방을 쫓았던 것이다.

"케이, 휴대전화를 가지고 나갔으니까, 가족들은, 친구의 연락처 같은 걸 알 수 없었어요."

그때 사카모토에게서 전화가 온 것이다. 마에노는 사카모토 가로 달려간 뒤 사카모토가 자신에게 전화하고 나서 부모님에게도 연락했음을 알았다.

"부모님한테는 뭐라고 했을까."

"불효자식이라 미안하다고."

"태워 버린 돈에 대해서는 설명했대?"

"아뇨, 어머니가 물어보니까 전화를 끊어 버렸대요."

"마에노, 사카모토네 집에서 뉴스를 봤지?"

흐느끼는 소리가 들렸다.

"지금, 경찰은?"

"와 있어요. 케이의 방을 조사하고 있어요."

"마에노 혼자야?"

"케이네 할아버지가 계세요."

드럼통의 내용물을 발견한 할아버지다.

"우리도, 뭔가, 케이가 어디로 갔는지, 단서가 없는지, 찾고 있었지만."

떨듯이 숨을 쉬며 말을 이었다.

"저는, 케이랑 사귀고 있었다고, 그것만 말했어요. 다른 말은, 하지 않았어요."

위자료에 대한 것. 우리의 조사에 대한 것. 구레키 가즈미쓰라고 자칭한 인물의 정체와 그의 의도.

"다른 건, 말하지 않았어요."

"—쓸데없는 걱정은 안 해도 돼."

지금부터 사카모토가 어떻게 하느냐, 무엇을 요구하고 있느냐에 달려 있긴 하지만 우리의 비밀은 비밀이 아니게 되어 버릴 가능성이 높아졌다.

"사코타 씨한테, 죄송한걸요."

또 흐느껴 우는 마에노의 목소리를 듣고 있을 수가 없었다.

"긴 통화는 좋지 않아. 이다음에는 내가 걸 테니까 좀 진정하고 쉬고 있어."

전화를 끊자 미스터가 TV 화면을 가리키며 말했다, "경찰의 교섭인이 버스로 다가가고 있어요."

이번에도 버스는 문 쪽이 담에 바싹 붙어 세워져 있다. 양손을 가볍게 들고 뒤쪽 유리창을 향해 천천히 걸어가는 사람의 모습이 보였다. 야마후지 경부다.

그 손을 내리고 오른손에 들고 있던 휴대전화를 귀에 댔다. 뭔가 이야기하고 있다.

"아까 현장 중계 기자가 말했는데, 이 범인, 가출하기 전에 뭔가 옥신각신했다면서요?"

"친구랑 싸운 것 같다고 들었습니다."

"돈 문제인가 봐요. 금전 트러블이 있지 않았겠느냐고 하던데."

묘한 이야기다. 사카모토에게 금전 트러블? 돈을 둘러싼 그의 갈등은 손 안에 남은 백만 엔을 어떻게 하느냐와 관련이 있지, 제삼자와의 사이에서 발생한 트러블이 아닐 것이다.

아닐—것이다.

나는 생각했다. 마스터가 데워 준 클램차우더를 앞에 두고, 9월의 버스 납치 사건 이후의 일을 하나하나 떠올리며 생각해 보았다.

사카모토는 분명히 상태가 이상했다. 마에노에게조차 가시 돋힌 태도로 대하고 다나카에게는 반항하고 하야카와 다에한테는 항변하고 때로는 그녀를 매도하며 차갑게 토라져 있었다.

그가 그렇게 변해 버린 것은 정확히 언제부터였을까?

원래 우리는 오랫동안 알고 지낸 사이가 아니다. 게다가 첫 만남은 버스 납치 사건의 차 안에서 이루어졌다. 무엇이 그 사람의 본질이고 무엇이 변화인지 알아내기 어렵다. 그래도 사카모토가 처음의 사카모토가 아니라고 우리가 느끼기 시작한 것은 언제부터였을까. 돈이 배달되었을 때일까. 출처를 조사하지 않으면 받을 수 없다고 내가 말을 꺼냈을 때였을까.

그때부터 이미 그는 갈등하고 있었다. 그러나 마에노 앞이라서 그랬을지도 모르지만 조사에는 적극적이었다.

사카모토의 눈빛이 어두워지고 태도가 싸늘하고 내향적으로 바뀐 것은 '구레키 가즈미쓰'와 닛쇼 프런티어 협회의 관계가 보이기 시작했을 때부터가 아닐까—.

그 무렵에는 각자 조사로 알게 된 사실을 전화나 메일로 서로에게 조금씩 보고했다. 내가 구레키 노인을 조사하고, 사카모토 · 마

744

에노 조는 '슈퍼 미야코'를 찾고 있었다. 시바노 기사는 그녀의 신변에 구레키 노인의 흔적이 없는지 점검하면서 사코타 미와코에게 연락을 취하려고 노력했다.

한 발짝 한 발짝, 우리의 조사는 나아가고 있었다. 나아가고— 나아가고—.

아니, 그 단계에서 나아가고 있었던 것은 내 조사뿐이었다. 구레키 노인에게 지명된 세 명의 신원을 알아봄으로써 노인의 정체와 의도에 다가가려 하고 있었다.

그 과정에서 사카모토는 점점 내향적으로 변해 갔다.

실로 '내향'이다. 그에게는 우리에게 말할 수 없는 비밀이 있었던 게 아닐까. 그만의 비밀이다. 마에노에게도 고백할 수 없는 비밀이다.

9월의 버스 납치 사건이 해결된 직후 그는 마에노에게 이렇게 이야기했다고 한다. 정말로 위자료를 받을 수 있을까. 마에노가 진중하지 못하다고 화를 내자 그는 기가 죽었다. 하지만 사실이면 좋겠다는 생각이 들어 버린다고 했다. 그리고 사건이 해결되고 사흘 후에 구레키 노인의 쓸쓸한 신상이 보도되자 사카모토는 매우 낙담했다. 할아버지는 부자가 아니었다. 위자료 이야기는 거짓말이었다. 그런 솔깃한 이야기는 아무 데나 굴러다니지 않는구나.

금전 트러블. 그가 다투었다는 친구. 그가 취직한 청소회사에서의 트러블. 큰돈만 있으면 다시 대학에 들어가서 인생을 새로 시작할 수 있다는 그의 희망.

─한 글자 차이지만 완전히 달라요.

당당한 하시모토 마사히코를 곁눈질하며 중얼거렸던 그의 말.

내 마음속에서 어떤 생각이 번득였다. 그것은 그냥 번득임이 아니었다. 이전부터 거기에 있었다. 내 뇌리에 싹트고 숨어 있었다. 다만 검토해 보지 않았을 뿐이다.

금전 트러블.

TV 화면에 움직임은 없다. 내가 생각에 잠겨 있는 사이에 야마후지 경부의 모습은 사라지고 없었다.

나는 마에노에게 전화를 걸었다. 그녀는 곧 받았지만 "잠깐만요" 하더니 장소를 옮기는 듯했다.

"여보세요? 저기, 아직 경찰 아저씨가 감시하려고 남아 있어서 마당으로 나왔어요."

마침 잘됐다. "마에노, 아직 마당에 사카모토가 썼던 드럼통이 놓여 있어?"

"네, 있을 거예요."

"그 속에 들어 있던 거, 타고 남은 거나 재는 어떻게 됐지?"

"경찰이 조사한다면서 가져갔어요."

늦었나. 나는 서둘러 생각했다.

"그럼 사카모토의 방이나 집의 쓰레기통을 좀 조사해 봐 주지 않을래? 타는 쓰레기가 아니라 안 타는 쓰레기 쪽. 뭔가 샘플이나 파일 같은 게 있지 않을까 싶어서 그래. 아니면 더 큰 게 있을지도 몰라."

"큰 거요?"

"응. 예를 들면 정수기 같은 거. 할아버지한테 물어봐 줄래? 지난 한 달 정도 사이에 사카모토가 어딘가에서 뭘 사 와서 집에 쌓아 놓지 않았는지."

나는 전화를 끊고 기다렸다. 버스 납치 현장은 교착 상태이고 야마후지 경부의 모습은 보이지 않는다. 현장에 나가 있는 기자의 보도도 같은 내용의 반복이다.

마에노에게서 전화가 왔다. "스기무라 씨."

"뭔가 있어?"

"이상한—이상하달까, 꽤 근사한 파일이 버려져 있었어요. 할아버지가 그런 건 본 적이 없다고."

사카모토가 태워 버린 것이다.

"표지에 뭐라고 적혀 있어?"

"네. 으음……, '스페셜 스타터 파일.'"

마스터가 놀란다. 내가 몸을 움찔했기 때문이다.

"기업 이름은 적혀 있고?"

더듬더듬, 마에노는 읽어 내려갔다. "주식회사 미야마 뷰티 & 헬스 & 해피니스."

농담 같은 명칭이다. 그렇기 때문에 내 기억 한구석에 남아 있었다. 조사할 때 본 적이 있다.

구레키 노인에 대한 조사가 아니다. 처음에는 아다치 노리오와 다카고시 가쓰미 건에 관한 조사였다.

다카고시 가쓰미가 일하던 건강 보조식품 판매회사는 과대광고와 약사법 위반 의혹을 받고 있었다. 아다치 노리오에게 사기꾼으로 고발될 지경이었던 다카고시 가쓰미는, 여전히 질리지 않고 그 정체가 수상한 회사에서 돈을 벌었다. 그때 나는 건강식품이나 화장품의 통판과 방문판매에 대해 알려고 몇 개의 정리 사이트와 참고가 될 만한 뉴스 사이트를 살펴보았고 거기에서 '주식회사 미야마 뷰티 & 헬스 & 해피니스'를 발견했던 것이다.

수입 화장품과 건강식품 및, 근력 상승과 다이어트 효과가 있다는 소형 트레이닝 기기를 판매하는 회사였다. 이 트레이닝 기기에 효능이 없다고 고발당해서 재판까지 갔다. 게다가 이 회사도 회원제를 취했고 성적이 우수한 프렌드 회원에 대한 보상 제도를 두고 있었다. 규모와 취급하는 상품은 다르지만 닛쇼 프런티어 협회와 동류다. 그 후 닛쇼 프런티어 관련 정리 사이트를 보고 있을 때에도, '다음에는 여기가 적발될 것 같다'는 화제로 또 이 기업명과 마주쳤다.

사카모토가 그곳의 파일을 갖고 있었다. 스타터 키트나 스타터 파일은 이런 조직이 신입회원에게 건네는 매뉴얼의 전형적인 호칭이다.

"마에노." 나는 휴대전화를 고쳐 쥐고 천천히 물었다. "그저께, 사카모토가 가출하기 전에 말다툼했다는 친구가 누군지 짐작이 가?"

"저도 케이네 어머니께 들었는데요."

내 말투 때문인지 마에노의 목소리가 불안한 듯 가늘어졌다.

"한 명은 구마이였대요."

"네가 아는 사람이야?"

"케이의 대학 시절 친구예요."

마에노도 사카모토와 함께 셋이서 주점에 두세 번 간 적이 있다고 한다.

"친절하고 좋은 사람이에요. 케이랑 싸우다니 믿을 수 없어요."

"그 사람의 휴대전화 번호, 알아?"

"—네."

내가 손짓으로 요구하자 마스터가 메모지와 펜을 빌려 주었다.

"마에노." 나는 전화로 불렀다. "경찰이, 혹시 야마후지 경부 쪽에서 사카모토를 설득해 달라고 부탁해 오지 않는 한, 거기에서 움직이면 안 돼. 사카모토의 할아버지랑 같이 있어. 너 혼자의 생각으로 현장에 가까이 가선 안 돼. 사카모토에게 연락해도 안 돼. 알겠지?"

"스기무라 씨."

"알겠지?"

"—네."

나는 전화를 끊고 즉시 구마이에게 걸었다. 모르는 번호를 경계하는지 좀처럼 받지 않았다. 부탁이야, 부탁이니까 받아 줘.

"네?"

"구마이 군입니까?"

"그런데요."

어이없다는 듯이 지켜보고 있는 마스터 앞에서 나는 주방 스툴에 앉은 자세를 고쳤다.

"갑자기 전화해서 미안합니다. 저는 스기무라라고 합니다. 9월에 일어난 시 라인 익스프레스 버스 납치 사건 때, 사카모토 케이와 함께 인질이 되었던 사람이지요."

아아, 하는 놀란 목소리가 들렸다.

"지금 어떻게든 사카모토를 투항하게 하고 싶어서 설득할 거리를 찾고 있는 중입니다. 그래서 여쭤보고 싶은데요, 그저께 사카모토와 말다툼을 한 건 당신인가요?"

네, 뭐, 라는 우물우물한 대답이 들렸다.

"말다툼의 원인은 주식회사 미야마 때문이었지요? 사카모토에게서 회원이 되어 달라고 권유를 받았다거나, 상품을 사 달라고 부탁받았다거나, 그런 게 아니었나요?"

잠시 동안 침묵이 흘렀다.

"방금 경찰도 똑같은 걸 묻던데요."

나는 눈을 감았다.

"저는 사카모토랑 같이 회원이 되었어요."

"—언제였지요?"

"9월 말이었나. 한 구좌에 오만 엔이라고 해서 저는 십만 엔을 냈어요. 사카모토는 한 구좌였지만."

친절한 성격이라는 구마이는 약간 분명치 않은 목소리의 소유자였다.

"그 얘기는 사카모토가 가져온 겁니까?"

"원래 그 녀석이 아직 대학에 다니고 있을 때 동아리 선배한테 권유를 받은 적이 있거든요. 그때는 그게 다였지만 요즘 와서 생각난 것처럼 말하더니, 여러 가지 조사해 봤는데 이건 틀림없이 돈벌이가 된다고 해서요."

그런 거였나. 사카모토에게는 이전부터 실이 달려 있었던 것이다.

하지만 그는 그 실을 잡지 않았다. 버스 납치 사건 때 차 안에서 구레키 노인이 거액의 위자료 이야기를 슬쩍 꺼내는 바람에 문득 달콤한 꿈을 꾸고, 그 꿈이 노인의 죽음으로부터 겨우 사흘 후에 그가 무일푼이었다는 보도로 허무하게 사라질 때까지는.

"그 녀석 꽤 열심이어서 새 회원을 가입시키겠다며 분발했는데, 요즘 뭔가 좀 열이 식은 것 같다고 할까요. 그러다가 이번 주 초였어요. 갑자기 우리 집에 오더니 십만 엔을 들이대면서 이걸로 다 끝내라는 거예요."

"미야마의 회원을 그만두라고요?"

"맞아요. 이유를 물었더니 그건 사기였다는 거예요. 저는 지금 같은 세미나에 있는 친구한테도 가입 권유를 해 버려서 체면을 완전히 구기게 되었고, 그래서 그 친구랑 같이 사카모토를 만나서 담판을 지으려고 했는데 녀석이 전혀 영문을 알 수 없는 말만 하더라고요. 그래서 싸움이 난 거죠."

구마이는 아직도 뭐라고 이야기하고 있었지만 나는 고맙다는 말을 하고 전화를 끊었다. 식은땀이 배어 나왔다. 손으로 그 땀을 닦고 그대로 눈을 덮었다.

"괜찮아요, 스기무라 씨?"

TV에서 현장에 있는 기자의 보도가 들려온다. 범인이 따뜻한 음료와 식사를 요구하고 있다—.

이건 사기꾼의 돈이야. 아저씨, 사기꾼의 돈은 못 받겠다는 거지? 사카모토의 목소리가 귀에 되살아난다.

구레키 가즈미쓰를, 하다 미쓰아키를 힐책하는 듯했지만 실은 외침이었다. 사카모토의 고백이었다. 나도 사기꾼이다. 나도 똑같은 짓을 해 버렸다. 나도 한패다.

휴대전화 착신음이 울렸다. 나도 마스터도 펄쩍 뛰어오를 뻔했다.

"여보세요?"

"스기무라 사부로 씨인가요?"

잊을 수 없는 야마후지 경부의 목소리였다.

"갑자기 전화드려서 죄송합니다. 지금 여기에서 발생하고 있는 사건은 아십니까."

"네, TV로 보고 있습니다."

"사카모토 케이 군을 아시지요."

"사건 이후로 친하게 지냈습니다."

잠시 침묵이 흘렀다.

"사카모토 용의자는 현재 인질을 잡고 버스 안에서 농성중입니다. 그리고 방금 그에게서 요구가 들어왔습니다. 어떤 인물을 찾아내라고요."

나는 비어 있는 손을 굳게 움켜쥐었다.

"미쿠리야 쇼켄이라는 인물입니다. 이름에서 짐작 가는 사람이 있으십니까?"

나는 대답할 수 없었다.

"실은 스기무라 씨에게 전화드리기 전에 순서대로 그 버스 납치 사건의 관계자들에게 연락해 봤습니다. 다나카 씨와 시바노 기사는 서로 오는 중입니다. 곧 나에노 씨도 올 테고, 사쿠타 씨의 따님하고도 연락이 됐습니다."

"—그래요?"

"모두 이 미쿠리야라는 인물에 대해 짐작 가는 바가 있지만, 자세한 건 당신한테 물어봐 달라더군요."

그것은 즉 인질들의 총의로 어떻게 할지 내게 일임하겠다는 뜻이리라.

어쩌라는 건가, 날더러.

"경부님."

"네."

"죄송하지만 저는 말씀드릴 수 없습니다."

나는 앉은 채 몸을 부르르 떨었다. 경부가 뭔가 말하기도 전에 단숨에 말을 이었다.

"다만 이 인물을 찾아낼 수는 있습니다. 잠깐 시간을 주시겠습니까."

그렇게만 말하고 통화를 끊기만 한 게 아니라 전원도 껐다. 그러고는 마스터에게 말했다. 차를 빌려 줄 수 없겠느냐고.

"스기무라 씨 말이야, 나한테 차를 빌려 달라니 뻔뻔스러운 데도 정도가 있지."

마스터의 애차는 낡아 빠진 벤츠였다. 본인은 지금 운전석에 앉아 어깨에 힘을 주며 핸들을 잡고 있다.

"우여곡절 많은 인생을 함께 헤쳐 나온 이 녀석은 나랑 일심동체예요. 마누라보다 소중하다고요. 남한테 빌려 주다니."

"알겠습니다. 잘못했어요. 하지만 너무 속도를 내지 말아 주세요."

"급하잖아요?"

"사고를 일으키면 곤란합니다. 마스터의 사모님께도 죄송하고."

"어라, 말하지 않았던가? 나는 독신이에요."

"하지만 지금, 마누라보다 차가 소중하다고."

"그래서 이혼한 거지."

간에쓰 도로_{도쿄 에리마 구에서 니가타 현 나가오카 시까지 호쿠리쿠 도로와 이어지는 고속도로}는 비어 있었다. 귀성이 시작되지 않아서 그나마 다행이다.

"내 얘기는 아무래도 상관없어요." 마스터는 곁눈질로 나를 보았다. "지금부터 쳐들어갈 상대한테는 미리 연락해 두는 게 좋지 않을까요?"

나는 조수석에서 휴대전화를 움켜쥐고 있었다. "아마, 그렇겠지요."

"그럼 걸지 그래요."

"걸면 도망쳐 버릴지도 몰라요."

하야카와 다에는 그저 소꿉친구인 밋짱의 유언을 집행했을 뿐이다. 이런 귀찮은 일에 휘말려, 자신이 한 일이 폭로되는 건 질색일 것이다.

그래도 의지할 상대는 그 귀여운 할머니밖에 없다.

휴대전화가 울렸다. 소노다 에이코 편집장이다. "대체 어떻게 된 거야?"

갑자기 화를 냈다. 소란스럽다고 할 정도는 아니지만 시끌벅적한 장소에 있는 모양이다. 등 뒤에서 사람 목소리가 나고 작게 음악이 흐르고 있다.

"뉴스를 보셨군요."

"전혀 몰랐어. 노래방에 있단 말이야."

그래서 다행이라고 생각했다.

"계속 노래하세요."

"그럴 수는 없잖아. 방금 야마후지 씨한테서 연락이 와서."

"그럼 지금부터 해풍 경찰서로 가실 겁니까?"

"가야 해?"

"아뇨, 편집장님한테는 그럴 의무가 없습니다."

소노다 에이코 편집장은 아무것도 모른다.

"뭐가 뭔지 전혀 모르겠고 나는 상관없다고 말했는데."

"잘하셨어요. 누구랑 노래방에 가셨습니까?"

편집장은 잠깐 사이를 두었다가 무뚝뚝하게 대답했다. "노조 위원으로 있었던 시절의 친구야."

"지금도 위원을 하고 있는 분이라면 여러 가지로 신세 많이 졌다고 전해 주십시오."

"스기무라 씨, 어디 있는 거야?"

나는 대답하지 않고 전화를 끊었다.

나호코에게서는 메일이 두 통 와 있었다.

정리되면 연락 줘요.

그 후 곧, 어떤 사정이든 냉정하게 행동하라고, 아버지가 전해 달래요, 라고 와 있었다.

그 문장을 몇 번이나 되풀이해 읽고 휴대전화의 전원을 다시 껐다.

라디오의 뉴스는 계속 버스 납치 상황을 전하고 있었다. 눈에 띄는 진전은 없다. 사카모토의 요구에 대한 자세한 내용도, 미쿠리야 쇼켄의 이름도 아직 보도되지 않았다.

낡아 빠진 벤츠가 간에쓰 도로를 벗어난다. 차는 하타나카 마에하라 도로로 들어섰다. 마스터는 액셀을 밟고 있다.

차 내비게이션이 목적지가 가깝다는 것을 알렸다. 차의 속도가 떨어진다. 하타나카 마에하라는 그날 밤과 똑같이 쥐 죽은 듯 조용했다. '대호평 분양중'의 간판은 어둠에 가라앉아 보이지 않았지만 편의점의 불빛은 한층 더 밝다. 크리스마스 케이크와 프라이드 치킨 팩을 선전하는 깃발이 밤바람에 흔들리고 있었다.

"저 가게로군."

"주차장은 길 반대쪽입니다."

유리 너머로 계산대에 앉아 있는 하야카와 다에의 모습이 보였다. 노인 혼자가 아니다. 누군가가 함께 있다.

"마스터는 차에서 기다려 주시겠습니까?"

"혼자서 괜찮겠어요?"

"상대는 사랑스러운 할머니입니다."

나는 벤츠에서 내렸다. 걸음이 무거웠다. 우향우해서 돌아가고 싶어졌다. 돌아가야 한다고도 생각했다. 해풍 경찰서로 가자. 야마후지 경부에게는 뭐라고든 변명하면 된다.

변명. 어떻게? 내가 지껄인 말은 얼버무릴 수 있어도 사카모토의 말을, 그의 절실한 요구를 속여 넘길 수는 없다.

아니면 그는―.

그 가능성에 생각이 미치자 나는 뛰어서 횡단보도를 건넜다. 되돌아갈 수는 없다.

편의점 입구에 다다르기 전에 하야카와 다에가 나를 알아보았다. 크리스마스 느낌의 장식으로 밝게 꾸며진 가게 안에서, 그 얼굴은 하늘에서 끌려 내려온 보름달처럼 창백했다.

노인 옆에 그녀와 얼굴이 매우 닮은 남성이 붙어 있다. 나와 동년배일 것이다. 하야카와 가의 장남이다. 하야카와 다에가 다가오는 나를 바라본다. 장남은 걱정스러운 듯한, 불안한 듯한, 분노를 머금은 눈빛으로 어머니와 나를 번갈아 바라보고 있다.

그쪽이 먼저 목소리를 냈다. "어서 오십시―."

나는 고개를 저었다. 손님이 아니에요. 손님이 아닙니다.

계산대 앞에서 걸음을 멈추고 깊이 머리를 숙였다.

"요시오, 이분이야."

하야카와 다에는 계산대 카운터를 양손으로 붙들고 있다. 요시오라고 불린 노인의 아들은 나를 응시한 채 천천히 일어섰다.

"죄송합니다." 나는 머리를 숙인 채 말했다. "가능하면 하야카와 씨께 폐를 끼치고 싶지 않았어요."

대답이 없다. 하야카와 다에는 침묵하고 있다.

"어머니." 하야카와 요시오가 불렀다. 그러고 나서 내게 말했다. "당신, 어머니한테 무슨 볼일이 있는 겁니까?"

나는 얼굴을 들고 그를 보았다. "저는,"

"됐어요, 댁들이 어디의 누구인지는 어머니한테서 전부 들었으니까."

나는 놀랐다. 하야카와 다에가 창백한 달 같은 얼굴로 고개를 숙였다.

"전부, 밋짱 때문이죠?"

속삭이는 듯한 목소리였다.

"밋짱이 한 일이 저 젊은이를 이상하게 만든 거죠?"

가게 안에서 라디오나 TV 소리는 나지 않았다. 하지만 뒤에 노트북이 있었다. 화면에 노란색 불빛을 받은 시 라인 익스프레스의 버스가 비치고 있다.

하야카와 다에는 눈물짓고 있었다. 얼굴을 숙인 채 손을 뻗어 아들의 손을 만졌다.

"당신들한테도 정말 미안해요."

하야카와 요시오의 콧방울이 떨리고 있다.

그의 늙은 어머니는 내게 말했다. "분명히 오실 거라고 생각했어요."

그래서 가게에서 기다려 준 것이다. 사카모토가 버스를 납치한 것을 알고, 이 사람은 소중한 아들에게도 사정을 고백하고 나를— 또는 경찰을 기다리고 있었다.

"여러분, 아니, 스기무라 씨는 저 젊은이를 못 본 척할 수 없을 테니까요. 저 사람, 뭘 요구하고 있나요?"

"보도되었습니까?"

하야카와 다에는 고개를 저었다. "하지만 스기무라 씨는 알고 있겠지요. 저 사람, 어떻게 하려는 건가요? 저렇게 매스컴을 모아서 밋짱의 이야기를 전부 털어놓으려는 걸까요."

그거라면 그나마 낫다.

"사카모토는 경찰에게 미쿠리야 씨를 찾아내라고 요구하고 있습니다."

노인의 몸에서 힘이 빠졌다. 카운터에서 손이 떨어지고 웅크린

등이 의자 등받이로 무너졌다.

"미쿠리야 씨는…… 이미 없다고…… 내가 말했지요. 저 사람, 그 뜻을 몰랐던 걸까요."

"알고 있습니다. 하지만 사카모토에게는 그걸로 충분하지 않았던 거예요."

미쿠리야 쇼켄을 편안하게 죽도록 내버려 둘 수는 없다. 그걸로는 속이 가라앉지 않는다. 전부 밝은 데로 끌어내지 않으면 속이 풀리지 않는다. 사카모토는 용서할 수 없는 것이다. 미쿠리야도, 하다 미쓰아키도, 자기 자신도. 일을 덮어 버리려고 한 우리 인질들도.

사카모토는 단순한 인질이 아니게 되어 버렸으니까. 미쿠리야의, 하다의 동류로 떨어져 버렸으니까. 한패인 사기꾼들의 죄를 폭로하지 않을 수 없었다.

나는 주식회사 미야마에 대해서 이야기했다. 사카모토가 만 엔짜리 지폐를 태워 버린 일을, 그가 권유해서 회원으로 만든 친구들에게 뭐라고 말했는지를 설명했다.

하야카와 요시오가 감싸듯이 어머니의 어깨를 안는다.

"미야마 건은 하야카와 씨 탓이 아닙니다. 우리가 좀 더 일찍 알아차렸어야 했어요."

하야카와 다에는 아들의 팔에 몸을 기대고 천천히 고개를 저었다. "아뇨, 밋짱과 나 때문이에요. 밋짱이 큰돈 이야기를 꺼냈기 때문이에요. 내가 좀 더 일찍 위자료를 보내 드리지 않았기 때문이에요."

나는 벌벌 떨고 있었어요—하고 노인은 울음 섞인 목소리로 말했다. "밋짱과의 약속을 깨고 모른 척할까 생각했어요. 밋짱은 자기가 죽은 뒤 일주일 정도면 보도는 잦아들 테고 경찰도 손을 뗄 거라고 했어요. 그러니까 여러분한테 돈을 보내도 괜찮다고요. 그런데 나는 겁에 질려서 꾸물거리고 말았어요."

어머니가 잘못한 게 아니에요, 하고 하야카와 요시오가 중얼거렸다. 단시간 내에 많은 사실을 고백받고 지금 또 새로운 정보가 흘러들어 와 혼란에 빠져 있을 것이 틀림없다. 어머니의 어깨에 두른 그의 팔은 손끝이 떨리고 있었다.

"사카모토는 인질을 다치게 하지는 않을 겁니다."

그가 청산하고 싶은 것은 자기 자신이다.

"이 일을 밝히고 자신이 사라질 생각인 거예요. 어떻게든 막고 싶어요. 다시 시작할 수 있으니까."

하야카와 다에가 아들의 손에 손을 겹치고 얼굴을 들어 나를 보았다. 그 눈동자를 향해 나는 말했다.

"가르쳐 주십시오. 미쿠리야는 어디에 있습니까? 당신은 아시지요?"

미쿠리야 쇼켄의 유체는 어디에 있는가.

"왜…… 내가 알고 있다고."

"하다 씨가 당신한테는 말했을 테니까요. 미쿠리야를 죽인 일만 고백하고 유체가 있는 장소를 말하지 않았을 리가 없어요."

그래서는 하야카와 다에의 마음을 흐트러뜨릴 뿐이다.

"이 나라는 넓은 것 같으면서 좁지요. 외진 산속이나 바다나 호수에서 시체가 불쑥 발견되어 소동이 일어날 때가 있지 않습니까. 하다 미쓰야키가 그런 위험을 무릅썼을 리 없어요."

미쿠리야가 본명이든 가명이든 그의 유체가 발견되면 경찰은 어차피 신원을 알아낼 것이다. 유체는 웅변한다. 외견적인 특징, 유류품, DNA. 미쿠리야에게 가족이 존재했다면 수색원이 제출되었을 가능성도 있다.

신원이 밝혀지면 늦든 빠르든 미쿠리야와 하다의 관계도 밝혀진다. 이렇게 되면, 하다 미쓰야키와 친했던 하야카와 다에까지 일직선으로 도달하게 된다.

"미쿠리야의 유체는 자기가 확실하게 처리했다, 어디어디에 있고 결코 누구에게도 들키지 않을 거다, 그러니 다에는 안심해 달라고, 하다 씨는 말했을 겁니다. 바다에 가라앉혔다느니, 어딘가에 버렸다느니, 그런 막연한 설명이 아니라 하야카와 씨가 안심할 수 있는 장소에 장사지냈다고 당신에게만은 털어놓았을 거예요."

노인은 눈을 감고 몸을 움츠렸다. 아들의 손에 매달린다.

"요전에 사카모토도 함께 있었을 때 거기까지 여쭤볼 걸 그랬습니다. 우리 눈으로 확인해 두어야 했어요."

그렇게 하지 않은 까닭은 그냥 끝내고 싶었기 때문이다. 미쿠리야라는 인간 따위 내버려 두어도 이제 끝낼 수 있다고 생각했기 때문이다.

"하다 씨와 미쿠리야는 사이가 그러하니 남의 눈이 없는 곳으로 불러내 죽이는 데까지는 혼자서 어떻게든 할 수 있었겠죠. 하지만 시체 처리는 어려워요. 옮기는 것만 해도 보통 일이 아닙니다. 묻기도 힘들지요. 지리를 잘 알며 별로 고생하지 않아도 유체를 숨길 수 있는 장소. 하다 씨는 처음부터 그런 장소를 준비해 두었던 게 아닙니까?"

하야카와 요시오가, 어머니—하고 부르면서 얼굴을 가까이했다. "이 사람 말이 맞아요? 어머니, 알고 있어요?"

"미안해, 요시오."

이제 이 기기는 망했다며, 노인은 울었다.

"내가 바보라서."

"맞아요, 어머니는 바보예요." 아들의 눈가가 빨개져 있다. "하다라는 아저씨하고는 더 이상 어울리지 말라고, 내가 그렇게 말했는데. 그 아저씨는 변변치 않은 사람이에요."

"그래서 나는 밋짱을 버리고 싶지 않았던 거야. 모두가 변변치 않은 사람이라고 했으니까."

"하야카와 씨." 나는 요시오에게 말했다. "어머님은 버스 납치 사건에 관여하지 않으셨어요. 물론 살인과도 무관하시고요. 다만 하다 미쓰아키의 이야기를 들으셨을 뿐입니다. 그가 진심인지 아닌지도 모르셨어요."

"당신, 무슨 말을 하는 거야."

창백해진 하야카와 요시오의 물음에 나는 목소리에 힘을 주어 대답했다.

"어머님은 벌을 받을 만한 짓을 하지 않으셨다는 말입니다. 외로운 처지의 소꿉친구가 하는 엉뚱한 얘기를, 응, 응 하며 상냥하게 들어 주셨을 뿐입니다."

"하지만 당신들에게 돈을 보낸 건 어머니라고!"

"그것도 밋짱의 유언대로 해 주셨을 뿐이지 않습니까. 그는 정말로 버스를 납치해 버렸어요. 그리고 자살했지요. 사건으로 폐를 끼친 사람들에게 조금이라도 배상하고 싶다, 그러니 돈을 보내 달라는 유언은 그의 진심에서 나온 것임을 아셨어요. 그래서 부탁받은 대로 해 주셨을 뿐이에요. 그 돈도 하다 미쓰아키의 유산이고요. 출처가 수상한 돈이 아니란 말입니다. 그가 모은 돈이었어요."

하야카와 요시오는 떨리는 손으로 더욱 세게 어머니의 어깨를 껴안았다.

"하야카와 씨는 미쿠리야의 유체가 있는 장소도 몰라요. 내가 짐작 가는 곳이 있어서 하야카와 씨에게 묻고 내가 유체를 확인한다. 그거면 됩니다. 하야카와 씨는 밋짱이 미쿠리야를 죽였는지 아닌지 반신반의한 상태였어요. 밋짱은 말을 잘했고, 늘 사실을 말하는지 어떤지 알 수가 없었지요. 무서워서 확인해 볼 마음도 들지 않았고요. 그거면 됩니다."

이 가게를 망하게 하지 않겠습니다—하고 나는 말했다. "약속 드립니다."

하야카와 다에는 아들의 손을 뿌리치고는 옆에 두었던 지팡이를 움켜쥐었다.

"묘지일 거예요."

일어서려고 한다.

"쇼신지照心寺라는 절의 묘지. 밋짱네 가족의 무덤이 있어요."

"장소는 어딥니까?"

"요전에 여러분이랑 갔던 패밀리 레스토랑이 있지요? 그 길을 따라 북쪽으로 더 올라가서 언덕을 하나 넘으면 그 맞은편이에요. 안내할게요."

하야카와가 양손으로 지팡이에 매달리며 나를 보았다. "이 근처에서는 옛날부터 커다란 무덤을 만들어요. 유골함을 넣는 석실도 넓지요. 아주 넓어요."

나는 크게 고개를 끄덕였다. "알겠습니다. 그러니까 안내는 필요 없습니다."

"내가 갈게요." 하야카와 요시오가 움직였다.

"아드님도 안 돼요. 어머님 곁에 있어 드리세요. 저 혼자 충분합니다."

그는 물어뜯듯이 대꾸했다. "무리예요. 커다란 묘지라고요. 당신, 밤에 산길에 들어가 본 적 없잖아요. 못 찾을 거예요. 내가 안내하지요."

그러고는 갑자기 어깨를 축 늘어뜨리더니 눈물로 젖은 어머니를 마주 보았다. "괜찮지요, 어머니?"

"—미안하다."

하야카와 요시오는 센 척하는 어린아이처럼 웃었다.

"정말이지, 내 말을 안 들으니까 이렇게 되는 거예요. 왜 더 일찍 말하지 않았어요?"

"하지만 하야카와 씨."

하야카와 다에는 내 걱정을 이해하고 있었다. 지팡이를 도로 내려놓고 야무진 말투로 말했다.

"나는 괜찮아요. 이상한 마음을 먹거나 하지는 않을 거예요. 여기에서 기다릴게요."

나는 똑바로 그 눈을 바라보았다.

"그럼 죄송합니다. 아드님을 좀 빌려 가겠습니다. 차는 있으니까요."

하야카와 요시오는 카운터 밑에서 대형 손전등을 꺼냈다.

"갑시다."

둘이서 주차장으로 달려갔다. 운전석의 마스터가 벌떡 몸을 일으킨다. 하야카와 요시오가 약간 주춤거렸다. 나는 서둘러 말했다. "저 사람은 내 지인이지만 사건과는 상관이 없어요."

고개를 끄덕이고 조수석에 올라타는 하야카와 요시오를 보고 마스터는 눈을 부릅떴다. "이 사람은?"

"차 내비게이션이니까 신경 쓰지 마십시오." 하야카와 요시오가 대답했다.

"아, 그래요? 나도 이 차의 자동 운전 장치니까 신경 쓰지 말아요."

지역 주민의 말은 들어야 한다. 그 패밀리 레스토랑에서 옆길로 들어가 오르막길에 접어들자 주위가 캄캄해졌다. 잡목림 속에 가까스로 차 두 대가 스쳐 지나갈 수 있는 길이 뻗어 있다. 가로등은 드문드문 있을 뿐이고 빛도 약하다. 신호는 하나도 없고 군데군데 커브 미러나 표지판이 나와 있지만 가까이 가지 않으면 보이지 않는다.

"저기서 오른쪽."

하야카와 요시오가 정확하게 지시를 내리며 시선을 앞으로 향한 채 말했다. "당신, 지난달에도 왔지요?"

"예, 어머님을 뵈러."

"어머니한테 손님이 온 뒤 뭔가 이상했다고 들었어요."

가나다.

"걱정하더군요. 느낌이 불길했어요."

혼잣말처럼 낮게 말한다.

"9월의 사건 때, 신문에 범인의 몽타주가 실려 있었어요. 그걸 보고 나는 금방 하다 씨라는 걸 알았지요."

길이 나빠서 낡아 빠진 벤츠는 크게 흔들린다.

"하지만 어머니는 아니라는 거예요."

"하다 씨를 만난 적이 있습니까?"

"그 사람이 오면 인사 정도는 했으니까요. 옛날에 신세를 졌다고 들었고."

말솜씨 하나로 밋짱이 그 가게를 지켜낸 일이다.

"이 지역에서는 하다 씨의 얼굴을 아는 사람은 이제 거의 없어요. 우리 정도가 아닐까."

"그런가요……."

"어머니가 발끈해서 이 범인은 밋짱이 아니야, 이름이 다르잖아, 라고 주장해서 오히려 신경 쓰였어요."

하지만 그 이상은 어떻게 할 수도 없었다고 했다. "우리 어머니, 고집이 세거든요. 옛날부터 그랬어요. 입이 무겁고 한번 결정하면 반드시 끝까지 해내지요."

헤드라이트 속에 '쇼신지'라는 글자가 떠올랐다. 하얀 바탕의 간판에 또렷한 검은 글자다.

"묘지 입구는 이 앞에 있어요. 여기에서 세우는 게 좋겠네요."

내가 말리기 전에 마스터도 내렸다. "이런 곳에서 차를 지키는 건 사양이야."

대형 손전등을 켠 하야카와 요시오를 선두로, 우리는 밤의 묘지 속에 발을 들여놓았다. 확실히 광대한 묘지였다. 통로는 포장되어 있지 않고 굴곡도 심하다. 비가 내리면 미끄러질 듯한 곳에는 판자 조각이 깔려 있었다. 여기저기에 잡초가 우거져 있다.

"훌륭한 무덤투성이군."

마스터가 감탄한다. 묘소 하나하나의 넓이가 3평 이상은 된다. 각각 돌담에 에워싸여 있고 그 안에 여러 개의 묘석이 모여 있다.

"우리 아버지의 무덤도 여기에 있는데."

하야카와 요시오가 망설임 없는 발걸음으로 어둠 속을 나아가면서 말했다. "가까운 친척들의 무덤을 하나의 울타리 안에 넣는 게 이 근방의 풍습이에요. 한데 하다 씨네 가족만은,"

죽은 방식이 방식이었으니까요—하며 목소리를 낮추었다.

"하다 집안의 묘소에서 쫓겨나서 맨 끝 쪽에 있어요."

밋짱의 부모님과 형 세 명만.

"어머니는 피안춘분과 추분 날을 중간으로 하여 그 앞뒤 칠 일간 때면 반드시 성묘를 오곤 했어요. 하다 씨한테 부탁을 받았던 걸까요?"

부탁받지 않았어도 그렇게 했을 것이다.

"여기예요."

하야카와 요시오가 손전등을 쳐들었다. 정말로 묘지 외곽이다. 잡목림이 바로 등 뒤까지 와 있다.

역시 커다란 무덤이다. 주위를 둘러싼 돌담은 낮아서 내 무릎까지도 오지 않는다. 한 평 정도 되는 구획 안에 묘석은 하나뿐. 한아름이나 될 법한 화강암을 쌓아올린 것으로, 약간 오른쪽으로 기울어 있다. 여기는 경사 지대이다.

"하다가지묘羽田家之墓."

마스터가 소리 내어 읽었다. 숨결이 하얗게 피어오른다.

"묘석은 훌륭하지만 전혀 장식이 없군요. 들판 한가운데에 있는 집 한 채 같아요."

삼단으로 쌓여 있는 화강암들의 가장 아랫부분에 석실 뚜껑이 달려 있다. 하다 가의 문장일 가문家紋이 새겨져 있었다. 1평의 4분의 1 정도 되는 사이즈다. 나는 몸을 떨었다.

하야카와 요시오도 양손으로 불빛을 쳐들고 그 자리에서 움직이지 않는다. 마스터는 묘석 앞에서 가볍게 합장을 하고 난 뒤 몸을 굽혀 주변을 둘러보기 시작했다. 그러고는 말했다.

"하다 다이키치, 요시코, 미쓰노부."

묘석에 새겨진 이름을 소리 내어 읽는다.

"그리고 미쓰아키라고 새겨져 있어요. 4인 가족의 무덤이군요."

나는 놀랐다. "돌아가신 건 부모님과 형이에요. 미쓰아키라는 사람은 살아 있어요."

아니, 올해 9월까지는 살아 있었다. 나는 하야카와 요시오를 돌아보았다. 손전등의 불빛 테두리 밖에서 그는 눈을 내리깔았다.

묘석의 그늘에서 마스터가 말한다. "하지만 이거, 같은 시기에 새겨진 것 같은데. 좀 더 이쪽을 비춰 주실래요?"

하야카와 요시오가 앞으로 나서서 손전등을 움직이며 작은 목소리로 말했다. "어머니의 이야기로는 하다 씨의 작은할아버지라는 사람의 짓이래요."

하다 가의 식구 세 명이 불에 타 죽은 후 자산을 물려받고 미쓰아키를 거둔 사람이다.

"미쓰아키 혼자만 남겨져서 불쌍하니까 이름만이라도 새겨 놓아 주자면서."

침을 뱉는 듯한 말투였다.

"그런 건 남겨진 아이에게는 잔인할 뿐이에요."

"……그렇군요."

마치 너도 빨리 죽어서 여기로 들어가라는 것 같다. 아니, 너도 죽어서 여기에 들어가야 했는데 살아남았다고 말하는 것이다.

"이런 방식, 다른 곳에서는 들은 적 없어요."

마스터가 일어서서 바지의 무릎을 털면서 말했다. "속이 메슥거리네."

내 뇌리에 떠오른 것은 '구레키 가즈미쓰'의 얼굴이 아니었다. 귓속에서 그의 유창한 언변도 되살아나지 않았다. 그의 신상을 이야기하는 하야카와 다에의 목소리도 들려오지 않았다.

떠올린 것은 얼굴도 모르는 고엔안이 가르쳐 준, 닛쇼 프런티어 협회 대표 오바 마사시토의 인생이다.

아버지의 실수로 오바는 고향에서 쫓겨났다. 그는 고향의 미움을 받았고 본인 또한 고향을 미워했다. 자신에게 돌팔매질을 한 놈들에게 복수해 주는 것이 인생의 목표였다.

어린 하다 미쓰아키는 이 묘석에서 무엇을 보았을까. 그를 보호하고 키워 주어야 할 인간이 이 묘석에 그의 이름을 새겼다. 너도 여기에 들어가면 좋았을 걸, 너는 필요 없는 목숨이라며. 그때 하다 미쓰아키의 인생은 이 묘석 아래에 갇히고 말았다.

하다 미쓰아키와 오바 마사지로는 헌터와 호구의 관계였다. 이용하고 이용당할 뿐인 관계였다. 하지만 그들의 만남은 단순한 우연이었을까. 탐욕만이 인력引力이었을까.

오바 마사지로만이 아니다. 서로 속이는 자들은 서로의 몸에서 같은 냄새를 맡는 것이 아닐까. 스스로는 어떻게 할 수도 없는 운

명에 대한 증오를. 자신을 받아들여 주지 않았던 세상에 대한 분노를. 자신에게는 주어지지 않았던 좋은 인생에 대한 동경을. 의식 표면에는 올라오지 않더라도 그 어두운 인력이 속이는 자와, 속이는 자를 만드는 자를 만나게 한다—.

하다 미쓰아키는 부모님과 형과 함께 이미 죽어 있었다. 이 세상에 있으면서 세상살이를 하고 있었던 것은 그의 빈껍데기다. 그는 임사 체험으로 변한 것이 아니다. 본래 그랬어야 할 모습을 되찾은 것이다.

"여기, 열 거지요?"

마스터가 석실 뚜껑 앞에 쪼그리고 앉아서 나를 올려다본다. 나는 고개를 끄덕이고 앞으로 나섰다.

석실 뚜껑은 좀처럼 움직이지 않았지만 둘이서 힘을 합해 밀자 마스터가 넘어질 뻔했을 정도로 매끄럽게 옆으로 스윽 열렸다.

"안을 비춰 주십시오."

불빛의 테두리가 위아래로 움직인다. 하야카와 요시오가 떨고 있는 것이다. 나는 그의 손에서 손전등을 받아들었다.

"죄송합니다."

그는 중얼거리고 얼굴을 돌렸다.

아무런 수고도 들지 않았다. 강한 백색 불빛에 옷 같은 것이 떠올랐다. 양복 소매다. 나도 상의 소매를 걷고 석실 안으로 손을 집어넣었다. 손으로 더듬어 움켜쥐고 움직여 본다. 그것은 버석버석 소리를 냈다.

머리카락이 보였다. 그 밑에 하얀 뼈도. 뻥 뚫린 안구다.

추위 때문인지 썩은 내는 느껴지지 않았다. 먼지 냄새 같은 것이 풍길 뿐이다. 유체는 반쯤 미라로 변한 듯이 보였다. 체격은 짐작하기 어렵지만, 미쿠리야 쇼켄은 골격이 튼튼한 사람은 아니었던 모양이다. 소매를 걷자 드러난 팔의 뼈는 가냘팠다.

"있었군요" 하고 마스터가 말했다.

광대한 묘지의, 이런 구석이다. 하다 미쓰아키와 하야카와 다에 외에는 찾아오는 사람도 없는 묘소다. 아무에게도 들키지 않을 것이다. 심야라면 유체를 업고 몰래 여기까지 오기도 그렇게 어렵지 않았으리라.

하다 미쓰아키는 인생의 막을 내리면서 자신과 함께 잘못된 길을 걸어온 파트너를 자신이 갇혀 있던 장소에 장사 지냈다.

나는 마스터에게 손전등을 맡기고 휴대전화를 꺼내 재빨리 사진 몇 장을 찍었다. 그 사진들을 사카모토의 휴대전화로 보냈다.

선 채로 천천히 오십을 세었다. 그러고 나서 그의 휴대전화에 전화를 걸었다.

신호음이 울리고, 곧 그쳤다.

"사카모토, 나 스기무라야."

북풍이 캄캄한 묘소를 스쳐 지나간다. 잡목림이 술렁거리며 어둠을 휘젓는다.

"미쿠리야의 유체를 발견했어."

메일을 봐 달라고, 말했다.

"네 눈으로 확인해 줘. 그러고 나서 투항하는 거야. 이런 일을 계속할 의미는 없어."

대답이 없다. 희미하게 숨소리가 들린다. 아니면 바람 소리에 지나지 않을까.

"들리지?"

사카모토의 목소리는 쉬어 있었다. "지금 어디에 계세요?"

"하다 미쓰아키의 가족이 잠들어 있는 묘지야. 유골함을 넣는 석실 안에 미쿠리야의 유체가 들어 있었어. 사진을 봐 줘."

"어떻게—."

"요전에 같이 하야카와 씨를 찾아갔을 때부터 짐작은 하고 있었어. 그때 확인해 두면 좋았을걸 그랬지."

미안해, 하고 말했다.

"전부, 폭로해야 해요" 하고 사카모토는 말했다.

"아아, 그래."

"죽었다고 해도 용서해선 안 돼요."

"아아, 그래."

"하다 할아버지는 구즈하라라는 사람한테도 똑같은 짓을 했잖아요."

"아아, 그래."

"전부 다 털어놔야 해요!"

사카모토가 소리쳤다.

"내버려 두면 안 돼요! 뿌리를 뽑아야 한다고요!"

그가 울고 있음을 나는 알았다.

"인질을 풀어 주고 버스에서 내려. 이제 끝났어."

하다 미쓰아키의 저주는 풀렸다. 그 노인이 속죄와 축복을 하려는 생각으로 남기고 간 저주다.

돈이라는 저주다.

사카모토의 호흡이 거칠어졌다.

"전부 다 파헤치고 털어놓을 거예요. 정말로 나쁜 놈을 끌어낼 거야. 더러운 물이 고여 있으니까, 바닥까지 깨끗하게 만들 거야."

어린애 싸움처럼 무턱대고 말한다.

"놓치면 또 똑같은 일이 일어날 거예요. 누군가가 또 더러운 물 웅덩이에 빠질 거예요."

"알아." 나는 말했다. "주식회사 미야마의 스타터 파일을 봤어."

사카모토는 숨을 삼킨 듯 침묵했다.

"스기무라 씨."

자기도 똑같은 인간이라고, 그는 말했다.

"저도 사기꾼이에요."

"너는 피해자야. 속은 거야."

"―돈이 필요했어요."

"그래, 알아."

동아리 선배에게 권유를 받았을 때는 마음이 움직이지 않았다. 그가 저도 모르게 비틀거리고 만 까닭은 버스 납치 사건 때 하다 미쓰아키에게서 위자료 이야기를 들었기 때문이다.

그림의 떡이었다. 하지만 절실하게 인생을 다시 시작할 기회를 찾고 있던 사카모토에게는, 그것을 위한 돈이 필요했던 그에게는, 감미로운 꿈으로 들렸다. 만일 정말로 위자료를 받을 수 있다면, 하고 마음이 떨렸다.

하지만 '구레키 노인'은 죽고, 그가 무일푼이었다는 것을 알았다. 그 시점에서 이는 옳은 정보였다.

한번 꿈을 꾸고 만 사카모토는 얼마나 낙담했을까. 역시 거짓말이었나. 그 할아버지는 부자가 아니었다. 본래 같으면 가장 폼을 잡아야 하는 때인데, 마에노에게조차 그렇게 중얼거리고 말 정도로 사카모토는 낙심했던 것이다.

돈이 있었다면. 막연하게 생각할 뿐이었다면 그는 현혹되지 않았을 것이다. 하지만 한번 느닷없는 달콤한 꿈을 맛보고 말았기 때문에 마음의 방어가 약해졌다.

"스기무라 씨, 저."

"응."

"사이키 씨한테까지 권유하고 말았어요."

"누구?"

"청소회사의 상사예요. 저한테 줄곧 잘해 주신."

그가 절도 누명을 썼을 때도 감싸 주었던 인물이다.

"좋은 일이에요, 틀림없이 쏠쏠할 거예요, 하고 사이키 씨한테 말했어요. 그 사람, 웃고 있었어요. 제가 매달렸더니 점점 곤란한 얼굴을 하면서,"

사카모토는 울면서 웃고 있다. 스스로를 비웃고 있다.

"쉽게 보상금을 받으려면 아는 누군가를 데려오는 게 제일 좋다고 했어요. 친구를 권유해서 회원으로 만들면 그것만으로도 배당을 받을 수 있거든요."

그래서 저, 사이키 씨한테까지 권유했어요—.

"그렇게 좋은 사람을, 저는 속이려고 했어요."

"속이려는 의도가 있었던 건."

"속이려고 했어요!"

버스 안에서 흥분하며 휴대전화를 들고 울부짖는 그를 보고 인질은 겁먹고 있을 것이다. 경찰이 돌입을 결정할지도 모른다. 나는 호흡을 가다듬고 한껏 부드러운 목소리를 냈다.

"사카모토, 투항하자."

죽어선 안 돼, 라고 말했다.

"그럴 생각이지?"

대답이 없다.

"안 돼. 죽어서 끝내려고 하다니, 안 돼. 그거야말로 하다 미쓰아키와 같은 전철을 밟게 되는 거야. 구레키 할아버지는 잘못 생각하고 있었어. 너, 그렇게 말했잖아."

떨리는 속삭임이 들려왔다. "나는 이제 끝장이에요."

"끝장이 아니야. 아직 다시 시작할 수 있어. 어떤 장소에서부터든, 인생은 다시 시작할 수 있어."

나는 아다치 노리오의 얼굴을 떠올리고 있었다. 중학생 배달원

777

동료에게서 파티라면 폭죽을 사 가라는 권유를 받았다며, 흥분한 듯 보이는 그의 메일을 떠올리고 있었다.

"모두 걱정하고 있어. 우리뿐만이 아니야. 네 가족도 네가 돌아오기를 기다리고 있어. 뒷일은 경찰한테 맡기자. 유체가 나왔으니까 미쿠리야의 정체를 알아내 줄 거야."

사카모토가 뭔가 말했다. 울음 섞인 목소리다.

"죄송해요."

사과하고 있는 것이다.

"나 때문에, 전부 망쳤어요. 모두 붙잡히고 말 거야."

"글쎄, 우리는 위자료 받은 일을 말하지 않았을 뿐이야."

"사코타 씨의 돈도 빼앗기고 말 거예요."

"다 함께 돕자." 나는 말했다. "인질 모두가, 우리가 어떻게 해야 할지 나한테 맡겨 주었어. 널 돕고 싶어서야. 돈보다 네 목숨이 소중하기 때문이야."

"나 같은 걸 위해서."

"동료니까."

미안해—하고 나는 말했다. "미야마에 대해서 좀 더 일찍 알아차려 주어야 했어. 넌 혼자서 끌어안고 있었구나."

"하지만 내 책임인걸요."

"너는 아직 젊어. 햇병아리잖니. 세상일을 잘 모르지. 함정에 빠질 때도 있어."

마스터가 석실 앞에서 쪼그리고 앉은 채, 응, 응 하며 고개를 끄덕이고 있다.

"메이가 울고 있어."

비겁한 말일지도 모른다.

"더 이상 그 애를 울려선 안 돼."

네—라고 들렸다.

"그럼 전화 끊을게. 당장 야마후지 경부님께 연락해. 다른 사람들은 모두 해풍 경찰서에 있어."

"지금은 여기에 있어요." 사카모토는 말했다. "아까 버스 옆까지 왔어요."

"그래⋯⋯?"

"케이, 안 돼, 하고 그 녀석이 말했어요. 내리라면서 울고 있었어요."

"메이의 말이 맞아. 할 수 있지?"

또, 네—라고 대답한 것 같다. 나는 휴대전화를 내렸다. 사카모토가 먼저 끊었다.

"여기에서 기다릴까요?"

추위에 얼굴이 하얘진 하야카와 요시오가 말했다.

"현장 보존을 위해서는 여기에 있으면 안 되려나."

"일단 차로 돌아갈까요. 뉴스도 듣고 싶고."

셋이서 왔던 길을 돌아갔다. 밤의 어둠 밑바닥을 지나 낡아 빠진 벤츠를 향해 돌아갔다.

"어머니는 경찰에게 시달리게 될까요?"

"그렇게 되시지 않도록 제가 잘 설명하겠습니다."

마스터가 시동을 걸고 차의 히터를 켰다. 세 사람의 몸이 채 따뜻해지기도 전에 라디오가 사카모토의 투항을 알렸다.

그도, 인질도 무사했다.

13

　나의 크리스마스와 정월은 조용하고 쓸쓸한 날들이 되었다.

　한가하지는 않았다. 매일같이 해풍 경찰서에 가서 사정 청취를 받았고 현경 수사관들과 함께 미쿠리야의 유체 발견 현장에도 다시 한 번 찾아갔다.

　사카모토를 제외한 인질들은 해풍 경찰서에서 자주 만났다. 의도적인 것이겠지만 미묘하게 시간을 어긋나게 해서 호출하기 때문에 복도나 로비에서 스쳐 지나게 된다. 하지만 서로의 사정 청취가 끝나기를 기다려 경찰서 밖에서 이야기를 해도 특별히 책망을 듣지 않았기 때문에 연락도 자유롭게 주고받을 수 있었다.

　가장 빨리 해방된 사람은 소노다 에이코 편집장이다. 편집장은 내게 모든 것을 일임했고 자신의 눈으로 '위자료'를 보지도 않았으니 이는 타당한 처우일 것이다. 다음은 다나카 유이치로와 시바노 기사로, 두 사람의 사정 청취는 연내에 끝났다. 인질 중에서 해를 넘긴 사람은 나와 마에노와 사코타 모녀.

　하야카와 모자와는 한 번도 마주치지 않았다. 하야카와 다에의 사정 청취는 그녀가 사는 지역에서 이루어지고 있다. 다리가 약한 부인을 위해서는 상냥한 조치지만 그만큼 인근 사람들의 호기심 어린 눈길을 받게 된다. 신경이 쓰이지만 이제 와서 내가 불평을 할 수 있는 일은 아니다.

"경찰서에 붙잡혀 가지 않는 것만으로도 고마운 일이에요."

하야카와 요시오는 그렇게 말했다. 그는 신중해서 절대로 내게 직접 연락하지 않고 '스이렌'의 마스터에게 전언을 남기는 형태로 근황을 알려 준다. 나도 마스터를 통해서 이쪽 사람들의 상황을 알려 주었다.

야마후지 경부는 우리에 대한 태도를 조금 바꾸었다. 무서워진 것은 아니고 큰 소리를 내는 일도 없었지만, 태도가 싸늘해졌다고 하면 될까.

마에노는 이를 "경부님, 기분이 상한 거예요"라고 평했다. "우리가 중요한 걸 숨기고 있었으니까."

이제 와서 숨길 것은 (극히 일부밖에) 남아 있지 않기 때문에 나는 순순히 사정 청취를 받았다. 가끔 사카모토의 상황을 물어보았지만 경부는 구체적인 사실은 가르쳐 주지 않았다.

그날 밤, 사카모토의 투항이 보도된 시점에서 나는 장인에게 연락을 했다. 오늘 바로 이 순간에 내 사직서를 수리해 달라고 부탁한 것이다. 장인은 이유를 묻지 않았다.

―알았네, 그렇게 하지.

―고맙습니다. 이런 식이어서 정말 죄송합니다.

몇 번째인가의 취조 때 사직했다고 말하자 야마후지 경부는 다소 놀라워했다.

"아아, 그래서 이번에는 홍보과 사람이 오지 않았군요."

"더 이상 그쪽에 폐를 끼칠 수 없습니다."

"이상하게 생각했습니다. 스기무라 씨한테는 제일 먼저 변호사가 달려올 것 같았거든요."

이번 일로 변호사를 데려온 사람은 다나카뿐이다. 지역 상공회의소가 알선해 주었단다. 하기야 변호사가 딱히 분투해 줄 필요가 없었다. 우리는 범죄에 가담한 것이 아니니까. 피해자가 가해자의 의사에 기초해 위자료를 받았을 뿐이다. 가해자가 이미 사망했기에 대체 누기 위자료를 마련해 주었는지 신경 쓰여서 조사했을 뿐이다. 받은 금액에 따라서 증여세를 내거나 일시 소득 신고를 할 필요가 있겠지만, 그뿐이다. 그 돈이 만일 버스 납치 사건 때 '구레키 노인'이 버스 회사를 위협해서 뜯어낸 돈이고 우리도 그걸 알면서 받은 거라면 어엿한 범죄지만, 이는 사실이 아니다.

하야카와 다에는 하다 미쓰아키의 공범자가 아니다. 그의 '속죄'와 버스 납치 계획을 들었지만 계획의 실행을 돕지는 않았다. 그녀는 하다 미쓰아키와 함께 한 번 닛쇼 프런티어 협회의 피해자 모임에 참석했다. 나중에 하다 미쓰아키가 죽자, 부탁받은 대로 맡아 두었던 돈을 보냈다. 한 일은 그것뿐이다. 하다 미쓰아키가 진심으로 버스를 납치할지 어떨지 하야카와 다에는 몰랐다. 그런 공범자가 있을까.

부인이 공범자가 아니라면 그녀의 존재를 숨겼던 우리도 범죄자를 감싼 것은 아니다. 나는 '미쿠리야 쇼켄'의 유체를 발견한 일에 대해서는, 어디까지나 '어림짐작이 들어맞았을 뿐이다'라고 주장했다. 한시라도 빨리 사카모토를 투항시키고 싶었다. 사정도 모르고 관할도 다른 하타나카 마에하라의 지역 경찰에 신고해 봐야 괜히 시간만 잡아먹을 뿐이다. 내 눈으로 확인하는 게 빠르겠다고 생각했다. 하다 가의 묘소를 떠올린 것도 그냥 감에 의해서였고, 빗나갔다면 달리 짐작 가는 데는 없었다. 애초에 미쿠리야라는 인물이 실존했는지도, 그 죽음에도, 우리는 확증이 없었다. 하야카와 다에의 이야기만이 존재했을 뿐이다.

하야카와 다에도 유체 발견의 경위에 대해서는 내가 그때 얘기해 준 대로 증언했고 우리의 증언은 어긋나지 않았다. 다만 부인은 미쿠리야 살해에 관여하지 않았는지에 대해 엄하게 추궁을 당한 모양이고, 유감스럽지만 우리도 이 일은 어떻게 할 수가 없었다. 부인에게서 들은 이야기로 볼 때 하다 미쓰아키라는 남자가 소꿉친구 여성에게 살인을 돕게 하는 일은 있을 수 없다고, 의견을 말하는 것이 고작이었다.

"그날 당신의 행동을 확인하기 위해 부인에게서도 이야기를 들었는데요."

야마후지 경부는 목소리를 약간 작게 했다. "아이를 데리고 줄곧 친정에 있었다는군요."

"딱히 이번 일로 다툰 건 아닙니다."

내가 쓴웃음을 짓자 경부는 곤란한 듯이 콧등을 긁적였다.

"또 여러 가지로 소란스러워질 테니 만에 하나 무슨 일이라도 벌어질까 싶어서 피난시킨 겁니다."

연말연시의 TV는 느긋한 버라이어티 프로그램으로 메워진다. 뉴스 프로그램도 일 년을 회고하는 내용이 주가 되므로 사카모토가 저지른 버스 납치 사건에 대한 보도의 양은 하다 미쓰아키 때보다 훨씬 적었다.

하지만 인터넷상에서는 사정이 달랐다. 9월에 일어난 버스 납치 사건의 인질 중 한 명이 이번에는 범인이 되었고 거기에 '위자료'가 얽혀 있었다. 실제로 우리에게는 큰돈이 지불되었다. 정말로 돈이 움직였다. 그 사실이 일부 사람들의 분노를 산 모양이다.

그놈들, 교묘하게 큰돈을 가로챘다, 용서할 수 없어—. 오로지 그렇게 분노할 뿐인 사람들은 위자료를 기부하고 자기 손에 남기지 않은 인질도 있다는 사실을 완전히 무시하고 있었다. 누군가가 그 점을 지적해도 한때라도 '부당한 이득'을 얻은 이상 더러운 욕심쟁이라고 단정하는 목소리가 높아질 뿐이었다.

인터넷상에서 공격당할 뿐이라면 그나마 참을 수 있지만, 다나카도, 마에노도 소위 말하는 '전화 공격'을 받았다. 마에노는 외출하는 모습을 촬영당해 그 동영상이 인터넷에 유포되기도 했다. 저질 장난 전화나 협박 메일은 끝이 없어서 결국은 그녀도 일시적으로 자택을 떠나 도쿄의 친척 집에 머물게 되었다.

세상에는 이렇게 악의가 가득 넘치고 있군요.

그녀에게서 온 메일의 문면은 울고 있는 것처럼 보였다.

더러운 떼돈을 벌었다며 우리에게 욕을 하는 사람들은 극히 한정되어 있을 것이다. 하지만 익명의 정보의 거대한 집적장인 인터넷 사회에서는 상식인 열 명의 발언을 단 한 명의 선동자가 쉽게 없애 버릴 수 있다.

"살인 사건 피해자의 유족이 가해자에게 배상을 요구하기만 해도 그렇게 돈이 갖고 싶으냐고 다그치는 세상이니까요."

마스터가 한숨과 함께 말했다. "돈이 원수인 세상이에요."

시바노 기사는 버스 회사를 휴직중이다. 영업소와 본사에 항의 전화와 메일, 팩스가 쇄도했기 때문이다. 대부분 그녀가 9월 버스 납치 사건의 공범자고 사망한 범인과 한패가 되어 버스 회사에서 몸값을 빼앗은 거라고 오해하고 있는 내용이었다.

참다못한 본사가 홈페이지에서 사실 관계를 설명해도 달걀로 바위 치기였다. 새해 초에는 우리 전원도 처음부터 한패였다는 '진상'이 그럴듯하게 유포되었다.

사건이 적게 보도되었던 일이 오히려 안 좋은 결과를 부른 것이다. 이렇게 되면 이제 시간이 지나서 열기가 식고, 허튼 '진상'을 떠들어대는 선동자가 질리기를 기다릴 수밖에 없게 되었다.

그래도, 사카모토 또한 9월 사건 때는 한패였지만 양심의 가책을 견디다 못해 일의 진상을 폭로하려고 두 번째 버스 납치 사건을 일으켰다. 경찰이 이런 사정을 숨기고 있는 이유는 9월 사건의 수사에 유루遺漏가 있었던 점을 인정하고 싶지 않아서다—라는 버전업한 '진상'과 마주쳤을 때에는 오 초 정도 웃고, 다음 오 초 동안 기자회견을 여는 몽상을 했다. 그저 몽상이다. 곧 그만두었다.

이런 흐름 속에서 당연한 일이지만 사코타 모녀가 가장 심한 공격을 받았다. 이 공격에는 닛쇼 프런티어 협회의 전 회원들도 소수나마 가세했다. 모녀가 자신들만 피해를 회복하고 다른 닛쇼의 피해자들에게는 입을 다물고 있었던 일을 용서할 수 없다고 한다. '같은 입장이었다면 자기도 똑같이 했을 거다'라며 사코타 모녀를 옹호하는 목소리도 있었지만 어쨌거나 수는 적었다.

나는 사정 청취를 받으러 다니면서 종종 생각했다. 그때의 '스기무라 사부로에게 일임하겠다'는 결단을 사코타 미와코는 얼마나 후회하고 있을까. 현명한 여성이니 머리로는, 서로 입을 맞추어 말하지 않았다 해도 사카모토가 체포되거나 투항하면 전부 밝혀지고 만다, 그보다 자발적으로 사실을 이야기하는 편이 낫다, 는 사실을 알고 있었으리라. 하지만 머리와 마음은 다르다. 나는 사코타 모녀에게만은 연락을 취할 수가 없었다.

얄궂게도 이 일로 인해 닛쇼 피해자 모임의 홈페이지는 단숨에 북적거렸지만 하다 미쓰아키·미쿠리야 쇼켄 2인조와 오바 대표의 관계에 대한 새로운 정보가 나오지는 않았다. 미쿠리야를 알고 있다는 회원도 나타나지 않았다. 미쿠리야라는 수수께끼의 인물에 대해서는 오바 대표에게서 듣는 수밖에 없을 것 같았다.

"그러려면 꽤 끈기가 필요하겠지요." 야마후지 경부가 가르쳐주었다. "오바 마사지로는 최근 들어 더욱더 언동이 이상해졌습니다. 아들은 전부 아버지가 한 일이라며 시치미를 떼고 있고."

석실에 숨겨져 있던 유체와 수색원이 제출되어 있는 실종자들을 대조하는 작업도 이루어지고 있지만 아직 수확은 없다. 유체를 확인하러 온 가족이 몇 있었지만 반쯤 안도하고 반쯤 낙담해서 돌아갔다고 한다.

"하다와 마찬가지로 미쿠리야라는 남자 또한 갑자기 모습을 감추어도 누군가가 걱정해서 수색원을 내줄 만한 생활을 하지는 않았을 가능성이 높지요."

야마후지 경부는 그렇게 말하며 생각에 잠긴 듯한 모습으로 팔짱을 끼었다.

"저도 옛날에 지능범이나 경제범을 담당했던 적이 있습니다."

사기꾼의 세계에는 일종의 도제 제도 같은 것이 남아 있다고 한다.

"베테랑이 젊은 세대에게 기술이나 노하우를 전하는 겁니다."

야마후지 경부가 예전에 다루었던 피의자 중에 '가고누케'^{그 집 사람} ^{인 양 가장하여 금품을 받은 다음 물건값을 준다고 앞문에서 기다리게 한 후 뒷문으로 도망쳐 나가는 사취 사기} 전문 사기꾼이 있었다. 붙임성이 좋은 남자로, 취조실에서도 말이 많았다고 한다.

"특히 자신을 가르쳐 준 스승에 대해서 그리운 듯 이야기하더군요. 부모형제에 대해서는 아무 말도 하지 않았는데 스승에 대해서는 술술."

이미 고인이었던 그 '스승'은 그에게 다른 누구보다도 친한 사람이었던 것이다.

"풋내기 시절에 스승이 엄하게 가르친 교훈이 있다며 말해 주었습니다."

—네 그림자를 지워라.

실체가 있는 인간이기를 포기하라는 가르침이다.

"미쿠리야 쇼켄도 그런 남자였던 게 아닐까요."

죽고 나서야 겨우 유체라는 실체로 돌아왔다.

미쿠리야의 살해 시기에 대해서는 유체가 발견된 후 일찌감치 소견이 나왔다. 4월 중순에서 5월 초쯤으로 추정된다. 하지만 사인은 판명 나지 않았다. 생전에 외상이 생기지 않았고 총상도 없다는 점만은 확실하다.

"사인은 아직 알 수 없지만."

야마후지 경부는 살짝 고개를 갸웃거리고 나서 "약물이 아닐까 싶습니다"라고 말했다.

"소거법을 취하면 그것밖에 남지 않아요."

"하지만 약물이라면 유체에서 뭔가 나와야 하잖아요."

"꼭 그렇지는 않습니다. 대사가 빠른 것도 있으니까요. 약과 다른 수단을 병용했을 가능성도 있어요. 수면제로 재워 놓고 베개로 질식시킨다든가."

힘이 없는 여성들이 많이 저지르는 살해 방법이다. 힘은 없지만 결연하고 계획적으로 살인을 저지르려고 했던 하다 미쓰아키에게도 어울리는 수단이었을지 모른다.

너를 지우고 네 그림자도 지우고 나도 사라져 가겠다, 파트너.

냉랭해진 야마후지 경부와 질문·응답이라는 형태가 아닌 대화를 나누기는 오랜만이었다. 나는 큰맘 먹고 물었다.

"사코타 씨와 따님은 어떻습니까?"

경부의 오른쪽 눈썹에 있는 사마귀가 움찔 움직였다. "이런, 당신들은 서로 연락하고 있지 않습니까?"

비꼬는 말투지만 눈은 화내고 있지 않다.

"죄송스러워서……."

"당신은 야무지지 못하군요."

야마후지 경부는 쓴웃음을 짓고는 취조실 의자에 천천히 기댔다.

"사코타 미와코 씨 쪽이 훨씬 배짱이 두둑합니다."

"두 분이 함께 사정 청취를 받고 있습니까?"

"그 모녀를 따로따로 불러내는 건 현실적으로 무리니까요. 어머니 쪽은 자기 주위에서 무슨 일이 일어나고 있는지도 모르는 듯합니다."

미와코는 더더욱 괴로울 것이다.

"—이렇게 된 것도 애초에 닛쇼 따위에 걸려들었기 때문이다, 자업자득이다."

경부는 중얼거리듯이 말했다.

"자신들에게만 속아서 빼앗긴 돈이 돌아오다니, 그런 꿈같은 이야기가 있을 리 없었다. 생판 남을 끌어들여서 상처를 주거나 미래가 있는 젊은 사람을 하마터면 죽게 만들 뻔한 것보다 이게 나았다고 말하고 있습니다."

나는 눈을 내리깔았다.

"이런 말을 듣고 스기무라 씨의 마음이 편해질지 어떨지는 모르 겠습니다. 그게 그녀의 진심인지 아닌지도 모르겠고요. 하지만 지 금은 그렇게 여길 수밖에 없다고 저는 생각하는데요."

경찰관의 말이라기보다 연장자의 조언처럼, 내게는 들렸다.

"저도 한 가지 물어도 됩니까?"

그 물음에 나는 야마후지 경부의 얼굴을 보았다.

"하다 미쓰아키와 사코타 도요코가 버스 납치 사건 전에 만난 일은 단순한 우연이겠지요. 불행한 우연이지만, 뭐 있을 수 없는 건 아니에요."

나는 고개를 끄덕였다. "닛쇼에나 '쿠라스테 해풍'에나 고령자가 많이 모여 있었으니까요."

"예. 하지만 하다 미쓰아키가 납치를 결행한 그 버스 안에 사코 타 씨가 타고 있었어요. 이 일도 우연일까요? 하다는 왜 그런 형 태로 사코타 씨를 끌어들인 걸까요."

그 점에 대해서는 나도 고민해 보았다.

"우연히 결과적으로 그렇게 된 거라고 생각합니다."

그날 사코타 씨가 평소에 이용하던 노선은 갑자기 운행이 중지 되었다. 트럭 전복 사고가 일어났기 때문이다.

"그래서 사코타 씨는 후에 납치당하게 된 그 버스를 타기 위해 일부러 '쿠라스테 해풍' 부지 내를 터벅터벅 걸어갔습니다."

하다 미쓰아키는 사코타 도요코가 타지 않도록 그녀가 늘 이용하는 노선을 피했다. 그런데 예상하지 못한 운행 중지 사고 때문에 사코타는 그가 일을 일으키려고 하는 버스에 올라탔다.

"하다 미쓰아키는 그 단계에서 계획을 멈출 수도 있었을 겁니다" 하고 나는 말했다. "갑작스러운 운행 중지 사고와 사코타 씨의 존재에서 뭔가 징조를 느낄 수 있었을 거예요. '그만둬'라고. 적어도 오늘은 그만두라고."

하지만 그는 그만두지 않았다. 버스 납치를 결행했다.

"지금 그만두면 두 번 다시 결행할 수 없게 될 거라고 생각한 건지도 모릅니다."

제멋대로의 상상이지만—하고 덧붙였다.

"의외로 그런 법입니다." 경부는 말했다. "사건을 일으키기 전에 뭔가 그런 브레이크가 걸리지요. 거기에서 멈추느냐 멈추지 못하느냐가 사람의 운명을 가르고 말아요. 아니, 이때가 자신의 운명을 가르는 순간이라는 것을 깨닫느냐 깨닫지 못하느냐의 문제일까요."

"미쿠리야를 죽일 때도 하다 노인에게 그런 순간이 찾아왔을까요."

야마후지 경부는 대답하지 않았다. 잠시 뜸을 들이더니 이렇게 물었다.

"스기무라 씨, 이제부터 어떻게 하실 겁니까?"

나는 잠시 대답이 막혔다.

"언제까지나 무직일 수는 없으니까 직업을 찾을 겁니다."

"이런 불경기인데요. 힘들 겁니다."

경부는 쓸데없는 걱정이지요, 라고 중얼거리며 눈을 피했다. 마치 나를 동정하듯이.

피해망상이 아니다. 사실 나는 평화로운 가정인의 동정을 사는 것이 당연한 상황에 있었다.

나호코와 모모코가 장인의 저택에 머물고 있는 것은 몸과 마음의 안전을 위해서다. 하지만 그런 장인의 저택에 내가 가까이 가지 않는 까닭은 안에서 폭풍이 휘몰아치고 있기 때문이었다.

차례차례 형사 사건에 휘말리는 그 남자를 이제 이마다 가문에서 쫓아내라.

소리 높은 규탄은 인터넷상뿐만 아니라 현실에서도 일어나고 있었다. 나에게는 고맙게도 그 목소리는 장인의 것도, 나호코의 형제들의 것도 아니었지만 그런 만큼 오히려 성가셨다. 이전부터 내게 차가운 눈길을 보내온 친척들이 이번 사건을 절호의 기회로 여기고 나호코에게 이혼을 권하고 있다.

"열기가 식으면 괜찮을 거야."

아내는 인터넷 사회의 흥분이 지나가기를 기다리는 거랑 똑같은 거라고 말한다. 조금만 기다리면 곧 온화하고 상식적인 견해가 돌아와 줄 것이다.

"나는 괜찮으니까 걱정 마."

타이밍도 나빴다. 크리스마스나 정월이나, 친척들이 모이는 날이다. 말 많은 아저씨 아주머니 들이 나호코 주위에 모여 있다.

장인도 내게 전화를 주었다. 시시한 말다툼이 일어날 테니 내가 좋다고 할 때까지 집에는 가까이 오지 말게. 나호코와 모모코는 밖에서 만나. 당분간은 회사에도 인사하러 가지 말게.

지시받은 대로 처자식과는 레스토랑이나 호텔에서 만났고 그때 갈아입을 옷 등의 생활용품을 건넸다. 나는 자택에 숨어 심술궂은 메일이나 부재중 전화의 메시지를 지우고, 시간을 때우기 위해 청소를 하고 아내의 장서를 닥치는 대로 읽었다. 신문 구인란은 훑어보지 않고 나를 고용해 줄 것 같은 옛 지인을 떠올리는 일 쪽에 노력을 할애했다.

"사카모토 케이에 대해 인질이 된 기사나 승객들에게서도 동정적인 목소리가 나오고 있습니다."

그렇게까지 내몰리게 된 그의 심정을 헤아려 주었다고 한다. 차 안의 사카모토가 칼을 보여 주기는 했어도 인질에게 위해를 가할 기색은 보이지 않은 탓도 큰 모양이다.

"마에노 씨도 그가 앞으로 어떻게 될지 지켜볼 생각인가 봅니다."

야마후지 경부는 그러니 이제 걱정할 필요가 없다고 말한 뒤 취조실의 의자에서 일어섰다. 이로써 나도 해방인 듯하다.

"스기무라 씨는 빨리 원래 생활을 되찾아 주십시오."

나는 한 번 목례하고 취조실을 나왔다. 해풍 경찰서를 나왔다. 북풍을 맞아 머플러가 흔들렸다.

이제 이곳과의 인연도 없어지리라. 추위에 어깨를 움츠리며 그렇게 생각했다.

인연이 없어진다―.

그런 말을 마음속에서만 속삭였는데 갑자기 내 안에 지금까지 없었던 생각이 번득였다.

나는 정말로 이마다 가문에서 나가야 하는 게 아닐까. 그렇게 나호코를 설득하고 있는 사람들의 의견이 옳고, 그 의견에 저항하려는 나도 아내도 잘못된 것은 아닐까.

사람과 사람을 잇는 것은 인연이다. 살아 있고 피가 통하는 인연이 어떤 이유로 약해지고 가늘어지고 결국 죽어 버리면, 그 인연에 더 이상 매달려서는 안 되는 것이 아닐까.

나와 나호코 사이에 헤어져야 할 이유는 없을 것이다. 몇 번이나 걱정을 끼쳐서 정말로, 정말로 미안하지만 그녀와 결혼하기로 결심했을 때부터 지금까지 내 마음은 변하지 않았다. 나호코는 내 인생의 보물이다. 그리고 지금은 모모코도 보물이다.

아내도 '나는 괜찮아'라며 격려해 준다. 나는 그 말에 거짓이 없다고 믿는다. 나와 나호코와 모모코의 인연은 살아 있다.

하지만 그 인연을 계속 살려 두기 위해서는, 더 잘 살려 나가기 위해서는, 나는 이마다 가문 밖에 있는 인간이 되는 편이 좋지 않을까. 나호코가 소중하다면, 모모코가 소중하다면, 걸핏하면 친척들의 비난을 뒤집어쓰고 처자식을 부끄럽게 만드는 것은 잘못이다.

—당신은 잘못한 것 없어.

　아내는 이렇게 말해 준다. 바로 어제 만났을 때도 그랬다. 어느 사건에서나 당신은 휘말렸을 뿐이잖아. 당신이 잘못한 게 아니야.

　분명히 나는 휘말렸다. 하지만 휘말린 후의 행동을 결정한 것은 나다. 그때 그 행동들을 최선의 행동이라고 여기는 이상으로 처자식에게도 최선의 수단인지 아닌지 생각했을까. 그렇게 자신의 사고나 행동을 음미했을까.

　나는 결국 아내의 관대함에 어리광을 부리고, 아내의 경제력에 어리광을 부리고, 장인의 지력에 어리광을 부리며 멋대로 해 왔을 뿐이지 않은가.

　나는 그렇게 이기적인 남자였을까. 언제부터 이렇게 됐을까. 무엇을 근거로 나는 어리광을 부려 온 것일까.

　불어오는 북풍에 바다 냄새가 희미하게 섞여 있다. 이곳은 바닷바람의 동네다.

　나는 자신을 바꾸고, 맞춰 왔다. 익숙하지 않은 환경에. 일변한 생활양식에. 장인의 명령이었기 때문에 좋아했던 일도 버렸다.

　고향도 버렸다. 부모에게 의절하겠다는 말을 들었지만 그래도 나호코와 결혼하고 싶었기 때문에 의절을 받아들였다. 부모님은 그때야말로 내가 거역해 주기를 바랐던 것이 아닐까. 의절 따위 받아들일 수 없다고. 하지만 나는 그러지 않았다. 본가와의 관계를 끊는 쪽이 그때의 나에게는 편했기 때문이다.

　그렇다. 나는 아직도 중병을 앓고 있는 아버지에게 문병을 가지도 못하고 있다. 이번 일 때문에 한동안 갈 수 없게 되었다고 전화를 하자 형은 화내지도 않고, 나호코 씨한테 걱정 끼치지 말라고 말했을 뿐이었다.

형제와도 멀어졌다.

이런 일들에 대해 나는 자신이 참고 포기하는 거라고 생각해 왔다. 실은 참는 것도 포기한 것도 아니고, 그저 편한 쪽을 선택했을 뿐이다. 그런 주제에 자신의 인내와 체면에 어떤 대가가 있어도 되지 않느냐고 무의식중에 생각해 온 것이다.

그것이 어리광의 정체다.

바람 속에서 홀로 고개를 저었다.

내 인생에도 아까 야마후지 경부가 말했던 순간이 찾아온 게 아닐까.

정월이 지나자 한기는 강해도 하루하루 해가 길어져 가는 것이 느껴진다.

나는 그룹 홍보실을 찾아갔다. 이제야 퇴직 인사와 인수인계를 할 수 있게 되었다.

장인이 당분간은 회사에도 가지 말라고 명령했던 까닭은, 나를 좋게 생각하지 않는 이마다 가문 사람들의 숨결이 닿아 있는 사원들이 사내에도 있기 때문이다. 소속이나 직함만으로는 알 수 없는, 복잡하게 구성된 인맥들이 얽혀 있다. 그래도 해금된 것은, 적어도 나호코의 신변에서 일어나고 있던 폭풍은 일단 수습되었다고 장인이 판단했기 때문이리라.

　―그룹 홍보실에 인사하고 나면 그 후에는 인사과에서만 수속을 끝내게.

　오늘 아침에 일어나자마자 받은 전화에서 장인은 시원스럽게 말했다.

　―회장실에는 얼굴을 내밀지 말게. 일반 사원이 자발적으로 퇴직할 때 일일이 내가 인사를 받는 일은 없어.

　비서에게 맡기면 될 일인데 일부러 직접 전화를 한 까닭은 그런 다짐을 놓기 위해서일 것이다. 회장실에 가까이 오지 마.

　게다가 장인은 잠시 망설이고 나서 이렇게 덧붙였다.

　―친족으로서의 대화는 집에서 하세. 또 연락하지.

　그룹 홍보실에서는 세 사람이 모여 기다리고 있었다. 내 얼굴을 보자 마노와 노모토가 의자에서 일어섰다.

　"이제야 납셨군." 소노다 편집장이 말했다. "올해 첫 교정 전에 와 주어서 살았어."

　사전에 셋이서 뭔가 말을 맞추었는지도 모른다. 내 개인적인 상황에 대해서는 아무도 묻지 않았다.

　"여전하셔서 안심했어요."

　마노는 그렇게 말했다.

　"여러 가지로 고생하셨어요."

　노모토도 그렇게 말했다. 머리 모양이 바뀌었다. 깔끔하고 짧아졌다.

나는 장인에게 사직서를 맡긴 시점에서 인수인계용 파일을 만들기 시작했다. 컴퓨터상의 파일은 완성되어 있고 문서는 연초에 집에서 만들었다.

"죄송합니다, 암호가 걸려 있지 않아서요."

노모토는 그 컴퓨터 파일을 우연히 발견하고 말았다며 끊임없이 미안해했다.

"괜찮아, 어차피 노모토한테 보여 줄 거였고."

한바탕 인수인계가 끝나자 편집장이 나를 회의실로 불렀다.

"폐를 끼쳐서 죄송합니다, 라고 나한테 말하지 마."

의자에 앉으면서 곧 말을 이었다. "사직 이유는 모두 제각기 추측하고 있어. 사실과는 전혀 다른 추측일지도 모르지만 적어도 당신한테 나쁘게 해석하고 있지는 않으니까 변명도 필요 없어."

"고맙습니다."

"다만 마노 씨가 당신한테 사과하면 그럴 필요 없다고 해 줘."

그녀는 책임을 느끼고 있거든, 이라고 했다.

나는 눈치챘다. "저와 마노 씨가 어쩌고저쩌고 하는 소문이 있었기 때문이군요."

"알고 있었네. 그 소문의 출처가 이데 씨만이 아니라는 것도 알고 있어?"

"네."

편집장은 짧게 웃었다. "마노 씨를 우리한테 끌고 온 건 나호코 씨인데."

소노다 편집장이 내 아내를 '아가씨'나 '사모님'이 아니라 이름으로 부르는 것은 처음이었다.

"마노 씨가 그런 입장이기 때문에 더더욱 제가 손을 대기 쉬웠다는 설이겠지요."

"그런 거지."

편집장은 내 얼굴을 보지 않고 자신의 손톱을 점검하는 척하더니 새끼손가락을 세웠다.

"나도 회장님의 이거라는 소문이 자자했던 입장이니까, 그런 소문의 역학은 알아. 스기무라 씨를 아는 사람은 그런 소문 따윈 웃어넘기고 있고."

나는 말없이 머리를 숙였다.

"나도 말이지, 이번 일에 책임을 지고 그만두겠습니다, 라고 했어."

몰랐다. 장인에게서도 듣지 못했다.

"회장님한테 차였지만. 대신 이동 요청은 들어주셨어."

"―어디로 옮기십니까?"

"노련 사무국 일에 전종專從하기로 했어."

소노다 에이코 편집장은 그렇게 말하고 얼굴을 들더니 엷게 웃었다. "노련도 연합 홍보지를 내고 있거든."

"알고 있습니다. 그쪽 편집장님의 인터뷰도 딴 적이 있지요."

"어머나, 그랬던가?"

먼지를 불어 날리듯이 훗 하고 손끝에 숨을 불더니 이번에는 책상에 팔꿈치를 괴었다.

"내 이동은 4월 1일이야. 마노 씨는 이달 말에 그만둘 거야. 노모토는 골든위크가 끝날 때까지 있어 줄 거래."

"마노 씨도 그만둡니까?"

"갑작스럽지만 스기무라 씨하고는 상관없어. 3월 말에 남편이 단신부임에서 돌아온대. 예정이 당겨져서 다행이야."

노모토는 5월이 되면 세미나로 바빠질 거라고 한다.

"다 뿔뿔이 흩어지네. 변혁의 때가 왔다는 느낌인가."

좋은 일에는 반드시 끝이 오는 거야, 라고 말한다.

"좋은 일?"

"그래. 즐거웠잖아. 여러 가지 일이 있었지만 우리 좋은 콤비였다고 생각하지 않아?"

나는 아무 말도 할 수 없었다.

"이번 일로 폐를 끼쳤고. 내 쪽에서 할 말이 아니었나?"

"아뇨, 좋은 콤비였습니다."

"아무것도 모르던 내가 편집장을 맡을 수 있었던 건 스기무라 씨 덕분이야. 감사하고 있습니다. 고마워."

회전의자를 약간 움직여 나와 정면에서 마주하더니, 소노다 에이코 편집장은 인사를 하고 웃었다.

"나는 스기무라 씨한테는 이 편이 행복할 거라고 생각해."

자유로워졌잖아—라고 말했다.

"그러니까 작별인사는 안 할게. 잘 지내."

회의실을 나와 마노와 노모토와 잠시 이야기를 했다. 용건은 이제 전부 끝냈는데 이별이 아쉬워졌다.

"저는 역시 스기무라 씨가 그만둘 필요는 전혀 없다고 생각하는데요."

"개인적인 구분을 지으려는 거니까."

마노는 편집장이 틀어박혀 있는 회의실에 끊임없이 신경을 쓰고 있다. 나는 먼저 말했다.

"아까 들었습니다. 남편분이 귀국하신다면서요."

"맞아요. 원래는 제대로 찾아뵙고 사모님께도 인사를 드려야 하는데."

"그런 딱딱한 말 하지 마시고 괜찮다면 남편분이랑 같이 우리 집에 놀러와 주세요. 마노 씨가 본업으로 복귀하는 건 아내도 기뻐할 겁니다."

뭔가 더 말하고 싶어 보이던 마노는, 목에 걸린 듯한 여러 가지를 삼키고는 얌전히 말했다. "정말 여러모로 마음을 써 주셔서 감사했어요. 여기에서 배운 건 평생의 재산이 될 거예요."

"마노 씨, 역시 딱딱하네요."

노모토는 그렇게 놀려 놓고 자신의 가슴을 한 번 두드려 보였다. "제가 편집장님과 마노 씨를 잘 지킬게요. 저한테도 사회 공부가 될 테니까요."

"잘 부탁해."

"그래서, 송별회 말인데요."

"그런 건 됐어."

"스기무라 씨가 그렇게 말할 게 분명하다고 생각했어요. 그러니까 4월 초에 편집장님이 이동하시면 모두의 새로운 생활이 시작되는 걸 축하하기 위해 연회를 열죠. 또 그 중화요리 가게에서. 네?"

그렇다면 4월까지 나도 생활을 단단하게 다져 두어야 한다. 소노다 에이코 편집장식으로 말하자면 자유의 몸이 되고 나서의 생활을.

"응. 덕분에 좋은 목표가 생겼어."

둘과 악수를 나누고 나서 본사 빌딩의 인사과로 돌아갔다. 확인하거나 수취해야 하는 서류가 산더미같이 많았지만 수속은 담담하게 진행된 뒤 끝났다.

회사 이름이 들어간 커다란 봉투를 안고 '스이렌'에 들르려고 별관으로 돌아가자, 로비에서 의외의 인물이 기다리고 있었다. '얼음여왕'이다.

나는 걸음을 멈추었다. 도야마 여사가 다가와서 자세를 바로 하고는 우아하게 목례했다.

"한마디 인사라도 드릴까 싶어서요."

나는 당황해서 그녀에게 다가갔다. 이마다 요시치카 회장이 여기에 올 때보다 도야마 여사가 여기에 올 때 '강림하는' 느낌을 강하게 받는 것은 이상한 현상이다.

"인사를 드려야 하는 건 저입니다. 여러 가지로 폐만 끼쳤습니다."

오늘도 '얼음여왕'은 정장을 빈틈없이 차려입고 있었다. 나는 이 사람의 평상복 차림을 상상할 수가 없다. 아마 이 사람을 아는 사원 전원이 그럴 것이다.

"저희한테도 미흡한 점이 많았습니다. 실례를 용서해 주십시오."

도야마 여사는 똑바로 내 눈을 보았다.

"부디 건강하시길. 행복을 빌겠습니다."

"고맙습니다."

마주 인사한 뒤, 나는 저도 모르게 말했다. "장인어른을―잘 부탁드립니다."

'얼음여왕'은 미소를 지었다. 나는 그런 미소를 처음으로 보았다. 그녀가 '얼음여왕'으로 불리게 된, 그 싸늘한 웃음이 아니었다.

"잘 모시겠습니다."

도야마 여사는 내 옆을 지나쳐 로비에서 나갔다. 걷고 있을 때도 자세가 바르다.

"좋네요."

놀라서 돌아보니 '스이렌'의 마스터가 바로 옆에서 가볍게 손을 모으고 있었다.

"장인어른을 잘 부탁드린다니, 사위다운 인사예요. 좋아요, 좋아."

"그런 생각이―."

"생각이 없어도 앞으로는 그렇게 되어야 해요. 지금까지 스기무라 씨에게는 평사원이라는 명찰이 붙어 있었지만 이제부터는 그냥 사위잖아요. 이마다 가의 일원이지요. 도야마 씨와의 거리감도 달라지는 게 당연해요."

언제나 자세가 바른 '얼음여왕'과 나의 거리.

"그런 면에서 저 사람도 확실히 선을 그어 두고 싶었던 게 아닐까요. 머리가 좋은 사람이니까요."

그러니까 스기무라 씨의 인사는 그거면 좋았다고, 마스터는 말했다. "도야마 씨도 기뻐하는 것 같았잖아요."

나는 잘 모르겠다. 다만 소노다 에이코 편집장의 말처럼 나는 완전히 '자유'로워졌다고 기뻐할 수만은 없을 듯한 기분이 들기 시작했다.

"저 사람, 회장님의 비서가 된 후로 전혀 술을 마시지 않아요. 젊을 때는 주당으로 이름을 날린 여자 일진이었는데."

몰랐다.

"여러 가지 무용담도 있대요. 하지만 벌써 이십 년 넘게 한 방울도 안 마셨어요. 그런 사람이에요."

마스터는 그렇게 말하더니, 자, 자, 하면서 이번에는 양손을 비볐다. "수속, 끝났지요? 드디어 무직이 되었군요."

쓸쓸해지겠네, 라고 말했다.

"스기무라 씨, 다음 직장은 벌써 갈 데가 정해졌어요?"

"아직 좀."

마스터는 흐음, 하고 고개를 끄덕이더니 자신의 가게 간판을 바라보았다.

"여기, 올해 7월에 임대 계약을 갱신해야 하는데요. 계속 같은 곳에 있으니까 질려 버려서 나도 어딘가로 옮길까 생각하고 있거든요."

그러고는 내게 씩 웃음을 지었다.

"스기무라 씨의 다음 직장 근처로 갈까. 우리 가게의 '오늘의 런치', 먹고 싶죠? 핫샌드위치도 그리워질걸요."

나도 마스터에게 마주 웃음을 지었다. "그 마음만으로도 충분히 고맙습니다."

우리는 악수를 나누었다.

"마지막의 마지막에 귀찮은 일로 끌어들여서 죄송했습니다."

"전혀 귀찮지 않았어요."

나는 갑자기 가슴을 찔린 듯이 쓸쓸하고 쓸쓸해서 떠나기가 어려워졌다.

"그러고 보니 스기무라 씨한테 제대로 이름을 말한 적이 없는 듯한데."

듣고 보니 그렇다. 늘 '마스터'로 통하고 있었다.

"미즈타 다이조라고 해요. 여기 명함."

잘 부탁해요, 라고 하면서 마스터는 내 어깨를 툭 쳤다. 안녕이 아니라 잘 부탁한다고.

혼자 살다 보면 넓은 맨션은 아무리 난방을 틀어도 쌀쌀하다.

소파에 앉아 형과 전화로 이야기하다가 정신이 들어 보니 발을 움츠리고 있었다.

아버지는 입원할 병원이 정해졌다. 현에서 평판이 좋은 곳으로, 당장 수술하기로 결정되었다. 어영부영 미루고 있었지만 모든 일이 일단락된 지금, 당장이라도 문병을 가고 싶었다.

"갑자기 너 혼자 가는 것도 뭣하잖아. 아버지는 어떨지 몰라도, 어머니가 또 쓸데없는 고집을 부릴 테고."

이번 일요일에 형 부부와 같이 가기로 했다.

"회사를 그만둔 건 아직 아버지한테는 말하지 마. 다음 직장을 찾고 안정이 되었을 때, 실은, 하면서 슬쩍 말하면 돼."

형이 이렇게 신경을 쓰게 만드는 나는 성가신 동생이다.

"나호코 씨는 아직 친정에 있는 거냐?"

형은 더욱 신경을 쓰는 목소리로 묻기 어려운 듯이 물었다.

"응. 슬슬 돌아와도 괜찮을 듯하지만 요즘 세상이 위험하니까."

형은 뭔가 말하려다가 멈추고 잠시 침묵했다. 그러고 나서 엉뚱한 말을 꺼냈다.

"너, 한 번 가족들끼리 신사에 가서 불제라도 받아."

"뭐?"

"이전 집도, 신축하자마자 떠나게 돼 버렸잖아? 이번에도 그래. 또 뿔뿔이 흩어져서 살게 되고. 이사할 때 방위는 확실히 알아봤어?"

나는 웃었다. "고풍스러운 말을 하네."

"실제로 계속 사건에 휘말리고 있으니까 웃을 일이 아니야. 뭔가 평범하지 않은 일이 있었을 때는 매듭을 짓기 위해서 불제를 하는 게 중요해."

알았어, 하고 나는 말했다. 형은 문단속 잘하고 자라고, 마치 한창때의 여자아이한테 할 것 같은 말을 했다. 생각해 보면 내가 형과 소원했던 세월 속에서 형의 아이들은 정말로 한창나이가 되었을 것이다.

수화기를 내려놓고 형이 시킨 대로 문단속을 한 다음 목욕을 하려는데 휴대전화가 울렸다.

나는 눈을 의심했다. 화면에 '이데 마사오'라고 표시되어 있다.

반사적으로 시계를 보았다. 여덟시 반이 넘은 참이다.

"스기무라입니다."

전화 맞은편에서 거친 숨소리가 들려왔다. 순간적으로 이데가 또 취했구나, 하고 생각했다.

"—당장 와 줘."

이번에는 귀를 의심했다. 무슨 말을 하는 건가?

"이데 씨지요?"

"그래. 성희롱 남자 이데 마사오야. 당신한테 파워 하라스먼트를 당했던 이데 마사오라고."

역시 취했다. 전화를 걸어서 시비를 걸다니, 어린애 같다.

"무슨 일입니까?"

"나는 아무렇지도 않아. 어쨌든 당장 와."

매우 성급하고 발음이 수상하다.

"어디에서 마시고 있는 겁니까? 또 음주운전으로 붙잡히기라도 했나요?"

"시끄러워!"

나는 놀라서 휴대전화를 멀리 떨어뜨렸다. 이데의 노성 때문이 아니다. 그 목소리가 비명처럼 들렸기 때문이다.

"빨리 와 줘."

일변해서 애원하는 목소리가 되었다.

"나 혼자서는 어떻게 할 수도 없어. 좀 도와줘."

"一뭘, 어떻게 도우라는 겁니까?"

"모리 씨의 집이야."

나는 휴대전화를 움켜쥐었다. "모리 씨한테 무슨 일이 있습니까?"

"와 보면 알아."

나는 잘못 생각하고 있었다. 이데 마사오는 취한 것이 아니다. 허둥거리고 있는 것이다.

"무슨 일이 있었습니까?"

"전화로는 말할 수 없어."

말해도 믿지 않을 거라고, 그는 울 것 같은 목소리로 말했다.

"나를 위해서가 아니야. 모리 씨를 위해서야."

"긴급사태라면 저보다 더一."

"그런 걸 어떻게 해! 달리 누군가에게 의지할 수 있다면 너 따위한테 의지하지도 않아."

세게 나오는 주제에 목소리는 울고 있다.

"부탁이야. 빨리 와 줘."

당신 혼자만, 이라고 한다.

"다른 누구한테도 알리지 마. 모리 씨를 위해서야. 차로 와. 택시는 안 돼. 당신, 차 있지?"

"예."

"어딘지는 알지? 각하의 집에는 몇 번이나 왔을 거 아냐. 문등을 켜 둘 테니까."

"이데 씨." 나는 목소리를 강하게 냈다. "무슨 일이 일어난 건지 모르겠지만, 모리 씨를 위해서라는 이유만으로는 어슬렁어슬렁 찾아갈 수는 없습니다. 당신과 저 사이에 그만한 신뢰 관계가 있지 않다는 건 당신이 가장 잘 알고 있을 텐데요."

"—일이 귀찮아질 텐데."

또다시, 나는 귀를 의심했다.

"지금 뭐라고 했습니까?"

"내 말대로 하지 않으면 당신 큰일 날 거란 뜻이야."

나는 협박을 당하고 있는 모양이다.

"어떻게 큰일이 나는데요?"

이데 씨는 잠시 침묵했다. 호흡이 여전히 거칠다.

"스캔들은 곤란하겠지."

무슨 뜻인지 모르겠다. 스캔들? 누구의?

"저는—."

"당신의 스캔들이 아니야. 하지만 당신한테도 중대한 스캔들이지. 거기까지 말하면 알겠어?"

나는 또 휴대전화를 귀에서 멀리 떼어 액정에 나타난 표시를 바라보았다. 이데 마사오. 예전의 모리 각하의 측근. 지금은 그냥 고독한 주정뱅이 남자.

"이데 씨. 당신한테 무슨 문제가 있는지 모르겠지만 그 화풀이로 회장님을 함정에 빠뜨리려는 거라면 제게도 생각이,"

"회장님이 아니야."

내뱉는 듯한 말투였다.

"당신의 소중한 아내야. 회장님의 따님이지."

내 주위에서 소리가 사라졌다. 난방기의 조용한 작동음도, 시계 바늘이 움직이는 소리도.

"나호코가 무슨 일을 했다는 겁니까?"

"그걸 알고 싶으면 내 말대로 해."

전화는 일방적으로 끊겼다.

나의 소중한 아내. 장인의 소중한 외동딸.

그 나호코가 무슨 일을 했지?

9월의 그날로부터 반년도 지나지 않았는데 모리 가의 앞뜰은 황폐해진 것처럼 보였다. 문등의 불빛 테두리 안에서 마른 화분이 뒹굴고 있다.

초인종을 누르자 안쪽에서 지켜보고 있었는지 곧 이데 마사오가 문을 열었다. 넥타이를 하지 않은 정장 차림으로 상의는 어깨에 걸쳤다. 오른팔은 이제 삼각건으로 목에 매달려 있지는 않았지만 서포터를 찼는지 붕대로 감긴 것 같았고, 셔츠 소매가 그곳만 빵빵하게 부풀어 있었다.

"차로 왔겠지?"

나는 말없이 차 대는 곳에 세운 볼보를 가리켰다.

"들어와."

내가 현관홀에 발을 들여놓자 이데 마사오는 곧 문을 닫고 잠갔다. 그러고는 문등을 껐다.

실내는 어둑어둑하다. 복도와 이층으로 올라가는 계단에만 불이 켜져 있을 뿐이다. 난방도 켜져 있지 않아서 냉기가 몸에 싸늘하게 스며들었다.

"모리 씨는 어디 있습니까? 무사하시겠죠."

이데 마사오는 나를 노려보았다. 눈이 충혈되었고 눈가가 빨갰다.

"이층 침실이야."

그렇게 말하더니 앞장서서 계단을 올라가기 시작했다.

이 집을 방문해서 이층에 올라간 적은 없다. 지금이 처음이다. 복도 좌우로 문이 늘어서 있다. 모리가 좀 더 아담한 집이 좋았다, 아무도 없는 방만 늘어서 있어서 쓸쓸하다고 했던 말을 떠올렸다.

막다른 곳의 문이 열려 있고 실내 어딘가에 불이 켜져 있었다.

이데 마사오는 그리로 향하더니 문 옆에서 걸음을 멈추고 벽 쪽으로 붙은 다음 나를 재촉했다.

"아저씨는 여기에 있어."

이데는 모리를 '아저씨'라고 부르는 건가. 그에게 모리의 통칭은 '각하'가 아닌 것이다.

나는 마루 복도에서 융단이 깔린 침실로 한 발짝 들여놓다가 우뚝 멈춰 서고 말았다.

트윈베드의 창가 쪽에 가슴까지 모포를 덮은 여성이 천장을 바라보고 누워 있다. 동그란 불빛은 그 머리맡의 스탠드에서 나오는 것이었다.

여성은 자는 듯이 보였다. 모포 밑의 가슴 위로 단정하게 양손을 깍지 끼고 있다. 사진으로밖에 얼굴을 모르지만 모리 부인임을 알았다.

스탠드 옆에는 무선 전화기의 수화기가 놓여 있었다. 작은 꽃병에 꽃도 꽂혀 있다.

"부인께서 돌아가신 겁니까?"

'쿠라스테 해풍'에 들어간 후로도 상황이 허락하면 자주 외박―귀가시키고 있다고, 모리는 이야기했다. 아내가 집으로 돌아오고 싶어 해서 말이오.

넓은 침실이다. 스탠드 불빛의 테두리는 작다. 부인 옆의 침대를 비출 뿐이고 방 구석구석까지는 닿지 않는다.

"모리 씨는 어디에 있습니까?"

나는 겨우 발을 들여놓으면서 알아차렸다. 문 오른쪽 벽에 설치된 벽장 문 앞에 누군가가 주저앉아 있다.

시선을 보내고 자세히 보고 그게 누구이며 어떤 상태인지 알 때까지, 나는 심장이 멈추어 있었다고 생각한다.

모리 노부히로였다. 각하가 거기에 있었다. 풀을 먹인 하얀 와이셔츠에 정장을 입고 벨트를 차고 있다. 등을 접이식 문의 벽장에 기대고 있지만 그냥 앉아 있는 것치고는 너무나도 부자연스러운 자세였다.

벽장의 손잡이에 매달려 있다. 손잡이에 단단히 비끄러맨 넥타이를 목에 감고.

턱을 당기고 눈을 감고 있었다. 양손은 몸 옆에 축 늘어져 있다.

이런 자세로도 충분히 기관이 압박되어 호흡이 멈추고 액사縊死할 수 있다는 사실을 추리소설에서 읽은 적이 있다.

"자살했어."

숨이 닿을 정도로 가까이에 이데 마사오가 있었다. 삼킬 듯이 모리를 보고 있다. 스탠드의 따뜻하고 엷은 불빛에 의해 그의 눈가가 젖어 있음을 알 수 있었다.

"동반 자살하셨다는 겁니까?"

"아저씨는 부인을 데려간 거야."

이데 마사오는 꽉 막힌 목소리로 말했다. 그가 비틀거렸고 우리의 어깨와 어깨가 부딪혔다.

"지금의 아내는 이제 그냥 빈껍데기다, 진짜 아내는 이미 죽어 버렸다고 자주 말하곤 했지."

나도 비슷한 말을 들은 기억이 있다. 옛날의 아내가 지금의 아내의 몸속에 갇혀서 울고 있다고.

"유서가 있겠군요."

이데 마사오는 고개를 끄덕였다. "거실의 커피테이블 위에."

"이데 씨는 왜 오늘 여기에."

그의 목소리가 메었다. "사장실 소속이 되고 나서 이삼일에 한 번은 아저씨한테 전화했어. 어떻게 지내는지 들려 달라고 하셔서. 아저씨는, 내가 반듯하게 다시 서는 걸 보고 싶다고."

"그래서 오늘도?"

"오후에 몇 번이나 전화를 해도 받지 않았어."

이상하다고 생각했다고 한다.

"그저께 밤에 통화했을 때 옛날이야기를 많이 하면서 왠지 쓸쓸해하시는 것 같았고."

설마 하고 의심하고, 혹시 하고 생각하다가, 근무 시간이 끝나자마자 찾아온 것이다.

"내가 발견했을 때 아저씨는 아직 몸에 온기가 남아 있었어."

"몇 시쯤입니까?"

"당신한테 전화하기 조금 전이야."

나는 몸을 부르르 떨었다. 그러자 몸을 움직일 수 있게 되었다.

"이데 씨, 뭔가를 만졌습니까?"

"왜 그런 걸 묻지?"

"부인은 확실히 돌아가셨습니까?"

"직접 확인해 봐."

나는 침대로 다가가 스탠드 불빛 속으로 들어갔다. 손끝을 모리 부인의 코끝에 가까이 한다. 호흡은 없었다.

살며시 모포를 들춰 보니 목덜미가 보였다. 붉은 자국이 남아 있다.

모리 씨는 아마 부인의 목을 조른 넥타이를 이용해 자신도 목을 맸을 것이다.

"경찰에 신고하지요."

내가 휴대전화를 꺼내자 이데 마사오는 고양이처럼 재빨리 다가오더니 왼손으로 쳐서 떨어뜨렸다.

"무슨 짓입니까."

"신고를 어떻게 해?"

이런 건 안 돼, 라고 말했다. 꽉 막힌 목소리가 이상해지고 입가가 부들부들 떨리고 있었다.

"이런 걸 인정할 수 있을 것 같아?"

떼쓰는 아이 같았다.

"아저씨의 최후가 이런 꼴일 수는 없어. 모리 각하라고. 이렇게 죽어선 안 돼."

나는 그의 얼굴을 보았다. 이데 마사오는 울고 있었다.

"그럼 어떻게 하겠다는 겁니까?"

나는 목소리에 힘을 주었다.

"어떤 최후이든 모리 씨가 스스로 결단해서 선택한 길이에요. 이런 꼴이라고 말해선 안 돼요."

"너 따위가 뭘 알아!"

고함치면서 다시 왼손으로 내 멱살을 잡았다. 생각지도 못한 강한 힘으로 흔들었다.

"너 따위가 알 리 없지! 너 같은 게 아저씨의 마음을."

"당신은 안다는 겁니까? 그럼 모리 씨는 무엇을 바라고 있었다는 겁니까?"

"유체를 숨길 거야."

나는 눈을 크게 떴다. 더 이상 흔들리고 있지는 않았지만, 그래도 흔들리고 있었다. 나를 붙잡고 있는 이데가 떨고 있기 때문이다.

"어딘가에 숨기고, 유서도 숨기고, 방을 정리하고, 아무 일도 없었던 걸로 하는 거야. 아저씨가 이렇게 죽었다는 걸 아무도 모르게."

아무한테도 알려지지 않게―하고 그는 떨면서 되풀이했다.

"아저씨는 적이 많았어. 모두 돼먹지 못한 놈들이야. 무능하고 사리사욕만 강한, 아저씨의 발치에도 못 미치는 놈들이야."

나도 그 일원인 것처럼 그는 경멸을 드러내며 나를 떠밀었다.

"나는 잘 알고 있어. 그런 놈들이 아저씨의 이런 최후를 알면 아주 기뻐하겠지. 비참하게 됐다고 웃을 거야. 가엾다고 동정할지도 모르지. 나는 그런 거, 절대 용납하지 못해."

"이데 씨."

이 남자는 완전히 이성을 잃었다.

"유체를 숨기고 얼버무려서, 그런다고 어떻게 된다는 겁니까? 모리 씨도 부인도, 편안하게 잠들 수 없을 뿐이잖아요."

"이러쿵저러쿵 말하지 말고 거들어!"

노성만은 위세가 좋았지만 얼굴은 창백했고 오히려 겁을 먹고 있었다.

"혼자서 할 수 있다면,"

너 따위한테 부탁하겠냐고 신음하듯이 말하면서 이데는 양손으로 머리를 끌어안고 그 자리에 주저앉았다.

"나는 팔이 이래서 혼자서 아저씨를 옮길 수도 없어. 차도 없어. 아저씨를 데리고 나가 줄 수가 없다고."

음주운전으로 사고를 일으켜서 다치고 면허가 정지되었다. 지금의 이데 마사오는 아무것도 할 수 없다.

"두 분의 유체를 움직일 필요도, 어딘가로 옮길 필요도 없습니다."

나는 선 채로 그를 내려다보며 말했다.

"이대로 조용히 떠나게 해 드립시다. 이렇게 되기 전에 막을 수 있었다면 그게 최선이었을 거예요. 하지만 이미 늦었어요. 그렇다면 부부의 시신에 예를 다하는 게 남은 사람의 의무입니다."

이데 마사오는 손으로 얼굴을 덮었다. 내가 그 어깨에 손을 올려놓자 몸을 굳히고 뿌리쳤다.

"너희 때문이야."

그런 책이나 만드니까 그런 거야, 라고 말했다.

"기념이 되었다고, 아저씨는 말했어."

나도 그 말을 들었다. 뒤풀이는 즐거웠다. 모리는 많이 말하고 많이 웃었다. 돌이켜 생각해 보면 대부분이 부인의 이야기나 부인과의 추억 이야기였다.

"유감스럽게 생각합니다."

이데 마사오는 얼굴을 숙인 채 몸을 바르작거리다가 상의 주머니를 뒤지려고 했다. 불편한 움직임에 상의가 벗겨져 버렸다.

"뭘 하는 겁니까?"

"다른 누군가한테 부탁할 거야."

왼손으로 서툴게 휴대전화를 꺼냈다.

"누구를 불러도 사태는 변하지 않아요. 모두 저와 똑같은 말을 할 뿐입니다."

나도 그의 옆에 쪼그려 앉았다.

"모리 씨의 최후는 비참하지도 불쌍하지도 않아요. 유감스럽기 짝이 없지만 모리 씨가 선택한 길입니다. 그걸 불쌍하게 생각하는 건, 생각하는 쪽이 틀린 거예요."

이데의 손에서 휴대전화가 떨어졌다. 줍다가 또 떨어뜨렸다.

"유체를 숨기고 사실을 숨기려는 건, 다른 누구보다도 당신이 모리 씨의 이 모습을 비참하고 불쌍하다 여기기 때문이에요."

이데 마사오의 손이 움직임을 멈추었다. 짐승처럼 손톱을 세워 휴대전화를 움켜쥐고 있다. 그대로 천천히 고개를 틀어 나를 보았다.

"잘도 그런 말을."

"저한테 화를 내려면 얼마든지 내세요. 때려도 상관없습니다."

또 한 줄기의 눈물이 그의 뺨을 타고 흘렀다.

"모리 씨는 당신이 다시 일어서는 걸 보고 싶다고 말씀하셨잖아요."

이데는 휴대전화에서 손을 떼었다. 전화는 두꺼운 융단 위에 소리도 없이 떨어졌다.

"내 앞으로 된, 유서는, 없었어."

그의 눈에서 눈물이 뚝뚝 떨어졌다.

"그럴 필요가 없었겠지요. 모리 씨는 당신이 다시 일어설 거라고 믿고 있었어요. 자신이 그러길 바라니까, 당신이 들어줄 거라고 믿고 있었어요."

그게 유언입니다, 라고 나는 말했다.

"'아저씨의 유언'을 이뤄 주세요. 그걸 할 수 있는 건 당신뿐이에요, 이데 씨."

나는 일어서서 그의 무릎을 타넘어 넓은 공간으로 나갔다.

"경찰에 신고하겠습니다. 아니면 당신이 전화할 겁니까?"

침실의 양 끝에서, 모리 노부히로와 그의 옛 측근은 점대칭처럼 똑같은 자세를 하고 있었다. 벽에 기댄 채 바닥에 앉아서 고개를 떨어뜨리고 있다.

"내가 경찰에 전화하겠어."

나는 말없이 고개를 끄덕였다.

"당신은 늘 그렇지."

이데 마사오는 고개를 떨어뜨린 채 말했다. "입바른 소리만 하고."

나는 코트를 입은 채였다. 그래도 냉기를 느꼈다. 발바닥에서부터 전해져 온다.

"태연한 얼굴을 하고 있어도 본성은 다 보여. 능력도 없고 자격도 없는데 당신이 이마다 그룹의 중추에 앉아 있을 수 있는 건, 요컨대 여자를 이용한 거잖아. 회장님의 딸을 꼬셨기 때문이야."

이미 시신이기는 해도 모리의 앞에서 이런 말을 듣고 싶지 않았다.

"모리 씨도 당신과 같은 의견이었습니까?"

이데 마사오는 얼굴을 들었다. 눈을 깜박이더니 침대 너머로 벽장 쪽을 바라보았다.

"—꼴사나운 소리 하지 말라고, 야단맞았어."

침실 어둠 속에서 모리의 시신의 실루엣은 한층 더 어둡다.

"아저씨는 당신을 마음에 들어 했어. 당신, 사람 꼬시는 재주 하나는 대단해."

"모리 씨는 나호코를 마음에 들어 하신 겁니다. 그녀를 처녀 시절부터 잘 알고 있었지요."

이데 마사오는 듣고 있지 않았다.

"천박한 짓 하지 말라고 혼났어, 나호코 씨를 끌어들이지 말라고."

모리에게 그런 꾸지람을 들은 이데 마사오는 무엇을 한 것일까. 나의 나호코는 무엇을 한 것일까.

"휴직하고, 시간만은 썩어날 정도로 많았으니까. 당신의 정체를 폭로해 주자고 생각했지."

이데 마사오는 경련하는 듯한 웃음소리를 냈다.

"계속 뒤를 밟았어. 당신, 몰랐어? 나는 한때 당신네 부부의 맨션 바로 옆에 살고 있었어. 원룸에도 터무니없는 집세를 받더군, 그 잘난 척하는 동네는."

나는 한기를 느꼈다.

"겉을 어떻게 꾸며도 당신이 진심일 리 없어. 회장님의 딸은 당신한테는 그냥 도구야. 당신은 그저 돈과 지위를 원할 뿐이었어."

바람을 피우고 있을 게 분명하다고 생각했지—라고 말했다.

"다른 곳에 여자를 만들고 잘 지내고 있을 게 틀림없다고 생각했어. 그렇잖아? 그런 생활, 숨 막혀서 견딜 수가 없을 텐데. 애초에 당신은 해낼 수 없는, 당신한테는 짐이 무거운 역할이라고."

그런데 어땠는지 알아? 라고 하면서 이데 마사오는 침실의 어둠을 향해 양손을 펼쳐 보였다.

"어지간한 나도 다리가 풀릴 뻔했어. 바람을 피운 건 당신이 아니었어. 당신의 소중한 아내 쪽이었지."

나는 그저 우두커니 서 있었다.

이데는 손을 툭 떨어뜨리더니 내 얼굴을 올려다보며 엷게 웃었다.

"회장님의 소중한 따님은 당신한테 질린 거야. 당신으로는 부족하다고 말이지. 해고라고."

당신은 이제 끝이야—라고 말했다.

"나도 끝이야. 비긴 거지."

또 경련하듯이 웃었다.

"아저씨가 이렇게 되었으니 이제 나를 감싸 줄 사람은 없어. 퇴임한 후에도 아저씨한테는 아직 영향력이 있었지. 그래서 아저씨의 체면을 세워 주느라 내가 무슨 짓을 해도 모두 관대했던 거야."

하지만 이제 다 틀렸다고 말했다.

"나는 끝이야. 하지만 나 혼자만 끝나는 건 아니지. 당신한테도 마지막 선고를 해 주겠어."

몸이 무겁다고 생각했다. 이 자리에서 피어오르는 냉기에 짓눌릴 것만 같다.

"어째서 묻지 않는 거지? 가르쳐 달라고 말해. 정말이냐고 물어. 아내가 정말로 바람을 피우고 있는 거냐고, 상대는 누구냐고 물으라고."

나한테 물으라고, 그는 고함쳤다.

"거기에서 무릎을 꿇고 부탁해! 소문내지 말아 달라고 머리를 숙이는 게 어때!"

나는 꼼짝도 하지 않았다.

"당신은 마치 어린애 같군요."

모리 노부히로라는 위대한 아버지에게 어리광을 부려 왔다. 무엇을 해도 아저씨는 용서해 준다. 나에게는 아저씨가 있다―.

"모리 씨는 이제 없어요. 당신은 혼자가 되었지요. 당신의 문제는 당신이 해결해 나갈 수밖에 없어요."

나는 천천히 발을 움직여 침실 출구로 향했다. 문 옆에서, 그에게 등을 돌린 채 말했다. "나와 나호코의 문제도, 우리 부부가 해결해 나갈 수밖에 없어요. 나호코는 현명한 여성입니다. 나나, 장인어른에 대해 생각할 만한 분별을 가지고 있지요. 우리 부부 사이에 정말로 문제가 존재한다면 당신이 어떻게 하지 않아도 그녀 쪽에서 고백해 줄 거예요."

내 말의 중간부터 이데 마사오는 쿡쿡 웃기 시작했다.

"뭐, 한껏 노력해 봐."

나는 복도로 발을 내딛었다. 그의 목소리가 쫓아왔다.

"거실에 있는 내 코트 주머니에 디지털 카메라가 들어 있어. 움직일 수 없는 증거 사진이 산더미처럼 있지. 가져가서 봐도 돼."

지워도 소용없어, 하고 더욱 소리를 질렀다. 나는 계단을 내려가기 시작했다.

"휴대전화로도 잔뜩 찍었으니까!"

큰 소리와 동시에 무언가가 벽인지 문인지에 부딪치는 소리가 났다. 이데가 그 휴대전화를 집어던졌는지도 모른다. 그가 또 머리를 끌어안고 웅크리는 모습이 눈에 보이는 것 같다.

나는 떠올리고 있었다. 모리가 나호코 씨는 잘 지내느냐, 사이 좋게 지내라고 내게 말한 적이 있다. 아마 그 시기에 이데로부터 나호코의 '문제'에 대해서 들었을 것이다.

그리고 그를 타일러 주었다. 꼴사나운 말 하지 마. 천박한 짓 하지 마. 나호코 씨를 끌어들이지 마.

모리 씨, 죄송합니다. 걱정거리를 남긴 채 당신을 보내고 말았네요.

이데 마사오의 트렌치코트는 거실 입구에 떨어져 있었다.

나는 자기 자신에게 고개를 저었다.

거실 전화기의 붉은 램프가 켜졌다. 어둠 속에서 눈에 잘 띄었다. 이데가 침실의 무선 전화기를 사용한 것이다. 경찰에 신고하기 위해.

나는 우향우해서 현관으로 향했다. 코트 자락이 펄럭였다. 점점 걸음이 빨라졌다. 떠나자. 나는 이곳에 없다. 나는 여기에 오지 않았다.

나는 도망치려 하고 있었다.

볼보의 시동을 걸고 차를 몰아, 왔던 길과는 반대쪽으로 달렸다. 차는 묘하게 덜컹거렸다. 자갈길이다. 내 손은 떨렸고 무릎도 떨려서 힘이 들어가지 않았다. 마음만 급해서 속도가 나지 않았다. 모리 가의 문등이 백미러에 비치고 있다.

뒤쪽에서 순찰차의 사이렌 소리가 들려왔다.

나는 액셀을 밟았다. 아무것도 생각할 수 없었다. 혼자 있고 싶었다.

휴대전화에서 메일 착신음이 울렸다.

완만한 언덕길을 올라가고 내려가 모리 가의 실루엣이 보이지 않는 장소까지 왔다. 나는 차를 세우고 휴대전화를 더듬어 찾았다.

이데 마사오에게서 온 메일이었다. 사진이 첨부되어 있다. 문장은 짧았다.

똑같은 걸 지금 하시모토에게도 보내 줬어.

사진 속에서 나호코가 하시모토 마사히코와 바싹 붙어 걷고 있다. 두 사람은 팔짱을 끼고 있었다.

모두 끝이야.

차 안에서 얼마나 시간을 보냈을까.

시간 감각이 없어졌다. 한겨울의 밤은 길다. 어둠은 깊다.

나는 어째서 여기에 있을까. 왜 집에 돌아가지 않는 것일까.

나는 장인의 저택을 에워싼 담장 밖에 있었다. 담장에 붙여 차를 세우고 운전석에 앉아 있었다.

지바에서 어떻게 돌아왔는지 알 수 없다. 어째서 이렇게 담에 아슬아슬하게 차를 세웠는지도 알 수 없다. 이래서는 운전석의 문을 열 수 없다. 버스 납치 사건 때와 똑같지 않은가.

스스로 자신을 가둘 생각이라면 다른 곳에서 하면 된다. 눈을 감고 귀를 막고 현실을 차단하려면 더 어울리는 장소가 있다.

조금이라도 자자고 생각했다. 오 분이면 된다. 현실과 떨어진 뒤 눈을 뜨면 모든 게 꿈이었다는 걸 알 수 있을 것이다.

조수석 창문이 똑똑 하고 울렸다.

나는 시선을 들었다. 창 밖에 나호코가 서 있었다. 차의 시계는 오전 세시를 가리키고 있다. 그런데 그녀는 스웨터를 입고, 코트 앞을 여미며 서 있었다.

머리카락이 조금 흐트러졌고 화장기는 전혀 없다. 심야 운전으로 지친 운전자를 놀라게 하는 창백한 미녀 유령 같았다.

나와 눈이 마주치자 나호코는 작게 고개를 끄덕였다. '태워 줄래?'라고 입이 움직였다. 목소리는 들리지 않는다. 목소리를 내지 않았는지도 모른다.

나는 안전벨트조차 매고 있지 않았다. 손이 얼어서 잘 움직이지 않는다. 추운 듯한 나호코는 참을성 있게 기다리고 있었다.

문을 열자 심야의 냉기가 흘러 들어왔다. 나는 손을 마주 비벼 손가락에 피를 통하게 하고 나서 시동을 걸고 난방을 켰다.

나호코는 매끄러운 자세로 조수석에 앉았다. 문을 여닫거나 차를 타고 내리는 일. 그런 사소한 몸짓에 그 사람이 자란 환경이 나타난다. 나호코는 언제나 우아했다.

"방범 카메라에 찍히고 있어."

나호코는 코트 자락을 가다듬으면서 말했다.

"알고 있었구나."

"응. 하지만 당신이 차에서 나오지 않아서."

와 버렸어—라고 말했다.

"태워 줘서 고마워."

내 아내는 히치하이킹을 한 여자아이 같은 말을 했다.

"그런 곳에 있으면 추울 텐데, 빨리 들어오면 좋을 텐데, 하고 생각했지만."

아내는 손으로 앞머리를 쓸어 올린 다음 양팔로 몸을 감쌌다.

"생각해 보면 당신—이런 이야기를 모모코가 자고 있는 지붕 밑에서 하고 싶지 않겠지."

나도 아내와 똑같이 팔로 자신의 몸을 감쌌다. 그렇게 함으로써 서로의 몸이 마주 닿는 것을 피하듯이.

오랫동안 둘이서 침묵했다.

"하시모토 씨한테서 연락을 받았어."

하시모토 마사히코는 이데 마사오에게서 메일을 받고 곧 아내에게 알렸을 것이다.

"사진을 보낸 사람이 누구인지도 가르쳐 줬어."

"그래."

차 안은 조금씩 따뜻해졌지만 볼보의 엔진 소리와 희미한 진동은 차가 '아직 춥다'고 호소하고 있는 듯했다.

아내는 이렇게 나를 만나러 와 주었다. 그녀 쪽에서 다가와 주었다.

그렇다면 내 쪽에서 물어야 한다.

"그건, 사실이야?"

아내는 나를 보지 않았다. 옆얼굴의 속눈썹이 길다.

"—사실이야."

나는 텅 비어 버린 듯한 기분이 들었다. 몸 안쪽에 있던 마이너스의 중력이 단번에 사라진 기분이 들었다.

"처음에는,"

앞 유리창으로 밤의 길 위를 바라보면서 아내는 말했다. "6월 말쯤. 네시가 지나서였나. 도쿄에 엄청난 호우가 쏟아졌던 거, 당신 기억나?"

나는 작게 고개를 저었다.

"나는 모토아자부에 있었어. 볼일을 마치고 돌아가는 길이었지. 그런데 갑작스러운 비로 택시를 전혀 잡을 수가 없었어. 가게에 더 머물러 있었다면 좋았을 텐데, 밖으로 나와 버려서."

그래서—하고, 마른 입술을 축였다.

"회사 차량부에서 차를 좀 보내 줄 수 없을까 하고 비서실로 전화했어."

그 전화가 하시모토 마사히코에게 연결되었다.

"하시모토 씨는, 제가 마중 가겠습니다, 하고는 곧 와 주었어."

내가 잘못한 거야, 하고 담담하게 말을 이었다. "일기예보를 잘 보지 않았어. 가끔은 지하철을 타거나 조금은 걸어야 한다면서 차를 두고 나가서."

이런 때인데, 나는 미소를 지었다. "당신은 벼락을 정말 싫어하지."

아내는 소녀처럼 솔직하게 고개를 끄덕였다.

오늘 밤은 흐리다. 새삼스럽게 나는 깨달았다. 달도 별도 보이지 않는다.

하늘은 캄캄하다. 한없이, 한없이.

"집까지 데려다주고, 앞으로도 뭔가 볼일이 있으면 언제든지 말해 달라면서 휴대전화 번호를 가르쳐 줬어."

하시모토 마사히코는 유능한 홍보맨임과 동시에 트러블 해결사이기도 하다. 이마다 콘체른의 충실한 전사이기도 하다.

공주님을 모시는 기사이기도 하다.

"정말, 그것뿐이었어."

아내가 또 손을 들어 앞머리를 만졌다. 이번에는 그 손이 떨리고 있었다.

"9월에, 버스 납치 사건이 일어났을 때."

아내는 내 스케줄을 잘 알고 있다. 그날 내가 그때쯤에 시 라인 익스프레스에 탈 것을 알고 있었다. 버스 납치 보도를 보고 즉시 사태를 알아차렸을 것이다.

"나, 제일 먼저 하시모토 씨한테 연락했어. 혼자서는 어떻게 해야 할지 알 수 없었으니까. 당신 곁으로 가고 싶었지만 가도 될지 어떨지도 알 수 없었어. 갈팡질팡하다가, 울어 버렸는데."

그가 도와주었군, 하고 나는 말했다.

"처음부터 끝까지 전부 떠맡아 주었어."

나도 해풍 경찰서에서 처자식이 기다리는 집까지 그가 데려다

주어서 왔다. 그때 그의 모습을 기억하고 있다. 사카모토가, 한 글자 차이지만 완전히 다르다고 했던 말도. 하시모토 마사히코가 아주 쉽게 마에노를 웃는 얼굴로 만들었던 일도.

"하지만 계기는 그런 게 아니야."

아내는 긴장하면 앞머리를 만지작거리는 버릇이 있다. 지금 몇 번이나 머리카락을 만지는 까닭도 그 때문일 것이다. 떨리는 손을 억누를 수가 없어서, 그것을 숨기듯이 오른손으로 왼손을 누르고 무릎 위에 내려놓았다.

"하시모토 씨가 뭔가 했기 때문이라거나, 그런 게 아냐. 나—."

내 문제야, 라고 아내는 말했다.

"이 년 전에 우리 집에서 무서운 일이 있었잖아."

내가 그룹 홍보실에서 해고된 아르바이트 사원의 엉뚱한 원망을 사서 괴롭힘을 당한 끝에 모모코가 인질로 잡히는 사건이 일어났다.

"그때 생각했어. 당신은 얼마나 어른스러운가 하고. 당신은 제대로 된 사회인이고 여러 가지 일을 받아들이고 해결하고 제대로 살고 있어. 하지만 나는,"

아내의 입술이 떨렸다. 몇 시간 전에 나는 똑같이 입가를 떨던이데 마사오 옆에 있었다.

"나는 그냥, 멍하니 살고 있을 뿐이야."

나는 말했다. "당신은 훌륭한 어머니야."

아내는 대답하지 않았다.

"그 후로, 나 결심했어. 마음속으로 결심했어. 나도 어른이 되자. 여차할 때에는 당신이 의지할 수 있는, 당신을 지탱해 줄 수 있는 아내가 되자고."

하지만—하며 고개를 숙였다.

"어떻게 해야 할지 모르겠는 거야. 어떻게 하면 어른이 될 수 있는지, 어떻게 하면 강해질 수 있는지, 전혀 알 수가 없어."

무엇을 해도 안 돼, 라고 말했다.

"금방 벽에 부딪혀 버려. 뭔가 조금 하려고 하면 몸이 안 좋아지고."

"몸이 약한 건 당신 책임이 아니야."

아내는 얼굴을 들더니 결심한 듯이 나를 보았다.

"세상에는 나보다 훨씬 더 병약해도 생활을 위해서 일하는 사람이 많아. 아이를 위해서 일하는 사람도 많이 있어."

나는 전부 남에게 맡겨 왔어.

"주위에 의지하고 어리광만 부려 왔어. 아버지한테도, 오빠들한테도, 새언니들한테도. 있지, 당신 알아? 모모코가 담임선생님한테 그랬대. 우리 엄마는 몸이 약해서 걱정이라고."

나는 아무것도 아닌 거야—고 말했다.

"그냥 둥실둥실, 흐리멍덩할 뿐인 인간이야. 혼자서는 아무것도 못해."

"하지만 나는,"

나는 목소리를 내다가 자신의 목소리에 얼마나 힘이 없는지를 알았다.

"—하지만 나는, 당신과 있어서 행복해. 함께 행복해져 왔어."

아내는 나를 바라보고 있다. 눈빛이 흔들린다. 그러다가 내가 생각해 보지도 않은 말을 했다.

"정말 행복할까?"

당신은 정말로 행복할까.

"모모코가 유치원에 올라가고 시험을 치고 학교에 가게 되어, 나도 조금은 사회와 관계가 생겼어. 다양한 가정의 모습을 엿볼 수 있게 되었지."

그때시 생각하기 시작했다고 한다.

"내 가정은, 내가 당신과 쌓아 온 가정은 정말로 가정일까. 그냥 나한테 편안할 뿐인, 고치 같은 것에 지나지 않는 게 아닐까."

"편안한 고치가 왜 안 돼?"

아내는 즉시 되물었다.

"당신한테는 편안해?"

우리는 마주 보며 침묵했다.

"나한테는, 그렇게 생각되지 않아."

왜냐하면 당신이 참고 있으니까, 라고 말했다.

"나를 위해서 많이 참고 있지."

"어떤 부부나 그래."

"그렇지. 맞아. 하지만 나는 참고 있지 않아. 내 몫도 당신이 참아 줬으니까."

갑자기 아내는 감정을 고조시켰다.

"나, 공평하지 않았어. 당신을 멀리하고 싶지 않아서, 당신한테 특별 취급을 받고 싶지 않아서, 사귈 때는 내가 이마다 요시치카의 딸임을 숨겼어. 결혼하자고, 둘이서 앞으로 인생을 보내자고, 성실한 당신이 더 이상 되돌아갈 수 없는 지점에 올 때까지, 난 입을 다물고 있었다고!"

아내의 눈가에 눈물이 고였다.

"그래서 당신은 날 위해 여러 가지를 버려야 했어. 좋아했던 일도, 아버지도 어머니도, 형도 누나도, 고향도, 전부 다."

내가 그렇게 만든 거야, 하고 아내는 말했다.

"나는 당신을 행복하게 해 주지 않았어. 당신에게서 보람 있는 인생을 빼앗고 내 보호자로 만들었을 뿐. 내가 제멋대로고, 어떻게 해서라도 당신이랑 결혼하고 싶었기 때문에, 당신의 인생을 빼앗아 버렸어."

늘 생각했어. 미안하다고.

"당신이 여기저기에서 사건에 휘말릴 때마다 걱정했어. 당신은 다정하고 곤란에 처한 사람을 내버려 두지 못하지. 성실하니까 잘못된 일을 내버려 두지 못해. 점점 사건 속으로 발을 들여놓아서 나는 마음만 졸였어. 하지만,"

아내는 처음으로 손가락으로 눈가를 닦았다.

"그럴 때 당신은 늘 활기에 넘쳤어. 내 옆에 있을 때보다, 나랑 사치스럽게 살 때보다 당신다운 얼굴을 하고 있었어. 내가 만나고, 좋아하게 되었던 무렵의 당신으로 돌아가 있었어."

당신은 나랑 있으면서 행복하지 않아—하고 아내는 말했다.

"나는 당신을 내 행복 속에 가둬 놓았어. 당신은 질식해 가고 있어."

정신이 들자 시야가 흐려져 있었다. 자신이 울고 있음을 깨닫자, 아내의 어떤 말보다도 그 사실이 나에게 큰 타격을 주었다.

"미안해."

아내가 내게 사과하고 있다.

"당신은 숨이 막히는 거야. 나, 알고 있었어."

아내는 눈치채고 있었던 걸까. 그 벚꽃놀이 때의 일을. 내가 빨간 자전거를 타고 멀리 달려가고 싶다고 바랐던 것을. 나는 여기에 있어야 할 인간이 아니라고 생각했던 것을.

그때만이 아니었다. 한두 번이 아니었다. 스스로 자각하지 못했을 뿐이고, 아내는 몇 번이나, 몇 번이나, 몇 번이나 그런 나를 보고, 듣고, 알아차리고 있었다.

그리고 걱정했다. 근심했다. 우리의 결혼은 잘못되어 있는 것이 아닐까 하고.

"그는 질식하지 않아?"

나는 무엇을 묻고 있는 것일까.

"내가 질식해 버리는 곳에서도, 하시모토 씨라면 끄떡없는 거야? 그러면 괜찮은 거야?"

하시모토 마사히코는 기사니까. 이마다 나호코의 진짜 모습은

835

공주님이라는 것을 처음부터 알고 있으니까.

"그래서 그가 좋았던 거야?"

아내는 내게서 얼굴을 돌리고 눈을 감았다. 눈물이 몇 방울 흘러 떨어졌다.

"모르겠어."

눈을 감은 채 말했다.

"하지만 그 사람이랑 있을 때는 나, 편해. 늘 편해질 수 있었어."

"하시모토 씨가 당신한테 정성을 다하는 건 그게 그의 일이기 때문이야."

아내는 고개를 저었다.

"그 사람도 입장이 바뀌면 지금의 그가 아니게 될지도 몰라."

아내는 계속 고개를 저었다.

"그는 당신에게 무슨 말을 했지? 뭘 약속했어?"

이런 걸 물어서는 안 된다. 아내가 말하게 해서는 안 된다. 그런데도 나는 거칠어진 목소리로 묻고 있다.

"그 사람은 어떤 달콤한 말을 해서 당신에게 아첨한 거야?"

"아첨 같은 건 하지 않았어."

"당신이 그렇게 생각하고 있을 뿐이야. 그렇게 느끼고 있을 뿐이라고."

"당신이 나한테 아첨하지 않았던 것처럼 그 사람도 나한테 아첨 같은 건 하지 않았어."

약속은 아무것도 하지 않았어, 라고 말했다.

"그 사람은 그냥 내 옆에 있겠다고 했어. 그거면 된다고. 허락되는 한, 내 옆을 떠나지 않겠다고."

차 안은 온기로 오히려 후텁지근할 정도가 되었다. 그러나 나는 떨고 있었다. 아내도 한기에서 도망치듯이 팔로 몸을 끌어안고 있었다.

"나는 비겁해. 심술궂어."

자신에게 변명을 하고 있었어.

"하시모토 씨를 만나고 싶어지면, 그냥 구실을 찾는 것만으로는 부족했어. 늘 스스로에게 변명을 하곤 했지. 나도 조금쯤은 괜찮잖아, 하고."

"무슨 뜻이야?"

"당신, 마에노 씨라는 여자 얘기를 자주 했지."

나는 눈을 크게 떴다. 마에노메리 메이가 왜 여기에서 나오는 걸까.

"요즘 그녀는 이런 일을 하고 있어, 이런 메일을 보냈어, 당신, 즐거운 듯이 이야기하곤 했어. 나는 그때마다 약간 의심했어."

"대체, 뭘."

"당신이 말하는 '마에노 씨'가 사실은 '마노 씨'가 아닐까 하고. 당신, 사실은 마노 씨의 이야기를 하고 있다고. 우연히 성이 비슷하니까 마에노 씨 이야기를 해서 얼버무리는 거야. 마노 씨에 대한 생각을 떠올리지 않을 수 없으니까, 그렇게 얼버무리는 거지."

나는 아연실색해서 입을 열었다.

"그런 바보 같은."

"그래, 맞아!"

갈라졌지만 틀림없이 비명으로 들리는 목소리다.

"나는 바보 같은 질투쟁이야. 멋대로 망상하고 있었을 뿐이겠지. 하지만 생각하지 않을 수가 없었어. 나는 당신을 가두고 있어. 당신의 행복도 삶의 보람도 내 세상 밖에 있어. 당신이 정말 진심으로 마음을 터놓을 수 있는 여성도 분명히 바깥세상에 있을 거라고."

아내의 말이 뇌리를 스쳤다. 나, 소노다 씨가 부러워. 질투가 나.

나와, 나를 둘러싼 바깥세상. 나호코를 빼고 존재하는 세상.

"당신, 전혀 눈치채지 못했지만 나한테도 귀는 있어. 조금은 정보망 같은 걸 갖고 있다고. 당신이랑 마노 씨 소문이 회사에서 돌고 있다는 걸 내가 전혀 몰랐을 거라고 생각해?"

쓸쓸했어─하고 나호코는 말했다.

"몸만 가둬 봐야 당신 마음은 다른 곳에 있지. 당신이 정말로 바라는 생활이 있는 곳에 가 있어."

창밖의 어둠은 변함이 없다. 이 밤은 영원히 새지 않는다.

"왜 데리러 오지 않았어?"

"─뭐?"

"크리스마스에, 해풍 경찰서에서 돌아오면, 제일 먼저 데리러

838

와 주길 바랐어."

나는 당신 아내니까. 어떤 어려운 일이 있어도 당신 옆에 있고 싶었어.

"나는…… 당신을…… 지키고 싶었어."

"그래서 아버지한테 맡긴 거야?"

아내는 스스로를 감싸고 있던 팔을 풀더니 매달리듯이 내 코트 소매를 붙들었다.

"아버지한테 맡겨 두면 안전하니까? 그거면 된다고 생각했어? 당신 혼자서 경찰과도, 매스컴과도, 당신들을 나쁘게 말하는 사람들과도 맞서서 뛰어넘을 수 있다고? 당신 혼자인 쪽이 더 쉽게 뛰어넘을 수 있다고?"

나는 방해가 되었던 거냐고, 아내는 물었다.

"나도 당신과 함께 어려운 일을 뛰어넘고 싶어. 무슨 일이 있을 때마다 그렇게 생각했어. 하지만 당신은 내가 없는 쪽이 몸이 가벼운 거지."

"하지만 모모코도 있잖아."

"그래, 우리 아이지. 우리가 둘이서 지켜야 할 아이야."

그리고 아이는 성장한다고, 나호코는 말했다.

"점점 자라서 독립해 가는 거야. 그러면 나는 어떻게 될까."

모모코한테서도 버림받는 거야. 나는 또 짐이 되는 거지.

"어째서 그렇게만 생각하는 거야."

"당신은 몰라?"

모르는구나, 라고 말했다.

"당신은 다정하고, 정말로, 정말로 다정하고, 그래서 점점 멀어지고 있었어."

내 코트를 붙든 아내의 손을 만지려고 했다. 그 손을 잡으려고 했다. 하지만 내가 팔을 움직이자 아내는 손을 떼어 버렸다.

"—당신은 이제부터 어떻게 하고 싶어?"

내 물음에, 희미하게 아내의 표정이 바뀌었다. 편안함이 보였다. 안도가 보였다.

당신은 이제야 내 의사를 물어 주는군.

"당신한테, 당신의 인생을 돌려주고 싶어."

본래 있어야 했던 인생을.

"내가 당신에게서 빼앗아 온 것을, 전부 당신한테 돌려주고 싶어."

당신을 놓아주고 싶어, 라고 말했다.

"헤어지고 싶은 거야?"

아내는 천천히 두 번 고개를 저었다.

"헤어지고 싶지 않아. 하지만 당신한테 당신의 인생을 돌려주기 위해서는 헤어져야 해."

그리고 나도 성장할 거야, 라고 말했다.

"이제 보호받지 않아도 되도록. 나도 내 힘으로 자신의 인생을 살 수 있도록."

나는 역시 텅 비어 있고, 그 텅 빈 구멍 속에서 아내의 목소리가 울려 퍼지고 있다.

다른 목소리가 들렸다. 내 목소리다. 내가 이런 말을 하고 있다.

"그 사람과는 어떻게 할 거야?"

나호코는 미소를 지었다. 사랑스럽고, 그러면서도 소녀처럼 건방진 웃음이다.

"남자는 정말로 그런 걸 묻는구나. 소설 대사 같아."

그 사람은 상관없어, 라고 말했다.

"이제 끝낼 거야."

"그가 납득할 리 없어."

"내가 납득시킬 거야."

한순간, 아내의 눈 속에서 내가 지금까지 본 적이 없는 강한 빛이 반짝였다.

"내 마음을 정리하기 위해 당신을 이용했을 뿐이라고, 정직하게 말할 거야. 그걸로 화낼 사람이라면 그뿐이지."

"당신은 몰라."

"뭘 모른다는 거야? 남자라는 존재를? 그렇다면 이게 좋은 기회가 되겠지. 나, 배울 거야."

세상은 내 손 안에 있어. 공주님은 그렇게 말했습니다. 왜냐하면 나는 공주니까.

"당신 마음을 모르겠어. 나는 몰라. 하지만 그 사람은 틀림없이 사랑에 빠져 있어."

"아주 옛날에, 우리가 그랬던 것처럼 말이지."

나는 사람이 좋다는 말을 듣는다. 그것도 한없이 좋다고. 스스로도 깨달았다. 텅 빈 구멍에 아픔이 스쳤다. 내 아픔이 아니다. 하시모토 마사히코의 아픔이다.

"그 사람이 어떻게 될지, 상상이 가?"

"그 사람도 각오하고 한 일이겠지."

아내는 한 번 숨을 내쉬고, 똑바로 얼굴을 들었다. 이제 울고 있지 않다.

"나, 그 사람이랑 잤어."

몇 번이나 잤어, 라고 말했다.

"연인에게 푹 빠진 틴에이저 같았어. 난 그런 청춘 시대를 보내지 않았으니까 즐거웠어."

나는 자신이 죽은 것을 느꼈다. 즐거웠다. 아내는 그렇게 말했다.

"하지만 그때마다 생각했어. 이런 게 오래갈 리가 없다고."

좋은 일에는 반드시 끝이 오는 거야. 소노다 에이코 편집장은 그렇게 말했다.

"그런 메일이 오지 않았어도 당신한테 고백할 생각이었어."

모든 것을 끝내기 위해.

"미안해."

다부지게 입술을 다물고 아내는 나를 돌아보았다.

"당신에게 상처를 입혔어."

나는 움직이지 못하고 눈도 깜박이지 못하고 볼보의 운전석에 앉은 채 죽어 있었다.

"이런 나라도 사람에게 상처를 입힐 수 있구나."

이런 나라도. 곱씹듯이 되풀이했다.

"나한테 화내. 원망해. 경멸해. 어떻게 생각해도 좋아. 하지만
한 가지만은 잊지 마."

당신은 나한테 최고의 선물을 해 줬어, 라고 말했다.

"사람은 자기 힘으로 살아야 한다는 걸 가르쳐 줬어. 누군가한
테 업힌 채로는 아무리 혜택받은 환경에 있더라도 행복해질 수 없
다는 것도."

나는 뭔가를 중얼거렸다. 스스로는 알아들을 수 없는데, 아내는
고개를 끄덕이며 "그러게" 하고 말했다.

"나는 세상물정을 몰라. 아버지의 보호가 없으면 하루도 살아남
을 수 없겠지. 하지만 앞으로 조금씩, 1밀리씩이라도 좋으니까 바
꿔 갈 거야."

갑자기 아내는 손을 뻗어 두 손바닥으로 내 뺨을 감쌌다.

"미안해."

그 손은 부드럽고 따뜻했다.

"당신이 당신으로 돌아갈 때까지 얼마나 걸릴까. 정말로 미안
해."

"내가……."

"거울을 봐. 지금의 당신, 아버지랑 똑같은 눈을 하고 있어."

아내의 손이 내 뺨을 어루만졌다.

"당신은 아버지의 미니어처가 돼 버렸어."

마지막으로 다시 한 번 "미안해"라고 중얼거리고, 나호코는 문을 열고 차에서 내렸다. 내게 등을 보인 채 돌아보지 않고 떠났다.

에필로그

쾌청했다.

이 계절인데, 잘 손질된 잔디의 초록색이 보기에도 기분 좋았다. 낮고 밟으면 탄력이 느껴지는 잔디로 밝은 햇살을 반사하고 있었다.

나는 메구로 구의 한 모퉁이에 자리한 아담한 서양식 저택에 와 있었다. 쇼와 시대 초기에 지어진 저택인데 보수와 보강을 되풀이하면서도 외관은 건축 당시 그대로 보존되고 있었다. 개인이 소유한 건물이지만 거주자가 있지는 않았다. 일층의 거실에서 테라스까지는 레스토랑이고, 대절되어서 결혼식 피로연 등의 연회에 사용되는 일도 많다고 한다.

잔디 맞은편에는 장미 정원이 있었다. 소규모지만 온실도 있었고 여러 종류의 다양한 난이 흐드러지게 피어 있었다.

가게 사람은 테라스에 있는 좌석을 권했지만 나는 정원에서 기다리기로 했다. 잔디를 좋아하기 때문이다. 하얗고 둥근 테이블과 의자 두 개. 한여름이라면 파라솔도 설 것이다.

추위는 심하지만 오늘은 바람이 없다. 햇볕에 있으니 충분히 따뜻했다.

손목시계를 본다. 약속 시간까지 팔 분 남았다.

장인—이마다 요시치카는 어떤 회합이나 면담 자리에도 반드시 오 분 전에 모습을 나타낸다. 오 분 이상도, 이하도 아니다.

—일찍 도착해도 일부러 오 분 전까지 시간을 때우십니까?

—그래. 오 분이 베스트거든. 너무 이르지도 않고 너무 늦지도 않아. 상대방에게 '기다렸다'고도 '기다리게 했다'고도 느끼게 하지 않지. 삼 분은 너무 짧아. 십 분은 너무 길고.

장인은 내게도 똑같이 안배해 줄 생각일 것이다.

요즘 혼자서 멍하니 있으면 여러 가지가 떠오른다. 머릿속에서 영상이나 음성이 멋대로 재생되고 만다. 하지만 지금은 조용했다. 아무것도 떠오르지 않는다. 정원의 풍경 덕분이다.

이 또한 장인의 안배일 거라고 생각했다.

"오셨습니다."

하얀 블라우스에 검은 롱스커트를 입은 점원이 공손하게 알리러 왔다. 나는 의자에서 일어섰다.

이마다 요시치카는 캐러멜색 코트를 입고 있었다. 광택이 도는 천이 아름답다.

그 코트는 작년 크리스마스에 나호코와 내가 골라서 선물한 것이었다.

—아버지는 화려하다고 하시겠지만 이 정도는 입어도 될 것 같아.

이탈리아제 울을 사용한 깃털처럼 가벼운 코트다. 물론 고가고 한 벌밖에 없는 옷이지만 주문해서 만든 건 아니다. 실제로 몸집이 작은 장인에게는 기장이 너무 길어서 복사뼈 위까지 오고 만다.

그게 좋은 거라고 나호코는 말했다.

―금주법 시대의 갱 두목처럼 보일 것 같지 않아?

장인은 중절모도 쓰고 있었다. 점원에게 모자와 코트를 맡기지도 않고 잘 닦인 가죽구두로 잔디를 밟으며 내게로 걸어온다.

걸음을 멈추고 가볍게 손을 벌렸다.

"어떤가?"

나는 고개를 기울였다.

"시실리안 마피아의 돈Don처럼 보이지?"

나는 미소를 지었다. 장인의 입가에 처음부터 부끄러워하는 웃음이 떠올라 있었기 때문에 솔직하게 웃을 수 있었다.

우리는 작고 둥근 테이블을 사이에 두고 정원을 향해 앉았다.

"멋진 정원이군요."

장인은 햇빛에 눈을 가늘게 뜨고 있다.

"나도 이런 정원을 만들고 싶었는데."

왠지 잘못되어 버렸네, 라고 말했다.

"건축가에게도 조경사에게도 이미지를 똑똑히 전해 두었지만 좌우간 본체인 집이 서양식이 아니니까 말일세. 지금 같은 일본식 정원이 잘 어울렸던 게야. 원래 살던 집 쪽이 좋았겠지만 거기에는 땅이 없고."

장인이 원래 살던 집은, 현재는 이마다 콘체른의 별관으로 사용되고 있다. 그룹 홍보실이 들어가 있는 그 빌딩이다.

커피가 나왔다. 하얀 블라우스에 검은 롱스커트를 입은 점원은 조용한 웃음을 띠며 급사를 마치고는 곧 떠났다.

장인은 홍차에는 설탕을 듬뿍 넣지만 커피는 블랙이다.

"오늘 관청에 신고한다더군."

대뜸 본론으로 들어갔다.

"네, 그렇게 들었습니다."

이제 곧 나는 바로 옆에 앉아 있는, 마피아 두목처럼 보이는 재계의 핵심 인물을 '장인어른'이라고 부를 자격을 잃게 된다.

"나는 한동안 별거해 보면 좋지 않겠느냐고 권했네."

장인은 맛있다는 듯이 커피를 맛보면서 말했다.

"하지만 나호코는 그런 기질이니까."

"네."

"결단을 내리면 성급하거든. 제대로 결말을 짓지 않고는 견디지를 못해."

"알고 있습니다."

"이런 말도 하더군. 다시 만나기 위해서는 한 번 제대로 헤어져야 한다고."

잔디가 반짝인다.

"다시 만나는 일이 있을 것 같나?"

나는 꽤 오랫동안 침묵하며 생각했다. 어울리는 말을 찾았다. 장인도 내 얼굴을 보지 않고 나와 같은 방향으로 시선을 보낸 채 조용히 기다려 주었다.

"인연이 있으면 그런 일도 있겠지요."

그러냐고, 장인은 말했다.

"정말 죄송한 결과가 되었습니다."

장인은 눈을 내리깔고 가볍게 고개를 저었다.

"내게 사과하는 건 잘못이지. 나호코의 인생이고 자네의 인생일세."

컵을 내려놓고 가볍게 손가락들을 마주 문지른다. 햇볕에 나와 있어도 역시 손끝은 차가워진다.

장인은 나를 보려고 하지 않았다.

"자네와 나호코가 모모코의 부모라는 사실에는 변함이 없네."

"네."

"자네들이니까, 서로 잘 이야기한 결과일 거라고는 생각해. 그래도 만약을 위해 확인하고 싶네. 모모코를 나호코에게 넘겨주는 건 자네 뜻인가?"

"네."

나는 장인의 옆얼굴을 보았다.

"아직 절실하게 어머니가 필요한 나이입니다."

"아버지는 필요 없다는 건가?"

"필요하지만 절실함의 질이 다를 거라고 생각합니다."

"면회 약속은 어떻게 되어 있나?"

"이 주에 한 번. 전화나 메일은 언제든지."

모모코의 학교 행사에는 반드시 참가한다.

"이번 사태를 그 애가 이해하고 있는 것 같나?"

"저랑 이야기했을 때는 그 애 나름대로 이해해 주고 있다고 느꼈습니다."

이제부터 떨어져서 살게 될 거다. 내가 그렇게 털어놓자 모모코는 엉엉 울었고, 싫어했다. 하지만 심지 부분은 침착한 것처럼 보였다. 뭔가 예상하던 일이 일어났다―는 듯이.

아이는 영리하다. 깨달은 바가 있어 벌써 눈치챘는지도 모른다.

"학교 친구들 중에도 이혼 가정의 아이가 있는 모양입니다."

장인은 천천히 고개를 끄덕였다.

"그만한 나이의 아이라도, 부모의 이혼이 세상의 끝이나 마찬가지인 건 아니라고 생각할 정도의 객관성을 가지고 있지. 우리 사회가 그만큼 성숙한 건지, 퇴폐한 건지, 어느 쪽일까."

대답을 요구하는 물음은 아니었다.

"한 가지, 자네에게 사과할 것이 있네."

그래서 부른 거라고 한다.

"아뇨, 장인어른―."

"자, 들어 주게."

장인은 손을 약간 들어 나를 제지했다.

"자네가 결혼을 허락해 달라고 청했을 때 나는 조건을 내놓았네. 지금 하는 일을 그만두고 이마다 콘체른의 일원이 되라고."

장인의 옆얼굴을 보며 나는 고개를 끄덕였다.

"나는 자네를 감시하려고 한 게 아닐세. 자네의 가치를 평가하려고 한 것도 아니야."

그걸 말해 두어야 했네, 라고 말했다.

"나는, 그저."

장인이 뭔가 말하려다가 우물거리는 것은 극히 드문 일이었다.

"자네가 이해해 주길 바랐네."

갑자기 그늘이 졌다. 올려다보니 태양 앞을 한 덩어리의 구름이 통과해 간다.

"나는 나호코를 콘체른에서 떼어 냈네. 그 애의 입장과 성격과 건강과, 모든 것을 감안해서 그 편이 좋겠다고 생각했기 때문에 결연하게 잘라 냈지."

그래서 나호코는 하늘 위의 공주님이 되었다.

"그래도 그 애를 콘체른이 낳는 부에서는 떼어 놓지 않았네."

"당연합니다." 내가 말했다.

"하지만 위험한 일이야" 하고 장인은 말을 이었다.

"부는 하늘이 주는 선물이 아닐세. 그걸 만들어 내는 무수한 고생이 있어야 비로소 얻을 수 있는 것일세. 하지만 나 때문에 나호코는 그걸 실감하는 삶을 살 수 없게 되고 말았어."

"그녀는 이해하고 있을 겁니다."

"이해는 하고 있지. 하지만 실감은 없네."

장인은 그제야 내 얼굴을 보았다.

"그래서 나는 자네가 그 역할을 맡아 주기를 바랐네."

거대한 조직의 일원이 되고, 거기에서 일하는 사람들의 수많은 생각의 일부를 느낀다. 기쁨도, 분노도, 충족감도, 좌절도.

"자네를 통해서 나호코가 실감해 주기를 바랐어. 내 딸이라는 건 어떤 건지. 내가 쌓아올린 부의 지붕 밑에서 산다는 건 어떤 건지."

머리 위의 구름이 지나쳐 갔다. 태양이 얼굴을 내밀고 반짝이는 겨울 햇빛이 돌아왔다.

"그와 동시에 내 입장을, 이마다 가의 일원이라는 입장을, 자네도 알기를 바랐네. 알아 두지 않으면 필요할 때에 적절한 행동을 할 수 없게 되니까."

나도 영원히 사는 건 아니라네, 하고 장인은 미소를 지으며 말했다.

"나라는 커다란 성벽이 사라졌을 때 콘체른에도 변화가 찾아오겠지. 나호코의 오빠들도 내가 했던 것처럼 나호코를 보살필 걸세. 하지만 그 애들은 내가 아니야. 부모가 아닐세. 각자 가정을 갖고 있고 나와는 상관없는 인맥도 갖고 있지."

어떤 변화가 어떻게 현실화할지 알 수 없다.

"나호코를 떠받들거나 이용하려는 자도 나타날지 모르네. 나호코 자신도 그런 인간의 말에 넘어갈지 몰라. 나는 그런 때를 위해서 자네가 나와는 다르고 오빠들과도 다른, 나호코의 성벽이 되어 주기를 바랐네."

그래서 자네를 불러들였지—라고 말했다.

"처음 만났을 때 자네가 한때의 연애 감정만을 품고 있는 게 아니라 정말로 나호코를 사랑한다는 걸 알았기 때문에 자네에게 의지하려고 했네. 어렵고 손해 보는 역할이지만 자네는 의지할 만한 남자라고 생각했어."

나는 얼굴을 숙이고 장인의 눈빛에서 도망치고 말았다.

"그걸 이야기해 둘 걸 그랬어."

하지만—하고 약간 어깨를 으쓱한다.

"처음 단계에서 갑자기 거기까지 털어놓으면 어지간한 자네도 겁을 먹고 도망쳐 버리지 않을까 싶었네. 평생에 한 번뿐인 사랑의 성취를 방해해서 나호코한테서 원망을 사는 건 나도 내키지 않았거든."

죄송합니다, 하고 나는 말했다.

"사과할 건 없네. 자네는 잘해 주었어."

장인은 숨을 내쉬고 웃었다. 미소가 아니라 커다란 웃음을 지었다.

"보게. 이 결과는 자네도 나도 예상하지 못했잖나. 당사자인 나호코 자신이 평생을 성벽 안에서 사는 건 싫다는 말을 꺼냈으니."

사람은 강해—라고 말했다.

"더 잘 살겠다는 의지를 갖고 있어. 안온한 것만으로는 충족될 수 없지."

"장인어른이 나호코를 그런 인간으로 키우셨기 때문입니다. 안온함만을 바라지 않는 여성으로."

장인은 나를 바라본 채 눈부신 듯이 눈을 깜박였다.

"고맙네."

나는 눈을 들 수가 없었다.

"나만의 공이 아니야. 나호코의 성장에는 자네의 존재도 필요했네. 자네가 없었다면 지금의 나호코는 없었어."

자네가 나호코를 키워 주었네.

"모모코의 힘도 있을지 몰라. 부모가 되면 아이를 키우면서 부모도 자라지. 아이에 의해 키워지는 걸세."

나는 몇 번이나 고개를 끄덕였다.

"실패가 아니었네" 하고 장인은 말했다. "자네들의 결혼도, 내가 그걸 허락한 것도, 지금까지의 생활도, 실패가 아니었어. 성장해서 지금까지의 틀이 좁아졌기 때문에, 자네들은 틀 안에서 밖으로 나가는 걸세. 내가 그런 생각을 하는 건 노인의 이기심 때문일까. 그냥 팔불출 부모인 걸까."

당신은 아버지의 미니어처가 돼 버렸어.

나호코는 그렇게 말했다. 나도 그녀의 성벽이, 그녀의 틀이 되어 버렸다.

다시 한 번 만난다면 그것은 성벽 밖에서, 틀 밖에서, 새롭게 다시 만나는 것이다.

"이별은 괴로워."

장인은 말하며 겨울 태양을 올려다보았다.

"가슴이 찢어질 것 같지. 누구나 그래. 그래도 한 달 후에 자네가 아직도 그런 얼굴을 하고 있다면 나는 자네를 잘못 본 거겠지."

네—하고 고개를 끄덕이며, 나는 겨우 얼굴을 들었다.

"하시모토가 사직서를 가져왔네."

역시 그런가.

"나는 수리하지 않았네. 산하 회사로 발령을 명했지. 처음부터 거기에서 다시 시작해 본 다음 역시 그만두고 싶다면 다시 사직서를 쓰라고. 그렇게 말했네."

장인은 또 삭세 웃었다.

"실은 자네의 사직서를 맡아 갖고 있을 때도 똑같이 할 생각이었네. 사직은 허락하지 않겠다, 어떤 형태로든 콘체른 안에 있으면서 자신의 살 길을 찾으라고."

나호코의 남편인 이상 부의 원천과 이어져 있어야 한다. 아무리 힘들고 불편해도 그게 내 역할이었다.

"여자는 무섭지."

장인의 말에 나는 눈을 깜박였다.

"내 딸이지만 나호코는 무서운 여자가 되었어. 하시모토도 비싼 수업료를 치른 셈이야."

"사랑을 한 겁니다."

장인은 활짝 웃었다. 기쁜 듯한, 어딘가 그리운 듯한 얼굴을 했다.

"모리 같은 말을 하는군."

"모리 각하 말씀입니까?"

장인은 고개를 끄덕였다. "그도 로맨티스트였네. 경제 전문가 중에는 드물지. 아니, 그 정도의 로맨티스트라면 보통은 경제 판에는 없는 법이라고 할까."

유감스럽게 되었지만—하고 말을 이었다. "모리한테는 그게 잘된 일일 걸세. 무엇보다 부인도 그걸 바라고 있었어. 유감스럽다는 생각은 남은 사람의 감상感傷일세."

"저도 그렇게 생각합니다."

"그 부부는 줄곧 서로를 사랑했네. 그래서 이별을 견딜 수가 없었던 거야. 어떤 형태의 이별이든."

로맨티시스트라네, 하고 장인은 부드럽게 말했다.

장인어른—하고 나는 불렀다.

"이렇게 부를 수 있는 건 이 자리가 마지막이겠지요."

나는 일어서서 자세를 바로 하고 목례했다.

"지금까지 감사했습니다. 장인어른께서 가르쳐 주신 것은 셀 수 없이 많습니다."

장인은 나를 올려다보았다. "내게서 무언가를 배웠다고 생각하는, 그런 자네의 토대를 만들어 준 것은 자네의 아버님과 어머님일세. 잊어서는 안 돼."

결혼 이후, 나는 이마다 요시치카라는 재계의 걸물 옆에 있으면서 걸핏하면 장인과 친아버지를 비교했다. 장인은 눈부시고 큰 존

856

재가 되었다. 절연했든 하지 않았든 그 여부와 상관없이 내 안에서 친부모는 점점 보잘것없어져 갔다.

장인은 그것을 꿰뚫어 보았던 것이다. 착각하지 말라고, 마지막의 마지막 순간에 깨우쳐 주었다.

"몸이 안 좋으신 건 아버님인가, 어머님인가?"

나는 진심으로 놀랐다. 사태가 이렇게 되고 나서 아버지의 병에 대해서는 나호코에게조차 털어놓지 못했다. 이제 와서 그런 말을 해도 더욱 그녀를 괴롭게 할 뿐이라고 생각했기 때문이다.

"소노다한테 들었네."

"편집장님이—."

눈치챌 만한 기회가 없었을 것이다.

"소노다는 '스이렌'의 마스터한테서 들었다고 했네. 형님이 상경하셨다더군."

나는 저도 모르게 손으로 이마를 눌렀다.

"모쪼록 몸조리 잘하시라고 전해 드리게. 뭔가 힘이 될 수 있는 일이 있다면 언제든 좋으니 사양 말고 상의해 주고."

"고맙습니다."

장인도 의자에서 일어서서 내게 손을 내밀었다. 나는 그 손을 잡았다. 차갑고 뼈가 불거진 힘센 손이었다.

"쓸쓸해지겠어."

그렇게 말하고 빈손으로 내 어깨를 한 번 두드렸다.

"좀 더 여기에 있어 주게."

장인이 떠나고 나는 혼자 남았다. 자신의 그림자를 밟고 서 있었다.

"아빠!"

돌아보니 장미 정원 쪽에서 모모코가 달려온다. 넘어질 듯이 달려온다. 민들레색 재킷을 입고 따뜻해 보이는 바지를 입었다. 스니커는 나와 나호코가 크리스마스 때 선물한 것이다.

내가 팔을 벌리자 모모코는 뛰어들어 왔다.

뺨이 새빨갛게 상기되어 있다.

"할아버지가 데려다 줬어. 장미가 가득 피어 있는 걸 보러 가자고."

나는 아무 말도 못하고 딸을 껴안았다.

"아빠."

모모코는 숨을 헐떡이면서 내 눈을 바라보았다. "멀리 가는 거지."

나는 입을 다문 채 그저 고개만 끄덕였다.

"엄마가 그랬어. 아빠는 여행을 떠난다고."

먼 곳이지, 하고 말했다.

"미안해."

모모코는 내 코트의 목깃을 붙잡고 더욱 얼굴을 가까이했다.

"돌아올 거지?"

언젠가는 돌아올 거지? 라고 말했다.

"프로도랑 샘처럼. 왕처럼."

『반지의 제왕』이다. 〈로드 오브 더 링〉이다. 그 장대한 영화에 세 가족이 푹 빠졌던 일이 먼 옛날 일인 듯한 기분이 든다.

"그래. 돌아올 거야."

돌아올 장소가 어디든, 나는 돌아온다.

그 무렵에 모모코는 어떤 아이가 되어 있을까. 나의 샛별 공주님은.

내가 지켜볼 것이다. 내 공주님의 성장을. 나호코의 말은 옳다. 우리 둘이서 지켜보는 것이다. 떨어져 있어도. 함께 있지는 않아도.

"아빠도 '운명의 산'으로 가는 거구나."

나 기다릴게. 모모코는 말했다.

"아빠가 돌아오기를 기다릴 거야."

그날 밤, 차 안에서 나호코가 내게 해 주었던 것처럼 나도 딸의 작은 얼굴을 손바닥으로 폭 감쌌다.

"기다리는 동안 크게 자라 줘. 자라는 걸 멈추면 안 된다."

"응."

내 샛별 공주님의 눈동자가 별처럼 반짝이며 내 진로를 비추어 줄 것이다. 내가 지금부터 어디로 가든.

"좋겠네, 나도 같이 타고 갈까."

플랫폼의 인파 속에서 아다치 노리오가 느긋한 말투로 말했다.

"특급이라니, 못 타 본 지 몇 년이나 됐소."

"이제부터 타면 되지요. 원하시는 곳에 가면 돼요."

신주쿠 역의 플랫폼에서 특급 '아즈사'를 기다리고 있다. 우선 나는 고향 마을로 돌아가기로 한 것이다. 아버지의 병상을 지켜보고 어떤 형태로든 일단락될 때까지는 머무를 생각이다.

그 예정을 알리자 아다치 노리오와 기타미 모자가 전송하러 와 주었다. 인사를 나누었다 싶더니 어디로 간 건지 기타미 부인과 쓰카사가 사라져 버렸다.

"스기무라 씨."

아다치 노리오는 말하기 어려운 듯이 손가락을 꼼지락거린다.

"뭔가, 여러 가지로 힘들었다면서요."

사직에 대한 것, 이혼에 대한 것을 기타미 모자에게 이야기했다. 그는 모자에게 들었을 것이다.

"걱정을 끼쳤군요."

아다치 노리오는 수줍은 듯이 웃었다. "이야기를 들었을 때는 깜짝 놀랐지만 그렇게 걱정했던 건 아니오. 하지만 지금은 걱정이 돼."

그의 표정이 흐려졌다.

"왜냐하면 스기무라 씨, 상당히 데미지를 입은 얼굴을 하고 있으니까."

나는 손으로 턱을 문질러 보았다.

"뺨이 쑥 꺼졌고. 체중도 많이 준 거 아니오?"

"저는 몰랐는데요."

"그럴 만한 여유가 없었던 거겠지."

플랫폼에 안내 방송이 흘러 나왔다. 예정 시각대로 내가 탈 '아즈마'가 들어온다.

"나는 이런 인간이니까 대단한 말은 할 수 없지만."

아다치 노리오는 꼼지락꼼지락 움직이고 있던 손가락들을 쥐더니 얼굴이 진지해졌다.

"인생은 다시 시작할 수 있소. 포기하면 안 돼요."

갑자기 수줍은 듯이 손가락들을 쥔 채 주먹으로 코를 문질렀다.

"흔히들 그렇게 말하잖소. 스기무라 씨도 말하지 않았나?"

말한 기억이 있다. 사카모토에게도 말했다. 타인에게 조언을 하는 것은 얼마나 쉬운 일인가.

"스기무라 씨는 데미지에 질 남자는 아니잖소. 나는 그렇게 생각해요."

잠시 동안 할 말을 찾다가 결국 나는 이렇게 말했다.

"고마워요."

기타미 모자가 돌아왔다. 매점에 가 있었던 모양이다. 쓰카사가 비닐봉지를 들고 있다.

"이거, 도시락이랑 차."

"아아, 고마워."

"지금도 냉동 귤이라는 걸 파네요. 저도 모르게 사 버렸어요. 스기무라 씨, 싫어하지는 않죠?"

"맥주는?" 하고 아다치 노리오가 말한다. "남자 혼자 하는 여행이니까 맥주가 있어야지."

선로 끝에 열차가 보이기 시작했다.

"잘 지내요."

"네, 고맙습니다."

"메일 주세요."

"응."

"돌아올 때는 연락해 줘요. 마중 나올 테니까."

언제가 될지 알 수 없지만, 나는 약속했다.

열차가 플랫폼으로 미끄러져 들어왔다. 사람들의 머리카락과 머플러가 바람에 흔들렸다.

"그럼 다녀오겠습니다."

발을 내딛는다. 작은 보스턴백과 도시락과 차와 냉동 귤과 함께.

"스기무라 씨, 잠깐."

아다치 노리오가 불렀다. 나는 돌아보았다. 기타미 모자도 의미심장하게 그를 보고 있다.

"이제부터 한동안 시간이 있을 테니까."

생각해 봐요, 라고 말했다.

"정말로 기타미 씨의 뒤를 물려받아도 좋지 않을까 하고."

나는 눈을 깜박였고, 기타미 부인과 쓰카사는 웃고 있다.

"셋이서 자주 얘기하곤 했어요. 스기무라 씨는 탐정에 맞는다고."

나는 웃으며 손을 흔들었다. 세 사람도 손을 흔들었다.

'아즈사'가 신주쿠 역을 떠난다. 움직이기 시작한 차창을 통해 세 사람의 웃는 얼굴이 보인다.

고향으로 돌아가는 열차인데 나는 출발하는 것 같은 기분이 들었다. 신발 끈을 조이고 짐을 짊어지고 장비를 갖추고 여행을 떠나는 것이다.

길은 멀다. 하지만 여행의 목적은 안다.

내 '운명의 산'은 어느 쪽에 있을까.

십자가와
반지의
초상   초판 4쇄 발행 2016년 12월 1일

지은이   미야베 미유키
옮긴이   김소연

발행편집인   김홍민 · 최내현
책임편집   유온누리
편집   안현아
마케팅   홍용준
표지디자인   이혜경디자인
용지   한승지류유통
출력 · 인쇄   현문
제본   대신문화사
독자교정   강영미, 구둘래, 김선하

펴낸곳   도서출판 북스피어
출판등록   2005년 6월 18일 제105-90-91700호
주소   (121-826) 서울특별시 마포구 방울내로 11길 43, 101-902
전화   02) 518-0427
팩스   02) 701-0428
홈페이지   www.booksfear.com
전자우편   editor@booksfear.com

ISBN 978-89-98791-38-4 (04830)
ISBN 978-89-91931-11-4 (SET)